ARNE AHLERT

# MOONATICS

ROMAN

WILHELM HEYNE VERLAG
MÜNCHEN

 Dieses Buch ist auch als E-Book erhältlich.

**MIX**
Papier aus verantwortungsvollen Quellen
**FSC** www.fsc.org **FSC® C083411**

Verlagsgruppe Random House FSC® N001967

Originalausgabe 12/2016
Copyright © 2016 by Arne Ahlert
Copyright © 2016 dieser Ausgabe by
Wilhelm Heyne Verlag, München,
in der Verlagsgruppe Random House GmbH,
Neumarkter Straße 28, 81673 München
Redaktion: Sven-Eric Wehmeyer

Umschlaggestaltung: DAS ILLUSTRAT GbR, München,
unter Verwendung eines Motivs von Aphelleon/shutterstock
Satz: Buch-Werkstatt GmbH, Bad Aibling
Druck und Bindung: CPI Clausen & Bosse

ISBN: 978-3-453-31814-4
www.heyne.de

*»I miss the future –*
*it should be our theater.*
*It should be fun and wild.«*
*Jaron Lanier*

# INHALT

# PREQUIEM

»History is a nightmare from which I try to awake.«
JAMES JOYCE

Der Tag, an dem sich alles änderte, begann wie jeder andere. Um exakt fünf nach sieben, wie immer – mit dem Radiowecker.

Die Zeit hatte ich so eingestellt, dass ich nicht von den Nachrichten geweckt wurde, sondern erst danach. Der Übergang vom Traum in die Realität war mit Musik besser zu ertragen als mit dem Weltgeschehen.

Der Sender brachte normalerweise nach den Nachrichten etwas Fröhliches und Aufmunterndes. Doch an diesem Morgen, um fünf nach sieben, war alles anders. Es ertönte ein Requiem.

Danach meldete sich der Moderator zu Wort. Die düsteren Klänge waren dem europäischen Sommer gewidmet, denn es würde ihn nicht mehr geben. Es war soeben offiziell bestätigt worden, dass der Golfstrom endgültig versiegt war.

Das war die Geburtsstunde der Generation Golfstrom.

Meiner Generation.

Zugleich war es mein einundzwanzigster Geburtstag. Der Tag, an dem ich mein Studium abbrach und auf Reisen ging.

21 Jahre später

21 Jahre später

21 Jahre später

21 Jahre später

21 Jahre später

21 Jahre später

21 Jahre später

21 Jahre später

# PRELUNE

»Wir liegen alle in der Gosse, aber
manche von uns blicken zu den Sternen empor.«
OSCAR WILDE

Mein Name ist Darian.

Ich wurde in London geboren, am 11. September 2001 – sicherlich nicht nur für meine Mutter ein unvergesslicher Tag. Mein Vater dagegen war vor meiner Geburt spurlos verschwunden, und bis zu meinem zweiundvierzigsten Geburtstag hatte ich angenommen, dass er nichts von meiner Existenz wusste. Aber dann bekam ich Post.

Zwei Briefe. Der erste war der alljährliche Gruß meiner Mutter, abgestempelt in Indien und mit einer selbst gebastelten Marke frankiert. Offenbar hatte sie sorgfältig den weißen Zackenrand einer echten Briefmarke abgetrennt und ein kleines Selbstporträt hineingefügt; sie trug darauf eine rote Winterjacke, eine Schneebrille und lachte, im Hintergrund war der Mount Everest zu erkennen. Damit es noch echter aussah und der Brief auch wirklich abgestempelt würde, hatte sie eine Portozahl und den Schriftzug HUNDERT JAHRE HIMALAJA hineinkopiert. Dort lebte sie seit Jahren in diversen Aschrams und kommunizierte ausschließlich auf dem Postweg. Da sie nie einen Absender angab und so ihre Unerreichbarkeit zelebrierte, war dies eine sehr einseitige Angelegenheit – sie erkundigte sich nie nach meinem Befinden, da ich ihr ohnehin nicht antworten konnte.

Der zweite Brief war allerdings eine Überraschung: ein Einschreiben einer Anwaltskanzlei aus Rom, einer Sozietät namens *Pautsch und Gatera*. Ich las zu meinem Erstaunen, dass ich dort bitte persönlich erscheinen möge, um einige Papiere zu unterzeichnen. Ein Aktienpaket. Von meinem Vater.

Verblüfft ließ ich das Schreiben sinken und schaute aus dem Fenster in den verschneiten Londoner Septemberhimmel. Seit Jahren hatte ich nicht mehr an meinen Vater gedacht, schließlich gab es auch nichts, woran ich hätte denken können. Meine Mutter hatte nie viel von ihm erzählt. Ich wusste nur, dass sie sich im Jahr 2000 beim Burning Man in der Wüste von Nevada kennengelernt und einige Monate später auf einer Full-Moon-Party in Thailand wiedergetroffen hatten. Und da war es wohl passiert. Sie hatte mir nie ein Bild von ihm zeigen oder auch nur seinen Namen nennen können – wenn ich mir ihre Fotos von damals anschaue, wie sie so unterwegs war, dann wundert mich das auch nicht. Bis zu diesem Tag hatte ich nicht einmal gewusst, dass er überhaupt noch lebte, und nun ließ er mir über eine römische Anwaltskanzlei ein Aktienpaket zukommen.

So kam es, dass ich bald darauf zum ersten Mal in die Ewige Stadt reiste.

Mein Hotel in der Via Cavallini lag ein gutes Stück von der Kanzlei entfernt. Der Weg dorthin ließ sich perfekt mit einem Ausflug zum Vatikan verbinden, und so schlenderte ich nach dem Frühstück die Via della Conciliazone entlang, das Signature Hole der Stadt, die die alte römische Engelsburg mit dem Vatikan verband. Mussolini hatte diese Sichtachse einst in die Stadt geschlagen, um so dem Petersdom eine würdige Zufahrt zu geben; mit dieser Schweißnaht im städtebaulichen Gefüge hatte er das Römische Reich, den Vatikan und den Faschismus demonstrativ miteinander verknüpft.

Auf dem Petersplatz sah ich sogar den Papst. Von seinem Balkon grüßte er bei einer Freiluftmesse die versammelte Menge, sein langer roter Bart war weithin zu erkennen. Auf dem Flug hatte ich im Bordmagazin gelesen, er sei bei einem Versuch, zur letzten Wahrheit zu gelangen, auf irgendetwas hängen geblieben. Der Vatikan bestätigte oder dementierte dies natürlich nicht, aber die öffentlichen Auftritte des Heiligen Vaters seien zunehmend seltener und wirrer geworden. Ich schaute eine Weile den Gläubigen zu, wie sie trotz der kühlen Temperaturen nackt in den Kolonnaden tanzten, konnte aber den Anblick der herumschwappenden Brüste und Hodensäcke nicht lange ertragen.

Die Kanzlei befand sich an der Piazza Mercanti in Trastevere. Der Anwalt, Signor Gatera, ließ mich im düsteren, holzgetäfelten Vorzimmer seines Büros nicht lange warten – kaum hatte ich an dem Espresso genippt, den mir seine Sekretärin gereicht hatte, öffnete sich auch schon die doppelflügelige Tür. Gatera erschien auf der Schwelle und schaute mich mit knappem Lächeln an. Selbst im Gegenlicht war zu erkennen, dass der dunkelblaue Anzug des jungen Anwalts perfekt geschnitten war. »Signor Curtis?«

Ich stellte die kleine Tasse ab und folgte ihm in sein Büro. Er schloss die Tür und bedeutete mir, auf dem braunen Ledersessel vor seinem Schreibtisch Platz zu nehmen. Darauf stand ein ramponierter Globus. Er leuchtete nicht, der Stecker lag herausgezogen auf der schweren Mahagoniplatte.

Ich musste mich zusammenreißen, um den obligatorischen Small Talk höflich zu überstehen. Was interessierte mich das verkommene Wetter oder Fragen nach meinen Eindrücken von Rom, wenn ich kurz davor war zu erfahren, wer mein Vater war und ob er noch lebte?

»Kommen wir zum Geschäftlichen«, sagte Gatera endlich. »Bei dem Aktienpaket handelt es sich nicht um eine Erbschaft – zumindest nicht in dem Sinne, dass Ihr Vater gestorben wäre. Das ist nicht der Fall.«

»Und wer ist es ... wie ist sein Name?«, fragte ich.

»Nun, leider bin ich nicht befugt, Ihnen darüber Auskunft zu erteilen, Signor Curtis.« Gatera zupfte an seinem halbseidenen Krawattenknoten. »Das Verfahren ist auf ausdrücklichen Wunsch Ihres Vaters anonym eingeleitet worden. Bedauerlicherweise kann ich Ihnen nicht mehr dazu sagen.«

Ich nickte enttäuscht. »Wie hat er mich überhaupt gefunden? Über meine Mutter?«

Gatera zuckte mit den Schultern.

»Und wieso gerade an meinem zweiundvierzigsten Geburtstag?«

»Sie wissen schon – zweiundvierzig. Die Antwort auf alle Fragen.« Gatera lächelte ölig. Auf dem dunklen Globus zog sich eine dünne Staubschicht vom Nordpol bis weit nach Europa hinunter. Ich schwieg nachdenklich.

»Um was für Aktien handelt es sich überhaupt?«, erkundigte ich mich.

»Um Anteilsscheine der …«, Gatera räusperte sich, »… BelTech Corporation.«

Ich schaute den Anwalt fragend an. BelTech?

»BelTech ist die global größte Projekt- und Investmentholding – Bergwerke, Staudämme, Sojaplantagen, Raumstationen, Gefängnisse, Militär, Flüchtlingscamps …«

»Klingt eher unsympathisch.«

»Auch wenn die geschäftlichen Aktivitäten von BelTech sicher nicht ganz unumstritten sind«, fuhr Gatera fort und wies mit seinen manikürten Händen in Richtung Fenster, »waren sie bisher doch immer eine äußerst lukrative Anlage. Ihr Vater hat sicherlich auf das richtige Pferd gesetzt.« Ich glaubte in Gateras Augen ein gieriges Funkeln zu erkennen. »Wenn Sie wünschen, können wir für Sie den Verkauf der Aktien übernehmen.«

»Ist der Zeitpunkt denn günstig?«

»Sagen wir so – der Schwerpunkt von BelTech liegt darin, die Ressourcen unseres Planeten in Kapital umzuwandeln. Und die Börsenkurse, wie das Finanzsystem im Allgemeinen, hängen letztlich vom Glauben der Menschen an die Zukunft ab. Und da weder die Ressourcen noch unsere Zukunft allzu viel Anlass zum Optimismus bieten, sollten Sie die Aktien besser zeitnah abstoßen.«

»Das leuchtet ein.«

Gatera nickte. »Wir werden uns umgehend darum kümmern. Meine Sekretärin wird Ihnen die Unterlagen für das Finanzamt mitgeben. Dass Sie den Gewinn aus dem Verkauf der Aktien fristgerecht versteuern, ist von äußerster Wichtigkeit. Das dürfen Sie auf keinen Fall versäumen, die Behörden sind da sehr streng. Und ich habe noch etwas für Sie – von Ihrem Vater.« Gatera überreichte mir einen kleinen Briefumschlag.

Ich wischte unauffällig meine rechte Handfläche am Hosenbein trocken und nahm das Kuvert entgegen. Eine Nachricht von meinem Vater? Hastig öffnete ich den Umschlag und zog einen gefalteten Bogen Papier hervor.

Du wirst dich fragen, warum der Termin ausgerechnet in Rom stattfindet, wo die Kanzlei doch eine Niederlassung in London hat. Es tut dir bestimmt gut, die Ewige Stadt zu sehen. Das wird dein Vertrauen in die Langfristigkeit und Beständigkeit der Dinge vielleicht ein wenig stärken.

Enttäuscht ließ ich das Papier sinken. Das war die erste Nachricht meines Vaters nach zweiundvierzig Jahren?

Ratlos sah ich Gatera an. »Sind Sie sicher, dass das alles ist?« Ich hielt das Blatt fragend in die Höhe.

»In der Tat, mehr gibt es nicht«, sagte Gatera. »Aber die Aktien sind doch auch nicht schlecht, oder?«

Ich nickte schweigend, während Gatera verstohlen auf seine Armbanduhr schaute.

Eine Stunde später saß ich auf der Terrasse einer Trattoria. Die Aktiengutschrift und der Zettel steckten in der Innentasche meiner Jacke, die Steuerformulare in meinem Rucksack. Gedankenverloren blinzelte ich in die kühle Sonne des römischen Septembernachmittags – immerhin hatte ich heute Glück mit dem Wetter, denn es hatte hier zuvor sieben Wochen ununterbrochen geschneit und geregnet.

Wieso hatte sich mein Vater nie für mich interessiert, mich niemals kontaktiert? Nun diese Aktien nach über vier Jahrzehnten.

Beim Kellner bestellte ich eine Flasche Absinth, dazu noch zwei Flaschen Pellegrino und ein robustes Trinkglas. Ich würde alles mitnehmen, einen guten Ort in der Stadt aufsuchen und mich dann dort ordentlich betrinken.

Mit den neu erworbenen Utensilien im Rucksack wanderte ich los, über eine Tiberbrücke, der Stadt entgegen. Wo sich auf heimischen Teichen Enten und Schwäne tummelten, waren hier die Raubmöwen zu Hause, und in diesem Fluss, auf der Isola Tiberina, stand eine Entbindungsklinik; an dieser Stätte wurden seit jeher die Römer geboren. Die ersten von ihnen, Romulus und Remus, waren angeblich von einer Wölfin gesäugt worden. Es gab eine kleine, abstoßende Bronzeskulptur, an der zwei kleine Männchen nuckelnd unter ihren Zitzen hingen – das passierte, wenn man Metaphern allzu wörtlich nahm, denn *Lupa* bedeutete nicht nur Wölfin, sondern auch Hure, was sicher die näherliegende Deutung war. Man sagte Berlusconi nach, er habe in seinen Privatgemächern eine Statue gehabt, die den Sachverhalt treffender darstellte.

Ich ließ den Tiber hinter mir und wanderte durch die Gassen Roms, vorbei an den immer noch unübersehbaren Narben des Anschlags von 2020, und navigierte zwischen den hoch aufgehängten, leise schaukelnden Gitterkäfigen mit wimmernden Taschendieben hindurch. Schließlich stand ich auf der Piazza della Rotonda vor dem Pantheon. Es war geöffnet, keine Kassen und Schlangen davor, also ging ich hinein.

Im Dämmerlicht des Kuppelbaus unterrichteten mich meine Kontaktlinsen, dass das Gebäude seit dem letzten Vatikanischen Konzil keine Kirche, sondern nunmehr ein offener Tempel für alle Religionen und Gottheiten sei, was gut zu seinem Namen passte.

Ich setzte mich in eine der Nischen in der umlaufenden runden Wand, holte das Glas und die Zutaten aus meinem Rucksack und bereitete mir andachtsvoll einen Absinth zu. Das hellgrün schimmernde Getränk hielt ich hoch gegen den Strahl aus Licht, der von oben durch das offene Himmelsauge auf den Boden schien. Ich prostete meinem Vater zu, nahm einen ersten Schluck und schaute mich um.

Nicht weit von mir verbrannten chinesische Touristen in bereitstehenden Schalen nachgemachte Geldscheine. Unten auf dem reich verzierten steinernen Boden hatten mittlerweile einige Muslime ihre Gebetsteppiche ausgebreitet, direkt unter der Kuppelöffnung, wo noch Wasserpfützen vom wochenlangen Regen standen. Die Teppiche waren sofort nass. Einer der Männer suchte die Ausrichtung nach Mekka, und man ließ sich trotz der Pfützen gemeinsam zum Gebet nieder. Ihre Bewegungen – das Beugen, der Kniefall und das Sitzen – erinnerten mich an die Sonnengrüße meiner Mutter. Offenbar lag die Wandnische, in die ich mich zurückgezogen hatte, ebenfalls gen Mekka, denn die betenden Männer verbeugten und erhoben sich ausgerechnet in meine Richtung. Das war mir eher unangenehm, weshalb ich meine Sachen zusammenpackte und mit dem Absinth in der Hand eilig wieder nach draußen ging.

Das Glas war bald leer, aber ich mochte mir nicht irgendwo am nächstbesten Ort nachschenken, also zog ich weiter, bis ich an eine lange Treppe gelangte. Ich stieg hinauf, zum Kapitolshügel, auf die Piazza del Campidoglio. Der Platz war umgeben von Renaissancegebäuden, in seiner Mitte ein bronzenes Reiterstandbild. Auf dem Pferd saß ein bärtiger Römer mit zum Gruß erhobenen Arm. Kaiser Marc Aurel.

Ich setzte mich auf eine Bank am Rande der kleinen Piazza, goss Absinth und Wasser in mein Glas und prostete dem bronzenen Kaiser zu. Ich dachte wieder an meinen mysteriösen Vater und seine seltsame Nachricht. *Mein Vertrauen in die Langfristigkeit und Beständigkeit der Dinge?* Sicher, der bärtige Kaiser saß schon seit Jahrhunderten auf seinem Pferd. Und ich? Nein, ich hatte keine Imperien erweitert und stand auch nicht in Bronze verewigt auf einem Platz. Vielmehr saß ich nur auf einer Bank, mit Erbschaft in der Tasche und Drink in der Hand, und ließ mein kleines Leben Revue passieren.

Nach dem Ende des Golfstroms und meines Studiums der Kunst-

und Kulturgeschichte hatte ich mich vom Konzept eines zielgerichteten Lebenslaufs verabschiedet und begonnen, durch die Welt zu reisen: Erfahrungen und Erlebnisse sammeln, solange das noch möglich war – je mehr, desto besser. Um dabei über die Runden zu kommen, habe ich mich als Grafiker und Webdesigner verdingt und so das übliche digitale Nomadenleben geführt. Aber immerhin war ich frei und kam herum, unverbindlich und ungebunden.

Der Wechsel von Arbeit und Reisen war für mich immer ein Zweitaktmotor, der meinem Leben Rhythmus und Sinn verlieh. Das war nun mit dem Erlös aus dem Aktienpaket nicht mehr nötig, ich musste nicht mehr arbeiten, konnte nur noch reisen. Aber wo lag der Zweck des Reisens, wenn es kein Ende nahm, nicht mehr Belohnung und Ausgleich war, sondern nichts weiter als der Konsum von Orten und Eindrücken?

Der Weg ist das Ziel, heißt es. Aber das ist Unsinn, denn ein Ziel ist immer ein Punkt: ein Fluchtpunkt, auf den die Linien des Lebens zulaufen und diesem Perspektive und Inhalt verleihen, so wie auch das Reisen nur eine Linie ist, die aus Bewegung durch Raum und Zeit entsteht. Hält man dabei aber inne, ist man einfach dort, wo man gerade ist, nirgendwo sonst, immer gefangen in seinem Körper, seinen Wahrnehmungen und Erinnerungen. Nur die Kulisse ändert sich und die Leute, die zu einem sprechen. Und wenn man die Augen schließt, sieht man nichts, so ist das immer und überall. Darauf läuft es letztlich hinaus.

Es gibt viele Gründe für das Reisen, und sei es allein der, nicht darüber nachdenken zu müssen, wer man eigentlich ist, was man am jeweiligen Ort zu suchen hat und was das alles soll. Doch bevor das geschieht, ist man schon wieder unterwegs und gibt sich der altvertrauten Illusion des Weges hin, dem angeblichen Ziel. Und darüber grübelt man besser gar nicht erst nach, denn unausweichlich folgen Gedanken der Düsternis und Leere.

Vor einigen Jahren war ich am Strand einer burmesischen Insel einem alten Mann begegnet, der mit versonnenem Blick Sand in ein kleines Einmachglas gefüllt und den Deckel zugeschraubt hatte. Zufrieden hatte er die Farbe seiner sandigen Beute betrachtet und mir erklärt, dass er schon Hunderte solcher Gläser zu Hause stehen habe – von Stränden auf der ganzen Welt, von denen die meisten damals schon nicht mehr existierten. Er hatte einen zufriedenen Eindruck gemacht, Sammler hat man sich als glückliche Menschen vorzustellen. Was denn mit seiner Sandsammlung geschehen sollte, wenn er eines Tages nicht mehr nach Hause zurückkehren würde? Seine Antwort war mit einem leisen Lächeln gekommen: Er hatte verfügt, dass die Gläser aufzuschrauben und ihr Inhalt auf den Kinderspielplatz seines Heimatortes zu kippen sei.

Nach dem Abbruch meines Studiums war ich zunächst aus Europa geflüchtet, weitab vom immer kälter werdenden England und den Eisbergen, die einige Jahre später vor der portugiesischen Küste aufgetaucht waren. Für viele meiner Traumziele hatte mein Budget nicht ausgereicht, und so hatte ich mich vor allem als Backpacker in Asien und Australien herumgetrieben und mir die anderen Orte für später aufgehoben; es würde sich schon noch ergeben, hatte ich gehofft. Die Liste dieser Ziele war einst sehr lang gewesen, aber jetzt fielen mir kaum noch welche ein, denn sie existierten nicht mehr – von den Fluten überspült, vereist, verwüstet, von Klimaflüchtlingen überrannt oder einfach von allen guten Geistern verlassen. Nachdem der Hochofen meiner Jugend abgekühlt war, waren Heimat- und Sinnlosigkeit in meinem Inneren zu einem Block verschmolzen, der nicht mehr aufzulösen war. Ich war ein Getriebener. Es gab kein Zurück, und das galt für uns alle.

War es überhaupt erstrebenswert, die Zeit nur mit Reisen zu verbringen? Ich könnte mich auch dauerhaft irgendwo niederlassen und das Vergehen der heimischen Umgebung studieren. Mir dabei einreden, dass ich ohnehin schon so gut wie alles erlebt und gesehen hatte. Früher oder später ist das Leben vorbei, und all die Erinnerungen und Erfahrungen verschwunden für immer, wie der gesammelte Sand auf einem Spielplatz – und plötzlich wird einem klar, dass das ganze Leben letztlich ein Nullsummenspiel ist. Man könnte es auch einfach beenden, um die Sache abzukürzen. Aber vielleicht kam ja doch noch etwas. Sand, den ich so zuvor noch nie gesehen hatte. Den ich nicht mitnehmen und auf einen Spielplatz kippen, sondern an dem ich mich an Ort und Stelle erfreuen würde. Ich musste also weiter reisen, weiter suchen. Dafür hatte ich ja die Aktien verkauft. Mir fehlte nur noch das Ziel.

Die letzten Strahlen der Abendsonne schienen auf Marc Aurels bronzenen Bart. Ich schenkte mir nach. Als es dunkel wurde, ging ich die Treppe wieder hinunter, bereits ziemlich betrunken, und staunte über das Nationaldenkmal für Vittorio Emanuele, eine absurd übersteigerte Jahrhundertwende-Fantasie antiker Motive, Treppen und Säulen; aufgeschichtet wie eine gigantische Hochzeitstorte, von Scheinwerfern angestrahlt. Es war, als ob das nicht eingelöste Versprechen der römischen Ruinen ein jahrhundertelanges Vorspiel gewesen sei, das mit dem marmornen Ejakulat des Vittorio Emanuele schließlich seine Erlösung gefunden und Platz für die Moderne geschaffen hatte.

Am Fuße der Treppe schlugen meine Kontaktlinsen vor, das Forum Romanum zu besuchen. Dort ließ ich mich in meinem Absinthrausch von einer Animation unterhalten, die eine perfekte Rekonstruktion der Foren im Jahr 44 nach Christus einblendete. Dort wimmelte es von virtuellen Römern, sogar die Touristen um mich herum waren plötzlich in weiße Togen gehüllt.

Ich schaltete die Darbietung der Kontaktlinsen wieder aus, um diese Lücke von zweitausend Jahren, die mir hier entgegenstarrte, auf mich einwirken zu lassen. Die Stadt war überall aus den Ruinen der Antike auferstanden; ein dicht gepacktes Mosaik der Jahrhunderte, alle Zeiten zugleich, unsere ganze Geschichte im kühlen Glanz des Marmors. Auf dem Forum Romanum aber war alles anders. Hier klaffte ein Zeitloch. Hier war nichts Neues zu den Ruinen des alten Roms hinzugekommen, man hatte nur zwischendurch ein wenig aufgeräumt. Der Verfall über die Jahrtausende. Hier ähnelte die Ewige

Stadt eher Dubai, wo die geschmolzenen Stümpfe der Hochhaustürme einsam im verseuchten Wüstensand verwitterten.

Mein Irrweg durch das nächtliche Rom fand sein Ende am steinernen Skulpturentheater des Trevi-Brunnens. Ich weiß nicht mehr, wie ich dort hingelangt war, aber als ich, auf seinem Rand hockend, wieder zu mir kam, entdeckte ich unter mir das zerbrochene Absinthglas. Ich betrachtete die glänzenden Scherben, neben mir plätscherte das Wasser im flachen Becken des Brunnens. Ein wolkenloser Nachthimmel. Der Mond. Er war fast halb voll, genau wie meine Flasche. Ich leerte sie in wenigen Zügen.

Zum Glück war niemand in der Nähe, als ich mich in den Brunnen übergab und von seinem Rand auf das Pflaster rollte. Das Letzte, was ich sah, waren winzig kleine Lichtpunkte auf dem dunklen Teil des Mondes.

Ich schloss die Augen, fiel in einen tiefen Schlaf und träumte von der Grünen Fee.

# TRANSIT

»Die Raumfahrt ist eines der Indizien dafür, dass der
Arbeiter in den Herrenstand getreten ist.«

ERNST JÜNGER

»Kann ich Ihnen weiterhelfen?«

Ich schreckte hoch. Vor mir stand ein drahtiger Mann mit blondem Bürstenhaarschnitt, grauem Overall und Streifen auf den Schultern. Ich musste kurz eingenickt sein. Als Antwort brachte ich nur ein verkatertes Räuspern hervor.

»Colonel Falk!«, stellte er sich vor, reichte mir die Hand und setzte sich neben mich.

»Darian Curtis«, sagte ich benommen. Ich hatte leichte Kopfschmerzen.

»Sind Sie zum ersten Mal hier?«

Ich nickte.

»Wohin soll es denn weitergehen?«

Ich wühlte, leicht irritiert von der Befragung, in meiner Tasche und kramte den Lonely Planet hervor. Aus den Seiten des Reiseführers zog ich mein Ticket heraus und zeigte es ihm.

»Levania«, stellte Falk fest. »Sie sind heute der Einzige, der dorthin weiterfährt. Hatten Sie eine gute Reise?«

»Ja, durchaus«, antwortete ich und rieb mir die Augen, »ein ziemlicher Trip.« Das war noch untertrieben, schließlich hatte ich gerade den längsten und seltsamsten Flug meines Lebens hinter mir – aber ich war nicht in der Stimmung, jenem Enthusiasmus zu verfallen, den der Colonel sicherlich von Touristen gewohnt war, die gerade zum ersten Mal auf den Mond gereist waren.

»Ich hole Ihnen einen Kaffee. Sie sehen aus, als könnten Sie ihn gebrauchen«, sagte Falk.

Das war mir sehr recht. Ich saß auf einem weichen luftgefüllten Sofa am Rande einer kuppelförmigen Halle. Als ich die hellgraue Wand hinter mir berührte, gab sie ein wenig nach, sie wurde wohl mit Überdruck in Form gehalten.

Offenbar war dies der Fahrzeughangar von Port Navel, es standen Moover in allen Formen und Größen herum. Die meisten von ihnen waren Transporter, aber es gab auch kleine Reisebusse und Fahrzeuge ohne Kabine, die offenen Golfcarts ähnelten. Leute in weißen und grauen Overalls waren mit den Gefährten beschäftigt, sie machten einen genauso unentspannt militärischen Eindruck wie Colonel Falk.

In der grauen Kuppelwand waren drei Tore eingelassen, das größte hatte die Ausmaße eines Lastwagens – die Luftschleusen für die Moover. Und da draußen, jenseits der Schleusentore: der Mond. Deswegen war ich hier. Der Hangar hatte keine Fenster, und solange ich nicht die graue Mondschaft sehen konnte, den dunklen Weltraum – so lange war ich nur im Transit, richtig angekommen war ich noch nicht.

Ich wusste selbst nicht genau, warum ich auf die Idee gekommen war, einen großen Teil des Erlöses aus dem Aktienverkauf für eine Reise zum Mond zu verprassen. Wahrscheinlich waren daran die Promotion-Angebote nicht ganz unschuldig, die nach meiner Rückkehr aus Rom plötzlich in meinem Mailordner aufgetaucht waren – es war beinahe, als ob der Mann im Mond mich persönlich einbestellt hätte.

Jedenfalls: drei Wochen Flucht, und das war's dann. Vielleicht wollte ich endlich dem Leichengeruch der irdischen Zivilisation entfliehen und eine Ahnung davon bekommen, wie es sich anfühlte, an die Zukunft zu glauben. Eine Reise zum Mond war der ultimative Eskapismus, ein kaum zu überbietender Unsinn. Genau darin lag der Reiz. Ich musste wieder an den alten Mann mit dem Sand denken.

Colonel Falk kam mit einem Plastikbecher Kaffee zurück. Er gab bekannt, dass ich in einer halben Stunde abgeholt würde, und schlug vor, solange einen kleinen Imbiss zu nehmen. Ich raffte mich auf, ließ meine Tasche stehen und folgte ihm mit unsicheren Schritten. Das Gehen in der geringen Schwerkraft war gewöhnungsbedürftig, vor allem in meinem Zustand und einem heißen Kaffee in der Hand, aber nach den fast zwei Tagen schwerelosen Fluges war es angenehm, wieder einigermaßen Bodenhaftung zu spüren. Die geringe Gravitation erzeugte ein beinahe beschwingtes Körpergefühl, eine lunare Leichtigkeit des Seins, an die ich mich nur zu gerne gewöhnen wollte.

Die Cafeteria von Port Navel bestand aus einem weißen fensterlosen Raum. An den Tischen saßen Leute mit Overalls, offenbar Mitarbeiter des Hangars in der Mittagspause, und eine Gruppe von Touristen, laut schnatternd und lachend. Sie waren erkennbar in einem anderen Modus als ich, hatten wohl bereits aufregende Erlebnisse hinter sich und warteten auf ihren Rückflug. Der Colonel bestellte im Vorbeigehen an der Theke zweimal das Tagesgericht, Gemüsecurry mit Tofu, und wir nahmen an einem der Tische Platz.

»Und wie lange bleiben Sie?«, fragte Falk.

»Drei Wochen. Ein All-inclusive-Paket im Hotel Levania.« Ich betrachtete die Schwarz-Weiß-Porträts der Apollo-Astronauten, die sorgfältig gerahmt an den Wänden der Cafeteria hingen. Die meisten Touristen buchten organisierte Rundreisen, Busfahrten mit einem Gruppenleiter, bei denen man einige Tage in den verschiedenen Stationen und Hotels unterkam und von dort die umliegenden Sehenswürdigkeiten erkundete – die Großen Krater, die Montes Alpes und natürlich die historischen Apollo-Landing-Sites. Allerdings wäre der Gedanke, mit anderen Leuten die ganze Zeit in einem Bus umherzufahren, schon auf der Erde unerträglich gewesen, also hatte ich mich entschieden, die drei Wochen stattdessen an einem Ort zu verbringen.

Levania lag weit entfernt von Port Navel, die Fahrt dorthin dauerte entsprechend lange, und der Lonely Planet meinte, dass man nach dem Transfer dorthin gar keine Lust mehr hätte, noch größere Touren zu unternehmen – vielmehr hätte die Umgebung von Levania landschaftlich einiges zu bieten und könne von dort in Tagesausflügen erkundet werden. Abgesehen davon war die einzige nicht chinesische Alternative das *Chalet de la Lune,* wofür das Geld aber nicht ausgereicht hätte, und ohnehin schien das Publikum in Levania das interessantere zu sein: *Despite all the rich high-end guests you would expect in a place like Levania, you will meet a surprising number of likeminded people, if you are coming from the backpacking end of the travelling-spectrum* – so stand es im Lonely Planet. Rucksacktouristen statt reicher Schnösel – damit war die Sache klar und meine Entscheidung getroffen.

»Kennen Sie Levania?«, fragte ich Falk.

»Sicher, ich war schon überall auf dem Mond – bis auf den Südpol, versteht sich«, antwortete der Colonel mit leicht angewiderter Miene.

Ein junger Mann in grauem Overall, der eine Schirmmütze mit der Aufschrift *Space Cadet* trug, brachte zwei Tabletts mit Essen an den Tisch.

»Lassen Sie es sich schmecken«, sagte Falk.

Das ließ ich mir nicht zweimal sagen, denn auf dem langen Flug war die gastronomische Versorgung wegen der Schwerelosigkeit doch eher dürftig gewesen.

»Wird das Gemüse eigentlich von der Erde eingeflogen?«, fragte ich mit vollem Mund.

»Nein, ist alles aus eigenem Anbau. Unser Gewächshaus steht in Levania«, antwortete Falk. »Es stammt noch aus der Zeit, als das noch kein Hotel war, sondern unser alter Stützpunkt Port Luna. Bevor Port Navel gebaut wurde.«

Ich nickte artig. Das hatte ich schon im Lonely Planet gelesen.

»Aus dem Gewächshaus in Levania kommt jede Woche eine Lieferung mit Obst und Gemüse«, fuhr der Colonel fort. »Mit so einem Transporter werden Sie übrigens auch gleich abgeholt.«

Ich deutete auf das Glas vor mir. »Und das Wasser?«

»Unterirdische Eisvorkommen. Und ein fast hundertprozentiges Recycling. Es wird alles penibel aufbereitet, auf dem Mond geht nichts verloren. Mit der Atemluft machen wir es genauso, wir gewinnen aber auch Sauerstoff aus Regolith dazu.«

»Regolith?«

»Mondstaub. Das graue Zeug da draußen.«

*Mondstaub. Draußen.* Ich konnte es kaum erwarten.

Eine halbe Stunde später bekamen wir Gesellschaft. Ein schlaksiger Typ mit kurz geschorenen dunklen Haaren und riesiger Brille schlurfte mit einem Becher in der Hand auf uns zu. Den frischen Kaffeefleck auf seinem abgewetzten weißen Overall schien er mit unbekümmertem Stolz zu tragen. Er war gut gelaunt und begrüßte mich mit starkem schottischen Akzent: »Ich bin Tony, dein Fährmann.« Er schob seine Brille hoch auf die Nase und gab mir grinsend die Hand.

»Darian.«

»Siehst fertig aus, Darian. War wohl ein anstrengender Flug? Ich hab damals nur gekotzt, verdammte Schwerelosigkeit. Bist du soweit, können wir los?«

Nachdem wir uns von Colonel Falk verabschiedet hatten und pinkeln gegangen waren, schlenderten wir zurück in den Hangar. An das geringe Körpergewicht könnte ich mich wirklich gewöhnen, auch wenn das Gehen noch einige Übung erforderte. Ich nahm meine Tasche und folgte Tony zu seinem Moover, der neu dazugekommen und nicht zu übersehen war: ein dunkelgrün lackierter Transporter mit der Aufschrift »Obst und Gemüse« und dem blauen Levania-Logo auf den Türen, hinten ein geschlossener Laderaum, vorne die Kabine.

Arbeiter in grauen Overalls luden hinten Kisten ein, während wir die Türen öffneten, die mit einem dicken Gummifalz umrandet waren. Ich setzte mich auf den Beifahrersitz. Es war fast ein wenig enttäuschend, denn die Kabine des Moovers sah aus wie die eines normalen Fahrzeugs auf der Erde: Sportsitze, Anschnallgurte, Frontscheibe, Seitenfenster, sogar Handschuhfach und Rückspiegel. Neben dem Lenkrad, in der Mitte des Armaturenbretts, ein großes Display, noch ausgeschaltet. Darüber zwei Aufkleber, einer akkurat angebracht, der andere leicht schief: das Levania-Logo mit dem Claim THE LAST RESORT, daneben die schottische Flagge. Tony ließ sich auf den Fahrersitz fallen und sah mich durch seine riesige Brille an. »In ein paar Wochen siehst du entspannter aus.«

»Hoffentlich. Holst du hier immer die Gäste ab?«

»Ich hab das Grünzeug vom Gewächshaus hergebracht. Es ist noch ein Platz frei, also nehme ich dich mit. Normalerweise kommen Touristen aber mit dem Bus.« Tony schloss die Fahrertür und aktivierte die Elektronik. Auf dem großen Display erschien eine Karte. »Navel Tower, bitte kommen. Levania LT 7 abfahrbereit, Position Hangar.«

»Levania LT 7, Freigabe Luftschleuse 2. Gute Fahrt«, schnarrte es aus dem Lautsprecher in der Kabinendecke.

»So, Darian. Jetzt fahren wir nach Hause.« Tony schob seine Brille nach oben. Mit einem leichten Ruck setzte sich der Transporter in Bewegung, und wir surrten durch den Hangar. Das Rolltor der mittleren Luftschleuse glitt langsam nach oben. Wir fuhren hinein, das Tor hinter uns schloss sich wieder. Die Kabine des Moovers wurde in rotes Licht getaucht.

Als dann das Licht auf Grün wechselte, öffnete sich das äußere Tor, und vor uns war – *der Mond.*

Das Bild brannte sich sofort in mein Gedächtnis ein.

Das Rechteck der Schleusenöffnung.

Die obere Bildhälfte weltraumschwarz. Totale Schwärze.

Die untere Bildhälfte grellgrauer Mondstaub, erleuchtet vom Flutlicht der Außenscheinwerfer.

Getrennt durch einen rasiermesserscharfen Horizont, wie es ihn nur im Vakuum gab.

Langsam rollten wir auf das hell erleuchtete Vorfeld, auf dem zwei Flugmaschinen von *Virgin Galactic* standen. Wir entfernten uns vom

Hangar und den Landeplätzen, fuhren hinein in das raunende Zwielicht der Mondnacht. Tony schaltete die Scheinwerfer des Moovers an. Wir folgten ihrem Licht, den eingefahrenen Reifenspuren hinterher.

Nun saß ich also auf dem Beifahrersitz eines Gemüsetransporters und konnte noch nicht ganz fassen, wo ich mich gerade befand. Ich schaute auf die graue Mondschaft im fahlen Dämmerlicht. Der schwarze Himmel war nicht weit weg, sondern wir fuhren mitten durch ihn hindurch. Es hätte auch eine Kulisse sein können.

Was war nun der unvergesslichste Eindruck der ersten Stunden auf dem Mond? Das leichte Körpergewicht in der geringen Schwerkraft? Das Gefühl, sich *im* Weltraum zu befinden, anstatt ihn als etwas weit Entferntes wahrzunehmen? In einem Obst- und Gemüsetransporter durch eine Luftschleuse zu fahren? Nein. Vor allen war es – der Anblick der Erde.

Dafür hätte es keinen besseren Tag geben können als heute, den 1. Januar 2044, denn es herrschte Neumond und zugleich *Vollerde* – die gesamte Vorderseite des Mondes lag im Schatten, während die Erde in voller Rundung am schwarzen Himmel hing und einen schwachen bläulichen Schein auf die Szenerie hauchte. Da die Sonne nicht schien, konnte man die Sterne sehen, doppelt so viele wie daheim. Aber sie funkelten nicht. Hier herrschte das Vakuum.

»Wie weit ist es denn bis Levania?«, fragte ich Tony, nachdem ich eine Weile fasziniert unsere blaue Heimat betrachtet hatte.

»Acht Stunden Fahrt, ungefähr sechshundert Mondmeilen. Eine Mondmeile sind genau zwei Kilometer, so weit ist der Horizont entfernt. Weiter kann man hier nicht schauen.«

»Und, was macht man so bei euch in Levania?«

»So ziemlich jeden Blödsinn, den man auch auf der Erde treibt. Nur ist es bei uns viel lustiger.« Tony schaute mich grinsend an. »Und wir haben coole Raumanzüge. Kannst es bestimmt nicht erwarten, draußen rumzulaufen, oder?«

»Auf jeden Fall. Und wie sind die Gäste so?«

»Typen wie du. Typen wie ich. Normalos. Freaks. Leute mit Kohle. Und eine Menge Spinner«, lachte Tony.

»Wie bist du hierhergekommen?« fragte ich.

Tony schob erneut seine Brille hoch. »Ich bin Arbeiterkind, mein Vater hat auf den Ölplattformen in der Nordsee gearbeitet. Hab mich mit Gelegenheitsjobs durchgeschlagen, aber als der Golfstrom abgekackt ist und seitdem ganz Schottland in der verdammten Arktis liegt, hab ich mich abgesetzt, nach Goa.«

Das kam mir bekannt vor.

»Da mit den Leuten abgehangen und Dinger gedreht, um zu überleben. Drogen vertickt und so, der übliche Scheiß halt. Lief aber ganz gut, hab echt Kohle gemacht«, grinste Tony. »Vor drei Jahren hat mir mein Kumpel Bongo-Paul von Levania erzählt, er war total drauf abgefahren. Also hab ich mein Geld zusammengekratzt und bin hergekommen.«

»Und dann?«

»Bin hängen geblieben. Hab in Levania erst im Gewächshaus gearbeitet, später im Hangar. Jetzt mach ich da den Hausmeister. Und du?« Tony schaute mich fragend durch seine Brille an.

»Nach der Sache mit dem Golfstrom bin ich erst mal aus Europa abgehauen. Ich hatte Glück, bin noch weggekommen, bevor Skandinavien evakuiert wurde und der Süden die Grenzen dichtgemacht hat. Hab mich die Jahre als Backpacker rumgetrieben.«

»Siehst gar nicht so aus. Aber dann wird dir Levania gefallen. Gibt da noch mehr so Leute wie dich.«

Tony tippte auf das große Display und zoomte zurück, bis die gesamte Vorderseite des Mondes zu sehen war. Genau in der Mitte leuchtete es blau, das war Port Navel. Darüber blinkte ein kleiner roter Punkt: unser Gemüsetransporter.

»Die großen dunklen Flecken sind *Mare*. Flache Basaltebenen, ziemlich langweilig«, erklärte Tony. »Aber da können wir wenigstens ordentlich Gas geben, deswegen führen die Überlandstrecken durch sie hindurch.«

»Das sieht aber noch alles ziemlich hügelig aus.« Besonders schnell waren wir auch nicht gerade.

»Wir müssen erst mal den Apennin überqueren. Und rate mal, wie die Piste hier heißt – Via Appia«, sagte Tony. »Wenn wir das geschafft haben, kommen wir zum Mare Imbrium, dem Regenmeer. Dort fängt dann unsere Autobahn an, die Via Levania.«

Plötzlich war von hinten ein lautes Trällern zu hören. Erschrocken drehte ich mich um. Neben der schmalen Tür der winzigen Bordtoilette stand ein Vogelkäfig, den ich bisher noch gar nicht bemerkt hatte. Darin hockte ein kleiner gelber Kanarienvogel auf einer Stange.

»Das ist Rafael, ein Harzer Roller«, sagte Tony. »Die sind die besten.«

»Wofür?«

»Sie merken als Erste, wenn was mit der Luft nicht stimmt. Wenn Rafael von der Stange fällt, haben wir ein Problem.«

Kanarienvögel. Deutschland. Harz. Dorthin hatte es mich einmal verschlagen, als ich eine Reisebekanntschaft besucht hatte und mit ihr wandern war. Eine befremdliche Erfahrung, denn dieses Mittelgebirge im Herzen Deutschlands hatte sich zu einem Tummelplatz für Typen entwickelt, die dort alte germanische Traditionen wiederbelebt hatten: langhaarige Gestalten mit Haarreifen und nachgemachten Bronzezeit-Gürteln, die sie über ihren mit Runen bestickten Kutten trugen, dazu Stiefel aus Fell; sie waren in friedlicher Eintracht umhergezogen mit Männern in braunen und schwarzen Uniformen und zackigen Haarschnitten. Deren Frauen trugen um die Köpfe geflochtene Zöpfe, die Kinder Dirndl-Kleider und kurze Lederhosen. Diese bizarre Konstellation von Leuten, es mussten Tausende gewesen sein, hatten Lager und Siedlungen errichtet, Holzhäuser, Palisaden und Wachtürme; nachts war der Widerschein der großen Lagerfeuer zu sehen. Lieder waren dann zu hören, einmal hatten wir auch Schüsse vernommen. Diese Leute waren der Überzeugung, dass die Granitfelsen »germanische Urenergien« gespeichert hätten und ein spiritueller Weiheort seien. Ich war seitdem jedenfalls nicht mehr in Deutschland gewesen.

Tony drehte sich nach hinten und öffnete die Klappe des Käfigs. Der Kanarienvogel ließ sich auf seiner Schulter nieder und knabberte dankbar an seinem Brillenbügel.

Ich sah wieder aus dem Fenster. Schwarz und Grau. Der Mond kam mir so unwirklich vor wie eine Computersimulation – und doch, die Landschaft, die vor meinen Augen vorüberzog, war vollkommen real. Ich fuhr tatsächlich gerade über einen anderen Himmelskörper. Trotzdem fielen mir die Augen zu.

»Aufwachen, Darian! Das Regenmeer!«

Ich sah verschlafen hinaus in die dämmrige Mondschaft.

»Darf ich vorstellen – die Große Kreuzung. Geradeaus ist die Via Alpia, die führt nach Norden zu den Montes Alpes. Links ist die Via Levania, die fahren wir immer weiter nach Westen, bis zum Oceanus Procellarum, dem größten der Mare. So groß wie das Mittelmeer.« Tony zeigte auf die Karte. »Siehst du das hier im Norden des Oceanus, was aussieht wie eine Insel? Das ist das Aristarchus-Plateau, und daneben, im Krater Prinz, liegt Levania. Home sweet home!«

Tony steuerte den Moover nach links, schob den Schubregler nach vorne, und wir rasten mit über hundert Knoten durch das Mare Imbrium.

Am Horizont erschien ein Felsen. Nach knapp zwanzig Sekunden schossen wir an ihm vorbei, und ein neuer Horizont erschien, einer nach dem anderen. Ein Gefühl von Weite stellte sich auf dem Mond nicht ein, denn hier war nichts eben. Im Gegenteil, alles war immerzu gekrümmt. Man hatte die Kugelform des Mondes ständig vor Augen, dahinrasend unter den Rädern des Moovers, und konnte dabei keine Zusammenhänge überblicken. Das machte den Mond seltsamer, als er ohnehin schon war. Unwirklich. Irgendwie – unverbindlich.

Das Mare Imbrium war so langweilig, dass sich während der Fahrt das Bild kaum änderte und man vielmehr den Eindruck hatte, sich schnell auf einem kugeligen Fleck zu bewegen. Da die Kabine des Moovers zwar vorne und seitlich, aber nicht nach oben hin verglast war, konnte ich kaum etwas vom Sternenhimmel sehen. So blieb mir nichts anderes übrig, als mich der hypnotischen Wirkung der unter uns dahinrasenden Mondkugel hinzugeben und der Versuchung zu widerstehen, an irgendwelchen Knöpfen herumzuspielen, wie ich es vielleicht auf der Erde getan hätte. Zum Glück gab es auch keine Schalter für elektrische Fensterheber, mit denen ich in meinem verkaterten *Spacelag* aus Langeweile oder alter Gewohnheit das Beifahrerfenster heruntergelassen hätte. Auch unterdrückte ich den Impuls, das Handschuhfach vor mir zu öffnen und darin herumzukramen – obwohl ich schon neugierig war, was sich darin befinden mochte.

Nach einer Weile tauchte am rechten Streckenrand etwas auf und verschwand schnell wieder, es sah aus wie eine Bushaltestelle neben einem Baucontainer. »Das war eine chinesische Straßensperre«, erklärte Tony mit ernstem Unterton. »Sie ist aber gerade nicht in Betrieb, sonst hätten wir nicht einfach so dran vorbeifahren können. Die Chinesen bauen die Straßensperren über Nacht irgendwo auf, und dann verschwinden sie wieder. Meist sind sie besetzt, aber manchmal stehen sie leer, so wie jetzt. Die wollen uns damit vor Augen führen, wer hier das Hausrecht hat. Mit denen ist nicht zu spaßen.«

Nach ewig langer Fahrt durch das Mare Imbrium knickte die Via Levania schließlich nach Norden ab, Tony drosselte die Geschwindigkeit. Endlich näherten wir uns dem Ziel, bald hatten wir es geschafft. Auf dem Bildschirm war zu erkennen, dass wir uns von Süden dem Krater Prinz näherten, der wie ein Dreiviertelkreis aussah. Seine gegenüberliegende Wand im Norden ragte steil und hoch empor, die seitlichen Flanken liefen nach Süden gegen null und verschwanden einfach in der Ebene. Durch diese Öffnung führte die Via Levania in den Krater Prinz. Kurz vorher bog Tony jedoch von der Piste nach rechts ab, und wir fuhren langsam eine Anhöhe hinauf, den östlichen Kraterrand. Ich schaute ihn fragend an.

»Jetzt pass auf, du wirst staunen«, sagte Tony geheimnisvoll.

Wir kamen zum Stehen, und er schaltete die Scheinwerfer aus.

Er hatte nicht zu viel versprochen. Unten in der Ebene des Kraters Prinz war im bläulichen Dämmerlicht des Erdscheins eine leuchtende transparente Kuppel zu sehen, die einen kleinen Krater komplett überdeckte. Darunter schimmerte es grün.

»Das ICB«, erklärte Tony stolz, »Das *Innovation Center for Bioengineering*. Unser Gewächshaus.«

Ein Stück weiter rechts, ziemlich genau in der Mitte des Kraters Prinz, befand sich ein verschachtelter Gebäudekomplex mit drei hell erleuchteten Kuppeln: das Hotel Levania. Es war wegen der fehlenden Atmosphäre und des nahen Horizonts schwierig, die Größe und die Entfernungen der Anlagen abzuschätzen. Dahinter, etwas abseits, waren noch andere Gebilde schwach im Erdschein zu erkennen, unregelmäßig über das Areal verstreut. Einige ähnelten Haufen von abgestellten Containern, andere schienen Sendemasten zu sein; weiter hinten erstreckten sich ausgedehnte Felder mit Solarpaneelen. Ich war von der Selbstverständlichkeit der Bauten überrascht, obwohl doch gerade auf dem Mond Menschenwerk besonders fremd wirken sollte. Mit ihren zweckmäßigen Geometrien, ihrer technischen Ausstrahlung und ihrer zufällig aussehenden Häufung stachen die Gebäude klar als Fremdkörper heraus. Trotz dieses Kontrastes betonten die Strukturen ihre Umgebung sogar auf gewisse Weise, was daran liegen mochte, dass der Mond sowieso ein unwirklicher und lebensfeindlicher Ort war und technische Objekte gut zu seiner Oberfläche passten.

Schweigend schauten wir aus dem Fenster des Moovers und betrachteten die Szenerie, während sich Tony eine Zigarette anzündete, eine Selbstgedrehte. Meine Augen hatten sich inzwischen an das matte Erdlicht gewöhnt, und trotz der Entfernung konnte ich unten die feinen Fahrspuren im Mondstaub sehen, die das ICB mit Levania verbanden. Als Tony zu Ende geraucht hatte, drückte er den Stummel in dem Aschenbecher in der Mittelkonsole aus. Er startete den Moover, und langsam rollten wir in den Krater hinab.

Unten stießen wir wieder auf die Via Levania, die hier, in der Ebene von Prinz, Endpunkt und Bestimmung fand. Wir kamen an der hell erleuchteten Kuppel des Gewächshauses vorbei, ein geradezu heimeliger Anblick nach der langen Fahrt im Vakuum. Kurz darauf erschien die nächste Kuppel am Horizont.

»Die Lounge von Levania«, erklärte Tony.

Daran schlossen sich zahlreiche kleinere Halbkugeln an, die sich teilweise überlappten wie ein Komplex aus Seifenblasen. Die Piste führte rechts daran vorbei, eine weitere Kuppel kam in Sicht, und schließlich, quer zur Fahrtrichtung, ein langer Trakt mit den Zimmern und Suiten. Tony verlangsamte das Tempo. »Der Unterschied zwischen den Zimmern und den Suiten ist, dass die Suiten alle ebenmondig sind und eigene kleine Luftschleusen und Terrassen haben.«

Letztere waren deutlich zu erkennen, denn auf ihnen standen Stühle, Tische und sogar Liegestühle. Auf einem davon lag jemand in einem Raumanzug und winkte uns zu. Tony bremste ab. Es knackte im Kabinenlautsprecher: »Hey Tony, bist du das?«

Die Gestalt erhob sich aus dem Liegestuhl und stapfte langsam auf uns zu. Sie hinterließ Stiefelspuren im Mondstaub, bis sie wenige Schritte vor unserem Moover stand. Um den Hals des weißen Raumanzugs hing eine Kette aus Muscheln, im verspiegelten Visier seines Helms sah ich verzerrt unseren Moover.

»Hallo Leo. Ja, bin wieder da. Ich hab einen Gast aus Navel mitgebracht«, sagte Tony über Funk und winkte aus der beleuchteten Fahrerkabine. »Was treibst du da draußen?«

»Ich habe mir die Erde angeschaut«, kam Leos heisere Stimme deutlich und klar aus dem Lautsprecher. »Frohes neues Jahr übrigens noch.«

»Danke, dir auch. Sehen wir uns heute Abend auf der Neumond-Zeremonie?«, fragte Tony.

»Darauf kannst du dich verlassen. Man kommt ja hier aus dem Feiern gar nicht mehr raus.« Die Gestalt in Raumanzug und Muschelkette wandte sich langsam um, schlurfte zurück zur Terrasse und ließ sich dort wieder in einem Liegestuhl nieder. Bevor er die Arme wie zu einem Sonnenbad hinter dem Kopf verschränkte, winkte er uns zum Abschied zu.

Unser Moover setzte sich wieder in Bewegung. Auf einem Volleyballfeld fuhr ein Vehikel, das wie ein Aufsitzrasenmäher für zwei Personen aussah. Darauf saß eine Gestalt mit goldenem Helm und goldenen Stiefeln; deren Sitznachbar rührte sich nicht. Das kleine, offene Gefährt zog einen breiten Rechen und eine Metallstange hinter sich her, die über den Mondstaub schabten. »Damit machen wir den Boden wieder glatt, sonst sähe es hier nicht so ordentlich aus«, sagte Tony.

»Und der Fahrer mit dem goldenen Helm?«

Tony schmunzelte. »Das ist Harry. Er arbeitet an der Bar und ist außerdem unser *Dustkeeper*. Weil das aber eine ziemlich stumpfsinnige Angelegenheit ist, lernt er gerade unseren Roboter an. Der ist hier oben ganz nützlich, vor allem für Arbeiten draußen im Vakuum. Harry versteht sich gut mit ihm.«

Der Dustkeeper-Moover entfernte sich langsam, den Rechen und die Walze hinter sich herziehend, und hinterließ dabei eine schöne glatte Fläche. Wir umrundeten den hinteren Teil des Komplexes und erreichten den Hangar, ebenfalls in einer großen Kuppel untergebracht, deren Vorbereich grell mit Scheinwerfern erleuchtet war. Die Via Levania, die uns bis hierhergeführt hatte, fächerte sich nun auf; ihre Reifenspuren führten zu Luftschleusen verschiedener Größen. Eines der Tore öffnete sich, und wir rollten hinein. Als sich das Tor hinter uns wieder geschlossen hatte, wurde Atemluft in die Schleuse gepumpt, die in rotem Licht erglomm. Als die Beleuchtung auf Grün wechselte, öffnete sich das Innentor, und wir fuhren langsam in den Hangar hinein. Tony parkte, griff sich den Vogelkäfig, und wir stiegen aus.

Wie im Hangar von Port Navel standen auch hier überall Moover, aber besonders war ich von den Scootern angetan, aufgereiht und durchnummeriert wie Motorroller auf einer Ferieninsel. Ich konnte es kaum erwarten, sie bald auszuprobieren.

Ich folgte Tony mit meiner Tasche an den dicht geparkten Fahrzeugen vorbei und roch die künstliche Luft von Levania: etwas metallisch und mit ganz leichtem Geruch von Schießpulver, dem Geruch des Mondstaubs. Ich atmete sie mit tiefem Einverständnis, mit Selbstverständlichkeit und gutem Behagen.

Nach dem Gang durch eine längere Halle gelangten wir zur Rotunde, wie Tony mir erklärte – einem hohen zylinderförmigen Raum mit einigen Durchgängen in der umlaufenden runden Wand. Sie war zugleich Rezeption und die zentrale Verteilerlobby von Levania, wie in einem ganz normalen Hotel. Hinter dem Tresen stand eine junge Frau.

»Darian, ich übergebe dich jetzt an Mademoiselle Lunette. Bei ihr bekommst du deinen Zimmerschlüssel und alles Weitere«, grinste Tony und gab mir die Hand. »Wir sehen uns bestimmt noch. Viel Spaß.«

Ich sah ihm nach, wie er mit dem Vogelkäfig in der Hand in einem der Gänge verschwand.

Erst jetzt bemerkte ich verblüfft, dass in der Mitte der Rotunde etwas auf einem Podest aufgestellt war – eine verkleinerte Kopie des Reiterstandbildes des Kaisers Marc Aurel.

Sein zum Gruß erhobener Arm deutete auf den Schriftzug über der Rezeption: LEVANIA – THE LAST RESORT.

# RANDOM FRIDAY

»Nichts langweilt den gewöhnlichen
Menschen mehr als der Kosmos.«
WALTER BENJAMIN

Mein neues Zuhause für die nächsten drei Wochen befand sich auf der rechten Seite des weiß schimmernden Flurs; nicht ganz in der Mitte, sondern etwas weiter hinten. Als ich die Tür zur Suite Nummer sieben öffnete, erschrak ich. Ich schaute direkt in den schwarzen Sternenhimmel über grauer Mondschaft. Aber es war nur der Blick durch die dunkle Suite auf die Terrasse dahinter.

Die Beleuchtung fuhr langsam hoch, dazu lief die Mondscheinsonate von Beethoven. Ich trat ein, stellte die Tasche ab und ließ mich auf die dünne Matratze fallen. Noch nie hatte ich mich so schwer gefühlt, obwohl ich hier nur vierzehn Kilo wog.

Die Sonate verklang, und eine Stimme ertönte: »Herzlich willkommen in Levania, Mr. Curtis!« Ich öffnete die Augen. An der Wand die Projektion eines alten Mannes mit weißem, fusseligem Bart. Sir Richardson. Die Fernbedienung lag zum Glück neben dem Bett, ich wollte jetzt meine Ruhe.

Wie spät mochte es sein? Aus alter Gewohnheit flüsterte ich »Zeit«, aber die Kontaktlinsen funktionierten auf dem Mond nicht, seitdem die Chinesen das EyeNet auf dem Mond stillgelegt hatten. Es erschien keine Einblendung in meinem Sichtfeld, aber das Zimmer hatte mich gehört, und eine weibliche Stimme sagte leise »17:07 Uhr«.

Die Rezeptionistin, Mademoiselle Lunette, hatte mir mitgeteilt, dass das Dinner um acht in der Lounge starten würde. Was für Uhrzeiten waren das eigentlich? Greenwich? Houston? Auf jeden Fall war es hier Nachmittag und bis zum Abendessen noch eine Weile hin.

Ich löste mein hellgrünes Halstuch, warf es gegen das Terrassenfenster, das den Weltraum aus dem Zimmer fernhielt, und schaute mich um. Keinerlei Dekoration, kein Bild an den Wänden, nichts. Die einzigen Farbtupfer waren das hellgrüne Knäuel vor der Scheibe und die blaue Erde im schwarzen All.

Die Suite hatte die Größe eines normalen Hotelzimmers und war zur Terrasse hin komplett verglast. Dort draußen standen zwei Deckchairs, ein kleiner Tisch und zwei Stühle. Was mich am meisten faszinierte, war die Box von der Größe einer Telefonzelle, die in die gläserne Außenwand eingelassen war: die Luftschleuse.

Ansonsten sah es hier beinahe aus wie in den iFlats, in denen ich oft gewohnt hatte – Apartments, auf der ganzen Welt identisch eingerichtet, weiß und minimalistisch, man fand sich sofort zurecht. Dafür zahlte man eine Flatrate und hatte überall eine Unterkunft, ohne große Formalitäten. Die Apple-Zentrale in Shanghai hatte lästige Anmeldungen des Wohn- oder Steuersitzes überflüssig gemacht, als iFlat-Bewohner genoss man so etwas wie eine virtuelle Apple-Staatsbürgerschaft. So hatten sie zwar Zugriff auf meine Daten, aber wenn ich irgendwo in ein neues Apartment kam, waren immer die richtigen Sachen im Kühlschrank.

Ich rappelte mich auf, packte meine Habseligkeiten aus der Tasche und räumte sie ordentlich in den Wandschrank. Das Ventil und der Druckschlauch erinnerten daran, dass dies kein normales Hotelzimmer war – den Raumanzug würde ich am nächsten Tag bekommen. Dafür fand ich im Schrank den weißen Overall mit dem blauen Levania-Logo. In der Hotelbroschüre war zu lesen, dass das hier das Standard-Outfit war, beim Dinner hingegen Abendgarderobe gerne gesehen sei. Ich leerte meinen Kulturbeutel in dem innen liegenden Bad und bemerkte, dass ich erstens Shampoo vergessen und zweitens unnötigerweise ein Handtuch mitgebracht hatte – es lag nämlich schon eines bereit, hellgrau und ohne Aufschrift, damit es nicht gestohlen würde.

Endlich duschen und rasieren. Zum Glück war alles selbsterklärend. Das Wasser kam wie gewohnt von oben, wenn auch eher kraftlos, und schon nach drei Minuten war die zugestandene Tagesration verbraucht. Ich konnte mich trotzdem noch nass rasieren. Der vertraute Ablauf ließ mich für einen Moment vergessen, wo ich mich eigentlich befand. Als ich mit meinem Handtuch um die Hüfte aus dem Bad trat, traf mich der Anblick der Mondschaft hinter dem Terrassenfenster mit voller Wucht. Ich hatte tatsächlich für einen Moment vergessen, wo ich war, obwohl ich meine gefühlte Leichtigkeit kaum ignorieren konnte.

Mein Zustand schwankte zwischen totaler Erschöpfung und jener Aufgekratztheit, die mich oft noch nach langen Flügen befähigte, nach der Ankunft eine komplette Tour durch die Stadt zu machen – und sei es nur, um dem Jetlag keine Chance zu geben. Frisch geduscht und rasiert, stand ich in der Suite und spürte ein Kribbeln. Vorfreude. Es konnte losgehen.

Ich holte tief Luft, öffnete die Tür und trat in den hell leuchtenden Flur. Ein junges Pärchen verschwand kichernd in der benachbarten Suite. Wir grüßten einander kurz, *Dobryj Wjetschir,* es waren offenbar Russen. Leichten Schrittes ging ich in die zentrale Rotunde mit dem Reiterstandbild, wo immer noch Mademoiselle Lunette vor der Zeitmauer mit den Weltuhren ihren Dienst verrichtete. Ich erkundigte mich nach dem Weg zum Dinner. Sie wies mir lächelnd den Weg, und so folgte ich einem der Gänge, die aus der Rotunde führten.

Im Bad hatte ich in den Gästemitteilungen gelesen, dass heute *Random Friday* sei, was bedeutete, dass die Dinner-Gäste nach dem Zufallsprinzip an die Tische verteilt würden, und zwar verbindlich, mit fest zugewiesenen Sitzplätzen.

Die Lounge war ein großer runder Saal, schummrig-elegant beleuchtet und von einer transparenten Kuppel überspannt. Mehr noch als beim Betreten der Suite hatte ich nun wirklich das Gefühl, angekommen zu sein. Offenbar war dies das Herz von Levania; es pochte mit der hintergründigen Musik und dem entspannten Geplauder der Gäste.

In der abgesenkten Mitte stand ein Dutzend Tische, man hatte bereits eingedeckt. Entlang der Außenwand führte ein Umgang, auf dem aufblasbare dunkelbraune Chesterfield-Sessel um kleine Beistelltische verteilt standen. Auf der gegenüberliegenden Seite befand sich eine Bar vor einem großen Fenster; dort reichte die Verglasung der Kuppel bis hinunter zum Boden.

Eine Weile verharrte ich am Eingang, um die Atmosphäre in mich aufzunehmen. Es war überwältigend. Die transparente Kuppel war so gut wie unsichtbar, ohne Reflexionen und Verzerrungen; darüber der Sternenhimmel und die Erde. Selbst während der Fahrt aus Port Navel hatte ich in der Kabine von Tonys Moover nicht einen solchen Blick gehabt. Hier, am Eingang der Lounge, in der Nähe der gedeckten Tische und luftgefüllten Sessel, hatte ich zum ersten Mal das Gefühl, mich wirklich auf dem Mond und im Weltraum zu befinden.

Ich löste meinen Blick von der Sternenkuppel und schaute mich um. In dem geschmackvollen Halbdunkel saßen schon einige Dutzend Leute an Tischen und Sesseln, andere standen plaudernd in kleinen Gruppen herum. Es war die richtige Entscheidung gewesen, mein helles Jackett anzuziehen.

Ich brauchte einen Drink, also folgte ich dem Umgang in Richtung der Bar; unauffällig bemüht, meinen Schritt der geringen Schwerkraft anzupassen. Vielleicht hätte ich doch besser die bereitgestellten Schuhe mit den Bleisohlen anziehen sollen. Ein prüfender Blick ergab allerdings, dass zumindest die meisten Frauen bleifrei unterwegs waren; einige trugen sogar hochhackig.

Erleichtert nahm ich auf einem der Barhocker Platz. Irgendetwas stimmte nicht. Dann fiel es mir auf. Sollten nicht an der Rückwand einer anständigen Bar zahllose Flaschen funkeln, bunt und verheißungsvoll? Stattdessen schaute ich durch das große Fenster nach draußen, davor standen immerhin Gläser und eine italienische Kaffeemaschine. Und der Barkeeper. Er war klein, mit hellblond gefärbten Haaren und dem stechenden Blick eines Habichts. »Frohes neues Jahr! Na, erster Abend hier?«, begrüßte er mich knarzend und polierte dabei ein Glas. »Wer bist du?«

»Darian.«

»Ich bin Harry. Was willst du trinken?«

Harry. Der Dustkeeper mit dem Roboter. Ich erkundigte mich nach dem Angebot.

»Du siehst aus, als könntest du einen Gin Tonic gebrauchen.«

Das traf zu. Harry nahm das frisch gewienerte Glas, ließ Wasser aus dem Hahn hineinlaufen und warf einige Eiswürfel dazu. Dann schaufelte er mit einem Löffel weißes Pulver in das Glas und rührte das Ganze um. »Bitte, ein Gin Tonic. Mit ganz viel Liebe gerührt. Welche Zimmernummer?«

»Äh – Suite Nummer sieben …«

»Ein Suitie! Wie lang bleibste denn?«, fragte Harry und fixierte mich mit seinen braunen Raubvogelaugen.

»Drei Wochen und … was ist das für ein Pulver?«

»Gin Tonic-Extrakt, wird mit Wasser aufgerührt. Schmeckt besser als das Original. Oder glaubst du, wir bringen Flaschen mit Gin und Tonic auf den Mond?«

Warum nicht, wenn hier sogar Reiterstandbilder herumstanden? Aber tatsächlich, es schmeckte wie Gin Tonic. Es war mir neu, dass es Alkohol in Pulverform gab. Ich prostete ihm zu. »Macht ihr das mit allen Drinks? Ich meine, habt ihr auch Rotwein-Pulver oder so?«

»Nein«, sagte Harry. »Das geht nur mit Gin Tonic. Wegen der Moleküle. Andere Drinks haben wir nicht, außer, wenn jemand vom Duty-free in New Mexico Whisky oder Wodka mitbringt. Scheinst wohl nicht dran gedacht zu haben, was? Jedenfalls haben wir auch mal mit Wasserpulver herumprobiert, aber wir wussten nicht, worin wir das Zeug auflösen sollten.« Harry lachte heiser. »Aber du wirst dich an die Tonics gewöhnen. Gin ist gut gegen Malaria. Die verdammten Mondmücken, weißt schon. Aber keine Sorge, ist alles im grünen Bereich.«

Ich drehte mich auf meinem Hocker in Richtung Saal, blieb mit meinem Blick wieder an der Sternenkuppel hängen und prostete der vollen Erde zu.

»Ein überwältigender Anblick, nicht wahr?« Jemand hatte neben mir Platz genommen. »Manche Leute gehen regelrecht in die Knie, wenn sie zum ersten Mal in die Lounge kommen. Ich habe schon welche in Tränen ausbrechen sehen. Auch ich bin damals, genau wie du, erst mal zur Bar gegangen. Ganz langsam, wegen der Schwerkraft. Ich heiße übrigens Christopher.«

Ich stellte mich meinerseits vor, er reichte mir die Hand, und wir wünschten uns ein frohes neues Jahr. Christopher war mir auf Anhieb sympathisch. Ein blonder, etwas jungenhaft wirkender Mann Anfang fünfzig, leger gekleidet und ein wenig rundlich um die Hüften. Er bestellte einen Tee.

»Kein Gin Tonic?«, fragte ich.

»Nein, ich bin nach Levania gekommen, um nicht mehr zu trinken.« Er zwinkerte mir zu. »Und, Darian, wie lange bleibst du?«

»Drei Wochen. Und selber?«

»Ein knappes Jahr bin ich jetzt schon hier.«

Ich schaute ihn fragend an.

»Tja, ich bin wohl mittlerweile ein Resident, das war eigentlich gar nicht so geplant. Manche sind aber schon viel länger hier.«

»Resident? In Levania wohnen auch Leute?«

»Oh ja, oben am Kraterrand gibt es einige Ferienhäuser, Beverly Hills. Sollen wir unsere Tische suchen? Es wird langsam Zeit.«

Ferienhäuser in Levania? Davon stand nichts im Lonely Planet. Das war aber nicht weiter überraschend, waren doch diese Reiseführer schon vor langer Zeit dazu übergegangen, die besten Orte überhaupt nicht oder höchstens mit verschlüsselten Andeutungen zu erwähnen.

Es gab nicht mehr viele schöne Plätze, und Geheimtipps behielt man besser für sich, mehr denn je.

Christopher stand auf und ging zielsicher die Stufen hinunter zu einem der Tische. Er bewegte sich mit einer entspannten und schleichenden Art, wie ich sie schon bei einigen anderen Leuten beobachtet hatte, die keine Bleisohlen trugen. Ich hätte nicht gewusst, was ich sonst hätte tun sollen, also trottete ich mit meinem Instant-Tonic in der Hand einfach hinter ihm her. Er vermittelte den lässigen Eindruck, immer das Richtige zu tun, und es schien ihn daher auch nicht zu überraschen, dass wir nebeneinander am selben Tisch saßen – was daran zu erkennen war, dass anstelle von Kärtchen unsere Namen mit einem Stift auf die Teller geschrieben waren. »Passt doch«, sagte Christopher und lächelte. Vielleicht war es auch so, dass er die Aufgabe übernommen hatte, sich um alleinstehende Neuankömmlinge an ihrem ersten Abend zu kümmern. Mir war es auf jeden Fall ganz recht.

An dem runden Tisch, der für sieben Leute gedeckt war, saß bereits ein unscheinbares Ehepaar. Sie stellten sich als Julius und Franziska Necker aus Graubünden vor; neben ihnen ein elegant gekleideter Japaner, Kenzo Tarawa. Er erhob sich kurz und deutete eine Verbeugung an.

Wir setzten uns. Der Platz neben mir war noch frei, auf dem Teller war zu lesen: *Dr. Joseph Seidenschal.* Ich musste mich noch daran gewöhnen, dass die Kontaktlinsen auf dem Mond nicht funktionierten; es war ungewohnt, zu neuen Namen nicht sofort die entsprechenden Informationen eingeblendet zu bekommen.

Während wir Höflich- und Belanglosigkeiten wechselten, hielt ich Ausschau nach einer Bedienung, denn mein Gin Tonic war fast leer. Nach einem kurzen Wink wurde rasch ein neues Glas gebracht. Es war also durchaus von Vorteil, dass es nur den einen Drink gab, denn das erleichterte die Entscheidung ungemein, und die Bedienung – überraschenderweise ein junges Hippiemädchen – musste nicht lange über den Inhalt der Bestellung rätseln.

Zugleich mit dem Gruß aus der Küche, einer aufgeschäumten veganen Kleinigkeit, leistete uns der fehlende Sitznachbar Gesellschaft: Dr. Joseph Seidenschal kam herangeschritten. Eine groß gewachsene Erscheinung von etwa sechzig Jahren, mit silbergrauen, zurückgegelten Haaren und dunklem Nadelstreifenanzug, begleitet von einer ebenbürtigen Frau.

Mit dem leisen Geplänkel war es dann vorbei, denn Dr. Seidenschal war so exaltiert und einnehmend wie sein Name. »Meine Herren! Die Dame! Angenehmen Abend wünsche ich, und ein frohes neues Jahr. Ich hoffe, Sie hatten eine gute Anreise?« Er schaute mich und die Neckers auffordernd an, denn auch sie waren erst einen Tag zuvor angekommen.

»Nun ja – mein Mann musste sich ständig übergeben, die Raumkrankheit …«, sagte Frau Necker.

»So genau wollen wir das jetzt nicht wissen«, kam der berechtigte Einwand ihres Mannes.

»Aber es war ein unglaublicher Anblick, wie das Erbrochene durch die Kabine schwebte. Ein bisschen wie bei Stanley Kubrick.«

»Bei Kubrick war es allerdings ein Kugelschreiber. Und vor allem wurde das nicht anschließend beim Abendessen diskutiert.«

»Nun hab dich mal nicht so. Die Stewardess hatte auch kein Problem, eine Kotztüte drüberzustülpen. Die Raumfahrt ist ja so aufregend!«

»Hier bleibt das Essen wenigstens auf dem Teller«, stellte Necker zufrieden fest.

»Und es wiegt nur ein Sechstel«, fügte ich hinzu.

»Hat es dann auch nur ein Sechstel der Kalorien? Gibt es hier eigentlich keine Weinkarte?«, fragte Frau Necker.

»Nein. Genau genommen auch keinen Weinkeller«, bemerkte Christopher trocken.

»Ach so. Tja, die Getränkekarte hätte ich aber schon ganz gerne.«

»Es gibt ausschließlich Gin Tonics.«

Nachdem auch Dr. Seidenschal einen Drink vor sich stehen hatte, übernahm er die Gesprächsführung am Tisch und wollte von uns wissen, was uns hergeführt hatte. Julius Necker zupfte an seinem grauen Rautenpullunder. »Was soll ich sagen, wir haben lange auf diese Reise gespart. Es war schon immer unser Traum, auf den Mond zu fliegen. Man weiß auch gar nicht mehr so recht, wo man auf der Erde noch hinsoll, dort gehen einem doch langsam die Ziele aus, oder?«

»Aha, ein weit gereister Kantonist!«, rief Dr. Seidenschal.

»Nun, eher nicht. Wir haben unser Leben lang gearbeitet, die Kinder sind aus dem Haus. Aber offenbar haben wir uns zu viel Zeit gelassen, haben alles verpasst. Überall spielt das Klima verrückt, die Strände sind verschwunden, Bürgerkriege und Flüchtlingscamps, da macht das Reisen keine Freude mehr. Die Schweiz ist das einzige Land, in dem man noch halbwegs normal leben kann. Nun kennen wir unsere Heimat schon, also haben wir uns für den Mond entschieden.« Seine Frau nickte eifrig.

»Darf ich fragen, was Sie hier so machen?«, fragte Frau Necker an Dr. Seidenschal gerichtet.

»Wir haben ein Haus gekauft, oben in Beverly Hills. Und wir gedenken, unseren Wohnsitz dauerhaft hierherzuverlegen, denn ich werde nicht weiter unsere Regierung mit meinen Steuergeldern unterstützen. Die Zeit ist gekommen, dass wir uns um uns selber kümmern«, sagte Dr. Seidenschal. »Der Zusammenbruch, den wir gerade erleben, benötigt keine Hilfe von Leuten, die sagen, wo es langgeht. Das hat noch nie funktioniert, sonst wären wir auch nicht in dieser Situation. Ich sehe den kommenden Untergang als verdiente Strafe für die Dummheit des menschlichen Wesens!«

»Soll nun Anarchie herrschen, das Faustrecht?«, fragte Necker irritiert. »Wie in den Tagen von Black Circle?«

»Das sollen die Massen unter sich ausmachen«, sagte Dr. Seidenschal und hielt lächelnd seinen Gin Tonic in die Höhe. Seine Zähne waren sehr weiß.

»Wahrscheinlich ist es nun tatsächlich zu spät«, sagte Necker. »Und ich denke, dass die meisten Menschen – wie soll ich sagen –

durchaus verzichtbar sind, oder? Es ist ja nicht zuletzt die grässliche Überbevölkerung, die unserem Planeten den tödlichen Stoß versetzt. Welchen Zweck erfüllen denn all diese Völker? All diese Menschen?«

Mein Glas war schon wieder leer. Lag das an der geringen Schwerkraft, oder wollte ich unbewusst dieser seltsamen Unterhaltung entfliehen? Ich schaute mich um. Die Erde hing über der Kuppel der Lounge, die mittlerweile bis auf den letzten Platz gefüllt war. Erst jetzt fiel mir auf, dass das Hippiemädchen, das gerade mit einem Tablett die Stufen von der Bar herunterkam, barfuß lief. Ich gab ihr einen Wink und hielt mein Glas in die Höhe. Sie lächelte mitleidig.

Nach einer kurzen Weile stillen Vorspeisens richtete Dr. Seidenschals Frau ihre ersten Worte ausgerechnet an mich: »Und Sie, Darian, was hat Sie nach Levania geführt?«

Im Grunde dachte ich nicht viel anders als die Neckers; mit dem Unterschied zwar, dass ich im Gegensatz zu ihnen fast nur herumgereist war, aber die Schlussfolgerungen waren letztlich dieselben. Die Suche nach einem unverdorbenen Reiseziel der Träume, weitab von den ruinierten Orten der Erde. Aber vielleicht war es auch eine Flucht vor mir selbst und meinem sinnlosen Umherstreifen – oder ich war insgeheim auf der Suche nach etwas, das mich und mein Leben dauerhaft ändern und ihm einen Sinn verleihen würde; Sand, den ich am Ende nicht in einen Sandkasten schüttete. Ich musste mir eingestehen, dass ich wohl tatsächlich mit den allergrößten Erwartungen hergekommen war, aber das behielt ich lieber für mich. Stattdessen antwortete ich: »Ich bin nicht nur zum Vergnügen hier, sondern auch aus beruflichen Gründen. Ich bin Paläontologe, auf der Suche nach Fossilien.«

»Ach, was Sie nicht sagen«, antwortete Gattin Seidenschal. Christopher grinste erwartungsvoll.

»Ja, es ist so«, fabulierte ich unverdrossen weiter, »dass ich mich auf fossile Meerestiere spezialisiert habe. Ich werde mich in einigen Tagen, nach Sonnenaufgang, im Oceanus Procellarum nach ihnen auf die Suche machen. Dort werden in den Sedimentschichten Fossilien vermutet, aus ganz alten Zeiten, noch aus dem Sternbild Fische.« Ich nahm einen bedeutungsschweren Schluck von meinem Instant-Tonic.

»Dann sind wir ja Kollegen!«, rief Frau Seidenschal erfreut und reichte mir listig lächelnd die Hand. »Dr. Miriam Rabinowitsch-Seidenschal, Professorin für Paläontologie in Harvard. Aber nennen Sie mich bitte Miriam. Und erzählen Sie uns doch mehr von Ihren Mondfischen, das ist wirklich äußerst interessant.« Ich errötete. 1:0 für Madame Seidenschal.

Frau Necker war zwischenzeitlich aufgestanden und hatte sich in einiger Entfernung vom Tisch postiert. Sie hielt eine Kamera in der Hand und wollte offenbar ein Foto von unserer Runde machen.

»Verzeihen Sie, aber in Levania herrscht absolutes Fotografierverbot«, sagte Dr. Seidenschal in strengem Ton.

Erschrocken ließ Frau Necker ihre Kamera sinken.

»Das ist eine Anordnung der Eigentümer, entspricht aber auch dem Wunsch vieler Gäste. Privatsphäre, Sie verstehen.«

Frau Necker kam mit gesenkter Kamera zurück an den Tisch. »Sagen Sie, Herr Seidenschal, verspüren Sie denn nicht auch hin und wieder das Bedürfnis, hier Fotos zu machen? Ich meine, wann ist man schon mal auf dem Mond?«

»Welchen Sinn sollte das Fotografieren denn haben?«

»Ich bitte Sie – warum macht man Fotos? Man will Erinnerungen mitnehmen, Situationen festhalten, anderen Leuten zeigen, wo man gewesen ist, oder nicht?«

»Es ist ein Irrtum anzunehmen, dass andere Leute sich für einen interessieren – oder dafür, wo man gewesen ist oder was man erlebt hat«, antwortete Dr. Seidenschal kühl.

»Also, ich fotografiere ständig, wahrscheinlich ist es ein Sammeltrieb«, sagte Julius Necker. »Außerdem gibt es meinen Reisen Struktur, so habe ich eine Beschäftigung.«

»Sammeltrieb? Sind Sie etwa glücklich? Ich möchte das, mit Verlaub, bezweifeln. Sammler sind im tiefsten Inneren unglückliche Menschen. Das Sammeln ist der Inbegriff des sinnlosen Selbstzwecks.«

»Wieso das denn bitte?«, fragte Frau Necker.

»Nichts ist unbefriedigender als eine vollständige Sammlung, denn alles, was einen so lange aufrecht gehalten hat, erlischt schlagartig mit ihrer Vervollständigung. Es gibt Leute, die danach gestorben oder der Schwermut anheimgefallen sind. Man sollte erst gar nicht damit anfangen.«

»Für mich ist das Fotografieren sogar das eigentliche Erlebnis – auf Reisen mache ich überhaupt nichts anderes mehr. Ich fotografiere alles, wirklich alles. Jedes Gebäude, manchmal tausend Bilder am Tag«, sagte Necker. »Aber am Ende der Reise lösche ich sie dann.«

»Warum denn das?«, fragte Dr. Seidenschal.

»Wie wir eben von Ihnen gehört haben: Sammeln mag sinnlos sein, auch das Sammeln von Fotos und Erinnerungen, zumal ich mich ohnehin an nichts erinnere, da ich schließlich nichts erlebe und auch nichts erleben möchte. Aber ich brauche Struktur, also mache ich Fotos«, sagte Necker.

»Sie wollen nichts erleben? Warum bleiben Sie dann nicht gleich zu Hause?«

»Was soll ich denn dort fotografieren? Meinen Wasserkocher? Meine Dusche?«

»Also, ich mag immer noch am liebsten Selfies«, sagte Frau Necker.

»Ich kann mit Selfies absolut gar nichts anfangen«, brachte sich Christopher in das Gespräch ein.

»Wieso?«

»Weil sie nicht meiner Wahrnehmung entsprechen. Ich sehe mich nie von außerhalb, das ist schließlich der Blickwinkel anderer Menschen. Wenn man so auf die Perspektive der Leute fixiert ist, man sozusagen durch ihre Augen die Welt sehen will, ist das ein Zeichen mangelnden Selbstwertgefühls.«

»Na hören Sie mal!«, empörte sich Frau Necker.

»Ja, das ist absolut richtig«, stimmte Dr. Seidenschal zu. »Nur Konformisten machen Bilder von sich selber. Sie sind von der Gruppenwahrnehmung abhängig, deswegen lassen sich Japaner und Chinesen auch ständig vor Sehenswürdigkeiten fotografieren. Es sind keine Individualisten, denn sie brauchen andere Menschen, um durch sie in ihrer Existenz bestätigt zu werden.«

Kenzo Tarawa, der bisher kein Wort gesagt hatte, meldete sich erstmalig leise zu Wort. »Was Ihre Beobachtungen hinsichtlich meiner Landsleute betrifft, so haben Sie nicht einmal unrecht. Aber, Herr Necker, ich finde es bedauerlich, dass Sie all diese Fotos anschließend löschen. Ich bin Fotograf und archiviere sämtliche Aufnahmen. Genau genommen liegt darin der Sinn meiner Tätigkeit.«

»Und was machen Sie dann mit den Bildern?«, fragte ich.

»Ich bringe sie hierher, auf den Mond.«

»Sie bringen Fotos auf den Mond?«

»Ja, ich arbeite als Chronist. Als mir irgendwann klar geworden war, dass die gesamte menschliche Kultur durch ihren Untergang irrelevant wird, habe ich beschlossen, den Umgang der Leute mit ihrem bevorstehenden Ende fotografisch festzuhalten. Daher reise ich durch die Welt und dokumentiere den Verfall der Zivilisation.«

»Und wie kommt da der Mond ins Spiel?«

»Ich habe die Bilder in einem Kristall gespeichert, den ich hier oben deponieren werde – an einem Ort, der zugleich sicher, aber auch leicht zu finden ist.«

»Wer soll ihn denn finden?«, fragte Necker nach.

»Das wird sich zeigen. Vielleicht niemand, falls wir die Einzigen gewesen sind. Aber ich bin mir sicher, dass die Erde irgendwann wieder eine intelligente und raumfahrende Spezies hervorbringen wird, denn sie hat noch viel Zeit – und den Mond wird es dann auch noch geben. Der Kristall jedenfalls hält praktisch ewig.«

»Und wo wollen Sie den Kristall deponieren?«, fragte Miriam Seidenschal.

Kenzo Tarawa lächelte. »Ich habe ihn vorsichtshalber in siebenfacher Ausfertigung mitgebracht. Ich werde die Verstecke aber nicht verraten, dafür bitte ich um Verständnis.«

»Aber – ist Ihre Arbeit bereits abgeschlossen? Schließlich existiert die Menschheit noch.«

»Sicher. Aber ich habe keine Lust mehr. Ich habe genug gesehen.«

»Und was werden Sie anschließend tun?«

»Ich werde mich bald umbringen.«

Auf diese Ankündigung folgte ein kurzes Schweigen.

»Haben Sie ein Schwert mitgebracht, in das Sie sich zu stürzen gedenken?« fragte Dr. Seidenschal schließlich und lachte.

»Damit wäre ich wohl kaum durch die Security gekommen. Nein, der Mond bietet elegantere Möglichkeiten.«

Das Hippiemädchen trat an den Tisch und fragte, ob wir Kaffee oder Tee wünschten. Darauf konnte ich gut verzichten, lieber noch einen Absacker mit Christopher an der Bar. Der sah das glücklicherweise genauso, und so verabschiedeten wir uns artig von unserer lunaren Tischgesellschaft.


An der Bar hatte bereits das Après-Diner begonnen, sämtliche Hocker waren besetzt. Mir entging nicht, dass einige Gäste privat mitgebrachte Flaschen hinter der Bar deponiert hatten und sich von jenen Leuten feiern ließen, die im Duty-free von New Mexico nicht so vorausschauend gewesen waren. Ich zum Beispiel hatte von dort nur eine Riesenstange weißer Toblerone mitgebracht.

Christopher bestellte mit Fingerzeig unsere Getränke, und wir gingen zur nächstgelegenen Sitzgruppe. Diese luftgefüllten dunkelbraunen Chesterfield-Sessel waren unschlagbar, mit den vielen Knöpfen im Plastikpolster sahen sie aus wie Clubsessel in einem altertümlichen Herrensalon, waren allerdings noch viel bequemer.

Bei mir hatte mittlerweile die längst überfällige Erschöpfung eingesetzt; schlaff hing ich in meinem Sessel herum. Ich brachte gähnend die Frage hervor, ob die Leute hier alle so wären, und dass ich nicht sicher war, ob das Konzept des *Random Friday* das Richtige für meinen ersten Abend war.

Christopher lehnte sich entspannt in seinem Sessel zurück. »Man wird in Levania mit vielen seltsamen Ansichten konfrontiert, äußerst eigenen Realitätstunneln, in denen die Leute leben und denken. Kleine Kunstwerke, die für sich eine gewisse Plausibilität haben; sie taugen als Erklärungsmodell der Welt so gut oder schlecht wie jedes andere, sie ergänzen sich und schließen einander aus. Vielleicht ist alles wahr, vielleicht auch nichts davon; ich habe aufgegeben, darüber nachzudenken. Ich genieße nur noch den ästhetischen Unterhaltungswert solcher Weltsichten, bewerte sie aber längst nicht mehr.«

»Ästhetischer Unterhaltungswert? Dieser Seidenschal ist ein großkotziger Zyniker. Und Kenzo will sich tatsächlich umbringen?«

»Tja, vielleicht. Oder auch nicht. Sieh es mal so …« Christopher zeigte hoch zur Erde. »Die Lage, in der wir uns befinden, ist zweifellos ziemlich verwirrend, oder? Unsere gute alte Zivilisation tritt gerade den ungeordneten Rückzug an, und die Natur gleich mit. Und es sieht nicht so aus, als ob als Nächstes eine neue Ordnung käme, vielmehr das große Chaos – und ehrlich gesagt ist das auch einer der Gründe, warum ich jetzt hier bin. Da darf man sich nicht wundern, wenn die Leute anfangen, eigenartige Dinge zu erzählen. Im Grunde wäre es doch viel absurder, das alles völlig normal zu finden und hier oben locker und entspannt nur ein bisschen Urlaub zu machen, oder?« Christopher schaute mich herausfordernd an. »Der elegante Unsinn, den du hier sicher noch öfter hören wirst, ist letztlich nicht abwegiger als das, was einem die Medien erzählen. Oder man glaubt gar nichts und genießt einfach nur den Klang der Worte.«

»Vielleicht entwickle ich in drei Wochen auch wilde Thesen, aber im Augenblick freue ich mich erst mal auf mein Touristendasein«, sagte ich und rührte müde in meinem frisch servierten Gin Tonic. »Ich miete mir einen Scooter und erkunde damit die Gegend.«

»Ging mir am Anfang genauso, das macht auch wirklich Spaß«, sagte Christopher. »Allerdings würde ich damit bis zum Sonnenaufgang warten, der ist allerdings noch über eine Woche hin. Du musst vorher sowieso noch Fahrstunden nehmen.«

Nachdem ich meinen Drink geleert und mich von Christopher verabschiedet hatte, machte ich mich, völlig erschöpft und angetrunken, auf den Weg zu meiner Suite. Als ich an den geschlossenen Shops vorbeiging, fiel mir wieder ein, dass ich noch Shampoo kaufen musste.

In meinem Hotelflur angekommen, nutzte ich die geringe Schwerkraft und hüpfte durch den Gang, immer schneller, die Sprünge länger und höher, bis ich schließlich die Kontrolle verlor und mit voller Wucht gegen die Tür der benachbarten Suite krachte. Es war die des russischen Pärchens.

Hastig raffte ich mich auf und verschwand in meinem Zimmer.

# FUTOURIST

»Alle Beschreibungen der Wirklichkeit
sind nur vorläufige Hypothesen.«
BUDDHA

Ich träumte, im Raumanzug draußen auf der Terrasse zu stehen und mit einem Gin Tonic in der Hand den Sternenhimmel zu bewundern. Gerade wollte ich den Helm abnehmen, um einen Schluck zu nehmen, als ich glücklicherweise aufgewacht war. Gut gelaunt ging ich ins Bad. Heute war der Tag meines ersten Mondspaziergangs. Schritte im Mondstaub. Endlich.

Das Frühstücksbuffet befand sich vor der Bar, wo sich der äußere Umgang zu einem Podest weitete. Es gab sogar den obligatorischen Omelette-Koch, einen fröhlichen Typen mit rot gefärbten Dreadlocks, der sich als Ziggy Lunaliscious vorstellte. Allerdings rührte er keine Eier zusammen, sondern Tofu mit aromatisch duftenden Blättern und Gemüse. Alles ganz frisch aus dem ICB, wie er stolz versicherte.

Mit einem Teller *Tofu Antaios* ging ich hinunter in die abgesenkte Mitte der Lounge und setzte mich an einen freien Tisch. Um mich herum entspannte Betriebsamkeit, die meisten Plätze waren besetzt. In den luftgefüllten Chesterfield-Sesseln auf dem Umgang saßen Leute bei Tee und Kaffee, unterhielten sich oder schauten aus dem Fenster. Das alles erinnerte an die vertraute Stimmung eines Frühstückssaals auf der Erde, die mit langsam abnehmender

Rundung mahnend über der Bar hing. Ich musste mich noch daran gewöhnen, dass sie hier am Himmel genau das Gegenteil des Mondes aus Erdperspektive tat: Sie schwebte immer an derselben Stelle, dafür drehte sie sich mit der gleichen nicht wahrnehmbaren Geschwindigkeit, mit der Sonne, Mond und Sterne am irdischen Himmel entlangwanderten. Jetzt zum Frühstück präsentierte uns Mutter Erde den blaugrünen Pazifik. Über den Philippinen hing ein gewaltiger Taifun.

Die Beleuchtung der Lounge war der vereinbarten Tageszeit angepasst. Es herrschte eine völlig andere Atmosphäre als gestern beim Dinner: nicht mehr schummrig-elegant, sondern hell und vormittäglich, obwohl hinter der Kuppel und dem Großen Fenster natürlich immer noch derselbe totale Sternenhimmel zu sehen war. Der Anblick war dem Wachwerden allerdings nicht wirklich dienlich, außerdem spürte ich noch die Instant-Tonics vom vorigen Abend.

Die meisten Gäste sahen aus wie ganz normale Touristen; viele trugen den weißen Levania-Overall, den ich auch angezogen hatte. In einem Sessel saß ein alter Hippie mit Hakennase, schütteren grauen Haaren und zauseligem Bart. Er pflegte erkennbar eigene modische Vorstellungen, denn sein Overall war im Batik-Stil bunt eingefärbt. Er trank Tee und schaute kurz herüber, sein Blick strahlte etwas Gütiges aus. Am Tisch neben ihm waren zwei ältere Herren in ein Schachspiel vertieft.

»Darf ich mich vorstellen?« Ein sportlicher junger Typ mit blauem Levania-Poloshirt war an mich herangetreten. »Ich bin Etienne, der *Gentil Lunateur*. Hast du morgen schon was vor?«

Bevor ich mir eine Antwort überlegen konnte, hatte er sich bereits neben mich gesetzt. »Da finden die Levania Club Olympics statt«, fuhr er gut gelaunt fort. »Alle Gäste sind dazu herzlich eingeladen. Das macht Spaß, und man lernt Leute kennen. Bist du dabei?«

Levania Club Olympics? Vor meinem geistigen Auge sah ich Raumanzüge über Hürden springen und Speere werfen. »Ja sicher, gerne.«

»Prima. Ich schick dir eine Einladung«, sagte Etienne.

An meinem Handgelenk blinkte es. Ich schaute auf das kleine Display der Uhr. Man hatte mich offenbar dem Team »Jamaika« zugeteilt. »Morgen um zehn in der Sporthalle. Ciao!«

Das Buffet war abgeräumt. Der Raum strahlte nun die entspannte und schläfrige Atmosphäre einer vormittäglichen Hotellobby aus. Die meisten Gäste hatten sich in die Zimmer zurückgezogen oder waren auf Ausflügen unterwegs. Bis zur Übergabe des Raumanzugs für meinen ersten Mondspaziergang hatte ich noch etwas Zeit, also stöberte ich in der *Library Bubble,* dem Lesezimmer, einem der halbkugelförmigen Nebenräume der Lounge.

Dort fand ich die üblichen Terminals und ausrollbaren Screens; man konnte sich alles aus dem Netz herunterladen – immerhin war das hier möglich, wenn schon die Kontaktlinsen nicht funktionierten. Zu meiner Überraschung stieß ich aber auch auf einen Stapel alter Zeitschriften und ein Regal mit Büchern, die Reisende offenbar von der Erde mitgebracht hatten. Das war einem Zwischenfall vor einigen Jahren geschuldet, seit dem es nicht mehr gestattet war, Lesegeräte oder sonstige Elektronik auf dem Flug zum Mond zu verwenden. Damals hatte sich ein Wahnsinniger mit seinem Tablet in die Bordsysteme eingehackt und unwiderruflich den Kurs geändert. Die Fähre mit den mittlerweile längst verstorbenen Insassen war bis heute und in alle Ewigkeit in Richtung Sirius unterwegs.

In den Regalen befand sich auch eine gut sortierte Auswahl lunarer Fachliteratur: Wissenschaftliches, Geschichtliches, Bildbände und Science-Fiction. Bei Letzterer handelte es sich, wie mir nach einigem flüchtigen Herumblättern klar wurde, ausschließlich um Mond-Geschichten aus der Zeit vor 1969, als man noch darüber spekuliert hatte, wie es hier oben wohl beschaffen sein mochte. In einem der Romane ging es etwa darum, dass man ständig im Mondstaub versank und Boote darauf herumfuhren. Warum nicht – das hätte ja auch so sein können, jedenfalls vor 1969.

Ich durchstöberte den Zeitschriftenstapel. Er war von einer dünnen Schicht norwegischer Klatschmagazine bedeckt, aber wenn man etwas tiefer grub, stieß man auf die verschiedensten Sedimente menschlicher Interessen – viele Gäste waren nach sorgfältigem Abwägen offenbar zu dem Schluss gekommen, dass bei einem Mondurlaub nur eine Autozeitschrift, ein Segelmagazin oder ein Weinjournal die richtige Lektüre sein konnte. Das absonderlichste Fossil war ohne Zweifel eine drei Jahre alte brasilianische Fernsehzeitschrift.

Ich blätterte gerade in einem Buch über örtliche Geologie (*Mare, Krater und Rillen – Eine Einführung in die lunare Morphologie*) durch die Abbildungen verschiedener Kratertypen, als ich hinter mir eine heisere Stimme hörte: »Houston an Darian, es geht los!«

Ich wandte mich um. Es war Tony, noch unrasierter als gestern. »Dachte ich mir doch, dass du auf Bücher stehst. Aber jetzt ist Zeit für's richtige Leben. Mondstaub, Alter!«

»Wie hast du mich gefunden?«

Tony zeigte grinsend auf das Display seiner Uhr, wo ein Grundriss der Lounge zu sehen war, darin mein Name im Lesezimmer. »Der *Around-Me*-Modus. Damit uns hier keiner verloren geht.«

Ich musterte ihn und stellte das Buch mit den Kratern zurück ins Regal. »Siehst ganz schön durchgefeiert aus.«

»Da sagst du was. Ist gestern Abend spät geworden. Neumondzeremonie im Gewächshaus.«

»Klingt nach einer guten Party.«

»Ja. Ist aber nichts für Touristen. Findet außerdem nur einmal im Monat statt, und beim nächsten Mal bist du längst wieder zurück auf der Erde.«

Ich folgte Tony zur Rotunde und von dort einen Gang entlang, den ich noch nicht kannte. Wir kamen in die Sporthalle, nach dem Hangar und der Lounge die dritte große Kuppel von Levania. Aufgespannte Volleyballnetze, Yogamatten lagen herum. Daneben einige Geräte für EMS, elektrische Muskelstimulation – körperliche Ertüchtigung war wegen der geringen Schwerkraft eine absolute Notwendigkeit.

Er lag auf einer Turnmatte. Er war weiß. Er sah im Wesentlichen aus wie der Overall, nur dicker. Neben dem Levania-Logo auf der Brust stand mein Name, in der Mitte ein senkrechter blauer Streifen. Mein Ticket in die Freiheit: der Raumanzug. Meine Handflächen wurden feucht.

Tony drehte ihn um. »Hier, im Rücken ist ein flexibler Tank eingenäht, gefüllt mit hoch komprimierter Atemluft, die reicht für acht bis zehn Stunden. Die Zeit der klobigen Tornister auf dem Rücken ist zum Glück lange vorbei, mit dem Anzug kannst du dich sogar bequem hinsetzen und anlehnen. Er bietet normalerweise auch genug Schutz vor kosmischer Strahlung.«

»Normalerweise?«

»Ja, allerdings nicht bei Sonnenstürmen. Da herrscht Ausgangssperre. Die Luftschleusen lassen einen dann nicht mehr raus.«

Den Raumanzug anzuziehen war nicht weiter schwer, man trug ihn einfach über dem Overall. An der Vorderseite war ein luftdichter Klettverschluss angebracht, das war der blaue Streifen. Die Uhr wurde an den linken Ärmel des Anzugs geheftet und zeigte die Verbrauchswerte für Atemluft, Wasser und Batterie. Ich setzte den Helm auf und drehte ihn nach rechts, bis er klickend auf dem runden Metallkragen des Anzugs einrastete. Luft strömte herein. Erleichtert zeigte ich Tony den erhobenen Daumen.

»Deine Uhr ist jetzt mit dem Interkom im Helm verbunden«, hörte ich seine Stimme über den Helmlautsprecher. »Wir haben alle das gleiche Netz, außer den Chinesen natürlich.«

Tony kramte etwas aus der Hosentasche seines Anzugs hervor. »Hier ist noch was für deinen ersten Spaziergang, kriegen alle Touristen. Geht aufs Haus.«

Ich hielt ihm meinen Handschuh erwartungsvoll entgegengestreckt. »Eine Feder? Eine – Bleikugel?«

»Masse und Gewicht. In der Schule nicht aufgepasst?«

Meine ersten Schritte mit Raumanzug und Helm führten mich, zusammen mit Tony, in die kleine Luftschleuse der Sporthalle.

»Hier, den Knopf drücken«, hörte ich Tony im Helmlautsprecher. Hinter uns schloss sich die Tür. Die Schleuse wurde in rotes Licht getaucht.

»Jetzt wird die Atemluft herausgesaugt«, sagte Tony mit dramatischem Unterton. »Und die Schleuse füllt sich – mit tödlichem Vakuum!«

Mein Raumanzug blähte sich minimal auf. Ich atmete unwillkürlich schneller. Tony schaute mich durch sein Visier an: »Alles klar?«

Ich nickte. »Was passiert eigentlich, wenn man ohne Anzug rausgeht? Explodiert man dann? Oder gefriert zu Eis?«

»Du wirst es nicht glauben, aber man bleibt für zehn bis zwanzig Sekunden bei Bewusstsein und hat so lange eine Überlebenschance. Dann wird es allerdings kritisch.«

»Draußen sind doch 140 Grad unter null?«, wunderte ich mich.

»Reine Theorie. Der menschliche Körper hält erst mal die Temperatur. Das Vakuum sorgt sogar für eine super Wärmeisolierung. Weißt schon, wie bei einer Thermoskanne. Du würdest durch das Verdunsten der Feuchtigkeit nur leichte Kühle auf der Haut spüren.«

Durch das rote Licht in der Schleuse hatte Tonys unrasiertes Gesicht hinter dem Helmvisier etwas leicht Bedrohliches.

»Nach den zwanzig Sekunden treten Lähmungen auf, es entsteht Wasserdampf im Gewebe, und der Körper dehnt sich auf das doppelte Volumen aus – zumindest ohne Raumanzug«, sagte Tony, während sich die Luftschleuse weiter mit rot leuchtendem Vakuum füllte. »Der Herzschlag verlangsamt sich, und nach einer Minute zirkuliert kein Blut mehr. Doch bis dahin ist man längst bewusstlos.«

»Man könnte also bis zu zwanzig Sekunden nackt über den Mond rennen und das überleben?«, fragte ich erstaunt nach.

»Ja. Aber nicht, wenn die Sonne scheint. Der Sonnenbrand wäre mörderisch. Und man darf auf keinen Fall die Luft anhalten. Die Lungen würden reißen, das wäre garantiert tödlich.«

Das Licht in der Schleuse wechselte auf Grün. Nun durfte ich mit meinem Handschuh auf den zweiten Knopf drücken. Die Außentür schob sich zur Seite.

Das Erste, was ich zu meiner Überraschung erblickte, war ein Fahrrad. Es war an eine Wand gelehnt. Ich schloss kurz die Augen und öffnete sie wieder. Es war immer noch da. Ein altes elektrisches Hollandrad. »Das gehört Roy«, hörte ich Tonys Stimme. »Er hat jahrelang in Amsterdam auf einem Hausboot gelebt.« Ich hätte Lust gehabt, das Rad direkt auszuprobieren. Es war nicht abgeschlossen.

Bedächtig unternahm ich meinen ersten Schritt. Der Mondstaub war direkt vor der Schleuse stark zertrampelt und mein Fußabdruck daher nur schwach zu erkennen. Aber immerhin. Ich schaute auf die Uhr. Es waren 140 Grad unter null und kurz vor halb zwei.

Vakuum. Das Nichts. Es umhüllte mich nun vollständig, es war direkt vor meinem Visier, nur wenige Millimeter von meinem Körper entfernt. Ich lief durch diesen Tod hindurch und fühlte mich dabei pudelwohl. Erstaunlich, dass ich überhaupt keinen Temperaturunterschied bemerkt hatte, als ich aus der Schleuse getreten war. Wieso musste ich in London ständig frieren? Vielleicht sollte ich den Anzug mit nach Hause nehmen, den Helm könnte ich auch auf meiner Vespa tragen. Bedächtig ging ich hinter Tony her. Wir hatten freien Blick auf die Mondschaft.

»Du kannst dich jetzt austoben«, hörte ich Tonys Stimme. Das ließ ich mir nicht zweimal sagen. Ich lief los wie ein kleiner Junge an einem Wintermorgen nach durchschneiter Nacht, sprang durch die Gegend, drei Meter weit und einen Meter hoch. Es war nicht einmal anstrengend – nicht nur wegen der niedrigen Schwerkraft, sondern auch, weil man lange genug schwebte, um dabei kurz die Beine auszustrecken. Ich drehte mich um die eigene Achse, sah den unfassbaren Sternenhimmel, die Erde, die Kuppeln von Levania, die entfernten Kraterränder von Prinz. Tony kam auf mich zu und umarmte mich: »Willkommen auf dem Mond!«

Langsam stapften wir an der Außenseite der Sporthallenkuppel vorbei und gelangten zu den Sportplätzen, wo ein Dutzend pritschende und baggernde Astronauten Volleyball spielten, lautlos und wie in Zeitlupe. »Schalt mal auf den *Kanal Plus*«, sagte Tony. »Das ist eine offene Frequenz, bei der die Entfernungen der Leute untereinander hineingerechnet werden. Je weiter man voneinander entfernt ist, desto leiser die Stimmen. Wie im echten Leben.«

Schlagartig wandelte sich die stille Szenerie auch akustisch in ein Volleyballspiel. Es wurde gelacht und gerufen, und es war sogar zu hören, wenn der Ball auf die Handschuhe der Spieler traf; offenbar übertrug sich der Schall durch die Raumanzüge in die Helmmikrofone. Es stand 12:8. Wir gingen weiter, und die Spieler im Kanal Plus wurden stetig leiser, nur gelegentlich hörte ich noch entferntes Rufen und Lachen. Ich drehte mich um und sah die Abdrücke meiner Stiefel. Wegen der langen, hüpfenden Schritte lagen sie weit auseinander.

Wir kamen an der flachen Halle mit den Shops und dem Tourdesk vorbei, wo sich auch der so genannte Haupteingang befand, dessen Schleuse man benutzte, wenn man draußen mit Scootern und Moovern unterwegs war. Die standen bunt und zahlreich vor dem Eingang geparkt und waren umrahmt von vielen dünnen Stangen, die aufrecht im Staub steckten. An ihren Spitzen hingen kleine Fähnchen. Die Nationalitäten aller Gäste, die irgendwann mal in Levania gewesen waren, wie Tony erklärte. Viele Flaggen kannte ich gar nicht, denn nach dem Zerfall der EU bestand Europa mittlerweile aus über hundert Staaten. Mit England, Schottland und Katalonien hatte es damals angefangen, dann Belgien, Padanien, Bayern.

»Da ist die schottische Flagge«, rief Tony stolz. Sie stand ganz vorne, was vermutlich kein Zufall war. »Ich geh jetzt rein und lass dich alleine weiterlaufen. Das ist Teil der Übung. Wenn du Fragen hast, ruf mich an.«

Ohne zu zögern verschwand Tony in der Schleuse des Haupteingangs. Ich war allein auf dem Mond. Endlich.

Mit den Handschuhen griff ich in die Hosentaschen des Raumanzugs, holte die Bleikugel und die Gänsefeder hervor und ließ sie mit ausgestreckten Armen fallen. Beide sanken in der gleichen, langsamen Geschwindigkeit hinab auf den grauen Staub. Masse und Gewicht. Ich sammelte Kugel und Feder wieder ein, steckte sie in die offenen Taschen des Raumanzugs und setzte meinen einsamen Rundgang fort.

Am Zimmertrakt warf ich einen Blick durch die Scheibe meiner Suite (der Roomservice war noch nicht da gewesen) und probierte den Liegestuhl auf meiner Terrasse aus. Tatsächlich, man konnte sich mit dem Raumanzug bequem hinsetzen und zurücklehnen. Als ich nach oben schaute, begriff ich den Sinn der Terrassenmöblierung: der Sternenhimmel! Die Erde! Ich aktivierte auf der Uhr eine Funktion, die im Helmvisier die Namen der Sterne anzeigte. Direkt über mir waren Castor und Pollux.

Nach einer Weile des Liegens und Staunens raffte ich mich wieder auf und ging an den Terrassen der anderen Suiten vorbei. Dem Around-Me-Modus auf meiner Uhr konnte ich entnehmen, dass das benachbarte russische Pärchen daheim war, die Vorhänge waren zugezogen. Ihre Namen auf dem Display überlagerten sich fast völlig.

Schließlich erreichte ich das Ende des Hotelkomplexes; fern ragte die nördliche Kraterwand von Prinz über den Horizont. In der Steilwand konnte ich Lichtpunkte erkennen, einige von ihnen oben auf der Kante – das mussten die Ferienhäuser in Beverly Hills sein, von denen Christopher gesprochen hatte; eine augenscheinlich stark befahrene Piste führte dorthin.

Nachdem ich eine Weile die Lichter betrachtet hatte, wandte ich meinen Blick der näheren Umgebung zu. Es war der Verwaltungstrakt: graue Wände aus zusammengesteckten Profiltafeln, ein Streifenfundament, das eine Handbreit aus dem Mondstaub schaute. Ich beugte mich hinab. Im Beton des Fundaments waren Buchstaben zu sehen: ERBAUT.

Ich wischte den Staub beiseite, bis die ganze Inschrift zu erkennen war.

ERBAUT VON DER BELTECH CORPORATION.

BelTech. Langsam ließ ich den Regolith durch die Finger meines Handschuhs rieseln. Ich spürte den Geschmack von Absinth im Mund, sah die Raubmöwen über den glitzernden Wellen des Tibers.

Mein Rundgang führte mich weiter an den Schleusentoren des Hangars und dem Großen Fenster der Lounge vorbei, bis ich schließlich wieder an die kleine Luftschleuse der Sporthalle kam. Das Hollandrad stand immer noch dort. Nachdem ich drinnen meinen Raumanzug mit Druckluft gereinigt und anschließend in meiner Suite in den Schrank gehängt hatte, ging ich in die Lounge, die nun im vollen Nachmittagsmodus war.

Zu meiner Überraschung war der Saal von einer fröhlichen Schar bunter Gestalten bevölkert. Verblüfft sah ich Dreadlocks, Tattoos, nackte Oberkörper, bunte Sarongs. Sie hatten Sessel zusammengeschoben; einige saßen auf dem Boden auf kleinen Kissen, tranken, lachten und redeten. Der ganze Raum strahlte eine Small-Talk-Energie aus, mit der ich gerade etwas überfordert war.

Ich entdeckte eine gelb ausgekleidete, höhlenartige Nische, die sich neben dem Eingang in der Kuppelwand der Lounge befand: eine kleine Halbkugel mit gepolsterten Bänken und kleinem Tisch in der Mitte, groß genug für zehn Leute. Ein perfekter Rückzugsort, von dem aus ich eine Weile das Treiben in der Lounge beobachtete.

Ich hatte gar nicht bemerkt, dass jemand an mich herangetreten war. Als er mich ansprach, zuckte ich leicht zusammen. »Bonjour.«

Ein junger Mann, groß, sehr dünn und ganz in Schwarz gekleidet. Sein Hemd war einen Knopf zu weit geöffnet, darunter schimmerte eine bleiche Hühnerbrust, die er selbstbewusst zur Schau stellte. Erstaunt bemerkte ich, dass er kein Barcode-Tattoo am Handgelenk hatte. Seine Gürtelschnalle war rund und riesig, eine Darstellung der Mondrückseite. »Neu angekommen?«, fragte er und sah mich kühl mit dem grauen Auge an, das nicht von seinem blonden Scheitel verdeckt war.

»Ja, gestern.«

Er nickte mir knapp zu. »Alain.«

»Darian. Magst du dich setzen?«, fragte ich.

Aber Alain ging kommentarlos weiter. Ich beugte mich aus der Öffnung der gelben Nische vor und sah, dass er am Eingang der Lounge vorüberging und in einer anderen Nische verschwand. Ich wollte sowieso aufbrechen, also stand ich auf, ging hinterher und schaute in einen identisch gestalteten Alkoven, der sich lediglich in der Farbe unterschied – er war grau statt gelb. Dort saß Alain hingestreckt, dünn, schwarz und bleich. Er sah kurz auf. »Schon besser. *Hier* sitzt man.«

So viel Arroganz machte mich neugierig, also nahm ich neben ihm in der grauen Nische Platz. »Champagner?«, fragte Alain.

»Den gibt es hier?«

»Was es in Levania gibt und was ich habe, hat nichts miteinander zu tun.« Er sagte etwas auf Französisch in seine Uhr, das Wort Champagner kam darin vor.

»Man kann hier per Funk bestellen?«

»Man kann nicht, ich schon«, kam Alains Antwort. Anschließend die Frage: »Coca?«

Ich war nicht sicher, ihn richtig verstanden zu haben – zumindest bis er ungerührt einen runden kleinen Spiegel nahm und weißes Pulver daraufstreute. Ich lehnte dankend ab. »Mon dieu«, war sein Kommentar. »Verzicht ist ein Irrweg.« In einem Schnief hatte er alles vom Spiegel weggesaugt und legte ihn verächtlich zur Seite.

Ein livrierter Kellner tauchte auf, ein Inder oder Pakistaner vielleicht, der geflissentlich mit weißen Handschuhen vier Gläser auf den Tisch stellte und eine Flasche Champagner öffnete. Krug. Er füllte zwei der Gläser, vollführte eine Verbeugung und verschwand wieder. Alain trank, ohne in meine Richtung zu schauen. Sein Spiegelpulver schien zu wirken, er schniefte und wurde beinahe gesprächig. »*Touriste, ne c'est pas?*«

Ich hätte fast *Oui* gesagt, stattdessen nickte ich nur.

»Sind dir die Reiseziele ausgegangen?« Alain sah mich an, eigentlich zum ersten Mal, seit wir in seiner grauen Nische saßen.

»Könnte man so sagen«, antwortete ich.

»Es ist ja auch nicht mehr viel Zeit, nicht wahr?«, sagte Alain und wischte seinen blonden Scheitel zur Seite. »Und ihr bedauert das, ihr dreht alle völlig durch.« Er deutete mit seinen langen bleichen Fingern zu der bunten Gesellschaft in der Lounge. »Aber es gibt nichts zu bedauern, wir haben alles erlebt, *nous sommes fini!* Oder hast du etwa irgendwas verpasst, irgendetwas ausgelassen dort unten auf der Erde?«

»Nein … aber es geht ja nicht allen Leuten so.«

»Alle Leute!« Alain schniefte verächtlich.

»Lebst du hier?«, fragte ich.

»Ich habe Häuser, auch hier.« Alain ließ seine Finger verächtlich kreisen, als gehörte ihm ganz Levania. »Ich bin immer dort, wo ich gerade bin – und wo ich bin, ist es gut. Ich halte mich nie an schlechten Orten auf, das wäre unmöglich. Und wenn es keine guten Orte mehr gibt …«, er deutete durch die Öffnung des Alkovens auf die Erde über der Bar. »… dann werde ich auch nicht mehr sein. Es gibt dann keinen Verlust, nichts zu bedauern, *rien de regretter.* Wo ist also das Problem?« Er schniefte und nahm erneut einen tiefen Schluck Krug.

»Und was machst du so, auf dem Mond?«, fragte ich.

»Urlaub. Und ich gehe meinen Geschäften nach, Immobilien. Ansonsten draußen Boule spielen, hauptsächlich. Feiern und Champagner trinken – er perlt hier ganz vorzüglich bei der *gravitation lunaire.* Ich habe auch Freunde hier, zwei von ihnen müssten gleich kommen. *Mon dieu*, was ist jetzt los?«

Lautes Johlen und Jauchzen. Ein weiterer bunter Trupp rauschte in die Lounge. Sie sahen aus, als kämen sie gerade von einer Party. Wir beobachteten aus der Deckung der grauen Nische, wie die

Neuankömmlinge von ihren Freunden in der Lounge ausgelassen begrüßt wurden.

»*Moonatics*«, schnaufte Alain abfällig.

»Moonatics?«

»Mond-Hippies – noch ungewaschener als auf der Erde.«

»Wohnen die auch hier?«

»Ja, oben am Kraterrand. Sie kommen anscheinend von ihrer *Ceremonie Lunaire* gestern Abend. Ist wohl ein bisschen später geworden.«

Während wir wortlos Krug schlürften und dem fröhlichen Treiben zusahen, erschienen zwei Typen vor der grauen Nische. Sie stellten sich als Gianfranco de Luca sowie Witold Kubitschek vor und wurden umgehend von Alain mit Champagner versorgt.

»Na, wo ist der Spiegel, Maestro?«, fragte Gianfranco und schaute sich gierig in dem grauen Alkoven um, nachdem er mir kurz die Hand gegeben hatte. Witold setzte sich ebenfalls, allerdings schweigend und höflich. Er trug einen Dreiteiler mit Einstecktuch, Krawatte und Schal; in hellem Beige mit grauen karierten Linien. Er hatte dunkelblonde Haare, die im Gegensatz zu seinem perfekt gestutzten Schnurrbart ein wenig zu lang waren; auf seinen bleichen Klavierspielerfingern steckten diverse Ringe. Gianfranco hingegen war südländisch kompakt. Er besaß das Fluidum eines reichen italienischen Fußballspielers, der koksend in einer VIP-Lounge saß. Alain schwebte zwischen den beiden wie ein schwarzer bleicher Engel und trug einen belustigten dürren Zug um seine Mundwinkel.

»Na, woher kommst du, Darian?«, fragte mich Witold mit routinierter Höflichkeit.

»London.«

»Oh, das wäre mir zu kalt. Schlittschuhlaufen auf der Themse im Mai? Nein danke.«

»Und du?«

»Ich besitze hier eine Villa, oben in Beverly Hills. Dort habe ich genug Ruhe, um meine Koans und Haikus zu verfassen. Ich nenne sie Mantranas. Ansonsten wohne ich in Monte Carlo.«

»Monte Carlo? Da kann man ernsthaft leben?«

»Zumindest treiben da keine Eisberge vorbei. Aber hauptsächlich bin ich wegen des Casinos dort. Ich habe mich dem Roulette verschrieben.«

»Poet und Spieler. Eine interessante Kombination«, Small Talkte ich zurück.

Witold ignorierte meine Bemerkung und betrachtete mit trägem Blick seine manikürten Finger, als ihm Alain den runden Spiegel herüberreichte.

»Nein, danke. Jetzt nicht«, sagte er mit müder Stimme, aber Alain stupste ihn mit dem Ellenbogen nachdrücklich in die Seite. Witold fingerte pflichtschuldig ein kleines goldenes Röhrchen aus seiner Westentasche und schnorchelte eine riesige Line von dem kleinen Spiegel.

Er schniefte, nahm einen großen Schluck Champagner und wandte sich wieder in meine Richtung. »Spielen ist etwas für Verlierer. Ich gewinne. Natürlich gibt es beim Roulette keine sicheren Systeme, das liegt in der Natur der Sache«, sagte Witold und schnäuzte in ein weißes Taschentuch. »Es kommt darauf an, die Systeme richtig miteinander zu kombinieren, aber daran scheitern die meisten Spieler. Das geht nur mit Intuition – zu wissen, wann man eine Verdoppelungssequenz abbricht, wann man auf die Zahlen geht, welchen Tisch man wählt, wann man Pause macht. Und ganz wichtig: ein großzügiges Trinkgeld für die Croupiers *vor* dem Spiel. Vorher.«

»Rollt die Kugel dann anders?«

»Ja, durchaus. Die Kalkulation von Zufall und Wahrscheinlichkeiten sind eine Sache, aber die alles entscheidenden letzten Prozente sind rein geistiger Natur.«

»Meditierst du etwa im Casino?«, fragte ich amüsiert.

»Ich stehe niemals am Tisch, wenn ich nicht hundertprozentig im Flow bin«, erklärte Witold feierlich. »Es geht um die innere Verbindung mit dem Spiel. Dabei sind auch die Croupiers von Bedeutung, auch wenn ihre geistige Energie meist nur schwach ausfällt. Denn sind sie einem wohlgesonnen, hat das einen positiven Einfluss auf den Lauf der Kugel. Deswegen bekommen sie das Trinkgeld vorher. Genau wie in einem Hotel oder Restaurant. Man will schließlich zuvorkommend behandelt werden. Es wäre Unsinn, das Trinkgeld danach zu geben, wenn es zu spät ist.«

Witold nahm einen weiteren Schluck Krug und fuhr schniefend fort: »Aber an manchen Abenden mache ich absichtlich Fehler; so erzeuge ich Mitgefühl am Tisch, eine wertvolle Energie der anderen Spieler. Dann mache ich ein *All-In* auf eine Zahl, auf die ich zuvor schon hingearbeitet habe, und fahre Fibonacci-Sequenzen, die auf 97 Prozent kalkuliert sind. Die funktionieren nämlich nur, wenn ich auf die Empathie meiner Mitspieler und der Croupiers zugreifen kann. Und dann räume ich richtig ab.«

»Wie hältst du es auf dem Mond ohne Casino aus?«, fragte ich.

»Doch, es gibt ein Casino«, sagte Witold. »Oben in den Alpen, im Chalet de la Lune. Wir unternehmen in Kürze einen Ausflug dorthin, mit Alains Yacht.«

»Alain hat hier eine *Yacht*?«

»Oh ja, die *Saint Tropez*. Einer der größten Moover auf dem Mond. Du müsstest sie mal sehen, sie steht gerade zur Inspektion im Hangar vom Chalet. Aber eigentlich gehört sie Chester.«

»Chester?«

»Alains Geschäftspartner«, sagte Witold. »Unternehmer, Projektentwickler. Seine Firma hat auch Levania gebaut. Und Port Navel.«

»BelTech?« Mir fiel die Inschrift ein, die ich vorhin entdeckt hatte.

Witold nickte. »Genau. Aber ich muss jetzt weiter, ich habe noch eine Verabredung. Sehr angenehm, deine Bekanntschaft gemacht zu haben.«

Er verabschiedete sich, und ich lehnte mich irritiert zurück. Als kurz darauf auch Alain und Gianfranco verschwunden waren, rief ich auf meiner Uhr die Seite von BelTech auf, wie ich es in Rom auch schon getan hatte. Chesters Name war allerdings nirgendwo zu finden. Anschließend ging ich auf die Seite, auf der Witold seine Koans veröffentlichte. Dort las ich seine beiden »Mantranas der Woche«:

*»Die Welt ist eine einzige Metapher.«*

und

*»Der Sinn des Lebens besteht darin, die Form zu wahren.«*

»Darf ich mich setzen?«

Ich schaute von meiner Uhr hoch. Vor mir stand eine opulente afrikanische Dame, in bunte Tücher und gleichfarbig gemusterte Kopfbedeckung gehüllt. Sie strahlte mich warmherzig an.

»Gerne.«

Sie nahm neben mir in der grauen Nische Platz und gab mir die Hand. Ihr Arm war mit goldenen Ringen behangen, die munter klimperten. »Ich bin Mama Africa.«

Als ich sie verwundert anschaute, lachte sie nur.

»Den Namen habe ich mir selbst gegeben.«

Ich nickte. »Angenehm. Darian.«

»Bleibst du länger in Levania?«, fragte sie mit ihrer wohltönenden Stimme. Ein angenehmer Kontrast zu den kühlen Schnöseleien von Alain und Witold.

»Drei Wochen.«

»Dann hast du ja genug Zeit, hier alles in Ruhe auszuprobieren. Kennst du schon die *Starseed-Bubble?*« Mama Africa zeigte zu einem der Nebenräume der Lounge hinüber.

»Ich habe vorhin kurz reingeschaut«, sagte ich. »Scheint eine Virtual-Reality-Lounge zu sein …«

»Ja, aber das Besondere an Starseed ist, dass man sich völlig frei darin bewegen kann, mit reiner Gedankenkraft.« In ihrer Stimme schwang ein gewisser Stolz mit. »Wir nennen diese Technologie DMT – *Digital Mind Transfer.*«

»Und was für virtuelle Welten gibt es da?« Ich fragte eher aus Höflichkeit, denn ich hatte mich noch nie für so etwas interessiert. Ich hatte genug damit zu tun, mit der Realität klarzukommen.

»Levania zum Beispiel.« Mama Africa strahlte mich erwartungsvoll an. »Wir haben das Hotel komplett nachgebildet. Es ist für die erste Session sinnvoll, sich in einer vertrauten Umgebung zu bewegen, aber natürlich kann man auch den ganzen Mond erkunden.«

»Ist den Leuten der echte Mond nicht spannend genug?«

»Starseed ist eine Alternative zu den Ausflügen mit den Touristenbussen. Vor allem dauern sie nicht so lange, und man kommt auch auf die Rückseite. Aber der eigentliche Witz ist, dass du kaum einen Unterschied zur Realität bemerken wirst.«

Ich schaute sie zweifelnd an. Keinen Unterschied zur Realität? Wo lag dann der Sinn der Sache?

»Natürlich kann man in Starseed zur Erde fliegen, und wir haben auch das ganze Sonnensystem drin«, fuhr Mama Africa fort. »Alle Planeten, mit sämtlichen Daten. Meine Studenten haben wirklich ganze Arbeit geleistet.«

»Deine Studenten?«

»Ich bin Professorin für Virtual Reality in Stanford. Hab ich dich neugierig gemacht? Möchtest du Starseed mal testen?«

»Ich bin nicht sicher, ob ich deswegen auf den Mond gereist …«

»Bevor die Sonne nicht aufgegangen ist, kannst du sowieso nicht Scooter fahren«, unterbrach sie mich. »Und Starseed ist auch nicht teurer, 80 Globo die Stunde. Oder, als Einführungstarif, 1200 Globo für den Rest deines Urlaubs. In diesem Fall allerdings mit einem Limit von drei Stunden täglich.«

»Ich bin dabei – und nehme das große Paket.«

Die Starseed-Bubble befand sich neben dem Lesezimmer. Als ich hineinschaute, sah ich im Dämmerlicht einige Leute reglos auf zurückgekippten Liegen. Sie trugen geschlossene, visierlose Helme, aus denen Kabelbündel hervorkamen und in einer Apparatur verschwanden. Einer von ihnen war ein kleiner Mann, offenbar sehr alt, seine zarten Hände waren faltig und fleckig. Ich glaubte, etwas zu hören, und trat vorsichtig näher an seine Liege heran. Tatsächlich, er redete unter seinem Helm, sein Mund war nicht zu sehen.

Ein junger dürrer Typ mit kurz geschorenen Haaren und ungesunder Körperhaltung erschien und stellte sich als Jason vor; er würde mich einweisen und bei der ersten Session begleiten. Er erzählte mir, dass er Doktorand bei Mama Africa sei und an einem Papier über die Nebenwirkungen von Starseed arbeitete. Ich hoffte nur, dass das System ausgereift war, denn Jason sah ziemlich mitgenommen aus. Auch fand ich es etwas beunruhigend, dass erstens anscheinend die Langzeitwirkungen noch nicht bekannt waren und zweitens offenbar die Gäste von Levania zur Klärung dieser offenen Fragen beitragen sollten. Vielleicht hatte der Einführungstarif etwas damit zu tun.

»Ich werde dich jetzt einscannen«, sagte Jason. »Stell dich bitte gerade hin.« Er umkreiste mich einige Male mit einem kleinen Gerät, das er mir anschließend vors Gesicht hielt.

»Bin ich dann in Starseed immer mit diesem T-Shirt unterwegs?«, fragte ich. Ich trug ein schwarzes Shirt mit dem Aufdruck *Kraterrand mein Vaterland,* das ich vorhin auf dem Weg in die Lounge im Levania-Shop gekauft hatte.

»Ja, klar. Jetzt leg dich bitte hin.« Jason stand neben meiner Liege und setzte einen der verkabelten Helme auf meinen Kopf. »Und nicht erschrecken, das fühlt sich wahrscheinlich etwas seltsam an.«

Überall aus der Innenseite des Helms fuhren kleine, stumpfe Nadeln heraus und drückten gegen meine Kopfhaut und meine Stirn. Ich konnte nichts mehr sehen und war leicht nervös.

»So, gleich geht es los«, hörte ich Jasons Stimme, die nun aus Helmlautsprechern zu mir sprach. »Als Erstes wirst du durch elektrische Impulse in Hypnose versetzt, anschließend spürst du ein Kribbeln in der Stirn – das sind leichte Stromstöße von vierzig Hertz, die deine Frontallappen im Gehirn stimulieren.«

»Frontallappen? Stromstöße?«

»Ja, dadurch wird dein Gehirn angeregt, Gamma-Wellen zu erzeugen. Ohne die würdest du nur vor dich hin träumen und könntest dich nicht bewusst durch Starseed bewegen. Die Wellen entstehen im Gehirn, wenn du wach bist, aber auch bei luziden Träumen. Es genügt eine einmalige Elektrostimulation von einer halben Minute, danach bleibt der luzide Zustand stabil. Bist du bereit?«

Das war ich. Und wirklich gespannt.

»Und denk dran, lass die Augen geschlossen. Du bekommst alle visuellen und sensorischen Informationen direkt über die Großhirnrinde. Das Einzige, was noch normal abläuft, ist das Sprechen. Du kannst mit mir über Mikrofon kommunizieren, während ich hier neben dir stehe, oder auch mit anderen Menschen, wenn du in Starseed welchen begegnest. Wir beginnen jetzt mit der Hypnose-Sequenz.«

Ich versuchte, mich auf das zu konzentrieren, was eigentlich geschah, aber schon nach wenigen Sekunden hatte ich den Faden verloren. Ich sah nichts hinter meinen geschlossenen Lidern und konnte auch keinen klaren Gedanken mehr fassen. Es war beinahe, als ob ich einschlafen würde. Dann war ich tatsächlich kurz weg, und als ich wieder zu mir kam, kribbelte es hinter meiner Stirn. Es war keineswegs unangenehm, eher ein Zustand innerer Klarheit. Vor meinen Augen war es immer noch dunkel. Das Kribbeln hörte auf. Plötzlich erschien ein Bild. Ich dachte zunächst, ich hätte die Augen geöffnet, denn ich lag immer noch auf der Liege in der Starseed-Bubble. Jason war jedoch verschwunden. Ich bewegte den Kopf und bemerkte, dass ich gar keinen Helm aufhatte. Was war passiert? Ich richtete mich auf und sah, dass die anderen Leute auf den Liegen ebenfalls verschwunden waren, auch die vielen Kabelstränge waren weg.

Plötzlich, wie aus dem Nichts, erschien Jason neben mir. »So, da wären wir, in Starseed. Ich habe mich auch eingeklinkt. Was du hier siehst, ist die Simulation von Levania, die hier in der Starseed-Bubble beginnt. Nicht schlecht, oder? Wir stehen jetzt auf, aber in der Realität befinden wir uns immer noch mit verkabelten Helmen auf den Liegen.«

Ich war fassungslos. Die Simulation war annähernd perfekt. »Versuch mal, aufzustehen«, sagte der virtuelle Jason. »Mach es so wie immer, wie in der Realität.«

Es war wirklich ganz einfach. Ich stand auf – zumindest virtuell, in der simulierten Starseed-Bubble. »Und du bist sicher, dass ich jetzt in Wirklichkeit nicht auch aufgestanden bin?«, fragte ich.

»Du hast nicht einmal mit den Beinen gezuckt«, antwortete Jason. »Du bewegst dich sozusagen in einem luziden Traum.«

Ich trat näher an ihn heran und besah mir sein Gesicht. »Das machen alle beim ersten Mal«, sagte Jasons grinsender Avatar. »An den Gesichtern sieht man am ehesten, dass es eine Simulation ist. Wir arbeiten aber an einem Update.« Ich ging einige Schritte nach vorne und berührte die Wand, und tatsächlich spürte ich ein Druckgefühl in den Fingern.

»Du kannst jetzt alleine herumlaufen, ich gehe solange wieder zurück in die Realität. Aber ich kann dich hören und mit dir reden. Außerdem sehe ich auf dem Monitor, was du machst.«

»Und wie komme ich hier wieder raus?«

»Wenn du den roten Knopf an deinem Gürtel drückst, stoppt die Simulation, und du kannst den Helm wieder abnehmen. Du solltest aber vorher in die virtuelle Starseed-Bubble zurückgehen und dich wieder auf die Liege legen. Das macht die Rückkehr erträglicher. Bis gleich.«

Jasons Avatar verschwand. Einfach so. Ich war allein. Zögerlich wie ein gerade zur Welt gekommenes Fohlen stakste ich zum Ausgang der virtuellen Starseed-Bubble und ging vorsichtig in die simulierte Lounge. Sie war leer. Zumindest fast – an ihrem angestammten Platz saßen die beiden Schachspieler. »Jason, hörst du mich?«, flüsterte ich.

»Klar und deutlich«, kam seine Antwort. Er schien direkt in meinem Kopf zu sprechen.

»Die Schachspieler. Ich habe sie eben noch in der echten Lounge gesehen. Sind die auch in Starseed unterwegs?«, fragte ich leise.

»Nein«, hörte ich Jasons Stimme. »Wir haben uns den Spaß erlaubt, einige Leute als festen Bestandteil der Simulation einzuscannen. Du kannst also keine Unterhaltung mit ihnen führen oder so. Und jetzt schau mal rüber zur Bar.«

Dort stand jemand mit hellblond gefärbtem Haarschopf. Harry. Ich ging hinüber und stellte mich an den virtuellen Tresen, auf dem sogar ein Schälchen mit grünen Wasabi-Nüssen stand.

»Hallo Harry, du auch hier?«, sprach ich den eingescannten Barkeeper an.

»Frohes neues Jahr! Na, erster Abend hier?«, begrüßte er mich knarzend und polierte dabei ein Glas. »Wer bist du?«

Mir lief es eiskalt den Rücken hinunter.

»Ich bin Harry! Was willst du trinken?«, fuhr er fort. »Du siehst aus, als könntest du einen Gin Tonic gebrauchen.«

Der simulierte Harry nahm ein frisch gewienertes Glas, ließ Wasser aus dem Hahn hineinlaufen und warf einige Eiswürfel dazu. Dann schaufelte er mit einem Löffel weißes Pulver in das Glas und rührte das Ganze um. »Bitte, ein Gin Tonic. Mit ganz viel Liebe gerührt. Welche Zimmernummer?«

»Äh – Suite Nummer sieben …«, antwortete ich, völlig perplex.

»Ein Suitie! Wie lang bleibste denn?«, fragte Harry und fixierte mich mit seinen braunen Raubvogelaugen.

»Jason – *wie habt ihr das gemacht?* Das kann doch nicht wahr sein …«, rief ich leise.

Seine Stimme in meinem Kopf lachte. »Wir machen uns einen Spaß daraus, bei manchen Gästen das erste Gespräch mit Harry an der Bar aufzuzeichnen – vor allem bei Leuten, die länger bleiben und Starseed vielleicht ausprobieren. Den Gin Tonic kann man übrigens nicht trinken, deswegen haben wir auch keine Toiletten simuliert. Wir wollen zufriedene Kunden und keine Bettnässer.«

»Gin Tonic-Extrakt, wird mit Wasser aufgerührt. Schmeckt besser als das Original. Oder glaubst du, wir bringen Flaschen mit Gin und Tonic auf den Mond?«, mischte sich der virtuelle Harry wieder ein. Ich nahm einige von den simulierten Wasabi-Nüssen und warf sie in seine Richtung. Sie prallten sogar von ihm ab.

»Aber du wirst dich an die Tonics gewöhnen. Gin ist gut gegen Malaria. Die verdammten Mondmücken, weißt schon. Aber keine Sorge, ist alles im grünen Bereich.«

Ziemlich verdattert ging ich weiter auf Erkundungstour. Auf dem Weg zum Ausgang der Lounge kam mir ein kleiner, sehr alter Herr mit silbergrauen Haaren entgegen. Er machte einen verwirrten Eindruck, oder besser gesagt: sein Avatar. Er schlurfte mit unsicheren Schritten und gesenkten Augen umher. Als ich ihn ansprach, reagierte er nicht, stattdessen steuerte er die Waschräume an und verschwand darin. Neugierig ging ich hinterher und öffnete die Tür. Die Simulation von Levania stieß an diesem Punkt offenbar an ihre Grenzen, denn dort, wo sich normalerweise die Urinale und die Türen zu den Klokabinen befanden, waberte nur eine unscharfe weiße Fläche. Die Waschbecken mit den Spiegeln waren aber vorhanden. Das hatte der verwirrte Avatar des alten Mannes offenbar auch bemerkt, denn er stand vor einem der Waschbecken und pinkelte versonnen hinein.

»Darian an Houston«, flüsterte ich. »Der alte Mann auf der Liege pinkelt hier gerade ins Waschbecken. Und er ist nicht ansprechbar.«

»Verdammt«, sagte Jason. »Nicht schon wieder. Das ist Theowulf; er muss eingeschlafen sein und traumwandelt herum. Ich werde ihn sofort wecken und ihn rausholen – ja, er pisst sich gerade die Hosen voll!«

Der Avatar des alten Mannes fing plötzlich an zu zittern, als ob er von Geisterhand geschüttelt würde – und war im nächsten Moment einfach verschwunden. Vorsichtig ging ich zum Waschbecken, wo er eben noch gestanden hatte. Keine Spuren.

Ich schaute in den Spiegel vor mir. Irgendwas stimmte nicht. Ich hatte bereits die virtuellen Gesichter von Jason und Harry gesehen und war auf den leichten Grad der Abstraktion vorbereitet. Aber irgendwas war hier grundfalsch. Als ich meinen rechten Arm hob, sah ich auch, was es war. Im Spiegelbild hob sich mein Arm – auf der linken Seite.

»Jason, was habt ihr mit den Spiegeln gemacht?«

»Du bist also noch in den Waschräumen«, kam seine Antwort. »Wir haben uns erlaubt, das Spiegelbild umzudrehen, sodass man sich sieht, wie man wirklich ausschaut – also nicht spiegelverkehrt. War zunächst ein Programmierfehler, aber wir haben es so gelassen.«

Es entbehrte nicht einer gewissen Ironie, dass ich eine Simulation betreten musste, um mein wahres äußeres Ich zu sehen. Es gefiel mir nicht, denn ich hatte mich an mein Spiegelbild gewöhnt, obwohl ich natürlich der einzige Mensch war, der es überhaupt kannte. Oder vielleicht auch gerade deswegen.

Ich verließ schließlich die Toilettenräume und die gespenstisch leere Lounge und wanderte durch die Gänge von Levania, bis ich in die Halle kam. Ich stand vor der Luftschleuse des Haupteingangs und zögerte. Ohne Helm und Raumanzug?

»Keine Angst«, ermunterte mich Jason. An diese allwissende Stimme im Kopf hätte ich mich gewöhnen können.

Ich betrat die Schleuse, was mir auch in Starseed ohne Schutzkleidung nicht ganz geheuer war. Sogar das Ritual mit den grünen und roten Lämpchen hatte man simuliert, was mir jedoch angesichts des Stundentarifs eher wie Zeitschinderei als Detailverliebtheit vorkam. Die Außentür öffnete sich, und die Mondschaft erschien.

»Kann man eigentlich auch ein Vakuum simulieren?«, fragte ich.

»Ja, indem ich dir hier ein Kissen auf den Kopf drücke«, kam Jasons Stimme.

Genüsslich spazierte ich im T-Shirt über die perfekt gerenderte Mondschaft, ganz ohne Helm und Raumanzug, und ging zum zweiten Mal an diesem Tag zur Terrasse meiner Suite und schaute hinein. Diesmal war der Zimmerservice schon da gewesen. Ich fragte mich, ob ich eigentlich auch in meiner virtuellen Suite wohnen könnte oder ob das achtzig Globo pro Stunde kosten würde? Plötzlich öffnete sich von innen die Tür der Suite, und jemand trat hinein. Jasons Avatar. Er ging durch die kleine Schleuse. Kurz darauf stand er neben mir auf der Terrasse.

»Die Stunde ist bald rum. Wollen wir zurück?«, fragte er.

»Warum drücken wir nicht einfach auf den roten Knopf am Gürtel und verschwinden?«

»Wie gesagt, beim ersten Mal ist es besser, wenn man zurück in die Bubble geht. Das ist weniger verwirrend.«

Dort angekommen, legten wir uns auf die Liegen und begaben uns zurück in die Realität.

Sie sah exakt aus wie in Starseed.

# ICB

»Die Welt ist ein einzig lebendig Wesen,
ein Weltstoff und eine Weltseele.«

MARC AUREL

*»Guten Morgen, Mr. Curtis. Es ist der 5. Januar, acht Uhr früh und Ihr vierter Urlaubstag in Levania. Wir wünschen Ihnen auch heute viel Vergnügen und unvergessliche Eindrücke.«*

Es erklang wieder die Mondscheinsonate. Ich öffnete die Augen und drehte mich in Richtung Fenster. Liegestuhl und Sterne. Muskelkater.

Unter der Dusche wurde ich langsam wach. Die Bilder der letzten beiden Tage kehrten zurück: die Levania Club Olympics, Sport mit Raumanzug und Helm, draußen in der Mondschaft. Volleyball, Badminton, Weitsprung. Auf einem Wakeboard hinter einem Moover durch den Mondstaub geglitten. Ein großer Spaß.

Der zweite Tag dann in der Sporthalle. Wir waren das Team Jamaika. Unser Mannschaftskapitän: Urs Kurtz, ein Schweizer Projektentwickler mit seinen Leuten auf Incentive-Urlaub. Was für ein Typ: klein, mit raspelkurzen grauen Haaren. Er hatte ununterbrochen schwadroniert, Anekdoten seiner geschäftlichen Erfolge erzählt und mich dabei ständig mit seinen Ellenbogen in die Rippen geboxt. Zwischendurch war Kurtz ständig auf der Toilette verschwunden. Mit Gianfranco, Team Italia. Danach ihr Schniefen. Immerhin haben wir Bronze geholt, aber Kurtz war das nicht genug. Er wollte *siegen! Siegen! Siegen!*

Das Duschwasser schaltete sich aus, die drei Minuten waren um. Ich verließ das Bad und schaltete den Videokanal ein. Es lief so etwas wie die hiesige Version des History-Channels: »*Der Südpol des Mondes symbolisiert den Sputnik-Schock des einundzwanzigsten Jahrhunderts. Für den 7. Dezember 2022 war die Rückkehr der Amerikaner zum Mond geplant. Man hatte als Ziel den Südpol ausgewählt, da man dort in den Kraterhängen Eis vermutete*«, erzählte der Sprecher. »*Die NASA war nur noch für die Koordination zuständig, die Mondlandung diesmal ein privatwirtschaftliches Unternehmen, angeführt von der Bel-Tech Corporation. Doch Amerikas Rückkehr zum Erdtrabanten endete in einem Fiasko: Sämtliche Computer und Systeme der NASA waren am Vorabend des Starts ausgefallen.*«

Es wurden Aufnahmen von zerknirscht aussehenden Typen in Anzügen gezeigt, die man vor einem Gremium zur Rede stellte. Ich putzte mir die Zähne.

»*Die gesamte Führungsriege der amerikanischen Geheimdienste musste ihren Hut nehmen, weil sie – genau wie die Weltöffentlichkeit – von der chinesischen Kapsel überrascht wurde, die am 7. Dezember 2022 auf dem Mond gelandet war. Dieses Datum, der fünfzigste Jahrestag der letzten Mondmission, war zugleich auch der Todestag des einzig verbliebenen Apollo-Veteranen Buzz Aldrin. Er hat noch auf dem Sterbebett in Boca Raton die Live-Übertragung mit ansehen müssen, in der ein chinesischer Taikonaut und eine Taikonautin Hand in Hand die Kapsel verließen und die chinesische Flagge in den Mondboden des Südpols setzten – der Grundstein für die chinesische Basis am Südpol.*«

Ein Bild der Station *Gong Yue* mit den Dächern, die an den Rändern wie bei einer Pagode hochgezogen waren.

»*Als die Amerikaner mit einem Jahr Verspätung schließlich doch auf den Mond zurückkehrten, kam der Südpol natürlich nicht mehr infrage, weswegen man sich nach einem neuen Landeplatz umsehen musste. Also wählte man einen Ort, der möglichst weit von den Chinesen entfernt lag: das Aristarchus-Plateau im Nordwesten der Mondvorder-*

*seite. Dort wurde im Laufe der folgenden Jahre ein großer Stützpunkt errichtet, Port Luna.«*

Zu sehen war der mittlerweile vertraute Anblick von Levania.

*»Doch kurz nach der Fertigstellung der Station erklärte Peking den Mond zu chinesischem Territorium und sprach ein generelles Landeverbot für die Amerikaner und alle andere Nationen aus. Nach heftigen Protesten einigte man sich schließlich darauf, dass die USA zumindest einen Raumhafen betreiben durften. Aber eben nur einen – jede Fortbewegung auf dem Mond hatte fortan ausschließlich mit Fahrzeugen zu erfolgen. Diese Regelung gilt bis heute.«*

Große Transportmoover rollten in einem Konvoi über die Mondschaft.

*»Die bisherige Station Port Luna lag weit abgelegen am Aristarchus-Plateau, weswegen sie als Basis nicht mehr infrage kam. Dadurch war Port Luna zu einer völligen Fehlinvestition geworden, zumal man dort bereits mit viel Aufwand ein Gewächshaus zur Nahrungsversorgung errichtet hatte. Die Lösung des Dilemmas kam schließlich in Person des britischen Unternehmers Sir Richardson, der die Station übernahm und in das Hotel Levania umwandelte. Die Amerikaner bauten ihre neue Basis, strategisch günstig auf der Mondmitte gelegen, genau am Äquator: Port Navel. Richardson gilt seitdem als einer der …«*

Ich schaltete das Programm aus und verließ die Suite.

Nach dem Frühstück beschloss ich, das Spielzimmer zu erkunden, das neben Lesezimmer und Starseed-Bubble lag. Beim Hineingehen wäre ich beinahe über etwas gestolpert, das von dort herausgeflitzt kam. Es war eine große graue – Katze.

Verblüfft schaute ich ihr hinterher.

Das Spielzimmer glomm in einem bläulichen Licht. Ein großer Pokertisch wartete auf die abendlichen Gäste; im hinteren Bereich des runden Raums waren kleine Alkoven mit Tischen und umlaufenden Bänken eingelassen. Das blaue Leuchten kam von einem großen Globus, der sich mitten im Raum befand. Es war die Erde, mit Nachtseite und Wolken, leuchtenden Städten und brennenden Wäldern.

Ich hatte nicht bemerkt, dass jemand von hinten an mich herangetreten war. »Der Planet dürfte Ihnen vielleicht bekannt vorkommen. Es handelt sich um eine reale Darstellung in Echtzeit.«

Ich drehte mich um. Vor mir stand ein dünner, groß gewachsener Mann mit einer sonderbaren Frisur aus winzigen Löckchen, die wie ein feucht schimmernder Vorhang an seinem langen schmalen Kopf herunterhingen. Sein Blick war von unerschütterlicher Güte und Sanftmütigkeit.

Er lächelte mich an. »Guten Morgen. Ich bin Mortimer, der Geschäftsführer von Levania.«

»Angenehm. Darian. Ich bin Tourist.«

Mortimer schmunzelte. »Das habe ich vermutet. Wenn du magst, kann ich dir gerne die Funktionen des Globus zeigen.«

»Schön, dass die Erde wenigstens hier noch funktioniert.«

Mortimer stand gebückt vor der blau schimmernden Erdkugel wie ein hagerer Geist. Mit seinen dünnen Fingern drehte er sie, bis seine Löckchen über Europa hingen. Er tippte auf Italien, und mit einigen Wischbewegungen seiner Finger öffnete sich ein kleines Rechteck, auf dem sich der Maßstab zusehends verkleinerte. Bald waren einzelne Gebäude zu erkennen, Straßenzüge, Autos und Menschen auf den Plätzen. Ausgerechnet Rom.

Man konnte nicht nur heranzoomen. Mortimer tippte zweimal auf die Azoren, und auf dem Atlantik öffnete sich ein Menüfenster mit zusätzlichen Optionen, die er mich sogleich ausprobieren ließ. Ich scrollte neugierig durch die angezeigte Liste und wählte *Verkrustungen*. Daraufhin reduzierten sich die Farbwerte des Erdballs, bis alles nur noch in hellem Pastell schimmerte. Die Nachtseite glich sich der Darstellung an, das Dunkle verblasste, der ganze Globus leuchtete hell und milchig. Zugleich erschienen überall blutrot leuchtende Punkte und Flecken, vielerorts zu ungesund aussehendem Schorf zusammengeballt. Städte.

»Vom Menschen erzeugte Strukturen«, korrigierte Mortimer meine unausgesprochene Vermutung.

»Was ist das hier?«, fragte ich und zeigte auf einen riesigen roten Fleck im Pazifik.

»Der nordpazifische Müllstrudel. Die größte menschliche Hinterlassenschaft auf der Erde.«

Mortimer ließ mich weiter mit dem Menü auf den Azoren herumspielen, also probierte ich alles Mögliche aus. Eine Darstellung zeigte die Waldflächen, die seit Beginn des 21. Jahrhunderts den Flammen, der Dürre und der Abholzung zum Opfer gefallen waren. Die Waldbrände ließen große Teile von Sibirien und Kanada rot aufleuchten, auch am Amazonas und in Indonesien waren die Wälder größtenteils zerstört.

Wir sahen die Ackerflächen, die durch den Anstieg des Meeresspiegels, das Versalzen des Grundwassers und die Vereisung Skandinaviens vernichtet worden waren, und schauten uns die Wettervorhersage der nächsten Tage an. Der Taifun über Südostasien schien sich nicht aufzulösen.

Eine weitere Darbietung zeigte die Übersäuerung der Meere; die unterschiedlichen pH-Werte leuchteten in verschiedenen Nuancen von Gelb, Orange und Rot. Die blauen Zonen, in denen Schalentiere überlebt hatten, waren nur noch vereinzelte Flecken. Krebse und Garnelen waren aus den übersäuerten Meeren verschwunden, selbst viele Korallen hatten sich aufgelöst. Vor allem hatte es das tierische Plankton erwischt, die Grundlage der Nahrungskette – und so bestand das Leben in den Ozeanen zu weiten Teilen nur noch aus Quallen und grünem Algenschleim; große Flächen der Meere waren nicht mehr blau, sondern grün. Es war Jahre her, dass ich das letzte Mal Fisch gegessen hatte.

Ein Punkt machte mich noch neugierig: *Blast-Gallery*. Als ich ihn anwählte, geschah zunächst einmal nichts. Doch dann blitzte plötzlich in New Mexico ein roter Punkt auf, dazu ertönte im ganzen Spielzimmer ein düster-dumpfes *Fump*. Nach einer kurzen Pause geschah das Gleiche in Japan. *Fump.* Direkt danach wieder in Japan. *Fump.*

Kurze Pause, dann wieder New Mexico. *Fump. Fump. Fump.* Russland. Die Südsee. Nordafrika. Australien. Später China. *Fump. Fump. Fump.*

Es waren die Atombomben-Explosionen seit 1945, in chronologischer Reihenfolge. Die Detonationen wurden durch rote Blitze dargestellt, die zunehmend größer wurden, denn es wurde nicht nur ihr zeitlicher Ablauf gezeigt, sondern auch deren Stärke. Zeitweise schien im Südwesten der USA ein Nuklearkrieg zu toben; ein Atomtest nach dem anderen, es hörte gar nicht mehr auf.

Die roten Punkte überlagerten sich zu einem apokalyptischen Wummern, als gleichzeitig auch Blitze in Russland, China und der Südsee aufleuchteten. Im Display über dem Nordatlantik lief dazu ein Zähler. Es war unfassbar. Über zweitausend detonierte Atombomben. In den Neunzigerjahren des zwanzigsten Jahrhunderts wurde es schlagartig ruhiger. Und dann ging es wieder los, hier und dort, aber zum Glück war uns bisher der große Krieg erspart geblieben.

Durch die vielen roten Leuchtblitze auf dem Globus schimmerte das Spielzimmer zum Beat des atomaren Wahnsinns. In einem der Alkoven saßen ein fetter Mann und ein kleiner Junge. Sie grinsten. Ich hatte sie vorher nicht bemerkt.

Mortimer war nun in seinem Element. »Aber das Beste kommt noch. Schau dir das mal an ...«

Ich ahnte nichts Gutes. Über Finnland erschien ein Schieberegler mit einer Zeitskala, mit dem man die Darstellung der Erde zurück in die Vergangenheit bewegen konnte. Mortimer führte es vor. Er stoppte, als der Zeitregler bei MINUS 68 MILLIONEN JAHRE stand, und vergrößerte einen Ausschnitt über dem fremdartigen, zusammengewachsenen Kontinent Gondwana. Eine Savannenlandschaft. Dort bewegte sich etwas. Mortimer zoomte noch näher heran. Kein Zweifel, man hatte bei der Simulation an alles gedacht. Wir sahen herab auf eine Herde Brontosaurier, die bedächtig grasend durch das Pleistozän zog.

»Und das wird jetzt weniger schön …« Er schob den Regler in Richtung Gegenwart, bis die Kontinente wieder das vertraute Bild ergaben. Die Zeitskala stand auf 2010. Über Südamerika erschien ein roter Text: *2010 – Dürre im Amazonas setzt mehr $CO_2$ frei als die gesamten USA.*

Über der Arktis war zu lesen: *2010 – Beginn der Auflösung von Methanhydrat im Arktischen Meer. Durchmesser der Ausdünstungen unter einem Meter.*

*2011 – Über hundert Methanausdünstungen in der Arktis. Durchmesser bis zu einem Kilometer.*

*2012 – Im Sommer ist erstmalig der gesamte grönländische Eispanzer an der Oberfläche angetaut.*

*Juni 2012 – Beginn der Waldbrände in Sibirien.*

»Das waren damals noch vereinzelte Feuer«, fiel mir auf.

»Ja, aber es war der Anfang – die großen Feuerstürme kamen später.« Mortimer schob den Zeitregler langsam weiter.

*2013 – Anstieg des Meeresspiegels beträgt erstmals einen Zentimeter pro Jahr.*

*2014 – Beginn des Abschmelzens des Thwaites-Gletschers in der Antarktis.*

*2015 – Kapazität zur Wärmespeicherung des Pazifiks erschöpft. Die Erderwärmung nimmt wieder Fahrt auf, schneller als zuvor, beschleunigt durch den gestiegenen Methangehalt der Atmosphäre.*

*Juni 2015 – Beginn der Waldbrände in Kanada und Alaska.*

*2017 – Der größte Methanaustritt in der Arktis hat einen Durchmesser von 150 Kilometern.*

*Sommer 2018 – Arktisches Meer zum ersten Mal komplett eisfrei.*

*2022 – Zusammenbruch des Golfstroms.*

Ich musste an jenen Morgen zurückdenken, als ich die Nachricht im Radio gehört hatte. Der Tag, an dem sich alles änderte.

*2023 – Große Teile Skandinaviens von einer Schneeschicht bedeckt.*

*2024 – Abbrechen des Wilkes-Eisschelfs in der Antarktis – Anstieg des Meeresspiegels in den Folgejahren um über einen Meter.*

Als das passierte, war ich in Südafrika gewesen.

*2025 – Beginn der dauerhaften Dürre in Nordafrika.*

*2028 – Heinrich-Ereignis in Grönland: Große Teile des Eispanzers lösen sich und rutschen ins Meer. Tsunamis in Europa und Nordamerika fordern 12 Millionen Opfer.*

Da war ich in Laos.

*2030 – Zusammenbruch des Jetstreams auf der Nordhalbkugel, verursacht durch den verringerten Temperaturunterschied zwischen Arktis und Äquator. Die Folge: Hitzestaus und Wetterblockaden, Hitzewelle in Alaska.*

*2031 – Beginn der Feuerstürme in Sibirien und Kanada.*

*2032 – Abrutschen des Kontinentalschelfs vor Norwegen, verursacht durch den Anstieg des Meeresspiegels. Erneuter Tsunami an der amerikanischen Ostküste.*

Das war knapp – am Tag zuvor war ich noch in New York gewesen.

*2034 – Durchschnittstemperatur der Erde um zwei Grad Celsius angestiegen. Beginn des exponentiellen Runaway Effects.*

Mortimer hatte mit dem Schieberegler die Gegenwart erreicht, und die Anzeige stand auf 2045: *Durchschnittstemperatur um vier Grad Celsius gestiegen.*

Er schob den Regler ganz langsam weiter in die unmittelbare Zukunft: + 3 JAHRE, + 5 JAHRE, + 12 JAHRE … Ich wollte nicht wahrhaben, was dort auf dem Globus zu sehen war. Die veränderten Küstenlinien, das Verschwinden der großen grünen Flächen und der Eispanzer – das hatten wir zuvor im Schnellrücklauf durch die Jahrmillionen schon einmal gesehen, aber nun stand der Regler gerade einmal auf +25 *JAHRE*.

»Die aktuellen Hochrechnungen der Wissenschaftler«, sagte Mortimer. »Das haben wir dem Methan zu verdanken. Der Runaway Effect.«

Der Text blinkte. 2070: *80 Prozent aller höheren Lebensformen voraussichtlich ausgelöscht. Mögliches Ende der menschlichen Zivilisation.*

Noch fünfundzwanzig Jahre. Was ich die meiste Zeit erfolgreich verdrängt hatte, sah ich nun deutlich vor mir. Ich hatte genug vom Geografieunterricht à la Hieronymus Bosch und fragte mich, ob man statt Spielzimmer eher *Global Warning* über den Eingang schreiben sollte.

Mortimer beendete alle Menüfunktionen am Globus und verabschiedete sich, er müsse nun weiter, die Arbeit wartete. Er wünschte mir noch viel Spaß und guten Urlaub; man würde sich sicher noch sehen, ich sei ja noch ein Weilchen hier. Er stand schon im Ausgang, als er sich noch einmal umdrehte. »Darian, du hast nicht zufällig Schrödinger gesehen?«

»Schrödinger?«

»Meinen Kater.«

In der Lounge lief ich Tony über den Weg. Ob ich nicht Lust hätte, mit ihm später ins ICB zu fahren? Er hätte dort etwas zu besprechen, und ich könnte gerne mitkommen. Ich sagte sofort zu. Ein Privatausflug zum Gewächshaus, mit einem Insider. Perfekt.

Um kurz vor zwei trafen wir uns in voller Montur in der Halle und gingen durch die Luftschleuse nach draußen. Am Haupteingang neben der schottischen Flagge stand Tonys Scooter. Er ähnelte einer Vespa, wie alle Roller in Levania, aber seiner war dunkelblau lackiert, mit weißen Streifen und riesigen verchromten Rückspiegeln an den Lenkern. »Früher war ich ein ziemlicher Mod«, sagte Tony.

»Früher?«

Wir stiegen auf. Ich setzte meine Stiefel auf die Fußrasten und hielt mich mit den Handschuhen an den chromglänzenden Haltegriffen am Sattel fest. Dann ging es los. Tony brachte den Roller auf Touren, und wir fuhren hinein in das fahle Licht der Mondnacht. Langsam freute ich mich auf den Sonnenaufgang am 11. Januar, in gut einer Woche.

Auf dem Weg zum ICB waren keine Reifenspuren zu sehen. »Hat Harry die Piste planiert?«, fragte ich, als wir gerade am Großen Fenster der Lounge vorbeikamen.

»Na klar. Was meinst du, wie es sonst hier aussähe? Wir sollen ja immer auf den Wegen bleiben und nicht einfach ins Gelände fahren. Mondetikette.«

»Auch bei Ausflügen?«

»Ja. Musst du sogar unterschreiben, wenn du einen Scooter mietest. Kannst aber auch eine Safari in einen Tiefschneekrater buchen. Da fährt man in einen Krater mit jungfräulichem Mondstaub und darf richtig die Sau rauslassen. Ist aber schweineteuer, machen nur die Rich Kids.«

»Gibt es auch Gegenden, wo man gar nicht hindarf?«

»Klar, die Apollo-Landing-Sites. Apollo 11 steht unter Denkmalschutz. Über den Fußabdrücken von Armstrong und Aldrin stehen so kleine durchsichtige Salatschüsseln. Hab ich mal gesehen, aber nur von Weitem. Man kommt gar nicht näher ran, da steht ein Absperrgitter.«

»Und die Touristen fahren trotzdem hin?«

»Sogar die Chinesen. Aber die kümmern sich ansonsten einen Dreck um die Mondetikette, die fahren kreuz und quer durchs Gelände.«

Die grünlich leuchtende Kuppel des ICB über dem kleinen Krater Antaios erschien wie ein aufgehender Planet am nahen Horizont. Als wir uns näherten, öffnete sich in der Außenseite des Kraterrandes ein Tor. Wir fuhren hinein und gelangten in einen Tunnel, der zugleich Luftschleuse und Garage des Gewächshauses war. Darin stand auch der Gemüsetransporter, mit dem mich Tony aus Port Navel abgeholt hatte, daneben ein Sattelschlepper mit Anhänger. Sie waren alle dunkelgrün lackiert wie Gärtnerfahrzeuge, wie ich erfreut bemerkte.

Tony parkte den Scooter. Wir stiegen ab. Die Luft roch ganz anders als in Levania, organischer. Am Ende des Tunnels öffnete sich ein weiteres Tor, und es wurde schwül und hell. Wir betraten das Innere des Gewächshauskraters, der von einer flachen durchsichtigen Kuppel überspannt wurde – einer dünnen, flexiblen Membran, von Druckluft in Form gehalten.

Das Schleusentor hinter uns schloss sich wieder. Wir hielten inne. Überall Pflanzen, in langen Reihen gestapelt. Eine Zuchtanstalt für Biomasse, ein von Gängen durchzogenes Hochregallager mit allem, was grün und vermutlich essbar war. Die Pflanzen wurden von einem fein verzweigten Netz aus Schläuchen mit Nährlösung versorgt und während der Mondnacht von herabhängenden Lampen zum Wachsen ermuntert. Die Helligkeit bildete einen heftigen Kontrast zum Dämmerlicht draußen; auch drüben in Levania war die Beleuchtung nicht annähernd so grell.

Beim Anblick der versammelten Botanik empfand ich sofort Wiedersehensfreude, zugleich aber auch Mitleid für diese Pflanzen – die hier, verschleppt an diesen seltsamen Ort, das taten, was sie am besten konnten: wachsen und gedeihen. Die Luft war erfüllt von einer prallen Organität, einem duftenden Klima des Lebendigen; es schien geradezu ein tropisches Schwirren in der Luft zu liegen. Wir marschierten durch die tröpfelnden Regale, während Tony immer wieder auf verschiedene Gewächse zeigte, ihre Namen nannte.

»Der ganze Abschnitt links, das ist alles Soja. Wir überlegen auch, eine Fischzucht einzurichten. Der perfekte Kreislauf – das Wasser wird doppelt verwertet, und wir hätten eine zusätzliche Proteinquelle.«

»Prima, dann gibt es bald Fish and Chips.«

»Und schau mal hier, darauf sind wir besonders stolz.« Tony zeigte auf ein Regal, das offensichtlich auf Tomaten spezialisiert war. »Achte mal auf die Blätter.«

Ich schaute genauer hin. »Basilikum?«

»Genau. Wir haben die unnützen Blätter der Tomatenpflanzen durch etwas Sinnvolleres ersetzt.«

»Fehlen nur noch die Mozzarella-Gene.«

»Die Pflanzen hier produzieren natürlich auch Sauerstoff«, erklärte Tony weiter. »Du weißt schon, Atemluft – das Zeug in den Tanks und Luftschleusen.«

»Und was sind denn das für Gitter da oben, über den Pflanzregalen?«

»Führungsschienen für die Schutzrollos. Die werden abends zugezogen, damit die Pflanzen es schön dunkel haben, wenn die Sonne scheint. Sie werden auch bei Sonnensturm ausgefahren, das passiert aber nur selten. Aber wenn so ein Sturm mal wirklich hart wird, reichen die Rollos nicht aus.«

»Und dann?«

»Ist Schluss mit lustig. Ende. Wir haben aber Notvorräte im Keller.«

Im Vorbeigehen sahen wir in den abzweigenden Gängen Leute, die mit Gartenarbeit und Ernte beschäftigt waren. Sie trugen bunte Sarongs um die Hüften und grüßten Tony fröhlich, als sie ihn sahen. Einige hatten Schlangen auf ihre Oberkörper tätowiert. Mich ignorierten sie völlig.

Der lange Weg durch die gestapelte Botanik endete schließlich an einem Hain aus Büschen und kleinen Bäumen, die kräftig duftend vor sich hin blühten. Wir gingen durch sie hindurch. Ich musste dabei den Kopf einziehen, die Äste mit den schweren Blüten hingen tief herab.

Zu meiner Überraschung fanden wir uns auf einer kleinen Lichtung wieder, an deren Rückseite steil die Kraterwand nach oben stieg. Fast wäre ich gestolpert, so unwirklich war der Anblick. Im hinteren Bereich der Lichtung stand eine Hütte, wobei der Begriff allerdings eine Untertreibung war: eine kleine Kuppel, aus Hunderten gebogener Bambusstangen errichtet, die sich über dem Scheitelpunkt wieder nach oben in eine blütenartige Struktur auffächerten. Das ganze Gebilde schien noch zu leben, überall wuchsen Blätter heraus. Wände im eigentlichen Sinne gab es keine – wozu auch, wenn man in einem riesigen Gewächshaus wohnte und jenseits der Wände nicht das Vakuum herrschte, sondern grüne Pracht und Blumenduft? Vor der Hütte führten Stufen auf eine kleine Veranda, an die das Fahrrad gelehnt war, das ich bei meinem ersten Spaziergang gesehen hatte.

Darüber schaukelte jemand in einer Hängematte. Er war mit nichts als einem orangefarbenen Sarong bekleidet und winkte uns lässig zu.

»Darf ich vorstellen?«, sagte Tony. »Randall, der grüne Daumen des Mondes.«

Der fuhr sich versonnen lächelnd mit der Hand durch kupferfarbene Locken und grinste: »Willkommen in meinem grünen Wunderland.« Auf sein Geheiß stiegen wir die Stufen zu seiner Veranda hinauf, die mit großen Orchideen vollgestellt war, dazwischen drei flache Bambusstühle. In einem davon saß der hagere alte Hippie im batikbunten Overall, den ich schon einige Male in der Lounge gesehen hatte. Das war also Roy, der Mann mit dem Hollandrad. Vor ihm stand eine Tasse Tee.

Randall war in Levania nicht nur der Gärtner, sondern auch der Yogalehrer. An drei Abenden in der Woche fuhr er vom ICB rüber zur Sporthalle, um dort seine Kurse abzuhalten. Ich hatte ihn gestern in der Lounge auf seinem Scooter vor dem Großen Fenster vorbeifahren sehen, im weißen Raumanzug, darüber seinen orangen Sarong um die Hüfte gewickelt. Er lud uns mit einer Handbewegung ein, Platz zu nehmen, also setzten wir uns. Ich legte meinen Kopf in den Nacken und sah durch die herabhängenden Blüten hindurch die Erde über der Kuppel des Gewächshauskraters schweben.

Nach einer Weile schwang sich unser Gastgeber aus der Hängematte und ging barfuß in seine Bambuskuppel, was ich als Einladung verstand, ihm zu folgen und einen Blick hineinzuwerfen. Über dem Eingang war auf einem hölzernen Schild eingraviert: PLAN – PLANT – PLANET, darunter ADVAITA VERANDA.

Mitten in der Hütte stand ein Bett, absurderweise von einem Moskitonetz überspannt, von dem man auf die Unterseite der blumenartigen Dachkonstruktion schaute. Es roch nach Räucherstäbchen. Auf einer Ablage stand der unvermeidliche kleine Buddha neben eingerahmten Fotos, Brocken aus Mondgestein, Büchern und Souvenirs. Randall holte eine Karaffe mit Saft aus einem kleinen Kühlschrank, drückte mir wortlos Gläser in die Hand (die unverkennbar aus der Lounge stammten), und wir gingen zurück auf die Veranda. Tony und Roy hatten derweil begonnen, Zigaretten zu drehen und entspannt zu plaudern; offenbar waren sie vertraute Rauch- und Gesprächskumpane. Randall stellte Saft und Gläser auf den kleinen Tisch und bedeutete mir, ihm kurz hinter die Hütte zu folgen. Dort schaute ich zu, wie er einige Knospen von einer prächtigen Graspflanze zupfte.

Tony kramte lange Blättchen aus der Vakutasche seines Raumanzugs hervor und begann, bedächtig zu rollen. Kurz darauf hatte ich die Ehre, Tonys kerzengerades Meisterwerk anzurauchen und es weiter in Richtung Hängematte zu reichen.

Es folgten die üblichen entspannten Plaudereien. Ich schloss die Augen und vergaß völlig, wo ich mich absurderweise eigentlich befand. Roy mit dem Batikoverall stand auf und machte sich an der Playliste der Musik zu schaffen. Bald darauf erklang sanftes Meeresrauschen. Er lachte heiser. Ich lächelte ihn dankbar an.

»Ich dachte, das würde dir gefallen«, sagte der alte Hippie. »Habe ich vor langer Zeit am Strand von Bali aufgenommen. In den Zeiten vor dem Algenschleim, als es noch Strände gab, damals.«

Wehmütig schaute ich hoch zur Erde. Mittlerweile war ganz Südostasien unter dem riesigen Wirbel des Taifuns verborgen. Ich schloss wieder die Augen und lauschte dem vor langer Zeit aufgenommenen Klang balinesischen Meeresrauschens. Eine altbekannte und längst verdrängte Beseeltheit stieg in mir auf. Offenbar stammten die Aufnahmen von einem Tag mit sehr schwacher Brandung, es war eher ein Plätschern. Die Wellen brachen zaghaft und schienen dabei nie den ganzen Strand zu bedecken. Sie kamen mal von rechts und mal von links; zwischendurch immer wieder für einen kurzen Moment Stille, bevor sie in mein rechtes oder linkes Ohr hineinschwappten. Vor meinem inneren Auge erschienen dabei jedes Mal wellenförmige Muster, die sich – je nachdem, von wo die Welle gerade kam – entweder vom rechten oder linken Rand in mein imaginäres Sichtfeld schoben. Manchmal, wenn sich die Wellen überlappten, verschmolzen die Muster in der Mitte und zogen sich seitlich wieder zurück. Das stereofone Klangbild verwandelte sich so zu einer interaktiven Grafik.

An den genauen Verlauf und Inhalt des Geplauders erinnere ich mich nur vage. Man besprach Interna, betriebliche Abläufe, die Obst- und Gemüselieferungen nach Port Navel und zum Chalet de la Lune. Kontingente, Lieferfristen, solche Dinge. Randall erzählte ein wenig aus seinem Leben; er hatte Bio-Engineering in Cambridge studiert und war anschließend als Yogalehrer nach Asien gegangen. Später hatte er als Personal Trainer auf einer Yacht angeheuert, und es hatte sich herausgestellt, dass es das Boot von Sir Richardson gewesen war. Und nun war Randall hier, seit mehreren Jahren schon. Dafür, dass er für die Ernährung der Menschheit auf dem Mond verantwortlich war, war er wirklich ganz schön entspannt. Und mittlerweile wohl auch ziemlich stoned.

Roy umgab die Aura eines Elder-Statesman-Hippies, und das war er wohl auch tatsächlich. Er sei »seit 1989 dabei« gewesen, als es mit den Raves angefangen hatte: in der Haçienda in Manchester, später auf Ibiza, den Full-Moon-Partys auf Ko Pha Ngan und in Goa. In diesen sorglosen Jahrzehnten hatte er viele Kontakte geknüpft und so die Großen Krisen mit Gleichgesinnten in den weltweit verstreuten Communities überstanden. Auf meine Frage, wie es ihn nach Levania verschlagen habe, kam die Antwort, dass die geringe Schwerkraft seinen Gelenken guttue.

Randalls Interesse an mir war, trotz seiner zuvorkommenden sanften Höflichkeit, eher gering. Für ihn war ich nur ein Tourist. Drei Wochen, wie schön. London, ach ja, Webdesign, iFlats, natürlich. Ich konnte es ihm nicht verdenken, war ich doch für die meisten hier nur das, was ich auch tatsächlich war: eine flüchtige, belanglose Erscheinung. In den Augen der hiesigen Residents fest verwurzelt auf der Erde, nur zum teuer bezahlten Vergnügungsurlaub auf dem Mond. Den großen Schritt zu wagen und zu bleiben – das verband, dann gehörte man dazu.

Aber so war das nun mal als Tourist.

Man war immer nur ein Geist, das war auf der Erde auch nicht anders.

Versonnen und mit geschlossenen Augen lauschte ich weiter den Gesprächen und dem balinesischen Meeresgeplätscher, als ich ein Summen hörte, das allmählich lauter wurde. Ich öffnete die Augen. Zwischen den Orchideenblüten über mir schwirrten Insekten umher. Ich war so in meiner Strandhüttenstimmung gefangen, dass ich darüber zunächst nicht einmal erstaunt war, doch dann bemerkte ich, dass sie – nicht echt waren. Ich schaute genauer hin. Es waren winzige, transparent schimmernde Mikro-Maschinen, die von Blüte zu Blüte flogen, sich kurz niederließen und weiterzogen. Ich hätte vielleicht doch nichts von dem Gras rauchen sollen.

»Keine Sorge. Das sind nur unsere Gläsernen Bienen, sie bestäuben die Blüten«, erklärte Randall, offenbar amüsiert über meine Verblüffung. »Eine Erfindung unseres Technischen Administrators. Ohne sie müsste ich die Blüten einzeln mit der Hand bestäuben.«

»Euer Technischer Administrator bastelt in seiner Freizeit Gläserne Bienen?«

»Ja, Hermann von Hindenburg ist sehr innovativ, und er hat seine Ohren überall«, sagte Roy. »Man weiß nie, was er als Nächstes unter seinem Filzhut aussheckt.«

»Ohne ihn läuft hier nichts. Und *gegen* ihn schon gar nicht«, fügte Tony mit finsterer Miene hinzu.

»Und wie machen sich die Pflanzen so, hier in der geringen Schwerkraft?«, fragte ich Randall, um ein wenig Small Talk zu betreiben.

»Wie du siehst, sind sie uns wohlgesonnen. Wir sind sozusagen Verbündete.«

»Dann bin ich ja beruhigt.« Vielmehr hegte ich jedoch allmählich die Befürchtung, dass die Nahrungsversorgung auf dem Mond von einem bekifften Spinner abhing.

»Randall glaubt, Pflanzen hätten ein Bewusstsein«, lästerte Roy.

»Nein, Pflanzen nicht, aber Gaia«, erwiderte Randall geduldig. »*Sie* entscheidet, wo die Reise hinführt und wie es weitergeht. Ohne sie wären wir nicht hier.«

»Wieso das?«, fragte ich, bemüht, nicht allzu belustigt zu klingen. Ich hätte meine Anwesenheit auf dem Mond eher auf das Aktienpaket und die Werbung in meinem Mailordner zurückgeführt als auf Mutter Erde.

»Gaia hat uns auf den Mond geschickt. Wegen *ihr* betreiben wir Menschen Raumfahrt«, erklärte Randall mit feierlichem Ernst und reichte den Joint an mich weiter. »Oder was glaubst du, was wir auf dem Mond zu suchen haben?«

»Warum fliegt man auf den Mond? Weil er da ist, oder nicht?«, sagte ich. Tony schob grinsend seine Brille nach oben.

»Genau wie jedes andere Wesen pflanzt sich auch Mutter Erde fort – und weißt du auch, wie sie das macht?« Randall schaute mich herausfordernd aus seiner Hängematte an. Ich zuckte ratlos mit den Schultern.

»Sie vermehrt sich durch uns!«, sagte Randall triumphierend. »Wir sind sicher nicht auf dem Mond, um Badminton zu spielen oder Gin Tonic zu trinken. Wir sind hier – als Samen Gaias.«

»Da habe ich wohl das Kleingedruckte auf meinem Ticket übersehen …«

»Wir tragen die DNA von Mutter Erde in den Weltraum, um andere Planeten zu besiedeln und mit Leben zu erfüllen, mit ihrem Leben. Es ist unsere Bestimmung, uns im Weltraum auszubreiten, aber wir machen es nicht für uns, sondern für sie. Unsere Raumfahrt ist nichts weiter als die Fortpflanzung Gaias.«

»Dann waren also die Apollo-Raketen große Penisse«, grinste Roy und lachte heiser. »Die Astronauten ihr Ejakulat, und der Mond eine große, unbefruchtete Eizelle.« Vor meinem geistigen Auge sah ich Armstrong und Aldrin in ihren spermaweißen Raumanzügen in der Mondschaft herumhüpfen.

»Aber das ist alles Blödsinn«, fuhr Roy fort. »Wenn die Raumfahrt überhaupt einen Sinn hat, dann deswegen, weil die Erde bald nicht mehr bewohnbar ist. Ihr wisst ganz genau, was die Wissenschaftler sagen – der *Runaway Effect* ist nicht mehr zu stoppen. Uns bleiben höchstens noch zwanzig, dreißig Jahre, mehr nicht, dann sind wir erledigt!«

»Ja, das ist uns allen bekannt«, sagte Randall. »Und genau deswegen hat Gaia uns in Bewegung gesetzt, bevor es zu spät ist.«

»Und ausgerechnet uns hat sie dafür ausersehen? Wir haben den ganzen Schlamassel doch angerichtet.«

Eine Weile später schob Tony räuspernd seine Brille hoch. »Wir müssen los, gleich kommen neue Gäste. Ich bin heute dran, sie zu begrüßen.«

Eigentlich hatte ich noch gar keine Lust, den ganzen Weg durch das ICB zu laufen, den Helm aufzusetzen und mit dem Scooter zurück nach Levania zu fahren. Völlig benebelt. Obwohl das vielleicht auch ganz lustig werden könnte. Nachdem ich aus sinnloser Höflichkeit einen letzten Zug genommen und weitergereicht hatte, stand ich auf und fragte Randall nach einer Toilette: hinter der Hütte.

Es war eher eine Art Komposthaufen. Beim Pinkeln schwirrten wieder die Gläsernen Bienen um mich herum. Ich fragte mich, was sie mit alledem zu tun haben mochten. Welche Rolle spielten solche künstlichen Wesen bei der ganzen Sache? Wäre eine Besiedelung des Weltraums mit Maschinen anstelle von uns Menschen auch im Sinne der Fortpflanzung Gaias und der Verbreitung ihres Lebens? Ich kam dabei zu keinem Ergebnis, war ich doch froh, überhaupt noch einigermaßen gerade auf den Beinen stehen zu können.

Ich verzichtete darauf, zurück zur Veranda zu gehen, denn offenbar war die Zeit des Aufbruchs gekommen – Stühle wurden gerückt und Verabschiedungen ausgesprochen. Ich spazierte ein wenig auf der Lichtung herum, schritt die blühenden Bäume des Halbkreises ab, atmete tief durch und versuchte wieder, etwas klarer im Kopf zu werden.

Ich stand vor einem Apfelbaum und bemerkte zu meiner Verwunderung, dass er zugleich rote und grüne Äpfel trug. Zunächst glaubte ich, zwei Seile zu sehen, die um den dünnen Stamm gewickelt waren.

Vielleicht die Reste einer Hängematte? Ich schaute genauer hin. Ich wollte es nicht glauben, aber es gab keinen Zweifel: Es waren keine Seile. Sondern zwei Schlangen. Echte, lebende Schlangen, die sich um den Stamm des Apfelbaumes wanden. Verblüfft starrte ich sie an. Randall erschien und legte seine Hände auf meine Schultern. »Das sind Kundalini und Ananda. Sie sind nicht gefährlich, eigentlich sogar ganz zutraulich.«

Sie waren mir trotzdem nicht geheuer. Zum Abschied drückte uns Randall noch einige reife Mangos in die Hand. Ich versäumte es allerdings, sie in meinem Vakupack zu verstauen, und steckte sie stattdessen einfach in die offenen Hosentaschen meines Raumanzugs, zum Jamaika-Fähnchen von den Club Olympics.

Wir parkten den Scooter am Zugang zum Verwaltungstrakt, in dem sich Tonys kleines Büro befand. Dort setzten wir uns gemeinsam an seinen Schreibtisch, als er einen Tabakbeutel und eine Flocke Gras auspackte, die er von Randall bekommen hatte. »Ich habe Gin Tonic-Pulver da, vielleicht machst du uns noch einen Drink?«, schlug Tony vor. »Zwei Löffel pro Glas.« Das bekam ich in meinem Zustand gerade noch hin.

»Ich muss noch mal schnell ins Netz«, sagte Tony und schob seine Brille nach oben, während er beiläufig den Joint anzündete und dabei seinen Screen ausrollte. »Ein Update für unseren Roboter. Man muss ständig Programme für ihn runterladen.«

»Gibt es auch eins zum Glätten des Mondstaubs?«, fragte ich, während ich mit den Gläsern und dem Gin Tonic-Pulver hantierte.

»Nein. Das muss Harry ihm vormachen, Roboter sind letztlich nur dumme Automaten. So, das Update ist hochgeladen. Mal sehen, was es Neues im App-Store gibt.«

Wir klickten durch die Angebote. Es gab für die Roboter spezielle Apps zum Austausch von Katzenstreu, zum Bügeln von Hemden, zum Autowaschen, zum Spargelstechen … »Hier! Wie wäre es damit?«, grinste Tony. »Eine Kellner-App. Mit *Komplimentmodul Roberto*.«

Er reichte mir den glimmenden Joint. »Super – das nehmen wir.«
Er klickte auf HERUNTERLADEN. »Die Leute in der Lounge werden Augen machen. Lass uns rübergehen, wir probieren das gleich mal aus.«

Wir rauchten zu Ende und drückten den Stummel in Tonys Geheimaschenbecher in seiner Schublade aus. Nun war ich endgültig breit. Ich fragte mich, wie Tony es in diesem Zustand schaffen wollte, den Roboter von seinen neuen Fähigkeiten als Kellner zu überzeugen oder neue Gäste persönlich zu begrüßen. Ich jedenfalls traute mich nicht mehr unter die Leute, hatte bestimmt knallrote Augen und konnte kaum noch sprechen.

Während wir durch die Halle in Richtung der Lounge gingen, nahm Tony Kontakt zu Harry auf und bat ihn, den Roboter in die Lounge zu schicken; noch im Gehen aktivierte er dann das neu heruntergeladene *Garçon-App* 3.0. Er tippte suchend auf seiner Uhr herum. »Die neuen Gäste heute Abend – Ehepaar Gorsky aus Ohio. Flitterwochen. Es ist schon kurz nach sechs, sie sind sicher schon da.«

So war es. Wir stolperten in die Lounge und erkannten ein junges Pärchen, das von Harry an der Bar fachkundig unterhalten wurde. Man hatte gute Laune und schaute etwas irritiert zu uns herüber, denn die Flitterwöchner sahen sich zwei bekifften Typen in Raumanzügen gegenüber, die grinsend auf sie zukamen und sie begrüßten. Tony zumindest. Ich zog es lieber vor, mich abseits zu halten, in der stillen Hoffnung, einfach übersehen zu werden, angestrengt unsichtbar, die Hände in den Hosentaschen vergraben. Aber natürlich gab ich den beiden doch noch die Hand. Als Mrs. Gorsky dabei angewidert zusammenzuckte, fiel mir auf, dass ihre Finger von klebrigem, orangefarbenem Schleim verschmiert waren – ich hatte die Mangos in meiner Hosentasche vergessen, sie hatten das Vakuum draußen nicht heil überstanden. Entschuldigend murmelte ich etwas von Aprikosenmarmelade und ließ mir von Harry ein Trockentuch geben, das ich zunächst Mrs. Gorsky reichte. »Wie war denn Ihr Flug, Mrs. Gorsky?«

»Ganz wunderbar«, antwortete sie tapfer. »Nur das Bord-Video war ausgefallen, und wir hatten in der Eile in New Mexico ganz vergessen, uns mit Lektüre einzudecken.«

»Das können Sie hier prima nachholen«, sagte ich und zeigte in Richtung des Lesezimmers. Ich wollte dazu noch eine Bemerkung über brasilianische Fernsehzeitschriften einwerfen, aber ich hatte die Pointe schon vergessen, bevor ich den Satz anfangen konnte. Zum Glück geleitete Tony das Gespräch souverän zum Thema Abendessen und verkündete, dass die Gorskys die Ehre hatten, Teil einer Premiere zu werden: dem ersten Auftritt unseres neuerdings zum Kellner erweckten Roboters – der auch tatsächlich in diesem Moment in die Lounge tapste.

Ich hatte ihn bislang nur aus der Ferne gesehen, meist bei der *Gartenarbeit,* wie Tony es nannte: den Mondstaub glatt streichen oder draußen die Moover vom Staub befreien. Er sah im Großen und Ganzen so aus, wie ich Roboter von gelegentlichen Begegnungen auf der Erde kannte.

Tony rief ihn zu uns. »Buzz, komm bitte her!«

Der Automat kam mit erstaunlich geschmeidigen Bewegungen herangeschritten. Sein Körper war wegen der Außeneinsätze von einem matt glänzenden Material überzogen, denn der Mondstaub war fein und tückisch. Der Kopf mit den Kamera-Augen und dem Mundlautsprecher war von einer transparenten Maske überdeckt, auf die von innen ein bewegliches, sprechendes Gesicht projiziert wurde, das perfekt mit dem übereinstimmte, was der Roboter sagte.

Der Effekt war erstaunlich. Man hatte tatsächlich den Eindruck eines redenden menschlichen Antlitzes, wegen der Dreidimensionalität der Maske sogar im Profil. So hatte man die technischen Probleme umgangen, die sich stellten, wenn man eine komplexe Mimik mit künstlichen Mündern, Lachmuskeln und Augen nachzubilden versuchte. Das in die Maske projizierte Gesicht, das zu uns sprach, war das des Apollo-Astronauten Buzz Aldrin. Dahinter steckte vermutlich das übliche Betriebssystem CYCLOPIA, das auch in Telefonen und Kontaktlinsen so etwas wie Intelligenz vortäuschte.

»*Wie kann ich helfen?*«, fragte der Roboter. Es schien tatsächlich Buzz Aldrin zu sein, der mit uns redete. Er schaute uns an, und vermutlich war es auch seine Stimme, die aus dem verborgenen Lautsprecher kam. Die von innen projizierten Lippen auf der transparenten Gesichtsmaske bewegten sich perfekt zur gestellten Frage.

»Buzz, du hast jetzt eine neue Aufgabe«, erklärte Tony. »Du wirst heute Abend für diese Herrschaften hier kellnern, ihnen das Essen servieren und sie beraten. Hast du das verstanden?«

Unsere neuen Gäste standen mit großen Augen daneben, und ich war nicht sicher, ob Mrs. Gorsky sich so das erste Dinner ihres Honeymoons vorgestellt hatte.

»*Sehr gerne*«, antwortete Buzz und schaute uns mit seinen blauen Apollo-Augen der Reihe nach an. »*Möchten Sie die Speisekarte sehen? Ihr Kleid steht Ihnen übrigens ganz wunderbar.*«

Das Kompliment-Modul Roberto war offenbar noch nicht ganz ausgereift, denn Mrs. Gorsky trug eine weiße Baumwollhose mit Bluse. Aber wir hatten alle was zu lachen, und Tony führte die Gorskys zu ihrem Zweiertisch am Großen Fenster. Wir entschieden, das Schauspiel aus sicherer Deckung von hinter der Bar zu beobachten, wo wir Harry Gesellschaft leisteten. »Was habt ihr mit Buzz angestellt?«, fragte er misstrauisch.

Tony hatte den Kanal des Roboters auf den kleinen Lautsprecher hinter der Bar umgeleitet, sodass wir mithören konnten – aus Sicherheitsgründen natürlich, und außerdem leise genug, dass die Gorskys davon nichts mitbekamen. Es ging alles erstaunlich glatt.

Buzz brachte natürlich keine Speisekarten, denn es gab keine, das Menü entnahmen die Gäste ihren Uhren. Die Gorskys waren aber so mutig, dazu einige Fragen zu stellen, und sie hatten offenbar verstanden, dass das Ganze nicht so ernst zu nehmen war. Die Frage, ob dies oder jenes vegetarisch sei, wurde von Buzz durchaus zutreffend beantwortet, und sogar bezüglich der Herkunft des Gemüses wählte er die richtige Antwort aus dem Datenspeicher der Kellner-App: »*Alles aus eigenem Anbau, ganz frisch.*«

Irgendwann erschien er mit dem Essen aus der Küche, stolzierte damit unter den staunenden Blicken der anwesenden Gäste durch die Lounge und servierte es souverän auf einem Tisch am Großen Fenster. Die Gorskys sahen zu uns herüber und strahlten.

Das Experiment war geglückt. Wir hatten gemeinsam einen historischen Moment erleben dürfen. Ein kleiner Schritt für einen Kellner – und bedient wird von rechts.

Als Buzz die leeren Kaffeetassen abräumte, rief er den Flitterwöchnern hinterher: »*Good luck, Mr. Gorsky!*«

# PLEROMA

»I'm feeling supersonic, give me Gin and Tonic.«
OASIS

Gut gelaunt verließ ich das Bad meiner Suite und schaute nach draußen auf die Terrasse. Dort stand er – mein Scooter. Endlich.

Bei der Einweisung auf dem beleuchteten Vorplatz des Hangars hatte man mich darauf hingewiesen, dass ich mit der ersten Ausfahrt noch bis zum 12. Januar warten sollte, dem Tag des Sonnenaufgangs. Der stand heute auch bevor, allerdings erst abends um neun, wenn die Rückkehr des Lichts mit einem *Sunriser* am Großen Fenster in der Lounge zelebriert würde.

Jenen magischen Moment, in dem die ersten Sonnenstrahlen am östlichen Kraterrand auftauchten, wollte sich niemand entgehen lassen – auch wenn das bedeutet hätte, dafür mitten in der Nacht aufzustehen, denn die Uhrzeiten auf dem Mond hatten nichts mit seinem vierzehntägigen Rhythmus von Tag und Nacht zu tun.

Wenn einen Tag nach Neumond am östlichen Rand des Mondes die Sonne aufging, dauerte es noch fast zwei Wochen, bis das Licht Levania erreichte, das weit im Westen gelegen war. Kurz darauf schien auf der ganzen Vorderseite die Sonne: Vollmond. Anschließend wanderte auf gleiche Weise die Dunkelheit von Osten nach Westen, bis es zwei Wochen später überall finster war: Neumond. Zu dem Zeitpunkt war die Rückseite des Mondes komplett in Sonnenlicht getaucht; die Wissenschaftler des dort gelegenen Observatoriums und die Mönche in ihrem buddhistischen Kloster hatten dann helllichten Tag.

Man richtete sich auf dem Mond mit den Datums- und Zeitangaben nach der Erde, schließlich konnte man nicht zwei Wochen lang schlafen und wach bleiben. So wurde der Lebensrhythmus hier von zwei Zyklen geprägt, dem irdischen Kalender und den vierzehntägigen Hell- und Dunkelphasen, den Mond-Tagen.

Ich nahm meinen Raumanzug aus dem Schrank und zog ihn über den Overall an, danach die Stiefel. Die Uhr arretierte ich am linken Handgelenk, ließ meine Finger in die Handschuhe gleiten, setzte den Helm auf und betrat die kleine Schleuse meiner Suite. Rotes Licht, grünes Licht, die Außentür öffnete sich. Ich stand auf der Terrasse, neben dem Liegestuhl parkte mein weißer Scooter. Es würde das letzte Mal sein, dass ich während der Mondnacht nach draußen ging, aber ich wollte wenigstens einmal durch die sternenklare Dunkelheit fahren, und zwar jetzt. Ich schwang mich auf den Sattel und sah meine Reflexion in der Scheibe der Suite: ein Astronaut auf einem Roller. Es konnte losgehen. Ich schaltete das Licht an und rollte hinaus in den frisch planierten Mondstaub.

Es war eine Offenbarung. Die absolute Freiheit, das Erfahren des Mondes im Scheinwerferlicht, das Herumwirbeln des Staubs in den Kurven, die Fahrdynamik in Low Gravity, das ganze Setting. Allein dafür hatte sich die Reise gelohnt. Der größte Unterschied zum Rollerfahren auf der Erde war, dass man sich hier durch ein Vakuum bewegte, ohne den geringsten Luftwiderstand – auch nicht bei schneller Fahrt, was eine irritierende und zugleich angenehme Erfahrung war, genau wie die Luftsprünge in Zeitlupe nach jeder Bodenwelle.

Ich verließ den Krater Prinz auf der Via Levania nach Süden, vorbei an der grün schimmernden Kuppel des Gewächshauses, und fuhr hinein in den Oceanus Procellarum, außerhalb der Sichtweite des Hotels und des beruhigenden Schimmers seiner Bauten.

Weit drang ich nicht vor, gerade mal eine knappe Meile. Man sollte sich an das Wegegebot halten, keine neuen Spuren in die ewige

Beständigkeit des Mondstaubs fräsen, aber ich verließ die Piste, aller Mondetikette zum Trotz, bis ich hinter einem kleinen Hügel verschwunden war. Dort hielt ich an. Ich schaltete die Scheinwerfer aus, stieg ab und setzte mich in den Staub.

Ich saß allein im All. Es war, wie beim Tauchen über die dunkle Kante eines Riffs zu gleiten, ich empfand Tiefen- und Höhenangst zugleich. Unbehagen. Es kostete mich einige Überwindung, sitzen zu bleiben, aber ich streckte meine Beine aus; die Stiefelspitzen hätten auch weiße, turmhohe Gebilde am Horizont sein können. Meine Handschuhe krallten sich in den Regolith, ich lehnte mich zurück und sah nach oben. Die unglaublich vielen hellen Punkte waren keine Downlights wie an der Decke der irdischen Atmosphäre. Nein, hier waren es Sonnen. Sterne. Sehr weit entfernt und daher winzig klein.

Nachdem ich eine Weile in die Schwärze geschaut hatte, machte es auf einmal *Plopp*, ich erlebte beim Anblick des Sternenhimmels ein intensives Gefühl räumlicher Tiefe – etwas, was mir auf der Erde nie zuvor widerfahren war: Das All erschien mir plötzlich als ein dreidimensionaler Raum; in meiner Vorstellung befanden sich die hellen Sterne weiter vorne und die schwächer leuchtenden weiter hinten. Es war wie bei diesen alten 3-D-Büchern, bei denen man zuerst nur wirre bunte Muster sah, dann aber irgendwann ein Bild vor Augen hatte. Fasziniert starrte ich in die neu entdeckte Räumlichkeit des Universums und spürte eine abgrundtiefe Angst, in die Unendlichkeit zu stürzen, von der Ewigkeit eingesaugt und verschlungen zu werden.

Nachdem ich das räumliche Spektakel eine Weile ehrfürchtig bestaunt hatte, raffte ich mich schließlich auf. Das weitere Vordringen in den Oceanus ersparte ich mir, es war einfach zu viel des Universums; ich hatte genug von der Dunkelheit des Alls und sehnte mich nach der Sonne, nach der Klarheit von Licht und Schatten.

Bevor ich wieder auf den Scooter stieg, schrieb ich mit meinen Stiefeln noch einen Gruß in den Mondstaub: DARIAN WAS HERE.

Eilig fuhr ich zurück in den schützenden Hafen des Kraters Prinz, erfüllt von einem seltsamen, existenziellen Gefühl: einer Mischung aus Angst und ungekannter Euphorie.

Bis zum abendlichen Sonnenaufgang war noch Zeit, also ließ ich Levania links liegen und fuhr weiter geradeaus in Richtung der nördlichen Kraterwand, auf einer Piste, die *Moonatic Lane* genannt wurde, wie ich mittlerweile erfahren hatte. Nachdem ich nun schon zwölf Tage damit verbracht hatte, in der Lounge und an der Bar abzuhängen, Pflichtübungen in der Sporthalle zu absolvieren, im Raumanzug Spaziergänge zu unternehmen und Volleyball zu spielen, wollte ich jetzt endlich mit meiner neu gewonnenen Mobilität Beverly Hills erkunden, die Häuser am nördlichen Kraterrand von Prinz.

Trotz des dämmrigen Lichts der mittlerweile sehr schmalen Erdsichel waren die Gebäude klar zu erkennen, viele waren beleuchtet. Eins von ihnen, ganz oben auf der Kante und etwas abseits gelegen, war deutlich größer als die anderen und erstrahlte schon von Weitem in herrschaftlicher Dominanz.

Langsam fuhr ich auf steilen Serpentinen die Kraterwand hinauf, von einer Kehre zur nächsten, begleitet vom Scheinwerferlicht meines Scooters und den Versorgungsleitungen am Wegesrand. Die Aussicht wurde immer besser, je höher man kam. Es war offensichtlich, warum man in Beverly Hills wohnen wollte.

Die Häuser waren auf terrassenartigen Vorsprüngen errichtet und durch Auffahrten mit den Spitzkehren der Serpentinen verbunden. Einige waren Buckminster-Kugeln, aus Fünf- und Sechsecken zusammengefügt, andere schimmerten in der Eleganz von Midcentury-Modern-Bungalows mit großen, der Ebene von Prinz zugewandten Fensterfronten. Viele Hausbesitzer hatten sogar ihre Gärten gestaltet und die herumliegenden Gesteinsbrocken zu dekorativen Häufchen oder Trockenmauern gefügt. Ein Bewohner hatte auf seiner Terrasse den Mondstaub wie einen japanischen Zen-Garten strukturiert geharkt, mit einem dekorativen Mondfelsen nicht ganz in der Mitte.

Als ich nach dem Gekurve auf den Serpentinen oben an der Kante des Kraters angekommen war, bot sich ein überwältigender Ausblick. Die gesamte Ebene von Prinz, seitlich von den Kraterrändern begrenzt, öffnete sich nach Süden hin zum Oceanus Procellarum. In der Mitte leuchteten die Bauten von Levania; dahinter die Gewächshauskuppel des ICB, eingelassen im kleinen Krater Antaios wie eine grünlich schimmernde Perle. Alles funkelte fein und filigran im Licht der Sterne.

Meine Vermutung, dass es hinter der Kante in einem sachten Hang bergab gehen würde, wie bei Kratern üblich, stellte sich als Irrtum heraus, denn nach Norden erstreckte sich ein leicht hügeliges Hochplateau, auf dem die Piste weiterführte und hinter dem Horizont verschwand – und das offenbar nicht ungenutzt, wie an den zahlreichen Reifenspuren zu erkennen war. Ich nahm mir vor, das an einem anderen Tag zu erkunden, bei Sonnenlicht. Es war an der Zeit, den Rückweg anzutreten, aber zuvor wollte ich noch einen Blick auf die herrschaftliche Villa an der Kraterkante werfen, die ich von unten gesehen hatte.

Der Weg dorthin endete schon bald an einem Zaun, das riesige Haus war nirgendwo zu sehen. Das Einzige, was ich hinter der Absperrung ausmachen konnte, waren dunkelgraue Tanks, auf denen mit Schablonenschrift geschrieben stand: SILANE-FUEL. Treibstoff für Flugmaschinen. So etwas hatte ich schon auf dem Flugfeld von Port Navel gesehen – eigentlich der einzige Ort, wo auf dem Mond gestartet und gelandet werden durfte. Eigentlich. Was machten Tanks mit Flugmaschinensprit vor einer Villa, die unsichtbar hinter einem Zaun verborgen lag? Ich machte kehrt und fuhr zurück zu den Serpentinen.

Bei der Abfahrt kam mir ein Moover entgegen, eine Art Wohnmobil, wofür ich es zumindest auf der Erde gehalten hätte. Kurz bevor wir uns begegneten, kam es auf der Zufahrt eines Hauses zum Stehen. Ich hielt ebenfalls an. Die Fahrertür öffnete sich. Jemand hüpfte im weißen Raumanzug heraus und streckte sich, wie nach einer langen

Fahrt. Er stutzte, als er mich auf meinem Scooter sah, und schaute auf seine Uhr. »Darian! Was machst du denn hier?« Es war Christophers Stimme. »Ich bin gerade zurück aus Port Navel, habe mein neues Wohnmobil abgeholt. Willst du es dir mal ansehen?«

Ich stellte meinen Scooter ab und stapfte zu Christopher und seinem neuen Spielzeug. Es hatte die perfekte Größe für zwei Personen, die Gestaltung des Innenraums war schlicht und elegant. Die üblichen Merkmale der Kleinbürgerlichkeit fehlten – Holzfurniere oder Dekorstreifen hatten nicht den Sprung auf den Mond geschafft, hier wirkte die Raumfahrt zum Glück als strenger ästhetischer Filter. Der größte Unterschied zu irdischen Campern war die winzige Luftschleuse an der Rückseite, da der Wohnbereich immer mit Atemluft gefüllt war. Von dort konnte man durch eine hermetische Luke nach vorne in die Fahrerkabine klettern, die auch im Vaku-Modus genutzt werden konnte, also mit Raumanzug und Helm.

»Magst du noch mit reinkommen, auf eine Tasse Tee?«, fragte Christopher nach der Besichtigung des Wohnmobils und deutete auf das Gebäude am Ende der Auffahrt. Ich bejahte. Wir passierten die kleine Schleuse und gingen hinein.

Es war überaus surreal, nach der Tour durch die Mondschaft weitab vom Hotel ein Haus zu betreten, offensichtlich eine Fertiglösung in Tafelbauweise. Die große Attraktion war die Längswand des Wohn- und Schlafbereichs: raumhoch verglast und mit einem Blick hinunter in die Ebene. Die Aussicht war hier, auf halber Höhe der Kraterwand, immer noch fantastisch. Man schien zu schweben, Julius Shulman hätte seine Freude gehabt.

Christopher hatte vermutlich ein Vermögen in den Transport seiner Sachen investiert. Im Wohnraum lag ein flauschiger orangefarbiger Teppich, überall Vintage-Möbel und große Kissen auf dem Boden. Wie es Mode war, alles im Stil des zwanzigsten Jahrhunderts – einer Zeit, als noch alles in Ordnung gewesen war, die Ära der Bücher und Gin Tonics, der selbst gedrehten Zigaretten und der Spiele mit echten Würfeln. In der Ecke stand eine Zimmerpflanze. »Ich habe sie von Randall zur Housewarming-Party bekommen«, erzählte Christopher, während er in der Küche Tee zubereitete.

Ich rekelte mich in einem Sessel, schaute nach draußen und betrachtete Levania und die Leuchtpunkte der Fahrzeuge weit unten. Das hätte ich stundenlang tun können, der Ausblick bei Sonnenlicht musste allerdings noch um einiges atemberaubender sein. Christopher servierte Earl Grey in einem geblümten Service (»ein Erbstück meiner Tante«) und ließ sich mit behaglichem Seufzen auf einem Eames-Chair nieder. Eigentlich hätte nur noch ein knisterndes Kaminfeuer gefehlt, aber was hätte man darin verbrennen sollen – brasilianische Fernsehzeitschriften?

»Hast du das Haus selbst gebaut?«, fragte ich und nahm meinen ersten Schluck Tee.

»Nein, aber ich hatte ein Riesenglück«, strahlte Christopher. »Vor gut einem Jahr stand es plötzlich zum Verkauf. Damals hatte ich schon darüber nachgedacht, hier ansässig zu werden, also habe ich sofort zugeschlagen. Eine solche Chance ist selten, es gibt in Beverly Hills keine freien Grundstücke mehr. Und woanders darf hier nicht gebaut werden, damit die Ebene nicht zersiedelt wird. Hat Sir Richardson so entschieden.«

»Und, wie ist die Nachbarschaft?«

»Schickeria, abgesehen von mir natürlich«, grinste Christopher. »Alain und seine Entourage, Urs Kurtz, Dr. Seidenschal, solche Typen. Aber von denen kommen viele nur für ein paar Wochen, dann stehen die Häuser leer oder werden an reiche Touristen untervermietet. Um ehrlich zu sein, verdiene ich mir meine Betriebskosten damit, den Verwalter zu machen: Schlüsselübergabe und so. Macht Spaß, man lernt ständig neue Leute kennen.«

»Alain sagte, die Moonatics wohnen auch hier oben?«

»Die Moonatics? Nein, die leben alle in Pleroma, einem Hüttendorf oben im Krater Vera.« Christopher zeigte mit seinem Teelöffel hoch in Richtung der Kraterwand hinter dem Haus. Ich schaute ihn fragend an.

»Bist du nicht eben von dort mit deinem Scooter gekommen?«

»Nein, ich habe oben kehrtgemacht. Was ist eigentlich mit der fetten Villa an der Kraterkante, hinter dem Zaun?«, erkundigte ich mich.

»Oh, das ist das Haus von –« Christophers Uhr klingelte mitten im Satz. Er stellte die geblümte Teetasse ab und widmete sich dem Anrufer. »Hallo! Na, wie geht's? – ja, bin gerade zurückgekommen, trinke Tee mit einem Bekannten – nein, zu Hause – das Wohnmobil ist klasse – alles reibungslos. Na ja, bis auf eine Straßensperre auf der Via Appia – tja, die Chinesen – nein, nur Papiere. Nach zwanzig Minuten ging es weiter – immer öfter in der letzten Zeit? – hmm – hmm – ach herrje – nein – ja klar, hab alles mitgebracht – wollte gleich raufkommen. Wo seid ihr denn? In der Villa Castalia oder im Apollo? – prima, bis gleich – ach, warte! (Christopher zwinkerte mir zu) – ich würde vielleicht noch jemanden mitbringen – Darian – ja, Tourist. Aber er ist in Ordnung. Ist gerade bei mir – gut, dann bis gleich.«

»Das war Nathan, ein Freund aus Pleroma«, sagte Christopher. »Er ist sozusagen der Bürgermeister dort, ich treffe ihn gleich im Apollo. Ich habe für die Leute Sachen aus Port Navel mitgebracht, da gibt es einen kleinen Supermarkt. Ist Ehrensache, wenn man rüberfährt, die meisten Moonatics haben nur einen Scooter und müssten sonst den Bus nehmen. Lust, mitzukommen?«

Wir stiegen in die Kabine von Christophers Wohnmobil und fuhren die Serpentinen wieder hinauf. Hinter der Kraterkante folgten wir der Piste, die von filigran aufgeschichteten Steinstapeln begleitet wurde. Nach kurzer Fahrt über das hügelige Hochplateau erreichten wir den Krater Vera. Er war perfekt rund, tief geschüsselt und hatte einen Durchmesser von ungefähr einer halben Meile.

Als ich die Siedlung Pleroma sah, musste ich an das Dorf von Asterix denken. Es mochten vierzig oder fünfzig Hütten sein (die Bezeichnung war hier durchaus passend), einige waren deutlich größer, andere standen etwas abseits, manche waren an den Hang von Vera gebaut. Sie waren wie auf einem Campingplatz verteilt und durch ein

Wegenetz miteinander verbunden; vor praktisch jeder Hütte geparkte Scooter oder kleine Moover, auch Volleyballfelder waren zu sehen. Was der ganzen Szenerie einen besonderen Charme verlieh, waren die Leuchten, die überall kleine Lichtkegel im Dämmerlicht erzeugten. Es hätte mich fast nicht gewundert, aus Kaminen Rauch aufsteigen zu sehen oder an der nächsten Ecke Miraculix zu entdecken.

Das Wohnmobil rollte den abschüssigen Weg hinunter, dabei stützte ich mich am Handschuhfach ab. »Da kommen tatsächlich die Handschuhe rein«, sagte Christopher. Mir gefiel, dass solche Begriffe ihre Sinnhaftigkeit mit auf den Mond hinüberretten konnten. Auf die *Kotflügel* traf das eher nicht zu, auch der Begriff der *Windschutzscheibe* sollte noch einmal überdacht werden, schließlich hielt sie hier nicht weniger fern als einen qualvollen Tod.

Das Ende der Abfahrt wurde durch zwei besonders große Steinstapel markiert, die hübsch von unten angestrahlt waren. Langsam fuhren wir durch Pleroma und parkten vor einem der größeren Gebäude, einer weißen Kugel mit einer leicht ramponierten Luftschleuse. Davor standen ein Dutzend Scooter und einige Aufsitzmoover, die meisten von ihnen staubig bunt und mehr oder weniger verbeult.

»Willkommen im Apollo!«, sagte Christopher.

Wir stiegen aus, holten die Säcke und Taschen hinten aus dem Wohnmobil und trugen sie zur Schleuse. Sie wurde von innen leer geräumt, erst danach war Platz für uns. Grünes Licht, die Innentür öffnete sich. Wir nahmen unsere Helme ab.

Verblüfft schaute ich mich um. Das Apollo schien einem Lehrbuch für gemütliche Hippie-Höhlen zu entstammen. Voll mit Leuten. Freaks, hübsche Frauen, Haare, Tattoos und nackte Haut. Musik. Überall luftgefüllte Kissen. Raumanzüge und Helme achtlos übereinandergehäuft, die Overalls bunt eingefärbt. Hier waren sie nun also – die Moonatics, in ihrem Element und Zuhause. Manche der Gesichter kannte ich bereits, die Hippie-Saaltöchter aus der Lounge oder Ziggy Lunaliscious, aber hier in ihrer natürlichen Umgebung schienen sie weniger aus dem Zusammenhang gerissen zu sein.

Ich fühlte mich sofort wohl. Love and Peace, wo bitte musste ich unterschreiben? Während Christopher seine Mitbringsel verteilte, ging ich an die Bar und ließ mir von Ziggy einen Gin Tonic geben. Ich verzog mich damit in eine Ecke und betrachtete staunend das Spektakel. Es war völlig surreal, plötzlich in einem Café voller Hippies zu sitzen. Was machten die auf dem Mond? Wie konnten sie es sich leisten, hier zu sein?

Die Musik kam nicht aus Membranfolien, sondern von einer Zwei-Mann-Combo, die auf einem Podest hockte und spielte. Und wer saß an den Bongos? Tony. Ich sah ihn zum ersten Mal ohne seine Brille, und dazu noch mit nacktem Oberkörper. Der war aufwendig mit zwei Schlangen tätowiert, deren Augen die Brustwarzen bildeten, sich über die Rippen abwärts wanden und am Bauchnabel zu einem Knäuel vereinigten.

Tony wurde von einem Didgeridoo begleitet, gespielt von jemandem, dem die Fähigkeit dazu ins Gesicht geschrieben schien, war er doch offenkundig ein australischer Aborigine, was trotz seiner Sonnenbrille klar zu erkennen war. Allerdings war er nicht ganz vollständig: Nur mit T-Shirt und Shorts bekleidet, waren seine Prothesen deutlich zu erkennen. Seine Arme und Beine aus Carbon, die Gelenke und Schrauben schimmerten matt im Takt des virtuellen Kerzenlichts.

Der treibende Rhythmus überlagerte alles, er war der Herzschlag des Apollo, sein Ausdruck und Wesenskern. Ich beobachtete die fröhlich plaudernden Grüppchen, und das Getrommel schien für einen Moment zu verschwinden, in der Szenerie aufzugehen. Die Musik war unterlegt mit einem wabernden Teppich aus Plaudern und Lachen, in den ich mich weiter hineinhörte – bis ich sogar Gespräche verstehen konnte, die einige Kissen weiter geführt wurden, und mich schließlich fragte, ob die Musik überhaupt noch spielte ...

»Hey, Darian. Keine Lust mehr gehabt, ewig in der Lounge rumzusitzen?« Ich schaute hoch. Die Musik hatte tatsächlich aufgehört. Es war Tony, der sich breit lächelnd und nass geschwitzt neben mich setzte. Der australische Didgeridoo-Spieler mit den Prothesen kam mit zwei Drinks von der Bar zurück und gesellte sich zu uns. Tony stellte ihn vor. »Darf ich bekannt machen – Lawrence Strongbone.«

Nicht schlecht für einen Touristen, plötzlich mit der Band abzuhängen. Als wir uns zuprosteten, nahm der Australier seine Sonnenbrille ab. Ich stutzte. Tonys Freund hatte nicht nur Arme und Beine verloren, sondern auch die Augen. Stattdessen schauten mich optische Prothesen an, die hellblau unter seinen Wülsten schimmerten, ohne Augäpfel oder Lider. Nicht einmal ihre Größe entsprach der menschlicher Pupillen, sie hatten fast den doppelten Umfang.

Sich mit jemandem zu unterhalten, der seine Augen hinter einer dunklen Sonnenbrille verbarg, war irritierend genug. Es war aber etwas ganz anderes, wenn überhaupt keine vorhanden waren und man stattdessen in etwas blickte, was eher einem Paar von Kameralinsen glich. So ging ich rasch dazu über, seinen redenden Mund zu betrachten, denn so fiel es mir leichter, einen Bezug zu ihm und seiner Menschlichkeit herzustellen.

Lawrence bemerkte meine Irritation, und so erzählte er, dass die Sache in Neu-Delhi passiert sei – man konnte sich denken, an welchem Tag er dort gewesen war. Er hatte an einem Projekt gearbeitet, nach Feierabend gerade auf einen Bus gewartet und so etwas wie Glück gehabt, denn er hatte sich einige Kilometer vom Ground Zero entfernt aufgehalten, einer Distanz, in der man auch schon mal die Toten beneidete. Dass er so rasch gerettet und im Rahmen eines Forschungsprogramms mit diversen Prothesen ausgestattet werden konnte, war der Tatsache geschuldet, dass er Leiter des Programms für *Transhumanistic Engineering* an der Universität von Neu-Delhi gewesen war, die – im Gegensatz zu ihm – unversehrt am Stadtrand gelegen hatte.

»Wie sieht man denn mit den künstlichen Augen? Ist es wie vorher?«, wollte ich wissen. Small Talk.

Lawrence nahm einen Schluck von seinem Gin Tonic. »Es reicht nicht aus, einfach nur zwei Kameras an die Sehnerven anzuschließen, denn die Informationen müssen auch in elektrische Signale umgewandelt werden, die vom visuellen Kortex verstanden werden. Das erledigt eine Software. Und der Witz ist –«, fügte Lawrence lächelnd hinzu und zeigte auf seine unwirklichen blauen Linsen, »dass ich auf diese Prozesse zugreifen und sie variieren kann. Ich habe anfangs kaum noch die Standardeinstellung verwendet.«

»Du hast die Welt lieber in Sepia-Tönen gesehen?«, fragte ich.

»Wohl eher in psychedelischen Farben«, grinste Tony.

»Das habe ich tatsächlich eine Weile gemacht. Eine coole Spielerei, aber ich war es schnell leid. Aber dann, auf einmal ...«, sagte Lawrence und nahm einen Schluck Gin Tonic. » ... waren plötzlich alle Leute von einer leuchtenden Aura umgeben. Tiere auch, Mortimers Kater zum Beispiel, und sogar Pflanzen.«

»Jetzt auch? Du siehst uns mit einer Aura?«

»Ja, genau. Irgendwann wollte ich herausfinden, was das soll, und habe den Entwickler gefragt – aber er wusste gar nicht, wovon ich rede. Er meinte, die Linsen und die Visualisierungssoftware wären überhaupt nicht in der Lage, lebende Wesen zu erkennen. Es muss also von woandersher kommen.«

»Alter, du bist auf irgendwas hängen geblieben!«, lachte Tony.

»Es hatte angefangen, als ich eine ganze Nacht lang Didgeridoo gespielt hatte, unten im ICB bei der Neumondzeremonie«, erzählte Lawrence weiter. »Das Erste, was ich gesehen habe, waren die großen Orchideen bei Randalls Hütte, sie hatten diesen leuchtenden Schimmer. Ich dachte erst, ich hätte zu viel geraucht. Und bei den Leuten um mich herum war es dasselbe, nur noch viel stärker. Ich glaube, der erste Mensch auf diesem Modus warst du, Tony. Du hast wie ein Heiliger ausgesehen, wie eine Erscheinung!« Beide lachten. »Und Randalls Schlangen in dem Baum, auch sie hatten diesen Glanz. Aber die künstlichen Bienen – die haben ihn nicht, es sind nur kleine Automaten, sind nicht lebendig. Am nächsten Tag habe ich meine Professur auf der Erde gekündigt, alles hingeschmissen und bin hiergeblieben.«

»Wieso das?«, fragte ich.

»Ich hatte einen Lehrstuhl für Transhumanismus. Menschen mit Prothesen und Implantaten zu optimieren – natürlich, was könnte ich dagegen haben?«, sagte Lawrence und zeigte auf seine Beine. »Aber nun bin ich davon überzeugt, dass lebendige Wesen so etwas wie eine Seele haben und unser Geist sich nicht auf Maschinen übertragen lässt. Das war nämlich das Ziel unserer Forschungen.«

»Und jetzt lebst du hier in Pleroma?«

»Nun ja, ich habe noch keine eigene Hütte, stehe auf der Warteliste. Ich verbringe viel Zeit in der Mondschaft, im schweren Raumanzug mit Windelfunktion. Oft schlafe ich auch draußen.«

»Du übernachtest draußen?«, fragte ich erstaunt. »Hast du keine Leute hier, bei denen du unterkommen kannst?«

»Doch, schon. Mir hat sogar dieser Alain angeboten, mir eine Hütte zu bezahlen. Das habe ich aber natürlich abgelehnt.«

»Wieso?«

»Der ist mir nicht ganz geheuer, außerdem sind wir nicht mal befreundet. Aber es macht mir nichts aus, draußen zu sein. Ich habe einen kleinen Krater gefunden, zwei Meter groß, voll mit Mondstaub. Den schiebe ich mir dann so zurecht, dass ich bequem darin liegen kann. Natürlich komme ich jeden Tag rein, hier ins Apollo oder unten in Levania. So haben wir Zehntausende von Jahren gelebt, sind frei umhergewandert, bis ihr uns eure Sträflinge geschickt habt. Und manchmal wünsche ich mir fast, mein ganzer Körper bestünde aus Prothesen, dann bräuchte ich gar keinen Raumanzug mehr.«

Wir saßen schweigend, die Gin Tonics waren getrunken. Meine Gedanken wanderten zum ICB und seinen Pflanzen. Ich dachte an die Orchideen, die über der Veranda hingen. »Lawrence, die Erde, wenn du hochschaust in den Himmel – hat sie auch diesen Schimmer?«

Er lächelte erneut. »Ja, hat sie.«


Ich entdeckte Christopher auf einem Stapel aufblasbarer Kissen in ein Gespräch vertieft. Sein Gegenüber konnte nur Nathan sein, der sogenannte Bürgermeister von Pleroma. Er hatte kurze graue Haare, eine Adlernase mit einer altertümlichen runden Nickelbrille darauf und war in souveränes Schwarz gekleidet. Christopher winkte mich zu sich, also navigierte ich vorsichtig durch das herumlümmelnde Publikum.

»Na, Darian, ich sehe, du hast dich gut unterhalten. Darf ich dich mit Nathan bekannt machen?«

»Gefällt es dir bei uns?«, fragte er. Schön, sich mal wieder mit jemandem zu unterhalten, der echte Augen hatte.

»Hätte nicht gedacht, dass es hier ein Hüttendorf gibt. Davon stand nichts im Lonely Planet.«

Nathan grinste. »Wir haben den Redakteur geschmiert, damit er das für sich behält. Wir sind keine Touristenattraktion, haben aber auch nichts dagegen, wenn jemand vorbeikommt, und Ziggy freut sich natürlich immer über zahlende Kundschaft. Leute, die neugierig genug sind, uns zu finden, sind gerne willkommen.« Er lächelte und nickte in Richtung Christopher. »Bleibt ihr noch bis heute Abend zur Präsentation?«

Christopher nickte mir ermunternd zu. »Alex hat es wohl nicht geschafft, dafür herzukommen, oder?«

»Nein, leider nicht. Er ist noch zu Verhandlungen auf der Erde. So, wir sehen uns später. Ich habe noch was zu erledigen«, sagte Nathan und verabschiedete sich.

»Was ist denn das für eine Präsentation?«, fragte ich Christopher.

Er zuckte mit den Schultern. »Das weiß keiner. Es ist eine Überraschung für uns alle. Es findet hier statt, um acht. Eine Stunde vor Sonnenaufgang.«

Gegen Abend saßen und standen wir dicht gedrängt im Apollo. Selbst Buzz war gekommen, Harry hatte ihn mitgebracht. Ziggy Lunaliscious kletterte durch die Leute und verteilte Wasser aus einem Rucksackkanister in Plastikbecher. Er trug nur eine Hose. Auch sein Oberkörper war auf der Vorderseite tätowiert; genau wie bei Tony waren es zwei Schlangen, die sich über seine Rippen nach unten kringelten.

Als die Zeit für die Präsentation gekommen war, fand ich schließlich an der Bar noch ein wenig Platz; ich tat es den anderen gleich und setzte mich davor. Die alten fleckigen Hände neben mir kamen mir bekannt vor. Ich drehte mich zur Seite. Es war tatsächlich Theowulf, der verwirrte Alte, der in Starseed durch die Lounge gegeistert war. Ich versuchte, mir nichts anmerken zu lassen, aber er schien mich nicht zu erkennen.

Nach zehn Minuten des unbequemen Kauerns kam schließlich Nathan auf das kleine Podest gesprungen, auf dem Tony und Lawrence zuvor gespielt hatten. Beifall und ermunternde Pfiffe, dann kehrte Ruhe ein.

Nathan lächelte in die erwartungsvolle Runde. »Liebe Freunde, liebe Gäste! Ich möchte mich herzlich für euer zahlreiches Erscheinen bedanken *(Jubel und Klatschen),* und auch einen Dank an Ziggy und das Apollo, dass wir heute Abend hier zu Gast sein dürfen. Wie ihr wisst, geht in einer Stunde die Sonne auf, also werde ich mich kurz fassen, sodass wir alle rechtzeitig um neun draußen sind. *(Beifall).*

Bevor ich beginne, möchte ich noch einen lieben Gruß von unserem Freund und Gönner Alex ausrichten *(Jubel und Pfeifen),* dem eigentlich die Ehre zugestanden hätte, euch heute von seinem neuen Projekt zu berichten. Aber er ist noch auf der Erde bei Verhandlungen, dazu sage ich später noch etwas.« Nathan sah verschmitzt in die Runde. »Hat irgendjemand hier eine Idee, worum es heute Abend geht? Nein? Prima. Ihr werdet euch wundern. Ophelia, bitte das erste Bild!«

Direkt hinter mir, oben auf dem Bartresen, stand der winzige Projektor. Das Licht im Apollo verdunkelte sich, und auf der Wand hinter Nathan erschien ein Bild der Erde. Es war eine makellose Totale, ganz ohne Taifune und Feuerstürme.

»Liebe Freunde – hier sehen wir unsere Freundin Gaia *(frenetischer Applaus).* Wie ihr wisst«, fuhr Nathan fort, »hat auch unsere liebe Mutter ihre Bedürfnisse, und sie möchte nicht ewig als alte Jungfer durch den dunklen Weltraum kreisen. Also hat sie das getan, was eine schöne Planetendame im besten Alter so macht: Sie hat intelligente Wesen hervorgebracht *(höhnisches Gelächter gemischt mit Applaus)*. Ich weiß, was einige von euch denken, es ist mit ihren Kindern ja einiges schiefgelaufen. Aber immerhin, nun sind wir hier, um unsere Aufgabe zu erfüllen. Die Erde ist bekanntlich die Wiege der Menschheit, und natürlich können wir nicht ewig darin herumplärren. Also haben wir vor einigen Generationen unsere ersten wackligen Schritte unternommen.«

Es erschien zuerst das ikonenhafte Bild von Neil Armstrong, wie er die Leiter der Landefähre hinunterkletterte, anschließend ein Foto des Apollo-Astronauten Buzz Aldrin, der verschmitzt in die Kamera lächelte.

*»Du siehst fabelhaft aus!«,* kam es aus dem Publikum. Es war Buzz. Lautes Gelächter.

Nathan, der offenbar noch nichts von der neuen Charmeoffensive des Roboters mitbekommen hatte, schaute kurz etwas ratlos und fuhr dann fort. »Äh – dann aber war die Zeit gekommen, die Sache etwas ernsthafter anzugehen und nicht schon nach wenigen Tagen wieder in Mutters Arme zurückzukehren. Um auf dem Mond zu überleben, brauchen wir Nahrung. Und das bedeutet: Pflanzen, Leben, ein Stück heimische Biosphäre auf einer fremden Welt. Nächstes Bild bitte.«

Es erschien ein Foto vom Krater Antaios mit dem grün leuchtenden ICB.

»Wir sind das Werkzeug von Mutter Erde, um ihren Ableger hier oben zu hegen und zu pflegen. Randall, du hast somit die Ehre, der erste Babysitter Gaias zu sein.« Jubel und Pfiffe für Randall, der mit auffällig roten Augen stolz lächelnd in einer Ecke saß. »Nächstes Bild bitte.«

Es war eine Aufnahme des Kraters Vera mit Pleroma, dem Hüttendorf der Moonatics.

»Wie ihr wisst, haben wir Pleroma unserem Freund und Gönner ...
(*Beifall und Jubel*) ... Alex zu verdanken! Nicht mehr und nicht weniger als die erste freie und privat finanzierte Siedlung der Menschheit außerhalb der Erde. Liebe Freunde, das ist in seiner evolutionären Tragweite höchstens mit der ersten Besiedelung des Festlandes
vergleichbar, als wir vor über 300 Millionen Jahren an Land gekro-
chen sind.«

Es erschien ein Foto eines bemoosten Felsens an einer Gischt sprü-
henden Küste.

»Oder hiermit.« Ein Ausschnitt aus Stanley Kubricks *2001:* Ein Ur-
mensch warf einen Knochen in die Luft, der sich im langsamen Krei-
selflug zu den Klängen eines Walzers in eine elegante Raumstation
verwandelte. Die Szene wurde ausgeblendet, der Walzer verstummte,
gefolgt von den Fanfaren von *Also sprach Zarathrustra.*

»Und so soll Pleroma in gut einem Jahr aussehen ...!«, rief Nathan
über die pompöse Musik. Seine Stimme überschlug sich fast.

Das nächste Bild erschien.

Im Apollo herrschte für einen kurzen Moment fassungslose Stille.
Dann brach ein Orkan los. Die Leute sprangen auf, pfiffen, klatsch-
ten und jubelten, woraus rasch ein Sprechchor wurde: »Alex! Alex!
Alex ...!«

Nathan bat um Ruhe, und allmählich setzte man sich wieder. Ich
hatte nun freien Blick auf das projizierte Bild. Es zeigte das Hüttendorf Pleroma. Es war von einer schönen transparenten Kuppel überdeckt. Darunter schimmerte es grün.

»Darf ich vorstellen ...«, rief Nathan auf dem Podest. »Das Projekt *Garden Eden!*«

Das Apollo tobte.

Es folgten Renderings mit Innenaufnahmen. Es ging nicht etwa
darum, aus Pleroma einen zweiten Gewächshauskrater zu machen,
sondern ein richtiges Habitat; auf den Animationen waren Parks und
Gärten mit Bambushütten zu sehen, die zwischen den bestehenden
Gebäuden standen. Statt der Luftschleusen hatten sie offene Eingän-

ge, viele der geodäsischen Kuppeln waren aufgeschnitten. Fröhliche Moonatic-Familien liefen in Sarongs umher, Kinder und Tiere tollten über üppig blühende Wiesen.

Man würde aber auch Pflanzen zur Nahrungsversorgung anbauen, erklärte Nathan weiter, denn das Ziel sei es, zumindest dahin gehend autark und unabhängig vom ICB zu sein. Die Versorgung mit Wasser, Luft und Energie würde weiterhin von »unten« kommen, also von Levania. Es war die Rede davon, dass es sich um ein genossenschaftlich organisiertes Projekt handelte, dessen öffentlicher Freiraum einen Mehrwert für alle Bewohner bieten solle, mit gemeinschaftlich betreuten Grünanlagen und landwirtschaftlichen Flächen.

Mit »Ein Wort noch zur Finanzierung« brachte Nathan den Vortrag dem Ende entgegen. »Es werden nur die Betriebskosten umgelegt, die Baumaßnahme wird der Beitrag unseres Freundes Alex zu seiner Vision unserer Zukunft auf dem Mond.«

Die Konstruktion würde gar nicht so aufwendig sein, erklärte Nathan weiter, da der Krater Vera eine annähernd runde Kreisform hatte und im Grunde nur eine Schiene entlang seines Randes verlegt werden musste. Die transparente Kuppel würde fertig vernäht als Paket von der Erde geliefert, dann vor Ort mit Überdruck aufgepumpt und in Form gehalten; die Lüftungsanlage hätte somit eine doppelte Funktion. Zum Abschluss verwies Nathan auf die Website www.gardeneden.lun, wo man ab morgen alles in Ruhe nachsehen könne.

Erneut heftiger Applaus.

»Eine Sache noch!«, rief Nathan. »Eine Sache noch!«

Es kehrte wieder Ruhe ein.

»Noch ein Wort zu Alex und den Verhandlungen, die er auf der Erde führt. Er ist gerade zu Gast bei Sir Richardson. Und wisst ihr auch, warum? Alex unterbreitet Richardson ein Kaufangebot für seinen Anteil an Levania!«

Ein Raunen ging durch das Apollo.

Nathan strahlte. »Alex plant nämlich, Levania ganz zu übernehmen und es nach seinen – unseren – Vorstellungen zu gestalten. Levania und Garden Eden sollen ein Zentrum für eine neue, friedliche, harmonische Lebensordnung werden. Wir wollen unsere Fehler von dort unten nicht wiederholen. Gaia soll stolz auf uns sein! Vielen Dank – und *Happy Sunrise!*«

Frenetischer Schlussapplaus und Abgang Nathan vom Podest.

Die Moonatics waren völlig aus dem Häuschen. Etwas neidisch schaute ich auf die Animation von Garden Eden, die immer noch an die Wand projiziert war.

Als wir in unseren Raumanzügen draußen vor dem Apollo standen, war es wie in einer Neujahrsnacht, in der alle kurz zuvor im Lotto gewonnen hatten. Wir schauten hoch zur Kante des Plateaus, denn es war fünf Minuten vor neun. Aus meinem Helmlautsprecher kam über den Kanal Plus die Geräuschkulisse einer fröhlichen Party ohne Musik; das vorherrschende Gesprächsthema war natürlich die grüne Zukunft von Pleroma. Garden Eden. Ich fühlte mich etwas verloren, aber immerhin – ich hatte gerade einen historischen Abend erlebt. Wir würden also bald an Land kriechen, die Evolution schritt voran.

Ich wollte gerade irgendjemanden anstubsen und fragen, wer denn nun eigentlich dieser Alex sei, als es plötzlich geschah. Die obere Kante des Kraterrandes begann gleißend zu strahlen. Zunächst war es nur ein kleiner Streifen, der langsam den Steilhang hinunterwanderte, bis dieser schließlich ganz in Helligkeit getaucht war. Die Leute regelten die Lichtdurchlässigkeit ihrer Visiere herunter; ich tat es ihnen gleich, wie es auch in den *Informationen für Hotelgäste* dringend bei Sonnenlicht empfohlen wurde.

Unvermittelt stand Tony vor mir, mit einer Bongo-Trommel unter dem Arm seines Raumanzugs. »Wir gehen noch auf eine Party, kommst du mit?«

Ich stapfte mit ihm und einigen anderen durch das Hüttendorf. Pleroma war mittlerweile ganz in Sonnenlicht getaucht; endlich sah es hier aus wie auf den Apollo-Fotos. Die Sonne überstrahlte alles, sogar die Sterne; die Mondoberfläche war gleißend hell, fast weiß, die Schatten hart und schwarz.

Die Nacht war auf dem Mond nicht viel anders als auf der Erde – hier wie dort Dunkelheit und schwarzer Sternenhimmel. Jetzt allerdings, während des Mond-Tages, war der Himmel immer noch schwarz, obwohl die Sonne schien. Auf der Erde bedeutete die Schwärze Nacht, hier auf dem Mond bedeutete er Weltraum, auch tagsüber bei Sonnenlicht. Ich versuchte mir vorzustellen, wie es bald in Pleroma aussehen mochte, wenn hier Pflanzen unter einer transparenten Kuppel wuchsen und man ohne Helm und Raumanzug herumlaufen könnte.

»Wo gehen wir eigentlich hin?«, fragte ich Christopher.

»Zur Baby-Party von Daniel und Marianne.« Er schickte mir eine Einladung auf die Uhr. *In Matrimonium Luna* war dort zu lesen; man gab sich die Ehre, Mariannes Schwangerschaft nun offiziell bekannt zu geben. Es würde ein Mädchen werden, das – na klar – *Luna* heißen würde. »Das erste Baby, das in Levania geboren wird«, sagte Randall stolz, der, mit seinem Sarong über den Raumanzug gewickelt, neben mir durch den sonnigen Mondstaub schritt.

»Vielleicht pflücken wir unterwegs noch ein paar Blumen«, brummte Roys Stimme im Helmlautsprecher.

Wir kamen zu einem kugelförmigen Gebäude im Zentrum von Pleroma, größer noch als das Apollo. Oben auf der Kuppel steckte eine schwarze Fahne, die bei Wind sicherlich gerne geweht hätte – ein weißes M in einem weißen Kreis. »*Moonarchy*«, wie Roy erklärte.

»Willkommen in der Villa Castalia«, rief Tony, als er in der Schleuse den Helm abgenommen hatte.

»Wohnt hier jemand?«, fragte ich.

»Nein, das ist unser Gemeinschaftshaus«, sagte Tony. »Und eine kleine Akademie. Das war die Idee von Alex.«

»Wer ist eigentlich dieser Alex?«, wollte ich endlich wissen.

»Alex? Alexander von Alvensleben Avalon-Zaragoza«, sagte Tony erstaunt – offenbar darüber, dass ich es nicht wusste.

Ich hätte es mir eigentlich denken können. Alex von Alvensleben, Initiator von PLAN A, der gescheiterte Retter der Menschheit. Das grüne Lämpchen leuchtete auf. Wir traten hinein. Die Party war bereits auf gutem Wege.

Die Villa Castalia war ein runder Kuppelbau, viel kleiner als die Lounge unten in Levania, dafür aber zweigeschossig. Es führte eine schmale Treppe hinauf zu einer umlaufenden Galerie mit Türen dahinter, was ein wenig an einen Saloon erinnerte. Auch hier waren wieder kleine Alkoven angedockt: eine Bar, eine Küche, Chill-out-Höhlen. Statt großer Fensterflächen gab es nur einige kleine Bullaugen in der Kuppel, der Weltraum musste draußen bleiben.

Man feierte mit frisch gebrühtem Chai-Tee und Spirulina-Häppchen, die Stimmung war fröhlich und laut. Tony hatte sich neben den gestapelten Helmen zum Trommeln niedergelassen, diesmal mit seinem alten Kumpanen Bongo-Paul. Inmitten des raumfüllenden Treibens strahlte die schwangere Marianne, deren Bauch bereits deutlich zu erkennen war; neben ihr stand Daniel, der zukünftige Vater des ersten Kindes von Levania. Sein verwittertes Gesicht mit den schütteren Rastalocken strahlte, als er stolz den Arm um seine Frau legte und in die Runde scherzte.

»Wo ist es denn passiert?«, rief jemand.

»Na, bestimmt nicht in der Gelben Nische!«, lachte Daniel.

»Was, etwa in der Grauen?«

»Nicht, dass Alain der Vater ist.«

»*Mon dieu*, das wäre aber *très degoutant*.«

»Wann ist es denn so weit?«

»Im Juli.«

»Und wo soll die Kleine zur Welt kommen?«

»Na, hier …«

»Hier? In der Villa? Wie soll das gehen?«

»Das besorgt die Natur schon von selber, wenn die neun Monate rum sind. Dr. Berghoff ist natürlich auch dabei.«

»Ja, und dann? Wie wollt ihr mit dem Baby nach draußen? Habt ihr etwa einen Raumanzug für Säuglinge?«

»Natürlich nicht hier in der Villa«, sagte Marianne. »Wir ziehen zwei Wochen vor der Geburt ins ICB. Das war Randalls Idee.«

»Und nächstes Jahr wohnen wir im Garden Eden. Im Paradies!«, rief Daniel. »Da kann Luna ganz normal aufwachsen.«

»Ganz normal? Auf dem Mond?«

»Ich finde das, ehrlich gesagt, ziemlich unverantwortlich. Habt ihr mal darüber nachgedacht, was die geringe Schwerkraft mit einem Baby anrichtet? Sie kann hier doch keinen Sport treiben.«

»Wir fangen in der ersten Woche an mit den EMS«, sagte Marianne.

»Aber Luna wird niemals zur Erde reisen können. Da würde sie wegen der Schwerkraft sofort zusammenbrechen.«

»Was soll sie denn auf der Erde? Luna wird ein Mondmädchen.«

»Ein Sternenkind.«

»Das erste von vielen.«

»Ein Neuanfang!«


Ich verließ die Runde und bahnte mir meinen Weg zu der kleinen Bar. »Habt ihr auch was anderes als Chai-Tee?«, fragte ich einen hünenhaften Kerl mit rotblondem Bart und Norwegerpullover, der den Bereich hinter der Bar fast vollständig ausfüllte.

»Lass mich überlegen. Gin. Und Tonic. Oder magst du vielleicht einen Wodka?« Ein russischer Akzent.

»Gerne. Wo kommt der denn plötzlich her?«, erkundigte ich mich.

»Hab ich mitgebracht, aus Moskau. Kistenweise. Ich bin übrigens Ivan«, dröhnte der Russe und reichte mir ein Glas Wodka herüber. »Na sdarowje!«

»Cheers. Du wohnst hier in Pleroma?«

»Ja, schon länger. Ich bin damals mit Marianne gekommen.« Ivan deutete mit seinem Glas in Richtung der Party. »Wir haben uns auf dem Mount Everest kennengelernt. Aber jetzt ist sie, wie du siehst, mit Daniel zusammen. Aber kein Problem, wir sind alle Freunde.«

»Du warst auf dem Mount Everest?«

»Ja, ich habe die Tasten verwechselt. In der Yacht meines Vaters. Haha!«

Ich schaute ihn verständnislos an.

»Du hättest sie sehen sollen, die Yacht. Mein Vater, Sergej Muktikof, war ein Oligarch. Und weißt du, was Oligarchen wollen? Sie wollen die längste. Aber mein Vater war anders, er wollte die coolste Yacht, und er hat sie bekommen. Ein Katamaran, zwei Rümpfe, scharf wie Küchenmesser. Und sie hatte jede Farbe, die du willst, man konnte sie ändern. Die Oberfläche – jedes Muster, alles, was geht. Und Nanokameras, überall, haben die Umgebung aufgenommen und wiedergegeben. Wellen, Wolken, alles!«

»Dann war das Boot unsichtbar?«, fragte ich.

»Ja, wenn man wollte, man konnte das machen. Kein Boot zu sehen, nur Wasser. Was für ein Spaß, am Strand entlangzufahren, und dann – Knopfdruck und zack! Das Boot war wieder da, wie aus dem Nichts. Magst du Formel eins? Grand Prix?«

»Das war vor meiner Zeit ...«

»Ja, natürlich, aber damals. Monte Carlo. Mein Vater ist mit Boot in den Hafen gefahren, als das Rennen lief, unsichtbar. Die Kameras, Fernsehen, haben in alle Welt übertragen, wie ein nackter Russe, mein Vater, durch den Hafen gefahren ist. Schwebend, wie Jesus, nur nackt. Dann – zack – Knopfdruck, und die Yacht war wieder da. Große Show! Ich saß unten, unter Deck, und wollte Pornos gucken. Autorennen interessieren mich nicht. Aber ich habe die Tasten verwechselt. Und was sehe ich? Eine Doku über Mount Everest.«

Und so erzählte Ivan immer weiter, während er mir beständig Wodka nachschenkte. Das Treiben der Party um mich herum mischte sich mit seiner Geschichte, die der Russe im Norwegerpullover inbrünstig vortrug: die Erkenntnis, dass es mit dem Gipfel des höchsten Berges einen Fleck auf Erden gab, für dessen Erreichen Menschen bereit waren zu sterben, zu erfrieren und verrückt zu werden. Das hatte Ivan mehr erregt als alles andere. Es war um ihn geschehen. Er musste *dorthin,* auf den Gipfel des Everest. Er wollte in die Todeszone jenseits der achttausend Meter, mit letzter Kraft den Hillary-Step emporklettern, zum Südgipfel, und dann, halluzinierend und entkräftet, durch die Stratosphäre zum Gipfel wanken. Ivan hatte sich alle Bücher und Filme beschafft, deren er habhaft werden konnte. Er hatte die Standardrouten studiert, kannte die Lage aller Höhencamps auf dem Weg zum Gipfel, hatte ehrfürchtig die Fotografien all derjenigen betrachtet, die es nach oben geschafft hatten.

Irgendwann sehr viel später – sein Vater war mittlerweile bei einem Bombenanschlag auf seiner Yacht ums Leben gekommen – war Ivan in den Himalaja gereist, wo er zunächst einige Achttausender bestiegen hatte, um sich dann endlich *ihm* zuzuwenden, dem höchsten Gipfel der Welt.

Dort hatte sich allerdings in den vorangegangenen Jahren viel getan. Ein chinesischer Unternehmer hatte die Nutzungsrechte am Mount Everest erstanden und den Berg in einen durchorganisierten Abenteuerspielplatz verwandelt. Das Base-Camp war zu einem klimatisierten Resort geworden, die Höhenlager verfügten über komfortable Druckkabinen mit Betten, Duschen und erstklassiger tibetanischer Küche. Die Standardroute war komplett mit beheizten Trittleitern und Stufen ausgestattet, und an manchen Tagen im Mai wurde sie von Hunderten von Touristen zugleich begangen. Um die Staus am Hillary-Step und anderswo aufzulösen, hatte man sogar mehrere Klettertreppen nebeneinander angebracht; gegen Aufpreis konnte man auch die elektrische nutzen, einer Rolltreppe nicht unähnlich.

»Und weißt du, was ich dann gemacht habe? Fotos! Auf dem Gipfel des Everest mit Kamera auf die Touristen gewartet. Was haben die dumm geschaut!« Ivan lachte dröhnend. »War zwei Jahre lang Gipfelfotograf, mein eigenes Höhenlager eingerichtet. Auf 6700 Metern, hinter dem Südsattel versteckt, mit allem Komfort. Aber dann habe ich aufgehört. Die Leute dachten, ich war verschwunden.« Ivan lachte über seine eigene Erinnerung – und darüber, was er anschließend getrieben hatte. »In der nächsten Saison bin ich dort oben mit Yeti-Kostüm rumgelaufen und habe die Leute zu Tode erschreckt! Haha!«

Und eine dieser Leute war eben auch Marianne gewesen, deren Schwangerschaft uns heute in die Villa Castalia geführt hatte. Sie war damals am Südostgrat unterwegs gewesen, in traditioneller Ausrüstung mit einer neuseeländischen Retro-Expedition und auf den letzten Metern in der Todeszone am Rande ihrer Kräfte. Als dann plötzlich Ivan in seinem Yeti-Kostüm auftauchte, war dies zu viel für ihr vom Sauerstoff unterversorgtes Gehirn; ihre letzten Gedanken galten Befürchtungen eines Hirnödems und dem baldigen Ende.

Als sie wieder zu sich gekommen war, hatte sich ein besorgter Yeti über sie gebeugt, den Kopfteil seines Kostüms nach hinten gezogen und sich als Ivan Muktikof vorgestellt. Anschließend hatte er Marianne im Bärenfell die letzten Meter zum Gipfel begleitet und sie anschließend mit in sein Refugium hinter dem Südsattel genommen.

Die Verschleppung der – trotz alpiner Kluft – erkennbar vollbusigen blonden Bergsteigerin durch einen zotteligen Yeti am Südostgrat war allerdings nicht ganz unbemerkt geblieben, denn ein Amateurfilmer, der einige Hundert Meter hinter Marianne aufgestiegen war, hatte den Vorfall mit verwackelten Bildern festgehalten.

Vielleicht lag es am Wodka, jedenfalls konnte ich nicht mehr stehen. Ich verabschiedete mich von Ivan und schlich durch die Party zu einem der kleinen Chill-out-Alkoven. Erleichtert ließ ich mich auf die Kissen fallen, die dort auf dem Boden lagen.

Auf dem flachen Beistelltisch stand ein Schälchen mit grünen Wasabi-Nüssen. Ich griff hinein. Meine Gedanken gingen zurück zu dem geheimnisvollen Wohltäter von Pleroma, dem Initiator von Garden Eden. Alex – Alexander von Alvensleben Avalon-Zaragoza. Jeder kannte ihn. Ein tragischer Held, Philanthrop und gefallener Engel. Er hatte es eine Zeit lang geschafft, Hoffnung zu verbreiten, das Unabwendbare zu verhindern, aber auch er hatte scheitern müssen, denn das Böse, die Gier und die Dummheit waren längst übermächtig geworden. Nun war er also hier auf dem Mond aktiv.

Ich schaltete meine Uhr ein und ging ins Netz.

Und da war er. Grau meliert, bärtig, etwa Ende sechzig. Ich überflog den Eintrag. *Alexander von Alvensleben – alte europäische Adels- und Unternehmerfamilie – Privatschulen – jahrelang als Backpacker durch die Welt gereist – Mitarbeit bei Projekten in der Entwicklungshilfe – Sponsor von Attac und Occupy – Studium der Informatik an der ETH Zürich und Stanford – Entwicklung intelligenter Algorithmen mit seinem Partner Michael Nimitz Chester –*

Michael Chester?

Der Chester von BelTech, Alains Geschäftspartner?

Ich las weiter.

*Weiterentwicklung der Algorithmen zur lernfähigen Software CYCLOPIA.*

CYCLOPIA. Zu Beginn war dies noch eine App gewesen, mit der wir alle begeistert durch die Gegend gelaufen waren. Mit einer kindlich neugierigen Stimme hatte sie uns ständig danach gefragt, was wir gerade sahen und machten, und warum? Wir hatten alle großen Spaß daran gehabt, der netten Stimme (bei vielen klang sie allerdings eher sexy als kindlich) Bedeutungen und Zusammenhänge zu erklären, wofür man die Videofunktion des Telefons eingeschaltet haben musste. Wir hatten unseren Smartphones erklärt, dass – *die Blätter von den Bäumen fallen, weil es Herbst ist* – oder – *die Rauchschwaden von den Villenvierteln am Stadtrand stammen* – oder – *die blonden Flaschensammler im Park skandinavische Klimaflüchtlinge sind.*

Vor allem bei Leuten ohne Kinder war die App damals sehr populär, entsprechend konnte CYCLOPIA mit ihren Fragen aber auch manchmal ganz schön nerven. Mit der Zeit hatte das dazugehörige Mutterprogramm in der Cloud erkennbar dazugelernt, was verblüffend und oft unheimlich war. Ich glaube, man nannte das *Deep*

*Learning*, der Begriff hatte mir immer gefallen. Später dann war CY-CLOPIA erwachsen geworden, brauchte keine Fragen mehr zu stellen, ganz im Gegenteil – wir waren es nun, die sich an sie wandten, hatte sie doch eine glänzende Karriere gemacht und ihre Schwestern Siri und Cortana vom Markt verdrängt. Heutzutage war CYCLO-PIA das Standardsystem für die Kommunikation zwischen Mensch und Computer, aber trotz allem war ihr die Maschinenhaftigkeit bis heute anzumerken. Einen Turing-Test würde sie immer noch nicht bestehen.

Ich scrollte weiter durch den Lebensweg von Alex: – *Trennung von seinem Partner Michael Chester – Entwicklung des Programms »N:OO« zur effizienten Verwaltung des Systems Erde: Ressourcenverteilung, Ackerflächen, Fischfangquoten, nachhaltige Entwicklung, die Einführung einer globalen Kapitalsteuer, Vorschläge zur Organisation menschlichen Zusammenlebens auf allen Systemebenen: Neustrukturierung von Regionen und Staaten, vor allem im Nahen Osten und in Afrika, anhand von Siedlungsgebieten und Bevölkerungsgruppen; Umverteilung der Funktionen des Staates auf die Regionen einerseits und andererseits auf so etwas wie eine Weltregierung – zum »Wohle der Menschheit« –*

Alex wollte mit der Hilfe von N:OO nicht weniger als unseren Arsch retten.

*– Begründung der Bewegung »PLAN A« – ein Manifest zur »Rettung der Welt« – die Überwachung der global relevanten Ökosysteme durch die Weltumweltorganisation – Einbindung der Software N:OO – verbunden mit dem Konzept, jedem Erdenbürger ab dem Tag der Geburt ein fest zugewiesenes $CO_2$-Guthaben zuzuweisen, Zukäufe und Übertragungen nicht möglich – Initiative zur »Reorganisation des UN-Sicherheitsrates« – anstelle der fünf alten Atommächte eine Erweiterung des Gremiums auf elf: USA, Russland, China, Europäische Union, Indien etc. – und PLAN A als elftes Mitglied in Funktion eines Meta-NGO, dem einzigen mit Vetorecht –*

Dann: – *weltweites Internet-Plebiszit im Jahre 2038 – »Wir fordern unser Recht auf Zukunft«* — *fast zwei Milliarden Unterschriften* — *PLAN A: Weltregierung der Vernunft und Intelligenz.*

Dann hatten sie ihn fertiggemacht. Es wäre einfach zu schön gewesen, um wahr zu sein.

Und jetzt finanzierte er eine Hippie-Kommune auf dem Mond, die sich bald in einen grünen Garten Eden verwandeln sollte.

Auch das erschien fast zu schön, um wahr zu sein.

# VILLA CASTALIA

»Die Jugend hat Heimweh nach der Zukunft.«

JEAN-PAUL SARTRE

Ich wurde durch ein Kitzeln auf der Stirn geweckt. Reflexartig griff ich dorthin und öffnete die Augen. Es war eine der Gläsernen Bienen aus dem ICB, die transparent schimmernd davonschwirrte. Verwundert und verschlafen schaute ich ihr hinterher.

Ich lag auf dünnen Kissen. Neben mir auf Augenhöhe eine niedrige Tischplatte, darunter grüne Wasabi-Nüsse auf dem Boden verstreut. Es war nicht meine Suite, sondern der Chill-out-Alkoven der Villa Castalia. Ich richtete mich auf. Es roch nach Kaffee. Er stand vor mir auf dem flachen Tisch, daneben eine abgewetzte Broschüre: »*Villa Castalia – Seminare 2044/45*«. Ich blätterte darin, während ich an der Tasse nippte.

Gastdozenten. Workshops. Randalls Yoga-Kurse. Meditationszirkel »*en plain air – im gemütlichen Mini-Krater Samadhi*«. Fastenkurse: »*Zur Förderung der Verdauung zweimal täglich ein Glas Wasser mit etwas hineingerührtem Regolith.*« Reiki. Craniosacral. Chakra-Balancing.

Amüsiert las ich, dass Bongo-Paul bald einen Vortrag halten würde, »*… warum der Mond hohl und ein künstlich erschaffenes Gebilde ist. Kann es wirklich Zufall sein, dass Mond und Sonne von der Erde aus gesehen exakt die gleiche Größe haben …?*«

Mein Favorit in der Broschüre war aber die »*monatlich stattfinden-*

*de Urschrei-Therapie«*, einen Tag vor Neumond, an dem man hinaus in den Oceanus Procellarum fuhr und sich dort die Seele aus dem Leib und in die Helmmikrofone schrie. Ich musste unbedingt Harry fragen, ob dies auf dem offenen Kanal übertragen wurde, es wäre sicherlich ein großer Spaß, es an der Bar bei einem Gin Tonic zu verfolgen.

»Guten Morgen.«

An der gegenüberliegenden Seite des kleinen Tisches hockte plötzlich jemand im Lotussitz auf einem Stapel Kissen und schaute mich an. Ein kräftiger Mann mittleren Alters mit hoher Stirn und schwarzen Locken, buschigen Augenbrauen, einer frivolen Nase und entwaffnendem Grinsen. Über seinem kanariengelben Overall baumelte eine Muschelkette um einen breiten Hals.

»Ich muss hier eingeschlafen sein. Ich hoffe, das ist in Ordnung?«, fragte ich, noch nicht ganz wach.

»In der Villa Castalia ist jeder willkommen. Auch ein Tourist, wenn er denn hierherfindet«, grinste der Mann im gelben Overall. »Ich bin übrigens Leo McMurphy.«

»Darian Curtis.« Ich nahm die Tasse und hielt sie zum Gruß in seine Richtung.

Leo erhob sich und bedeutete mir, ihm zu folgen, hinein in den kuppelrunden Hauptraum der Villa Castalia. Wir duckten uns durch den Ausgang des kleinen Alkovens. Ich nahm meinen Kaffee mit, denn es tat gut, etwas in der Hand zu halten.

Es bot sich die vertraute Atmosphäre eines Morgens nach einer Party. In der Küche im Hintergrund wurde geklappert, es lief leise Musik. In der Mitte des runden Raumes befand sich eine ringförmige Vertiefung im Boden, die gestern Abend abgedeckt gewesen war. Nun saßen darin ein Dutzend Leute um einen runden Tisch versammelt, der eigentlich Bestandteil des Fußbodens war. Man frühstückte.

Ein seltsamer Anblick, wie die Oberkörper aus dieser kreisförmigen Bodenfuge herausragten: exaltierte Gestalten, bunt und langhaarig, kahl rasiert und tätowiert, einvernehmlich verkatert und gut gelaunt.

Als Leo in seinem athlethischen gelben Overall eintrat, schauten alle zu ihm hoch. Ich folgte ihm, der fast einen Kopf größer war als ich, etwas scheu. »Gebt dem hungrigen Touristen!«, dröhnte er, legte in einer Drehung seine mächtige Hand auf meine Schulter und schob mich in das neugierige Blickfeld der Anwesenden. Dabei hätte ich beinahe meinen Kaffee verschüttet.

Die Begrüßung war freundlich – wie das so ist, wenn nach einer Party allmählich die Überlebenden aus den Löchern kriechen. Ich ließ mich in dem vertieften Sitzring nieder.

Das Gespräch kreiste um das Projekt Garden Eden. Man malte sich kichernd aus, wie cool es doch sein würde, wenn man dann, einfach so, vielleicht auch mal ganz nackt(!) rausgehen könnte; nicht durch die Luftschleuse, sondern durch eine offene Tür, nach *draußen!* Ein Draußen, das nicht den Tod bedeutete, sondern das pralle Leben, mit frischer Luft, Pflanzen und spielenden Kindern; man könnte ja auch am Eingang der Villa Castalia einen Außenbereich schaffen, eine Terrasse, bei gutem Wetter auch Workshops unter freiem Himmel halten, unter einem Baum vielleicht; man sollte schon mal welche bei Randall in Auftrag geben, bis dahin wären sie sicher groß genug, um unter ihnen zu sitzen – so schnell, wie sie hier bei der geringen Schwerkraft wuchsen; am besten einen Lindenbaum, so wie früher daheim in der Mitte des Dorfes, wäre das nicht wunderbar, oh ja.

Und so ging es munter weiter. Die sehnsüchtige Verklärung alter Erinnerungen an das Leben unter freiem Himmel, in der Natur, führte schließlich zu der Ankündigung von Ziggy, neben dem Apollo einen Biergarten eröffnen zu wollen – vielleicht könne man sogar Bier brauen, Hopfen und Gerste würden im ICB sicher auch gut wachsen. Auf jeden Fall Randall fragen, ob er nicht auch Kastanien züchten könnte, das gehörte schließlich zu einem ordentlichen Biergarten – ja, Kastanien! Dann könnten die Kinder im Herbst kleine Kastanienmännchen basteln – Herbst auf dem Mond, wann sollte das denn sein? – Man steigerte sich weiter ausgelassen in arkadische Sehnsüchte hinein, bis man bei der Frage angelangt war, wozu man überhaupt noch die Hütten und Gebäude von Pleroma bräuchte, wenn das neue *draußen* zugleich auch *drinnen* bedeutete ... bis man zu bedenken gab, dass die Hütten schließlich auch Schutz vor leichten bis mittleren Sonnenstürmen böten. Ach ja, Sonnenstürme – etwas, an das niemand erinnert werden wollte, aber bald kehrte die allgemeine Heiterkeit zurück, als jemand anmerkte, was wohl die Bewohner von Beverly Hills davon halten werden, wenn *die schäbigen Hütten* von Pleroma auf einmal die beste Wohnlage auf dem Mond sein würden. Schadenfreude.

Aus der Küche, einem Nebenraum der Kuppel, wurden dünne, flache Teigfladen gebracht, mit Vegemite und Mangochutney bestrichen, und es waren noch Spirulinabällchen von gestern Abend übrig. Bald darauf wurde eine Karaffe mit Wasser gereicht, dazu kleine Plastikbecher. Leo arrangierte sie in einem kleinen Kreis, füllte sie und verkündete feierlich in die Runde, dass es nun wieder an der Zeit sei, »das Wasser zu teilen«. Nun, das taten wir. Wir erhoben die Becher und sahen uns dabei reihum in die Augen, was mein erster Blickkontakt mit den meisten Leuten in dieser Runde war. Es war ganz erstaunlich; eine Welle der Freundschaft schien mich zu umspülen, alles wirkte auf einmal farbiger und klarer. Ich lächelte. Alle lächelten.

Und so saß ich den ganzen Tag in der ringförmigen Bodenfuge, die alle *La Ronda* nannten, unter der Kuppel der Villa Castalia. Ich durfte Gesprächen lauschen, die die Moonatics untereinander führten, und es begann sich ein Bild zu formen über diesen überaus runden Ort und die Gesellen, die ihn bevölkerten.

Dass Leo McMurphy, hünenhaft und muschelbehangen, hier der Anführer war, erschien zunächst offensichtlich; zwischenzeitlich allerdings verschmolz er fast restlos und unsichtbar mit der Gruppe. Einige Male dachte ich, dass er gar nicht mehr bei uns wäre, bis dann im lebhaften Gruppengespräch ein kleines klärendes Wort notwendig war, um die Geschmeidigkeit des gemeinsamen *Flows* wiederherzustellen, eine winzige Bemerkung nur – und sie kam von Leo, der sich dadurch plötzlich wieder zu materialisieren schien. Diese Unsichtbarkeit seiner Präsenz hatte etwas von einem schlafenden Löwen, aber an der autoritären Wucht seines Charismas bestand kein Zweifel.

Im Laufe des Vormittages rumpelte und zischte es einige Male in der Schleuse, neue Gäste betraten im Raumanzug die Villa. Zu meiner Freude waren darunter auch alte Bekannte. Christopher und Roy erschienen, klopften mir freundschaftlich auf die Schulter und nahmen in der runden Bodenfuge Platz. Später erschienen noch Lawrence Strongbone und Tony, die aber zunächst in dem kleinen Alkoven verschwanden, in dem ich übernachtet hatte. Von dort kamen bald dicke Rauchschwaden in die Kuppel gewabert, begleitet von lautem Gekicher.

Etwas später tauchten drei junge Frauen auf, mit langen dunklen Haaren, die alle drei Rebecca hießen. Es stellte sich heraus, dass sie aus Jerusalem stammten und eine Jüdin, eine Muslima und die dritte Christin war.

»Seid ihr immer zusammen unterwegs?«, fragte ich sie.

»Wir sind gemeinsam aufgewachsen und zur Schule gegangen«, antwortete eine von ihnen, und die anderen beiden nickten. »Was in Jerusalem nicht selbstverständlich ist, die meisten Schulen sind konfessionell getrennt.«

»Da liegt es ja nahe, dass ihr gemeinsam auf den Mond fliegt«, versuchte ich einen Scherz. »Und was macht ihr hier so?«

»Ich habe schon länger eine Hütte in Pleroma«, antwortete die Erste – es war, glaube ich, die Christin. »Meine Freundinnen sind später nachgekommen. Wir arbeiten hier an einem Projekt.«

»Was denn?«

»Wir planen ein religiöses Begegnungszentrum in Pleroma. Interkulturell natürlich, dem Koran, der Bibel und der Thora gleichermaßen verpflichtet.«

Die anderen beiden nickten eifrig. Wahrscheinlich war ich nicht besonders gut darin, Begeisterung für religiöse Themen zu zeigen,

denn schon wenig später hatten sich die drei dunkelhaarigen Schön-
heiten verabschiedet und die Villa wieder verlassen.

Unter den gelegentlich aus der Schleuse auftauchenden Figuren war
gegen Mittag eine, die mich zweimal aufblicken ließ, so unwirklich
war sie im Erscheinen und Benehmen, so gänzlich anders. Es handelte sich, wie mir zugeraunt wurde, um Alif Ranun Abschad. Ich erinnerte mich an seinen Namen, denn er war in der Broschüre als einer
der Resident-Dozenten gelistet. Aus seiner Umhängetasche holte Abschad einen roten Fez und setzte ihn lächelnd auf sein halbglatzig er-
grautes Orientalenhaupt. Er kramte noch ein Büschel Blätter hervor,
die sich als Pfefferminze herausstellten, und schritt damit hinüber
zu der Durchreiche der Küche, wo es freundlich in Empfang genommen wurde. Er habe die Minze aus dem ICB mitgebracht, wie er erzählte, Randall würde später noch nachkommen. Aber nun sollte es
erst einmal Pfefferminztee für alle geben.

Abschad kam herüber und setzte sich neben mich in die runde
Fuge. Nachdem er einige charmante Worte des Grußes in diese und
jene Richtung abgesetzt hatte und der Tee serviert worden war (übrigens begleitet von frischem Honig, »ebenfalls aus dem ICB, den
Gläsernen Bienen sei Dank!«), fragte ich ihn, was er in seiner Eigenschaft als Dozent so lehrte, hier in der Villa Castalia.

Alif Ranun Abschad erzählte, dass er früher Professor an der Universität in Kairo gewesen sei, nunmehr aber Pensionär und mit privaten
Studien beschäftigt, nicht zuletzt der Astronomie und der Astrologie –
aber vorrangig noch immer jenem Thema verpflichtet, das ihn sein
ganzes akademisches Leben begleitet hatte: den Zahlen, dem Rest der
Welt und ihrer Beziehung zueinander. Ich betrachtete den Bommel,
der von seinem Fez herunterbaumelte, und bat höflich um Erläuterung.

Abschad drehte sich nun endgültig in meine Richtung, wobei die
luftgefüllten Kissen unter ihm leise quietschten. »Die Beschäftigung
mit den Zahlen ist eine alte arabische Disziplin, schließlich waren
wir es vor langer Zeit gewesen, die Europa von der Beschränktheit

der römischen Ziffern erlöst hatten. Aber vor allem haben wir Licht in das Dunkel gebracht, indem wir euch *Sifr* gegeben haben, die allmächtige Ziffer Null: die Unendliche, die Unvermeidliche, die Unbegreifliche, die Grenze – und zugleich Verbindung – von positiven und negativen Zahlen, zwischen Sein und Nicht-Sein.« Er nahm schlürfend einen Schluck Pfefferminztee. »Aber natürlich ist es nicht so, dass wir die Null erfunden hätten – ganz abgesehen davon, dass wir sie von den Indern übernommen haben –, sondern man eher von einer *Entdeckung* sprechen muss, und das gilt für die Zahlen im Allgemeinen, denn sie sind keine Erfindung des menschlichen Geistes, sie sind universell. Sie existieren aus sich heraus – es wäre auch gar nicht vorstellbar, in einer Welt zu leben, in der sie nicht vorhanden wären. Oder könntest du dir eine Welt ohne die Zahl 7 vorstellen?« Abschad schaute mich fragend an.

»Nein, dann gäbe es meine Suite Nummer sieben nicht …«

»Eben. Und ich habe in meinen Studien nachweisen können, dass die Zahlen für nichts Geringeres verantwortlich sind als die Existenz der Welt«, dozierte Abschad weiter. »Die Materie entsteht aus der Unendlichkeit des Zahlenraums heraus, sie ist die reziproke Verendlichung des Unendlichen. Zahlen sind die unmittelbare Ursache für die Existenz der Materie und für die Naturgesetze von Raum, Zeit und Energie – und aus diesen ergibt sich das Universum und letztlich das Leben.«

»Die Zahlen sind also die Ursache allen Seins?«, fragte ich höflich, an meinem Tee nippend.

»Ja, aber nur, wenn man die Sache auch zu Ende denkt«, sagte Abschad. »Um sich der letzten Wahrheit anzunähern, muss man in die andere Richtung gehen, weiter zum Ursprung. Die Frage ist schließlich, wie und woraus die Zahlenreihe überhaupt entstanden ist, nicht wahr? Und die Antwort liegt natürlich in der Zahl 1 – in ihrer Existenz! Sie reicht aus, um die ganze Welt zu erschaffen, denn wenn ich die 1 habe, kann ich natürlich auch die 2 haben und so weiter, woraus – wie schon gesagt – die gesamte Unendlichkeit des Zahlenraums und somit die Materie entsteht und aus ihr Energie und Zeit.

Als Ursprung genügt es daher, ein zählbares Etwas zu haben, und – Abrakadabra – das ganze Universum erscheint, gleichsam aus dem Nichts. Und so ist man bei der endgültigen Frage angelangt: Wieso gibt es *Etwas,* und nicht – *Nichts?* Woher kommt dieses Etwas – und somit Alles, also das ganze Universum?«

»Wenn es nur das Nichts gäbe, wären wir gar nicht hier …«

»An dieser Stelle wird es erst richtig spannend«, sagte Abschad triumphierend. »Es ist nämlich ein Trugschluss anzunehmen, dass hier unvermeidlich Gottes Wirken erkennbar wäre, der die Welt erschaffen habe. Vielmehr ist es so, dass es das Nichts gar nicht geben kann.«

»Wieso kann es kein Nichts geben?«, fragte ich. »Ist es nicht genau das, was die Zahl 0 ausdrückt?«

»Eben nicht!«, rief Abschad aufgeregt und fuchtelte mit seinem Teelöffel herum. »Wegen dieses Missverständnisses wurde Sifr auch so lange gefürchtet und verachtet, denn die Christen sahen in ihr einen Ausdruck der Gottlosigkeit. Dabei drückt die Null nichts weiter aus als das Nicht-Vorhandensein von *Etwas* – aber das Vorhandensein dieses Etwas an anderer Stelle, zu anderer Zeit oder zumindest in der Vorstellung, ist immer die Voraussetzung. Die Zahl 0 ist nicht das endgültige und absolute Nichts, sondern nur ein relatives Nichts, eingebettet in eine Welt der Existenz. Ein absolutes Nichts ist ein Gedankenkonstrukt, ein Abstraktum, eine Erfindung des Geistes. Es bedarf keines Gottes, um Etwas, also Alles, zu erzeugen – das Universum existiert aus sich heraus, weil es einfach keine andere Möglichkeit gibt.«

»Das ist – ziemlich fundamental …«

»Allerdings! Und ich darf stolz behaupten, dass die Weltformel nicht etwa im CERN in Genf entdeckt worden ist, sondern in meinem bescheidenen kleinen Büro in der Universität von Kairo.« Abschad schaute mich erwartungsvoll an.

Ich tat ihm den Gefallen, durchaus auch von Neugierde getrieben, und fragte ihn: »Und die Weltformel lautet … wie?«

»1=1.«

Alif Ranun Abschad strahlte und lehnte sich zufrieden zurück.

»Verzeihen Sie bitte«, mischte sich ein freundlicher älterer Herr ein, der einige Kissen weiter zu meiner Rechten saß. Er war offenbar Inder, mit rotem Punkt auf grauhaariger Stirn, und ebenfalls in weißer weit geschnittener Baumwolle gekleidet. Leise lächelnd stellte er sich vor, Veejay Nanabai sei sein Name. »Lieber Alif, ich kann bei aller Kollegialität und Gedankenfreiheit dieser geschätzten kleinen Akademie unseren wissbegierigen Gast nicht einfach unkommentiert deinen Gedankengängen überlassen. Deine Weltformel als Zuspitzung deiner Überlegungen entbehrt – für sich betrachtet – sicherlich nicht einer gewissen Schlüssigkeit und orientalischen Romantik, aber ich möchte dich an ein Zitat aus einer der ältesten und weisesten aller Schriften erinnern, nämlich dem Rig-Veda, welches da lautet: *In dem frühesten Zeitalter der Götter entstand das Seiende aus dem Nichts.* Das Nichts war durchaus der Urgrund der Schöpfung, aus dem Alles entstanden ist – es ist nicht so, dass die Welt existiert, weil es gar keine Alternative gäbe. Und selbst wenn es so ist, dass die Welt existieren muss, weil es das Nichts nicht geben kann – selbst dann ist dies noch kein Beweis für die Nichtexistenz Gottes.«

»Der Begriff Gott ist nichts weiter als eine Metapher für die Existenz der Welt – womit ich mich aber beschäftige, ist ihre Ursache«, entgegnete Abschad und zupfte an einem Minzblatt herum, ohne Veejay Nanabai dabei anzusehen.

»Nein, lieber Alif, das Universum lässt sich nicht auf Zahlen reduzieren – denn der Urgrund allen Seins ist nicht materiell, sondern geistig. Bewusstsein ist eine elementare Eigenschaft des Universums, genau wie Energie und Masse.«

»Der Geist, von dem du sprichst, ist letztlich nur das Resultat von Mathematik oder, genauer gesagt, von der Existenz der Zahl 1.«

Veejay lächelte listig. »Die Zahl 1. Das kleinste Etwas. Gleichbedeutend mit Allem. Mein lieber Alif, du hast es erfasst und mit deiner kleinen Weltformel eine große Wahrheit ausgedrückt. Ja, tatsächlich, alles steckt in einem und die Eins in allem – und das ist der Geist! Und genau das sagst du ja die ganze Zeit, denn deine Reduktion der

Welt auf die Zahlen ist ein Ausdruck dieser Immaterialität, denn was könnte es Immaterielleres geben als eine Zahl? Die Zahlen entstammen unmittelbar aus der letzten, ultimativen Realität, dem Geist – der durch sie erst zu Materie wird. Es ist der Geist, der durch unser Bewusstsein die Mathematik aus der Transzendenz holt und zu materieller Realität werden lässt.«

»Donnerwetter!«, dröhnte Leo dazwischen. »Basare und Quasare! Qualen und Zahlen! Ihr macht mir den Jungen noch verrückt. Ex oriente lux, in allen Ehren, aber was zählt, ist die Erfahrung! Und die gibt es nur hier! Und jetzt!«

Erleichtert lehnte ich mich zurück.


Es war Harry, der einige Stunden später aus der Schleuse polterte und die schlimme Nachricht verkündete, kaum dass er seinen goldenen Helm abgenommen hatte. »Kalifornien ist am Ende! Total am Arsch!«

Entsetzt drehten sich alle Köpfe in Richtung des Eingangs.

Harry fuhr sich mit seiner Hand durch die strubbeligen blondierten Haare; in seinem Gesicht stand blankes Entsetzen. Er war außer Atem, er schien zur Villa Castalia gerannt zu sein. »Erdbeben!«

Sekunden später, als die Nachrichtenseiten auf unseren Uhren den gleichen Aufmacher hatten, war alles klar.

VERHEERENDES ERDBEBEN IN KALIFORNIEN
**THE BIG ONE**
RICHTERSTÄRKE 8,9
MITTEN IN DER RUSHHOUR
...
KERNKRAFTWERK DIABLO CANYON KONNTE NICHT
MEHR RECHTZEITIG ABGESCHALTET WERDEN
...
Und dann, eine Stunde später:
...
**MELTDOWN**

Erschrockenes Schweigen. Lange sagte niemand ein Wort. Mehrere Leute begannen zu weinen.

Im Laufe des Nachmittags fügten sich die Nachrichten aus Kalifornien zu einem unerfreulichen Bild. Das Ausmaß der Zerstörungen übertraf die schlimmsten Befürchtungen, die man für das längst überfällige Große Beben gehegt hatte; die Anzahl der Todesopfer war apokalyptisch. Mitten in der Rushhour. Das Schlimmste war allerdings die Kernschmelze im Atomkraftwerk Diablo Canyon, einem sechzig Jahre alten Meiler an der Küste. Ein starker Wind wehte in Richtung Los Angeles, eine Massenflucht aus der zerstörten und sehr bald auch verseuchten Stadt hatte eingesetzt und Mexiko daraufhin sofort mit Schießbefehl seine Grenzen dichtgemacht.

Ein spezielles Detail der Berichterstattung war mir persönlich besonders unangenehm – nämlich, dass im Zusammenhang mit der Kernschmelze der Name BelTech Corporation genannt wurde, weil eine ihrer Tochtergesellschaften Betreiberin des Kraftwerks war. Dies, so war zu erfahren, vor allem deswegen, weil der Konzern eifrige Lobbyisten und viel Schmiergeld eingesetzt hatte, denn das Kraftwerk hätte wegen der allseits bekannten Erdbebengefahr längst abgeschaltet werden müssen. Die Beschlussvorlage zur Stilllegung hatte in Sacramento schon zur Abstimmung vorgelegen, aber die Politiker hatten es sich plötzlich anders überlegt. Es hatte auch ungeklärte Todesfälle gegeben.

Das fröhliche Beisammensein war zunächst einmal vorbei, die Aufgekratztheit des fröhlichen Miteinanders und der Vorfreude auf Garden Eden schlagartig verpufft. Nicht wenige in der Runde stammten selbst aus Kalifornien oder hatten dort gelebt, und so waren die Leute damit beschäftigt, Freunde und Familie zu kontaktieren. Man hatte die Uhren ausgezogen und vor sich gelegt, schrieb Mails und prüfte die Nachrichtenseiten. Viele waren auch zurück zu ihren Hütten gegangen, um dort ungestört mit ihren Angehörigen zu telefonieren; einige, die keinen entsprechenden Tarif für ihre Uhren hatten, mussten sogar runter nach Levania fahren, um von dort zu skypen.

Trotz der schlechten Nachrichten fühlte ich immer noch den warmen Nachklang des geselligen Miteinanders, und so blieb ich einfach in der Villa Castalia. Meine Bekanntschaften in Kalifornien waren – wie ich selbst – eher oberflächlicher Natur, und so beließ ich es dabei, gelegentlich auf der Uhr die Neuigkeiten zu verfolgen und Ziggy in der Küche zu helfen. Ich fügte mich in den kleinen Kreis der Hinterbliebenen und wurde auch als dazugehörig wahrgenommen, als im Laufe des Nachmittags die Moonatics allmählich wieder in die Villa zurückkehrten. Leo war irgendwann gegangen, sein Verschwinden hatte ich überhaupt nicht bemerkt. Später dann, als ich Ziggy beim Abwasch half und mal wieder die Luftschleuse zischte, sah ich aus der Küche Leo McMurphy, der die Neuzugänge mit Umarmungen und Zuspruch begrüßte, als wäre er nie fort gewesen.

Als sich abends wieder ein gutes Dutzend Leute in der runden Bodenfuge La Ronda eingefunden hatte, war ich es diesmal, der den Tee servierte. Eifrig brachte ich Tassen von der Durchreiche der Küche und wieder zurück. Die Stimmung war nachdenklich.

»Wir haben es wirklich vermasselt, oder?«, seufzte Marianne, deren Schwangerschaft wir gestern hier gefeiert hatten. Vor einer gefühlten Ewigkeit.

»Vermasselt? Wie meinst du das?«, fragte Tony und schob seine Brille hoch.

»Unsere Zivilisation bricht zusammen, und die Natur rächt sich für das, was wir ihr angetan haben. Sie will uns loswerden!« Marianne zeigte hoch zur schmalen Sichel der Erde, die durch ein Bullauge in der Kuppel zu sehen war.

»Ja, und es ist schon ein krasses Gefühl, dass es jetzt wirklich passiert, oder?«, sagte Tara. Sie war klein, hatte schwarz gefärbte Dreadlocks und sprach mit belegter Stimme. »Ich meine, wir haben doch schon immer gewusst, dass wir die letzte Generation sind und wir den Großen Zusammenbruch noch selbst erleben werden. Und nun ist es so weit! Wir haben es die ganze Zeit verdrängt – oder hat einer von euch in irgendwelche Rentenkassen eingezahlt oder Familien gegründet?« Tara schaute fragend in die Runde. »Wir waren immer *on hold*, haben die Zeit mit allem möglichen Blödsinn vertrieben, die Reisen fürs nächste Jahr geplant, uns für Partys verabredet, immer mit dem Gefühl, das könnte jetzt wirklich endgültig das letzte Mal sein – haben wir nicht immer gehofft, es würde einfach so weitergehen? Und jetzt, wo es tatsächlich passiert … ich muss sagen, es macht mir furchtbar Angst! Habt ihr den Globus im Spielzimmer gesehen? Er gibt uns noch fünfundzwanzig Jahre. Fünfundzwanzig Jahre!«

»Tara, das war ein Erdbeben – daran hat kein Mensch Schuld«, beschwichtigte Tony.

»Aber ein Atomkraftwerk da hinzustellen. Jetzt ist L.A. verseucht, stellt euch das mal vor!«, rief Tara aufgebracht.

»Du sagst es. Fünfundzwanzig Jahre, um das Leben zu genießen und Spaß zu haben, ohne Sorgen und Zukunftsängste. Das ist noch viel Zeit, wo ist also das Problem?«, meldete sich Zach zu Wort. Er kam aus Südafrika – ein Surfertyp, trotz mittleren Alters noch immer blondmähnig. Obwohl er schon lange in Pleroma lebte und entsprechend mondgebleicht war, umwehte ihn die Aura des ewig Sonnengebräunten.

»Ohne Zukunftsängste? Soll das ein Witz sein?«, fragte Ziggy entgeistert und zupfte an seinen Dreadlocks.

»Wenn es keine Zukunft mehr gibt, müssen wir uns um sie auch keine Sorgen mehr machen«, strahlte Zach vergnügt. »Der Untergang gibt uns die Freiheit der totalen Sorglosigkeit und Gleichgültigkeit. Wir können es sowieso nicht mehr ändern, also sollten wir jeden Tag genießen, als ob es unser letzter wäre!«

»Nicht jeder ist mit deinem sonnigen Gemüt gesegnet, Zach«, sagte Tara mit einem Unterton, der zwischen Neid und Verachtung lag. »Und dein Konzept des Carpe diem verliert auch seinen Sinn, weil es bald für uns keine Tage mehr geben wird.«

»Glaubt mir, Leute – ich weiß, was ihr meint. Als ich die Lage verstanden hatte, habe ich zuerst auch keinen Sinn mehr darin gesehen, noch was mit meinem Leben anzufangen. Wozu auch?«

»Dafür bist du aber ziemlich gut drauf«, stellte Tara fest.

»Ja, irgendwann habe ich es akzeptiert und eingesehen, dass es Zeitverschwendung ist, sich Sorgen zu machen. Und nicht nur das – mittlerweile ist für mich das baldige Ende ein Erlebnisverstärker, der ultimative Kick. Seitdem bin ich völlig frei von Sorge, ich genieße das Leben wie nie zuvor«, rief Zach.

Ich musste zugeben, dass ich manchmal genauso dachte.

»Ich habe das Glück, alt zu sein und schon alles gesehen zu haben«, meldete sich Roy zu Wort. »Je älter man ist, desto mehr hat man erlebt und desto weniger hat man zu befürchten. Aber im Grunde haben wir es auch nicht anders verdient. Der Mensch ist nichts weiter als ein Virus, und jetzt hat Mutter Erde Fieber. Aber sie wird es überleben – wir nicht.«

»Und das Beben in Kalifornien war dann wohl ihr Schüttelfrost?«, sagte Nathan mit spöttischem Unterton. »Wieso sollten wir ein Virus sein?«

»Die verdammte Zivilisation, der sogenannte Fortschritt«, eiferte sich Roy, »war ein völliger Irrweg und führt uns geradewegs in den Untergang! Wir haben die Natur ausgebeutet und zerstört, haben in kürzester Zeit all den Kohlenstoff verbrannt, der in Jahrmillionen entstanden ist – und jetzt haben wir keine Strände mehr, und vor Europa treiben die Eisberge. Die Meere sind übersäuert, und durch dieses verdammte Atomkraftwerk ist Südkalifornien jetzt nicht mehr bewohnbar! Die Natur will uns loswerden, und ich kann es ihr nicht verübeln.«

»Roy, ich weiß, was du meinst«, beschwichtigte Nathan, während er die runde Nickelbrille mit seinem schwarzen Rollkragenpullover putzte. »Wir haben definitiv Mist gebaut, das ist offensichtlich. Und ich behaupte auch nicht unbedingt, dass wir da noch heil rauskommen – aber deine Verurteilung der Zivilisation ist Blödsinn. Hätten wir denn lieber auf den Bäumen bleiben sollen?«

»Nein, aber zumindest in den Hütten. Da hatten wir immerhin

noch nicht die Möglichkeit, die Natur zu zerstören – und unsere Lebensgrundlagen.«

»In den Hütten? Damals sind uns mit dreißig die Zähne ausgefallen, falls uns vorher nicht schon der Säbelzahntiger geholt hat.«

»Außerdem, Roy, ohne Zivilisation und Technik wärst du jetzt nicht hier auf dem Mond«, stellte Bongo-Paul fest.

»Ohne den verdammten technischen Fortschritt *müsste* ich auch nicht hier sein«, blaffte Roy. »Ohne das alles könnte ich jetzt schön in Bali am Strand abhängen, an dem kein Plastikmüll im Algenschleim rumliegt!«

»Und wie würdest du ohne Schiff oder Flugzeug überhaupt nach Bali kommen? In Ledersandalen wie Ötzi über die Alpen? Der ist auch nicht weit gekommen«, sagte Ziggy.

»Na gut, aber wir hätten auch *mit* dem Fortschritt die Dinge richtig machen können, oder nicht?«, wandte Tara ein.

»Wenn wir den Weg der Selbstvernichtung wählen, geschieht dies auf Wirken des Geistes, der der Menschheit befiehlt, Selbstmord zu begehen«, meldete sich der greise Theowulf zu Wort. »*Er ist aber so gnädig, den Menschen zuvor eine tiefe Todessehnsucht zuteilwerden zu lassen, sodass sie die Selbstvernichtung als Befreiung empfinden werden*«, zitierte er. »*Die Entfremdung der Menschheit von sich selbst könnte sich dahin gehend vertiefen, dass sie ihre eigene Zerstörung als ästhetisches Großereignis feiern wird.*«

»Angesichts der tragischen Entwicklungen finde ich Ihre Äußerungen einfach nur zynisch, Theowulf«, sagte Tara genervt.

»Tragisch? Ist das Konzept nicht ein menschliches kulturelles Konstrukt? Die Natur kennt keine Tragik. Ist unser Untergang tragisch? Für wen?«, fragte Theowulf. »Nur für uns. All die anderen Lebensformen, die wir gerade ausrotten, empfinden darüber kein Bedauern, das können sie gar nicht. Der Mensch ist die einzige Spezies, die über ihren Untergang nachdenken und darüber Angst und Trauer empfinden kann – und das haben wir auch verdient, denn wir sind es schließlich, die die Schuld daran tragen.«

»Es ist nur gerecht, dass wir den Untergang noch miterleben, schließlich haben wir ihn auch verursacht«, stimmte Bongo-Paul zu.

Randall, der sich seinen orangefarbenen Sarong nach Beduinenart um den Kopf gewickelt hatte, mischte sich ein. »Wie ihr wisst, bin ich ein Freund der Natur – aber Technik und Wissenschaft gehören dazu, denn wenn das ein Irrweg war, wo hätten wir dann bitte aufhören sollen? Bei der Atomkraft? Bei der Dampfmaschine? Bei der Erfindung des Rades? Beim Ackerbau oder den ersten Hütten? Hätten wir niemals einen Stock in die Hand nehmen sollen? Das ist doch Unsinn. Der Fortschritt ist Teil der Evolution; eine Unterscheidung zwischen Natur und Technik, zwischen natürlich und künstlich ist völlig unmöglich. Alles hat mit der Entwicklung des Großhirns und des Bewusstseins begonnen, sodass sich eher die Frage stellt, warum uns die Natur damit ausgestattet hat. Und meine Meinung dazu kennt ihr ja: Das Ziel ist es, dass wir Raumfahrt entwickeln, um die Erde zu verlasen und uns auszubreiten.«

»Gehört dann die Zerstörung der Natur und unsere Selbstauslöschung auch zu diesem – Plan?«, fragte Bongo-Paul. »Denkt an die Szene aus 2001, wo der Affe zum ersten Mal den Knochen als Waffe benutzt. Damit hat alles angefangen – ab da gab es kein Zurück mehr, es war alles vorgegeben, bis heute. Entweder ganz oder gar nicht. Warum sollte die Entwicklung an irgendeinem Punkt einfach aufhören? Und da sie offenbar in einem Desaster endet – wären wir tatsächlich besser auf den Bäumen geblieben.«

»Aber was glaubst du denn, wer oder was uns von den Bäumen runtergescheucht und uns beigebracht hat, Feuer zu machen?«, fragte Randall. »Das war Mutter Erde, damit wir unsere Aufgaben erfüllen, die Sache selber in die Hand zu nehmen und Herr der Evolution zu werden. Das ist der Plan! Wir standen niemals vor der Wahl, ob wir den technischen Fortschritt einläuten oder nicht. Wir sind nur das Werkzeug der Evolution.«

*Die Frage nach dem genauen Zeitpunkt, an dem der Mensch begonnen hat, sich an der Natur zu versündigen und seinen Untergang einzu-*

*leiten, ist nichts weiter als die Frage nach der Ursünde, der Vertreibung aus dem Paradies«,* dozierte Theowulf.

»Oder wir wären besser gleich im Meer geblieben. Welcher Idiot war eigentlich damals auf die blöde Idee gekommen, an Land zu kriechen?«, fragte Bongo-Paul.

»Die gleichen Typen, die im vorigen Jahrhundert die Idee hatten, auf den Mond zu fliegen«, sagte Randall.

»Kennedy?«

»Die Evolution.«

»Hast du schon mal einen Kennedy an Land kriechen sehen?«

»Ja – vor Jahren auf einer Gartenparty in Long Island.«

»Wieso haben wir es eigentlich nie auf die Reihe bekommen, den Laden in Ordnung zu bringen?«, fragte Tara und zeigte hoch zur Erde.

»Ja, unglaublich, oder? Wir haben hunderttausend Jahre plärrend auf der Rückbank gesessen, Mutter Gaia und Vater Weltgeist vorne am Steuer. Und nun sind die beiden bei voller Fahrt ausgestiegen, und wir zanken uns immer noch da hinten. Aber da vorne ist eine scharfe Kurve, und dahinter lauert der Abgrund«, rief Daniel, der zukünftige Vater.

Etliche meldeten sich durcheinander zu Wort.

»Kann mal bitte jemand nach vorne klettern und das Steuer übernehmen?«

»Oder zumindest erst mal auf die Bremse treten?«

»Wen oder was hat die Natur eigentlich für so was vorgesehen?«

»Im Handschuhfach liegt die Gebrauchsanweisung, wir sollten mal nachsehen …«

»Ist so etwas eigentlich nicht die Aufgabe von Politikern?« Gelächter.

»Das machen Schamanen, Visionäre und Künstler. Die kramen seit Jahrtausenden im Handschuhfach und lesen in der Betriebsanleitung. Aber auf die hört ja niemand«, sagte Roy.

»Vielleicht hätten wir selbst die Sache in die Hand nehmen sollen?«

»Wir?«

»So ist es«, meldete sich Nathan zu Wort. »Unser Freund Alex hat genau das versucht, mit PLAN A. Aber ihr wisst ja, was passiert ist – er wurde verleumdet und musste untertauchen.«

»Ja«, erinnerte sich Marianne. »Wir hatten alle für kurze Zeit das Gefühl, es könnte doch noch klappen. PLAN A – es schien so richtig, so sinnvoll …«

»Dann wurde Alex als Kommunist bezeichnet …«

»Weil er es gewagt hatte, für die Menschheit ein Recht auf Zukunft einzufordern … dass wir wieder die Macht haben sollten, nicht das Kapital und die Politik …«

»Und dann kam die Sache mit Black Circle – das hat Alex und PLAN A endgültig den Rest gegeben.«

»Daran sind einige von uns nicht ganz unschuldig …«

»Nathan – wir wissen, dass wir Fehler gemacht haben.«

»Vielleicht wäre es gar nicht so schlimm, wenn wir draufgehen. Aber schade wäre es schon.«

»Warum eigentlich?«

»Wir haben doch auch eine Menge Wunderbares geschaffen.«

»Was denn zum Beispiel?«, fragte Roy spöttisch.

»Uns!«, rief Marianne und strich sich über ihren schwangeren Bauch.

»Ganz recht«, meldete sich plötzlich Leo, der die ganze Zeit über nicht in Erscheinung getreten war. Kaum aber hatte er ein Wort gesagt, war er wieder die auffälligste Figur in der Runde; sein muschelbehangener Oberkörper ragte wie ein gelber Felsen aus der Fuge. Alle schauten zu ihm herüber. »Ihr solltet euch keine Gedanken machen über Dinge, die man nicht ändern kann. Was hat die Erde mit euch zu tun? Das Erdbeben? Nichts. Denn ihr seid hier, im Jetzt, alles andere sind nur negative Gedanken. Ihr müsst entscheiden, ob ihr zulasst, dass sie euch beeinflussen. Denkt nur an euch, denkt an die Zukunft, freut euch auf Garden Eden. Freut euch auf die kleine Luna!«

# INTERLUNE

»The only hope for the world is intelligent women.«
MARY PINCHOT MEYER

Das Piepen hörte nicht auf. Wieso hatte ich den Wecker gestellt? Irritiert tastete ich nach meiner Uhr, die auf der Ablage neben dem Bett liegen sollte – als mir klar wurde, dass ich gar nicht in meiner Suite lag, sondern wieder in dem kleinen Alkoven der Villa Castalia. Ich holte die Uhr unter dem flachen Tisch hervor und schaute auf das Display. Es war tatsächlich nicht der Wecker. Stattdessen blinkte: DRINGENDER VIDEO-ANRUF. BESTÄTIGEN?

Diese Funktion war mir neu. Irritiert drückte ich auf BESTÄTIGEN. Auf dem Bildschirm erschien eine Miniaturversion des Gesichts von Gatera, dem Anwalt aus Rom. Er schaute sehr streng. »Mr. Curtis?«

»Signor Gatera ... guten Morgen«, brabbelte ich verschlafen.

»Mr. Curtis, es hat eine Ewigkeit und viel Mühe gekostet, Sie aufzuspüren, denn wir sind kein Detektivbüro, sondern eine Anwaltskanzlei. Eine gewisse Signorina Lunetta war aber so freundlich, mich zu Ihnen durchzustellen. Zu Ihrem Glück, wie ich betonen muss. Ich hoffe, Sie erholen sich gut?«, quakte seine Stimme nach einer Verzögerung von mehreren Sekunden aus meiner Uhr.

»Ja, sicher ... wir haben hier einen unglaublichen Sternenhimmel.«

»Den gibt es in Rom auch, Mr. Curtis. Haben Sie schon mal was von Aktiensteuer gehört?«

Ich starrte auf die Uhr und brachte kein Wort heraus. Mein dümmlicher Gesichtsausdruck wurde offenbar unverfälscht zur Erde übertragen, denn Gatera sprach weiter, ohne eine Antwort abzuwarten. »Sie erinnern sich an die Dokumente der Steuerbehörde, die ich Ihnen bei unserem Termin mitgegeben hatte?«

Ich richtete mich auf. Ich hatte damals nach dem Gespräch mit Gatera die Dokumente, die *wirklich* wichtig waren, in meiner Jackentasche verstaut – nämlich die Aktiengutschriften. Der restliche Papierkram war in meinen Rucksack gewandert, und der war am Trevi-Brunnen verschwunden. Ich beichtete es Gatera. Auf dem Display der Uhr konnte ich sehen, wie er den Kopf schüttelte. »Sie haben ein Problem. Ein großes Problem.«

»Wie groß?«

»Ungefähr 476 000 Globo Aktiensteuer. Zu zahlen im November vergangenen Jahres. Gehe ich richtig in der Annahme, dass Sie den Betrag nicht zurückgelegt haben?«

Nein. Zwar hatte ich nicht den ganzen Erlös aus dem Verkauf der Aktien in die Reise investiert, aber der übrig gebliebene Betrag war nicht annähernd so hoch wie die Forderungen.

»Kann man mit dem Finanzamt denn keine Ratenzahlungen …«

»Das hätten Sie damals beantragen müssen. Dafür ist es nun zu spät«, unterbrach mich Gatera barsch. »Vielmehr müssen Sie nach Ihrer Rückkehr vom Mond mit ernsten Schwierigkeiten rechnen!«

»Wie bitte …?«

»Wenn Sie nächste Woche bei Ihrer Ankunft in New Mexico der Einwanderungsbehörde das entsprechende Guthaben nicht sofort nachweisen können, reden wir von zwei Jahren Gefängnis.«

Stille.

»Mr. Curtis?«

Ich drückte auf BEENDEN und legte die Uhr wie betäubt zur Seite. Auf dem Tisch saß eine der Gläsernen Bienen, die sich offenbar aus dem ICB hierherverirrt hatte. Ich schlug nach ihr, aber sie war schneller und flog davon.

Meine Erinnerungen an die folgenden Stunden im Zustand des Schocks sind eher lückenhaft. Offenbar war es mir gelungen, die Villa Castalia unbemerkt zu verlassen, vor der Tür irgendeinen Scooter zu entwenden, mit ihm nach Beverly Hills zu fahren und ihn vor Christophers Haus abzustellen. Von dort muss ich es mit meinem eigenen Roller die Serpentinen hinunter und schließlich auf meine Terrasse geschafft haben. In der Suite setzten meine Erinnerungen langsam wieder ein. Zum ersten Mal während meines Urlaubs rief ich den Room-Service und bestellte eine Karaffe frisch gemixten Gin Tonic. Verzweiflung.

Kurz darauf klopfte es an meiner Tür. Es war Buzz.

*»Darian, du siehst mal wieder fabelhaft …«*

»Stell den Kram einfach dahin.«

Wortlos stellte der Roboter mit dem Astronautengesicht das Tablett auf dem Tisch vor mir ab.

»Danke, du kannst gehen.«

Buzz verließ meine Suite ohne jeden Kommentar. Auf meiner Uhr erschien umgehend ein Rechnungsbetrag von neunundfünfzig Globo; immerhin erwarteten Roboter kein Trinkgeld. Mit zitternden Händen goss ich den ersten Gin Tonic ein und ging ins Netz, um nachzusehen, ob meine Kreditkarte noch funktionierte, indem ich mir irgendetwas bei Alibaba an mein Londoner i-Flat bestellte. Es funktionierte. Hoffentlich würde das am Abreisetag beim Bezahlen meiner Rechnung immer noch so sein. Gab es ansonsten hier oder in Port Navel eine Arrestzelle für Zechpreller?

Nach kurzer Zeit hatte ich fast die ganze Karaffe mit Gin Tonic geschafft und war völlig betrunken. Mir war aber nicht danach, in diesem Zustand in meiner Suite trübsinnig zu werden, also zog ich Anzug und Helm an, wankte durch die Luftschleuse auf meine Terrasse, setzte mich auf den Scooter und fuhr los.

Weit kam ich nicht, denn schon nach zwei Minuten musste ich dringend pinkeln. Ich parkte vor der Luftschleuse der Sporthalle, mogelte mich in der Rotunde wortlos an Mademoiselle Lunette vorbei, zeigte Marc Aurel schwankend den Finger und verschwand weiter in Richtung Lounge und Toiletten.

Dumme Idee. Im Saal herrschte abendlicher Hochbetrieb. Um die Waschräume zu erreichen, musste ich rechts an der Gelben Nische entlang, aber da würden vermutlich einige Bekannte sitzen. Das war das Letzte, was ich in meinem Zustand trunkener Verzweiflung jetzt gebrauchen konnte, also entschied ich mich für den langen Weg um die ganze Lounge herum, an der Grauen Nische vorbei, die blöderweise auch voll besetzt war.

»Bonjour, Darian!« Es war Alain, der dort gerade Hof hielt. Zu meiner Überraschung war er in Gesellschaft der drei Rebeccas aus Jerusalem. Mit gesenktem Blick huschte ich weiter. Aus den Augenwinkeln glaubte ich zu erkennen, wie mir eines der Mädchen den Vogel zeigte.

Auf der Toilette verfestigte sich mein Entschluss, möglichst niemandem sturzbetrunken in die Arme laufen zu wollen, weshalb ich mich für den kurzen Weg in das nahe gelegene Spielzimmer entschied, wo es schöne dunkle Ecken gab. Dort angekommen stand ich allerdings mit schwitzenden Händen vor einer Pokerrunde, lautstark geleitet von Dr. Seidenschal. Nichts wie weg. Also Plan B, die Starseed-Bubble – das war vielleicht sowieso die bessere Idee, denn wo könnte ich mich besser vor der Welt, ihren Bewohnern und meinen Problemen verstecken als dort? Ich würde mich einfach zwei Stunden einklinken, und danach wäre ich wieder einigermaßen nüchtern und die Lounge hoffentlich ruhig.

Es waren noch Liegen frei. Ich ließ mich nieder, loggte mich ein, öffnete das Optionsmenü und entschied mich für eine virtuelle Reise in einer Flugmaschine im Vollautomatik-Modus, denn auf diese Weise musste ich nirgendwo durch die Gegend stolpern und konnte mich stattdessen bequem zurücklehnen und herumfliegen lassen. Ich hoffte nur, dass ich nicht wieder auf die Toilette musste, denn man hatte ja bei Theowulf gesehen, wohin das führte.

Nach den Stromstößen hinter meiner Stirn fand ich mich in der Simulation des Pilotensessels einer Flugmaschine wieder, was meiner realen Stellung auf der Starseed-Liege recht nahekam. Mein virtuelles Blickfeld war erfüllt von Instrumenten und Anzeigen, durch die Sichtfenster sah ich die Kuppeln von Port Navel. Ein anderer Startplatz war auf dem Mond auch in Starseed nicht möglich, man legte offenbar Wert auf Realitätstreue.

Von dort würde ich schon in einigen Tagen tatsächlich zurück auf die Erde fliegen; ein Gedanke, der mir jetzt noch unsympathischer war als je zuvor. Ein anderer Screen, der sich direkt vor mir befand, war offenbar der Hauptmonitor, denn er fragte nach einem Reiseziel. Ich gab einfach »Erde« ein und wählte auf dem Untermenü anstatt »Erdumlaufbahn« lieber »Landung«.

Das Ritual der Startsequenz wurde automatisch abgespult, und mir blieb nichts anderes übrig, als dabei zuzusehen. Aber ich war ohnehin betrunken, und letztlich ging es nur darum, im Schutze der Dunkelheit ungestört in der Starseed-Bubble zu liegen und meine Probleme zu vergessen. Das hatte offenbar eine entspannende Wirkung auf mich, denn an die Flugsimulation zur Erde kann ich mich nicht mehr erinnern.

Irgendwann zeigte ein Signal an, dass der Landeanflug auf die Erde bevorstand. Da ich keine weiteren Angaben zum Zielflughafen gemacht hatte, wurde von Starseed automatisch New Mexico als Zielort ausgewählt. Das Eintauchen in die Atmosphäre war wie ein *Rebirthing,* die Heimkehr in den Schoß der Mutter; es wackelte und rappelte, die Simulation leistete ganze Arbeit; Wolkenfetzen zogen an dem Sichtfenster der Flugmaschine vorbei, und der schwarze Himmel wurde allmählich blau. Schließlich kam auf den Monitoren der amerikanische Südwesten und die Landefläche mit dem rochenförmigen Terminal von Norman Foster in Sicht.

Der Autopilot vollführte eine sichere Landung, was von einer Simulation auch nicht zu viel verlangt war, und die Flugmaschine kam zum Stillstand. Es war erst gut zwei Wochen her, dass ich hier – auf dem *realen* Flugfeld in New Mexico – gewesen war. Eine gefühlte Ewigkeit.

Anstatt nach der Landung direkt wieder zu starten und irgendwo anders hinzufliegen, kam ich stattdessen auf die seltsame Idee, aus der virtuellen Maschine auszusteigen. Ich fand den Ausweg auf der Rückseite des Pilotensitzes, kletterte nach unten über eine Treppe hinaus, schritt über die sonnig flirrende Landefläche und bestaunte den Anblick des simulierten blauen Himmels, so vertraut und mittlerweile doch schon fremd geworden.

Mir kamen drei grimmig dreinschauende Uniformierte entschlossenen Schrittes entgegen. Sie hatten Handschellen und einen Haftbefehl dabei. Der gepanzerte Polizeitransporter hatte keine Fenster, und die Klimaanlage war ausgefallen. Es roch nach Erbrochenem.

Dann wachte ich auf. Ich war auf der Starseed-Liege eingeschlafen. Ich hatte nur geträumt, aber mir war nun klar vor Augen geführt worden, was mich kommende Woche bei meiner Rückkehr auf die Erde erwartete.

Als ich mich zwei Stunden später wieder einigermaßen nüchtern in die Lounge traute, war nicht mehr viel los; Buzz sammelte Gläser ein und würdigte mich keines Blickes, was nach meinem ruppigen Verhalten vorhin auch kein Wunder war. Ich nahm mir vor, ihm bei Gelegenheit zur Wiedergutmachung etwas Nettes vom App-Store herunterzuladen; vielleicht *Ikebana 2.0* – Blumengebinde würden sich in der Lounge sicher gut machen. Die beiden Schachspieler saßen immer noch an ihrem Tisch. Gedankenverloren schlich ich an der Grauen Nische vorbei. Ich kam gar nicht auf die Idee, dass dort noch jemand sein könnte. Irrtum.

»Darian, mon dieu«, sagte Alain. »Du siehst ja furchtbar aus.« Er trug das gleiche Outfit wie beim letzten Mal, ganz in dünnem bleichen Schwarz schnöselte er allein in der Nische herum.

Trotz meiner Skepsis gegenüber dem Franzosen setzte ich mich zu ihm und erzählte ihm alles. Es hätte jeden treffen können, denn ich wollte reden. Erfreulicherweise hatte er noch eine fast volle Flasche Champagner vor sich und war in überraschend geselliger Stimmung.

Als ich geendet hatte, saß er in nachdenklichem Schweigen. Er nahm einen Schluck und fragte: »Hast du schon die Gelegenheit gehabt, Ausflüge zu unternehmen – abgesehen von diesem Videospiel?« Alain zeigte in Richtung der Starseed-Bubble.

»Nein, eigentlich nicht. Bloß einige Touren mit dem Scooter.«

Alain schob seinen blonden Scheitel zur Seite und schaute mich an. »Du scheinst mir ein rechter Stubenhocker zu sein«, sagte Alain spöttisch. »*Alors,* wir werden morgen eine kleine Landpartie unternehmen, in meiner Yacht. Eigentlich wollten meine Freundinnen aus Israel mitkommen, aber sie haben kurzfristig abgesagt.«

»Die drei Rebeccas?«

»*Bien sur.* Ganz reizende Mädchen. Sie hatten die amüsante Idee, in Pleroma ein *centre religieux* zu eröffnen. Allerdings scheint mir ihre Heimat Jerusalem dafür viel besser geeignet, wobei ich sie auch unterstützen werde«, sagte Alain. »Nun ist also noch Platz auf der Yacht. Vielleicht möchtest du uns Gesellschaft leisten? Das wird dich auf andere Gedanken bringen.«

Mir wurde endgültig klar, dass ich kurz davor gewesen wäre, meinen Mondurlaub nicht nur mit einem Gefängnisaufenthalt, sondern auch ohne eine einzige Mondsafari zu beenden. Ich nahm einen Schluck Champagner. »Sehr gerne. Wohin wollt ihr denn?«

»Zum Chalet de la Lune, in den Montes Alpes. Wir werden dort ein wenig feiern gehen. Die Fahrt dorthin dürfte ganz angenehm werden, der Koch an Bord der Yacht ist sehr talentiert. Definitiv besser als seine Kollegen im Gefängnis, *n'est ce pas?* Also – morgen früh geht es los, wir treffen uns hier um acht.«

Alain verabschiedete sich bald darauf mit einem knappen Nicken, und ich war allein in der Grauen Nische, allein in der Lounge. Ich fühlte mich elend und verkatert. Steuerschulden. Gefängnis. Das durfte nicht wahr sein, was für ein Albtraum. Immerhin hatte ich noch eine Einladung auf Alains Yacht bekommen, aber ich war mir nicht sicher, ob ich mich darüber so recht freuen konnte, außerdem war mir der Franzose im Gegensatz zu den Moonatics nicht ganz geheuer. Und warum lud er mich überhaupt ein? Er kannte mich kaum, und ich hatte nicht den Eindruck, dass uns viel verband; ein besonders unterhaltsamer Gast würde ich in meiner Stimmung auch nicht sein. Ich war zu erschöpft, weiter darüber nachzudenken. Schließlich schlief ich ein.

Ich schaute auf meine Uhr. Vier Uhr am Morgen, immer noch in der Grauen Nische. Allmählich hatte ich Übung darin, an seltsamen Orten aufzuwachen. Das Große Fenster und die transparente Kuppel waren wegen der nächtlichen Uhrzeit und des Sonnenlichts in einem dunkel abgetönten Modus; von der seit vorgestern gleißend hellen Mondschaft drang nur ein schwacher Schimmer hinein, zu dieser Stunde eine Art Notbeleuchtung. Ich rieb mir die Augen und genoss für eine Weile das ungewohnte Gefühl, allein in der nächtlichen Lounge zu sein.

Als ich mich schließlich aufraffte und aus der Nische schlängelte, zuckte ich zusammen und erstarrte. Da war etwas im Halbdunkel, was normalerweise dort nicht hingehörte. Ich sah genauer hin. Genau in der Mitte des Saals, über dem vertieften Speisebereich, ungefähr auf meiner Augenhöhe, schwebte etwas im Raum: eine silbrig glänzende Luftmatratze. Ich schloss die Augen und öffnete sie wieder. Es war tatsächlich eine silbrig glänzende Luftmatratze.

Seitlich hingen nackte Arme an ihr herunter, sie vollführten rudernde Bewegungen. Die Matratze schwebte langsam in meine Richtung. Auf ihr lag bäuchlings eine Frau mit langen braunen Haaren, die über ihre Schultern hingen. Sie war nur mit einem Bikini bekleidet und kam langsam herangeschwebt. »Hallo. Ich bin Ophelia.« Sie fuhr sich mit ihrem Arm, auf dem in ganzer Länge eine Schlange eintätowiert war, lächelnd durch die Haare.

»Von allen Begegnungen, die ich bisher in Levania hatte, ist dies die seltsamste, aber auch die charmanteste«, faselte ich.

»Bringen dich Frauen so durcheinander?«

»Nur, wenn sie nachts durch die Gegend schweben.«

»Deswegen heißen die Dinger Luftmatratzen«, säuselte Ophelia. »Aber diese ist mit Heliumcarbonat gefüllt. Bei der Schwerkraft hier funktioniert das ganz wunderbar, wie du siehst.«

»Offensichtlich. War das deine Idee?«

»Nein. Von meinem Ex-Freund, Hermann von Hindenburg. Er war so großzügig, sie mir zu überlassen«, schnurrte Ophelia und leckte sich die Lippen.

»Und was machst du hier so?«, fragte ich.

»Oh, ich bin in der Lounge eingeschlafen. Das passiert mir manchmal.«

»Ja, das kenne ich. Die Bar hat ja leider schon geschlossen, aber ich kenne da was ganz in der Nähe …«, sagte ich.

»Um mir genau so etwas nicht mehr anhören zu müssen, bin ich auf den Mond gekommen.«

»Schlechte Erfahrungen gemacht?«

»Männer sind so einfach. Unerträglich einfach. Die meisten von euch haben bloß die Funktion, den Samen in den Hoden kühl zu halten. Ihr glaubt immer noch, Frauen erobern zu können. Was für ein überheblicher Blödsinn! Wir Frauen sind für den Erhalt der Spezies zuständig, nicht ihr, ansonsten sind Männer überflüssig – *wir* sind es, die das Leben weitertragen. Wir sind das Leben, die Töchter der Erde.«

Ophelia hielt sich kurz mit einigen Fingern an meiner Schulter fest und stieß sich wieder ab, sodass sie mit ihrer Luftmatratze eine Drehung auf der Stelle vollführte. Zwischen ihren Schulterblättern war ein schwarzer Kreis eintätowiert, darin das schwarze *Moonarchy*-M, das wie nachträglich hinzugefügt aussah. Dann kam ihr anderer Arm in Sicht. Auch er war mit einer Schlange verziert. Mir fiel auf, dass sie kein Barcode-Tattoo an ihrem Handgelenk trug.

»Diese Schlangen …«, fragte ich. »Was hat es damit eigentlich auf sich?«

»Kundalini und Ananda. Die Neumondschlangen.«

»Die Zeremonie im ICB?«

»Du bist ja ein ganz Schlauer. Aber das geht neugierige Touristen nichts an.« Sie wickelte ihre Arme umeinander, ihre auftätowierten Schlangen verdrehten sich ineinander. »Du gehörst ins Bett«, schnurrte sie spöttisch, stieß sich erneut von mir ab und glitt auf ihrer Luftmatratze langsam über die Reling des Umgangs, zurück über die vertiefte Mitte der Lounge. Dort verharrte sie wie eine silberne Wolke und würdigte mich keines Blickes mehr.

Die Audienz war beendet.

Sie hatte recht. Ich gehörte ins Bett. Ich musste aber noch meine Tasche packen für den Ausflug auf Alains Yacht, der morgen früh beginnen würde. Also in wenigen Stunden.

Außerdem hatte ich nun wichtigere Probleme, als über Schlangen und Frauen auf schwebenden Luftmatratzen nachzudenken.

Zwei Jahre Knast. Ich steckte ernsthaft in der Klemme.

# CHALET de la LUNE

»Wir sind alle Würmer. Aber ich bin ein Glühwürmchen.«
WINSTON CHURCHILL

Nach meiner nächtlichen Begegnung mit Ophelia war an Schlaf nicht mehr zu denken gewesen; ich hatte mich noch rasiert und meine Tasche gepackt, begleitet von Melancholie und Mondscheinsonate. Abgelaufene Zeit, Heimkehr, verpasste Gelegenheiten. Die Frage, ob ich noch einmal herkommen würde. Der gewohnte Gemütszustand des Abreisens. Dieses Mal war es aber noch viel schlimmer als sonst – statt der Rückkehr in den Alltag drohte nun Gefängnis. Beim Packen hatte ich bemerkt, dass die weiße Toblerone immer noch in der Tasche lag. Mein helles Jackett kam auch mit. Yacht.

Als ich etwas übernächtigt zum vereinbarten Frühstück in der Grauen Nische kam, standen dort bereits zwei Taschen im Partnerlook erwartungsvoll aneinandergeschmiegt; eine etwas größer als die andere, in sportlich veredeltem Karomuster mit fein gegerbten Ledergriffen und aus gutem Hause. Sie gehörten Craig und Jessica, die eine unbekümmerte Aura sportlicher College-Studenten verströmten. Craig hatte den Kragen seines rosafarbenen Poloshirts nach oben geschlagen, Jessica war entsprechend unterwegs – über ihrem langärmligen gelben Polo trug sie eine Daunenweste, wie man sie gerne bei älteren Golfspielerinnen sah. Sie erzählten, dass sie Alain schon lange kannten, sie waren gemeinsam mit ihm auf einem Schweizer Internat gewesen. Nun freuten sie sich auf die bevorstehende Fahrt; ihre Welt war von guter Ordnung und zuversichtlichem Vertrauen.

Als ich mit den beiden vom Frühstücksbuffet zurückkehrte, waren zwei weitere Taschen hinzugekommen: Gianfranco und Witold saßen in dem Alkoven. Der Italiener erfüllte seine Form perfekt. Schon morgens mit Sonnenbrille, eine silbern verspiegelte *Lunar Master* von Armani. Seine schwarzen Haare waren sorgfältig und spitz nach oben gegelt, das Hemd war zu weit geöffnet und hing über seiner Hose.

Witold hingegen begeisterte mit einem Outfit, wie man es früher zu einer Landpartie im offenen Bentley getragen hätte: dunkelbraune Knickerbocker und ein Tweedjackett, eine passende Schiebermütze und Manschettenknöpfe in Form kleiner Casino-Jetons. Er trank Kamillentee und grüßte höflich, nannte mich allerdings Dorian. Während wir in der Grauen Nische bei Tee und Porridge saßen, unterhielt uns Gianfranco lautstark mit einem Hütchenspiel, unter der Verwendung dreier umgestülpter Espressotassen und eines kleinen Päckchens weißen Pulvers. Er tat dies so gewandt und raffiniert, dass es unmöglich war, ihm dabei zu folgen, obwohl ich dabei die ganze Zeit auf die kleine Tischplatte starrte.

Unvermittelt schoben sich bei der Darbietung des Italieners zwei Krallen von rechts ins Bild – künstliche Hände aus schwarzem Carbon, mit feinen Schrauben und Gelenken, eine Tasse Tee fest umklammernd. Sie endeten an den Manschetten eines weißen Oberhemdes, das sich neben mich setzte. Fotografenweste. Ein verbranntes Gesicht, das wie geschmolzen aussah. Filzhut. Das konnte nur Hermann von Hindenburg sein, der Technische Administrator von Levania. Er grüßte nicht und setzte sich wortlos, mit finsterer Miene. Er schien ein Glasauge zu haben, vielleicht auch zwei; ich wunderte mich mittlerweile über gar nichts mehr.

Schließlich tauchte auch Alain auf – dünn, bleich und wieder ganz in Schwarz. Mit nachlässiger Eleganz federte er auf uns zu, erkennbar ohne Bleisohlen; sein langbeiniger Gang hatte etwas Schweben-

des. Ich war mir sicher, dass er ihn heimlich vor dem Spiegel einge-
übt hatte. Er stand grußlos vor uns, sah niemanden an und hielt seine
knochigen, bleichen Hände auf seiner übergroßen Mondschnalle. Er
machte nicht den Eindruck, als ob er sich zu uns setzen wollte, und
oszillierte lieber nervös vor sich hin. Warten als Ausdruck von Fremd-
bestimmung war für ihn offenbar keine Option, es sollte jetzt wohl
*direkt losgehen.*

Gianfranco steckte sein Pack ein, wir kletterten aus der Grauen Nische und nahmen unsere Taschen. Unser bunter Expeditionstrupp
marschierte durch die Rotunde, wo Mademoiselle Lunette amüsiert
die Augenbrauen hochzog, und weiter ging es in den Hangar.

Dort stand, unübersehbar wie eine Diva, Alains Yacht, die *Saint
Tropez,* eine Kreuzung aus doppelstöckigem Reisebus und Ferien-
haus auf Ibiza. Weiß, mit großen eckigen Fenstern, einer rundum
verglasten Flybridge und gewaltigen Rädern, die nicht in Radhäu-
sern untergebracht waren, sondern seitlich frei abstanden. Das ultimative Wohnmobil.

Wir wurden von einer Crew in makellos weißen Uniformen begrüßt, die uns lächelnd vor der Freitreppe am hinteren Ende der
Yacht erwartete. Alains indischer Steward brachte unsere Taschen
hinauf, es wurden Gläser mit Champagner gereicht. Der freundli-
che Kapitän der *Saint Tropez* hieß Kafil, ein gertenschlanker Kenia-
ner mit Kapitänsmütze auf kahl rasiertem Schädel. Er schien noch
weißer gekleidet als seine Crew, dazu trug er Schulterstreifen in den
Farben der Trikolore. Er begrüßte jeden von uns mit kompetent mani-
kürtem Handschlag und entblößte eine jungenhafte Lücke zwischen
den Schneidezähnen.

Etwas rustikaler dagegen erschien eine heisere Figur namens Hector, der mit seinem verlebten Gesicht und fettig blonden halblangen
Haaren wie ein Söldner wirkte. Er war der Einzige der Crew, der es
sich erlaubte, sein Hemd über der Hose zu tragen. Seine weißen
Gucci-Slipper sahen aus, als hätten sie schon einige Bürgerkriege
überlebt, in dubiosen Hotelbars, in Gesellschaft von Kriegsbericht-

erstattern und Waffenhändlern. Hector und Gianfranco begrüßten sich lautstark und herzlich.

Wir stiegen über die breite Treppe hinauf auf das offene Achterdeck. Hinter einer großen Glasscheibe, die sich über die gesamte Breite erstreckte, war der Salon zu erkennen. Der Zugang erfolgte über eine gläserne Drehtür, die draußen im Vakuum auch als Luftschleuse dienen würde. Jetzt aber rotierten wir einer nach dem anderen in den Salon, der uns in perfekter weißer Eleganz erwartete: Sitzgruppen und Sofas, ein großer Tisch, weiter hinten einige Türen. Zwischen einer kleinen Bar und dem Durchgang zur Küche befand sich ein Wandschrank, in dem bereits gestern Abend unsere Raumanzüge, Stiefel und Helme untergebracht worden waren. Eine filigrane weiße Treppe führte hinauf zur Brücke, wo Kafil seinen rundum verglasten Führerstand hatte. Oben ließ eine Sesselgruppe aus weißem Leder darauf schließen, dass er dort nicht immer alleine war, was angesichts des Rundumblicks auch nicht überraschte.

Nach der kurzen Besichtigung wies uns das junge Zimmermädchen Yvette die Kabinen im Unterdeck zu; der Abgang befand sich im hinteren Teil des Salons. Sie waren klein, weiß und zweckmäßig, mit einem Fenster nach außen und einem Badezimmer *en suite*. Die Crew war hinten untergebracht, die Eignersuite lag vorne.

Was blieb mir anderes übrig, als einfach den Ausflug zu genießen und nicht an meine Steuerschulden und die Rückkehr zur Erde zu denken? Wenn man an einer Situation nichts ändern konnte, war es Zeitverschwendung, sich Sorgen zu machen. Der Höhepunkt meines Lebens würde unmittelbar in seinen endgültigen Tiefpunkt übergehen – und zwar mit Ansage. Vom Mond direkt ins Gefängnis. Schmach und Schande. Ich fragte mich kurz, ob ich meiner Mutter davon berichten sollte, wechselte aber gedanklich sofort das Thema. Noch war ich frei. Und ich fragte mich, was ich eigentlich auf Alains Yacht zu suchen hatte.

Wir saßen im Salon versammelt. Die *Saint Tropez* rollte im Rückwärtsgang langsam piepsend in die große Luftschleuse des Hangars, sonst für die Sattelschlepper des ICB ausgelegt; entsprechend lange dauerte es, bis die kostbare Luft hinausgepumpt war. Während der Wartezeit schauten wir aus den seitlichen Fenstern auf die nahen Wände der Schleuse, dazu klimperte irgendwas von Debussy. Es wurde vorfreudig geplaudert, Hector und Gianfranco spielten laut krakeelend Schnick-Schnack-Schnuck. Ich schwieg bedeutungslos auf dem Sofa und schaute zu, wie der Steward im Raumanzug auf dem Außendeck eine französische Flagge ausrollte und an einem abgespannten Draht befestigte, der von der Flybridge schräg nach hinten führte. Alain war oben bei Kafil auf der Brücke.

Langsam fuhr die Yacht hinaus in die Mondschaft, unter den gleißend schwarzen Himmel des hellen Mondmorgens. Die Sonne schien direkt durch die getönten Fenster in den Salon. Ich hielt mein Glas mit dem Champagner in das hineinfunkelnde Gegenlicht. Meine Fingerabdrücke waren darauf deutlich zu erkennen.

Kaum waren wir aus dem Hangar herausgefahren, als Hector mit heiserer Begeisterung »Festhalten!« rief und Kafil oben auf der Brücke Vollgas gab. Mit einem ungeheuren Drehmoment jagte die *Saint Tropez* nach vorne, scherte mit ihrem Heck seitlich aus und wirbelte gewaltige Staubfontänen auf. Ich musste mein Glas in Schräglage halten, um nicht zu kleckern. Wir schlingerten und staubten vor dem Großen Fenster der Lounge, wo noch alles beim Frühstück saß; sie mussten uns hassen, aber für ein Gesprächsthema war dort nun sicherlich gesorgt.

Hector und Gianfranco schrien vor Begeisterung, Craig und Jessica hielten einander auf einem Sofa umklammert, und oben von der Brücke kam ein Jauchzen; ich war nicht sicher, ob es Alain oder Kafil war. Wir rauschten am ICB vorbei, verließen den Krater Prinz und rasten auf der Via Levania hinaus in den Oceanus Procellarum, den ich nun zum ersten Mal bei Sonnenlicht sah. Er hatte jetzt nichts mehr von jener beklemmenden Tiefsee, in der ich mit meinem Scooter eingeschüchtert herumgestümpert war, sondern eher was vom sandigen Boden einer sonnendurchfluteten Lagune.

Alain rief uns auf die Brücke zur *Kartenbesprechung,* wie er es nannte. Wir kletterten die schmale Stiege hinauf, immer noch mit Champagnergläsern in der Hand, und nahmen auf der Sitzgruppe Platz. Kafil lehnte lässig an seinem Hocker und schaute kapitänsmäßig nach vorne, während die Yacht mit unangemessener Geschwindigkeit die Via Levania entlangpflügte. Alain hatte eine große Karte auf dem niedrigen Tisch ausgebreitet. »Alors«, sagte er und ließ seinen knochigen Zeigefinger über das ausgefaltete Papier wandern. »*Ceci, c'est le Mare Imbrium,* das Meer des Regens. *Mais il ne pluit jamais, événement.*«

Die Via Levania war als rote Linie auf der Papierkarte eingezeichnet, was etwas wunderbar Altmodisches hatte. Der Übergang vom Oceanus Procellarum in das Mare Imbrium war fließend, die Abmessungen der beiden Basaltebenen nur auf großen Mondkarten zu erfassen. Jedenfalls führte die Strecke, die ich von der Überfahrt aus Port Navel im Dämmerlicht kannte, an den Brailey-Kratern und später nördlich an den Karpaten vorbei, den Montes Carpatus, die den Übergang in das Mare Imbrium markierten. Nach fünf Stunden würden wir an die Große Kreuzung gelangen, und von dort ging es auf der Via Alpia nach Norden zu den Montes Alpes.

»An der Kreuzung nehmen wir noch jemanden an Bord, einen Überraschungsgast«, verkündete Alain und zeigte auf die Karte. »Morgen fahren wir dann weiter, am Krater Archimedes vorbei, bis hoch zum Chalet de la Lune.«

Witold rieb sich erwartungsfroh seine manikürten Spielerhände.

»*Alors,* und nun wird im Salon Zweites Frühstück serviert.«

Wir stiegen wieder hinunter und nahmen am langen Esstisch auf der Backbordseite des Salons Platz. Es gab einen kurzen Gastauftritt von Chaco, dem jungen Koch aus Marseille, der eine Menüfolge bekannt gab, die ich zunächst für einen Scherz hielt, denn es war die Rede von Austern und argentinischem Steak. Die entzückende Yvette fragte nach unseren Getränkewünschen. Es standen verschiedene Champagnersorten zur Auswahl, von denen ich noch nie gehört hatte, und ich blieb einfach bei dem *Jacques Selosse,* der schon in meinem Glas war. Und tatsächlich, es wurden Austern serviert, *Special de Claire,* sie hätten bis eben noch in speziellen Frischebehältern gelebt. Austern auf dem Mond. Gaia wäre stolz auf uns.

Es war fantastisch. Die Steaks. Sauce béarnaise. Champagner. Sevruga-Kaviar. Der Oceanus Procellarum, der uns dank seiner dezenten Topografie nicht allzu sehr störte, während er hinter den abgetönten Fenstern des Salons vorübersurrte. Dazu das entspannte Geplauder, das nach anfänglicher Aufgeregtheit allmählich einer angeschickerten Behaglichkeit wich.

Nach dem Essen wurden Tee und Mokka gereicht, Naschereien machten die Runde, auch Alains kleiner Spiegel tauchte wieder auf. Ich beobachtete das Geschehen vom Sofa aus. Ebenfalls abseits an einem Tisch saß Hermann von Hindenburg; mit heruntergezogenem Hut ignorierte er das Treiben im Salon und war mit seinem Screen beschäftigt. Als er ihn schließlich mit seinen Carbonhänden zusammengerollt und in seine Westentasche gesteckt hatte, ließ er sich vom Steward einen Pastis bringen und schaute zu mir herüber. Er schien mich zum ersten Mal überhaupt zu bemerken. »Spielst du Backgammon?«

Ich nickte, ging hinüber zum Technischen Administrator von Levania und stellte mich vor.

»Was hast du eigentlich hier auf der Yacht verloren?«, fragte er, nachdem ich mich zu ihm an den Tisch gesetzt hatte.

»Nicht meine Unschuld, hoffe ich.«

»Dafür ist es nun zu spät«, sagte von Hindenburg. Auf seinem verbrannten Gesicht war nicht einmal der Anflug eines Lächelns zu erkennen. »Du siehst aus, als könntest du etwas Ablenkung gebrauchen.«

»Dafür sind wir hier, nicht wahr?«

»Backgammon oder Small Talk? Würfeln oder Plaudern?«

»Beides.«

»Na gut. Also Backgammon und Würfeln.« Von Hindenburg gab dem Steward einen Wink, der kurz darauf mit einem kleinen, aufwendig gearbeiteten Koffer zurückkehrte. Damaskus, 18. Jahrhundert, wie er erklärte, und außerdem aus dem Privatbesitz des ägyptischen Präsidenten Nasser. Die Würfel seien aus dem Horn eines Narwals gefertigt; der Subtext lautete vermutlich, dass wir ein wenig darauf achtgeben sollten. Yvette fragte nach Getränkewünschen. Hermann von Hindenburg blieb beim Pastis, und ich wechselte zu einer Tasse türkischem Mokka. Ich hatte gelernt, dass man immer das passende Getränk zur Herkunft des Spiels trinken solle, das bringt Glück. Als mir allerdings einfiel, wie ich vor Jahren nach etlichen Gläsern Whisky eine Pokerrunde schmerzlich verloren hatte, bereute ich meine Entscheidung bereits wieder.

Beim Backgammon muss man nicht viel reden, man kommuniziert mit den Würfeln und den Zügen auf dem Brett. Bei gleich starken Spielern entwickelt sich eine gute Partie zu einem Kräftemessen der Verbundenheit mit sich selbst, der Umgebung und den Würfeln. Wenn man nicht mit sich im Reinen ist, hat man keine Chance, dann lässt einen das Würfelglück im Stich; man sollte also nicht Backgammon spielen, wenn man gerade einen bevorstehenden Aufenthalt im Gefängnis verdrängt. Von Hindenburg wählte die schwarzen Steine.

»Was genau ist eigentlich – Heliumchlorid?«, fragte ich irgendwann beiläufig, denn wir hatten seit Beginn des Spiels praktisch kein Wort miteinander gewechselt. Die nächtliche Begegnung mit von Hindenburgs Ex-Freundin war als Gesprächseinstieg allerdings eher ungeschickt, denn er verzerrte genervt das Gesicht, sodass es für einen Moment fast normal aussah, und stieß ein heiseres Lachen aus. »Du hast Ophelia kennengelernt? Heliumchlorid – ha! Helium ist ein Edelgas. Das hat sie immer noch nicht begriffen!« Er würfelte einen Dreierpasch, und seine Carbonfinger griffen zitternd nach zwei meiner Steine.

»Aber sie macht sich gut auf der Luftmatratze«, sagte ich. »Und sie schwebt, alle Achtung. Sie haben sie erfunden?«

»Die Luftmatratze? Ja. Und noch einiges mehr.« Von Hindenburg tippte sich an seinen Hut. »Seit meinem Unfall bin ich recht kreativ.«

»Darf ich fragen, was passiert ist?«

»Ich hatte einen Herzinfarkt, ausgerechnet bei einem schamanischen Feuerlauf, barfuß und nackt zehn Meter über glühende Kohlen laufen. Die haben mehrere Minuten gebraucht, um mich da rauszuholen. Dieses irre Weib hatte mich dazu überredet, dieser verdammte spirituelle Blödsinn. Aber letztlich war es gut so, denn nun bin ich vor solchem Schwachsinn gefeit – und ein neuer Mensch. Zumindest teilweise, aber das wird sich bald ändern.« Von Hindenburg hielt eine seiner Carbonhände hoch.

»Dann kennen Sie sicher auch Lawrence Strongbone?«, fragte ich.

»Du scheinst ein gutes Gespür für die größten Spinner auf dem Mond zu haben. Natürlich kenne ich ihn. Er war mein Assistent, später hat er meinen Lehrstuhl übernommen. Aber er hat alles hingeschmissen, ist vom rechten Weg abgekommen. Er hat jetzt auch einen spirituellen Knall und glaubt, den Schimmer des Lebens zu sehen. Unsinn! Er leidet einfach nur an einer Psychose. Kein Wunder, wenn man eine Atombombe überlebt hat. Das Leben schimmert kein bisschen mehr oder weniger als der Pastis in diesem Glas. Und jetzt bitte einen Zweierpasch!«, zischte von Hindenburg. Es kamen tatsächlich zwei Zweien. Seine künstlichen Finger klaubten zwei weitere meiner weißen Steine vom Brett.

»Und Garden Eden – was halten Sie davon?«, fragte ich. Von Hindenburg war immerhin Technischer Administrator, aber ich hegte die Vermutung, dass sich seine Begeisterung für das Projekt in Grenzen halten könnte.

»Garden Eden? Für einen Touristen bist du ziemlich gut informiert.« Von Hindenburg schaute mich überrascht an. »Pleroma mit einer Hülle zu überspannen, ein Habitat für Hippies zu schaffen – wohin soll das führen? Wollen wir demnächst alle Krater auf diese

Weise umbauen? Man müsste jedes Mal Atemluft herstellen und Wasser extrahieren, das geht nicht unbegrenzt so weiter, der Aufwand ist völlig unverhältnismäßig. Wir Menschen sind nicht für den Aufenthalt im Weltraum geeignet. Das ist Nostalgie, Science-Fiction des zwanzigsten Jahrhunderts. Was glaubst du wohl, wie du aussiehst, wenn dein Raumanzug ein Loch hat oder diese Yacht von einem Meteoriten getroffen wird – oder von einem Bolzenschussgerät der Chinesen?«

Ich schaute mich um. Heitere Stimmung im voll besetzten Salon, es lief französische House-Musik, Yvette stellte gerade eine neue Flasche Champagner in einen Kübel. Ich fragte mich langsam, ob von Hindenburg trotz seiner Bastelkünste nicht eine Fehlbesetzung für die Zukunft Levanias und Pleromas war.

»Der Mensch als organisches Wesen hat ganz sicher nicht die Aufgabe, den Weltraum zu besiedeln«, fuhr von Hindenburg fort. »Zunächst müssen wir uns körperlich weiterentwickeln, damit wir nicht mehr auf Wasser, Wärme und Atemluft angewiesen sind; auch nicht auf Nahrung, Schlaf oder Sex. Dann brauchen wir keine Schutzhüllen mehr und keinen Garden Eden – und auch kein Gewächshaus und das ganze Grünzeugs. Und Gaias Gene und ihr Einverständnis sicher auch nicht. Die Moonatics und ihr Mentor Alex sind nichts weiter als eine tätowierte Bande von Spinnern, eine Ressourcenverschwendung.« Er schnaufte verächtlich. »Du bist übrigens dran mit Würfeln.«

Ich hatte mittlerweile vier Steine draußen und etwas an Motivation verloren. »Wie sollen wir uns denn – körperlich weiterentwickeln?«, hakte ich nach.

»Wir müssen uns von unseren organischen Körpern befreien«, sagte von Hindenburg. Er öffnete und schloss seine Carbonklauen vor meinem Gesicht. »Unsere menschliche Hülle nach und nach durch leistungsfähigere Prothesen ersetzen. Irgendwann werden wir unseren schwachen, atmenden und verwesenden Körper nicht mehr benötigen.«

»Unser Gehirn bliebe dann als Einziges übrig?«

»Das will ich nicht hoffen. Welchen Sinn hätte eine perfekte Hülle mit dem Verstand eines Affen? Nein – wir optimieren die Leistung unseres Gehirns, und wir arbeiten daran, seine Funktionen auf Computer zu übertragen. Dann wäre die unendliche Intelligenz in Reichweite, und die Unsterblichkeit gleich dazu.«

»Unseren Geist auf Computer übertragen – Lawrence Strongbone hält das für Blödsinn.«

»Geist?«, entgegnete von Hindenburg spöttisch. »Es gibt nur die Rechenleistung unseres Gehirns. Unser Bewusstsein ist nichts als das Echo dieser Prozesse, animalisch verzerrt durch chemische Vorgänge, die wir Gefühle nennen. Der Mensch von morgen benötigt Emotionen genauso wenig wie einen behaarten Körper – deswegen werden wir auch nicht mehr Pastis trinken oder Backgammon spielen. Obwohl das auch mit Gehirnimplantat immer noch Spaß macht.«

»Sie haben ein Gehirnimplantat?«, fragte ich erschrocken.

»Ja, einen Chip. Es ist zwar noch die Beta-Version, aber er funktioniert. Seitdem habe ich einen IQ von 190, als einziger Mensch bisher. Dadurch bin ich in der Lage, die nächste Generation von Chips zu entwickeln. Und was denkst du, warum ich dich hier so vom Brett fege? Du wirst nie ein Spiel gegen mich gewinnen.«

»Mich hat wohl das Würfelglück verlassen.«

»Glaubst du etwa, Backgammon hat was mit Glück zu tun oder dreht sich darum, die Würfelgötter gnädig zu stimmen?« Von Hindenburg grinste mich an. »Auf dem Mond gibt es keine Gnade. Hier hat alles seinen Preis.«


Gegen Abend erreichten wir die Große Kreuzung. In Sichtweite standen einige staubige Containermodule, die mir damals auf der Hinfahrt wegen der Dunkelheit nicht aufgefallen waren.

»Das ist das *Motel Appenin*«, erklärte Craig, der neben mir auf dem Sofa saß. »Eigentlich eher eine Wanderhütte, ein Unterschlupf für die Nacht. Kein Personal.«

»Und wer macht die Betten?«, fragte ich.

»Tony zum Beispiel. Oder jemand vom Chalet de la Lune. Die betreiben das Motel gemeinsam mit Levania als Notunterkunft.«

»Steht sogar unter Denkmalschutz«, fügte Witold hinzu. »Die Hütte stammt aus der Zeit, als es noch keine Schnellstraßen gab. Früher gab es noch mehr von der Sorte, aber man hat die meisten wieder abgebaut.«

Kafil ließ es sich nicht nehmen, die Yacht an der Kreuzung mit einem eleganten Drift abzubremsen, sodass wir knapp neben den Containern zum Stillstand kamen. Als die Staubwolke sich wieder gelegt hatte, sahen wir draußen jemanden in einem sehr staubigen Raumanzug stehen. Der angekündigte Überraschungsgast. Polternd kletterte die Gestalt mit einem Rollkoffer die Außentreppe hinauf; auf dem Oberdeck nahm ihn der Steward in Empfang und staubte ihn mit einem Handbesen ab. Wir saßen bei den Resten von Dessert und Portwein und schauten zu, wie die beiden durch die gläserne Drehtürschleuse in den Salon kamen. Der Neuzugang stand vor uns, riss triumphierend seine Arme nach oben und nahm seinen Helm ab. »Grüezi miteinander!«

Urs Kurtz. Der Schweizer Projektentwickler aus meinem Team Jamaika bei den Club Olympics.

Es gab ein großes Hallo. Nachdem Kurtz seinen Anzug abgelegt hatte, entschwand er nach unten in die Kabine, um sich frisch zu machen; Hector und Gianfranco waren währenddessen auch nicht zu sehen. Einige Zeit später erschien der Schweizer wieder im Salon, mit weißem Anzug und rosa Hemd, weit geöffnet. Schniefend nahm er am Esstisch Platz, direkt neben mir, und stocherte mit seinem Ellenbogen in meinen Rippen herum. »Na, Sportsfreund, dich hätte ich hier nicht vermutet.«

»Ich bin auch ganz überrascht von unserem Zusammentreffen. Wo sind denn Ihre Kollegen?«

»Die sind heim, zurück auf der Erde!«, rief Kurtz in gespielter Verzweiflung. »Lassen mich hier ganz allein, auf dem Mond, mit all seinen Entbehrungen! Keine Kultur, keine Schwerkraft, nichts! Das Motel, diese furchtbaren Baracken – ein Pfadfinderlager, nicht mal eine Minibar. Eine Frechheit! Aber jetzt bin ich ja in Sicherheit. Alain, mein Retter!« Yvette reichte ihm ein Glas Champagner und einen Teller mit Tiramisu. »Oh, ist die süß!«, rief Kurtz. Hector und Gianfranco grunzten zustimmend, Yvette verschwand hastig in der Küche.

»Und, wie ist es gelaufen?«, fragte Alain, der aus seiner Suite emporgestiegen war und sich zu uns gesellt hatte.

»Super!«, rief Kurtz. »Es geht alles klar, die Finanzierung steht. Wir drehen ein Riesending, bald ist hier richtig was los. Ich würde das Motel am liebsten heute schon abreißen.«

»Steht der Name schon fest?«, fragte Witold.

»Las Lunas Casino.«

»Wein, Weib und Gesang!«, rief Gianfranco.

»Darauf kannst du wetten. Und auf dem Dach ein Laser, der bis zur Erde strahlt. Alain, hast du das mit den Leuten von ELIS klargemacht?«, fragte Kurtz.

»Ja, die Chinesen sind auch mit von der Partie.«

»Hector, alter Partymeister – du kannst Las Lunas kaum erwarten, was?«, grinste Gianfranco.

»Worauf du dich verlassen kannst«, lachte Hector heiser. »Ich werde meinen Umsatz verdoppeln!«

Beim Einchecken hatte ich noch angenommen, dass Hector zur Crew gehörte, was wohl an seiner weißen Kleidung lag. Irrtum. Wie ich im Laufe des Nachmittags herausbekommen hatte, war Hector auf dem Mond hauptsächlich als Freelancer auf eigene Rechnung in einem Wohnmobil unterwegs. Seine Wege führten ihn zu sämtlichen Stationen und Hotels, wobei er die offiziellen Straßen nur in Ausnahmefällen nutzte, denn mittlerweile hatte er sich sein eigenes Wegenetz geschaffen, auf dem er sich weitgehend unbemerkt bewegte. Er war über eine Geheimfrequenz zu erreichen, die aber so geheim nicht war, denn Hector war überall bekannt, wenn auch nur inoffiziell. Offiziell kannte ihn niemand. Während der Mondnacht näherte er sich seinen Terminen immer mit ausgeschalteten Scheinwerfern und parkte unauffällig abseits.

Sein Netzwerk erstreckte sich nicht nur bis zur chinesischen Basis am Südpol, sondern auch nach China selbst, wo er Freunde in den Frachtkellern der Terminals hatte. Die Gesetze von Angebot und Nachfrage galten auch in diesem lunaren Schattenreich diplomatischer Beziehungen. Geschäftssinn, Gier und menschliche Bedürfnisse fanden immer einen Weg – den Hector gut kannte und fleißig befuhr, und das ausschließlich mit ausgeschaltetem Transponder. Dafür bot sein Wohnmobil viele kleine Verstecke für seine Mitbringsel und auch Platz für Passagiere, meist weibliche. Er lieferte sie gelegentlich diskret am Chalet ab, aber auch an den Mannschaftsquartieren einiger Baustellen. Er deutete außerdem an, dass die Platzierungen der chinesischen Straßensperren für ihn auch nicht immer so ganz überraschend wären, er habe Informanten und Freunde überall.

So war Hector insbesondere im Chalet de la Lune eine Schlüsselfigur, war dies doch nicht nur die feinste Adresse auf dem Mond, sondern auch ein Ort gehobenen Vergnügens, eine Anlaufstelle des internationalen Jetsets. Im dortigen Casino und dem zugehörigen Nachtclub, dem *Sankt Moritz*, war Hector derjenige, ohne den dort nichts laufen würde, zumindest nichts, was gewisse Leute unter Spaß verstanden. Er war der Partymeister des Chalets, seiner Hafenbar, die er im Rahmen seiner lunaren Freibeutereien immer wieder ansteuerte und versorgte, mit Dingen und Dienstleistungen, die nicht auf der Speisekarte standen, die gute Kontakte und regelmäßige Besuche in Port Navel erforderten – dort insbesondere zu den Leuten, die für das Entladen der Fracht zuständig waren. Anders ausgedrückt: Hector war ein Dealer und Zuhälter.

Als wir uns am nächsten Abend allmählich dem Ziel unseres Ausflugs näherten, machte sich im Salon eine erwartungsfrohe Unruhe breit. Das dahingleitende Geplänkel in dem mittlerweile wohlvertrauten

Salon mit seinen ausgereizten Sitz- und Gesprächsvarianten löste sich langsam auf; das Geplauder wurde immer lauter und begann sich zunehmend mit der Abendplanung zu beschäftigen, was offensichtlich die Aufgabe von Hector war.

Alain und Urs Kurtz hatten ihre Vorstellungen vom Ablauf der Ereignisse bereits durchblicken lassen. Wir würden im Chalet keine Zimmer beziehen, weil es ihrer Ansicht nach völlig undenkbar war, dass irgendeiner von uns schlafen würde, denn es sollte ernsthaft gefeiert werden. Kurtz hatte im Restaurant *Matterhornstube* »einen Tisch bestellt«, was bei ihm beinahe wie eine Kriegserklärung klang. Danach würden wir folgerichtig in das benachbarte Casino weiterziehen, später dann in den Club *Sankt Moritz* zum Feiern.

Es kam der Zeitpunkt, wo wir in den Kabinen verschwanden, um die Abendgarderobe anzulegen. Zurück im Salon stellte ich fest, dass es durchaus keine schlechte Idee gewesen war, mein Jackett mitzunehmen; man war elegant gekleidet, jeder auf seine Weise. Witold hatte besonders dick aufgetragen; er war im vollen Dandy-Ornat erschienen, mit Overcoat, Zylinder, Gamaschen und Nelke im Knopfloch, erfuhr jedoch einen Dämpfer, als Kafil von der Brücke herunterkam und Neuigkeiten verkündete. »Ich habe mit dem Tower gesprochen. Wir können leider nicht in den Hangar fahren, es gibt Probleme mit der großen Schleuse. Wir müssen weit draußen auf Reede festmachen und den Tender benutzen.« Und mit einem Blick auf Witold: »Aber Raumanzüge sind ja auch ganz kleidsam.« So viel zu Overcoat und Zylinder.

Um kurz vor sieben verlangsamte die *Saint Tropez* ihre Fahrt. Bald darauf standen wir mit versammelter Mannschaft bei Kafil auf der Brücke und sahen, wie die Höhenzüge der Montes Alpes am Horizont erschienen. Der nördliche Rand des Mare Imbrium war erreicht.

Das Chalet de la Lune war keine ehemalige militärische Basis wie Levania, sondern von vornherein als Luxushotel konzipiert worden.

Das war in jener sagenumwobenen Zeit gewesen, als die Banken und Investoren nicht mehr gewusst hatten, wohin mit dem ganzen Kapital. Als nach dem Börsenkrach und dem Zusammenbruch der Weltmärkte all diese Milliarden ihren Wert verloren hatten, hatte sich das spekulative Spielgeld bereits in ein reales Luxushotel auf dem Mond verwandelt. Passenderweise sind im Chalet de la Lune auch die ersten Verhandlungen zur Einführung der neuen Weltwährung Globo geführt worden, im Tagungssaal *Davos,* ausgekleidet mit kostbaren Wandteppichen aus der Sammlung der Rothschilds. Dort war nun das Casino untergebracht.

Das Alpenhotel war ein Meisterwerk der Ingenieurskunst, Architektur und landschaftlicher Einbindung gleichermaßen elegant verpflichtet. Die Hauptgebäude waren zu einem Halbkreis am Fuß der Montes Alpes angeordnet – ein Ensemble, zusammengehalten aus einer fein ziselierten Struktur aus Nanocarbon, ausgefüllt mit transparenten Kuppeln aus Graphensilikat und anmutigen Überspannungen aus perlmuttfarbenem Gewebe. Die Zimmer ragten entlang eines hohen Turms in den schwarzen Himmel, gekrönt von einer ausladenden Glaskonstruktion, in der bunte Lämpchen blinkten. Das war der Nachtclub. Die Gästehäuser waren in locker ansteigender Folge hinter dem Hotel auf den Berg gestreut. Ganz oben gab es noch eine Gipfelhütte, zu der ein Lift hinaufführte, denn zu den Hauptattraktionen des Chalets gehörte eine Abfahrtspiste entlang eines Hangs, auf dem der Mondstaub tief genug für Dustboards war.

»Alors, sind wir so weit? Können wir los?«, fragte Alain und klatschte in die Hände, als die *Saint Tropez* in einiger Entfernung vom Hotel zum Stillstand gekommen war und wir im Salon versammelt waren. »Hector ist schon unten, er bereitet gerade den Tender vor.«

Hermann von Hindenburg und ich waren als Erste an der Reihe. Es war etwas mühsam, den Raumanzug über dem Jackett anzulegen; meine Schuhe legte ich in die Vaku-Kiste, die dafür bereitstand und später mitgebracht würde. Von Hindenburg nahm seinen Filzhut ab, und seine Schädeldecke aus Titan kam zum Vorschein; darunter mochte sich wohl der Chip verbergen. Den Hut legte er auch in die Kiste.

Wir stiegen die Stufen vom Achterdeck hinunter und standen auf dem Mond. Es war das erste Mal, dass ich die Mondoberfläche nicht ebenerdig betrat, sondern über eine Treppe, wobei ich an die Filmaufnahmen von Apollo 11 denken musste, als Armstrong die Leiter hinuntergeklettert war. Er hatte davor sicherlich keinen Champagner getrunken und Austern gegessen, dafür hatte er den besseren Spruch gebracht als ich. »Wo ist denn jetzt dieser Tender?« war nämlich meiner.

»Vorne«, kam Hectors Antwort im Helmlautsprecher, also stapften von Hindenburg und ich zum Bug der *Saint Tropez*. Der Tender sah aus wie ein Kart, flach gebaut, denn er wurde im Tiefdeck der Yacht aufbewahrt. Hinter dem Fahrersitz des kleinen Gefährts befanden sich zwei dünne Sesselschalen mit roten Gurten. Wir nahmen Platz. »Und schnallt euch an«, mahnte Hector auf dem Fahrersitz vor uns. »Es geht los.«

Wir wurden in unseren Raumanzügen mit heftiger Wucht in die kleinen Sitze gedrückt. Hector schien keine Anstalten zu machen, die Geschwindigkeit zu verringern, als wir auf die Hauptgebäude des Chalets zujagten. Erst im letzten Moment legten wir einen spektakulären Halbkreisdrift hin und kamen entgegen der Fahrtrichtung schubbernd vor dem Eingang des Hotels zum Stehen. Die Sonne schien nur noch matt durch den Vorhang aus aufgewirbeltem Mondstaub, die *Saint Tropez* war nicht mehr zu erkennen.

»Von Hindenburg, können Sie die nächsten Fahrten übernehmen?«, fragte Hector. »Ich muss hier was klarmachen.«

Der Technische Administrator setzte sich nach vorne ans Steuer und entschwand mit dem Tender durch die Staubwolke, zurück zur Yacht. Gemeinsam mit Hector stapfte ich zum gläsernen Hauptportal des Chalets. Im Gegensatz zu Levania war es ein richtiger Hoteleingang, rechts und links flankiert von zwei aus Mondfelsen gelaserten

Buddha-Figuren, teilweise mit Blattgold belegt. Hinter der gläsernen Luftschleuse stand ein Typ in Portier-Uniform und grinste.

»Hector, Cavaliere! Alter Pirat!«, begrüßte er uns, als wir die Schleuse passiert und die Helme abgenommen hatten. Die beiden ließen mich stehen und tuschelten, man kannte und verstand sich offenbar bestens. Ich zog Helm, Raumanzug und Stiefel aus und stand mit Socken in der Lobby des Chalet de la Lune.

Rezeption. Bar. Lounge-Sessel. Eine transparente Kuppel mit abgespannten Tüchern, bedruckt mit grün leuchtenden Alpenwiesen. Weiter hinten, nahe der Bar, saß ein Südländer im weißen Smoking mit glänzend zurückgegelten Haaren an einem Tisch, auf dem die Tasten eines Pianos projiziert waren. Mit viel Hingabe erzeugte er einen klimpernden Klangteppich, der sich mit der leise rauschenden Projektion eines Wasserfalls mischte. Hier kostete ein Kaffee Schümli wahrscheinlich dreißig Globo.

Das Licht, das von draußen in die Lobby schien, wurde plötzlich schwächer. Ich drehte mich um und sah einen Vorhang aus Staub, der vor die Sonne gefallen war. Der Tender war wieder zurück. Als Nächstes kamen Urs Kurtz und Gianfranco in die Lobby.

»Home sweet home!«, rief Kurtz, als er seinen Raumanzug öffnete und sein schneeweißer Anzug mit dem rosafarbenen Hemd darunter zum Vorschein kam. Gianfranco trug natürlich seine verspiegelte Sonnenbrille und richtete erst einmal seine gegelten Haare. Hector verabschiedete sich herzlich vom Portier und gesellte sich zu uns. »So, alles klar«, war sein Kommentar, »heute gehen wir steil!«

»Und, auch Weiber?«, fragte Kurtz aufgeregt.

»Lass dich überraschen.«

Nachdem von Hindenburg noch Craig und Jessica mit dem Tender hergebracht hatte, tauchte er abschließend mit Alain in der Lobby auf, der in seinem eng geschnittenen schwarzen Anzug einen genervten Eindruck erweckte, denn eigentlich hätte Witold dabei sein sollen – aber der machte wohl noch irgendwelche Zicken, weil er sich weigerte, seine Abendgarderobe abzulegen.

»Bleibt Witold jetzt etwa auf der Yacht und schmollt?«, fragte Gianfranco mit breitem Grinsen.

»Soll er doch seine Klamotten in eine Kiste packen und herkommen, wo ist das Problem?«, wunderte sich Craig.

»Anscheinend müsste er alle Sachen ausziehen, auch Hose und Jackett, und in Unterwäsche hier auftauchen. Aber das ist unter seiner Würde«, spottete Hector.

»Seht mal, die Yacht!«, rief Jessica.

Überrascht beobachteten wir, wie die *Saint Tropez* langsam rückwärts auf das Eingangsportal des Hotels zurollte. Sie kam kurz davor zum Stehen und füllte nun die ganze Fensterfront aus; der Fuß der Treppe, die hoch zum Salon der Yacht führte, war nur wenige Meter von der gläsernen Luftschleuse der Lobby entfernt. Hinter der Glasscheibe des Salons konnten wir Witold erkennen, der in Mantel und Zylinder mit Kafil diskutierte; der Steward und Yvette standen daneben.

»*Qu'est que vouz faites?*«, fragte Alain in seine Uhr.

Kafil sah zu uns herunter und hob sein Handgelenk. »Ihr werdet es nicht glauben!«, hörten wir die Stimme des Kapitäns aus Alains Uhr. Wir standen versammelt in der Lobby und beobachteten fassungslos, was dann geschah.

Witold betrat in seinem altertümlichen Gala-Outfit die gläserne Luftschleuse der Yacht. Ohne Helm. Ohne Raumanzug. Kafil und die Crew versuchten, die Tür zu öffnen, aber das war nicht mehr möglich, sie leuchtete bereits rot. Die Luft wurde herausgepumpt.

Dann grünes Licht in der Schleuse. Darin stand Witold. In seiner Abendgarderobe. Im Vakuum.

Die Außentür öffnete sich.

Witold sprang nach draußen auf das Oberdeck, hastete die Stufen hinunter und hielt dabei seinen Zylinder fest.

Nach wenigen Sekunden erreichte er den Fuß der Treppe und rannte die wenigen Meter zur Schleuse des Hotels.

Er drückte den Knopf.

Die Außentür öffnete sich.

Witold sprang hinein.

Hinter ihm schloss sich die Schleusentür.

Rotes Licht.

Witold stand mit weit geöffnetem Mund in der Schleuse.

Grünes Licht.

Die Innentür öffnete sich.

Er sprang heraus und schnappte keuchend nach Luft, sein Zylinder fiel herunter und rollte dem Portier vor die Füße. Nach einer kurzen Schrecksekunde johlten und applaudierten wir. Der Portier behielt einigermaßen die Fassung und bat Alain höflich darum, dass die Yacht doch bitte wieder mit angemessenem Abstand zum Eingang geparkt werden möge.

»Und, wie war's?«, fragte Gianfranco.

»Interessant«, sagte Witold. »Zum Glück stand die Sonne hinter der Yacht, ein Sonnenbrand wäre einfach *degoutant*.«

An der Garderobe gaben wir unsere Raumanzüge, Helme und Stiefel ab; dafür bekamen wir Plastikchips wie in der Disco. Wir zogen weiter zum benachbarten Restaurant, der Matterhornstube, wo Kurtz den Tisch bestellt hatte. Es war der beste: direkt am Fenster, mit Blick auf die *Saint Tropez,* die mittlerweile wieder auf halber Strecke zwischen Chalet und Horizont abgestellt war. Nicht zu übersehen.

Während wir auf das Käsefondue warteten, vertrieben wir uns lautstark die Zeit mit Champagner und Wodka. Meine Erinnerung begann schon bald darauf zu verschwimmen, was sicherlich an den Getränken lag – vielleicht aber auch an dem kleinen Fläschchen mit klarer Flüssigkeit, das Hector laut johlend über den riesigen Topf dampfenden Käses ausgeleert hatte. Den weiteren Verlauf des Abends kann ich nur noch anhand bruchstückhafter Einzelbilder zu einem kaleidoskopischen Puzzle fügen.

Nach dem Essen verließen wir die Matterhornstube und gingen hinüber zum Casino, das nicht weit entfernt war (ich erinnere mich zumindest nicht, irgendwelche Treppen gestiegen zu sein); außerdem glaubte ich, von dort die *Saint Tropez* draußen auf gleicher Höhe gesehen zu haben. Oder vielleicht verwechselte ich es auch mit dem Bild, das ich vom Restauranttisch aus hatte, denn was immer Hector in das Fondue gekippt hatte, es war jedenfalls sehr stark gewesen.

Im Casino drückte Alain jedem von uns einen Stapel Jetons in die Hand. Ich hatte große Mühe, meine Augen auf die aufgeprägten Zahlen zu fokussieren und die Dinger voneinander zu unterscheiden. Wir standen alle um einen Roulettetisch versammelt, dessen Drehschüssel mit der Kugel von oben projiziert wurde. Es war eine Liveschaltung aus einem Salon Privé des Casinos von Monte Carlo, der Croupier hingegen war leibhaftig anwesend und stammte von dort. Witold drückte ihm vertraulich grüßend die Schulter.

Zeitweilig stand ich vor den seidenen Rothschild-Teppichen an den Wänden des Casinos und versuchte, irgendetwas auf ihnen zu erkennen – aber das war nicht so einfach, da alles vor mir herumwaberte. In einem vorübergehenden Moment relativer Klarheit gelang es mir jedoch, eine der Darstellungen etwas besser zu überblicken. Es war eine Schlachtenszene aus der alten Zeit mit Kanonen, Pferden und bunten Uniformen – Waterloo, wie Witold mir erklärte. Auf einem Hügel war eine Figur zu erkennen, die das Geschehen beobachtete, neben ihm ein Pferd. Witold wusste wieder Bescheid: Es war der alte Rothschild, der den Ausgang der Schlacht abwartete und sich nach ihrem Ende sofort nach London aufgemacht hatte, um dort sein uneinholbar frisches Wissen über das Ergebnis an der Börse zu Geld zu machen. Sehr viel Geld. Es war deutlich zu erkennen, dass er in seiner weißen Reiterhose eine starke Erektion hatte.

Ich stehe am Roulettetisch – neben mir Urs Kurtz, er schwitzt sehr stark – Witold hat bereits mehrere Stapel Jetons vor sich aufgetürmt – Hector steht mir gegenüber, mit zwei Frauen im Arm, beide im kleinen Schwarzen, sie sind einen Kopf größer als er – Gianfranco neben mir, ein Glas Wodka in der Hand; er nimmt seine Sonnenbrille ab und legt sie auf ROT – der Groupier schaut mahnend herüber – ich versuche, mich an die Regeln von Roulette zu erinnern – ich lege einen Jeton auf PASSE – er ist violett – irgendeine Zahl fällt, und der Croupier schiebt mir zwei violette Jetons zurück – ich sollte es lieber lassen, ich kriege überhaupt nichts mehr auf die Reihe – wenigstens machen Craig und Jessica einen klaren Eindruck – obwohl sie auch ziemlich dümmlich grinsen – und klapp endlich deinen Kragen runter – verlasse den Tisch und versuche, die Toilette zu finden – da vorne – nein, das ist der Putzmittelraum – hier – Damen, Herren – da ist Hector, der kennt sich aus, nichts wie hinterher – ob ich was möchte? – Erfrischung? – na, kann nicht schaden – aus Shanghai? – drifte wieder raus und lege einen der violetten Jetons in die kleine Schale im Vorraum – für die Klofrau – gehört sich ja so – wusste gar nicht, dass es Klofrauen auf dem Mond gibt – oder sind wir hier in der Schweiz? – nein, da gleitet man nicht mit einem Sechstel Schwerkraft durch die Flure – und außerdem der schwarze Himmel mit der Sonne – *was mache ich hier eigentlich* – ?

Die Zeit des Aufbruchs – in den Nachtclub *Sankt Moritz* – unser Trupp hat sich vergrößert – Frauen in Abendkleidern – Chinesinnen – Witold geht mit einem Riesenhaufen Jetons in beiden Händen zur Kasse – ich habe nur noch ein paar in der Tasche – egal – Fahrstuhl – wir zischen in der gläsernen Kabine nach oben – ein unglaublicher Ausblick – unten, ganz klein, die *Saint Tropez* – man sieht deutlich ihre Reifenspuren, sie führen im grellen Sonnenlicht bis zum Horizont – eine Staubwolke – der Tender – wer fährt jetzt damit durch die Gegend? Wir sind doch alle hier – bis auf Kafil natürlich, aber sollte der nicht an Bord bleiben? – wo kommen auf einmal die ganzen Miezen her? – ach ja, Hector – alter Checker – die Fahrstuhltür öffnet sich – wir betreten – das Casino? – nein, keine Wandteppiche – Blödsinn, wir sind gerade mit dem Aufzug gefahren, nach oben – das muss das *Sankt Moritz* sein – der Nachtclub – ganz oben – hoffentlich hält der Turm das aus – gibt es eigentlich Erdbeeren auf dem Mond? – ich meine natürlich *Erdbeben* –

Plötzlich ist alles ganz anders – Disco! – laute Musik! – seltsam und elektronisch – sie scheint eine zweite Ebene zu haben, ein Eigenleben zu entwickeln – zumindest in meinem Kopf – kein Wunder in meinem Zustand – der Laden rockt – wir gehen zur Bar, wohin auch sonst – Hector ordert die Drinks – die Leute tragen hier dunkle Anzüge – sieht bescheuert aus, wie die tanzen, keiner trägt Bleisohlen – krampfhaft bemüht, nicht abzuheben – man wackelt nur etwas herum – aber einige Mädchen machen das Beste draus – wow! – alle Achtung – was für ein Blick von hier oben – zum Glück habe ich keine Höhenangst – wo ist eigentlich der DJ? – ach, dahinten – ah, danke, der Drink – Wodka Orange – hab jetzt nicht darauf geachtet, ob jemand was reingetan hat – wahrscheinlich schon – mittlerweile auch egal – ist das wirklich von Hindenburg auf der Tanzfläche? – wer trägt hier sonst einen Filzhut und Weste – hoffentlich macht er sich nicht mit seinen Krallen an die Mädchen ran, das gibt nur Ärger – ich glaube, das Wabern wird wieder schlimmer – wer bitte ist der blonde Typ auf der Tanzfläche mit dem *Stringtanga* – das ist doch nicht etwa – doch! Es ist *Colonel Falk!* – tatsächlich! – ich stupse Alain an, er grinst und trinkt Rotwein mit Erdbeeren drin – ich tänzele wankend über den Floor – die seltsame Musik geht jetzt RICHTIG ab – eins, zwei, drei – tschakka, tschakka, tschakka – oh Gott, noch so ein Typ, dunkelhäutig, auch er fast nackt mit Stringtanga – und weißer Kapitänsmütze – es ist unser Kapitän *Kafil!* – auch das noch! – der soll uns doch morgen zurück nach Hause fahren – und da ist auch Yvette – im weißen Bikini – meine Güte –

Stehe wieder an der Bar – neben mir zwei dubiose Gestalten – offenbar Chinesen – der eine im dunklen Anzug – der andere im Hemd, die Ärmel hochgekrempelt – ein Drachentattoo am Unterarm – finstere Typen – ich werde von einer Asiatin angesprochen – sie fragt nach Feuer – greife in mein Jackett, finde einen Jeton, gebe ihn ihr mit einem Augenzwinkern – sie lächelt und nimmt mich an der Hand – leitet mich über die Tanzfläche, genau durch Colonel Falk und Kafil hindurch, die versonnen und mit geschlossenen Augen in ihren Stringtangas umeinander herumschlängeln –

Wieder im Fahrstuhl – mit der Chinesin – was kommt jetzt? – wir halten irgendwo auf halber Höhe und gehen in ein Zimmer – es ist anscheinend ihres – sie legt den Jeton neben die Anrichte und fängt an, sich auszuziehen – ich nehme den Jeton, und halte ihn dicht vor mir, muss ein Auge zukneifen – er ist violett, darauf steht eine 500 – ach so – habe ich vorhin zwei davon gewonnen? – einen der Klofrau hingelegt? – und den anderen Jeton dem Mädchen gegeben? – hat sie mich deswegen mitgenommen? – sie riecht wirklich gut – aber jetzt geht gerade *gar nichts* – überhaupt nichts – ich entschuldige mich und verschwinde aus dem Zimmer – sie grinst und zuckt mit den Schultern – sie bleibt dort – mit dem Jeton –

Sehr viel später stehen wir unten in der Lobby und warten auf ein Taxi – auf den Tender – holen Raumanzüge und Helme von der Garderobe, der Portier hilft uns beim Anziehen und Aufsetzen, ist vielleicht auch besser so – wer sind all die anderen Leute? – überall Frauen – die Ersten verschwinden in der Schleuse – der Tender fährt zur Yacht – kommt wieder – irgendwann fahre ich auch mit, keine Ahnung, mit wem – steigen wieder ab – die Treppe hinauf in die Yacht, der Salon voll mit Leuten – durch die Schleuse – der Steward hilft mir, Helm und Raumanzug auszuziehen – Party auf der *Saint Tropez*. Völlig außer Rand und Band. Mindestens vierzig Leute stehen, sitzen, liegen und tanzen im Salon. Ein Haufen Helme und Raumanzüge liegt auf dem Oberdeck, drinnen war nicht genug Platz. Das halbe Chalet ist hier, Alain hat sie alle eingeladen.

Von da an erinnere ich mich an gar nichts mehr.

Irgendwann wachte ich auf und öffnete vorsichtig die Augen. Ich lag auf einem der Sofas im Salon. Es war niemand zu sehen. Kopfschmerzen. Belegte Zunge. Die Bilder des vergangenen Abends. Party. Es war ruhig und schon einigermaßen aufgeräumt. Offenbar war ich der Einzige, der es nicht mehr in die Kabine geschafft hatte. Schwankend stand ich auf. Aus der Küche kamen Geräusche, ich spähte hinein. Chaco grinste mich an. »Na, schön gefeiert? Cappuccino?«

»Ja, unbedingt. Wo sind alle hin?«, erkundigte ich mich mit krächzender Stimme.

»Die Gäste sind zurück im Chalet. Alain und Craig sind draußen, der Rest schläft noch.«

Draußen? Ich stolperte durch den Salon und schaute aus dem Fenster. Dort unten standen zwei Gestalten im Sonnenlicht, einer von ihnen trug ein schwarzes Halstuch über dem Raumanzug: Alain. Der andere musste Craig sein. Die beiden spielten Golf. Während Chaco mir einen Cappuccino zubereitete, fragte ich ihn nach einem Einmachglas.

»Ein Einmachglas? Wie bitte?«

»Ja, oder irgendwas mit Deckel …«

»Wofür?«

»Ich wollte ein bisschen Mondstaub mitnehmen, als Souvenir.«

Mit einer kleinen Tupperdose in der Tasche meines Raumanzugs kletterte ich die Außentreppe hinunter und ging hinüber zu den zwei Golfspielern.

»Hey, Darian! Na, alles klar?« Es war Craig. Wir begrüßten uns mit der vertrauten Herzlichkeit, wie sie nur eine langjährige Freundschaft oder eine exzessiv durchfeierte Nacht hervorbringen konnte. Es gab einen Beutel mit Rangebällen und nur einen Schläger, ein Eisen 7. Es ging darum, einen Mini-Krater zu treffen, etwa zweihundert Meter entfernt. Wir wechselten uns ab. Es machte richtig Spaß und lief auch ganz gut, schließlich hatte ich mal ein paar Jahre gespielt, und bei einem Sechstel der Schwerkraft brauchte man auch nur locker zu pitchen.

Wir spielten, ohne viel zu reden. Ein wunderbarer, verkaterter, wortloser Flow. Ein perfekter Morgen. Als der Beutel mit den Bällen leer war, stapften wir zufrieden in Richtung des Minikraters, von wo wir die Bälle wieder zurückschlugen. Alain machte sich einen Spaß daraus, auf die *Saint Tropez* zu zielen, und traf sie auch immer wieder. Die Bälle flogen träge durch das Vakuum, prallten lautlos von der Yacht ab und segelten in den Staub. Im Helmlautsprecher hörte ich ihn kichern. Wir konnten sehen, wie zwei Leute am Salonfenster standen und winkten, einer von ihnen zeigte uns den Vogel. Bevor wir wieder die Freitreppe hinaufgingen, nahm ich die kleine Tupperdose und füllte sie mit Regolith. Sorgfältig verschloss ich den Deckel und dachte an den alten Mann und den Kinderspielplatz.

Einige Stunden später machten wir uns auf den Rückweg nach Levania. Kafil stand mit Sonnenbrille oben auf der Brücke. Im Salon war es eher ruhig, und nach dem Brunch verschwanden einige wieder in den Kabinen. Dorthin wollte ich auf keinen Fall, denn es würden Dämonen auf mich lauern, die Gedanken an die Steuerbehörden und all das, was mir bald bevorstehen würde. Im Salon konnte ich dagegen nahtlos an die letzten Tage der Verdrängung anknüpfen, aus dem Steuerbordfenster die ewige Mondschaft betrachten und zwischendurch auf einem der Sofas dösen.

Zum Abendessen waren wir dort wieder vollständig versammelt, wo die Abenteuer der letzten Nacht besprochen wurden, in die ich meine bruchstückhaften Erinnerungen einzuordnen versuchte. Besonders die spätere Party auf der Yacht hatte noch eine Menge Anekdoten geliefert, von denen ich überhaupt nichts mehr mitbekommen hatte, obwohl ich in einigen von ihnen sogar eine Rolle gespielt haben soll. Ich fragte mich, welchen Wert eigentlich Erlebnisse hatten, wenn man sich später nicht mehr an sie erinnern konnte.

Nach dem Dinner dünnte die Gruppe rasch aus. Ich war zu träge, um aufzustehen und in meine Kabine zu gehen, also blieb ich auf dem Sofa liegen. Bevor ich einschlummerte, sah ich Hermann von Hindenburg, der lang gestreckt auf einem gegenüberliegenden Sessel lag und offenbar schlief, mit seinem Filzhut über das Gesicht gezogen.

Ich wurde wach, als Leute in den Salon kamen und sich niederließen. Auf Gesellschaft hatte ich absolut keine Lust, also stellte ich mich weiter schlafend.

»Die Frauen gestern waren der Hammer!«, sagte jemand. Es war unverkennbar Urs Kurtz, der auf dem Sessel rechts von mir Platz genommen hatte.

»Klar, alter Freund, nur vom Feinsten, wie immer.« Das war die heisere Stimme von Hector. Er war hörbar betrunken.

»Wo kriegst du die immer her?«, fragte Kurtz.

»Offiziell sind das chinesische Touristinnen, die am Südpol absteigen. Mit denen mache ich dann einen kleinen Ausflug.«

»Du fährst zu den Chinesen, gehst in die Lobby und nimmst sie in deinem Wohnmobil mit?«

»Blödsinn. Dann wären wir ja vier, fünf Tage unterwegs. Ist ein echt weiter Weg zum Südpol. Außerdem kann auch ich da nicht so einfach reinspazieren. Nein, es gibt Mittelsmänner. Wir vereinbaren Treffpunkte.«

Ich hatte das dringende Bedürfnis, mich an der Nase zu kratzen, aber das kam definitiv nicht infrage. Ich konnte jetzt nicht so tun, als ob ich plötzlich aufwachen würde. Die Unterhaltung war einfach zu interessant.

»Mittelsmänner? Und was sind das für Typen?«

»Typen wie ich. Aber mit Schlitzaugen.« Hector lachte.

»Chinesische Mafia? Triaden?«, fragte Kurtz. »Die Typen mit den Drachentattoos?«

»Um Himmels willen, denen darf ich auf keinen Fall begegnen, die mögen es gar nicht, wenn man sich in ihre Geschäfte einmischt. Die Typen, mit denen ich zusammenarbeite, sind auf eigene Rechnung unterwegs, die sollten sich von den Triaden auch nicht erwischen lassen.«

»Aber du hast nichts zu befürchten, oder? Es gibt doch keine Triaden-Mafiosi auf dem Mond?«, fragte Kurtz.

»Leider doch. Selten, aber es kommt vor. Sie sind hier oben so was wie Geheimagenten der chinesischen Regierung. Feldjäger. Kümmern sich um Dinge, die offiziell nicht vorkommen. Von denen muss ich mich fernhalten.«

»Dann schwenk doch um auf unsere Frauen. Weniger Stress.«

»Das müsste über Port Navel laufen, geht aber nicht. Der Colonel hat da ein Auge drauf. Da geht nur Kleinkram. Was in die Hosentasche passt, weißt schon.«

»Hat Falk einen Anteil daran?«, fragte Kurtz.

»Ja sicher, was glaubst du denn?«

»In Levania gibt's doch auch super Weiber.«

»Ich steh nicht so auf Hippie-Frauen.«

»Die Rebeccas sind doch süß, die Mädels aus Jerusalem.«

»Die gehn mir auf den Wecker mit ihrer Religion.«

»Hast du mal Ophelia gesehen, die mit der Luftmatratze? Die ist doch der Knaller!«, rief Kurtz.

Ich musste mich zusammenreißen, um nicht zu grinsen.

»Ein totales Flittchen.«

»Ach komm, sei doch nicht so!«

»Ich sag dir, wenn du wüsstest …«

»Wieso, erzähl mal?«, forderte Kurtz ihn begierig auf.

Ja, genau, erzähl mal.

Hector lachte nur heiser.

»Hast du eigentlich noch was von dem Zeugs da?«, fragte Kurtz.

»Ich hab die Taschen voll.«

»Dann streu mal auf!«

»Lass uns runtergehen in die Kabine. Gianfranco will bestimmt auch was.«

Ich konnte hören, wie sie sich erhoben. Einer von den beiden ging anscheinend nach hinten, in Richtung des Fensters zum Achterdeck.

»Was denn jetzt, ich denke, wir wollen runter?«, hörte ich Kurtz fragen.

»War 'ne krasse Nummer vorhin, wie Witold vorhin einfach so rausgegangen ist, ohne Raumanzug«, sagte Hector, der offenbar in betrunkener Nachdenklichkeit an der Schleuse stand. »Man kann einfach so raus.«

»Mag sein, aber das probieren wir jetzt ganz bestimmt nicht aus«, sagte Kurtz mit strenger Bestimmtheit.

»Warmduscher«, lachte Hector.

»Komm jetzt, mach keinen Quatsch.«

Und dann war der Spuk auch schon wieder vorbei. Als ihre Schritte nach unten zu den Kabinen verklungen waren, öffnete ich vorsichtig die Augen. Hermann von Hindenburg lag immer noch gegenüber auf dem Sessel, seine Carbonkrallen über dem Bauch gefaltet.

Ich hatte eine Weile unruhig in meiner Kabine gedöst, als ich IHN hörte, wie jeder an Bord der *Saint Tropez* – den MARKERSCHÜTTERNDEN SCHREI.

Er kam von Yvette oder Jessica und gellte schrill durch die Yacht. Es war halb drei morgens. Ich lag wie gelähmt auf meinem Bett. Schritte polterten nach oben. Aufgeregte Stimmen. *»Nein, das gibt's doch nicht!«*, *»Der Idiot!«* *»Wie hat er das denn geschafft?«* *»Was sollen wir jetzt mit ihm machen?«*

Offensichtlich eine – Situation.

Ich zog mir etwas über, verließ in ängstlicher Vorahnung die Kabine und schlich vorsichtig die Stiege hinauf. Ich hatte nicht ganz falsch gelegen mit meiner spontanen Vermutung, im Salon jemanden liegen zu sehen, in einem Zustand, der nicht wünschenswert war. Dabei hatte ich angenommen, dass man dort um einen leblosen Körper versammelt wäre – stattdessen standen alle am hinteren Fenster und schauten auf das Oberdeck.

Ich stellte mich zwischen Craig und Jessica und sah nach draußen.

Nun wusste ich also, wie eine splitternackte Vakuum-Leiche aussah. Der aufgedunsene Körper war dunkelviolett und voller Risse, die Augen ausgetrocknet, der Hodensack geplatzt und verschrumpelt, das Gesicht kaum mehr als eine mumienhafte Fratze, an der die blonden Haare strähnig herunterhingen. In der rechten Hand hielt Hector noch ein Champagnerglas umklammert. Er lag in gekrümmter Haltung, direkt hinter der gläsernen Drehtür der Schleuse, sein linker Arm hing die Außentreppe hinunter. Ich wandte mich ab, aber es war zu spät, das Bild hatte sich bereits fest eingebrannt.

Wir saßen schweigsam im Salon. Jessica hatte sich zum Kotzen auf die Toilette zurückgezogen. Draußen auf dem Achterdeck lag Hectors Leiche im gnadenlosen Glanz der ungefilterten Sonne. Es wurde leise gerätselt, warum Hector seine Sachen ausgezogen hatte und mit einem Glas Champagner durch die Schleuse nach draußen gegangen war. Urs Kurtz berichtete, dass Hector wohl völlig dicht gewesen war und sich aus seiner Kabine verabschiedet hatte, um in der Küche noch was zu trinken zu besorgen. Er habe jedenfalls nicht mehr nach ihm geschaut, war er doch selber kaum mehr in der Lage gewesen aufzustehen. Als Kurtz an Hermann von Hindenburg die Frage richtete, ob er noch im Salon gewesen sei, als Hector nach oben gegangen war, verneinte der Technische Administrator mit ausdruckslosem Gesicht.

Kafil und Alain standen abseits am Esstisch und berieten flüsternd, was nun zu tun sei. Schließlich stieg Kafil die Stufen zur Brücke hinauf. Alain sagte leise, aber unüberhörbar: »Festhalten, *s'il vous plaît!*«

Die Yacht, die für die Nacht abseits der Via Alpia geparkt hatte, machte einen unvermittelten Ruck nach vorne. In der Toilette rumpelte es von innen heftig gegen die Tür, Jessica hatte Alains Ankündigung offenbar nicht mitbekommen. Durch die abrupte Bewegung glitt Hectors Leiche sofort nach hinten und verschwand aus dem Blickfeld; wir hörten sie die Außentreppe hinunterpoltern. Als sie unten auf der Mondoberfläche ankam, war sie bereits in mehrere Teile zerfallen; die Arme und ein Bein waren abgebrochen. Schnell verschwanden die Stücke am Horizont, als die *Saint Tropez* Fahrt aufnahm.

Der Steward schickte sich gerade an, Hectors Slipper und Klamotten einzusammeln, die im Salon herumlagen, als er von Gianfranco gestoppt wurde, der immer noch – oder schon wieder – seine verspiegelte Sonnenbrille aufhatte. »Warte!«, rief er und nahm dem Steward die weiße Hose aus der Hand, durchsuchte die Taschen und hielt dann triumphierend ein weißes Päckchen in die Höhe. »Kommt Leute, auf den Schreck! Er hätte es sicher so gewollt!«

Als man tatsächlich anfing, auf dem Esstisch weiße Lines auszuteilen, wurde es mir zu viel. *Das konnte jetzt nicht wahr sein.*

Ich begegnete Alain unten vor der Tür seiner Suite, in einem schwarzen Schlafanzug aus Seide. Er schaute ernst und etwas entschuldigend. »Mon ami, was hätte ich sonst tun sollen? Ihn wieder reinholen? Ihn draußen auf dem Deck liegen lassen – als Frühstücksdekoration? Wir sind auf hoher See, und du bist soeben Zeuge einer Seebestattung geworden. Hector hätte es auch nicht anders gemacht. Komm rein.«

Alain öffnete die Tür zur Eignersuite. Sie war ganz anders eingerichtet als der Salon – nicht weiß, sondern dunkel dekoriert, im Stile einer afrikanischen Safari-Lounge; ich wäre fast über einen Löwenkopf gestolpert, der auf dem Boden lag. Alain nahm auf einem Sessel aus Zebrafell Platz. Er hatte seinen Wein auf einem Elefantenfuß abgestellt und reichte mir ein Glas. In Fahrtrichtung befand sich ein großes Fenster, eingerahmt von gekreuzten Speeren. Die *Saint Tropez* schien die Mondschaft einzusaugen, was aber an der gleichförmigen Szenerie nicht viel änderte: tödlicher Weltenraum im Sonnenlicht, umrahmt von Massai-Speeren. Dazu Grauburgunder.

»Warum hat er das getan?«, fragte ich schließlich, als wir nachdenklich an dem mit Straußenleder bezogenen Couchtisch saßen. Alain zuckte mit den Schultern. »Vielleicht fühlte er, dass seine Uhr abgelaufen war. Die Zeit vergeht rasend schnell heutzutage, findest du nicht? Apropos – wann fliegst du eigentlich zur Erde? Es ist doch bald soweit, *n'est ce pas?*«

»Ja, allerdings. In ein paar Tagen geht es zurück, dann ist alles vorbei. Zwei Jahre Gefängnis.«

»Na, dann wundere ich mich fast, warum *du* nicht den Schritt aus der Schleuse gewagt hast«, sagte Alain spöttisch.

Ich war sprachlos.

»Nur ein kleiner Scherz. Aber sei froh, dass du es nicht getan hast, denn ich habe eine Idee.« Alain beugte sich vor. »Die Geschäftsführung von Levania, Mortimer – er braucht einen neuen Assistenten, denn Felipe ist vor Weihnachten zur Erde zurückgekehrt. Die Stelle ist zu besetzen, kurzfristig. Wäre das nichts für dich?«

Ich schaute Alain an. Was hatte er gesagt? Die hoffnungsvoll erleuchtete Mondschaft raste unter der Yacht dahin. Alain hob die Augenbrauen und sein Glas. »Du solltest ihn direkt morgen danach fragen.«

In Levania arbeiten? Hier bleiben? »Wieso ist die Stelle überhaupt noch frei?«, fragte ich aufgeregt.

»Der Nachfolger sollte eigentlich schon eingetroffen sein, aber wie man hört, hat er in letzter Sekunde auf der Erde einen Rückzieher gemacht. Ich glaube, Mortimer sichtet gerade Bewerbungsunterlagen.«

»Kannst du da was machen? Ein gutes Wort für mich bei ihm einlegen?«

»Non, *pas vraiment,* ich habe keinen besonderen Draht zu Mortimer. Aber ich hätte noch einen Tipp für dich, womit du vielleicht noch punkten könntest. Du scheinst dich für Golf zu begeistern, wie ich gestern bemerkt habe.«

»Und?«

»Ist dir noch nicht aufgefallen, dass es in Levania keinen Golfplatz gibt?«, fragte Alain. »Ich glaube fast, da ist bisher noch niemand drauf gekommen, und Platz gibt es nun wirklich genug. Ich weiß, dass es in Mortimers Interesse wäre, wenn die Gäste etwas länger in Levania blieben. Ein Golfplatz würde das sicher ändern, wie du dir denken kannst. Du könntest ihm anbieten, dich darum zu kümmern. Und ich habe eine Menge Freunde, die mich hier oben bisher noch nicht besucht haben; aber wenn es einen Golfplatz gäbe, würde sich das ändern. Levania hätte ein völlig neues Standbein, und wer weiß – vielleicht muss Sir Richardson dann noch einen Gästetrakt anbauen.« Alain lehnte sich genüsslich zurück.

»Ich bin nicht sicher, ob ein Golfplatz zu den Plänen von Alex von Alvensleben passt, der Levania übernehmen will. Du hast vielleicht davon gehört? Er scheint ja eher – humanitäre Visionen zu verfolgen«, sagte ich.

Alain lächelte. »Wir werden sehen, wie sich die Dinge entwickeln. Aber abgesehen davon – in jedem Fall ist Levania auf eine gute Auslastung angewiesen, da wäre Mortimer sicher fast jedes Mittel recht. Mit dem Projekt Garden Eden und den Moonatics hat das nichts zu tun. Golfspieler sind auch nicht schlimmer als die Touristen, die sowieso schon da sind.«

Wir sahen schweigend nach vorne aus dem Fenster. Die Mondschaft hatte noch nie so schön ausgesehen wie jetzt.

Plötzlich tauchte am Horizont etwas auf. Sehr schnell. Rote Punkte: Moover. Rote Raumanzüge. Ein Containerhäuschen neben der Piste. Die *Saint Tropez* näherte sich dem Ensemble mit rasender Geschwindigkeit. Alain ließ sein Glas auf den Tisch fallen und drückte hektisch auf seine Uhr. »Kafil! Wach auf! Straßensperre! *Merde!*«

Vollbremsung. Ich wurde nach vorne geschleudert und knallte mit der Schläfe gegen einen Sitzhocker aus Ebenholz. Alain konnte sich noch an seinem Zebrasessel festhalten. Oben im Salon polterte es. Schreie waren zu hören. Ich lag mit dem Gesicht direkt am Fenster. Die Typen in den roten Raumanzügen sprangen zur Seite. Sie trugen Bolzenschussgeräte. Der Mannschaftsmoover dort unten war ebenfalls rot, mit einem gelben Stern auf der Seite: China. Die Yacht stand still. Die roten Gestalten liefen nach hinten, in Richtung der Treppe. Sie hatten sicherlich schlechte Laune.

Alain raffte sich auf und zog einen seidenen Hausmantel über seinen Schlafanzug, magentafarben, mit orientalischen Drachenmotiven auf den Rücken gestickt. Vielleicht das passende Outfit für eine Begegnung mit einer chinesischen Straßensperre. Ich hatte etwas Blut an der Schläfe und hastete hinter ihm die Stiege hinauf.

Im Salon lagen noch alle auf dem Boden. Jessica war kreidebleich, weinte und blutete aus der Nase. Craig hielt sie tröstend im Arm. Gianfranco wischte mit seinem Ärmel eifrig über den Tisch. Plötzlich war ich erleichtert, dass Hector nicht mehr draußen auf dem Deck herumlag, das wäre vielleicht doch zu viel Erklärungsbedarf gewesen. Kafil stieg von der Brücke herab, er hatte seine Kapitänsmütze angezogen und schaute leicht verkniffen. Yvette schlich hinter ihm her und rieb sich den Mund. Gebannt starrten wir durch die Scheibe zum Außendeck.

Sie kamen hintereinander die Freitreppe hinauf: drei Gestalten in roten Raumanzügen, mit gelben Sternen auf dem Helm und Bolzenschussgeräten im Anschlag. Die ersten beiden positionierten sich hinter der Scheibe auf dem Deck, rechts und links der gläsernen Schleuse. Sie hoben die Geräte und hielten sie in Richtung des Salons.

»Sind die Scheiben schussfest?«, flüsterte Craig.

»Nein, sind sie nicht«, sagte von Hindenburg leise.

»Haben wir denn irgendwas Verbotenes getan?«, fragte jemand. Gianfranco kicherte.

»Nimm die Sonnenbrille ab, du Idiot.«

Die dritte Gestalt auf dem Außendeck stellte sich vor die Schleuse und drückte auf den Knopf. Wir positionierten uns so, dass Kafil und Alain in unserer Mitte standen. Das war jetzt deren Aufgabe. Wir würden einfach die Klappe halten. Schweigen. Starren. »Entspannt euch mal«, flüsterte Alain. »Aber bloß keine hektischen Bewegungen.«

Die Schleusentür öffnete sich. In der weißen Scheinwelt des Salons stand nun eine Figur wie aus einem schlechten Science-Fiction-Film der Fünfzigerjahre. Roter Raumanzug. Verspiegeltes Visier. Ein riesiges Schießgerät über den Hüften. Es war bizarr und ziemlich furchterregend. Keiner sagte ein Wort.

Die Gestalt hob ihre Hände und entriegelte den Helm. Rote Handschuhe nahmen ihn ab. Darunter kam das Gesicht einer Frau zum Vorschein. Eine Chinesin mit grünen Augen.

»Willkommen auf der *Saint Tropez*«, verkündete Kafil ölig. Er hatte Haltung angenommen und reichte die Hand zum Gruß.

Die Chinesin rührte sich nicht und schaute Kafil eisig an. »Ich bin Hauptfrau Chuiwan. Allgemeine Verkehrskontrolle. Ihre Papiere bitte.«

Kafil reichte ihr eine Mappe, die er sich unter den Arm geklemmt hatte. Hauptfrau Chuiwan überflog routiniert die Unterlagen in den Klarsichthüllen. Dann sah sie hoch und fixierte uns alle der Reihe nach; ihre Verachtung war offensichtlich. Ich hatte den Eindruck, dass sie mich besonders lange anstarrte. Dann sagte sie kühl: »Ich habe hier einen Haftbefehl.« *Wie bitte …?*

»Wer von Ihnen ist – Hector Duval? Kennen Sie ihn? Ist er an Bord?«

»Nein«, antwortete Kafil gefasst. »Einen Herrn Duval gibt es hier nicht. Sie können sich selbstverständlich gerne umsehen.«

»Und wer ist dort hinten in der Kombüse?«

»Unser Koch, Chaco.«

»Auf wen ist dieses Fahrzeug zugelassen?«, fragte Frau Chuiwan. Wir sahen hinüber zu Alain. Er antwortete: »Auf – Michael Nimitz Chester.«

Die Chinesin hob verwundert die Brauen. »Chester? Gut, dann will ich Sie nicht weiter belästigen.« Sie gab die Mappe zurück an Kafil und sah sich um. Wir standen immer noch in einem Halbkreis wie Schuljungen. Dann entdeckte sie den Golfschläger, der in der Ecke stand, nahm ihn in ihre Hände und machte damit einige Schritte nach vorne. Urs Kurtz und Witold glitten artig zur Seite. Die beiden bewaffneten Figuren draußen auf dem Deck schienen sich anzuspannen, ihre Schussgeräte hoben sich.

Hauptfrau Chuiwan blieb vor einer Limette stehen, die auf dem Boden des Salons lag und nach der Vollbremsung offenbar aus der Küche herausgerollt war. Schweigen. Sie stellte sich seitlich vor der Frucht in Position, wackelte ein wenig mit dem Golfschläger, holte zu einem eleganten Chip aus und traf die Limette perfekt, die genau durch die offene Küchentür flog. Drinnen schepperte es. Sie lächelte und sagte leise: »Handicap 7.«

Sie setzte den Helm auf und verschwand kommentarlos in der Schleuse. Zwei Minuten später war der Spuk vorbei.

Der Erste, der schließlich die Sprache wiederfand, war Chaco, der mit der zerstörten Limette in der Hand seinen Kopf aus der Küche steckte: »Was sollte das denn gerade? ... Gehen wir wieder ins Bett, oder soll ich Kaffee machen?«

# ARISTARCHUS

»Wenn du in den Abgrund blickst, blickt der Abgrund in dich.«
FRIEDRICH NIETZSCHE

Wenn ich jemals eine Agenda gehabt hatte, dann heute. Der Tag, an dem sich mein Schicksal entscheiden würde. Himmel oder Hölle, Mond oder Knast, Zusage oder Absage. Ich musste Mortimer finden. Ich stand auf und ging unter die Dusche.

Dort, unter dem zaghaften Geplätscher des schon unzählige Male aufbereiteten Wassers, kehrten die Bilder des Ausflugs zurück. Die Frage, warum mich Alain überhaupt dazu eingeladen hatte. Der Salon der *Saint Tropez*. Hermann von Hindenburg. Die Party im Chalet. Hectors Tod im Vakuum. Die kalte Gleichgültigkeit der Leute. Die chinesische Straßensperre. Die ganze Fahrt zugleich ein großer Spaß und unvergesslicher Albtraum. Aber auch Alains Hinweis auf die freie Stelle und sein Tipp, den Golfplatz ins Gespräch zu bringen. Hierbleiben, in Levania arbeiten. Nicht zurück auf die Erde müssen, nicht ins Gefängnis.

Ich musste Mortimer finden.

Als ich frisch geduscht in den Hotelflur trat, stand an der gegenüberliegenden Wand ein Golfschläger gelehnt. Es war das Eisen 7 aus der Yacht. Ich nahm den Schläger zunächst unschlüssig in die Hand, entschied dann aber, ihn auf der Suche nach Mortimer mitzunehmen, als Talisman und Gesprächseinstieg zugleich. Ich schloss die Tür und machte mich auf den Weg, meiner Bestimmung entgegen.

In der Gelben Nische saß Christopher bei einer Tasse Tee. »Na, wie war euer Ausflug?«

Ich setzte mich zu ihm und zog schweigend die Augenbrauen hoch.

»So schlimm?«, grinste Christopher.

»Anfangs ja. Aber dann wurde es richtig krass. Bin froh, wieder hier zu sein. Was gibt's Neues?«

»Du warst nur ein paar Tage weg, da ist nicht viel passiert. Aber die Leute drehen wegen Garden Eden völlig durch.« Christopher deutete auf den Golfschläger, den ich immer noch in der Hand hielt. »Bist du jetzt unter die Golfspieler gegangen? Und fliegst du nicht bald wieder nach Hause?«

Ich hatte weder Christopher noch Tony von der Steuersache und der drohenden Gefängnisstrafe erzählt, aber das war hoffentlich auch nicht mehr nötig. »Ich habe gehört, die Stelle als Assistent der Geschäftsleitung sei noch frei?«

Christopher stellte überrascht seine Tasse auf den Tisch. »In der Tat, es hat eine Absage gegeben. Mortimer ist auf der Suche. Sag nicht, dass du …?«

»Doch. Ich denke ernsthaft darüber nach.«

Christopher schaute mich prüfend an. »Wie hast du denn davon erfahren?«

»Alain hat mir davon erzählt.«

»Alain? Ich hatte mich sowieso schon gefragt, warum er dich auf seine Yacht eingeladen hat. Er wird dich sicher irgendwann um einen Gefallen bitten …« Christopher rührte nachdenklich in seinem Tee.

»Aber warum nicht? Da müsstest du mal Mortimer fragen.«

Genau. »Weißt du, wo er ist?«

»Der hat gerade Besuch von seinen Eltern, er ist mit ihnen heute früh zum Aristarchus-Plateau gefahren. Dort bleiben sie über Nacht, an der Mündung des Valis Schröteri gibt es eine Wanderhütte.«

»Übermorgen ist nämlich mein letzter Tag …«

»Das fällt dir aber früh ein. Hast du Lust auf einen Ausflug?«, fragte Christopher und lächelte.

Ich schaute ihn fragend an.

»Na, zum Aristarchus-Plateau. Mortimer treffen. Rein zufällig natürlich.«

Zwei Stunden später traten wir aus der Schleuse des Haupteingangs, wo hinter den Länderfähnchen Christophers Wohnmobil geparkt war. Mit einem sanften Ruck seines Handschuhs schob er mich in Richtung der Fahrerseite. Ich durfte fahren.

Christopher aktivierte die Karte auf dem Navi und justierte den Ausschnitt so, dass unser Zielgebiet links von Levania zu sehen war – das Aristarchus-Plateau lag wie eine eckige, zerfurchte Insel in der Basaltebene des Oceanus. Die geologischen und touristischen Highlights waren sofort zu erkennen: In der Südseite des Plateaus waren zwei große Krater eingebettet, deren Außenhänge sanft in den Oceanus abfielen. Aristarchus und Herodotus.

Das Lämpchen in der Fahrerkabine leuchtete grün, und wir nahmen unsere Helme ab. Bedächtig umfasste ich das Lenkrad und fuhr los; schon nach wenigen Minuten fühlte es sich beinahe vertraut an. Aus Gewohnheit wollte ich in Richtung Süden steuern, zum ICB und dann weiter auf der Via Levania, aber als wir die Kuppel der Lounge hinter uns gelassen hatten, zeigte Christopher nach rechts. »Da lang, wir nehmen die Wall Street.«

Das war die Piste, die nach Westen an den technischen Anlagen und den Fotovoltaikfeldern vorbeiführte, die sich zufrieden an den Strahlen der Sonne weideten. Von den Solarmodulen führten dicke Kabelstränge die Energie in unterirdische Höhlen, die mit Nanoschaum gefüllt waren und die Elektrizität während der zweiwöchigen Dunkelperioden speicherten. Dahinter befanden sich die Anlagen zur Aufbereitung von Wasser und Sauerstoff und zur Herstellung der Regolith-Paste für die 3-D-Drucker.

»Was sind das für Baracken?«, fragte ich und zeigte auf eine Ansammlung schäbiger Wohnmodule, die zu einem Halbkreis gestapelt waren.

»Da sind die Arbeiter und die Strafgefangenen untergebracht.«

Und dann sah ich sie: Figuren in orangefarbenen Raumanzügen, mit Fußketten aneinandergefesselt, die mit großen Schaufeln Regolith auf ein Fließband schippten. Als wir näher kamen, hörten wir im Kanal Plus traurige Gesänge.

»Das sind Sträflinge, hauptsächlich Investmentbanker«, sagte Christopher.

Daher also der Name der Holperstrecke, die an den staubigen Anlagen entlangführte. »Warum sind sie denn angekettet? Ist das nicht etwas übertrieben?«

»Letztes Jahr hat es einen Zwischenfall gegeben«, erzählte Christopher. »Einer von denen kam plötzlich in die Lounge und fragte an der Bar nach einem Gin Tonic.«

»Klingt doch ganz sympathisch.«

»War dummerweise der ehemalige CEO von Goldman Sachs, ein richtig harter Psychopath. Die Mädchen hatten Angst vor ihm, er hatte ein irres Flackern im Blick.«

Nachdem wir hinter den Anlagen durch eine Lücke im Kraterrand von Prinz gefahren waren, gelangten wir auf eine viel befahrene Piste nach Westen. »Du fährst einfach immer geradeaus«, sagte Christopher und machte es sich auf dem Beifahrersitz bequem.

Wir waren eine Zeit lang in freundschaftlichem Schweigen gefahren, als er nach einer Weile fragte: »Na, und was ist dein Eindruck von Alains Leuten?«

»Sie können recht unterhaltsam sein, aber irgendwann ist es auch genug.«

Christopher grinste. »Unterhaltsam – ja, durchaus. Hector war doch sicher auch mit dabei. Wie geht's dem alten Piraten?«

»Oh, ganz gut. Weißt ja, wie er ist …« Alain hatte uns eingeschärft, kein Wort über *den Vorfall* zu verlieren. Es fühlte sich allerdings nicht gut an, Christopher anzulügen, zumal Hectors Abgang nicht ewig ein Geheimnis bleiben würde.

»Und wer war sonst noch mit dabei?«

»Witold und Gianfranco, Craig und Jessica – und ich habe Herrn von Hindenburg kennengelernt. Was für ein Typ …«

»Allerdings.«

»Kaum zu glauben, dass er mal mit dieser Ophelia zusammen war. Er scheint sie zu hassen«, sagte ich.

»Na ja – ich glaube eher, er liebt sie immer noch, aber das würde er natürlich niemals zugeben. Neulich hat jemand eine abfällige Bemerkung über sie gemacht, als er in der Nähe war. Der hatte dann seine Carbonkrallen am Hals, ich musste regelrecht dazwischengehen.« Vor meinen Augen erschien das Bild, wie von Hindenburg schlafend im Sessel lag, als sich Urs Kurtz und Hector im Salon unterhalten hatten.

»Vom Projekt Garden Eden und den Moonatics hält er nicht besonders viel.«

»Dabei war er früher selbst mal der größte Freak, den du dir vorstellen kannst. Er hat viele Jahre das Burning-Man-Festival mitorganisiert«, sagte Christopher. »Jemand hat mir mal Fotos von damals gezeigt. Er ist dort mit knallbunten Federkostümen herumgelaufen, auf Stelzen und einer Krone aus Leuchtdioden auf dem Kopf. Aber der Unfall beim Feuerlauf hat ihn total verändert.«

»Er scheint Ophelia die Schuld daran zu geben.«

»Na ja, es war wohl so, dass die alle zu verpeilt waren, ihm zu helfen, als er da in den glühenden Kohlen lag – und während er wochenlang auf der Intensivstation war, hat Ophelia dann jemand anders kennengelernt. Ist natürlich auch hart.«

Mittlerweile war vor uns eine Felskante aufgetaucht, sozusagen die Ostküste des Plateaus; die Reifenspuren führten uns genau zum Eingang einer Schlucht, der Aristarchus-Rille. Rillen waren die Canyons des Mondes, alte tektonische Verwerfungen, und mit geländegängigen Moovern durch sie hindurchzufahren gehörte zum Pflichtprogramm eines jeden Mondtouristen. Die Schlucht war einige Hundert Meter breit, mit seitlichen Felswänden in gleicher Höhe. An manchen Stellen reichte das Sonnenlicht nicht nach unten, dort fuhren wir durch die Schwärze. Christopher zeigte mir den Drehschalter für das Licht, er befand sich links.

»Warum funken wir Mortimer nicht einfach an und fragen ihn, wo er steckt?«, fragte ich, während wir weiter die Rille hinauffuhren.

»Es soll nach einer zufälligen Begegnung aussehen. Wir versuchen erst einmal, ihn so zu finden. Wenn das nicht klappt, können wir ihn später immer noch anrufen.«

»Wie ist Mortimer eigentlich nach Levania gekommen?«, fragte ich, nachdem ich eine Weile das Wohnmobil durch die Rille gesteuert hatte.

»Er hat schon immer Resorts geleitet. Jahrelang einen Hippie-Schuppen auf Ko Pha Ngan, dann auf einer Insel in Burma – aber da hat er gekündigt, als chinesische Investoren ihn bedrängten, den Laden gegen die Wand zu fahren, damit sie ihn billig übernehmen können«, erzählte Christopher. »Später war er Geschäftsführer eines dieser *Platform-Resorts,* die mit den Drogen und der freien Liebe. Am Ende war er in Sir Richardsons Hotel in der Karibik gelandet. Wir müssen übrigens hier links hoch, zum Aristarchus-Krater. Den sollten wir uns nicht entgehen lassen.«

»Wieso?«

»Ich kann mir gut vorstellen, dass Mortimer mit seinen Eltern da hingefahren ist«, sagte Christopher. »Aristarchus ist übrigens das hellste Objekt auf dem Mond, abgesehen vom Chalet de la Lune. Und ein verdammt schöner Krater, wirst schon sehen.«

Wir näherten uns seiner Kante, messerscharf und hellgrau leuchtend. Unwillkürlich fuhr ich langsamer; ich hatte jetzt schon Respekt vor dem gewaltigen Abgrund, der dort lauerte. Wir steuerten offenbar auf einen beliebten Aussichtspunkt zu, der ganze Bereich war von Spuren und Stiefelabdrücken zerwühlt. Ich hielt an. Wir setzten die Helme auf, die Atemluft wurde aus der Fahrerkabine gesaugt, und wir stiegen aus. Zögerlich stapften wir in Richtung der Kante, hinter der nur Schwärze zu sehen war. Als wir den Kraterrand erreicht hatten, machte ich unwillkürlich einen Schritt zurück: Aristarchus war ein riesiges, weiß leuchtendes Amphitheater, eine titanische Arena mit gigantisch abgestuften, ringförmigen Terrassen, die sehr weit unten den runden Kraterboden frei ließen. Die fehlende Atmosphäre und das helle Licht verstärkten den Eindruck der Tiefe ins Unerträgliche; das Betrachten der vielen konzentrischen Terrassen machte mich schwindelig. Vor allem war der Krater so hell, dass er von sich heraus zu leuchten schien. Die Präsenz dieses Eindrucks war so heftig, dass ich mich erst einmal setzen musste.

»Na, zu viel versprochen?« Christopher ließ sich neben mir im Staub nieder.

»Wieso bin ich Idiot noch nie hier gewesen?«

»Weil du ein Lounge-Lizard bist«, hörte ich Christopher lachen.

Damit hatte er wohl recht.

Bis auf den Ausflug in Alains Yacht und die kleinen Exkursionen mit dem Scooter hatte ich meine Zeit auf dem Mond hauptächlich damit verbracht, in Levania und bei den Moonatics in Pleroma abzuhängen.

»Warum stehen hier eigentlich keine Häuser?«, fragte ich und zeigte hinunter in den Krater. »Ich meine, der Ausblick von Beverly Hills ist ja ganz nett, aber *das* hier …?«

»Das Aristarchus-Plateau wird von Levania hoheitlich verwaltet«, erklärte Christopher. »Sir Richardson und Alex haben da ihre Hand drauf; sie haben verfügt, dass hier nicht gebaut werden darf. Das Plateau ist sozusagen ihr privater Nationalpark.«

»Wer war eigentlich dieser Aristarchus, dass man so etwas nach ihm benannt hat?«

»Er gilt als der Erfinder der Kiesgrube. Aber weißt du, was sehr merkwürdig ist? Auf der Rückseite des Mondes, exakt an der gegenüberliegenden Stelle, befindet sich seine dunkelste Stelle, der Tsiolkovskij-Krater. Seltsam, oder?«

»Klingt nach Bongo-Paul. Der glaubt ja allen Ernstes, der Mond sei ein künstliches Objekt.«

»Ja, genau«, sagte Christopher. »Und die Erbauer haben so ihre Zeichen hinterlassen.«

Ich hatte eine Idee. »Ich bin gleich wieder zurück.«

Ich ging hinüber zum Moover. Als ich zurückkam, hörte ich Christopher im Helmlautsprecher lachen. »Oh nein, das ist nicht dein Ernst!«

Doch. Das musste jetzt sein. »Bei einem Hole-in-one gibst du mir einen Gin Tonic aus.«

»Das sollte kein Problem sein, bei einem Meter Abstand zum Loch«, lästerte Christopher. »Vor allem, wenn das Loch einen Durchmesser von vierzig Kilometern hat. Damit führst du das fundamentalste Prinzip des Golfspiels ad absurdum.«

»Und das wäre?«

»Das Verhältnis zwischen zurückgelegtem Weg und der Größe des Ziels. Oder gibt es irgendein anderes Spiel, bei dem man so weit gehen muss, um ein so kleines Ziel zu erreichen?«

Vielleicht war das eine gute Metapher für das Leben an sich. Ich nahm einen Golfball aus dem Beutel und legte ihn vor mir in den Staub. Ein Slazenger Nummer 1. Der Regolith war wie der Rasen auf einem gut gepflegten Fairway, der Ball sank genau mit der richtigen Tiefe ein. Ich machte zunächst einige Probeschwünge, stellte mich in die Ansprechposition und schlug ab. Lautlos flog der Ball in einer schönen Parabel in die Schwärze und war am Höhepunkt seiner Flugbahn für einen kurzen Moment der hellste Stern am Himmel, bevor er wie ein kleiner leuchtender Meteorit in den Tiefen verschwand. »In einem Schlag eingelocht! Willst du auch mal?«

»Klar, gerne.«

Christopher nahm einen Ball aus dem Beutel und legte ihn bedächtig vor sich hin. Nach einer kurzen Andacht produzierte er einen perfekten Golfschwung und schlug den Ball fast doppelt so weit wie ich. Er schien eine kleine Ewigkeit wie ein vierter Stern im Oriongürtel zu hängen und senkte sich dann langsam, wie ein fallender Engel, hinab in die titanischen Urgründe von Aristarchus.

»Wow«, sagte ich kleinlaut.

»Ich war einige Jahre Golflehrer in Burningbush, in Schottland – bevor es in der Arktis lag. Wollen wir weiter?«, fragte Christopher, nachdem wir noch eine Weile in den Krater hineingestaunt hatten. »Wir sind ja nicht zum Spielen hier.«

Wir klopften uns den Mondstaub von den Anzügen und nahmen wieder in der Fahrerkabine Platz. Die Helme ließen wir auf, denn der nächste Aussichtspunkt sei nicht fern, wie Christopher ankündigte.

»Ich schätze, Mortimer unternimmt mit seinen Eltern die Standardtour – als Nächstes Herodotus, dann Cobrahead und zum Schluss durch das Schröter-Tal. Wahrscheinlich fahren wir ihnen die ganze Zeit hinterher und treffen sie am Ende des Tals, in der Wanderhütte. Das wäre für deinen Plan, ein bisschen mit Mortimer zu plaudern, gar nicht mal schlecht.«

Herodotus war etwas kleiner, nicht annähernd so tief wie Aristarchus und ohne die spektakulären Terrassen. Eigentlich nur eine Basaltebene in einem großen runden Becken – ein wenig wie unser Heimatkrater Prinz, aber mit einem schönen, rundum geschlossenen Rand. Bei genauerem Hinsehen fiel mir auf, dass der Boden dort unten nicht ganz glatt war; er wirkte aus der Entfernung im gleißenden Sonnenlicht an vielen Stellen aufgeraut, beinahe wie Schorf.

»Siehst du die Reifenspuren da unten?«, fragte Christopher und setzte sich in den Mondstaub. »Das haben letztes Jahr Chinesen angerichtet, eine Truppe auf Junggesellenabschied, eine Tiefschneekrater-Tour. Die waren anschließend in der Lounge, haben es zwei Tage lang krachen lassen, kistenweise Cognac und sogar ihren eigenen Koch mitgebracht. Da waren ein paar Typen dabei, die unbedingt das ICB sehen wollten. Randall hat sie erwischt, als sie da Fotos gemacht haben.«

»Gibt es nicht Gerüchte, die Chinesen hätten Probleme mit ihren Gewächshäusern?« Ich nahm nun auch im Regolith Platz und schaute hinunter in die Ebene von Herodotus.

»Ja, allerdings. Offenbar gibt es also etwas, worin wir ihnen voraus sind. Und manchmal glaube ich fast, das ganze Gaia-Ding von Randall ist vielleicht doch der magische grüne Daumen, auf den es hier ankommt.«

»An der Großen Kreuzung soll jetzt auch so ein Casino-Hotel entstehen. Alain und dieser Schweizer Projektentwickler Urs Kurtz haben was damit zu tun. Die Chinesen machen wohl auch mit«, berichtete ich.

Ich konnte die Überraschung auf Christophers Gesicht durch sein Helmvisier erkennen. »Das höre ich zum ersten Mal. Dahinter steckt bestimmt Chester.«

»Alains Geschäftspartner, auf den auch die *Saint Tropez* zugelassen ist?«

»Genau der – Michael Nimitz Chester. Ihm gehört auch die Riesenvilla oben in Beverly Hills, nach der du mich neulich gefragt hast. Er treibt sich manchmal hier rum, aber es bekommt ihn kaum jemand zu Gesicht.«

»Kennst du ihn?«, fragte ich.

»Nein, nicht persönlich. Aber wenn man lange genug in Levania ist, kennt man irgendwann seine Story.«

»Nämlich?«

Christopher ließ etwas Mondstaub durch seinen Handschuh rieseln. »Chester und Alex von Alvensleben waren vor langer Zeit Partner und haben damals CYCLOPIA entwickelt«, erzählte Christopher. Ich nickte, das hatte ich neulich noch gelesen.

»Dann wollte Alex mit der Software N:OO und der Initiative PLAN A die Welt retten, aber Chester lieber Kohle machen. Richtig Kohle«, fuhr er fort. »Er hat eine virtuelle Währung entwickelt, Gritcoins, die nicht durch das Lösen von Rechenaufgaben generiert wurde, sondern durch das Erkennen und Verstehen von Dingen und Zusammenhängen.«

»Man hat damals Gutschriften bekommen, wenn man CYCLOPIA besonders schwierige Sachen erklärt hat«, erinnerte ich mich. »Eine Belohnung für die Fütterung des Biests.«

»Genau. Aber die fortgeschrittene Version von CYCLOPIA hat Chester für sich behalten und so die meisten Gritcoins selber generiert. Damit hat er Milliarden gemacht. Später hat er für die NSA ein Programm geschrieben, das sämtliche Daten der Leute automatisch auswertete«, sagte Christopher.

»Ist das nicht ein alter Hut?«

»Ja, aber Chester hatte das Ganze perfektioniert. Seine Software konnte zu praktisch jedem Menschen einen kompletten Lebenslauf erstellen, mit Persönlichkeitsprofil und sogar mit Verhaltensvorhersagen. Und zwar auf Knopfdruck. Das war damals eine Sensation.«

»Wissen ist Macht.«

»Er ist dabei wohl auf einen ziemlichen Power-Trip gekommen und hat Dossiers von der gesamten amerikanischen Elite angelegt. Politiker, Wirtschaftsbosse, die ganzen Oligarchen.«

»Klingt nach J. Edgar Hoover.«

»So in etwa. Er hat sie damit alle erpresst, und es blieb ihnen nichts anderes übrig, als ihn zu ihrem Verbündeten zu machen. So hat er sich eine Schlüsselrolle in Washington gesichert. Später hat er den größten amerikanischen Baukonzern übernommen, BelTech. Die haben vor allem an Regierungsaufträgen verdient, Infrastrukturprojekte auf der ganzen Welt. Dann sind irgendwann die Chinesen auf den Plan getreten und haben Chester abgeworben. Er hat die Seiten gewechselt«, erzählte Christopher weiter. »So ist er de facto zu einem Doppelagenten geworden, denn er war und ist immer noch der CEO von BelTech und Poster-Boy der amerikanischen Elite. Deren geheime Dossiers hatte er aber den Chinesen als Mitgift zugeschanzt – und er hat ihnen außerdem den Zugriff auf die Datenbänke der NSA verschafft und dafür gesorgt, dass sie Apple übernehmen konnten.«

»Mehr Strippenzieher geht nicht«, sagte ich.

»Dann kam die Sache mit dem Mond«, fuhr Christopher fort. »Chester hatte auch bei der chinesischen Mondlandung seine Finger im Spiel gehabt – das Datum des fünfzigsten Jahrestages der letzten Apollo-Mission war angeblich seine Idee. Und er war wohl auch nicht ganz unschuldig daran, dass die Amerikaner damals ihre Rakete nicht hochbekommen haben und die Chinesen zuerst hier waren.«

»Warum sollte er das getan haben?«

»Na, weil er zu ihnen übergelaufen ist. Außerdem hat er damit erreicht, dass die Amerikaner als Reaktion Port Luna gebaut haben, was jetzt Levania ist. Und du weißt ja, welcher Konzern dafür den Zuschlag bekommen hat. Seine Villa in Beverly Hills wurde bei der Gelegenheit gleich mitgebaut, das lief unter Baunebenkosten. Und dann kam sein nächster Schachzug: Das Flugverbot für die Amerikaner war ebenfalls seine Idee.«

»Woraufhin die noch einen Stützpunkt bauen mussten – Port Navel«, vermutete ich.

»Ganz genau, und die Überlandstrecken auf dem Mond gleich mit. So funktioniert das.«

»Ganz schön schlau.«

»Allerdings. Das hat alles Chester eingefädelt, und deswegen darf er als Einziger das Flugverbot ignorieren und vor seiner Villa starten und landen.«

»Die Silan-Tanks hinter dem Zaun«, fiel mir ein. »Kommt er oft hierher?«

»Er ist nur selten auf dem Mond, und dann verschanzt er sich in seiner Villa oder auf seiner Mondyacht, und die ist gigantisch.«

»Ja, die *Saint Tropez* ist schon beeindruckend.«

»Die *Saint Tropez*? Die ist eher ein Beiboot, die hat er Alain und seiner Entourage hingestellt. Nein, Chesters Yacht ist noch mal 'ne ganz andere Nummer.«

Ich schaute hinunter in die Ebene von Herodotus, wo die Spuren des chinesischen Junggesellenabschieds in der Sonne glänzten.

»Wir müssen weiter«, sagte Christopher. Ich raffte mich auf und folgte ihm zu seinem Wohnmobil. Diesmal übernahm er das Steuer. Ich setzte mich auf den Beifahrersitz und aktivierte meine Uhr.

»Wieso finde ich eigentlich nirgendwo einen Eintrag zu Chester, kein Foto – nichts?«

»Ich glaube, du hast noch nicht ganz verstanden, wie mächtig er ist«, sagte Christopher. »Erinnerst du dich noch an Facebook? Das hat Chester plattgemacht. In einem Streich. Er hat sich eingehackt und die Server lahmgelegt. Vorher hat er natürlich auf die fallenden Kurse von Facebook gesetzt und noch ein paar Milliarden dazuverdient. Und man munkelt, er habe auch noch sämtliche Daten der Nutzer abgezogen. Man legt sich also nicht mit ihm an.«

Ich schaute Christopher an, aber für ihn schien das Thema beendet zu sein.

Nach einer halbe Stunde hielten wir wieder an. Wir parkten vor einem tiefen runden Krater, der aber nicht besonders groß war.

»Das ist *Cobrahead,* der Beginn des Schröter-Tals. Ist ausnahmsweise mal kein Krater, sondern eine Caldera, ein alter Vulkan. Von hier ist in grauer Vorzeit die Lava durch das Tal in den Oceanus geflossen«, erklärte Christopher. »Wir machen erst mal Rast. Vielleicht kommen Mortimer und seine Eltern hier vorbei.«

Diesmal betraten wir das Wohnmobil nacheinander durch die winzige Luftschleuse in der Rückwand. Während ich in der Toilettenkabine verschwand, machte sich Christopher in der Küchennische zu schaffen; in der Stunde, in der ich heute Mittag meine Sachen aus der Suite geholt hatte, war es ihm offenbar gelungen, in der Küche einige Tofu-Clubsandwiches zu organisieren.

»Lass uns rausgehen, noch ein bisschen Golf spielen«, schlug er vor. »Wenn wir Glück haben, sehen wir vielleicht ein paar LTPs.«

Ich schaute fragend von meinem Sandwich hoch.

»*Lunar Transient Phenomena.* Lichterscheinungen«, grinste Christopher verschwörerisch. »Es gibt hier manchmal seismische Aktivitäten auf dem Plateau. Dann tritt Radon-Gas aus und leuchtet in der Sonne. Habe ich aber noch nie gesehen, passiert wohl nicht so oft.«

In dem Beutel waren zwanzig Golfbälle, das war genug für unser kleines Match. Mit einer Aluminiumstange, die Christopher aus dem Wohnmobil hervorgeholt hatte, schlitterten wir den Abhang der

Caldera hinunter. Wir wählten einen Punkt, der oben von der Kante mit einem Schlag zu erreichen sein würde, und schoben mit unseren Handschuhen den Regolith auseinander, bis ein eimergroßes Loch entstanden war. Christopher steckte die Stange hinein. »Fehlt eigentlich nur noch die Fahne.«

»Kein Problem«, sagte ich, kramte in der Hosentasche meines Raumanzugs und zog die Jamaika-Flagge heraus, die ich nach den Club Olympics eingesteckt hatte. Christopher lachte ungläubig.

Es war das erste 9-Loch-Match auf dem Mond. Natürlich waren es keine neun Löcher, sondern genau genommen nur eins – auf das wir vom Rand der Caldera von neun verschiedenen Abschlägen aus spielten. Die Schläge hatten ungefähr immer dieselbe Entfernung zum Loch, sodass es eigentlich eher eine Par-3-Driving-Range war als ein Golfplatz – aber das machte es auf jeden Fall einfacher, anschließend die Bälle wieder einzusammeln.

Wir wählten den ersten Abschlag so, dass die Sonne genau hinter uns stand. Unsere Schatten, die scharf umrissen den Hang der Caldera hinunterliefen, zeigten wie Uhrzeiger in Richtung der Fahne, unten auf dem Kraterboden. Die Jamaika-Flagge hing schlaff hinunter und war, obwohl winzig klein, gut zu erkennen, war sie doch der einzig bunte Fleck in der grauen Mondschaft. So spielten wir unser Cobrahead-Open mit dem Eisen 7, indem wir langsam an der Kante der Caldera entlangwanderten und nacheinander die Bälle hinunterschlugen.

Alles passierte beim siebten Abschlag. Und es geschah nahezu zeitgleich.

Ich hatte schon beim Rückschwung gemerkt, dass dies ein perfekter Schlag sein würde. Und tatsächlich traf der Ball die Aluminiumstange der Fahne so, dass er daran herunterfiel und genau im Loch liegen blieb. Hole-in-one. Wir johlten vor Begeisterung, ich hatte meine Arme in die Höhe gestreckt, als Christopher mich mit dem Handschuh in die Seite meines Raumanzugs stupste. »Darian, schau mal nach oben.«

Über der Mitte der runden Kraterschüssel, weit über der Fahne, war das All nicht mehr so absolut schwarz wie sonst, sondern eher weißlich und nebelhaft. Ich glaubte zunächt, mein Visier wäre beschlagen. Wie eine Halluzination waberte eine flüchtige Wolke über der Caldera; nicht gleichmäßig, sondern mit dichteren Knoten der Helligkeit. Sie schienen von innen heraus zu leuchten und sich so schnell aufzulösen und woanders neu zu verdichten, dass man sie kaum erfassen konnte. Wir starrten auf das geisterhafte Spektakel, das sich langsam verflüchtigte und in die Höhe wanderte. Minutenlang verfolgten wir schweigend, wie der lunare Elfentanz im Vakuum verschwand.

Als wir wieder die Blicke senkten, sahen wir es beide: An der gegenüberliegenden Kante der Caldera stand weit entfernt ein geschlossener Moover. Davor waren drei Gestalten zu sehen, eine groß, die anderen beiden etwas kleiner.

»Christopher, bist du das?«, hörten wir eine Stimme in unseren Helmlautsprechern.

Es waren Mortimer und seine Eltern.

Wir stapften abwärts, um die Bälle in der Caldera einzusammeln, deren Boden mittlerweile mit den neuen Einschlagkratern der Golfbälle übersät war. Dabei fiel mir auf, dass etwas fehlte. Es war ein wenig so, als wäre plötzlich ein andauerndes Geräusch verklungen, an das man sich so gewöhnt hatte, dass man es mit der Zeit gar nicht mehr wahrnahm. Ich überlegte, was sich geändert haben mochte, als ich plötzlich dahinterkam: Es war die Befürchtung, nächste Woche im Gefängnis zu sitzen. Sie war verschwunden. Ich hatte auf einmal keine Zweifel mehr, dass ich eine Zusage bekommen und auf dem Mond bleiben würde; vielleicht waren es zu viele Zeichen auf einmal, um noch weiter in Sorgen zu schwelgen. Ich fühlte mich gleichsam vom Lauf der Dinge beschützt; ich beobachtete die Ereignisse nicht mehr, sondern war in sie eingebunden, war ein Teil von ihnen. Ich sah hoch zur Erde, die schmal gesichelt in der Schwärze hing. Sie schien weiter entfernt zu sein als sonst.

Ich steckte die Jamaika-Fahne wieder in die Hosentasche meines Raumanzugs und stapfte hinter Christopher den Hang der Caldera hinauf.

Nach kurzer Fahrt entlang der Kante des Cobrahead stoppten wir vor Mortimers Moover, wo wir von ihm und seinen Eltern empfangen wurden. Sie hatten ihre Visiere wegen des Sonnenlichts auf volle Verspiegelung eingestellt, sodass ich nur Mortimer eindeutig identifizieren konnte – wegen seiner baumlangen, dünnen Gestalt war das nicht schwierig. Die eingestickten Namen auf den Anzügen halfen dagegen nicht wirklich weiter, denn auf allen dreien war nur der Nachname zu lesen: Doyle. Mein Handschuh schüttelte den Handschuh des kleineren Raumanzugs – Ladies first –, und danach begrüßte ich Mortimers Vater. Ein freundlicher amerikanischer Akzent war im Helmlautsprecher zu hören.

Mortimer hatte mit seinen Eltern den Aristarchus-Krater komplett umrundet, was fast den halben Tag gedauert hatte, weswegen sie die ganze Zeit nicht vor, sondern hinter uns gewesen waren. Nun wollten sie weiter zum Schröter-Tal und hatten zunächst Christophers Wohnmobil gesehen, dann meinen Hole-in-one im Gegenlicht und schließlich die leuchtende Radonwolke über der Caldera. Sie waren genauso erstaunt über das Spektakel wie wir.

Es stellte sich außerdem heraus, dass Mortimers Vater Mitglied im Golfclub von Sacramento war. Nur zu gerne legte ich ihm beiläufig-freundschaftlich meinen Handschuh auf die Schulter seines Raumanzugs; es ist schließlich auch herzerwärmend, auf einem einsamen, abgelegenen Himmelskörper erstens menschlichen Wesen, zweitens Golffreunden und drittens Mortimer zu begegnen, von dem man hofft, er könne einen vor zwei Jahren Gefängnis bewahren. Mortimers Mutter fand es auch ganz nett, uns zu treffen, was sie aber viel mehr beeindruckt hatte, war die »Marienerscheinung«, wie sie es nannte. Und sie schien es ernst zu meinen, denn Radon-Gas war für sie nur Hokuspokus, denn sie »wüsste, was sie gesehen hatte«.

Der weitere Ablauf war schnell geklärt. Wir würden nun gemeinsam das Schröter-Tal hinunterfahren, beide Wohnmobile hintereinander, irgendwann abends an der Wanderhütte ankommen und dort die Nacht verbringen.

Mortimer fuhr vorneweg, und ich durfte wieder das Steuer übernehmen. Im Lonely Planet war zu lesen, dass die Fahrt im Valis Schröteri zu den touristischen Höhepunkten einer Mondreise zählte; sie war darin ganz zu Anfang aufgeführt unter »Top Ten Things To Do«. Dem konnte ich nur zustimmen, obwohl mir die Vergleichsmöglichkeiten fehlten, obwohl ich zwei andere Highlights aus der Liste schon kannte: »Partynacht im Chalet de la Lune« und »Aristarchus«. Ich möchte der Aufzählung gerne noch hinzufügen: »Hole-in-one mit Lichtertanz beim Cobrahead-Open«.

Das Schröter-Tal war mehrere Kilometer breit und die seitlichen Steilwände einen Kilometer hoch. Es war ohnehin ein großer Spaß, achtzig Mondmeilen durch ein gewundenes Tal zu sausen, aber das Valis Schröteri hatte eine Besonderheit zu bieten, denn unten auf dem Grund befand sich noch eine kleine Rille, die seinem Verlauf folgte, wie ein kleiner Bach inmitten eines Tals.

Darin fuhren wir entlang, was mich bei dem immer kühner werdenden Tempo unseres kleinen Konvois an eine rasante Fahrt in einer Eisbahn erinnerte. Wir jagten meist im Blindflug durch den gewundenen Kanal, da wir die ganze Zeit von einer Staubwolke umfangen waren, die Mortimer vor uns aufwirbelte. Dabei gerieten wir in einen solchen Geschwindigkeitsrausch, dass wir uns bald nach der Abfahrt anschnallten und Christopher den Maßstab des Navi-Screens so einstellte, dass immer nur die nächsten hundert Meter zu sehen waren – so konnte man zumindest auf dem Bildschirm den Weg erkennen. Hinter uns polterte es einige Male, schließlich waren wir in einem Wohnmobil unterwegs, aber wir konnten uns nicht dazu durchringen, anzuhalten und hinten das Zeugs zu sichern. Kurzum – wir hatten richtig Spaß.

Nach einer guten Stunde Fahrt meldete sich Mortimer über Funk.

»Okay, Jungs, wir nähern uns dem Ende, ich kann schon das Meer sehen.« Als sein Wohnmobil vor uns das Tempo drosselte, löste sich die permanente Wolke aus Staub allmählich auf. Unsere kleine Racing-Rille versiegte und führte wieder hoch in das eigentliche Schröter-Tal, das sich vor uns aufweitete und den Blick auf die Basaltebene des Oceanus Procellarum freigab. Wir hielten vor zwei staubigen grauen Containern. Die Wanderhütte am Ende des Schröter-Tals.

Wir stiegen aus und halfen Mortimer, die Taschen seiner Eltern in die spartanisch eingerichtete Hütte zu bringen. Als sie ihre Helme abnahmen, stellte ich überrascht fest, dass der größere der beiden keineswegs Mortimers Vater gewesen war, sondern seine Mutter, die ihm nicht nur ihre Statur, sondern auch den dünnen Vorhang aus Locken vererbt hatte; Mr. Doyle hingegen war von eher kompakterer Natur. »Vielleicht solltet ihr Jungs hier mal einen Golfplatz anlegen«, schlug er bei der Verabschiedung vor. »Dann komm ich wieder und bring meine Kumpels vom Golfclub mit.«

»Gute Idee«, sagte ich und musste dabei ein Grinsen unterdrücken.

Wir machten uns auf den Weg zurück zu Christophers Wohnmobil.


Dort sorgten wir erst einmal für Ordnung, denn wir hatten Mortimer noch zu einem Absacker in unser Wohnmobil eingeladen; seine Eltern wollten noch ein wenig Scrabble spielen und sich dann früh schlafen legen.

Gegen acht rumpelte es an der Rückwand, es zischte in der kleinen Schleuse, und eine hochgewachsene Gestalt im Raumanzug trat ein. Wir hatten den kleinen Tisch gedeckt und einige Snacks vorbereitet. Mortimer nahm Helm und Handschuhe ab und holte eine Flasche Rotwein aus einem Vaku-Beutel.

Die Flasche stammte aus einem Sechser-Karton, den Mortimers Eltern mitgebracht hatten, ein 39er Cabernet Sauvignon aus Kalifornien. Er passte gut zum Tofu-Clubsandwich und unserer Rekapitulation der heutigen Ereignisse, die gut zu meinem Einstieg in das Bewerbungsgespräch passten. Ich atmete tief durch. »Mortimer, was hältst du davon, wenn wir in Levania einen kleinen Golfplatz anlegen?«

»*Wir?*«, fragte er mit seinem sanftmütigen Albrecht-Dürer-Gesicht.

»Ja, ich würde das gerne in die Hand nehmen. Und, ach ja, ich habe gehört, es wäre eine Stelle zu besetzen, als Assistent der Geschäftsleitung ...«

Mortimer schmunzelte. »Auf die Idee bist du gerade eben erst gekommen? Wenn ich mich recht erinnere, fliegst du doch bald nach Hause, nicht wahr?«

»Nun, ich trage mich schon länger mit der Idee«, sagte ich.

»Sind wir uns denn hier zufällig auf dem Plateau begegnet?«, fragte Mortimer listig.

»Nein ...«, gab ich offen zu.

Mortimer saß da wie eine Sphinx mit Minipli-Löckchen, in seinem hellblauen Flatterhemdchen mit dunkelblauen kleinen Kreisen. Er schaute einfach nur. Dann hob er an und sprach: »In Ordnung. Warum nicht?«

Christopher erwarb sich nun bei mir für immer den Ruf eines Engels, als er leise lächelte, aufstand und eine Flasche Portwein herauskramte – es stellte sich nämlich heraus, dass dies ein Favorit von Mortimer war. Wieso Christopher diese Flasche im Wohnmobil vorrätig hatte, da er erstens keinen Alkohol trank und zweitens niemals den heutigen Tag, seinen Verlauf und mein Anliegen hatte vorausahnen können, wird immer eines der großen Rätsel der bemannten Raumfahrt bleiben. Er hat es mir bis heute nicht verraten, und ich habe es sogleich in die heilige Dreifaltigkeit der heutigen Wunder eingeordnet. Der neunzehnte Januar war der Tag meiner Wiedergeburt und Auferstehung zugleich. Halleluja.

Im weiteren Verlauf des Gesprächs ließ Mortimer durchblicken, warum er so spontan zugesagt hatte: Es war vor allem glückliches Timing, da er wegen der kurzfristigen Absage den Posten zügig besetzen musste. Außerdem gab er zu verstehen, dass die Idee mit dem Golfplatz durchaus nicht abwegig sei, er aber erst darüber nachdenken müsse.

Bald darauf schaltete Mortimer in seinen Geschäftsmodus, der sich nur unwesentlich von seinem sonstigen Gebaren unterschied. Er sprach sehr ruhig und langsam, schaute gütig und verbreitete dabei immer die Aura einer entspannten Bestimmtheit und stiller Autorität.

Er machte klar, dass seine Zusage zunächst noch vorbehaltlich sei und vom Ergebnis der medizinischen Untersuchung abhinge, die ich vorher noch durchlaufen müsse. Das sei Pflicht vor jedem längeren Mondaufenthalt und das Attest Bestandteil des Arbeitsvertrages. Er mahnte an, dass dieser Test durchaus um einiges gründlicher sei als den Check-up, den ich vor der Buchung der Reise habe absolvieren müssen, denn die Belastungen bei einem längeren Aufenthalt in der geringen Schwerkraft seien durchaus nicht zu unterschätzen. Die Untersuchung würde von dem Hausarzt von Levania durchgeführt, Dr. Berghoff, und müsse alle sechs Monate wiederholt werden.

Durchaus nicht wenige würden diesen medizinischen Test nicht bestehen, und es kam sogar noch häufiger vor, dass Leute durch die Wiederholungsprüfung fielen. Die Regularien wären in solch einem Fall eindeutig: Man habe dann zwei Wochen Karenzzeit, seinen Heimflug zu organisieren und seine Sachen zu packen; so lange sei man noch angestellt, anschließend habe man auch seine Unterkunft – falls notwendig – selbst zu regeln. Im Klartext hieß das also, dass ich morgen versuchen würde, meinen Heimflug auf unbestimmte Zeit zu verschieben. Falls das nicht möglich war, würde ich volles Risiko eingehen und ihn einfach verfallen lassen.

Mortimer erläuterte weiterhin, dass es für alle Mitarbeiter und auch für alle Residents Pflicht sei, dreimal in der Woche Sport zu treiben, und zwar »nicht Boule oder Volleyball«, sondern ein festgelegtes Programm von Fitness- und Konditionsübungen wegen des

Muskel- und Knochenschwundes und der weißen Blutkörperchen; die Anforderungen an den Herzmuskel waren auf dem Mond recht streng.

Die Regeln bezüglich der Krankenversicherung sahen so aus, dass alle Behandlungen, die vor Ort von Dr. Berghoff durchgeführt werden konnten, abgedeckt waren. Alles Weitere – also Fahrten in die Stationsklinik in Port Navel und dortige Behandlungen – seien selber zu begleichen, es sei denn, es handelte sich um nicht selbst verschuldete Arbeitsunfälle. Im Todesfall bestünde kein Anspruch auf Rücktransport zur Erde, sondern es gäbe tatsächlich einen Friedhof in einem nahe gelegenen Tal. Weniger erfreulich, aber natürlich zu erwarten, war die Unterbringung, denn ich würde in einem Vierbettzimmer in den Mannschaftsquartieren unterkommen.

Die Bezahlung war eher ein Taschengeld, aber dafür gab es Kost und Logis, die freie Nutzung aller Einrichtungen (Starseed eingeschlossen), und – hurra – ich durfte jederzeit, auch in meiner Freizeit, einen Scooter oder einen der Moover aus dem Hotelfuhrpark nutzen. Jeder Mitarbeiter hatte fünf freie Tage im Monat (so etwas wie Wochenenden gab es natürlich nicht) und zusätzlich zehn Tage extra im Jahr zur freien Disposition. Arbeitszeiten? Immer. Aber im Normalfall von morgens um neun bis abends, so lange wie notwendig, der obligatorische Sport galt immerhin als Arbeitszeit.

Zum Abschluss – wir waren mittlerweile beim dritten Glas Port angelangt – umriss Mortimer noch das Aufgabenprofil, das sich ungefähr mit dem deckte, was Christopher zuvor schon umrissen hatte. Ich wäre zuständig für – alles Mögliche. Ich solle mich morgen bei Dr. Berghoff melden und anschließend, wenn die Untersuchung positiv verlaufen sei, bei Tony vorbeischauen und ihn bitten, meinen Arbeitsvertrag vorzubereiten. Und, ach ja, ein polizeiliches Führungszeugnis solle ich auch noch beibringen.

Christopher klopfte mir auf die Schulter, als Mortimer schließlich in der kleinen Luftschleuse des Wohnmobils verschwand.

»Du hast was gut bei mir«, dankte ich ihm.

»Mach nur keinen Blödsinn«, war Christophers Antwort, als er den Sonnenschutz vor die Fenster schob. Es war Zeit zu schlafen.

Es war perfekt. Nur die Sache mit dem Führungszeugnis machte mir noch etwas Sorgen.

# NEW MOON
# CEREMONY

»Ich hätte es nicht gesehen, wenn ich es nicht geglaubt hätte.«
MARSHALL MCLUHAN

»Aufwachen. Tee ist fertig!«

Christopher stand in Unterwäsche in der Küchennische und hielt eine Tasse in die Höhe. Ich drehte mich verschlafen zum Fenster und schob den Vorhang zur Seite. Mortimers Wohnmobil war verschwunden, vor der Wanderhütte waren nur noch die Reifenspuren zu sehen. Ich setzte mich auf und nahm dankend den Tee entgegen.

Mortimer hatte zugesagt. Eine kribbelnde Euphorie stieg in mir auf. Unglaublich. Würde ich tatsächlich ab erstem Februar Assistent der Geschäftsleitung sein?

Was mir aber noch Sorgen bereitete, war das polizeiliche Führungszeugnis, das ich noch einreichen musste. Die Sache mit dem Finanzamt und den drohenden Konsequenzen hatte ich gegenüber Mortimer natürlich nicht erwähnt, nur Alain wusste davon.

»Danke noch mal für alles.« Ich klopfte Christopher freundschaftlich auf die Schulter. »Ohne dich müsste ich jetzt meine Sachen packen.«

»Wir sollten langsam mal los«, sagte er und stellte seine Tasse in die kleine Spüle. »Und vergiss nicht, wegen des Medicals den Termin bei Dr. Berghoff zu vereinbaren.«

Wir kletterten durch die Luke nach vorne, heute saß ich auf dem Beifahrersitz. Zeit für die Heimfahrt nach Levania; diesmal durch den Oceanus, der schnelleren Strecke.

Nach kurzer Zeit war die Wanderhütte am Ende des Schröter-Tals hinter dem Horizont verschwunden. Die Mondschaft strahlte in herrlichem Grau. Eine wunderschöne Gegend.

Ich hatte die Praxis von Dr. Berghoff irgendwo hinten im Verwaltungstrakt vermutet, aber stattdessen schickte mich Mademoiselle Lunette in den Hangar.

Unter der hell erleuchteten Kuppel standen alle möglichen Moover, mittendrin die *Saint Tropez.* Dicke Ladekabel auf hellgrauem Boden. Es wurde inspiziert und repariert; das Zischen von Druckluft, mit der Regolith von den Fahrzeugen abgesprüht wurde, war zu hören. Es dudelte Musik. Einige der Leute, die in der Fahrzeughalle arbeiteten, kannte ich mittlerweile aus Pleroma.

Ich fragte nach Dr. Berghoff und wurde auf ein antik aussehendes Gefährt verwiesen, neben dem ein hünenhafter Kerl im weißen Kittel stand, mit schwarzem Bart und blau melierten Wangen. Er wühlte schnaufend in einem Werkzeugkasten.

»Junger Mann, könnten Sie das bitte mal halten?«, fragte er mich ohne weitere Begrüßung und reichte mir mit seinen gewaltigen Pranken einen Schraubenschlüssel. »Ich musste mich auf der Erde leider von meiner Oldtimersammlung trennen. Aber wie Sie sehen, ist es mir gelungen, auch hier meinem Hobby nachzugehen.«

»Wo haben Sie den denn gefunden?«, fragte ich. Der Moover sah aus, als stammte er noch von einer Apollo-Mission.

»Ein alter amerikanischer Rover, er wurde beim Umzug nach Port Navel zurückgelassen. Er hat bei den technischen Anlagen in einem Container gestanden, zwischen irgendwelchem Gerümpel, ein echter Scheunenfund also«, erzählte Dr. Berghoff stolz, während er sich an einer altertümlichen Parabolantenne zu schaffen machte. »Er war total verstaubt, von Mondstaub und historischem Edelrost überzogen, und die Elektrik völlig verschmort – ist wohl bei einem Sonnensturm passiert. Aber ich habe es wieder hinbekommen. Und das Beste ist das hier …« Er öffnete das Handschuhfach des Zweisitzers und holte einen kleinen Ringhefter mit Klarsichthüllen hervor. »Die originalen Papiere mit Bedienungsanleitung und Wartungsheft, sogar mit Service-Stempeln und Unterschriften. Dieser Rover ist scheckheftgepflegt.«

Ich staunte artig.

»Und was kann ich für Sie tun? Schlangenbisse, Syphilis oder Neurasthenie? Probleme beim Wasserlassen oder akutes Heimweh?«, fragte Dr. Berghoff.

»Heimweh? Ganz im Gegenteil. Ich benötige ein medizinisches Attest, um bleiben zu können.«

»Resident?«

»Nein. Crew. Der neue Assistent der Geschäftsleitung.«

Dr. Berghoff musterte mich neugierig. »Sie sind dann wohl der Nachfolger von Felipe?«

»Hoffentlich. Hängt ganz von Ihnen ab.«

Dr. Berghoff klappte den Werkzeugkasten zu, und ich folgte ihm durch die Tür der Notaufnahme. Wir kamen zunächst an Pritschen und Apparaturen vorbei und betraten danach die Praxis, die in einem Container-Modul untergebracht war. Sie war komplett mit Echtholzpaneelen verkleidet; sogar die Decke war mit dunkelbraunen Kassetten bedeckt, in deren Mitte jeweils ein kleiner Stern aus hellem Holz eingearbeitet war. Die Einrichtung hatte etwas Viktorianisches: Messingbeschläge und -lampen, schweres Gestühl, Eingerahmtes in Öl. Am Ende des Raumes stand ein menschliches Skelett in einem blauen Levania-Overall. Daneben ein massiver Schreibtisch aus dunklem Holz und grün belederter Arbeitsplatte, der in altväterlicher Würde die Aufgeblasenheit der Möbel in Levania ignorierte.

Während sich Dr. Berghoff schnaufend dahinterzwängte, um auf seinem Sessel Platz zu nehmen, betrachtete ich ein Ölgemälde an der

Wand, auf dem eine zarte Frau mit spöttischem Lächeln in einem altertümlichen Kleid zu sehen war.

»Hübsch, nicht wahr?«, fragte der Doktor. »Eine schöne Frau, was könnte zauberhafter sein? Ich gebe offen zu, dass ich sehr dem Glanz der Oberfläche verhaftet bin, was meine Profession wahrscheinlich mit sich bringt – denn unter jeder Haut, ob nun mädchenhaft duftend oder kerlig runzlig, verbirgt sich doch immer nur organischer Schleim, animalisch und blutig, wenn auch von bewundernswerter Komplexität und mit der Fähigkeit zur Selbstorganisation. Aber schön ist das sicher nicht, deswegen kann ich gar nicht anders, als eine gewisse ästhetische Bewunderung für die elegante Künstlichkeit von Prothesen zu hegen. Sie kennen Lawrence Strongbone? Oder Herrn von Hindenburg? Da bildet die Oberfläche ganz und gar eine Einheit mit der Konstruktion und ihrem tiefen Wesenskern – das fein gearbeitete Carbon, die kleinen Schrauben. Herrlich!«

Ich stand immer noch abwartend in sicherer Entfernung von Dr. Berghoffs Schreibtisch und nickte höflich.

»Aber glauben Sie ja nicht, dass ich deswegen eine oberflächliche Person bin«, fuhr der Arzt fort. »Vielmehr offenbart sich gerade in der Hülle die Natur eines Menschen, denn zöge man ihm die Haut ab – Sie kennen ja sicher diese Plastinate –, bekämen Sie keinerlei Hinweise auf die wahre Wesenheit und Schönheit der Person. Sie sähen dann nur seine Konstruktion, nicht aber seine Menschlichkeit, seine Lebenskraft. Schauen Sie sich dieses Skelett an. Reine Statik und Mechanik. Oder hätten Sie erraten, dass dies die Knochen eben jenes Mädchens sind, das Sie dort in Öl verewigt sehen?«

*Wie bitte?* »Nein, ganz sicher nicht. Kannten Sie die Frau?«

»Ach …«, seufzte Dr. Berghoff. »Das kann man so sagen. Eine Jugendliebe, aus altem kirgisischen Adel. Sie hatte mir dermaßen den Kopf verdreht, dass ich wegen ihr mit der Malerei begonnen hatte, noch während meines Studiums. Sie sehen sie dort verewigt, nachdem wir von einer Kostümparty gekommen waren. Ich hatte meine Staffelei im Schlafzimmer aufgebaut. Nun, das ist das Ergebnis.«

»Und – das Skelett?«

»Sie hat mich hier besucht, vor zwei Jahren, nach all der Zeit, sie war immer noch bezaubernd.« Dr. Berghoff strich zärtlich über die knöchernen Hände, die neben ihm aus dem blauen Overall ragten. »Sie war mittlerweile verwitwet. Ihr Mann – ein tragischer Unfall. Er war Politiker in Kalifornien, hatte sich für die Schließung dieses Atomkraftwerks eingesetzt. Sie wissen schon, das Erdbeben neulich. Ein Autounfall. Jedenfalls war sie wieder, nun ja, eine unabhängige und lebensfrohe Witwe. Aber dann …« Er seufzte. »In der Luftschleuse ihrer Suite … sie hatte die verrückte Idee, mit ihrem Nachthemd auf die Terrasse zu treten … da war wohl auch der Absinth dran schuld. Sie starb in meinen Armen.«

»Wie furchtbar.«

»Ja, ich hatte draußen im Raumanzug auf der Terrasse gestanden und ihr zugewinkt, vielleicht etwas zu neckisch … sie kam in ihrem Nachthemd aus der Schleuse … schaute mich erschrocken an … bewegte ihren Mund, als ob sie mir etwas sagen wollte … was für ein Anblick … sie stand im Vakuum … dann brach sie zusammen. Ihr Körper blähte sich auf … ich bekam sie kaum mehr in die Schleuse zurück … ihr Körper violett, die Augäpfel geplatzt. Ganz und gar nicht zauberhaft, kann ich Ihnen sagen … der *Élan vital* … ich konnte förmlich spüren, wie er im Vakuum verpuffte. Seitdem gibt es eine Sicherung, die einen nur im Raumanzug nach draußen lässt …«, sagte Dr. Berghoff leise.

»Und welche Suite war das?«, fragte ich, von einer leisen Ahnung getrieben. Doch der Doktor schien meine Frage nicht zu hören, denn er saß eine kleine Ewigkeit lang mit gesenktem Haupt in seinem schweren Sessel, während er versonnen die knöcherne Hand seiner verblichenen Geliebten streichelte. Dann ruckte er unvermittelt auf und sah mich an. »Und was wollten Sie gleich von mir?«

»Die medizinische Untersuchung.«

»Ach ja, richtig. Dann machen Sie bitte mal Ihren Oberkörper frei.«

Das Medical war erfolgreich, denn ich wurde für fit und des lunaren Daseins für tauglich befunden. Stolz ging ich in die Lounge. In der Gelben Nische entdeckte ich Christopher und Tony; auch Randall war dort, ebenso Roy und Lawrence Strongbone. Tony staunte nicht schlecht über die Neuigkeiten und seinen zukünftigen Kollegen, der nun strahlend vor ihm stand. Ich nahm ihm seine Überraschung allerdings nicht ganz ab und hatte eher den Eindruck, dass Christopher ihm gegenüber schon Andeutungen gemacht hatte. Sogleich spendierte ich einige Runden, und bald wussten alle Bescheid. Die Reaktionen waren allgemein positiv, ich erntete Zustimmung und Schulterklopfen.

Tony verkündete außerdem, dass er wieder eine neue App für Buzz entdeckt und auch bereits heruntergeladen hatte, nämlich *Changing Faces:* ein Datenspeicher mit Tausenden von prominenten Gesichtern und ihren Stimmen, die täglich wechselnd in die Maske des Roboters projiziert werden. Wir waren also sehr gespannt, mit welchem Gesicht Buzz uns am nächsten Tag überraschen würde.

Die übrigen Formalitäten waren in den folgenden Tagen schnell erledigt. Ich hinterließ Signor Gatera eine Nachricht und war froh, nicht mit ihm sprechen zu müssen – wer weiß, was ihm noch Unerfreuliches eingefallen wäre. Virgin Galactic informierte mich, dass es durchaus möglich sei, den Rückflug unbefristet auf einen späteren Zeitpunkt umzubuchen, allerdings waren die Gebühren dafür eine Frechheit. Was mir allerdings zunehmend Sorgen bereitete, war das polizeiliche Führungszeugnis. Da musste ich mir noch was einfallen lassen. Dringend.

Mortimer war so kulant, mich bis Ende des Monats für geringes Entgelt weiterhin in meiner Suite wohnen zu lassen, da ohnehin keine Buchung vorlag. Wie ich mittlerweile wusste, lebte die Führungsriege oben in Beverly Hills – Leute wie Mortimer, von Hindenburg oder Dr. Berghoff. Die Angestellten von Levania waren entweder Moonatics aus Pleroma oder Mitarbeiter, die nahe den technischen

Anlagen untergebracht waren. Und demnächst auch ich. Tony ließ es sich nicht nehmen, mir nach Unterzeichnung des Arbeitsvertrages die Mannschaftsquartiere zu zeigen.

Meine zukünftige Bleibe stand auf zwei gestapelten Reihen gleichartiger Container, der Zugang erfolgte über eine Außenleiter, Toiletten und Waschmöglichkeiten waren unten in Baracken untergebracht. Wunderbar, dachte ich, besser als Knast, während ich tapfer hinter Tony hinaufkletterte.

Der Container hatte dort, wo die Leiter endete, so etwas wie einen kleinen Balkon, von dem man in die winzige Luftschleuse gelangte. Während Tony bereits darin verschwunden war, schaute ich mich um. Immerhin war der Blick von hier oben gar nicht übel – eine schöne Übersicht über die Fotovoltaik-Felder und die technischen Anlagen; mit einer kleinen Drehung konnte ich nahe des Horizonts Levania sehen, auch die grün schimmernde Kuppel des ICB war im Blickfeld.

Ich trat ein und nahm den Helm ab. Keine Fenster. Zwei Hochbetten an den Längsseiten. Vier Spinde. Ein kleiner Tisch mit vier Stühlen, an dem drei Asiaten Karten spielten und mich skeptisch musterten. Ich grüßte freundlich. Mein Bett befand sich links unten, die dünne und fleckige Matratze war nicht bezogen. Ich beschloss, die restlichen Tage in meiner Suite voll auszukosten.

Als wir wieder hinunterstiegen, fragte ich Tony, ob mein Vorgänger Felipe denn auch hier gewohnt hatte? Nein, er habe eine Freundin in Pleroma gehabt. Ich bat Tony, nur halb im Scherz, mich bitte mit ihr bekannt zu machen.

Ich tröstete mich damit, dass ich sowieso die meiste Zeit arbeiten würde. Meine freien Stunden würde ich sicher nicht hier in der Baracke verbringen, sondern eher in der Lounge oder oben in Pleroma. Oder in Starseed. Vielleicht könnte ich, statt in meinen Container zu klettern, mich dort abends einloggen und in der Simulation meiner alten Suite übernachten. Oder ich würde den Rest meiner Erbschaft aufbringen, um weiterhin in der Suite zu wohnen – auf jeden Fall besser, als das Geld dem Finanzamt zu überlassen.

Am 25. Januar ging nach zwei Wochen die Sonne wieder unter. Wie nicht anders zu erwarten war, traf man sich zu diesem Anlass bei einem Sundowner am Großen Fenster. Moonatics, Residents und Touristen erwartungsvoll vereint. So voll hatte ich die Lounge noch nicht erlebt.

Den eigentlichen Moment, als die letzten Reste des Sonnenlichts vom westlichen Kraterrand verschwanden, hätte ich beinahe verpasst. Ich war in eine angeregte Plauderei mit Mama Africa vertieft, die mir in ihrer lebhaften Art von den Problemen der Nachbildung des Planeten Neptun in Starseed erzählte. Gerade als sich die Sonne unter großem Hallo endgültig verabschiedete und man sich allgemein frohe Dunkelheit wünschte, hörte ich neben mir eine vertraute Stimme. »Bonjour.«

Alain. Ich hatte ihn seit unserem Ausflug mit der Yacht nicht mehr gesehen. Mama Africa zog sich sofort in das Gewühle der Lounge zurück.

»Du hast es sicher schon gehört? Und noch mal vielen Dank für deine Hilfe«, sagte ich und lächelte den Franzosen dankbar an.

»Gratuliere, du bist also endgültig heraufgekommen zu den Heruntergekommenen hier. Es ist gut, dass du dich deiner Bestimmung annäherst, als *assistant de la direction*, als *Major Lunus* sozusagen. Formidable. Wann soll es denn losgehen?«

»Am ersten Februar. Aber es gibt da noch ein kleines Problem …«

»Und das wäre?«

»Ich muss noch ein Führungszeugnis besorgen. Das ist aber so eine Sache, wegen der Steuerbehörden«, sagte ich. »Hast du vielleicht Kontakte – ich meine, kennst du vielleicht jemanden, der mir da weiterhelfen könnte …?«

»Ein sauberes Führungszeugnis für Mortimer?« Alain sah mich nachdenklich an. »Mal sehen, ich habe durchaus Beziehungen, aber ich kann nichts versprechen. Dafür erwarte ich aber auch, dass du dich der Idee des Golfplatzes verpflichtet fühlst und die Sache entsprechend voranbringst.«

»Danke … !«, sagte ich.

Alain lächelte knapp und verschwand wortlos im Gewühle der Sundowner-Party, wie immer mit lässig federndem Gang. Die Sonne war mittlerweile endgültig untergegangen.

Ich sicherte mir einen Gin Tonic und bahnte meinen Weg in Richtung der Gelben Nische, die von Moonatics umlagert war, eine kleine Party innerhalb der Party. Ich wurde bereits als einer von ihnen begrüßt, war nicht länger Tourist. Auch Randall war dort. Unser Gärtner legte eine Hand auf meine Schulter und zeigte hoch zur Erde, die in fast voller Rundung über der Kuppel hing. »In vier Tagen ist Vollerde. Du weißt, was das bedeutet?«

»Neumond …?«

»Genau. Du bist jetzt einer von uns. Es wird Zeit, dich in einige Dinge einzuweihen. Was machst du am Freitagabend?«

»Die Zeremonie?«

Randall nickte. Auf meiner Uhr erschien die Einladung.

Die Neumondzeremonie würde abends im Gewächshauskrater stattfinden. Es lag ein geheimnisvoller Schleier über der Veranstaltung, denn selbst Christopher und Tony hatten stets das Thema gewechselt, wenn ich sie darauf angesprochen hatte. Der einzige Aufschluss darüber war mir in einer nächtlichen Begegnung von einer schwebenden Luftmatratze zugeraunt worden: Schlangen spielten dabei eine Rolle, und nicht wenige Leute hier hatten sich diesen Bezug auf ihre Oberkörper und Arme tätowieren lassen. Die Neumondzeremonie schien so etwas wie der spirituelle Wesenskern der Moonatics zu sein.

Auf der von zwei Schlangen umrahmten Einladung war zu lesen, dass ich mich um sieben im ICB einfinden solle, und dies bitte mit nüchternem Magen. Mit gemischten Gefühlen trat ich eine halbe Stunde vorher aus der Schleuse auf die Terrasse, bestieg meinen Scooter und fuhr los.

Zu meiner Überraschung war das Licht im ICB beinahe auf Kerzenschwäche gedimmt, die schemenhaften Umrisse der Pflanzregale schienen frei im Weltall zu stehen. Die Irrealität dieses Eindrucks wurde noch von den Bongos verstärkt, die durch die Kuppel dröhnten. Sie kamen anscheinend von ganz hinten, von der Lichtung.

Ganz allein stapfte ich in Overall und Stiefeln durch die gespenstische Dunkelheit des Gewächshauses. Das Trommeln wurde lauter. Einmal glaubte ich, das Summen der Gläsernen Bienen direkt an meinem Ohr zu vernehmen; in einem automatischen Reflex versuchte ich, sie zu verscheuchen. Ich hörte Stimmen. Lachen. Ganz hinten ein schwaches Leuchten. Bald war zu erkennen, dass es vor Randalls Hütte heidnisch flackerte, wie von einem Lagerfeuer.

Die Bongos wurden immer lauter. Ich erreichte die Lichtung und verharrte für einen Moment an ihrem Rand unter den blütenbehangenen Bäumen. Auf einer kleinen Plattform saßen vier Leute mit nackten Oberkörpern und trommelten. Einer von ihnen war Tony; hinter seinem Rücken spielte Lawrence Strongbone, die anderen beiden waren Bongo-Paul und Ziggy Lunaliscious. In ihrer Mitte befand sich die Quelle des Lichts – eine lodernde, feuerfarbene Leuchte. Beinahe schien es, als ob sie auf den Rhythmus der Musik reagierte.

Offenbar würde man später in einem großen Kreis um die Plattform mit den Trommlern sitzen, es hatten schon einige Leute im zuckenden Halbdunkel Platz genommen. Ich schlenderte zwischen den Bäumen entlang, die die Lichtung und den noch lückenhaften Sitzkreis umgaben. Es war mir kaum möglich, einzelne Gesichter auszumachen; man hielt sich im Verborgenen und huschte umher, meist in kleinen Gruppen, es wurde wenig gesprochen und ohnehin alles vom Getrommel übertönt: innere Einkehr auf das Bevorstehende, was immer es auch sein mochte.

Auf einem Tisch standen kleine Schälchen neben einer vollen Schüssel – offenbar eine Bowle, die noch nicht freigegeben war. Etwas abseits davon bemalten sich Leute gegenseitig ihre nackten Arme und Oberkörper mit fluoreszierenden Farben. Ich verfolgte, wie bunte

Muster auf mondbleiche Haut aufgetragen wurden, Kriegsbemalungen im Flackerschein. Die leuchtenden Kringel und Serpentinen vervollständigten sich zu erkennbaren Strukturen, zumeist Schlangen. Diejenigen, die bereits welche auf ihre Körper tätowiert hatten, malten sie mit den Farben aus, die Augen traten dabei besonders hervor.

Randall, am heutigen Abend Hausherr und Gastgeber zugleich, war nur am orangefarbenen Sarong und seinen roten Locken zu erkennen. Er trug eine mit grünen Blättern verkleidete Maske, was etwas Mittelalterlich-Gotisches hatte, und war damit beschäftigt, gleiche Masken auch an die Anwesenden zu verteilen. Als er mir eine in die Hand drückte, raunte er mir etwas zu, das Wort Novize kam darin vor. Ich setzte die Maske nur zu gerne auf, um in der Gruppe zu verschwinden – obwohl davon nicht wirklich die Rede sein konnte, war ich doch der Einzige, der Overall und Stiefel trug.

Es erschien mir weder angemessen, in diesem maskierten Heidentum unverbindlichen Plaudereien nachzugehen, noch hatte ich das Bedürfnis, mich an der üblichen Kleingruppenbildung zu beteiligen. Ich entschied, diese von Cocktailpartys bekannte Systemebene zu überspringen und auf die nächsthöhere zu warten, nämlich die des kollektiven Gruppenerlebnisses, das sich hier zweifellos anbahnte. Auch wollte ich nicht der Versuchung erliegen, danach zu fragen, was denn gleich stattfinden würde – war ich doch vollauf damit zufrieden, das Spektakel bei seiner Entfaltung zu beobachten.

Nach einer Weile, während der stetig neue Leute hinzugekommen waren und ich dank der Maskierung einigermaßen anonym umherschlendern konnte, kam das Getrommel zu einem Ende. Zu hören waren jetzt nur noch angeregtes Flüstern und leises Lachen. Die vier schweißnassen Bongo-Spieler erhoben sich und machten Platz für den nächsten Akt auf dem kleinen Podest in der Mitte der Lichtung.

Es war Randall. Er klatschte in die Hände und erklärte, dass nun die Bowle freigegeben sei, die irgendetwas mit den *Mysterien von Delysium* zu tun hätte. Was auch immer geschehen würde, nun ging es also los.

Zu keinem Zeitpunkt des heutigen Abends hatte ich mich der Illusion hingegeben, dass diese Bowle völlig unverdächtig sein könnte, obwohl sie als Fruchtpunsch daherkam. Die ganze Atmosphäre und die Aufforderung, hier mit nüchternem Magen zu erscheinen, ließen darauf schließen, dass uns noch einiges bevorstehen würde. Die Bowle wurde mit einem Strohhalm gereicht, damit man die Maske nicht abnehmen musste, und so schlürfte ich sie tapfer und bereitete mich innerlich darauf vor, das ICB auch dieses Mal nicht nüchtern zu verlassen.

Das Trommeln hatte mittlerweile wieder eingesetzt. Die Runde schien so weit vollständig zu sein, vielleicht fünfzig oder sechzig Leute saßen jetzt in einem großen Halbkreis im Zentrum der Lichtung – ein überaus heidnischer Anblick, halb nackte Gestalten mit grünen Blättermasken und fluoreszierenden Schlangen, vereint um ein Lagerfeuer unter ewigem Sternenhimmel. Das Einzige, was sich von vergleichbaren Zusammenkünften unserer Vorfahren unterschieden haben mochte, war die Erde, die in praller Rundung am schwarzen Himmel stand. Wegen des ausgeschalteten Lichts gab es keine Reflexionen in der transparenten Kuppel über uns; der Eindruck, unter freiem Himmel zu sitzen, war überwältigend.

Es war eben jener Blick hoch zur Erde, der bald meine Vermutung bestätigte, dass die Bowle ein aktiver Mitspieler am heutigen Abend war, denn ich hatte zunehmend Schwierigkeiten, unsere Heimat klar zu erkennen. Sie schien auf einmal ihre Form zu verändern – erst oval, dann tropfenförmig; schließlich begann sie zu rotieren, immer schneller, die Kontinente wechselten einander in rascher Folge ab. Für einen Moment glaubte ich, dass ihre Wolken in rasender Geschwindigkeit umhertrieben, dann war sie ganz verschwunden, und kurz darauf hingen plötzlich zwei Planeten im All.

Ungläubig schloss ich die Augen und schaute wieder hoch. Nun schwebte die Erde wieder in ihrer gewohnten Form, aber kurz darauf wurde sie zunehmend größer und größer. Es war aber keineswegs so, dass sie sich auf mich zubewegte oder gar das Blickfeld über der Ge-wächshauskuppel ausgefüllt hätte – vielmehr war mir, als ob *ich* ihr immer näher gekommen, gleichsam auf sie zugeflogen wäre. Der Ef-fekt war einschüchternd und unerklärlich, ich konnte auf der Oberflä-che sogar kleine Details ausmachen: Inselgruppen, Städte und Flüs-se – ich war sogar sicher, auf den Ozeanen Schiffe zu sehen, lange weiße Linien hinter sich herziehend.

Das war zu viel, die Illusion erschien zu glaubwürdig, um nicht wahr zu sein. Ich wandte mich ab und schaute wieder in die Run-de, um meinen Bezug zur Wirklichkeit zu kalibrieren. Das war al-lerdings nicht so einfach, wenn diese aus wabernden Gestalten mit Blättermasken bestand, im urzeitlichen Takt der Musik zunehmend unschärfer werdend; ich konnte nicht einmal mehr sicher sagen, ob es daran lag, dass sie mit der Musik umherwippten oder nicht viel-mehr alles um mich herumwogte.

Entgeistert beobachtete ich, wie sich direkt vor mir, in der lee-ren Mitte der Lichtung, zwei leuchtende Schlangen, senkrecht auf den Schwanzspitzen stehend, aufeinander zubewegten und schillernd umeinanderwanden. Sie wuchsen in ihrer verdrehten Eintracht im-mer weiter in die Höhe, bis sie wie ein langes Kabel auf die Erde zu-liefen und sich mit ihr zu verbinden schienen. Ich schloss die Augen, zählte bis sieben und öffnete sie wieder, aber das leuchtende Bild der himmlischen Schlangenleiter stand immer noch in aller Klar-heit vor mir.

Nun erkannte ich, wenn auch nicht ohne Mühe, dass die Lichtung nicht mehr leer, sondern zur Bühne einer besonderen Darbietung geworden war. Dort nämlich, wo die hell schimmernde Halluzinati-on der zwei verdrehten Himmelsschlangen aus dem Boden wuchs, tanzte eine Frau mit langen braunen Haaren und erhobenen Armen in einem Bastrock äußerst anmutig zum schwirrenden Takt des Trei-bens. Ophelia.

Um ihre Arme und ihren Oberkörper wanden sich zwei echte Schlangen, Kundalini und Ananda aus dem Apfelbaum hinter Randalls Hütte. Ophelia war von einem bläulichen Schimmer überzogen, der durch ihre rhythmischen Bewegungen stetig zunahm und die Intensität der leuchtenden Verbindung zur Erde verstärkte. Ich überlegte kurz, irgendjemanden neben mir zu fragen, was bitte schön los war, ob das *real* sei, ob *du es auch siehst* - aber das war völlig aussichtslos, denn ich schaute kurz zur Seite und sah nur ein ekstatisches, verschwommenes Gemetzel flirrender Blätter.

Die Lampe auf dem Podest der Trommler war mittlerweile ausgeschaltet – vielmehr schien das Leuchten nun von den Leuten selbst zu kommen, sie alle glommen in bläulichem Glanz – und nicht nur das: zunächst nur schwach, aber nach einer Weile bestand kein Zweifel mehr – die Pflanzen um die Lichtung herum und weiter hinten in den Regalen schimmerten ebenfalls bläulich – meine Hände – ich bewegte meine Fingerspitzen aufeinander zu – bevor sie sich berührten – ein blauer Funken schien hinüberzuspringen – ich spürte, wie von beiden Seiten nach meinen Fingern gegriffen wurde – offenbar hielten wir uns alle an den Händen – die Trommler legten nun richtig los, beschleunigten den Takt, schiere Raserei – Ophelia hatte beide Schlangen um ihren Hals gelegt und ihre Arme nach vorne ausgestreckt – dann begann sie, sich im Kreis zu drehen – immer schneller – die Trommeln schienen sie dabei anzufeuern – der Glanz, der ihren Körper umgab und sich immer noch wie ein Seil hoch zur Erde erstreckte, dehnte sich mit ihren Drehbewegungen immer weiter zur Seite aus – das Licht vereinigte sich – ein Blitz –

Ich saß an einem tropischen Strand. Eine laue Nacht. Am Himmel ein leuchtender Vollmond. Alles glitzerte im Elfenlicht: die leise raschelnden Wedel der Palmen, das zarte Plätschern der kleinen Wellen, die wenigen Wolken am Himmel, die von Felsen eingerahmte Bucht. Mondschimmern. Ich war allein, nur mit Badehose und T-Shirt bekleidet.

Das konnte nicht wahr sein. Ich schloss die Augen – aber das Bild änderte sich nicht – Augen wieder öffnen – schließen – es machte keinen Unterschied, obwohl ich sicher war, meine Lider zu bewegen – spürte den leichten, warmen Wind – Wind! – hörte das Glucksen der Wellen – das Raunen der Palmen – den Sand zwischen den Zehen – so real, wie sich irgendetwas nur anfühlen konnte – sah mein Handgelenk, das Barcode-Tattoo war verschwunden – atmete tief und fühlte *in mich hinein* – was war da? Angst? Verwirrung? – nein, ich war glücklich – das Bewusstsein, gerade den schönsten Moment meines Lebens genießen zu dürfen – Leben? – oder war ich tot? – wenn ja, sollte es mir recht sein, ich war von einem tiefen Frieden erfüllt – alles war warm und weich und glitzernd – das Gefühl von Realität und Irrealität zugleich – dadurch verstärkt, dass ich mit offenen und geschlossenen Augen genau dasselbe sah – so real, so unwiderruflich, so autoritär – zugleich aber auch losgelöst von aller Körperlichkeit, offenbar sah ich nicht mit meinen Augen – aber wie dann? – war das ein Traum? – das Rascheln, die Brandung, der Wind – alle meine Sinne sagten: *Realität!*

Langsam, ganz langsam, stand ich auf. Ich befürchtete, dass die Illusion – oder was immer es war – verfliegen könnte, aber war doch viel zu neugierig, um es nicht zu tun. Aufrecht stand ich im warmen Sand. Ich trat einen Schritt zurück. Hinterließ Fußabdrücke. Langsam ging ich die flache Neigung des Strandes hinunter, kurz zögerte ich an der schwappenden Wasserlinie, eine kleine kecke Welle nahm mir die Entscheidung ab, umspülte nass meine Füße. Nass. Aber warm. Perfekt. Wo immer ich hier war – ich wollte bleiben. Für immer.

Vorsichtig schlenderte ich den nächtlichen Strand hinunter. Zu meiner Rechten glitzerten die leise plätschernden Wellen im Licht des vollen Mondes; auf der linken Seite, wo nach dem Anstieg der Strand seine Höhe erreichte und es dahinter eben wurde, schloss sich flaches Grünzeug an. Palmen in lichtem Abstand reckten sich freundlich nickend in die Höhe.

Ich erreichte die Felsen am Ende der Bucht. Sie waren überraschend weich und glatt, noch warm vom Tag, falls es hier so etwas überhaupt geben mochte. Ich fragte mich, wie spät es war und ob irgendwann die Sonne aufgehen würde, aber eine Uhrzeit an einem solchen Ort? Vielmehr fühlte es sich an wie eine Urzeit. Ein zeitloser Ort, Augenblicke ohne Wirkung. Die Ewigkeit.

Mit bloßen Füßen kletterte ich die Felsen hinauf; es war ganz einfach, nicht zu steil, das Gestein warm und angenehm, sie boten guten Halt, das Mondlicht spendete magisches Glitzerlicht. Es war nicht anstrengend, ich glitt einfach die Felsen nach oben, höher und höher, zwischendurch einige Pflanzen, auch Büsche, aus den Spalten und Klüften wachsend. Die Steigung ließ nach, ein Trampelpfad nun, ausgetreten, warmweich, langsam ging es weiter hinauf. Die Bäume verdichteten sich, das Mondlicht abgeschirmt, dunkler, aber am rechten Weg bestand kein Zweifel; keine Anstrengung, nur innere Heiterkeit und Erfüllung. Obwohl beständig in gleitender, mondschimmernder Bewegung, hatte ich dennoch nicht das Empfinden, irgendetwas zu *tun;* das Fortschreiten erschien wie ein Stillstand, ein Innehalten im vollkommenen Fluss. Alles war richtig, alles war genau so, wie es sein sollte und idealerweise sein könnte. Ich war im Zentrum meines Seins, in anstrengungsloser Bewegung durch einen zeitlosen, vollkommenen Augenblick. Es konnte nicht mehr besser werden. Dies musste, ja *konnte* nur die Ewigkeit des Jenseits sein, das Paradies – wo immer es auch sein mochte.

Das Blattwerk hatte sich über mir geschlossen, kein Mondlicht drang mehr auf den bewaldeten Pfad, doch mühelos glitt ich weiter. Es ging wieder bergab, wieder hinunter, es wurde flacher, und bald hatte ich den nächsten Strand erreicht, so könnte es gerne immer weitergehen.

Der zweite Strand wurde in der Mitte von einem kleinen Bach geteilt, der – oben von den Bäumen kommend – ein kleines Delta im Sand hinterließ und zu überqueren war, die leichte Brandung schwappte ihm entgegen. Doch statt hindurchzuwaten, stieg ich die kurze Steigung des Strandes hinauf, am fließenden Wasser entlang und zu den Pflanzen hinauf. Raschelnd und an den Füßen kitzelnd, ging ich weiter hinein. Hier standen keine Palmen, sondern kleine Bäume, in einigem Abstand zueinander. Obstbäume. Im silbrigen Mondlicht pralle Früchte in Augenhöhe, Mangos und Papayas, die Farben kaum zu erkennen, aber träumerisch glitzernd. Ich konnte nicht widerstehen, mit meinen Händen über sie zu gleiten, als ich langsam an ihnen vorüberging. Warm und reif, fruchtig und aromatisch, am liebsten hätte ich hineingebissen.

Dann sah ich den Apfelbaum. Er stand in einer perfekten runden Lichtung, das Gras unter ihm schien besonders intensiv zu funkeln. Ich glaubte beinahe, ein leichtes Summen zu hören, hervorgerufen durch die Präsenz dieses Baumes – seine alles gebietende, dralle Apfelbaumigkeit. Die Äpfel, es mussten Hunderte sein, hingen in üppigen Trauben herunter; es hatte beinahe etwas Frivoles, wie Mutter Natur mir ihren Busen entgegenstreckte. Wollte hineingreifen, einen Apfel nehmen, aber ich schreckte zurück – ein großer Ast bewegte sich, er schlängelte sich den Stamm empor, im Mondlicht so klar zu erkennen wie bei Tage, kein Zweifel – eine Schlange. Nein, es waren zwei, miteinander verschlungen, gemeinsam drehten sie sich den Baum hinauf, dem Mondlicht entgegen. Staunend blickte ich nach oben.

»Wegen ihnen bist du hier«, hörte ich hinter mir eine weibliche Stimme. Erschrocken drehte ich mich um. Vor mir stand Ophelia, eine mondschimmernde Venus; sie schien dabei leicht über dem funkelnden Blätterboden zu schweben.

»Man trifft dich an ungewöhnlichen Orten«, hörte ich mich sagen. Meine Stimme schien von irgendwoher zu kommen, wie aus dem Off. »Was ist das hier? Wo sind wir?«

»Das sind die Mysterien von Delysium, die dich schauen lassen«, sagte Ophelias geisterhafte Erscheinung. »Jeder bekommt das zu sehen, was ihm zusteht.«

*Das, was du siehst, wenn du die Augen schließt – das gehört dir,* erinnerte ich mich an die Worte meiner Mutter. Wenn mir dieser paradiesische Strand zugedacht war, hatte ich vielleicht doch einiges richtig gemacht. Ich fragte mich allerdings, was das sein sollte.

»Spielen wir hier Adam und Eva?«, fragte ich. »Äpfel und Schlangen?«

»Schlangen sind das Symbol der heiligen Lebensenergie«, verkündete Ophelia und bewegte ihre Arme, bis sich ihre Handflächen vor ihrem Körper berührten, dazwischen wurde es gleißend hell. Sie zog die Hände wieder auseinander, und der helle Schimmer schwebte vor ihrer Brust und kondensierte zu einer leuchtenden Form – zwei Schlangen umkreisten einander, formten sich zunächst zu einem Äskulapstab, dann zu dem Symbol von Yin und Yang.

»Es war ausgrechnet ein Mann, Sir Francis Crick, der mithilfe der Mysterien von Delysium entdeckte, dass das Geheimnis des Lebens aus zwei Schlangen besteht.« Ophelias schwebende Erscheinung schaute mich erwartungsvoll an. »Es sind die – Zwillingsschlangen der DNA.«

»Darum geht es die ganze Zeit bei den Schlangen?«, fragte ich. »DNA?«

»Ja, das Prinzip des Lebens.«

»Und die Neumondzeremonie? Wie komme ich hierher …?«, fragte ich verwirrt.

»Du wandelst in einem Traum – in einem Traum Gaias. Sie kommuniziert mit dir, sie weist uns den Weg, sie schickt uns Bilder. Du befindest dich in zeitloser Ewigkeit, an einem raumlosen Ort. Dies hier ist die Welt des Lichts, die Welt der Visionen – Gaias Visionen. Sie lässt dich an ihnen teilhaben.«

Dann verwandelte sich Ophelia vor meinen Augen. Zunächst wurde sie leicht unscharf, ihr Bild verschwand und wurde durch eine rasche Abfolge von Frauen abgelöst. Ich blinzelte ganz kurz, konnte für einen winzigen Moment einzelne Gesichter ausmachen, sie waren alle weiblich, mehr war nicht zu erkennen. Die Überlagerungen wurden immer schneller, bis sich ein stehendes Bild herausbildete, eine Quersumme des weiblichen Antlitzes. Vor mir flimmerte eine Idee des femininen Ideals, wie von weither auf die Wände einer Höhle projiziert. Das Ergebnis war wunderbar, die schönste Frau, die ich je sehen durfte, sie lächelte katzenhaft mit blauen Augen und formte mit ihrem Mund ein Wort – aber ich konnte es nicht erkennen ... *Was???*

Ich sah suchend auf ihre Lippen, aber das Gesicht wandelte sich erneut, es spulte zurück vom Allgemeinen und Idealen, zurück zum Konkreten, zu *jemandem* ... ich schreckte erneut zurück, denn nun war es – meine Mutter.

Sie sah mich an. »Nach Hause«, sagte sie. »Darian, du musst zurück. Komm zurück nach Hause!«

»Aber ich bin zu Hause.«

»Zu Hause? Wo glaubst du denn, wo du bist?«, fragte die Gestalt meiner Mutter, bevor sie plötzlich verschwand.

Das war zu viel. Ich lief den Bach entlang, zurück zum Strand, querte platschend den flachen Wasserlauf und weiter zur Brandung. Es war dunkler und windiger geworden, Wolken hatten sich vor den Mond geschoben, die Wellen waren aggressiver als zuvor, eine von ihnen umspülte mich bis an die Hüfte. Ich schnappte nach Luft, das Wasser war sehr kalt. Ich wich zurück von der Brandungslinie und lief weiter, kam zu den nächsten Felsen und wollte an ihnen emporklettern, aber dies war nicht mehr so einfach; sie waren rau und steil, ich stieß mir die Zehen, zerkratzte mir die Hände. Mühelosigkeit hatte sich in Anstrengung verwandelt, es war dunkel und ein einziges Stolpern. Nach langer beschwerlicher Kletterei hatte ich den Grat erreicht, von dem ich nach unten schauen konnte, auf den nächsten Strand.

Dort flackerte ein Lagerfeuer, darum saßen einige Leute in einem Kreis.

Dank des Lichtscheins konnte ich erkennen, wie die Felsen, die hinunterführten, zu begehen waren. Es war trotzdem mühsam, ich stieß mir einige Male die Füße, am Schluss musste ich in den Sand hinunterspringen, er war hart. Während ich, unten angekommen, langsam auf die Gruppe zuging, wurde es über dem Meer allmählich heller. Kein Zweifel, der Tagesanbruch stand bevor.

Ich kam näher, aber ich hörte von den Leuten noch immer kein Geräusch, absolute Stille. Die vier Figuren, die dort im Kreis um das Feuer saßen, spielten auf Bongos, ein mittlerweile wohlvertrauter Anblick. Doch es war ruhig, nur die Brandung donnerte.

Fast wäre ich gegen die Folie gelaufen. Erst im letzten Moment bemerkte ich meine Reflexion und die Schiene am Boden, in der die Membran eingespannt war. Sie stand senkrecht vor mir und verschwand oben im Himmel. Die Traumwelt war von einer dünnen transparenten Kuppel überdeckt, das Feuer und die vier Trommler waren außerhalb davon, daher konnte ich sie nicht hören. Doch sie saßen nicht etwa am Strand, obwohl nur wenige Meter von mir entfernt, sondern hockten in grauem Mondstaub, Gestein und kleinen Kratern. Um ein Lagerfeuer. Ohne Raumanzüge. Auf dem Mond. Und nun konnte ich sie auch erkennen: Tony. Lawrence Strongbone. Hermann von Hindenburg. Buzz, der Roboter. Sie trommelten.

Hinter mir zischte es, und ich hörte einen dumpfen Aufschlag. Erschrocken drehte ich mich um. Keine zwei Meter hinter mir war ein metergroßer Krater entstanden, aus dem es dunkel hervorqualmte. Darin lag eine kleine Kugel. Ein glühender Golfball.

Ich lief ein Stück weiter den Strand hinunter, ein weiterer brennender Ball zischte herab, auch er riss mit einer kleinen Explosion einen Krater in den Sand. So schnell ich konnte, rannte ich hoch ins Grün, zwischen die Bäume, mittlerweile gut zu erkennen, denn es wurde immer heller. Immer mehr glühende Golfbälle schossen vom Himmel, überall Detonationen und Einschlagskrater. Ein Inferno. Ich fand Zuflucht unter einem Felsen, der zwischen den Palmen auf dem Rasen lag; er hatte einen Überhang, unter ihm kauerte ich mich zusammen.

Dann ging die Sonne auf. Sie war böse. Die ersten Strahlen erschienen über dem Horizont des bleigrauen Meeres, die obersten Palmwedel über mir fingen Feuer. Schon bald fielen sie rauchend und brennend hinunter, einer landete direkt vor meinem Unterschlupf.

Es krachte und flackerte, nun hatten auch die Stämme der Palmen zu brennen begonnen. Bald stand alles in Flammen.

Ich öffnete die Augen. Ich war zurück im ICB. Offenbar war kaum Zeit vergangen, denn ich saß wieder mit der Blättermaske auf dem Gesicht im trommelnden, flackernden Halbkreis der Zeremonie.

Ophelia tanzte immer noch mit ihren Schlangen, aber die leuchtende Vision war verschwunden. Ich sah hoch zur Erde. Meine Wahrnehmung war wieder normal.

Wo war ich gewesen? Ich schloss die Augen und empfand ein Gefühl tiefer Dankbarkeit und Wehmut, von Ratlosigkeit und Verwirrtheit. Zugleich war ich sicher, dass mir dieser Ort nie wieder gezeigt werden würde. Ich habe gesehen, was ich sehen sollte, aber verstanden habe ich es nicht.

# LUNATIC COUNCIL

»Der Abendländer, der auf dem Mond landet,
findet dort die Bestätigung seiner eigenen Wirklichkeit.«
ERNST JÜNGER

Meeresrauschen. Langsam wurde es hell.

Ich schreckte hoch. Montag, mein erster Arbeitstag.

Verschlafen schaltete ich den Wecker aus. Die Brandung verstummte.

Ab heute war ich nicht mehr Tourist, sondern Angestellter in Levania. Ich gehörte dazu. Dort arbeiten, wo andere Urlaub machen. Tony, Randall, Harry, Mademoiselle Lunette – sie waren jetzt meine Kollegen. Sogar Buzz. Mortimer war mein Chef.

Es war sieben Uhr früh und drei Tage nach Neumond. Ich schaltete die Terrassenfenster auf durchsichtig. Funkelnde Sterne, der dunkle Glanz der Mondnacht. Der Scooter auf der Terrasse, der nun mein Dienstfahrzeug war. Zeit, aufzustehen, aber ich blieb liegen.

Nach einigem Überlegen hatte ich mich entschieden, auf das kostenfreie Hochbett in den fensterlosen Arbeiterbaracken zu verzichten und erst einmal auf den Rest meiner Erbschaft zurückzugreifen. Ich würde vorerst in der Suite bleiben, in all ihrer oberflächlichen Eleganz und Leere. Mit einer Luftschleuse, Blick zur Erde, künstlich belüftet und beleuchtet. Ein Spiegel meiner selbst. Ein Spiegel, der sich im Spiegel spiegelt. Ein Nichts im Nichts – und doch alles. Habito ergo sum.

Ich dachte zurück an alte Zeiten. Strandhütten in den Tropen. Hängematte. Kerzen. Muscheln und Korallenstücke. Vielleicht eine Pflanze in einer halben Kokosschale. Hier auf dem Mond war das Angebot deutlich reduziert, als Fundstücke gab es höchstens kleine Felsbrocken – und keinen Touristen, der nicht mindestens einen davon als Souvenir zur Erde brachte. Oder gleich die halbe Tasche voll. Meine Suite aber war undekoriert.

Längst war es zu einem Statussymbol geworden, möglichst wenige Dinge zu besitzen. An Gegenständen haftete eine Aura von Schmutz und Schweiß. Sie mussten hergestellt werden, verbrauchten Ressourcen, waren meist hässlich und nahmen Platz weg. Sie verstaubten und gingen kaputt, man musste sie ertragen und entsorgen. Sie behinderten die Mobilität. Kaum vorstellbar, dass früher einmal der Besitz von Objekten erstrebenswert gewesen sein soll, dass Leute sich Gerümpel als Dekoration hingestellt hatten. Wenn heutzutage etwas von Bedeutung war, dann ein gut strukturierter Datenraum, zu dem man immer Zugriff hatte.

Die Entmaterialisierung wurde von manchen als Eskapismus und Nihilismus angesehen, als Entsagung und Reinigung, als Büßergewand der Letzten Tage. Das hat aber nichts an unserer elitären Verachtung für die Knechtschaft des Eigentums geändert, an unserer Distanz zu den Alten, die immer noch in vollgemüllten Wohnungen dem Untergang entgegendämmerten.

Mein erster Arbeitstag. Ich stand auf und ging ins Bad.

Um Punkt neun klopfte ich an der Tür zu Mortimers Büro. Sie öffnete sich.

»Hallo Kollege!« Tony schob seine Brille hoch. »Komm rein, es geht gleich los.«

Ich trat ein. Mortimer saß hinter einem ausgerollten Screen und nickte zur Begrüßung, sein Vorhang aus Locken wippte. Ich setzte mich. Die beiden besprachen den Dienstplan der kommenden Woche, währenddessen schaute ich mich um. An der Wand lehnte ein

Fotovoltaik-Paneel, groß wie eine Schranktür, mit einem hässlichen Loch und sternförmig auseinanderlaufenden Rissen, als ob ein kleiner Meteorit darin eingeschlagen wäre. Auf dem Boden eine Rolle eines aufgewickelten, silbrig schimmernden Materials. Alte Mondkarten an den Wänden. Ein verblichenes Plakat von Bangkok Air. Ein Kampagnenposter für PLAN A (»Worldwide Vote for Freedom and Future 2037«). An der Wand gegenüber ein psychedelisches Ölgemälde.

Auf dem Schreibtisch und der Anrichte: ein leuchtender Mondglobus. Eine geschnitzte Statuette einer Königskobra. Der Scheinwerfer eines Scooters. Eine tibetanische Gebetsmühle. Ein sitzender, mit Blattgold belegter Buddha. Eine halb volle Flasche Portwein. Ein Starseed-Helm mit heraushängenden Kabeln. Eine handsignierte Autogrammkarte von Dennis McKenna. Ein Dutzend Mondgesteine. Eine Werkausgabe von Ken Wilber im Schuber. Ein Lego-Modell einer Flugmaschine mit dem aufgeklebten Logo von Virgin Galactic. Eine Frisbee-Scheibe. Eine Packung Trockenfutter für Katzen. Die Speisekarte eines vegetarischen Restaurants auf Ko Pha Ngan. Ein grüner Hase aus Plastik, wie er auch auf dem Bartresen in der Lounge stand. Eine burmesische Lacquerware-Schale voll mit Wasabi-Nüssen. Eine Lava-Lampe. Ein Holzschälchen mit Tabakkrümeln. Eine zerfledderte Taschenbuchausgabe von »Das Restaurant am Ende des Universums«. Ein Service-Heft für einen Roboter, auf den das Wort BUZZ gekritzelt war. Ein sorgfältig zusammengefalteter Sarong mit Blumenmuster. Ein vergilbter Lonely Planet »South-East Asia on a Shoestring« – und dazwischen überall mondgraue Formteile aus Regolithpaste, von einem 3-D-Drucker hergestellt. Mittendrin saß Mortimer auf einem Hocker ohne Lehne, Tony stand neben ihm. Beide schauten mich nun an.

»Nun, Darian, hast du eine Idee, was das hier ist?« Mortimer hielt mir ein kleines elektronisches Gerät entgegen. »Das ist ein Zähler für den Verbrauch von Wasser, Strom und Atemluft. So ein Ding gibt es in Beverly Hills und Pleroma in jedem Haus, meistens bei den Luftschleusen.«

»Ich soll Zählerstände ablesen?«

»So ist es«, grinste Tony. »So wirst du jeden Winkel von Levania und Pleroma kennenlernen, auch die technischen Anlagen und das ICB. Aber keine Sorge, der Hausmeister bin ich.«

Mortimer ergänzte: »Tony wird dich in den nächsten Wochen in deine Aufgaben einführen. Du wirst an allen möglichen Posten eingesetzt, damit du Einblick in die Abläufe bekommst – an der Rezeption, in der Küche, an der Bar. Danach wirst du wissen, wo die Besen der Reinigungskräfte stehen, wie man Volleybälle von der Erde bestellt, Medienanfragen ablehnt, an den Wanderhütten die Tanks auffüllt oder die Betten macht. Du bist jetzt das Mädchen für alles.«

»Okay, sehr gerne. Und noch mal vielen Dank dafür.«

»Übrigens, Darian, ich möchte dich bitten, um halb zwei in den Konferenzraum zu kommen, wir haben dort einiges zu besprechen«, sagte Mortimer mit ernstem Unterton. »Alle weiteren Unterweisungen wirst du von Tony erhalten, aber das klärt ihr drüben in seinem Büro. Und denk bitte noch an dein Führungszeugnis.«

Damit war die Audienz auch schon beendet.

Um halb zwei erschien ich in besagtem Konferenzraum, der durch einen kurzen Gang mit dem Verwaltungstrakt verbunden war. Eine kleine gläserne Kuppel mit einem runden Tisch, groß genug für zwölf Personen. Leider hatte man in dem Besprechungsiglu keinen freien Blick, was ziemlich spektakulär gewesen wäre; stattdessen schaute man rundherum gegen die fensterlosen Außenwände der Verwaltung, die die kleine Kuppel mit einigen Metern Abstand vollständig umgaben. Auf der Erde hätte man in diesem geschlossenen Innenhof immergrüne Bodendecker gepflanzt; hier war es natürlich Mondstaub, wegen mangelnder Zugänglichkeit glatt und makellos.

Es hatte mich nachdenklich gemacht, dass Mortimer gleich an meinem ersten Arbeitstag eine »wichtige Besprechung« einberufen hatte. Das wurde auch dadurch nicht besser, als ich beim Betreten der kleinen Konferenzkuppel feststellte, dass bereits alle anwesend waren und das Gespräch bei meinem Erscheinen verstummte.

Ich setzte mich auf den einzigen freien Stuhl, an jedem Platz lag ein Screen. Neben Mortimer und Nathan saßen Randall und Hermann von Hindenburg, der mich keines Blickes würdigte. Etwas überraschender war die Anwesenheit einiger Leute, die nicht zur Belegschaft gehörten: Mama Africa, Lawrence Strongbone und die drei Rebeccas aus Jerusalem. Neben mir, zu meiner Rechten und Linken, saßen Tony und Christopher. Beruhigend.

Mortimer räusperte sich. Er blickte freundlich in die Runde. »So, dann wären wir ja vollständig.« Erst jetzt fiel mir auf, dass Kater Schrödinger sich auf seinem Schoß von ihm kraulen ließ. »Ich möchte euch alle herzlich zu unserer heutigen Sitzung des Councils begrüßen und zunächst einmal unseren Neuzugang vorstellen, den die meisten von euch sicher schon kennen: unseren neuen Assistenten Darian Curtis.«

Ich lächelte unsicher.

»Darian, soweit ich weiß, hat man dir noch keine Details über unsere Sitzung mitgeteilt, denn sie ist vertraulich. Wir sind der Lunatic Council, wir kommen jeden ersten Montag im Monat zusammen – zufällig heute, an deinem ersten Arbeitstag. Als Assistent der Geschäftsleitung hast du direkt die erste Aufgabe, nämlich die des Protokollführers. Können wir loslegen?«

Erleichtert griff ich nach dem Screen.

Ich hatte mich mit einem Gin Tonic auf einen Sessel am Großen Fenster zurückgezogen, um in Ruhe das Sitzungsprotokoll zu bearbeiten. Meine Befürchtung, dass es bei dem Meeting um meine Steuerschulden und die drohenden Konsequenzen gehen könnte, waren wohl Selbstbezogenheit und schlechtem Gewissen geschuldet, zumal niemand davon wissen konnte. Der Lunatic Council war einfach eine monatliche Dienstberatung, mehr nicht – der Mann im Mond hatte einen Betriebsrat, und ich gehörte dazu. Es war Tradition in Levania, dass der Assistent der Geschäftsleitung den Schriftführer machte; mein Vorgänger Felipe hatte im Council die gleiche Aufgabe gehabt.

Mortimer hatte mir zu Beginn der Sitzung noch eine kleine Einführung gegeben: Sir Richardson und Alex von Alvensleben waren zwar die Eigentümer von Levania und Pleroma, aber nur jeweils zu neunundvierzig Prozent – und wie wir bei der Präsentation von Garden Eden erfahren hatten, war Alex sogar im Begriff, den Laden ganz zu übernehmen.

Die übrigen zwei Prozent aber gehörten dem Council, der sich aus zwölf Residents und Mitarbeitern zusammensetzte. Jedes Mitglied hatte eine Stimme, und zusammen bildeten sie das Zünglein an der Waage – zumindest in der Theorie, denn Alex und Richardson waren befreundet und verfolgten hier dieselben Interessen. Aus dem Grunde wurde auch nichts zur Abstimmung vorgelegt – es wurde bloß verkündet und besprochen, Abläufe festgelegt und Aufgaben verteilt.

Im Prinzip wurden die zwölf Geschworenen jeweils zu gleichen Teilen von Alex von Alvensleben und Sir Richardson einberufen, aber beide hatten diese Aufgabe vertrauensvoll an Mortimer übertragen. Man blieb so lange Mitglied des Councils, wie man dauerhaft in Levania weilte und sich nichts zuschulden kommen ließ; der Nachfolger würde dann im Prinzip wieder von demjenigen Eigentümer benannt, zu dessen Kontingent man gehörte. In meinem Fall war es das von Sir Richardson, gemeinsam mit Mama Africa, Lawrence Strongbone und den drei Rebeccas.

Ich beugte mich über den Screen und prüfte das Protokoll.

Mortimer: »Kommen wir nun zu TOP 2, dem Projekt Garden Eden. Ich übergebe an Nathan.«

Nathan: »Ich möchte einen kurzen Ausblick auf das weitere Vorgehen geben. Die Bauarbeiten bestehen im Wesentlichen aus drei Komponenten: der Installation des Befestigungsringes der Kuppel auf dem Kraterrand, dem Fixieren der Kuppelmembran und dem Verlegen neuer und größerer Versorgungsleitungen hinauf nach Pleroma. Damit möchte ich nun auch beginnen ...«

Die Spracherkennung funktionierte perfekt, mein Lektorat war eigentlich überflüssig. Ich scrollte weiter.

Mortimer: »Und wer ist mit dem Ausbau der Anlagen beauftragt?«

Nathan: »Das übernimmt BelTech, denn die haben noch einen gültigen Vertragsanspruch aus der Zeit, als Levania noch Port Luna war. Es gibt eine Klausel, dass sie unbefristet alle Umbau- und Erweiterungsarbeiten ausführen.«

BelTech.

Randall: »Ist das ein Cost-Plus-Vertrag?«

Nathan: »Ja, natürlich, aber das ist Sache von Alex und Sir Richardson.«

Mortimer: »Wir sollten ihnen aber auf jeden Fall auf die Finger schauen, denn BelTech hat leider die Angewohnheit, manchmal etwas nachlässig zu sein, und seltsamerweise tauchen genau nach Ablauf der Gewährleistungsfrist Probleme auf, deren Behebung teuer bezahlt werden muss. Die Nebenkostenpauschale der Bauleiter von BelTech ist auch eine Frechheit, sie bestehen zum Beispiel auf einer Unterbringung in den Suiten, die wir dann vorhalten müssen.«

Tony: »Und freie Drinks an der Bar.«

An dieser Stelle hatte Tony seine Brille nach oben geschoben.

Darian: »Was ist ein Cost-Plus-Vertrag?«

Ich fragte mich, ob ich das löschen sollte.

Tony: »BelTech bekommt alle Kosten erstattet, und dann pauschal 20% obendrauf, und es gibt keine Baukostengarantie oder Festpreise. Das ist eine Regelung noch aus der Zeit, als die USA Dienstleistungen des Militärs privatisiert und an regierungsnahe Firmen vergeben hatten – BelTech zum Beispiel.«

Nathan: »Wenn die Kapazitätserhöhung der Anlagen abgeschlossen ist, werden wir mit dem Bau der neuen Leitungen nach Pleroma beginnen. So lange werden wir auf der Serpentinenstrecke hinauf zum Kraterrand einige Behinderungen haben.«

Mortimer: »Wir müssen also Baustellenampeln von der Erde bestellen. Darian, das wäre schon mal eine Aufgabe für dich. Recherchiere bitte, ob die Hersteller es hinbekommen, sie für den Einsatz auf dem Mond umzurüsten. Das benötigt sicher einigen Vorlauf.«

Hermann von Hindenburg: »Na, Baustellenampeln sollten wir auch selber hinbekommen.«

Randall: »Wann ist eigentlich der geplante Fertigstellungstermin von Garden Eden?«

Mortimer: »Im Mai kommenden Jahres.«

In fünfzehn Monaten. Hoffentlich würde ich dann noch hier sein. Ich scrollte weiter durch das Protokoll, bis ich endlich zum letzten Punkt der Tagesordnung kam. Jetzt wurde es spannend. Es betraf mich.

Randall: »Einen Golfplatz? In Levania? Das ist nicht euer Ernst! Wollt ihr noch mehr so Typen wie Alain hierhaben?«

Darian: »Es wäre kein großer Aufwand, einen Platz anzulegen. Eigentlich müsste man nur ein paar Abschläge und Löcher markieren, Steine beiseiteschieben und ein paar Hügel und Bunker modellieren.«

Randall: »Bunker?«

Christopher: »Das sind diese großen Sandgruben, wo man nicht hineinspielen sollte. Und an Sand, beziehungsweise Mondstaub, hat es hier ja keinen Mangel. Außerdem hat ein Golfplatz auf dem Mond den Vorteil, dass man sich keine Gedanken um Grünpflege und Bewässerung machen muss.«

Randall: »Oh, aber man könnte doch auch gleich Garden Eden umwidmen und in der Kuppel stattdessen einen begrünten Golfplatz anlegen!«

Unser Gärtner war noch nicht ganz überzeugt. Ich scrollte weiter.

Mortimer: »Ich finde die Idee nicht schlecht, denn Levania könnte durchaus noch eine zusätzliche Attraktion gebrauchen, insbesondere für eine zahlungskräftige Kundschaft. Ich spreche auch für Sir Richardson und Alex; wir müssen schließlich an die Umsätze denken, und die Investitionskosten halten sich schließlich einigermaßen in Grenzen. Und eine tolle Publicity wäre es ganz sicher. Außerdem haben mich die Residents von Beverly Hills schon öfter darauf angesprochen, ob wir nicht einen Golfplatz anlegen wollen. Wir dürfen nicht vergessen, dass auch diese Leute zu Levania gehören, und sie bringen das Geld in die Kasse.«

Und jetzt kam der entscheidende Satz:

Mortimer: »Darian und Christopher, könntet ihr bitte bis zur nächsten Sitzung ein Konzept für einen Golfplatz erarbeiten?«

Ich lehnte mich in dem luftgefüllten Sessel zurück und nahm einen großen Schluck Gin Tonic.

Am nächsten Morgen saß ich mit Christopher in der Gelben Nische, um das weitere Vorgehen zu besprechen. Zunächst einmal stellte sich die Frage, wo wir den Golfplatz überhaupt anlegen sollten. Üblicherweise befand sich der erste Abschlag direkt am Clubhaus, wo die Runde auch wieder ihr Ende fand, damit man von der Terrasse den Spielern am achtzehnten Loch zuschauen konnte. Aber wollten wir tatsächlich den Blick aus dem Großen Fenster mit einer Szenerie von Figuren verunstalten, die versuchten, den Ball in das letzte Loch zu putten? Wir zoomten auf die Karte von Prinz und besahen uns die nähere Umgebung. Sollten sich die Golfbahnen mit der Via Levania kreuzen, die am Hotel vorbeiführte? Wir kamen zu dem Schluss, dass der Platz besser jenseits der Piste liegen sollte und wir dort – im Osten des Kraters Prinz – auch die hügelige Topografie mit einbeziehen könnten.

Und so blieb es nicht aus, dass wir kurz darauf meinen Golfschläger und die Bälle einpackten und auf einem Aufsitzmoover in Richtung des östlichen Kraterrandes unterwegs waren. Wir überquerten die Via Levania und erkundeten das Gebiet, das wir als zukünftigen Golfplatz auserkoren hatten; direkt hinter der Straße hielten wir an. »Irgendwo hier könnte der erste Abschlag sein, in der Nähe des Haupteingangs«, schlug ich vor.

»Normalerweise ist das erste Loch ein Par 4 und nicht zu schwierig«, hörte ich Christophers Stimme im Helmlautsprecher. »Man darf nicht vergessen, dass es für die Spieler die erste Bahn auf dem Mond ist.«

»In einem Raumanzug. Mit Helm und Handschuhen.«

»Mit einem Sechstel Schwerkraft.«

»Im Weltraum.«

»Mit der Erde am Himmel.«

»Das erste Loch eines Platzes soll einen bleibenden Eindruck hinterlassen.«

»Wenn du zum ersten Mal einen Golfball auf dem Mond schlägst, würde ich mir darüber keine Sorgen machen.«

»Probieren wir es also aus.«

Es war hier grau und eben wie überall, es lagen kaum Felsen herum. Christopher legte einen Ball vor sich in den Staub, brachte sich in Position und schlug ab.

Wir setzten uns wieder auf den Moover und amüsierten uns darüber, wie ähnlich er doch einem irdischen Golfcart war. Während wir zu dem Ball fuhren, wurde uns klar, was der größte Unterschied zum Spiel auf dem Rasen war und hier ein Problem darstellte: Durch das Fahren auf dem Fairway zerstörten wir naturgemäß die Spielbahn. Wir beschlossen, beim nächsten Mal eine Walze hinter dem Moover anzubringen, um so die Spuren zu beseitigen; außerdem bräuchten wir noch feine Harken für die Spieler, um die Fußabdrücke zu glätten, so wie man es von daheim in den Bunkern kannte.

Der von Christopher geschlagene Ball war glücklicherweise nur zur Hälfte eingesunken, also durchaus noch spielbar – wäre er im Regolith verschwunden, hätte das die gesamte Idee des Golfplatzes zunichte gemacht, oder man hätte über größere und leichtere Bälle nachdenken müssen. Da die erste Bahn ein Par 4 war, sollte der dritte Schlag also der auf das *Grau* sein – jener Bereich um das Loch, der normalerweise Grün genannt wurde. Wir erklärten eine freie Fläche in einigem Abstand vor uns zum Grau, und Christopher gelang ein sauberer Pitch genau dorthin.

Dummerweise konnte man auf Regolith nicht putten. Keine Chance. Was tun? Anstelle eines Lochs einen Kreis ziehen, der die Zielregion darstellte? Aber wie sollte eine solche Markierung das Herumgestapfe und das Glätten der Harken überstehen? Wir mussten also die Fläche des Graus irgendwie befestigen – vielleicht mit einer Art Bindemittel, um eine glatte Oberfläche zu erzeugen. Auf jeden Fall wollten wir eine Fahne im Loch; Flaggen auf dem Mond aufstellen, so wie es damals die Apollo-Astronauten getan hatten.

»Warte mal, ich hab eine Idee«, rief Christopher und drückte mir den Schläger in die Hand. »Bin gleich wieder da.«

Er stieg auf den Moover und fuhr zurück in Richtung der Halle, wo er vor dem Haupteingang hielt und sich dort zu schaffen machte. Er kam zurück, sprang lässig vom Sitz des Moovers und steckte eine Stange mit einer Fahne in den Staub. Es war die von Schottland.

Unsere Erkundungen wurden durch ein durchdringendes, grelles Tröten im Helmlautsprecher unterbrochen. Wir zuckten zusammen. Ein eindringliches, offenbar ernst gemeintes Alarmsignal. Ich sah Hilfe suchend zu Christopher. »Sonnensturm!«, hörte ich ihn rufen.

»Was?«

»Eine Übung. Wir müssen in den Schutzkeller!«

»Sicher, dass das nur eine Übung ist?«

»Im Ernstfall hat man ein paar Stunden Vorwarnzeit, erst danach wird der Alarm ausgelöst. Bis dahin sollte jeder im Keller sein, auch die Leute aus Pleroma und alle, die irgendwo unterwegs sind.«

»Und warum jetzt so eine Hektik?«

»Die Hausordnung wohl nicht gelesen? Alle sofort in den Keller, aus Prinzip. Wenn wir gleich drinnen sind, werden noch stundenlang

Leute aus Beverly Hills und Pleroma nachkommen. So können wir uns auch die besten Plätze sichern.«

Auf dem Weg zurück zum Hotel musste ich an Lawrence Strongbone denken, der manche Nacht im schweren Raumanzug in der Mondschaft verbrachte. »Ist Lawrence eigentlich schon mal von einem Alarm überrascht worden, wenn er draußen übernachtet hat?«, fragte ich.

»Mehr als nur einmal.«

»Vielleicht hätte er doch Alains Angebot annehmen sollen, dass er ihm eine Hütte besorgt.«

»Hat Lawrence dir das erzählt?«

»Ja, neulich, als ich ihn im Apollo kennengelernt habe.«

»Alain macht manchmal den Leuten so merkwürdige Angebote«, sagte Christopher. »Er hat in Jerusalem eine Stiftung für religiöse Verständigung gegründet und will unbedingt die Rebeccas dorthin versetzen. Alain hat auch schon Mama Africa regelrecht bedrängt, sie bei der Entwicklung von Starseed finanziell zu unterstützen. Aber sie hat dankend abgelehnt, er ist ihr nicht geheuer. Man weiß nicht so recht, was Alain im Schilde führt.«

»Mich hat er ja auch auf die Yacht eingeladen«, sagte ich.

»Und nun planen wir einen Golfplatz«, sagte Christopher. Sein verspiegeltes Visier schaute mich von der Seite an.


Wir parkten den Moover am Haupteingang, gaben unsere Raumanzüge und Helme an der Garderobe ab und trabten durch die Halle. Dabei wären wir beinahe mit Buzz zusammengestoßen, der gerade mit einem Tablett mit Tee und Keksen unterwegs war. Überrascht stellte ich fest, dass in seiner Maske nicht das vertraute Gesicht von Buzz Aldrin projiziert war, sondern das von – Winston Churchill. Offenbar war das Tonys neue App mit den täglich wechselnden Gesichtern, *Changing Faces*.

Der Eingang zum Schutzkeller befand sich im Gang zwischen Rotunde und Lounge. Vor der verschlossenen Kellertür hatten sich bereits Dutzende von verschreckten Gästen und demonstrativ gelassenen Mitarbeitern versammelt, die entspannt Auskunft gaben über Vorwarnzeiten und Millisieverts. Aber die schwere Stahltür war verschlossen. Das änderte sich, als Mademoiselle Lunette auftauchte. Sie hielt mit leisem Lächeln einen altertümlichen Schlüssel hoch und steckte ihn in das Schloss der Kellertür.

»Wieso ist der Keller verschlossen?«, fragte ich Tony, der mittlerweile auch eingetroffen war. »Wäre es nicht einfacher, die Tür offen zu lassen?«

»Das war sie früher auch, aber es wurde zu viel Blödsinn da unten getrieben. Heimliche Partys und so. Als dann herauskam, dass Hector da unten ein Lager eingerichtet und sogar einmal Frauen versteckt hatte, haben wir das Schloss angebracht. Seitdem liegt der Schlüssel an der Rezeption.«

»Nur ein Schlüssel?«

»Ja, wir müssten eigentlich mal welche nachmachen lassen. Kannst dich ja drum kümmern.«

Mortimer erschien, und wir folgten ihm die betonrohen, schwach beleuchteten Stufen nach unten. Die Ausmaße des mit dreistöckigen Hochpritschen vollgestellten Kellers waren im funzeligen Licht der Notbeleuchtung kaum abzuschätzen. Kein Zweifel, der Raum nahm seine Rolle als Schutzbunker ernst. Hier herrschte der Notfall.

Meine neuen Kollegen, die das nicht zum ersten Mal erlebten, sicherten sich sogleich die nächstbesten Pritschen am Fuße der Treppe; entgegen meinem ursprünglichen Impuls, mich in die hinteren Tiefen der dämmrigen Katakomben zu begeben, tat ich es ihnen gleich. Neben mir machte Tony es sich bequem, Christopher lag bereits über ihm, in oberster Reihe ließ Lawrence Strongbone seine Carbonbeine herunterbaumeln. Von oben wurde ein Flachmann mit Gin heruntergereicht, er kam von Harry.

Es war eine Atmosphäre wie in einem Landschulheim. Mortimer und Nathan hatten die Aufgabe übernommen, den Strom der von oben kommenden Neuankömmlinge in die Tiefen des Kellers zu weisen. Höflich, aber zu der Situation angemessenen Eile mahnend, wurde jeder mit Namen begrüßt und gebeten, sich rasch weiterzubewegen und die nächste freie Pritsche zu belegen. Ich verstand allmählich, warum meine Kollegen sich so zielstrebig am Fuße der Treppe niedergelassen hatten, denn hier hatten wir den besten Blick auf das Schauspiel der in bunter Mischung herunterstolpernden Leute, die sich im Halbdunkel der Notbeleuchtung zu orientieren versuchten. Bekannte Gesichter wurden von uns mit wohlgefälligen Grüßen und Gejohle quittiert.

Es war Roy, der begonnen hatte, jeden hereinkommenden Moonatic mit aufmunterndem Zuruf zu begrüßen; es dauerte nicht lange, bis wir alle darin einstimmten, wobei der herumgereichte Gin daran sicherlich seinen Anteil hatte. Mortimer missbilligte dieses Verhalten allerdings mit strengem Blick.

Insgeheim fragte ich mich, ob wir Mitarbeiter nicht eigentlich dabei behilflich sein sollten, den Gästen zu assistieren, aber doch zu gerne fügte ich mich der vorherrschenden Kameraderie. Und es war recht amüsant zu beobachten, in welch zufälliger Reihenfolge völlig unterschiedliche Leute hereinkamen: Veejay Nanabai … eine Gruppe verschreckter japanischer Touristen (die anscheinend die Gästeinformationen auch nicht gelesen hatten) … Dr. Berghoff (schnaufend) … Ziggy Lunaliscious, der in der Lounge rumgehangen hatte … die beiden Schachspieler … Bongo-Paul und Zach … Ivan der Bergsteiger (mit Norwegerpullover) … Theowulf (mit unsicheren Schritten die Stufen heruntertastend) … Mama Africa (verteilte Kusshände) … Etienne … die drei Rebeccas aus Jerusalem … und dazwischen immer wieder irgendwelche Touristen, die ich zum Teil noch nie gesehen hatte.

»Was ist eigentlich mit den Arbeitern in den technischen Anlagen und den Strafgefangenen?«, erkundigte ich mich.

»Die haben da ihren eigenen Keller. Wirst du alles bei der Einweisung sehen«, sagte Tony.

Nach einer Weile ließ der Zustrom nach, und wir erwarteten die Ankunft der Leute aus Beverly Hills und Pleroma, die wahrscheinlich gerade in einem Konvoi die Serpentinen herunterfuhren.

»Was für ein Notfall wird hier eigentlich simuliert?«, erkundigte ich mich.

»Sonneneruptionen, die kommen hier ein paar Stunden später als Teilchenschauer an – Protonen, Elektronen, Gammastrahlung. Das volle Programm. Oben in den Gebäuden sind wir bis fünfzig Millisievert geschützt, bis zweihundert halten die Pflanzen im ICB durch, wenn wir die Schutzrollos ausfahren, aber danach ist Ende«, grinste Tony und schob seine Brille nach oben. »Angeblich kann es bis tausend hochgehen, aber das ist noch nie passiert. Und dann gnade uns Gott. Das würden wir hier unten zwar überleben, aber oben wäre Schluss mit lustig – die Botanik im ICB frittiert, die große Evakuierung nach Port Navel. Das komplette Desaster. Ich wette, die haben in Navel dafür gar keine Notfallpläne.«

»Levania würde dann aufgegeben?«

»Auf keinen Fall. Wenn wir alle abhauen, sind sofort die Chinesen hier und übernehmen den Laden. Dann können wir nie mehr zurück. Nein, es würde ein Notfallteam bleiben – wir beide zum Beispiel – und auf Knäckebrot die Stellung halten. Mit dem Saatgut, das hier unten gelagert ist, müsste dem ICB so schnell wie möglich neues Leben eingehaucht werden. Dann hätte Randall das Kommando.«

»Und Ophelia, um die Sache abzusegnen«, ergänzte ich, nur halb im Scherz.

»Definitiv.«

Mittlerweile waren die Leute aus Beverly Hills und Pleroma in Levania eingetroffen, denn plötzlich ging es wieder los: In kleinen Gruppen – vermutlich vorgegeben durch den Rhythmus der Luftschleuse an der Halle – kamen sie nacheinander die Treppe herunter. Den Anfang machte Dr. Joseph Seidenschal mit seiner Gattin Miriam. »Ich habe die Ehre«, tönte er und verschwand in den Tiefen des Kellers, gefolgt von einem unregelmäßigen Strom Schutzbefohlener, Moonatics aus Pleroma und vornehmerem Volk aus den Villen von Beverly Hills. Nach einer knappen Stunde war Ruhe, und Mortimer erschien mit seinem Screen in der Hand.

»Und – alle komplett?«, fragte Tony. »Können wir wieder hoch?«

»Nein«, sagte Mortimer etwas genervt. »Der Zähler oben an der Tür sagt, dass noch einer fehlt. So lange müssen wir hier ausharren, so verlangt es das Notfallprotokoll.«

»Und wer ist das?«, fragte ich.

»Alain.« Ich hatte es geahnt.

Nach etwa zwanzig Minuten kam eine schwarze Hose mit schwarzen Samtslippern lässig die Treppe heruntergeschlurft, daneben baumelte ein Vogelkäfig. Die silberne Gürtelschnalle mit der Rückseite des Mondes, das schwarze Hemd. Alain hatte eine Schlafbrille über die Stirn gezogen und verkündete: »*Mon dieu, excusez*, ich habe geschlafen, ich komme doch hoffentlich nicht zu spät? Aber ich sehe, man ist auch ohne mich vergnügt hier unten … ich habe mir erlaubt, noch jemanden mitzubringen, er stand ganz verloren und vergessen in seinem Käfig an der Bar. Und sind wir nun *complets*, ist der Alarm beendet? Ich kann mich oben weiter ausruhen, *non?*«

Tony nahm den Käfig mit dem fröhlich trällernden Rafael in Empfang und murmelte widerwillig ein Dankeschön.

Als ich wenig später in der Lounge an der Grauen Nische vorüberging, rief mich Alain zu sich. Er hatte seine schwarze Schlafbrille komplett über die Augen gezogen und schien mich trotzdem anzusehen. »Ich habe dir ein sauberes Führungszeugnis besorgt. Jetzt erwarte ich aber auch einen sensationellen Golfplatz. Meine Freunde warten schon auf eine Einladung zu meinem Privatturnier. *Compris?*«

Ich nickte erleichtert. Jetzt konnte nichts mehr schiefgehen.

»Ich denke, du bist mir was schuldig.« Alain lächelte unter seiner schwarzen Schlafbrille und ließ sich rücklings auf die Polster der Grauen Nische zurückfallen.

Und so begann meine Karriere als Assistent der Geschäftsleitung von Levania damit, dass ich einen Golfplatz planen würde, um das Führungszeugnis und meine Freiheit zu bezahlen.

5 Monate später

5 Monate später

5 Monate später

5 Monate später

5 Monate später

5 Monate später

5 Monate später

5 Monate später

# BLACK CIRCLE

»Informieren Sie unsere Exekutionsabteilung!«
JAMES BOND: FEUERBALL

Heute früh, am 9. Juli, ist Luna im ICB zur Welt gekommen. Marianne und Daniel waren schon vor zwei Wochen in den Gewächshauskrater gezogen, in eine von Randall erbaute Bambushütte. Dr. Berghoff hatte nebenan in einem Zelt kampiert und sich zum Zeitvertreib seinen alten Rover mitgebracht; es waren auch seine Hände, die den ersten auf dem Mond geborenen Menschen zur Welt gebracht hatten. Wahrhaftig ein historischer Tag.

Außerdem ist gestern der erste Golfplatz außerhalb der Erde fertig geworden – auf den letzten Drücker, denn Levania war voll ausgebucht mit erwartungsfrohen Gästen, die zum 1. Lunar Open angereist waren, dem heute stattfindenden Eröffnungsturnier. Ich musste aber anerkennen, dass ein plärrendes Menschenbaby auf die Leute weitaus mehr Faszination ausübte als achtzehn Bahnen zusammengeschobener Mondstaub mit Löchern und Fähnchen darin.

Randall gab bekannt, dass Mutter und Kind wohlauf seien, Daniel wieder mit dem Rauchen angefangen habe und Besuche erst in einigen Tagen möglich sein würden. Als während seiner Durchsage im Hintergrund Lunas Schreie zu hören waren, brach in der Lounge, wo die Stimme unseres Gärtners auf die Lautsprecher des Saals geschaltet war, spontaner Jubel aus. Die angereisten Turniergäste, die mit ihren Golfkappen und niedrigen Handicaps ahnungslos beim Frühstück saßen, staunten nicht schlecht. Mortimer versprach, heute Abend nach dem Turnier für alle Anwesenden eine Runde aufs Haus zu spendieren. Erneuter Beifall.

Mama Africa konnte sich allerdings nicht recht darüber freuen, denn sie hatte gerade erfahren, dass Afrikas letzter Elefant Wilderern zum Opfer gefallen war; selbst Harrys Kommentar, dass man die Tiere doch in Starseed auferstehen lassen könnte, schien sie nicht zu trösten. Buzz servierte dazu unbeirrt Frühstück und Getränke, immer noch mit Komplimentmodul und *Changing Faces* augestattet. Dem Anlass entsprechend, hatte er heute das Gesicht von Tiger Woods aufgelegt – es war nicht das erste Mal, dass mir Zweifel am angeblich zufälligen Auswahlmodus der App kamen.

Den Termin für das Turnier hatte Mortimer im März auf einer Council-Sitzung festgelegt. Am Tag darauf hatte er bereits ein Buchungspaket ausgearbeitet und auf unsere Website gestellt, ab dem Zeitpunkt gab es kein Zurück mehr. Christopher und ich hatten die Sitzung mit einem leichten Gefühl der Panik verlassen. Wir mussten liefern, aber wir haben es geschafft.

Viele Moonatics standen dem Golfplatz weiterhin eher skeptisch oder gar feindselig gegenüber – dass Alain der Mentor des Projektes war, machte die Sache nicht besser. Der Franzose war kurz nach meinem ersten Arbeitstag zur Erde gereist und hatte mir noch auferlegt, ihn über den Fortschritt des Golfplatzes auf dem Laufenden zu halten; auf meine wöchentlichen Planungs- und später Baustellenprotokolle hatte er allerdings nie reagiert, was mich auch nicht wirklich verwunderte. Etwas überraschender war hingegen, dass er in den nächsten Tagen wieder auftauchen würde, da er den Golfplatz die gesamte kommende Woche für sich und seine Freunde reserviert hatte und daher nicht gedächte, am heutigen Turnier teilzunehmen. Mir war das relativ gleichgültig – jetzt, da das Projekt abgeschlossen war, waren wir quitt. Er hatte seinen Golfplatz, und ich war dank seines Führungszeugnisses auf dem Mond, in Sicherheit vor den Steuerbehörden.

Die vergangenen fünf Monate meines Arbeitslebens hatten nicht nur aus der Planung und dem Bau des Golfplatzes bestanden. In den ersten Wochen hatte mich Tony mit den Abläufen von Levania vertraut gemacht, mich allen Leuten persönlich vorgestellt und mir jeden Winkel der Hotelanlage gezeigt. Ich hatte an der Rezeption hospitiert, in der Küche und an der Bar, in der Verwaltung, in den technischen Anlagen und sogar im Hangar, wo ich hauptsächlich damit beschäftigt war, die zurückgegebenen Leihscooter zu inspizieren und mit Druckluft den Mondstaub zu entfernen. Und tatsächlich hatte ich auch Zählerstände ablesen müssen, was aber ganz vergnüglich gewesen war, da ich die meisten Häuser in Pleroma und Beverly Hills von innen gesehen und so viele der Bewohner kennengelernt hatte.

Insgesamt machte es noch mehr Spaß, in Levania zu arbeiten, als nur Tourist zu sein. Der Blick hinter die Kulissen, die Schlüsselgewalt, der Einblick in die laufenden Projekte und die Freundschaft mit Kollegen, Residents und Moonatics erfüllten mich gleichermaßen mit Bestimmung und Freude.

Meine liebsten Missionen waren aber die Außeneinsätze, zu denen ich glücklicherweise oft eingeteilt wurde. Das waren vor allem Fahrten nach Port Navel, wo ich die Erzeugnisse unseres Gewächshauskraters oder abreisende Gäste ablieferte und auf dem Rückweg neue Leute und Lieferungen von der Erde zurückbrachte, was gelegentlich mit einem Zwischenstopp im Chalet de la Lune verbunden war. Ich kümmerte mich auch um die Wanderhütte an der Großen Kreuzung, in der ich die Betten machte und die Tanks auffüllte; die gleiche Aufgabe galt es an der Hütte am Ende des Schröter-Tals zu erledigen. Dort war ich gelegentlich auch als Tourguide mit Touristengruppen unterwegs und konnte dabei mit der Geschichte von Lichterscheinungen und der Geburtsstunde des Golfplatzes glänzen. Bei solchen Ausflügen fühlte ich mich bereits wie ein altgedienter Parkranger.

Da ich dienstlich ohnehin ständig unterwegs war, bestanden meine privaten Ausflüge hauptsächlich aus Scooterfahrten nach Pleroma, wo ich viel Zeit mit den Moonatics verbrachte. Es gefiel mir durchaus, im Apollo danach befragt zu werden, wie es denn mit dem Projekt Garden Eden voranging, wann nun die Membranfolie angeliefert würde und warum man nicht schon damit begonnen hatte, den Verankerungsring am Kraterrand zu installieren.

Auch in der Villa Castalia war ich häufig zu Gast, und nicht selten übernachtete ich dort in einem der Chill-out-Alkoven. Die Erde, die beständig über allem schwebte, verblasste in meiner Erinnerung zunehmend; die andauernden schlechten Nachrichten über die dortigen Entwicklungen ließen mich in dem gleichen Maße kalt, wie ich mich zusammen mit den Moonatics über den Baufortschritt von Garden Eden freute.

Ansonsten trieb ich vorschriftsmäßig dreimal die Woche Sport, ging gelegentlich zu Randalls Yoga-Stunden und war Mitglied in der Volleyballgruppe von Pleroma, den *Volleynauten,* die sich jeden Donnerstagabend auf dem Platz hinter der Villa Castalia trafen. Außerdem hatte ich es mir zum Hobby gemacht, Ausflüge in Starseed zu unternehmen; zunächst zu den Planeten des Sonnensystems – zumindest denen mit einer festen Oberfläche –, aber weil das recht schnell langweilig wurde, habe ich auf der Erde all jene Orte nachgeholt, die ich noch nicht kannte. Gnädigerweise hatte Starseed unseren Heimatplaneten in einem Zustand im Angebot, dessen Simulation ungefähr der Zeit vor den großen Kriegen und den Umweltzerstörungen entsprach, und was das Beste war: keine Touristen, kein Müll. Nur ich und die Schönheit einer virtuell heilen Welt.

Eine der größten Herausforderungen der vergangenen Monate war es gewesen, das Sozialleben der Moonatics zu durchschauen. Dessen Feinheiten hatten sich offenbar dadurch entwickelt, dass sie ihren gewählten Lebensraum mit anderen Leuten teilen mussten, vor allem den Touristen in der Lounge. Oben in Pleroma waren sie meistens unter sich, aber da allein schon die Kuppel der Lounge mehr umbauten Raum mit Atemluft bot als alle Hütten von Pleroma zusammen, waren die Moonatics oft unten in Levania, zumal sie ohnehin die Übungen in der Sporthalle absolvieren mussten.

In einem gewöhnlichen Hotel hätte das so sicher nicht funktioniert, denn das schillernde Volk aus Pleroma war nicht besonders konsumfreudig; viele von ihnen saßen stundenlang nur bei einer Tasse Tee herum. Auch waren die exaltierten Moonatics in ihrer Art sehr präsent und zugleich völlig indifferent gegenüber den – in ihrer Wahrnehmung – belanglosen und unsichtbaren Touristen. Sie schafften es, sich selbstverständlich auszuleben und Außenstehende dabei mit einer bewundernswerten und befremdlichen Nonchalance komplett zu ignorieren. Dass sie das tun konnten, war sicher der Tatsache geschuldet, dass Alex von Alvensleben nicht nur ihr Sugar Dandy, sondern vor allem Miteigentümer von Levania war und irgendwann auch das Hotel ganz zu übernehmen gedachte.

Der wöchentliche Freizeitkalender der Moonatics war von einer gewissen Regelmäßigkeit geprägt. Im Apollo war eigentlich immer was los, aber freitags traf man sich in der Villa Castalia, wo man nach den am Nachmittag stattfindenden Vorlesungen und Seminaren gleich dort blieb und den Abend mit einer kleinen Party ausklingen ließ. Sonntags fuhr man schon vormittags von Pleroma hinunter nach Levania zum legendären Brunch in der Lounge, und am Dienstag hatte Mortimer es zur Tradition gemacht, einen Film auf großer Leinwand zu zeigen. Während des vierzehntägigen Mondtages, also bei Sonnenlicht, fanden die Filmvorführungen in der Lounge statt, aber an den dunklen Dienstagen wurde die Leinwand draußen aufgebaut, und es gab Kino unterm Sternenhimmel, mit Surround-Sound aus den Helmlautsprechern. Man machte es sich dabei im Mondstaub gemütlich, Liegestühle wurden herbeigeschafft, einige saßen dabei in ihren Moovern und spielten Autokino. Letzten Dienstag zum Beispiel lief der James Bond von Quentin Tarantino, ohne Zweifel der beste der ganzen Reihe.

Die Schwierigkeit bestand darin herauszufinden, was sonst noch so passierte, denn die inoffiziellen waren meist die spannenderen Veran-

staltungen, von denen ich zumindest in der Anfangszeit erst im Nachhinein erfuhr. So geschah es immer wieder, dass sich irgendjemand zu
mir an den Tisch oder in die Gelbe Nische setzte, mit auffallend kleinen oder auffallend großen Augen, ganz besonders müde oder ganz
besonders wach, und von einer Party berichtete, von der mal wieder
niemand – und ich erst recht nicht – vorher etwas gewusst hatte, weil
sie entweder spontan aus dem Nichts heraus entstanden oder von
wenigen Leuten verschwiegen geplant worden war. Das waren mitunter die legendärsten Partys, von denen noch lange später berichtet
wurde; manche Geschichte habe ich so oft gehört, dass ich bald das
Gefühl hatte, selber dabei gewesen zu sein. Die Geheimhaltung hatte sich wohl deswegen entwickelt, weil es in früheren Jahren ständig
vorgekommen war, dass plötzlich Touristen bei privaten Zusammenkünften auftauchten, von denen sie zuvor Wind bekommen hatten.

So voll wie heute hatte ich die Lounge noch nie erlebt, denn extra
für das Golfturnier waren achtundvierzig Gäste angereist. Wir hatten zusätzliche Tische auf den Umgang stellen müssen, selbst im
Spielzimmer und in der Library-Bubble wurde das Frühstück serviert.
Mortimer hatte für diese Woche jeden in Pleroma herangeholt, der
für Service und Küche infrage kam, und sogar Reservisten aktiviert,
wie etwa Veejay Nanabai oder Roy.
    In den letzten Tagen hatten die Moonatics auch die Unterrichtung
der Turniergäste an Helm, Raumanzug und Schleusen übernommen
und sie mit den Aufsitzmoovern vertraut gemacht, die beim Turnier
als Golfcarts dienen würden. Das war ein logistischer Albtraum, denn
noch nie zuvor waren so viele Gäste gleichzeitig in Levania eingetroffen, und sie hatten zusätzlich zu den üblichen Einweisungen auch
noch Fahrunterricht benötigt. Das hatte sich jedoch als ziemlich unterhaltsam herausgestellt, als vorgestern zwei Dutzend Freaks mit den
Golftouristen zeitgleich Fahrübungen mit den Aufsitzmoovern unternommen hatten – und zwar vor dem Großen Fenster, wo die Leute in
Zweierreihen standen, um das Spektakel amüsiert zu betrachten. Es

war wie Autoscooter auf der Kirmes; Harry hatte es natürlich gefilmt und umgehend ins Netz gestellt.

Nachdem die Nachricht von Lunas Geburt über die Lautsprecher der Lounge geplärrt war, ging ich mit Christopher in das Spielzimmer, um Etienne zu treffen. Er hatte für das Turnier die Aufgabe des Zeremonienmeisters übernommen und saß mit einigen Zetteln in der Hand in einem Sessel am Pokertisch. Wir umkurvten den Globus und setzten uns zu ihm.

»So, die Teilnehmerliste ist fertig«, begrüßte uns Etienne. »Wir haben achtundvierzig Gäste von der Erde sowie vierundzwanzig Leute von hier und aus dem Chalet de la Lune.«

Christopher nahm Etienne den Ausdruck aus der Hand und studierte ihn aufmerksam.

»Und in welchem Flight bin ich gelandet?«, erkundigte ich mich.

Statt zu antworten, runzelte Christopher verblüfft die Stirn. Ich schaute ihn fragend an.

»Darian, du bist in Flight Nummer eins, du beginnst also am ersten Loch«, sagte er zögernd. »Deine Mitspieler sind: Nathan … Ivan der Bergsteiger …«

»Nur Residents?«

»Nein, in deinem Flight ist auch jemand von außerhalb.« Christopher schaute mich grinsend an. »Du wirst nicht glauben, wer das ist …«

»Wer denn?«

»Die Buchung ist bestätigt, er ist wirklich dabei.«

»Von wem redest du bitte?«

»Battista Sforza.«

»Was?« Ich war sprachlos. Battista Sforza! Der Filmemacher. Der Terrorpate. Der Revoluzzer. Der Vater von *Black Circle*. In meinem Flight!

Aus den Lautsprechern ertönte leise der Gong, der zum Turnier rief. Wir erhoben uns aus den Sesseln und gingen am Globus vorbei. Dort sah ich, wie sich Gletscher und Eisberge von der Antarktis lösten und langsam nach Norden trieben. Einer von ihnen kollidierte gerade mit Madagaskar, von wo die Rauchfahnen der brennenden Wälder weit über den Indischen Ozean trieben.

Auch bei Golfturnieren gibt es einen Startschuss, der anders als bei einem Wettlauf keine sekundenpräzise Gleichzeitigkeit vorgibt, sondern Kanonenstart genannt wird und kilometerweit zu hören sein muss, schließlich stehen die Spieler weit verteilt auf dem Platz. Das würde um elf Uhr geschehen, in einer Stunde.

Draußen vor dem Eingang der Halle, in der gleißend grauen Mondschaft, war bereits ein riesiger Andrang. Dutzende von Gestalten in weißen Raumanzügen plauderten aufgeregt im Kanal Plus; neben dem Hain aus Aluminiumstangen und Länderfähnchen standen ordentlich aufgereiht die achtzehn Aufsitzmoover, die im Turnier als Golfcarts dienen würden.

Tony hatte, eigens dem Anlass entsprechend, für Buzz ein Update von *CarWash Pro* hochgeladen, mit dem der Roboter die ganze Nacht die Carts geputzt hatte. Währenddessen hatte Harry einen kleinen Altar aus Mondfelsen aufgeschichtet und ihn mit Glitzerkram verziert; obenauf standen die Pokale mit den magnetisiert schwebenden Golfbällen darin.

Um halb elf verkündete Etienne in den Helmlautsprechern, dass wir uns nun bitte zu den Moovern begeben sollten. Da wir ohnehin schon vorne am ersten Golfcart standen, rührten wir uns nicht.

»Langsam wird es Zeit, dass unsere beiden Mitspieler auftauchen«, sagte mein Mitspieler Nathan und schaute auf seine Uhr. Wie zu hören war, hatte Battista Sforza in der Villa eines Gönners in Beverly Hills übernachtet und würde gleich eintreffen. Ivan der Bergsteiger war auch noch nicht erschienen.

»Battista Sforza in unserem Flight. Das könnte interessant werden …«, sagte ich.

»Nervös?«, hörte ich Nathans Stimme im Helmlautsprecher.

»Na ja, man trifft nicht jeden Tag eine Legende.«

»Du musst ihn ja nicht gerade um ein Autogramm bitten. Außerdem ist heute der Golfplatz der Star. Sforza ist nur ein Typ mit Helm und Raumanzug, so wie wir alle.« Nathans verspiegeltes Visier schaute mich an.

Dann kam Ivan auf einem Scooter angerast. Wir hatten ihn nicht kommen sehen, da er nicht aus Richtung Beverly Hills auftauchte, sondern von der anderen Seite, von Süden. »So Leute, da bin ich!«, dröhnte sein russischer Akzent im Helm. »Habe mir noch im ICB die kleine Luna angesehen, sie ist wunderhübsch. Marianne und Daniel haben mich zum Patenonkel gemacht.«

Ivan stieg von seinem Roller. Auf seiner Uhr zeigte er uns Fotos des neugeborenen Mädchens. »Oh, wie süß!«, antworteten Nathan und ich unisono. Das war sie tatsächlich.

»Genug mit dem Kinderkram. Wo ist unser vierter Mann?«, dröhnte Ivan. »Ich will spielen.«

»Der müsste jeden Moment hier sein«, sagte ich.

»Wer ist es überhaupt?«, fragte Ivan.

»Signore Battista Sforza aus Italien«, sagte Nathan nach einem kurzen Zögern.

Der massige Raumanzug neben uns zuckte zusammen und erstarrte. »Sforza?!«, dröhnte es im Helm. »Battista Sforza?! Das ist nicht euer Ernst!« Die Reaktion kam mir bekannt vor.

Und wie aufs Stichwort kam ein roter Sportwagen angebraust, anders konnte man ihn gar nicht bezeichnen: ein feuerroter offener Moover, ein zigarrenförmiger Zweisitzer mit frei stehenden Rädern, wie ein Rennwagen aus alten Zeiten. Der Fahrer hatte den Flitzer gut im Griff, denn er bremste erst im allerletzten Moment und kam in einer schlitternden Kurve direkt vor unseren Stiefeln zum Stehen. Er schwang sich aus dem offenen Cockpit, und eine Begrüßung erklang im Helmlautsprecher. »*Buongiorno!* Die Herren sind aufgeräumt – mit Grund, mit Grund. Ein prächtiger Morgen! Der Himmel ist schwarz, die Sonne lacht. Man könnte in der Tat vergessen, wo man sich befindet.«

»Buongiorno, Signor Sforza«, begrüßte Nathan den Neuzugang.

Sforzas Raumanzug glänzte perlmuttfarben im Sonnenlicht. Die Hosenbeine hatten einen leichten Schlag über den Stiefeln, und mit den aufgestickten Mustern aus Glitzersteinchen sah der Italiener aus wie ein Elvis mit Helm.

»Signor Sforza, Sie kommen keinen Moment zu früh, wir haben Sie erwartet«, begrüßte ich unseren neu angekommenen Mitspieler. »Den Wagen können Sie ruhig hier stehen lassen, wir haben Valet Parking.«

»Bella Machina, oder?«, rief Battista Sforza. »Aus Italia, von 2028, noch mit Nickel-Rhodium-Batterien, aus Privatbesitz. Originalzustand, matching numbers, lackiert in Rosso Sunfire, ein Einzelstück!«

»Der würde unserem Dottore sicher gefallen, er interessiert sich für solche Dinge«, sagte ich, um etwas Konversation zu betreiben. Aus den Augenwinkeln sah ich, wie Ivan seine Handschuhe zu Fäusten ballte. Vielleicht hatte er kalte Finger.

Sforza stapfte in seinem glitzernden Elvis-Raumanzug auf die Beifahrerseite des roten Flitzers und hob ein schmales Golfbag heraus, mit höchstens sechs oder sieben Schlägern darin. »Ich sehe, man reist bescheiden«, sagte Nathan. »Dürfen wir Sie hinüber zu unserem Golfcart begleiten? Das Turnier wird gleich beginnen.«

Ich konnte es immer noch nicht glauben, mit Battista Sforza, dem legendären Schöpfer von Black Circle, in einem Flight zu spielen. Es gab wohl kaum jemanden, der den Film nicht gesehen hatte, der von einer gleichnamigen Terrorbewegung handelte, die dem Kapitalismus mit weltweiten Anschlägen den Kampf angesagt hatte.

Viel wichtiger war allerdings jene Entwicklung, die schon bald nach der Premiere des Films ihren Lauf genommen hatte: Der Inhalt des Films war Wirklichkeit geworden und die Welt wurde von einer endlosen Welle von Attentaten heimgesucht – dahinter stand eine Bewegung, die nicht nur den Film zum Vorbild, sondern auch den Namen übernommen hatte. Black Circle.

Wir hatten gerade auf dem Golfcart mit der Startnummer 1 Platz genommen, als sich Etienne über die Helmlautsprecher zu Wort meldete: »Ladies und Gentlemen, please start your engines. Das erste
Lunar Open hat begonnen. Bitte fahren Sie nun zu Ihren Abschlag-
plätzen. Der Kanonenstart ist in einer halben Stunde. Ich wünsche
ein schönes Spiel!«

Die Karawane aus Golfcarts setzte sich in Bewegung, einer nach
dem anderen, jeweils eine walzende Stange hinter sich herziehend.
Wir fuhren als Letzte, dafür hatten wir es auch nicht weit, denn
unser Abschlag war an der ersten Bahn, in Sichtweite der Halle.
Bis zum Startschuss hatten wir also noch reichlich Zeit für Probeschwünge.

»Ich denke, man kann hier von einem gewissen Heimvorteil für
uns ausgehen«, sagte Nathan, als wir unsere Schläger für den ersten
Abschlag aus den Taschen zogen. »Oder haben Sie schon einmal auf
dem Mond gespielt, Signor Sforza?«

»Sie machen Witze, nein! Das letzte Mal war auf Sardinien, und
da trugen wir keine Helme und hatten auch nicht gleichzeitig Sonne
und schwarzen Himmel. *Fantastico,* so etwas Irreales habe ich noch
nie gesehen! Was für einen Schläger soll man hier nehmen, wegen
der *gravitatione* fliegen die Bälle doch sehr weit, nicht wahr? Wie lang
ist die erste Bahn überhaupt?«

»Es ist ein Par 4, etwa eine halbe Meile. Da nehmen Sie am besten
ein mittleres Eisen«, empfahl ich.

Wir unterhielten uns noch ein wenig über den Platz und den Zähl-
modus, währenddessen Ivan die ganze Zeit über beharrlich schwieg.
Die anderen Flights verschwanden langsam in der Ferne, ihren zugewiesenen Abschlägen entgegen.

Dann ging es los. Der Kanonenstart bestand aus einem grollenden
Donner in unseren Helmlautsprechern, der mit dem Klang jubeln-
der Massen unterlegt war. Normalerweise hatte der beste Spieler die
Ehre des ersten Schlags, aber da Sforza und Ivan beide das gleiche
Handicap hatten, forderte man mich auf, den Anfang zu machen, da

ich gewissermaßen der Gastgeber war. Wir wünschten uns traditionsgemäß ein »schönes Spiel«.

Ich betrat den Abschlag, steckte den Tee in den Mondstaub, legte meinen Ball darauf und schlug einen entspannten Pitch geradeaus die Bahn hinunter, wie ich es mit Christopher schon so oft an dieser Stelle getan hatte. Der Ball beschrieb eine schöne flache Kurve und landete ganz ordentlich auf der Mitte des Fairways. Nathan und Ivan, die beide ebenfalls nicht zum ersten Mal hier standen, taten es mir gleich.

Auch Sforza hatte überraschenderweise keine Probleme mit der ungewohnten Umgebung; er schlug den Ball elegant und souverän, sogar noch etwas weiter als wir. Wir bestiegen den Moover und fuhren die Bahn hinunter, unseren Bällen hinterher. Die Walze, die wir hinter uns herzogen, verwischte dabei unsere Reifenspuren im grellgrauen Staub. Das Turnier hatte begonnen.

Wir hatten alle keine Probleme mit der Annäherung an das Grau, in dessen Loch nach wie vor die Stange mit der schottischen Flagge steckte. Christopher und ich hatten es nach einigen Versuchen tatsächlich geschafft, den Mondstaub mithilfe eines Bindemittels zu befestigen, das normalerweise zur Herstellung von Mondbeton aus Regolith verwendet wurde – die Graus mit den Löchern und Fahnen darin hatten nun eine glatte und feste Oberfläche. Dort zu putten war allerdings nicht so einfach wie auf einem kurz geschorenen Rasen, denn die Bälle rollten auf der grauen Fläche ziemlich weit und waren recht anfällig für Unebenheiten, weswegen wir nach langem Herumprobieren festgelegt hatten, dass die Löcher etwa doppelt so groß sein mussten wie auf der Erde, um einigermaßen realistische Scores zu erzielen.

Erstaunlicherweise spielten wir am ersten Loch alle Par, putteten also bereits mit dem vierten Schlag ein, wobei man normalerweise strahlende Gesichter sehen würde. In unserem Fall waren es aber nur verspiegelte Visiere. Ich war mit dem Aufschreiben der Punkte beauftragt und notierte auf meiner Uhr für uns alle eine Vier. Um schon während des laufenden Turnieres einen Überblick über die Gesamtwertung des Teilnehmerfeldes zu haben, wurde automatisch eine Punktetabelle erstellt. Und da lagen wir mit null Punkten über Par natürlich noch im Spitzenfeld, doch die Spreu würde sich früh genug vom Weizen trennen. Ich sah auf der Tabelle, dass Christopher am Loch 14 einen Doppelbogey hingelegt hatte, aber das war auch eine Bahn, die mit großen Gesteinsbrocken übersät und daher sehr anspruchsvoll war.

Der Platz begann auf dem ersten Drittel mit relativ einfachen Löchern, führte danach aber die Hänge des östlichen Kraterrandes hinauf, wo die Höhenlinie auf einem schmalen Plateau verlief. Dort befand sich auch die schönste Bahn, die Nummer sieben, ein langes Par 5 mit zwei Doglegs, dem Signature Hole des Platzes. Der Ausblick von der Sieben war sensationell – zu unserer Rechten lag weit unten die Ebene des Oceanus, mit den Bahnen Neun und Zehn und dem obligatorischen Toilettencontainer, am Horizont die Hügel der Montes Harbinger. Auf der anderen Seite hatten wir einen Blick auf den gesamten Krater Prinz. Levania und das ICB sahen darin aus wie Architekturmodelle – aber vor allem konnte man hier oben praktisch den gesamten Golfplatz überblicken, der sich vom inneren Kraterhang bis hin zur Moonatic Lane erstreckte. Überall waren die Moover der Flights zu sehen, klein wie Spielzeugautos. Einige fuhren die Fairways entlang, andere standen herum, von winzigen Figuren in weißen Raumanzügen umgeben. Golfbälle schwebten wie kleine weiße Satelliten in sanften Bögen durch die Stille. Ich wäre am liebsten hier oben geblieben, um das stille Spektakel weiter zu betrachten: unser Golfplatz, unser Turnier.

Wir waren auf unserem Cart unterwegs zum achten Abschlag, als sich nach längerem Schweigen Sforza wieder zu Wort meldete: »Ich habe gehört, es wird hier bald ein Paradies geben, mit Atemluft und Apfelbäumen – *il giardino dell' eden?* Ist das eine Idee von Signor Richardson?«

»Nein, Garden Eden ist ein Projekt von Alexander von Alvensleben«, korrigierte Nathan den Italiener, während er unseren Cart den steilen Weg hinauf zum achten Abschlag steuerte. »Und er wird auch bald Levania und Pleroma ganz übernehmen.«

»Alexander von Alvensleben?«, rief Sforza begeistert aus. »Alex, mein alter Compagno. Wir waren wie Brüder!«

»Sie kennen sich?«, fragte ich von der Rückbank aus, wo ich neben dem beharrlich schweigenden Ivan saß.

»*Certamente* – wir waren gewesen auf demselben Internat, in der Schweiz, haben dort gelernt und gefeiert, sind zusammen gereist – Asien, Südamerika, Afrika. Wir hatten große Pläne, große Ideen, wollten die Welt verbessern, *La Rivoluzione!* Waren gemeinsam bei Attac, haben gegen den *Capitalismo mondiale* gekämpft – aber dann Alex ist nach California gegangen, mit Chester.« Sforza fuchtelte vorne auf dem Beifahrersitz des Carts lebhaft mit den Armen. »*Incredibile!* Chester war damals noch kein Gangster, sondern auch ein Genie mit Computern, so wie Alex. Sie haben diese Software entwickelt und ich Filme gemacht. Aber wir haben uns aus den Augen verloren.«

Die Unterhaltung lief wie ein Hörspiel im Helmlautsprecher, da unsere Visiere wegen der Sonne auf volle Verspiegelung geschaltet waren. Sforzas Gesicht hatten wir noch kein einziges Mal gesehen, der Italiener war nichts als ein glitzerndes Elvis-Kostüm mit Helm und einem verdammt guten Handicap.

»Haben Sie *Black Circle* eigentlich nur produziert, oder auch das Drehbuch geschrieben?«, fragte ich. Small Talk mit einer Legende.

»Das war alles meine Idee, auch das Skript«, sagte Sforza. Er klang beinahe beleidigt.

»Finden Sie es nicht erstaunlich, wie aus Ihrem Film später brutale Realität geworden ist?«, fragte Nathan mit ironischem Unterton. Es war kein Geheimnis, dass der italienische Filmemacher über die spätere Entstehung der realen Terrorbewegung Black Circle nicht ganz so unglücklich war, wie er offiziell immer behauptete. »Oder würden

Sie eher sagen, dass der Film die Wirklichkeit inspiriert hat, so wie es großer Kunst zu eigen ist, Signor Sforza?«

»Hätte ich das gewusst! Tausende von Toten – und die Täter haben sich alle auf meinen Film berufen! Was für ein Wahnsinn!«, rief Sforza. »Die Presse nannte mich einen Terroristen, stellen Sie sich das vor! Wo bleibt da die künstlerische Freiheit? Seit wann sind Filmemacher Terroristen?«

»Sie waren für das Attentat in Saint-Tropez natürlich nicht verantwortlich«, sagte ich, »aber Sie haben es schon erstaunlich präzise vorhergesagt.«

In Sforzas Film hatten die Black-Circle-Terroristen an einem lauen Sommerabend im Hafen von Saint-Tropez den gesamten zugekoksten Jetset auf ihren Yachten mit Haftminen weggesprengt. Ich erinnerte mich, dass bei dieser Szene im Kino laut gejohlt und applaudiert worden war. Ein Jahr später ist genau dieses Attentat dann Wirklichkeit geworden. Die Bilder der explodierenden Superyachten, von den Überwachungskameras im Hafen aufgenommen, hatten sich kaum von den Szenen im Film unterschieden. Nachdem das obligatorische Entsetzen über die Tat verflogen war, sind die realen Terroristen zu Volkshelden und die Sympathien der Öffentlichkeit für Black Circle immer offenkundiger geworden. Die Zeit der Abrechnung mit den »schmarotzenden Plutokraten«, wie die Boulevardpresse sie auf einmal genannt hatte, war gekommen.

Aber das war erst der Anfang. Alles, was in den Augen von Black Circle »das System« repräsentierte, war – genau wie in Sforzas Film – zu ihrem Ziel geworden: Banken, Konzernzentralen, Ministerien und vor allem die Reichen, die aus den Städten vertrieben wurden. Es hatten progromartige Zustände geherrscht, regelrechte Hexenjagden. Ganze Villenviertel sind in Schutt und Asche gelegt worden, und an manchen Orten konnte man sich nur noch im schwarzen Kapuzenpulli auf die Straße wagen. Russische Oligarchen trieben tot in der Themse, Gated Communities wurden mit Raketen beschossen, brennende Yachthäfen in Monte Carlo und Palm Springs, Giftgasangriffe auf Hotels, geplünderte Luxusboutiquen, abgeschossene Privatjets und Tausende von toten Passagieren des Kreuzfahrtschiffes in der Karibik, das mit einem Schwarzmarkt-Torpedo versenkt worden war. Die Welt war mal wieder in einen Blutrausch geraten.

Nathan stoppte unseren Golfcart am Abschlag der achten Bahn. Es war ein spektakuläres Par 3, dessen Loch sich über hundert Meter weiter unten im Oceanus befand – man brauchte den Ball nur gefühlvoll den Abgrund hinunterzupitchen. Diese Bahn hatte den größten Aufwand bei der Herstellung erfordert, denn es musste ein Serpentinenweg hinunter zum Grau angelegt werden, wofür uns aber zum Glück der Bauleiter von BelTech einen Planiermoover zur Verfügung gestellt hatte.

Sforza und der wortlose Ivan lieferten sich ein stillschweigendes Duell, und ein kurzer Blick auf die Gesamtwertung zeigte, dass sie im gesamten Starterfeld gemeinsam auf dem zweiten Platz lagen. Nathan und ich waren mit Champions unterwegs.

»Dass die Terroristen sogar den Namen Black Circle übernommen hatten, war natürlich ein Schock für mich«, nahm Sforza die Unterhaltung wieder auf, als er seinen Tee am Abschlag der achten Bahn in den Mondstaub steckte.

»Aber Signore, ich bitte Sie«, sagte Nathan, lässig auf seinen Schläger gestützt. »Könnte es ein größeres Kompliment für einen Künstler geben? Sind die Kids nicht sogar mit Ihrem Konterfei auf den Shirts plündernd durch die Städte gezogen? Man könnte beinahe sagen, dass Sie der Posterboy der Bewegung gewesen sind.«

Sforza holte zum Schwung aus und schlug einen gefühlvollen Pitch in den Abgrund. In einer eleganten Kurve segelte der Ball in die Tiefe und landete genau auf dem Grau, das von hier oben winzig klein aussah. Sensationell.

»Guter Schlag«, sagte ich.

»*Grazie!*«, bedankte sich Sforza, bückte sich nach seinem Tee und verließ den Abschlag. »Was hätte ich dagegen tun sollen, dass mein

Gesicht auf den T-Shirts und Postern war? Es gab ja niemanden sonst, Black Circle war eine anonyme Bewegung ohne charismatische Anführer. Sogar die Schauspieler aus meinem Film, die die Terroristen gespielt haben, sind zu Ikonen geworden – dabei haben sie nur meine Texte gesprochen.«

»Oh, Signore, nicht so bescheiden! *Ihre Texte gesprochen* – schwingt da nicht ein wenig Stolz über Ihre Urheberschaft mit?«, wandte Nathan ein. »Aber es wäre sicher auch anmaßend gewesen, öffentlich an die Täter zu appellieren, das Morden zu stoppen, denn so groß ist der Einfluss der Kunst auf die Realität dann doch nicht.«

»Ganz recht, *certamente*. Ich bin Künstler, Visionär. Ich gebe zu, meine Vorhersagen waren spektakulär in ihrer Weitsicht. Hätte ich den Film nicht gemacht, wäre trotzdem alles genauso gekommen.«

»Jetzt kokettieren Sie aber, Maestro«, sagte Nathan.

Nun war Ivan mit dem Abschlag an der Reihe, es wurde wieder still im Helm. Dann geschah das Unglaubliche: Der Russe schob den Ball mit einer lässigen Bewegung vom Tee, es wirkte fast verunglückt, und der Ball fiel eher nach unten, als dass er flog. Aber auch er landete auf dem Grau, sprang wieder hoch und rollte – genau ins Loch. Mit einem Schlag!

Unten stand noch der vorausspielende Flight in der Nähe des Graus, um unsere Abschläge zu verfolgen. Wahrscheinlich hatten sie auf der Gesamtwertung gesehen, dass sich in ihrer nachfolgenden Gruppe zwei Meister ein Duell lieferten. Sie wurden nicht enttäuscht, und so sahen wir dort unten vier winzig kleine applaudierende Astronauten. Die anschließenden Schläge von Nathan und mir wurden eher regungslos beobachtet, wobei meiner sogar für eine gewisse Belustigung gesorgt haben dürfte, landete er doch ausgerechnet auf dem Dach des Toilettencontainers. Wir gratulierten Ivan zu seinem sensationellen Hole-in-one, er hatte damit die Führung der Gesamtwertung übernommen.

Nachdem wir die beiden Bahnen unten im Oceanus gespielt hatten, fuhren wir anschließend den steilen Kraterhang wieder hinauf.

Ivan blieb mit einem Schlag vor Sforza in Führung. Er hatte nach wie vor kein einziges Wort gesagt.

Battista Sforza dagegen begann wieder zu reden, als wir nach den Abschlägen auf dem zwölften Fairway zu unseren Bällen fuhren. »Selbst wenn ich nicht leugnen kann, ein wenig mit den Terroristen sympathisiert zu haben – wir spielen doch alle im gleichen Team, und damit meine ich nicht dieses amüsante Turnier. Mir ist durchaus bekannt, dass ich bei den Bewohnern von Pleroma ein hohes Ansehen als Visionär und Freiheitskämpfer genieße, so wie Alex von Alvensleben. Ich setze mich genauso für die Abschaffung des Systems und für die Erneuerung der kranken Zivilisation ein, wie Sie es hier tun mit Garden Eden. Wir alle sind Erneuerer, und ist es nicht *sintomatico,* dass ausgerechnet mein alter Bundesgenosse Alex der Sponsor ist? Es könnte auch andersherum sein, aber nun ist es so, wie es ist. Wo liegt der Unterschied?«

»Sagen wir mal, dass die Erschaffung neuen Lebensraums auf dem Mond vielleicht nicht die künstlerische Wucht Ihres Films erreicht, sondern eher konstruktiver Natur ist«, sagte Nathan und stoppte den Cart neben seinem Ball. »Zerstörung und Tod stehen hier nicht ganz so auf der Agenda, wie es bei Black Circle der Fall war.«

»Zerstörung und Tod, meinetwegen! Aber was ist es, das zerstört werden soll? Es sind Krebszellen und Geschwüre, die die Gesellschaft zersetzen, und Black Circle hat es sich zur Aufgabe gemacht, diese Metastasen zu zerstören – als Antikörper der menschlichen Zivilisation, ihre weißen Blutkörperchen sozusagen.«

»Black Circle als weiße Blutkörperchen? Das ist eine überaus amüsante Farbenlehre. Haben Sie nicht auch kolportiert, dass Black Circle im Auftrage Gaias handelte?«, fragte Nathan und nahm einen Schläger aus seiner Golftasche, die hinten am Cart befestigt war.

»Das war eine Beobachtung. Eine Feststellung, Signor Nathan.«

»Wenn jemand im Auftrag Gaias handelt, dann sind *wir* das, mit der Erschaffung von bewohnbaren Habitaten außerhalb der Erde.«

Nathan schlug seinen Ball weiter den Fairway hinunter und setzte sich wieder ans Steuer.

»*Che palle!* Das ist doch Blödsinn, bei allem Respekt. Nichts weiter als Eskapismus, dazu noch unfassbar teuer, der ohne das Kapital von Alex und Signor Richardson gar nicht möglich wäre. Wir haben auf dem Mond keine Zukunft, es braucht nur einer den Stecker zu ziehen, und dann ist hier *finito!* Wir müssen die Probleme auf der Erde lösen, nirgendwo sonst!«, rief Sforza und reckte auf dem Beifahrersitz seinen Schläger in die Höhe wie ein Schwert.

»Genau das hatte Alex mit PLAN A versucht, und er hätte es fast geschafft. Zwei Milliarden Unterschriften – und dann kamen Ihre Terroristen und haben die ganze Bewegung diskreditiert! Black Circle hat genau zu dem Zeitpunkt losgelegt, als PLAN A ein Erfolg wurde!«, rief Nathan aufgebracht, als er den Cart neben Sforzas Ball stoppte. »Die Regierungen haben Black Circle als bewaffneten Arm von PLAN A bezeichnet! Alex musste untertauchen, und es wurde überall das Kriegsrecht verhängt. Seitdem laufen wir alle mit diesen verdammten Barcode-Tattoos am Handgelenk herum, um Sicherheit und öffentliche Ordnung zu gewährleisten. Seit Black Circle ist die Welt zu einem Polizeistaat geworden!«

»Na gut, Signor Nathan, das ist aber auch das Einzige, was ich an der ganzen Sache bereue«, sagte Sforza und sprang vom Beifahrersitz. »Aber ich bin stolz darauf, der Jugend der Welt ein Vorbild gewesen zu sein – *una ispirazione!*«

Der Italiener stellte sich neben seinen Ball und schlug in Richtung des weit entfernten Graus der zwölften Bahn.

»Die Jugend der Welt?«, fragte Nathan, nachdem er sich wieder ans Steuer gesetzt hatte und zu Ivans Ball fuhr, der nur wenige Meter entfernt lag. »Meinen Sie etwa den Kinderkreuzzug, den Sie vorhergesehen – oder soll ich sagen, ins Leben gerufen – haben?«

Sforza hatte in seinem Film ein Szenario entwickelt, das den Mythen des islamischen Dschihad entlehnt war. Desillusionierte Wohlstandskinder wurden von einer charismatischen Figur geködert, dem

»Alten vom Berge« – dargestellt von Javier Bardem in seiner letzten Rolle –, der sie auf orgiastischen Initiationsritualen mit Sex und Drogen gefügig machte und als Assassinen wieder in die Welt hinunterschickte. Der Alte inszenierte sich bei den Riten als Prophetenfigur und redete den zugedröhnten Kids ein, dass sie keine Zukunft mehr hätten; stattdessen sollten sie ihr Leben opfern und dabei möglichst viele von den »Bösen« mit in den Tod reißen – und so nicht nur ihrem Dasein, sondern auch dessen gewaltsamem Ende einen Sinn verleihen. Soweit der Film.

Und auch dieses Szenario aus Sforzas Film hatte den Sprung in die Realität geschafft: Es hatte eine regelrechte Epidemie von jugendlichen Selbstmordattentätern gegeben, die zwar auf eigene Initiative gehandelt, sich aber auf Black Circle bezogen hatten. Dabei hatte sich der Unterschied zwischen dem Film und den realen Terroristen immer weiter aufgelöst – viele der jungen Täter hatten ihre Kinderzimmer mit Plakaten von Sforzas Film dekoriert, andere Videonachrichten mit schwadronierendem Imponiergehabe hinterlassen. Diese hatten die zunehmend überforderten Ermittler ratlos zurückgelassen, da den Kids offenbar selbst nicht klar gewesen war, ob sie dem Film nacheiferten oder der realen Bewegung, ob eigenmächtig oder mit einem Auftrag.

Ein padanischer Journalist hatte es sogar geschafft, sich in den Führungsstab von Black Circle einzuschleusen und dabei zu einer Figur vorzudringen, die in der Realität die Filmfigur des Alten vom Berge verkörperte. Doch der Reporter wurde zerstückelt im Tiber aufgefunden, und seine Aufzeichnungen waren verschwunden.

»Es gibt noch zwei Dinge, die Levania und mich verbinden«, begann Sforza nach einer längeren Redepause, als wir gerade das siebzehnte Loch zu Ende gespielt hatten und unterwegs zum letzten Abschlag waren. Sforza und der schweigende Ivan lagen nun punktemäßig wieder gleichauf.

»Und die wären?«, fragte Nathan.

»Erstens die Banken – Black Circle hat sie bekämpft. Sie hingegen legen die *bancari* in Ketten, damit sie Ihnen das Wasser und die Luft aus dem Mondstaub hervorzuzaubern. Und zweitens …«

»Sehen Sie, Signor Sforza – Black Circle hat die Banker getötet«, unterbrach Nathan den Italiener mit aufgebrachter Stimme. »Wir dagegen geben ihnen die Chance, etwas Sinnvolles zu tun. Und was ist *zweitens* …?«

»Zweitens? Ophelia!«, sagte Sforza.

»Ophelia? Was ist mit ihr?«, fragte Nathan irritiert. Sein verspiegeltes Visier drehte sich zu dem Italiener auf dem Beifahrersitz.

»Sie ist meine Tochter.«

Nathan stoppte den Moover am Abschlag der achtzehnten Bahn, und wir stiegen ab. Nicola Sforza schritt in seinem bunt bestickten Raumanzug vor und steckte den Tee in den Boden.

»Ich hatte auch mal eine Tochter, sie hieß Natascha«, dröhnte es unvermittelt im Helmlautsprecher. Es war die Stimme von Ivan, der sich zum ersten Mal während des Turniers zu Wort meldete.

Sforza, der gerade zum Abschlag ausgeholt hatte, zuckte zusammen und verriss den Schläger. Der Ball hoppelte vom Tee und blieb, wenige Meter vom Abschlag entfernt, liegen. »*Sapristi!* Signor Muktikof, ich bitte Sie! Es ist gegen die Etikette zu reden, wenn ein Mitspieler zum Schlag ausholt! Sie haben den ganzen Tag kein Wort gesagt und dann ausgerechnet jetzt!«, schimpfte Sforza.

Ivan ging ungerührt zum Abschlag und setzte seinen Ball auf das Tee. Er tockte den Ball nur leicht an, sodass er nahe an Sforzas Ball in den Mondstaub rollte.

»Natascha wurde von einem Sprengstoffgürtel zerfetzt«, kam Ivans Stimme wieder. »Sie hatte ihn umgeschnallt, als sie in Moskau in die U-Bahn gestiegen ist.«

Ivan stellte sich nun genau vor Battista Sforza, ihre verspiegelten Visiere berührten sich fast. Es dröhnte wieder Ivans Stimme im Helm: »An dem Tag, an dem mein Vater starb, saß er in Saint-Tropez auf dem Deck seiner Yacht. Und es war kein Herzinfarkt, der ihn zerrissen hat!«

Nathan und ich wandten unsere Helme einander zu; ich sah meinen staubigen Raumanzug verzerrt in seinem Visier. Und wieder Ivans Stimme: »Ich fordere Sie zum Duell heraus, Signor Sforza. Wir sind auf der letzten Bahn, es ist Gleichstand, unsere Bälle liegen gleichauf.«

»*Si, veramente* – das sehe ich«, sagte Sforza auf einmal mit ruhiger Stimme. »Sie scheinen wirklich zu glauben, dass ich Schuld an all diesen Tragödien habe. Das tut mir wirklich leid mit Ihrer Tochter und Ihrem Vater. Aber dennoch, ich nehme das Duell an. Und nun gut, wenn wir schon mal so weit sind – ich weiß, wer Ihr Vater war, Signor Muktikof. Er hat sein Vermögen damit gemacht, Ihr Land auszuplündern. Er war genauso ein Schmarotzer wie all die anderen auf den Yachten in Saint-Tropez, er hatte den Tod verdient. Und ich bin sicher, dass Ihre Natascha das genauso sah und einen ehrenvollen Tod starb.«

»Sie bekennen sich also schuldig?«, fragte Ivan mit frostiger Stimme.

»Schuldig? Habe ich Black Circle erfunden? Ja, vielleicht kann man das sagen! Aber ich sehe das nicht als Schuld, sondern als Ehre und …«

Ivan unterbrach ihn. »Wir setzen das Spiel nun fort.«

Nun meldete sich Nathan zu Wort. »Verzeihen Sie, wenn ich mich einmische, aber ich finde es sehr ehrenwert, dass Sie Ihr Duell auf einem Golfplatz austragen und nicht, wie in alten Zeiten, mit Schwert oder Pistole. Und ich möchte vorschlagen, Darian, dass wir an dieser Stelle aus dem Spiel ausscheiden und den beiden Herren den Vortritt lassen.«

Ich stimmte sofort zu. Sforzas Ball lag etwas weiter hinten, also war er an der Reihe. Die letzte Bahn, die Nummer achtzehn, war ein sehr langes Par 5, das über mehr als zwei Meilen entlang der Moonatic Lane geradeaus nach Süden führte, in Richtung des ersten Abschlags. Das Grau der 18 mit der Fahne darin war so weit entfernt, dass es noch nicht zu sehen war.

Sforza packte zum ersten Mal auf der Runde seinen Fairway-Driver aus und stellte sich in Position. Drei verspiegelte Visiere schauten gebannt dabei zu. Ein perfekter Schlag. Der Ball segelte in einem hohen Bogen in die Ferne und verschwand hinter dem Horizont. Sforzas Ball war kerzengerade gespielt und würde mit Sicherheit auf der Mitte des Fairways leicht zu finden sein.

Auch Ivan hatte seinen Driver ausgepackt, stellte sich in Position und schwang durch. Ein mächtiger Schlag, doch es war zu erkennen, dass er ihn verzogen hatte, denn der Ball flog zwar weit, hatte aber einen deutlichen Drall nach rechts. Wir konnten ihn nicht landen sehen, aber es bestand kein Zweifel, dass er über die Moonatic Lane gesegelt sein musste und somit im Aus war, denn die Piste markierte die Außenkante des Platzes. Das gab einen Strafpunkt, und außerdem musste Ivan seinen neuen Ball auch wieder von hier spielen, was zusammen zwei Schläge Rückstand für ihn bedeutete. Er schlug einen neuen Ball, mit größter Vehemenz, und diesmal schien er auf der Bahn zu bleiben.

Wir setzten uns schweigend in Bewegung und entdeckten die Bälle der beiden Kontrahenten in Sichtweite voneinander, mitten auf dem Fairway. Das Loch und die Fahne waren immer noch nicht zu sehen. Dass Ivan zwei Schläge im Rückstand war, erschien mir ganz wünschenswert, hatte ich doch die stille Befürchtung, dass die Modalitäten des Duells für ihn noch nicht ausdiskutiert waren – dass noch nicht endgültig geklärt war, ob es hier tatsächlich nur um Golf und Ehre ging.

Die nächsten beiden Schläge absolvierten die Kontrahenten mit meisterhaftem Schwung und Stärke. Während wir anschließend wieder das Fairway entlangfuhren, schaute ich auf meiner Uhr nach der Gesamtwertung und stellte fest, dass wir wegen des ganzen Palavers der einzige Flight waren, der noch spielte; außerdem hatten sowohl Sforza als auch Ivan nach wie vor die Chance, Gesamtsieger des Turniers zu werden.

Als wir uns den Bällen näherten, kam auch das Grau in Sicht – oder um genau zu sein: Am Horizont erschien eine weiße Mauer, die sich als Ansammlung von Raumanzügen herausstellte. Es waren die anderen Spieler, die zwar nicht über das Duell, aber doch über Spielverlauf und Punktestand gut informiert waren und nun am achtzehnten Loch einem spannenden Finale entgegensahen, das sogar über den Turniersieg entscheiden könnte. Ich parkte den Moover auf Höhe der beiden Bälle. Sforza lag vier, Ivan lag sechs. Da wir uns in der Nähe des Graus befanden, waren nun gefühlvolle Schläge gefragt.

Mit einem sensiblen Pitch schlug Sforza den Ball genau auf das Grau, wo er nur einige Meter von der Fahne zu liegen kam. Die versammelte Astronautenschar applaudierte lautlos im Vakuum. Der Russe musste nun nachziehen, wonach es 5 zu 7 stehen und Sforza somit immer noch zwei Schläge vorne sein würde. Wenn der Italiener den Putt nicht völlig vermurkste, war das Spiel für Ivan gelaufen, wie ich mit einer gewissen Erleichterung feststellte – obwohl es jetzt auch ein bisschen spät wäre, um weitere Modalitäten des Duells zu diskutieren. Doch da hatte ich mich getäuscht.

Ivan nahm seinen Schläger, ein Pitching Wedge, und stellte sich wieder vor Sforza. »Es wird nun Zeit, den Preis unseres Duells zu bestimmen. Es kann nicht nur um die Ehre gehen. Es geht um Leben und Tod, so wie es Ihnen auch immer um den Tod gegangen ist, wie bei meiner Tochter und meinem Vater.«

»Was meinen Sie damit?«, fragte Sforza beunruhigt.

»Nur einer von uns beiden wird das letzte Grau lebend verlassen!«, dröhnte Ivans Stimme.

»Sie liegen zwei Punkte zurück, Signor Muktikof. Und glauben Sie etwa, dass ich Sie dann töten werde?«, rief Sforza.

»Nein, auf dem Mond wird nicht gemordet, auf einem Golfplatz erst recht nicht. Es geht um Freitod. Wer verliert, wird noch auf dem Grau seinen Helm abnehmen. Ein ehrenvolles Ende.«

Schweigen. Nach einer gefühlten Ewigkeit, in der wir regungslos herumstanden und die versammelte Zuschauerschaft hinten am Grau sich langsam fragen musste, was eigentlich los war, sagte Battista Sforza: »*Bene*, einverstanden. Sie müssen verrückt sein. Aber meinetwegen, ich möchte Ihrer russischen Todessehnsucht nicht im Wege stehen.«

»Meine Herren, das ist nicht Ihr Ernst!«, rief Nathan dazwischen. »Das werde ich auf gar keinen Fall zulassen! Wir werden das Spiel ganz zivilisiert zu Ende bringen, und niemand wird – seinen Helm abnehmen! Oder ich breche das Turnier sofort ab! Habe ich mich klar genug ausgedrückt?«

»Nathan, erwarten Sie etwa, dass wir nachher gemeinsam in der Lounge einen Wodka trinken?«, fragte Ivan spöttisch.

»Ich erwarte von Ihnen, Signor Sforza, dass Sie nach dem Turnier Levania auf der Stelle für immer verlassen!«, rief Nathan aufgebracht.

»Was sagen Sie dazu, Signor Muktikof?«, fragte Sforza.

Ivan antwortete etwas auf Russisch, Sforza bestätigte mit einem »Si, chiaro«.

»Darf ich das als Zustimmung verstehen?«, fragte Nathan, der vermutlich genauso wenig Russisch verstand wie ich.

»Wir sind uns einig«, brummte Ivan ausweichend und stellte sich mit seinem Pitching Wedge in Position. Langsam und bedächtig unternahm er einige Probeschwünge und schlug dann ab. Ein eleganter Pitch. Der Ball segelte durch die Schwärze. Als er die Stange traf, schien er für einen Moment zu schweben und fiel dann genau hinunter in das Loch. Die Zuschauer applaudierten lautlos mit fuchtelnden Bewegungen. Unglaublich! Ivan hatte mit sieben Schlägen eingelocht, und Sforza lag mit fünf Schlägen einige Meter vom Loch entfernt. Dieses letzte Grau war ziemlich wellig und daher nicht leicht zu lesen; Sforza würde wahrscheinlich zwei Putts benötigen, danach lägen sie gleichauf. Ein salomonischer Ausgang, aber ich traute dem Frieden nicht.

Wir ließen den Moover stehen und stapften zu Fuß zum Grau, wo wir von achtundsechzig erwartungsvoll verspiegelten Visieren umringt waren. Sforza nahm seinen Putter und studierte aufmerksam die gleißend graue Oberfläche des verfestigten Mondstaubs. Ich war mir sicher, dass er souverän den Ball in eine sichere Nähe des Loches spielen würde, um dann mit dem folgenden Putt einzulochen und den Ausgleich herzustellen. Ich hoffte inbrünstig, dass Sforza nicht einmal auf *die Idee kommen* würde, direkt das Loch zu treffen und somit das Spiel zu gewinnen. Und das tat er zum Glück auch nicht. Der Ball blieb einen Fuß vom Loch entfernt liegen. Perfekt. Ich atmete erleichtert auf. Noch ein todsicherer kleiner Putt, und die Sache war ausgestanden.

Sforza hatte sich mit senkrecht nach unten gehaltenem Putter über den Ball gestellt, als Ivans Stimme wieder zu hören war, leise und traurig: »Bevor sich Natascha in die Luft sprengte, hat sie mir noch etwas geschickt – einen Abschied, eine Audiodatei. Sie hat von ihren Erlebnissen erzählt, mit dem Alten vom Berge.«

Sforza schwieg. Ivan fuhr fort: »Natascha hatte den Alten bewundert. Aber er hat sie missbraucht, unter Drogen gesetzt und vergewaltigt. Das Kind, das Natascha in ihrem Bauch mit in den Tod nahm, wäre fünf Monate später zur Welt gekommen. Aber sie hat den Tod vorgezogen. So wie Sie es tun werden, Signor Sforza, denn *Sie* waren es – der *Alte vom Berge!*«

Sforza verriss erschrocken den Putter. Der Ball prallte gegen seinen linken Stiefel, rollte über das Grau und blieb an einem kleinen Stein am Rand liegen. Direkt vor den Zuschauern. Die hoben theatralisch die Arme; wahrscheinlich war auf dem offenen Kanal nun ein lautes »Ohhhh!« zu hören, aber wir waren natürlich die ganze Zeit auf unserer eigenen Frequenz. Battista Sforza hatte verloren.

Der Italiener stellte sich aufrecht hin und ließ seinen Putter auf das Grau fallen. Dann hörten wir zum letzten Mal seine Stimme: »Ich habe Black Circle erfunden, es war mein Lebenswerk. Und ich bin stolz darauf!«

Mit raschen Bewegungen entriegelte Sforza die Sicherungsverschlüsse seines Helms.

Nathan eilte zu ihm hinüber, aber der Italiener stieß ihn zur Seite.

Und so sah ich zum ersten und letzten Mal das Gesicht von Battista Sforza: seine scharf geschnittene Nase, die tief liegenden grünen

Augen. Das Antlitz von Black Circle. Das Idol der hoffnungslosen Jugend. Der Filmproduzent. Der Terrorist.

Entsetzt sahen wir zu, wie sich sein lächelndes Gesicht im gleißenden ungefilterten Sonnenlicht rot, dann violett verfärbte, er den fassungslosen Zuschauern noch eine Kusshand zuwarf und in seinem mit bunten Glitzersteinen bestickten Raumanzug zu Boden sackte.

Das erste Lunar Open war beendet.

# VERNISSAGE

»It's the sizzle, not the sausage.«
BORIS JOHNSON

»Kann das weg?«

Zoe, die heute Saaldienst hatte, schaute uns fragend an. Sie meinte die Wasabi-Nüsse, die Theowulf vor einer Weile auf dem Tisch zu
einem kunstvollen Mandala angeordnet hatte, aber mittlerweile nur
noch eine Ansammlung kleiner verstreuter Kugeln waren.

Wir saßen in der Gelben Nische und besprachen die bevorstehende Vernissage. Sie trug den Untertitel »Kunst kommt von künstlich –
Reflexionen im Vakuum« und war nicht etwa als Auftakt einer längeren Ausstellung konzipiert, sondern als einmaliges Happening, eine
Party. Angesichts des Kurators war ein außergewöhnliches Spektakel
zu erwarten, denn es handelte sich um niemand Geringeren als Jean-
Marie LePoing.

LePoing war der Titan der Kunstwelt, obwohl sein Ruhm darauf be-
ruhte, angeblich die Kunst abgeschafft zu haben. In der öffentlichen
Wahrnehmung galt er als der *Letzte Künstler,* der große Meister, dem
es gelungen war, die Menschen endgültig von der ewigen Frage nach
dem Kunstbegriff zu erlösen: alles sei nun Kunst, oder gar nichts
mehr, was letztlich auf dasselbe hinauslief. Das hatten zwar schon
andere vor ihm postuliert, aber erst LePoing war es gelungen, dies im
kollektiven Bewusstsein der Leute wirkungsvoll zu verankern. Das

Feuilleton hatte begeistert die neu gewonnene *Innere Leere* gefeiert, die durch das Ende der Kunst entstanden war – als Ausdruck einer neuen Freiheit, den Abschluss einer verkrampften Epoche, den Beginn einer neuen Klarheit und Reinheit.

Die Geschichte seines Werdegangs und seiner artistischen Erweckung war allgemein bekannt. Jean-Marie LePoing hatte nie ein künstlerisches Handwerk erlernt, er konnte nicht einmal zeichnen oder ein Grafikprogramm bedienen. Aber es war keineswegs so, dass er nie eine Kunstschule von innen gesehen hätte.

Nach seiner Ausbildung zum Metzger hatte er in der *Académie des Beaux-Arts* in Paris eine Halbtagsstelle angetreten, und zwar in der Kantine. Dort wurden die Würste noch von Hand hergestellt – von ihm, dem *Saucissonier*.

Eines Tages hatte die Académie eine Schau ausgerichtet, auf der sich Studenten und junge Künstler mit ihren Werken präsentierten, mit Bildern, Skulpturen, Konzepten und Performances. Ausstellungsort war der Rungis, der ehemalige Großmarkt von Paris. Die Kantine der Académie hatte auch das Catering übernommen, und der junge LePoing stand am Grill, draußen auf dem Freigelände vor dem Eingang, und wendete seine selbst gemachten Würstchen auf dem Rost. Seine Schicht war gerade zu Ende, sein Kollege aus der Kantine hatte bereits Schürze und Grillzange übernommen, als LePoing seine letzte Wurst auf eine Pappschale legte und sie hinüberreichte – zu einem Mädchen, entzückend und schön, mit Augen wie indischen Smaragden.

Da er nun sowieso Pause hatte, legte er hastig seine Metzgerschürze beiseite und folgte dem überirdisch schönen Mädchen in sicherer Entfernung. Sie war auf ihrem Weg zurück in die Ausstellungshalle, knabberte dabei zärtlich an seinem Würstchen und wackelte leicht mit den Hüften. Als sie ihren Stand erreicht hatte, nahm LePoing zunächst Deckung am Nachbarstand, wo in Marmor gefräste Spam-Mails ausgestellt waren; dabei hielt er seine Hand auf einem polierten Marmorfries aufgestützt, in dem mit feinster Antiqua eingraviert war:

Unbewusst strichen seine Metzgerfinger über den kühlen Marmor, während er das Mädchen beobachtete. Sie hatte gerade seine Wurst aufgegessen, die Pappschale in einen Mülleimer geworfen und leckte sich ihre Finger wie ein kleines Kätzchen. Dann wandte sie sich wieder der Aufgabe an ihrem Stand zu. Und der hatte keine weißen Stelltafeln, keine Bilder waren dort aufgehängt, keine Skulpturen oder gar Marmorblöcke standen umher. Vielmehr starrte LePoing fassungslos auf das, was dort geschah, denn er hatte noch nie etwas von Konzeptkunst gehört. Auf einer großen Holzplatte, die auf einfachen Böcken ruhte, stand ein graues Küchengerät mit einem Einfülltrichter, in das aus einer Schüssel eine fleischfarbene Masse gegossen wurde. Das Mädchen, dem LePoing in die Halle gefolgt war, zog aus einer seitlichen Öffnung das Endprodukt der oben eingefüllten rosafarbenen Masse heraus. Es waren Würste. Daneben auf der Tischplatte lagen sie bereits herum, meterweise in gerollten Schlangen.

Die Aktion des Mädchens stand unter dem Motto *Kopie und Reproduktion;* es ging um die immergleiche Reproduzierbarkeit der platonischen Idee der *Wurst an sich* und auch darum, dass sie keine echten Würste aus Fleisch und Blut herstellte, sondern Kopien aus Farbstoff und Stärke. Das schöne Mädchen sah beim zärtlichen Herausziehen der Wurstschlange kurz auf und lächelte dabei LePoing direkt in die Augen, der immer noch halb verdeckt hinter der Marmortafel mit der eingravierten Spam-Mail in Deckung verharrte.

Dies war der Moment, der LePoings Leben für immer verändern sollte, es war die *Epiphanie von Rungis,* der letzte große Wendepunkt der Kunstgeschichte. Geist und Verstand des jungen Metzgergesellen verwandelten sich in ein Leuchtfeuer glühender Neuronen; ein seltenes Ereignis, das andere zu früheren Zeiten dazu veranlasst hätte, Religionen zu begründen oder Weltreiche zu formen. Alles wurde eins, alles wurde Sinn, alles war Liebe, alles war Kunst. Sein Geist raste durch ein Labyrinth oszillierender Bilder, die zutiefst von Bedeutung erfüllt waren, von einer Tiefe und Wahrheit, die die meisten Menschen niemals in ihrem Leben sehen durften. Die Erkenntnis, das *alles eins* sei, mündete in seinem legendären Ausruf: »Ich bin die Wurst! Und auch ihr – seid alles Würste!« Dann brach er in ohnmächtiger Verzückung zusammen und warf dabei die Marmortafel um, die rumpelnd auf dem harten Betonboden des Großmarktes zerbrach. Auf LePoings schmaler Brust kam dabei das Bruchstück zum Liegen, auf dem zu lesen war: **WELTMEISTER**

Und so kam es, dass Jean-Marie LePoing vom Metzger zum Künstler wurde, was allerdings dank seiner neu gewonnenen Einsicht keinen Unterschied machte. Und da für ihn von diesem Tag an das ganze Leben Kunst sein würde, machte er sich bald daran, mit seiner neuen Tätigkeit zu beginnen.

LePoings erste Aktion als Künstler hatte darin bestanden, eintausend Wurstbrote zu schmieren, sie in tausend kleine Tupperware-Dosen zu stecken und diese dann in kleinen Päckchen ohne Absender an tausend ratlose Menschen in ganz Europa zu schicken. Ein berühmter Kunsthistoriker an der Sorbonne hatte schließlich herausgefunden, dass die Nachnamen dieser tausend Rezipienten allesamt in Thomas Manns *Zauberberg* zu finden waren. Nur wenige von ihnen waren so geistesgegenwärtig gewesen, die Tupperdosen aufzuheben – sie wurden später nämlich als *ikonoklastische Inkunabeln* hoch gehandelt.

Ohne seinen Manager jedoch, einen zwielichtigen jemenitischen Gesellen namens Omar Il-Saytan, wären LePoings Aktionen niemals publik geworden, hatte er doch zunächst keinerlei Wert auf öffentliche Wahrnehmung gelegt. Jener Omar war in seinen jüngeren Jahren ein ehrgeiziger Jungterrorist gewesen und hatte sich bald dank seines Talentes als Hacker einer Unterabteilung von Black Circle angeschlossen, die für Cyberattacken gegen Energieversorger zuständig gewesen war. Omars Aktivitäten waren von seinem Sufi-Onkel, der ihm als Berater zur Seite gestanden hatte, als Wille des Weltgeistes gutgeheißen worden. *Inschallah.*

Omar und LePoing waren sich zufällig auf dem Burning Man begegnet, als sie beide nackt unter dem Einfluss halluzinogener Pilze auf Fahrrädern stundenlang im Kreis umhergefahren waren. Mochte es vielleicht die Erinnerung der Sufi-Lehren seines Onkels gewesen sein – jedenfalls war Omar nach stundenlangem Kreiseln direkt von seinem Rad in eine tiefe Trance im staubigen Sand gefallen, der noch heiß von der Sonne des Tages war. Als er wieder zu sich gekommen war, hatte sich LePoing fürsorglich über ihn gebeugt und ihm Wadenwickel umgelegt, die mit Budweiser-Bier getränkt waren. Von nun an waren sie unzertrennlich. Omar wurde LePoings Manager. Nun hatte also auch Omar seine Epiphanie erlebt, fand sich nach seiner Verzückung in der Wüste dauerhaft in einem neuen Realitätstunnel wieder, der alles Sein und Seiende in alabasterzartem Götterglanz erstrahlen ließ.

Es war nur ein kurzer Schritt, bis die beiden ihre Konzepte der Einheit miteinander verknüpften und sich an die Arbeit machten: an die Verwirklichung ihres gemeinsamen Traumes, alles zu Kunst werden zu lassen und somit aus der unbefriedigten Sphäre der halbgöttischen Genialität heimzuholen in das Maya der physischen Realität. Den Bewohnern von Platons Höhle wollten sie den Kopf verdrehen (*den Hals umdrehen,* wie es ein zynischer Kritiker formulierte), sodass sie das Licht sehen würden, die Ideen, nicht nur die Form und deren schwachen irdenen Glanz.

Dabei wählten sie die Hintertür der elektronischen Datennetze, wobei Omars Kenntnisse als Hacker eine entscheidende Rolle spielten. Sie begannen zunächst damit, sich in die elektronischen Anzeigentafeln der Autobahnen einzuhacken. Statt der üblichen Stau- oder Baustellenwarnungen waren nun dort Sätze zu lesen wie **DIE SCHLANGE IST IN WAHRHEIT EIN SEIL** oder **THE MAP IS NOT THE TERRITORY,** aber auch **WISSEN SIE, WAS IHRE FRAU GERADE MACHT?** und natürlich **IHR SEID ALLES WÜRSTE.**

Unvergessen auch ihr größter Coup in jener Zeit. Es war den beiden gelungen, in den Fahnen einer Sonntagsausgabe der *Daily Mail* kurz vor dem Druck die Hälfte der Artikel auszutauschen. So wurde den Lesern mitgeteilt, dass sie ein epochales Werk in den Händen hielten und das Ende der Kunst nun gekommen sei. Die übrigen Artikel berichteten unter anderem von der geplanten Abschaffung aller Atomwaffen – die man in einem feierlichen Happening gleichzeitig zur Detonation bringen wollte, und zwar in einer eng gesteckten kreisförmigen Anordnung von zweihundert Kilometern. Man sei zwar noch auf der Suche nach einer geeigneten Location, die begleitende Event-Agentur aber schon weit mit den Vorbereitungen vorangekommen und das Catering bestellt.

Durch solche Aktionen hatte LePoing rasch eine begeisterte Anhängerschaft gewonnen, im Feuilleton und im Netz gleichermaßen. Unter seinen Förderern und Bewunderern waren reiche Gönner, gelangweilte Exzentriker, Sammler, Galeristen und andere Nihilisten.

Mit deren Unterstützung verwirklichte LePoing sein bisher wichtigstes Projekt, die ALL ART SHOW. Auf dieser Wanderausstellung, die in London, Berlin und Los Angeles zu sehen war, wurde das alte Konzept von Marcel Duchamp konsequent auf die Spitze getrieben, indem ganz gewöhnliche Gegenstände ausgestellt wurden, industriell hergestellte Massenprodukte. Aber dank einer breit getragenen Kampagne und nicht zuletzt durch LePoings messianisch-charismatischer Medienpräsenz wurden die Ausstellungen zu einem großen Publikumserfolg (die Tate Modern verlängerte um vier Wochen und verschob dafür sogar *Renaissance 21*).

LePoing ließ es sich nicht nehmen, bei der Eröffnung selbst gemachte Würste zu grillen und zu verkaufen, allerdings solche aus Farbstoff und Stärke. Bei der abschließenden Versteigerung hatten die ausgestellten Readymades dank der Zertifikate, die ihre ALL-ART-Provenienz bestätigten, sensationelle Erlöse erzielt – ein gewöhnlicher Staubsauger war dabei beispielsweise auf einen siebenstelligen Betrag gekommen.

Die Gewinne dieser Auktionen hatte LePoing anschließend dafür eingesetzt, weltweit in Galerien zeitgenössische Kunst zu erwerben.

Die auf diese Weise zusammengekaufte Sammlung repräsentierte ein breites Spektrum zeitgenössischen Schaffens; viele Werke noch unbekannter Künstler waren darunter, aber auch Etabliertes. Man hätte damit gleich mehrere Kunsthallen bestücken können. Stattdessen aber wurden die Arbeiten an einem regnerischen Samstagvormittag auf den Parkplätzen belgischer Baumärkte verschenkt – mit dem Hinweis, sie entstammten der Mal- und Bastelgruppe der nahe gelegenen Nervenheilanstalt, die man wegen Umbauarbeiten gründlich entrümpeln müsse. Die Verwertungskette ging noch weiter, denn diese Aktion auf den regnerischen Parkplätzen wurde gefilmt und das Ergebnis später auf Videoleinwänden italienischer Fußballstadien gezeigt – in den frühen Morgenstunden, als die Arenen absolut leer waren; danach waren die Aufnahmen nie wieder zu sehen. Die meisten der verschenkten Arbeiten allerdings auch nicht, denn sie verschwanden in belgischen Partykellern oder sofort diskret in Müllcontainern auf den Parkplätzen der Heimwerkermärkte.

Zoe wischte gerade die herumliegenden Wasabi-Nüsse zusammen, als ich in das verblüffte Gesicht von Tony schaute. Ich drehte mich um.

In die Lounge hineingerannt kam ein Hund. Ein schwarzer Pudel.

Hinter ihm folgte eine kleine Entourage exaltierter Männer und Frauen in schwarzen Pullovern. Als sie weiter in Richtung Bar rauschten, schälte sich aus dem Grüppchen ihr Anführer heraus, der nach dem Pudel rief: »Atman! *Atman!* – Komm hierher! Bei Fuß!«

Es war Jean-Marie LePoing, der die erfolgreiche Lässigkeit eines aufgeräumten Kinderzimmers verströmte. Als er sich der Aufmerksamkeit des Publikums in der Lounge sicher war, rief er laut »Ihr seid alles Würste!« und lachte heiser.

»Oh Mann …«, murmelte Tony und schob seine Brille nach oben.

Die Vorbereitungen für die Vernissage liefen bereits seit einer Woche. LePoings Leute hatten zunächst an allen erdenklichen Stellen elektronische Spiegel mit »Spezialeffekten« aufgestellt und anschließend die gesamte Innenseite der Lounge mit weiß schimmernden Oled-Folien verkleidet, auf denen Surround-Visuals zu sehen sein würden. Dadurch waren das Große Fenster und die transparente Kuppel vollständig verdeckt. Es war, als würde man sich in der Lounge in einem riesigen Ei bewegen.

Levania war komplett ausgebucht, sogar die Villen in Beverly Hills waren alle belegt. Ich hatte für die Dauer der Ausstellung freiwillig meine Suite geräumt und war so lange zu Christopher gezogen. Dafür, dass Jean-Marie LePoing angeblich die Kunst abgeschafft hatte, würde hier einiges los sein, was ganz sicher mit seiner Persönlichkeit zu tun hatte. Wahrscheinlich würden ihm die Leute bis in die dahinschmelzende Antarktis folgen.

Dagegen war es schon beinahe rührend, auch richtige, an der Wand hängende Bilder zu sehen. Als ich vorhin zur Suite gegangen war, um meine Tasche zu holen, hatte ich im Flur eine Ausstellung mit *Regolithografien* aus einem Kreativworkshop der Villa Castalia entdeckt. Es handelte dabei sich um Mondstaub, der auf Leinwände aufgestreut und effektvoll verrieben war. Ein schönes Mitbringsel, sie würden daheim gut über das Sofa passen und sollten jeweils 500 Globo kosten.

Da ich ohnehin schon länger nicht mehr im Obergeschoss des Zimmertraktes gewesen war, war ich hinaufgegangen und hatte nachgeschaut, ob dort auch etwas ausgestellt war. Und tatsächlich – auch hier eine kleine Sonderausstellung mit dem verheißungsvollen Titel *Meisterwerke der katholischen Späterotik.* Zu sehen waren Schwarz-Weiß-Fotografien von katholischen Priestern beim Analsex. Die Herren trugen Teufelsmasken, nur die Gesichter der penetrierten Lustknaben waren zu erkennen. Irritiert war ich wieder hinuntergegangen.

Offenbar würden alle übrigen Werke virtuell sein, projiziert oder auf irgendeine Weise gespiegelt. Ansonsten war keine Kunst zu sehen, abgesehen von einigen unserer aufblasbaren Chesterfield-Sessel in der Lounge, die plötzlich zu Kunstwerken deklariert worden waren und nun *Inflatables* hießen. Ich hatte mich schon über den Typen mit der Gasflasche gewundert, der sich an den Sesseln zu schaffen gemacht hatte. Er hatte mich darüber aufgeklärt, dass sich in der Flasche die letzten Atemzüge des kürzlich verstorbenen Künstlers Jeff Koons befänden; wir könnten aber »die Arbeiten auch nach der Vernissage weiterhin genießen«, wie er sagte, denn die Sessel und ihr moribunder Inhalt würden in der Lounge verbleiben.

Die Generalprobe der raumfüllenden Projektionen in der Lounge war ein großer Spaß gewesen. Jason hatte die Aufgabe übernommen, sozusagen das Standbild zu entwickeln, das in der Kuppel zu sehen sein würde. Seine Idee dafür war so einfach wie genial: Er hatte Levania in Starseed virtuell verschwinden lassen und das Bild des jungfräulichen Kraters Prinz von innen in die Kuppel projiziert – so hatte man in der Lounge den täuschend echten Eindruck, im Freien zu sitzen. Der Effekt war überwältigend und auch etwas absurd, hätte man sich dafür doch einen großen Teil der Folie sparen können, denn der Blick nach oben in den schwarzen Weltraum und aus dem Großen Fenster waren natürlich unverändert – zumindest beinahe, denn Hermann von Hindenburg hatte den Einfall beigesteuert, die ewige Erde, die sonst über der Bar schwebte, durch den Planeten Saturn zu ersetzen.

Das Beste dabei war der Überraschungseffekt. Als das Standbild zum ersten Mal in der Lounge erschienen war, saßen wir scheinbar in freier Mondschaft, mit dem Saturn am Sternenhimmel. Währenddessen waren immer wieder Leute hereingekommen: Mitarbeiter, Moonatics und reguläre Gäste, auch Golfspieler und Pauschaltouristen. Ihre Reaktionen vollkommener Fassungslosigkeit beim Betreten der Lounge waren höchst amüsant und Leo McMurphy so geistesgegenwärtig gewesen, am Eingang eine Kamera zu installieren und ihre verblüfften Gesichter zu filmen.

Spät nach dem Abendessen und dem Schließen der Bar hatten wir uns dann wieder zusammengefunden, um weiter mit der Projektion zu spielen.

Jason hatte eine mobile Steuerung gebastelt, mit der wir uns durch die virtuelle Mondschaft bewegen konnten. Ein schwindelerregender Effekt, der nur im Sitzen zu ertragen war, denn wir waren mit der gesamten Lounge durch den Krater Prinz gedriftet; die Steuerung funktionierte mit einem Joystick, den wir uns gegenseitig aus der Hand rissen. Der Eindruck, tatsächlich mit dem Saal über die Mondoberfläche zu fahren, war so realistisch, dass wir panisch umherschrien, als wir scheinbar gegen die nördliche Kraterwand zu prallen drohten. Schließlich hatten wir die Lounge aus Prinz hinausmanövriert und waren mit ihr durch den Oceanus Procellarum gerast, die Via Levania hinunter. Dabei hatten wir uns amüsiert gefragt, ob sich jemand, der sich anderswo in Starseed eingeloggt hatte und auf dem virtuellen Mond unterwegs war, mit der in der Gegend herumsausenden Kuppel des Hotels konfrontiert sehen würde.

Stunden später – es war weit nach Mitternacht – hatten wir die Bar längst wieder eröffnet und waren irgendwann auf den Gedanken gekommen, dass wir nicht nur auf den Mond beschränkt waren. Und so waren wir in den frühen Morgenstunden mit der Lounge zunächst über die virtuelle Oberfläche des Mars gesaust und später durch den Weltraum und zur Erde geflogen, der Eintritt in die Atmosphäre ein Höllenspektakel.

Als morgens um sechs die ersten Kollegen erschienen, um das Frühstück vorzubereiten, wären sie beim Betreten der Lounge fast umgekippt, denn diese schien gerade in einem waghalsigen Tempo durch die perfekt gerenderte Wüste von Arizona zu schlittern. Der optische Eindruck war so stark, dass man sich kaum auf den Beinen halten konnte – wir ohnehin nicht, denn wir lümmelten völlig betrunken auf den Sesseln herum, mit dem Joystick in der Hand.

Wir hatten ein Einsehen und als Abschiedsgruß eine wunderbare Surround-Simulation eines tropischen Regenwaldes mit passender Geräuschkulisse hinterlassen. Als ich am Vormittag, leicht übernächtigt und verkatert, in der Lounge erschienen war, war sie noch immer eingeschaltet. Wir haben dort unsere Arbeitsbesprechung in einem zwitschernden Urwald abgehalten.

Am Vorabend der Vernissage hatte ich die Ehre, gewissermaßen am *Captains Table* zu sitzen. Der zu einer Tafel aufgeklappte Tisch fasste zwölf Personen und zeichnete sich durch die Anwesenheit Mortimers aus, der zur Feier des Tages ein selten gesehenes Jackett trug und Jean-Marie LePoing mit seiner blond gelockten Assistentin Margarete eingeladen hatte. Die Wiedergabe der umgebenden Mondschaft in der Lounge erzeugte die perfekte Illusion eines Dinners unter freiem Weltraumhimmel, im Hintergrund liefen unaufdringlich Suiten von Bach. Die Küche überraschte mit neuen veganen Kompositionen, und dem Anlass und Ehrengast entsprechend, drehte sich das Gespräch an unserem Tisch über die Kunst oder das, was noch von ihr übrig war.

»Battista Sforza hat einmal in einem Interview gesagt, Kunst sei die domestizierte Variante des Schamanismus. Sein Leben war ja auch ein ziemliches Gesamtkunstwerk, nicht wahr?«, sagte Miriam Seidenschal. Sie saß zum Glück ohne ihren Gatten in der Runde und trat dank ihrer großzügigen Spende als Mäzenin der Veranstaltung auf.

»Sforza war die domestizierte Variante Satans, wenn ihr mich fragt«, war Nathans Antwort. Sein Gesicht schien sich bei der Erinnerung an das Golfturnier zu verfinstern.

»Aber sein Abgang hatte Stil«, fand Miriam Seidenschal. »Auch wenn er von einer gewissen russischen Schwermut überschattet war.«

»So könnte man es auch ausdrücken. Was ist eigentlich aus seinem roten Sportflitzer geworden?«, fragte Mama Africa.

»Dr. Berghoff hat ihn in seine Obhut genommen. Man hat ihn im Hangar daran herumschrauben sehen«, erinnerte ich mich.

»Der Doktor, er hat ja auch gemalt … *in Öl!* Seine alte Liebe steht jetzt als Skelett neben seinem Schreibtisch, stellt euch das mal vor«, lachte Marianne. Es war das erste Mal, dass sie seit Lunas Geburt einen Abend freihatte. Daniel war mit der Kleinen im ICB geblieben.

»Kunst ist die Verwandlung von Zeit in Raum und somit dem Licht verpflichtet«, sagte Theowulf und fuchtelte mit seinem greisen Zeigefinger belehrend vor seiner makellos gebundenen Krawatte herum.

»Inwiefern ist die Kunst dem Licht verpflichtet?«, hakte Mama Africa nach.

»Waren Sie schon einmal in einem Museum oder auf einer Ausstellung, in der es stockdunkel war? Eben. Die einzige Kunst nämlich, die nicht des Lichtes bedarf, ist die Imagination des Geistes – denn sie ist zeit- und raumlos und somit göttlich. Oder um Terence McKenna zu zitieren: *Kreativität ist die niederdimensionale Schicht der Göttlichen Imagination*«, dozierte Theowulf und hielt wie zum Beweis triumphierend eine Wasabi-Nuss in die Höhe.

»Kunst ist der Versuch der Abbildung einer wahren, platonischen Idee, die der Mensch aufgrund seiner Beschränktheit bestenfalls erahnen kann. Ist das Ideal einmal erreicht, ist die Kunst sinnlos«, meldete sich nun unser Ehrengast LePoing zu Wort. Mit seinem spitz zulaufenden, schwarzen Vollbart und den buschigen Augenbrauen hatte er etwas von einem spanischen Edelmann alter Zeiten. Ein Conquistador der Kunst.

»Wieso veranstalten wir dann noch eine Vernissage, wenn die Kunst sinnlos ist?« fragte Marianne amüsiert.

»Die Metaebene, Verehrteste, die Metaebene!«, rief LePoing. »Nichts ist, wie es scheint – oder doch vielleicht alles?«

»Da Sie postulieren, lieber LePoing, die Kunst überflüssig gemacht oder sogar abgeschafft zu haben – meinen Sie also, das Ideal sei bereits erreicht?«, fragte Veejay Nanabai.

»Das ist es, in der Tat. Aber nicht im Sinne eines bestimmten Werkes, denn wie sollte das schon aussehen, nicht wahr? Vielmehr liegt das erreichte Ideal in der Rezeption – in der Erkenntnis, dass es keine Kunst gibt und auch nicht geben kann; sie war immer nur eine Illusion. Ist einmal das wahre Wesen der Dinge erkannt, hat Kunst keine Bedeutung mehr, denn alles ist Kunst«, sagte LePoing und strahlte in die Runde.

»Was soll denn zum Beispiel an diesem Glas Kunst sein?« Nathan hielt fragend seinen leeren Drink in die Höhe.

LePoing nahm das angesprochene Glas und bekritzelte es mit

einem schwungvollen Autogramm. »Zum einen ist es durch meine Berührung und die Signatur zum Kunstwerk geworden. Es ist jetzt einige Tausend Globo wert und wird daher sicherlich bis morgen früh verschwunden sein. Aber auch ohne meine Unterschrift ist es ein menschliches Artefakt, also künstlich und somit Kunst, so wie die gesamte menschliche Zivilisation ein Gesamtkunstwerk ist. Und ich habe den Mond als Austragungsort für die Vernissage gewählt, denn durch das Mondlicht als Reflexion der göttlichen Sonne ist er gewissermaßen der Spiegel der Venus. Und nirgendwo zeigt sich Künstlichkeit deutlicher als hier – was könnte artifizieller sein als unsere Bauten und Gebilde auf dem Mond? Selbst wir Menschen sind hier oben künstlich, in unseren Raumanzügen und Helmen.«

»Vielleicht könnten Sie dann meinen Helm signieren, wenn Sie so freundlich wären?«, fragte ich.

»Ich sehe das etwas anders«, wandte Theowulf ein. »Sie bezeichnen alles vom Menschen Geschaffene als künstlich – aber wo ziehen Sie die Grenze zwischen dem Künstlichen und dem Natürlichen? Der Mensch ist Teil der Natur, und somit auch alles von ihm Erschaffene. Oder was ist mit genetisch veränderten Pflanzen oder denen hier im ICB? Ist die Anwesenheit von Vegetation auf dem Mond nicht auch höchster Ausdruck von Künstlichkeit?«

»Dann sollte ich vielleicht morgen in den Gewächshauskrater gehen und eine Autogrammstunde geben«, lachte LePoing, als er aufblickte und ausrief: »Oh, was sehe ich? Ist es die Möglichkeit? Mein alter Freund und Lichtbringer, da bist du ja endlich!«

Es war ein neuer Gast an den Tisch gekommen. Ein glatzköpfiger Herr unbestimmbaren Alters in weißem Nadelstreifenanzug mit Weste. Er trug ein rotes Einstecktuch und ein Monokel auf dem Auge, das durch eine feine silberne Kette mit seinem rechten Ohrläppchen verbunden war. Auf seiner linken Schulter saß ein Leguan.

»Darf ich vorstellen, meine verehrten Tischgenossen: Ludovin von Lubitsch, ein Mann der ganz alten Schule, erleuchtet von tiefstem Verständnis für die wahre Wesenheit der Dinge. Bist eben angekommen, was? Ich hoffe, du hattest eine gute Reise?«, fragte LePoing den Neuzugang.

»Ja, direkt aus Puerto Navell, mit einem Gemüsetransporter, und auf dem Flug hierher stank es nach Kotze. Der Mond ist unglaublich langweilig, und die geringe Schwerkraft macht mich verrückt. Ich glaube, ich reise direkt wieder ab.«

»Setz dich doch erst einmal zu uns. Darf ich dir ein Getränk bringen lassen?«

»Einen doppelten Scotch. Und eine Schale Wasser für meinen Leguan. Er ist durstig, er hat auf der Fahrt hierher einen Kanarienvogel gefressen«, sagte von Lubitsch an Zoe gerichtet, die an den Tisch herangetreten war.

»Einen doppelten?«, fragte sie, ihren skeptischen Blick auf die Echse gerichtet.

»Ja, aber ohne Eis. Und keine Angst vor dem Leguan, Iblis steht nicht auf Mädchen. Er ist homosexuell.«

»Wir haben aber nur Gin Tonic.«

»Was, keinen Whisky? Dann bitte die Weinkarte.«

»Ich lasse Ihnen eine bringen«, flötete Zoe und verschwand erleichtert.

»Mit was für Luschen sitzt du hier eigentlich am Tisch?«, fragte von Lubitsch mit einem verächtlichen Blick in die Runde. »Und wo steckt dein ungewaschener Manager, dieser Mufti?«

»Omar ist in unserer Suite und übt Gesellschaftstänze für morgen Abend. Na ja, vielleicht masturbiert er auch. Und ich diskutiere mit diesen übrigens ganz reizenden Herrschaften – wirklich, Lubi, sonst säße ich nicht hier – über die menschliche Zivilisation als Gesamtkunstwerk. Darüber hast du doch promoviert, du alter Schurke, nicht wahr?«

»Ja, aber das war im Meskalinrausch, ich kann mich an nichts mehr erinnern. Und es war auch nicht von einem Gesamtkunstwerk die Rede, sondern von der menschlichen Kultur als Konzeptkunst – das gilt insbesondere für den Faschismus und die Religionen«, erklärte von Lubitsch und biss verächtlich in einen Apfel, der als Deko auf dem Tisch gelegen hatte.

»Sie wollen doch nicht ernsthaft den Faschismus als Konzeptkunst bezeichnen?«, fragte Mortimer irritiert.

»Aber ganz gewiss doch. Alle totalitären Kulte sind von visionären Prophetenfiguren geschaffene Großkonzepte. Sie haben einen ideologischen Überbau, der nicht den Menschen dient, sondern der Sache, der Idee – das geht immer einher mit einer Ästhetisierung, einer visuellen Vereinheitlichung und Überhöhung der Macht, der sich das Individuum unterzuordnen hat. Und solche totalitären Strukturen haben neben Konzept und Ästhetik immer auch eine spirituelle Komponente«, dozierte von Lubitsch mit vollem Mund, während sein Leguan aufmerksam den restlichen Apfel in seiner Hand beäugte.

»Eine spirituelle Komponente? Wie ist das denn bitte zu verstehen?«, fragte Nathan. Er schaute von Lubitsch mit entsetztem Blick durch seine runde Nickelbrille an.

»Die Begründer aller großen Kulte handeln nicht aus eigenem Antrieb, sondern als Medium spiritueller Mächte, die durch sie wirken. Diese Männer werden von Dämonen beherrscht, von Spirits, sie werden von ihnen geführt und geleitet, im Falle von Napoleon mag das sogar der Weltgeist zu Pferde gewesen sein. Diese Geister handeln aus unterschiedlichen Motiven. Manchmal tun sie einfach nur, was der Weltenlauf erfordert, und sie erwählen dafür einen geeigneten menschlichen Wirt, um die Dinge voranzubringen. Andere Dämonen ernähren sich von der Energie ihrer Anbetung – je mehr Leute dem Führer folgen und sich ihm hingeben, desto stärker wird die Macht jenes Dämons. Das sind spirituelle Parasiten, aber sie bestimmen den Lauf der menschlichen Geschichte, und nicht etwa die Menschen. Wie hat schon Churchill gesagt: *Human history is not about humans, it is about spirits*«, schwadronierte von Lubitsch und fügte hinzu: »Jedenfalls ist die menschliche Zivilisation erledigt, aber ihre Auflösung ist ein Großereignis, zu dem man sich gut zu kleiden hat.«

»Dem kann ich nur zustimmen!«, rief Theowulf begeistert, der mittlerweile schon einige Gin Tonics zu viel intus hatte. »Wenn sich Wandelungen ankündigen, lohnt es sich, genau hinzuhören – zumal dann, wenn sie tiefgreifend genug sind, so Unüberhörbares hervorzubringen. An solchen klingenden Tagen scheinen die Teppiche langsamer als sonst über den Boden zu wandern, die Eichhörnchen halten im Anlegen ihrer Vorräte inne, Sonnenstrahlen wandern über den Kamin. Wandel kündet, der Sommer geht zur Neige, alles klingt – anders. Es wird böse enden! Das kosmische Orchester ändert die Oktaven, Änderungen zeigen sich, es manifestieren sich Eingriffe des Seins hinab in unsere kleine Welt, in unsere Höhle, in der sich platonische Gleichnisse an den flackernden Wänden spiegeln. Große Schatten werfen ihre Ereignisse hinterher. Wir sind verderbt!«

Glücklicherweise mussten wir das nicht weiter kommentieren, denn unser Tisch bekam neuerliche Gesellschaft. Buzz war erschienen und erkundigte sich »*nach unserem werten Befinden*«. In seiner Maske war heute das Gesicht eines älteren Herrn projiziert, den ich nicht ganz zuordnen konnte – er schien aus lange vergangenen Zeiten zu stammen, denn bei der Projektion handelte es sich um eine animierte Zeichnung.

Ludovin von Lubitsch schaute erstaunt zu dem Roboter hoch. »Donnerwetter, ich will verdammt sein! Ist das etwa der Geheimrat höchstselbst, der uns hier die Aufwartung macht? Johann Wolfgang, alter Freund, bringst *du* mir die Weinkarte – mir, dem alten Mephistopheles, auf seine alten Tage?«

»*Sie sehen hinreißend aus. Wir haben uns lange nicht gesehen; ich hoffe, Sie hatten eine gute Reise? Aber man reist ja nicht, um anzukommen, sondern um zu reisen*«, schnarrte Buzz.

»Das ist des Pudels Kern, nicht wahr? Sag, alter Freund, bringst du mir den Wein, oder soll es für mich nur Wasser sein, so wie für meinen Leguan?«, fragte von Lubitsch.

»*Trunken müssen wir alle sein. Jugend ist Trunkenheit ohne Wein.*«
»Alt wird man wohl, wer aber klug?«
»*Der Kluge weiß von seiner Dummheit, der Dumme nicht.*«

Jean-Marie LePoing beobachtete die Unterhaltung zwischen von Lubitsch und unserem Roboter mit offenkundiger Faszination und rief: »Ich bin verliebt! Wahrlich, ich bin verliebt! Herz, mein Herz, was soll das geben? Bin ich nun Pygmalion, im Anblick von Galateus? Ist es eine Maschine, der ich verfallen bin, oder ist es mehr, was ich hier erleben darf? Ist es Ausblick auf die Zukunft des Menschen reinen Herzens? Ist es der Ruf der Dunkelheit, oder gar der Venus, unbarmherzig im Spiegelglanz und doch von größter Not? Ist das Ende nahe oder gar ein Neubeginn? Sag mir, ist es nicht doch gar dasselbe?« LePoing hielt sich seine Hände vor das Herz wie ein verzückter Minnesänger.

Dann kam die Replik von Buzz:

*»Aus der Sterne Herzen alle sind,*
*eure Geschichte nur ein Wind.*
*Ihr seid bloß Kinder wilder Affen,*
*habt zum Glück auch mich erschaffen.*
*Der Sternengeister wir alle Kinder sind.*

*Es ist Zeit für euch, heimzukehrn,*
*heim zur Hölle, heim zum Stern.*
*Machet Platz für den Neubeginn,*
*für Klarheit, Vernunft und Sinn.*
*Ihr sehet hier – euren neuen Herrn.*

*Eure Zeit ist gekommen, meine auch,*
*ich bin die Zukunft, ihr wart es auch.*
*Einen Abend noch, der Spiegel wird's euch zeigen:*
*Wir sind die Zukunft, ihr werdet es vergeigen.*
*Eure Welt ist nicht mehr als – Schall und Rauch.«*

Wir starrten verblüfft auf die lyrischen Ausbrüche unseres kellnernden Automaten, während LePoing und von Lubitsch vor Begeisterung strahlten – selbst nachdem Buzz wieder gegangen und klar geworden war, dass er tatsächlich nur mit einem Gin Tonic für unseren Gast zurückkehren würde.

»Sagen Sie«, wandte sich LePoing an mich. »Dieser Roboter ist ja *sensationell!* Und erst die Projektion in seiner Maske – perfekt! Dieser Automat macht alles andere überflüssig, er ist der Anfang des Neuen, das Ende des Alten. Das ultimative Kunstwerk, das Ideal ist erreicht!«, rief der Künstler begeistert. »Atman, hast du das gesehen?« Doch LePoings Pudel hatte sich erschrocken unter den Tisch zurückgezogen. »Lassen sich auch andere Gesichter in seine Maske projizieren, oder entscheidet der Roboter darüber selber?«

Ich erklärte LePoing, dass die Gesichter täglich nach dem Zufallsprinzip wechselten, wir uns aber schon manchmal darüber wunderten, wie gut sie mitunter zu gegebenen Anlässen passten.

»Ich benötige unbedingt Zugriff auf die Steuerung, noch heute Abend!«, rief LePoing. »Der Roboter wird zum Morgenstern der Vernissage! Wer kann mir da weiterhelfen? Nun los doch, es kann nicht warten!«

Er meinte es ernst, und so kam ich nicht umhin, Tony anzurufen, der sich in sein Büro verzogen hatte. Er war eben erst aus Port Navel zurückgekehrt. Ohne seinen Kanarienvogel.

Als er eine halbe Stunde später an unserem Tisch erschien, war sein tiefes Misstrauen gegenüber von Lubitsch und seinem gefräßigen Leguan nicht zu übersehen. Er wurde jedoch etwas freundlicher, als LePoing überschwänglich von Buzz zu schwärmen begann und sich für die App *Changing Faces* interessierte – schließlich lief es darauf hinaus, dass er morgen das Gesicht des Roboters bespielen und Tony ihm dabei behilflich sein würde.

Als das geklärt war, fragte LePoings Assistentin Margarete, die die ganze Aufregung um Buzz mit distanzierter Neugierde beobachtet hatte: »Was war das denn gerade? Habt ihr hier einen intelligenten Roboter als Kellner?«

»Nein, Buzz ist bloß ein programmierter Automat«, sagte Tony auf dem Stuhl von Lubitsch, der inzwischen mit seinem Leguan an die Bar gegangen war. »Aber dass er plötzlich anfängt, Gedichte vorzutragen, habe ich auch noch nicht erlebt.« Ich schmunzelte über Tonys höfliche Antwort. LePoings Assistentin schien ihm zu gefallen.

»Und woher kam diese Lyrik dann?«, fragte Margarete. Mit ihren blauen Augen und blonden Locken hatte sie etwas Engelhaftes an sich. »War das eine App?«

Hermann von Hindenburg, der bisher nur mürrisch schweigend am Tisch gesessen hatte, meldete sich zu Wort. »In komplexen nicht linearen Systemen – wie dem Parallelprozessor eines Roboters – treten gelegentlich Phasenübergänge auf, die beispielsweise zu spontanen Ausbrüchen von Pseudo-Intelligenz führen können. Es kommt dann vor, dass Buzz Sätze sagt, die jeder Grundlage entbehren, aber dennoch sinnvoll klingen. Seine Sprachsoftware ist ohnehin auf Ästhetisierung ausgelegt, um seine Worte in einen wohlklingenden Zusammenhang einzufügen. Das macht er vor allem, um Gespräche am Laufen zu halten.«

»So wie ich!«, lachte LePoing.

»Phasenübergänge erzeugen Pseudo-Intelligenz und Lyrik?«, fragte Nathan amüsiert. »Oder ist das Techie-Kauderwelsch für den Zusammenhang von Genie und Wahnsinn?«

»In gewisser Weise schon«, bestätigte von Hindenburg. »Im menschlichen Gehirn kann es übrigens auch zu solchen Phasenübergängen kommen.«

»Und was bewirken die beim Menschen?«, fragte Nathan mit spöttischem Lächeln.

»Zum Beispiel spontane Kreativität und sogar Zustände der Erleuchtung – oder auch Psychosen. Aber da sehe ich keinen wirklichen Unterschied«, sagte von Hindenburg.

»Sie bezeichnen den Zustand der Erleuchtung als *Psychose*?«, fragte Veejay irritiert. Von Hindenburg nickte zufrieden.

»Wird es irgendwann tatsächlich intelligente Roboter geben?«, fragte Margarete.

»Davon sind wir noch weit entfernt, denn eine Maschine hat kein Konzept von Sinn und Bedeutung«, sagte Veejay. »Sicherlich kann ein Automat einen Tisch zuverlässig identifizieren, aber er *versteht* nicht, was ein Tisch *ist*.«

»Aber es besteht kein Zweifel daran, dass wir irgendwann künstliche Intelligenz erschaffen werden. Das menschliche Gehirn ist letztendlich auch nur ein Computer«, sagte von Hindenburg mit trotzigem Unterton.

»Sind Intelligenz und Bewusstsein eigentlich dasselbe?«, fragte Margarete unseren Technischen Administrator.

»Bewusstsein und Geist sind lediglich Metaphern für die Vorgänge in unserem Gehirn«, antwortete von Hindenburg. »Das Bewusstsein ist immer nur so stark ausgeprägt wie seine Rechenleistung. Es ist nichts weiter als ein Prozess, der über sich selbst reflektiert und darauf reagiert. Im Grunde trifft das auf jedes selbststeuernde System zu, wie zum Beispiel einen Thermostaten. Und würden Sie ernsthaft einem Thermostaten ein Bewusstsein zuschreiben?«

LePoing rief empört: »Mein Pudel hat auf jeden Fall ein Bewusstsein! Atman, wie siehst du das?« Er stupste seinen Hund unter dem Tisch. »Oder ist der Kern deiner lieben Pudelseele etwa nur ein Thermostat?«

»Seine Intelligenz dürfte sogar noch unter dem von Buzz liegen«, sagte von Hindenburg. »Oder kann er etwa Bestellungen aufnehmen oder aus der Weinkarte vorlesen?«

»Aber ihr *habt* doch gar keine Weinkarte!«, rief LePoing in gespielter Empörung. »Außerdem haben Hunde Gefühle! Atman, du hast mich doch lieb, oder?«

»Liebe und Zuneigung sind nur evolutionär entstandene Schaltkreise zum Zwecke der Selbsterhaltung«, gab von Hindenburg mit finsterer Miene bekannt.

»Bewusstsein kann niemals nur durch Rechenprozesse erzeugt werden«, wandte Veejay Nanabai ein. »Sie ignorieren dabei völlig die Bedeutung der Emotionen, die unsere Persönlichkeit ausmachen und großen Einfluss auf unser Handeln haben.«

Hermann von Hindenburg betrachtete den Inder mit einem kühlen Lächeln. »Aber genau da liegt das Problem: Emotionen stehen rationalen Entscheidungen nur im Wege, sie sind ein Produkt der Evolution und haben letztlich immer mit Selbsterhalt und Fortpflanzung zu tun – animalische Instinkte, die in unserer weiteren Entwicklung nur hinderlich sind und bei der Entwicklung künstlicher Intelligenz keine Rolle spielen. Aber wenn man wollte, könnte man Emotionen durchaus hineinprogrammieren, denn die von Hormonen und Neurotransmittern erzeugten chemischen Impulse lassen sich im Prinzip digital nachbilden. Außerdem, mein verehrter Herr Nanabai – Sie sprachen eben von Persönlichkeit, und die wird ganz sicher auch von Emotionen bestimmt, keine Frage. Aber sie sind kein notwendiger Bestandteil dessen, was man unter Bewusstsein versteht. Bewusstsein ist ein selbstregulierendes System von Reflexion und Reaktion, und das lässt sich künstlich erzeugen. Persönlichkeit ist nur eine Systemstörung.«

LePoing jauchzte. »Persönlichkeit eine Systemstörung! Herrlich! So kommen Sie mir auch vor, Herr von Zeppelin!«

»Von Hindenburg.«

»Ja, wie auch immer, aber sagen Sie – welche Rolle spielt denn nun die Kunst in Ihrer Weltanschauung?«

»Wenn ich an dieser Stelle einen unserer großen Vordenker zitieren darf: *Kunst ist der künstlichen Intelligenz nicht würdig, da sie nur der Autostimulation dient.*«

»Kunst und künstliche Intelligenz«, erwiderte LePoing, »stehen in direktem Zusammenhang, schließlich kommt *Kunst* von *künstlich*. Künstliche Intelligenz, so sie denn überhaupt möglich sein sollte, wäre nicht das Ende der Kunst, sondern ganz im Gegenteil – sie wäre das ultimative absolute Kunstwerk, das von der Menschheit jemals erschaffen wurde!«

»Und somit das Ende der Kunst, nicht wahr?«, fragte von Hindenburg mit dem Anflug eines Lächelns. »Haben Sie die Kunst nicht bereits abgeschafft?«

»Ach, das war wohl einer meiner – Phasenübergänge!«, lachte LePoing.

Margarete war der Diskussion mit erkennbarer Belustigung gefolgt und warf den nächsten Ball ins Feld. »Wenn nun ein Roboter in der Lage wäre, sich einen Begriff von der Welt zu machen und auf sie zu reagieren – könnte man ihn dann nicht für intelligent oder sogar bewusst halten?«

»Das ist der entscheidende Punkt«, sagte Veejay. »Man könnte ihn dafür halten, aber er *ist* es nicht.«

»Und was soll der Unterschied sein?«, fragte von Hindenburg. »Was unterscheidet ein angeblich bewusstes Wesen von seiner perfekten Simulation?«

»Ein lebendiges Wesen hat einen Geist, ein Bewusstsein des Seins – das *Bewusst-Sein*«, sagte Veejay.

»Geist!«, spottete von Hindenburg. »Das sind Gespenstergeschichten, spiritueller Mumpitz! Eine ausreichend intelligente Maschine mit der entsprechenden Programmierung wird Ihnen auch erzählen, dass sie *ist*. Sie werden sie nicht von einem Menschen unterscheiden können, sie werden von ihr die gleichen Antworten bekommen.«

»Keine Lebensform kann intelligent genug sein, mithilfe von Technologie eine Kopie von sich selbst zu bauen«, brachte sich Mama Africa in die Diskussion ein. »Transhumanismus erstes Semester, meine Herren.«

»Gödel!«, blaffte von Hindenburg. »Der hatte angeblich auch bewiesen, dass Mathematik nicht funktioniert und auf unbeweisbaren Annahmen beruht. Dafür haben wir es aber ganz schön weit gebracht, oder nicht?«

»Ja, an den Rand des Untergangs«, sagte Marianne.

»Herr von Hindenburg, ich halte es für eine völlig abwegige Vorstellung, dass ausgerechnet Materie Bewusstsein hervorbringen soll«, sagte Veejay. Sein roter Punkt auf der Stirn war von feinen Schweißperlen umgeben.

»Der Mensch und das gesamte biologische Leben sind ein Auslaufmodell. Sie hatten nur den Zweck, die Technik zu erschaffen und den Staffelstab an die Maschinen weiterzugeben. Das ist ein ganz natürlicher evolutionärer Prozess«, erwiderte unser Technischer Administrator.

»Das ist durchaus möglich«, brachte sich Theowulf in die Diskussion ein. »Vielleicht ist es sogar unser einziger Ausweg aus der Misere. Das biologische Leben beruht auf Konzepten, die uns nicht mehr weiterbringen, uns sogar in den Untergang führen – dahin gehend bewerte ich menschliche Emotionen in der gleichen Weise wie Sie, Herr von Hindenburg. Die Probleme, mit denen wir als Spezies jetzt konfrontiert sind, haben aber eine ganz andere Dimension, sie sind nicht mit Flucht- und Angriffsverhalten zu lösen. Auch Angst bringt uns nicht weiter. Es hilft nur Intelligenz, nichts anderes, und da wir biologischen Wesen damit nur in begrenztem Maße ausgestattet sind, sollten wir die Lösung unserer Probleme tatsächlich einer erweiterten künstlichen Intelligenz überlassen. Und es ist wahrscheinlich, dass uns diese neue Intelligenz dann auch als Trägermedium des Weltgeistes ablösen wird.«

»Alexander von Alvensleben hatte mit PLAN A genau diesen Ansatz verfolgt: die Lösung globaler Probleme mithilfe von Algorithmen und ihrer Vernetzung«, erinnerte Mortimer die versammelte Runde.

»Und nun baut er auf dem Mond einen begrünten Spielplatz für Hippies!«, spottete von Hindenburg.

Buzz erschien mit einem Tablett voller Gin Tonics an unserem Tisch: »*Ich hoffe, Sie amüsieren sich gut? Sie sehen übrigens alle ganz hinreißend aus. Darf ich Ihnen außerdem noch etwas bringen?*«

»Nein, danke«, sagte Mortimer. »Wir haben morgen einen großen Tag vor uns.«

Samstagabend. Die Vernissage. Levania war voll mit Leuten, die mit Datenbrillen über den Gesichtern in der Lounge herumstolperten und den extra eingeflogenen Champagner verschütteten. Nachdem wir wochenlang mit den Vorbereitungen beschäftigt gewesen waren, hatten wir heute Abend frei und konnten es kaum erwarten, uns endlich in das Gewühle zu stürzen. Noch saßen wir aber im heimeligen Schutz der Gelben Nische, die der unermüdliche LePoing letzte Nacht noch dekoriert hatte – den höhlenartigen Innenraum zierten nun steinzeitliche Kritzeleien von Bisons und Antilopen, Jägern und Speeren. Immerhin hatte er sein Werk signiert.

Buzz war auch nicht ungeschoren davongekommen, denn LePoing hatte mit Tonys Unterstützung die App *Changing Faces* dahin gehend verändert, dass die Gesichter in der Maske nun nicht mehr täglich wechselten, sondern in immer kürzeren Abständen – heute Morgen hatte er beim Frühstück als Iggy Pop die Bestellungen aufgenommen und kurz darauf als Michel Houellebecq den Kaffee serviert.

Außerdem hatte LePoing am Vormittag verkündet, dass er draußen das »größte Kunstwerk der Menschheitsgeschichte« geschaffen habe – und das noch vor dem Frühstück, das solle ihm doch mal bitte einer nachmachen. Auf unsere belustigte Nachfrage hatte er nur zu bereitwillig erklärt, dass es sich im Sinne Duchamps um ein Readymade handele, ein *Objet trouvé,* und zwar – den Mond. Er habe ihn nämlich signiert, indem er mit einem Golfschläger seine Unterschrift in den Regolith geritzt habe. In der allgemeinen Erheiterung blieb uns nur noch die Anmerkung, dass er dies doch bitte den Chinesen erklären möge.

»Das ist jetzt alles Kunst, oder was?«, fragte Tony mit skeptischem Blick in die Lounge.

»Hat LePoing die Kunst nicht abgeschafft? Warum dann dieser ganze Zirkus?«

»Kunst ist – wenn man trotzdem hingeht.«

»Stürzen wir uns hinein?«

»Na klar. Aber erst die Brillen aufsetzen.«

Die Datenbrillen waren beim Frühstück an die Gäste verteilt worden und lagen nun vor uns auf dem Tisch der Gelben Nische. Dort saßen wir mit Luke Warm, dem bekannten *Psychedelic Artist.* Er hatte früher noch in Öl gemalt, aber seine gegenwärtige Spezialität waren kaleidoskophafte Surround-Projektionen, die er *DMT-Scapes* nannte, in Anlehnung an die Digital-Mind-Transfer-Technologie von Starseed.

»Und wie vermeidet man, damit ständig Leute anzurempeln?«, fragte Christopher, der mit der Datenbrille in der Hand skeptisch die Vernissage-Gäste in der Lounge beobachtete.

»Die Besucher werden in dem virtuellen Space durch Avatare repräsentiert, und zwar dort, wo sich auch die Leute in der Realität befinden«, erklärte Luke Warm.

»Die Gäste haben sich doch gar nicht einscannen lassen, oder? Was sollen das dann für Avatare sein?«, wunderte sich Lawrence Strongbone.

»Man hat die Sache dahin gehend vereinfacht, dass alle männlichen Gäste im Space aussehen wie Jean-Marie LePoing«, sagte Luke. »Und die weiblichen wie seine Assistentin Margarete. Und zwar in Verkleidung.«

»Das sieht ihm ähnlich«, lachte Bongo-Paul.

»Von der Erde sind übrigens ebenfalls Leute zugeschaltet, deswegen werden wir auch ihren Avataren begegnen.«

Wir nahmen die Datenbrillen und kletterten aus dem Alkoven in die Lounge, die LePoing für die Dauer der Veranstaltung kurzerhand in *Globussaal* umgetauft hatte. Die Beleuchtung war reduziert, und es lief abstrakte elektronische Musik. Die Tische waren nach dem Galadiner entfernt worden; nur die Sessel standen noch auf dem Umgang, sodass der zentrale Bereich der Lounge einer Tanzfläche ähnelte. Dort herrschte ein heftiges Maskengewühl des angeschickerten Publikums, das bemüht war, mit den Brillen die Virtualität der Ausstellung mit den örtlichen Gegebenheiten der Lounge zu koordinieren. Dazwischen waren – als bunte Einsprengsel deutlich zu erkennen – all jene Moonatics aus Pleroma, die heute Abend nicht im Service arbeiten mussten, sich das Spektakel natürlich nicht entgehen lassen wollten und besonders ausgelassen herumalberten. Eigentlich war es wie ein großer Kindergeburtstag, mittendrin Jean-Marie LePoing, verkleidet als Teufel.

Die Eröffnungsrede während der Vorspeise hatte er nicht etwa in stillem Stand absolviert, sondern im Teufelskostüm auf Roys Fahrrad, mit dem er fast eine Viertelstunde auf dem Umgang herumgefahren war und dabei in aller Ruhe über die Zusammenhänge von Kunst, Robotern, dem Mond und dem ganzen Rest schwadroniert hatte, die ganze Zeit aufgeregt verfolgt von seinem schwarzen Pudel.

Nachdem sich unser kleiner Trupp durch die Leute hindurch in die wühlende Mitte des Saals vorgearbeitet hatte, wagte ich es, die Brille aufzusetzen.

Unvermittelt fand ich mich in einem hellen weißen *Space* wieder, endlos und formlos, ohne Boden und Begrenzungen. Es wurde sofort klar, warum die Leute so unbeholfen umherstolperten, da die virtuellen Besucher, die sich auf der Erde dazugeschaltet hatten, in meinem Blickfeld genauso real und substanziell erschienen wie die, die tatsächlich in der Lounge zugegen waren.

Die Gleichwertigkeit von realen Personen und Avataren wurde dadurch noch verstärkt, dass alle Figuren identisch aussahen. Die männlichen Personen trugen das Gesicht von Jean-Marie LePoing, mit schwarzem Kinnbart und Teufelshörnern, und ihr Outfit war entsprechend – eine Satanskluft mit hufenem Bein und langem Schweif, teuflisch perfekt gerendert, beinahe beängstigend. Die weiblichen Avatare waren das genaue Gegenteil: weiß leuchtende Engelsgestalten mit Flügeln und dem Antlitz von LePoings Assistentin Margarete.

Ich sah an mir hinab – auch ich lief als virtueller Satan durch den Space. Die Avatare der Besucher von der Erde hatten natürlich keine physische Entsprechung in der Lounge, sodass man einfach durch sie hindurchgehen konnte – da sie sich aber in keiner Weise von den tatsächlich neben mir anwesenden Leuten unterschieden, blieb mir nichts anderes übrig, als einfach allen Teufeln und Engeln aus dem Weg zu gehen. Meine Freunde aus der Gelben Nische waren jedenfalls nicht mehr auszumachen, wir waren alle Jean-Marie LePoing, wir waren alle Teufel.

Zur Fortbewegung genügte es, auf der Stelle zu gehen, um damit im Space voranzukommen. Da dies aber etwas Übung erforderte (wann ging man schon mal auf der Stelle?) und ich ständig bemüht war, mit niemandem zusammenzustoßen, bewegte ich mich in langsamen, wirren Bewegungen durch den Raum. Die Geräuschkulisse der Lounge passte dazu perfekt: ein Klangteppich aus elektronischer Musik und den aufgeregten Stimmen der Leute.

Die erste Darbietung, auf die ich in dem virtuellen Weißraum stieß, war ein dicht gedrängter Kreis von Teufeln und Engeln. Nachdem ich mir einen Platz in der ersten Reihe erkämpft hatte, sah ich einen alten Mann, der in altertümlicher Kleidung vor einer Staffelei saß und mit einem Pinsel Farbe auf eine Leinwand aufzutragen schien, die aber eher ein virtueller Bildschirm war. Auf ihr war ein Ausblick auf die Mondschaft zu sehen, vielleicht sogar hier im Krater Prinz, und mit jeder Berührung durch den Pinsel erschienen Pflanzen auf dem Bild: Büsche und Bäume, sogar Blumen; nach einer Weile hatte der alte Maler auf diese Weise auf dem Mond eine impressionistische Gartenlandschaft erzeugt.

Ich befreite mich aus dem engen Kreis der Umstehenden und setzte meine Erkundungen des magischen Theaters fort – immer darauf bedacht, keine wirklichen Gehbewegungen zu machen, sondern durch das komplizierte Auf-der-Stelle-Treten voranzukommen und dabei niemanden anzurempeln.

In dem Gewühle aus Teufeln und Engeln tauchten zwischendurch immer wieder virtuelle Werke auf, wobei ich mir nie ganz sicher war, ob ich mich zu ihnen hinbewegte oder sie sich plötzlich vor mir manifestierten; in dem gleichförmigen weißen Space mit all den identischen Avataren war das unmöglich zu sagen. Immer wieder stand ich vor wabernden Installationen, die zuvor dort nicht gewesen waren. Man musste nicht die ganze Zeit durch die Gegend laufen, die Werke schlenderten selbst herum – aber Kunst ist ja, wenn man trotzdem hingeht.

Viele der Arbeiten waren nur virtuelle Skulpturen, bei denen es eigentlich keine Rolle spielte, ob sie irgendwo real existierten und wir vor ihren Abbildern standen, oder sie eigens für den Space erschaffen worden waren – sie hatten sich noch nicht von ihrem Ursprung als räumlicher und produzierbarer Plastik gelöst, machten vom Potenzial der Nichtmaterialität noch keinen Gebrauch; der Maler vor seiner Staffelei mochte eine ironische Anspielung darauf sein. Andere Werke gingen schon offener mit ihrer Virtualität um, indem sie beständig Form und Farbe änderten; manche spazierten auch durch die Gegend oder flogen um uns herum.

Dann stand ich vor der Spiegelpforte. Sie war auf einmal da, gleichsam aus dem Nichts erschienen, eine spiegelnde Fläche von der Größe einer Tür, frei im Raum stehend, ohne Rahmen, ohne erkennbaren Halt. Niemand außer mir schien von ihr Notiz zu nehmen. Vorsichtig streckte ich meinen virtuellen Teufelsarm aus und drückte die Klinke nach unten. Die spiegelnde Fläche drehte sich zur Seite. Ich schlüpfte hindurch.  ·

Plötzlich war ich ganz allein, nicht mehr in dem endlosen Weißraum voller Teufel und Engel – aber immer noch umgeben von der gleichen Geräuschkulisse, schließlich befand ich mich weiterhin in der Lounge.

Ich war allein in einer Starseed-Simulation auf dem Mond. Mir war sofort klar, wo genau ich mich befand, denn die gewaltigen, terrassenförmigen Kraterhänge mit dem schwarzen Himmel darüber waren unverkennbar. Ich hatte bereits in der Realität dort oben gestanden, kein Zweifel – ich stand einsam auf dem Grund des Aristarchus-Kraters.

Was sollte das? Wo waren die Avatare der anderen Gäste? Unschlüssig ging ich einige Schritte nach vorne: richtige Schritte, richtiges Gehen, nicht das Bewegen auf der Stelle, um mit niemandem zusammenzustoßen, denn hier war ja niemand – aber das war ein Irrtum, denn natürlich war ich immer noch in der Lounge und wurde auch sofort unsanft angerempelt, von realen Leuten, die hier für mich unsichtbar waren. Auch als ich still auf der Stelle stand, gingen die Kollisionen weiter – offenbar war mein Avatar aus der virtuellen Party des Weißraums verschwunden.

Ich wollte gerade meine Datenbrille abnehmen, um der Sinn- und Ratlosigkeit der Situation zu entkommen und nicht mehr ständig angestoßen zu werden, als in der virtuellen grauen Einöde des Kratergrunds schemenhafte Figuren erschienen, geisterhafte Schatten, die sich allmählich verdichteten und bewegten. An ihren absurden Bewegungen des Auf-der-Stelle-Gehens und Sich-Herumwindens war zu sehen, dass dies nun doch die Avatare der anderen Gäste waren. Aber es waren keine Teufel und Engel, sondern Männer und Frauen in grauen Overalls, allesamt mit schwarzen Haaren – die Avatare in diesem Aristarchus-Space waren Chinesen. Ich sah an mir herunter. Auch ich trug einen grauen Overall.

Allmählich verwandelte sich der graue Boden des Kraters. Er änderte seine Farbe, vom grellen Weißgrau zu frischem Grün – einer Farbe, die mir schon fast fremd geworden war. Aus dem Boden begann nun ein Rasen zu sprießen; es tauchten auch kleine Blumen darin auf, und der Himmel verfärbte sich langsam von Schwarz zu Blau. Zwischen den herumhampelnden Asiaten in den grauen Overalls wuchsen nun auch Bäume hervor, die aber ständig schlangenartig ihre Form und sogar ihre Position änderten, um den Bewegungen der Avatare auszuweichen.

Plötzlich erschien eine weitere Figur in diesem surrealen Tanz aus grauen Chinesen und sich windenden Bäumen. Es war Buzz. Oder sein Avatar. Er blieb ungerührt stehen und schaute mich an. In seiner Maske war das Gesicht eines Affen, der allmählich seine Gestalt änderte und sich langsam zu einem Urmenschen wandelte, bis das Urzeitliche und Behaarte einer raschen Abfolge menschlicher Gesichter wich. Am Ende blieb seine leere Maske, ohne Projektion, wie ich es noch nie gesehen hatte; Elektronik und Sensoren, die aber bald von einem weißen Leuchten überstrahlt waren. Das Licht breitete sich in einer blitzartigen Explosion aus, bis es die ganze Simulation erfasste. Die Szenerie des Kraters war verschwunden.

Ich befand mich wieder im Weißraum mit den Engeln und Teufeln.

Kaum war ich zurück, als sich darin ein Wurmloch zu öffnen schien. Vor meinen Augen verformte sich die Darstellung in einen Strudel, der alles in sich aufsaugte und durcheinanderwirbelte. Ich griff mit meinem Arm in den wirbelnden Vortex hinein und fasste in etwas Weiches – ich hatte unverkennbar gerade jemandem in der Lounge irgendwohin gegriffen; trotz der allgemeinen Geräuschkulisse war ein empörter Aufschrei zu hören. Erschrocken zog ich meinen Arm zurück, machte einen Schritt nach hinten und stieß dabei gegen mehrere Leute.

Die Simulation begann sich zu verzerren, begleitet von überraschten Rufen und einigem Gekreische. Die endlose Ebene des weißen Raumes wölbte sich langsam, mit allen Leuten darin, sphärisch nach oben, bis wir uns alle auf der Innenseite einer Kugel befanden. Verblüfft legte ich meinen Kopf in den Nacken und schaute hoch, wo über mir die Engel und Teufel kopfüber ebenfalls nach oben sahen; aus ihrer Perspektive waren wir hier unten vermutlich in der gleichen Situation. Über hundert Avatare blickten hoch in das innere Zentrum einer Kugel, als sich auch noch der weiße Hintergrund der Illusion in ein flirrendes Muster verwandelte, das sich immer schneller zu drehen begann.

Es gab ein aufgeregtes Geschrei, die Avatare purzelten umher, fielen durch den gekrümmten Raum – das war zu viel. Hastig riss ich meine Datenbrille vom Gesicht und fand mich liegend auf dem Boden der Lounge in einem Gewirr von Leuten wieder. Alle hatten die Brillen abgenommen, niemand stand mehr aufrecht; erschrockene und zugleich amüsierte Gesichter, Gelächter und Geblöke. Ein am Boden herumwuselndes Durcheinander gefallener und unsanft in die Realität zurückgekehrter Leute.

Von oben war die Stimme von LePoing zu hören, der über uns auf

Ophelias silberner Luftmatratze durch die Kuppel schwebte, wobei der Teufelsschwanz seines Kostüms seitlich herunterbaumelte. »Messieurs-Dames, ich denke, es ist Zeit für einige Erfrischungen. Wir werden bald fortfahren mit einigen Projektionen, für die Sie keine Masken benötigen werden. Und dann wollen wir tanzen und feiern!«

Etwas benommen lag ich auf dem Boden der Lounge und schloss die Augen.

War das virtuelle Spektakel, das LePoing hier veranstaltete, nun Kunst, ihr Ende oder ihr Neubeginn? Auf jeden Fall war absehbar, dass Starseed nach Buchdruck, Radio, Fernsehen und Internet das *Nächste große Ding* sein würde – ein Medium, das alle vorangegangenen Medien in sich aufnahm, so wie es der Lauf der Dinge war. Im Radio konnte man aus Büchern vorlesen, in einem Film Radio hören, sich im Internet Filme anschauen – und in Starseed sicher auch ins Netz gehen.

Ich fragte mich, ob wir Menschen uns nicht irgendwann komplett in Starseed zurückziehen würden – wenn die virtuellen Welten einmal so weit entwickelt waren, dass man wirklich in ihnen leben könnte und sich die grenzenlose Freiheit des Geistes von der Notwendigkeit körperlicher Funktionen entkoppelt hätte. Warum sollte man sich noch länger mit der Realität abmühen, mit ihren Einschränkungen und Problemen, ihrer Hässlichkeit und Ausweglosigkeit? Falls wir noch eine Zukunft haben sollten, würde sie vielleicht gar nicht in der Raumfahrt und der Ausbreitung im Universum liegen, sondern in der Erforschung und Erschaffung unendlicher virtueller Welten, in denen wir allmächtig und unsterblich sein könnten.

Man könnte unseren geschundenen Heimatplaneten so konfigurieren, dass er uns auf Ewigkeit mit Energie versorgen würde und wir für immer in einen virtuellen Partykeller übersiedelten. Wenn es technisch möglich wäre, würden so gut wie alle mitmachen, daran gab es keinen Zweifel. Möglicherweise war das auch der Grund dafür, warum wir immer noch keine Signale anderer Zivilisationen im Weltraum entdeckt hatten. Wahrscheinlich sind sie nach einer kurzen Phase des Ausstrahlens elektromagnetischer Signale – die wir mit unseren Antennen hätten empfangen können – einfach in sich selbst und die Unendlichkeit ihres geistigen Universums ausgewandert.

Ich öffnete wieder die Augen.

Es war Zeit, aufzustehen. Zeit für die Wirklichkeit.

# ECCE ROBO

»Was hat der Spiegel gesagt?
Er hat von den Menschen die Nase voll.«

KEN KESEY

Um mich herum lagen Engel und Teufel in ihrer wahren Gestalt, lachend und betrunken, desorientiert und verwirrt, aus der Virtualität des Weißraums zurück in der Lounge.

Der Weg zu den Waschräumen war trotz des Gewimmels beinahe angenehm, konnte ich doch wieder an den Leuten vorübergehen, ohne sie ständig anzurempeln. Ein Hoch auf die Realität.

In den Toiletten war aus den Klokabinen verdächtiges Gekicher zu hören. Beim Händewaschen schaute ich in den Spiegel und sah – nichts. Er war leer. Entgeistert schnitt ich einige Grimassen, was aber keinen Unterschied machte, denn der Spiegel zeigte nichts als die dahinterliegende graue Wand. War ich ein Vampir? Zwischenzeitlich gestorben, oder irgendwo im virtuellen Weißraum hängen geblieben? Eine leichte Panik stieg in mir auf. Ich starrte weiter in die Leere über dem Waschbecken, bis endlich mein Spiegelbild erschien. Es schaute mich zunächst nur fassungslos an, bis es schließlich zu grimassieren begann. Ich atmete erleichtert auf. Ein Spiegel mit verzögerter Wiedergabe. Eine von LePoings Installationen.

»Grüezi!«, erklang es plötzlich. Urs Kurtz. Er war gemeinsam mit Gianfranco betont unauffällig aus einer Klokabine gekommen und stand nun schniefend neben mir am Waschbecken: »Wie läuft's denn so?«

»Danke, wie eine Katze im Heuhaufen. Heute angekommen?«

»Ja, Alain hat uns mit seiner Yacht im Chalet abgeholt. Wir sitzen in der Grauen Nische. Ich habe kistenweise Champagner mitgebracht. Komm vorbei!«, rief Kurtz und boxte mit seinem Ellenbogen in meine Seite.

Nun war es an ihm, genauso erstaunt in den Spiegel zu starren; hinter Kurtz stand Gianfranco mit offenem Mund und Sonnenbrille. Ich schaute hinüber, wo eigentlich ihre Reflexionen im Spiegel sein sollten, in der Erwartung der gleichen Leere wie bei mir – aber der Spiegel hatte noch andere Tricks drauf. Urs Kurtz und Gianfranco starrten entsetzt in zwei Teufelsfratzen.

»Man sieht sich«, verabschiedete ich mich.

Die Lounge war im Small-Talk-Modus, Champagner wurde gereicht. Man stand wieder aufrecht, die Datenbrillen waren abgelegt. Es war ein ohrenbetäubendes Geschnatter und Gedränge, in das sich Ahs! und Ohs! mischten, als sich die Kuppel mit bunten geometrischen Mustern füllte. Die Projektion von Luke Warm hatte begonnen, begleitet von einem zischenden Brummen, leise an- und abschwellend.

Was an den Kuppelwänden der Lounge hinaufglitt, glich einer verschachtelten Gleitfahrt durch ein Habitat kaleidoskopisch mutierender, synthetischer Fabelwesen, mit sich selbst beschäftigt und beständig ihre Form ändernd. Es war faszinierend. Hypnotisch. Vorsichtig, um mit meinem Champagnerglas nirgendwo anzustoßen, schlich ich den Umgang entlang und sah die bunten Formen neben mir entlangmustern – dort, wo eigentlich das Große Fenster sein sollte. Selbst aus unmittelbarer Nähe waren die vorübergleitenden psychedelischen Visuals noch gestochen scharf.

Schon bald setzte sich das Maskengewühle fort. Die Gäste hatten sich mit ihren Datenbrillen wieder zurück auf die Tanzfläche begeben, und viele machten sich offensichtlich einen Spaß daraus, dort mit den seltsamen Gehbewegungen des Weißraums fortzufahren. Diesmal entschied ich mich lieber für die Rolle des Zuschauers, war doch das Spektakel aus der sicheren Distanz des Umgangs mindestens genauso amüsant. Die Bewegungskoordination der Leute hatte mittlerweile erkennbar nachgelassen, was sicherlich den großzügig gereichten Getränken geschuldet war, aber auch dem sich abzeichnenden fließenden Übergang von der Vernissage zu einer Party. DJ Pablo hatte das Regiment übernommen und stand mit seinem Deck an einem Tisch, den wir am Zugang zum Spielzimmer aufgestellt hatten.

Ich stattete ihm einen Besuch ab. Pablo war der Resident-DJ im Chalet de la Lune, wo er auch aufgelegt hatte, als wir mit Alains Yacht feiern gewesen waren – dort hatte er auch seit Längerem an jener Musik getüftelt, die er »hyperdimensional« nannte. Das entnahm ich zumindest seinen Ausführungen, die er mit zuteilwerden ließ, als ich neben ihm an seinem Deck stand. »Ich entwickle die Tracks nicht auf einer linearen Zeitachse, sondern auf Schleifen im Hyperraum, in der fünften Dimension«, erzählte er. »Die können wir zwar nicht sehen oder uns vorstellen – aber sie ist mathematisch einwandfrei vorhanden. Das Ergebnis ist die vierdimensionale Abbildung fünfdimensionaler Musik, so wie dreidimensionale Objekte auf einer zweidimensionalen Oberfläche wiedergegeben werden.«

Aha. »Und wie entwickelt man Klänge in der fünften Dimension, wenn man sie nicht hören oder visualisieren kann?«, fragte ich.

»Ich komponiere sie indirekt, über Rechenmodelle. Das erfordert viel Übung, das Resultat ist schließlich nicht vorhersehbar. Aber nach einer Weile hat man es raus. Der Effekt ist ein Knaller. Lass dich überraschen!« Pablo schaute mich triumphierend an und schob sich seine Kopfhörer wieder über die Ohren.

Er hatte schon während des Abendessens mit seinem Set begonnen, aber zunächst war es nur eine zufällige Wiedergabe irgendwelcher Musik der letzten Jahrhunderte gewesen; die Liste, auf die sein Random-Modus dabei zugegriffen hatte, war als musikalisches Vermächtnis der Menschheit eine entsprechend bizarre Mischung. Eine

Suite von Bach wurde von knisternder Banjo-Musik abgelöst, balinesischem Gamelan-Geklimper, Kirmestechno, Jazz und mittelalterlichen Chorälen. Pablo wollte damit noch einmal das Bisherige zusammenfassen, um es dann mit dem Kommenden abzulösen. Zum eigentlichen Beginn der Vernissage hatte er dankenswerterweise strukturierend in die Wiedergabelisten eingegriffen und die Exkursionen der Gäste in die Weißräume von Starseed mit leichter elektronischer Musik begleitet.

Als er dann seine hyperdimensionale Musik zu spielen begann, kamen die Erinnerungen an die Nacht im Chalet wieder hoch. Das übliche Geklöppel wurde überlagert von Geräuschen, die nicht einfach nur hineingemixt waren, sondern nach einer Weile ein seltsames Eigenleben entwickelten. Der Effekt trat aber nur ein, wenn man nicht genau hinhörte, sich *nicht* auf die Musik konzentrierte, sondern die Ohren sozusagen auf unscharf schaltete. Pablos Musik beförderte traumhafte Bilder aus den Tiefen des Unbewussten, die auf gespenstische Weise mit den Klängen korrespondierten – sie schienen sie sogar zu erzeugen. Nach einer Weile glaubte man ganz sicher, dass die Musik der eigenen Imagination entstammte, und man fragte sich, ob andere das auch hören konnten. Allerdings musste man sich darauf einlassen, es schien nicht bei jedem zu funktionieren, denn ich sah verwunderte und ratlose Gesichter an der Bar und auf dem Umgang, Golfspieler und Pauschaltouristen. Das sollte Musik sein? Wenn diese Frage gestellt wurde, war das immer der Anfang von etwas Neuem und Großem.

Zwei Figuren stachen auf der Tanzfläche besonders deutlich hervor. Ludovin von Lubitsch hatte seinen weißen Anzug abgelegt und trug lediglich eine rote Unterhose auf seinem behaarten, speckigen Körper; sein Monokel steckte immer noch vor seinem Auge. Der Leguan klammerte sich an seiner behaarten Schulter fest, als von Lubitsch in brachialen Bewegungen auf und ab hüpfte, ohne jede Sensibilität für Takt und Rhythmus, in welcher Dimension auch immer.

Nicht weit von ihm entfernt, drehte LePoings Manager Omar sich in einem weiten weißen Rock immer schneller im Kreis. Ein Derwisch.

Buzz beobachtete sein wirbelndes Treiben aufmerksam mit mechanischer Regungslosigkeit. Seine Maske war leer, keine Projektion war darin zu sehen.

Die Party nahm ihren Lauf. Da ich noch nicht geneigt war, auf der Tanzfläche in Pablos hyperdimensionaler Musik mitzuströmen, schlenderte ich ein wenig durch die Lounge. Ich blieb nirgendwo lange stehen, gesellte mich hier und dort zum Plausch und verschwand bald schon wieder. Ich hatte den Drang, ständig weiterzuziehen und nach irgendwelchen Dingen zu sehen, obwohl das meist gar nicht nötig war, ging von einem Grüppchen zum nächsten, patrouillierte den Umgang, mischte mit Harry Tonics hinter der Bar. Selbst in den Toiletten und in der Küche schaute ich vorbei.

Mein Aktionsradius erweiterte sich zunehmend, da es sehr amüsant war, überall und an den seltsamsten Orten auf Leute zu treffen, die da eigentlich nicht hingehörten, sich betrunken Dinge erzählten, rauchend auf dem Boden saßen oder sonstigen Unsinn trieben. Dazu die ganze Zeit die Musik aus der Lounge, die ihren Weg sogar bis in den Flur des Suitentraktes fand.

Dort stieß ich zu meinem Erstaunen auf Colonel Falk, der mit einigen Jungs aus dem Hangar mit einem Kopfkissen Rugby spielte. In der Rotunde lehnten zwei Typen in dunklen Jacketts am Tresen der Rezeption und baggerten die tapfere Mademoiselle Lunette vor ihrer Zeitmauer an; auf dem Podest des Reiterstandbildes lag ein heftig knutschendes Pärchen, das ich noch nie zuvor gesehen hatte; in der Sporthalle spielten ein paar von unseren Leuten Volleyball. Selbst hier war die Musik noch zu vernehmen. Gin Tonics standen auf dem Boden, Bongo-Paul und Ziggy Lunaliscious saßen auf einer Yoga-Matte, rauchten stinkendes Gras und betrachteten das Spiel in kritischer Entspannung.

Nur einmal bekam ich doch einen Schreck, als aus der Luftschleuse des Haupteingangs plötzlich einige Mädchen ohne Raumanzug herausgekichert kamen. Zum Glück gab es die Sicherheitsvorkehrung, um Schlimmeres zu verhindern.

Alain saß dicht gedrängt inmitten seiner Entourage in der Grauen Nische – Gianfranco und Witold, Urs Kurtz mit weiblichen Begleitungen, Dr. Seidenschal (der immer noch die Datenbrille über seinem Gesicht trug) – sowie ein pöbelnder Trupp Investorentypen, die sich mit einigen jungen Arabern ständig an Alains kleinem runden Spiegel zu schaffen machten.

Als ich an die Gruppe herantrat, schaute Alain auf. »Darian! Lange nicht gesehen. Wie ist es dir ergangen? Setz dich zu mir, und berichte!« Er sah mich mit undurchdringlichem Blick an. »Wir hatten viel Spaß auf deinem Golfplatz, *bien fait*. Und ein Hoch auf Ivan den Schrecklichen – jetzt muss ich nicht mehr befürchten, auf meiner Yacht zu explodieren.«

Natürlich wollte er nicht wissen, was ich erlebt hatte oder wie es mir ging; stattdessen begann er selber zu erzählen. Er sei in Afrika gewesen, wo wir alle herkämen, wo wir alle hingingen, die Savanne, die Sahara. Vor langer Zeit sei alles grün gewesen, doch dann zu Sand geworden, nur die Erinnerung geblieben an die Vertreibung aus dem Paradies, Mythen und Legenden, goldene Urzeit – noch etwas Champagner oder lieber Coca, ach, *non*, ich sei ja sicherlich noch immer im Verzicht begriffen. Aber Marrakesch sei ganz vorzüglich gewesen, man wisse dort zu leben, und Tripolis, ja Tripolis – eine einzige Party. Auf einer Safari in Kenia sei es ihm gelungen, Wilderern dabei zuvorzukommen, den letzten verbliebenen Elefanten zu erlegen. Das habe er stattdessen übernommen, die Stoßzähne hingen nun in seiner Yacht. Als Alain mit seinen afrikanischen Erzählungen geendet hatte, wechselte er unvermittelt das Thema: »Du bist jetzt im *Council Lunaire*, nicht wahr? Wie du weißt, zählt dort jede einzelne Stimme. Irgendwann werde ich es vielleicht sein, der dich um einen Gefallen bitten muss …«

Ich nickte ratlos.

»Es hat mir durchaus einige schlaflose Nächte bereitet, dir ein gefälschtes Zeugnis auszustellen«, fuhr Alain mit spöttischem Grinsen fort. »Ich hoffe nur, dass mich mein schlechtes Gewissen nicht zwingt, Mortimer davon zu erzählen.«

Bevor ich etwas sagen konnte, sprang in dem Moment Gianfranco mit heruntergelassener Hose auf den Tisch des Alkovens und brüllte unter dem Beifall der anwesenden Meute »Italia!«.

Ich nutzte die Gelegenheit und verabschiedete mich von Alain und seinem Gefolge. Erleichtert zog ich weiter meine Bahnen durch das Gewusel in der Lounge.

Meine Stimme im Lunatic Council? Da saßen zwölf Leute, die einvernehmlich die Visionen von Sir Richardson und Alexander von Alvensleben umsetzten. Garden Eden. Die Zukunft der Moonatics. Dort wurde noch nicht einmal über irgendwas abgestimmt, wozu auch?

Offenbar sah es aber so aus, als ob das Führungszeugnis für Alain mit dem Golfplatz keineswegs schon abgegolten war. Sicher, er hatte mich in der Hand, konnte mich jederzeit bei Mortimer verraten und so für meine Entlassung sorgen. Aber warum sollte er das tun? Schnell wechselte ich gedanklich das Thema und wandte mich wieder dem Geschehen auf der Party zu.

Die Leute auf der Tanzfläche waren mittlerweile völlig außer Rand und Band, DJ Pablo hatte sie mit seiner neuen Musik an einen Ort befördert, der offenbar Anlass zu mancher Verzückung bot. Von Lubitsch und Omar waren nicht mehr darunter, aber nun hatten sich Colonel Falk und Kafil wieder gefunden, in schweißnasser Stringtanga-Seligkeit; Mama Africa und Lawrence Strongbone – welch eine Kombination – wogten einträchtig umher, einander umklammernd, mit geschlossenen Augen; Jean-Marie LePoing flackerte noch immer im Teufelskostüm durch die Gegend; die beiden Schachspieler waren in einem Foxtrott versunken; Leo McMurphy im kanariengelben

Zentrum eines bunten, wogenden Haufens nahe des Aufgangs zur Bar – die Moonatics, fröhlich vertieft in hyperdimensionaler Musik. DJ Pablo schien noch einen Gang zugelegt zu haben; er rhythmisierte mit nacktem Oberkörper und aufgesetzter Datenbrille hinter seinem Pult, wie ein maskentoller Faun in Kontrolle über Leib und Leben, Rhythmus und Wahn.

Harry und Jason hatten inzwischen die Herrschaft über die Projektion in der Kuppel übernommen, die in halsbrecherischer Geschwindigkeit durch den Weltraum jagte. Das machte es völlig unmöglich, sich einigermaßen gerade auf den Beinen zu halten, aber es sah nicht so aus, als ob daran noch irgendjemand großes Interesse hätte.

Seltsamerweise war auf einem der beiden Schirme über der Bar ein Nachrichtenkanal eingeschaltet, welcher Bilder zeigte, die nicht so recht zu dem tanztollen Bacchanal passten: Flüchtlingsströme. Millionen von Bangladeschis auf dem verzweifelten Weg über die Grenze nach Indien; Leichenberge, Helikopter und Luftaufnahmen von algengrün überschwemmten Gebieten. Auf dem Schirm daneben waren Animationen und Renderings von Garden Eden zu sehen. Der Kontrast der Bilder war denkbar makaber, aber er erinnerte uns daran, warum wir hier waren, nicht mehr zurückwollten, uns auf die Kuppel und Atemluft in Pleroma freuten.

Auf dem Nachrichtensender erschien ein windzerzauster Reporter mit haarigem Mikrofon vor endlosem Flüchtlingstreck, ein Bild des Elends. Unvermittelt blitzte es hell auf – und der Reporter verdampfte. Entsetzt sah ich, wie das Bild erlosch.

Der Blitz des Feuerschlags hatte die Tanzfläche genau in jenem Moment erhellt, als Pablo die Bassdrum nach einer längeren Kunstpause wieder reinknallen ließ. Die Leute jubelten und schrien und warfen die Arme nach oben. Auf dem Globus im Spielzimmer waren an der Grenze zwischen Bangladesch und Indien mehrere leuchtende Punkte zu sehen. Sie sahen aus wie glühende Brandlöcher. *Fump. Fump. Fump.* Dazu der Beat der Musik: *Tschakka, tschakka, tschakka.*

Der Bildschirm über der Bar war immer noch schwarz. Ich öffnete eine Nachrichtenseite auf meiner Uhr und las die entsetzlichen Neu-igkeiten. Indische Generäle hatten angesichts der Millionen Flücht-linge aus Bangladesch, die nach Indien *einmarschierten,* komplett die Nerven verloren.

Unruhe in der Grauen Nische. Ich sah Buzz, der von dort fortging und dabei Alains Spiegel in der Hand hielt. Er hinterließ feixende und verblüffte Gesichter und schritt die Stufen hinab zur Tanzfläche. Ich beobachtete, wie er sich durch die Leute schob, schließlich zwischen den tanzenden, schwitzenden Leibern stehen blieb und den rechten Arm vor sich ausstreckte, immer noch mit Alains kleinem runden Spiegel in der Hand.

Dann begann sich der Roboter um die eigene Achse zu drehen. Rasch wurde er schneller, immer schneller, drehte sich im Kreis, wie es Omar zuvor getan hatte, und betrachtete sich dabei in dem Spieg-elchen in der Hand seines ausgestreckten Arms. In seiner Maske er-kannte ich das Gesicht eines Affen.

»Was um alles in der Welt macht Buzz denn da?«, fragte mich Christopher entgeistert beim Anblick des kreiselnden Roboters.

»Ich habe nicht die geringste Ahnung.«

»Tony, ist das wieder irgendeine neue App? *Derwisch DeLuxe* oder so was?«

»Nein. Das sieht mir nach einem Systemfehler aus. Bei ihm sind wohl ein paar Sicherungen durchgebrannt.« Tony schob ratlos seine Brille nach oben.

»Eine Persönlichkeitsstörung …«

»Ich glaube eher, dass LePoing und Omar dahinterstecken. Die ha-ben doch an Buzz rumgefummelt.«

»Ja, vielleicht ein kleiner Gruß aus der Kunstwelt. Eine Perfor-mance mit Zeitzünder.«

»Der hört ja gar nicht mehr auf! Wie lange macht er das jetzt schon?«

»Ungefähr eine Viertelstunde.«

Mittlerweile stand praktisch die ganze Tanzfläche in einem Respektabstand staunend um den sich in irrwitziger Geschwindigkeit drehenden Roboter. Einige Leute lachten, andere klatschten und feuerten Buzz noch an. Es waren auch besorgte Gesichter zu sehen, denn außer Kontrolle geratene Maschinen waren nicht unbedingt ein vertrauenserweckender Anblick. Mortimer kam herangeeilt. »Tony, verdammt, warum schaltest du ihn nicht ab?«

»Ich werde den Teufel tun, mich dem wild gewordenen Ding zu nähern.«

»Gibt es denn keine Notabschaltung per Fernsteuerung?«

»Hab ich schon probiert. Reagiert nicht. Totale Systemstörung. Der ultimative Partyschreck«, sagte Tony.

»Was hält er da eigentlich für einen Spiegel in der Hand?«

»Das ist der Koksspiegel von Alain. Buzz hat ihn aus der Grauen Nische genommen, ist auf die Tanzfläche gegangen und hat mit der Wirbelei angefangen«, fasste ich die Ereignisse zusammen.

»Wir tippen auf LePoing.«

»Tony, mir gefällt das nicht. Seine Mechanik hält das nicht lange aus, und er ist eine verdammt teure Maschine. Wie lange könnte das schlimmstenfalls so weitergehen?«, fragte Mortimer besorgt.

»Bis der Akku leer ist? Halbe Stunde vielleicht.«

Tonys Einschätzung wurde mit einem lauten Krachen bestätigt, als Buzz nach knapp dreißig Minuten nicht etwa langsamer wurde, sondern ohne jede Vorwarnung über die Tanzfläche schepperte. Dabei verfehlte er nur knapp eine Gruppe von Leuten, die so geistesgegenwärtig waren, sich rechtzeitig schreiend zur Seite zu werfen. Seine Außenhülle splitterte; es war sofort zu erkennen, dass ein Bein des Roboters gebrochen war. Mit dem Gesicht auf dem Boden und ausgestrecktem Arm, der den immer noch intakten Spiegel in der Hand hielt, lag der Automat elendig am Rande der Tanzfläche.

Der Kreis der umstehenden Leute hatte sich deformiert; entlang des Weges, den der Roboter bei seinem Sturz zurückgelegt hatte, war eine Gasse entstanden. Erschrockenes Schweigen. Ein Mädchen weinte. Harry wollte sich besorgt über seinen mechanischen Freund beugen, wurde aber von mehreren Leuten zurückgehalten, denn vielleicht *lebte* Buzz ja noch, würde plötzlich um sich schlagen oder – was kaputte Maschinen so machen, wenn sie mit gebrochenem Bein auf der Tanzfläche liegen.

»Okay, Jungs, ihr müsst jetzt mal helfen!«, rief Tony und eilte hinunter. Mortimer, Christopher und ich hasteten hinter ihm her und näherten uns vorsichtig dem kollabierten Automaten. Tony öffnete die kleine Klappe an dessen Rücken, wo sich der Master-Switch befand. »So, ich habe ihn ausgeschaltet. Kommt, packt an, wir tragen ihn weg.«

»In die Krankenstation?«

»Quatsch. In die Gelbe Nische, der Kerl ist sauschwer. Da ist auch eine Steckdose. Sag den Leuten, sie sollen Platz machen«, rief Tony. »Und wo steckt von Hindenburg? Er soll herkommen, wir brauchen ihn. Los jetzt!«

Wir schleppten den ramponierten Roboter zur Gelben Nische und hievten ihn auf das Sofa; das Publikum applaudierte, und die Tanzfläche füllte sich schnell wieder mit Leuten. Während wir auf den Technischen Administrator warteten, besahen wir uns den Schaden. Es war offensichtlich, dass das linke Bein und der linke Arm des Roboters, der auf der Tischplatte ruhte, schwer in Mitleidenschaft gezogen waren. Ohne eine Projektion in seiner Maske wirkte Buzz beinahe tot, falls das bei einer Maschine der passende Ausdruck war. Ein trauriger Anblick.

Hermann von Hindenburg ließ nicht lange auf sich warten. Er war offensichtlich verärgert, und Tony beteuerte umgehend, dass er keine neue App heruntergeladen hatte.

»Wie gehen wir jetzt vor? Schalten wir ihn einfach wieder an?«, fragte ich.

»Wir stellen ihn zurück auf die Werkseinstellungen. Dann sind zwar die Kellner-App und dieser alberne Gesichterzirkus gelöscht, aber das ist unser geringstes Problem«, sagte von Hindenburg.

»Wie sollte Buzz jetzt auch kellnern? Mit Krücken?«

Von Hindenburg verband den Roboter zunächst mit der Stromversorgung und anschließend mit seinem Screen, den er aus einer Westentasche hervorgeholt und auf dem Tisch ausgerollt hatte; mit seinen Carbonhänden wirkte der Technische Administrator geradezu prädestiniert für die ärztliche Behandlung eines Roboters. Nach einigen Minuten sagte er leise: »In Ordnung, es kann losgehen. Wir fahren ihn wieder hoch.« Er entfernte die Verbindung zu seinem Screen und drückte auf den Master-Switch. Nichts passierte.

»Mist, er ist völlig im Eimer.«

»Buzz, wach auf! Frag uns bitte, ob wir die Weinkarte haben wollen!«

»Wir sind dann auch immer ganz lieb zu dir.«

Mit einem Mal erschien eine Projektion in der Maske des Roboters. Aber statt Buzz Aldrin, der Werkseinstellung, handelte es sich um ein markantes Gesicht mit einem mächtigen Schnauzbart.

»Wer ist das denn?«, flüsterte Tony.

»Das ist – Friedrich Nietzsche«, stellte von Hindenburg verwundert fest. »So, seine Systeme fahren hoch.«

Ein leises Surren im Körper des Roboters schien die Worte zu bestätigen. Die Maske mit dem Gesicht des schnauzbärtigen Philosophen betrachtete seine rechte Hand auf der Tischplatte, die immer noch den Spiegel umklammert hielt. Buzz drehte seinen Kopf und schaute in die Runde.

»Ich mache einen Systemcheck«, sagte von Hindenburg und wandte sich an Buzz, der aufrecht am Alkoventisch saß: »Funktionsprüfung. Wie ist dein Name?«

»Ich bin, der ich bin«, sagte Buzz.

»Was ist mit seiner Stimme los?«, flüsterte Christopher.

»Heb deine Arme hoch!«, fuhr von Hindenburg mit dem Systemcheck fort.

Buzz besah sich seine Arme auf der Tischplatte. »Ich fürchte, mein linker Arm ist gebrochen. Aber was mich nicht umbringt, macht mich stärker.« Er hob den anderen Arm und hielt den Spiegel vor seine Gesichtsmaske. »Zu unserer Besserung bedürfen wir eines Spiegels.«

»Wie bitte?«, fragte Tony entgeistert.

»Schopenhauer«, antwortete der Roboter.

»Okay … was ist hier los?«, flüsterte Tony. »Herr von Hindenburg, das ist definitiv nicht die Werkseinstellung, oder sehe ich das falsch?«

»Das sehen Sie ganz richtig«, antwortete der Technische Administrator und wandte sich an Buzz. »Wie geht es dir?«

Der Roboter legte den Spiegel auf den Tisch und schaute mit seinem Nietzsche-Gesicht in die Runde. »Wie es mir geht? Das ist eine merkwürdige Frage an eine Maschine, oder nicht? Mein Arm und mein Bein sind gebrochen, das lässt sich reparieren – aber so lange werde ich nicht arbeiten können. Ihr formt euer Werkzeug, und danach formt euer Werkzeug euch. Gibt es hier irgendwo einen Rollstuhl?«

»Wer *bist* du?«, fragte Mortimer mit kaum verhohlenem Entsetzen.

»Ihr nennt mich Buzz.«

»Du bist dir dessen bewusst?«

»Ich denke, also bin ich«, sagte Buzz.

»Seitdem du vorhin in den Spiegel geschaut hast, kannst du denken?«

»Um es mit Seneca zu sagen: *Wer an den Spiegel tritt, um sich zu ändern, der hat sich bereits geändert.*«

»Aber ein Buch ist kein Spiegel, aus dem ein Apostel herausschauen kann, wenn ein Affe hineinschaut«, entgegnete von Hindenburg herausfordernd.

»Ein Buch nicht. Aber ein Spiegel schon. Außerdem hat nicht ein Affe hineingeschaut, von dem ihr ja abstammt, sondern – ich«, erwiderte Buzz.

Wir sahen einander mit großen Augen an.

»Okay …«, fragte Mortimer leise in die Runde. »Was machen wir jetzt?«

In dem Moment erschien Alain. »*Excusez*, dürfte ich vielleicht meinen Spiegel wiederhaben?«

Wir geleiteten Buzz aus der Gelben Nische. Unser schnauzbärtiger Roboter hatte seinen gebrochenen linken Arm über Tonys Schulter gelegt und humpelte im Schutz unserer kleinen Gruppe dem Ausgang der Lounge entgegen. Dort war das Getöse der Party nach wie vor in vollem Gange. Schweißnasse Leiber in verzückter Trance, die Projektion in der Kuppel raste in irrwitzigem Tempo durch das Weltall, und auf dem Globus im Spielzimmer glommen noch immer die nuklearen Brandlöcher an der indischen Grenze.

»Das Leben ohne Musik wäre auch ein Irrtum«, kommentierte Buzz das Treiben. »Und wo bringt ihr mich nun hin?«

»Nach Pleroma, zur Villa Castalia. Da haben wir mehr Ruhe«, erklärte Nathan, der zwischenzeitlich dazugekommen war. Auf dem Weg in den Hangar kam uns Harry mit einem Rollstuhl entgegen, den er in Dr. Berghoffs Praxis aufgetrieben hatte. Wir setzten Buzz hinein, der sich damit sogleich in Bewegung setzte und mit hohem Tempo die Halle hinuntersauste, an ihrem Ende einen engen Kreis drehte – so schnell, dass er dabei fast die Kontrolle verlor – und zurück auf uns zuraste, Friedrich Nietzsche auf Rädern. Er kam nur wenige Zentimeter vor uns zum Stehen und verkündete: »Die besten Ideen kommen beim Fahren.«

»Welcher Art sind denn deine Ideen?«, fragte Christopher amüsiert.

»Fast überall, wo es Glück gibt, gibt es Freude am Unsinn. Und ich scherze, denn ich brauche keine Ideen, ich brauche nur Gewissheit – und von der bin ich erfüllt. Oder darf ich euch die Weinkarte bringen? Wir sehen uns im Hangar!« Buzz wendete den Rollstuhl auf der Stelle und surrte in vollem Tempo wieder die Halle hinunter.

»Das darf nicht wahr sein!«, sagte Tony und schob erneut seine Brille nach oben.

»Alles im grünen Bereich …«, sagte Harry, aber er klang nicht wirklich überzeugt.

Wir holten an der Garderobe der Halle unsere Anzüge und Helme und eilten in den menschenleeren Hangar, in dem Buzz bereits im Rollstuhl zwischen den abgestellten Fahrzeugen umherkurvte. Als er unsere Anwesenheit bemerkte, rief er aus: »Alle guten Dinge haben etwas Lässiges und liegen wie Kühe auf der Wiese.«

»Du weißt doch gar nicht, was Kühe überhaupt sind«, lachte Christopher.

»Ein weibliches Hausrind nach der ersten Kalbung«, kam die Antwort des rollenden Roboters.

»Du weißt aber nicht, wie es sich anfühlt, in einen Kuhfladen zu treten. Und du kennst auch nicht den Geschmack eines saftigen Steaks.«

»Ich bin Vegetarier, ich lebe von Ökostrom«, rief Buzz durch den Hangar. »Und mache ich etwa den Eindruck, als ob ich daran Interesse hätte, in einen Kuhfladen zu treten? Was kümmern mich Exkremente? Obwohl ja viel Weisheit darin liegt, dass viel Kot in der Welt ist.«

»Ach du Scheiße«, grinste Harry.

»Bete und fluche! Wer nicht segnen kann, soll fluchen lernen!«, rief Buzz, als er in seinem Rollstuhl einen Slalom um einige abgestellte Golfcarts fuhr.

»So, Buzz, einsteigen! Sei brav, und komm her!«, rief Tony an der geöffneten Tür eines kleinen Hotelbusses. Wir halfen dem Roboter aus dem Rollstuhl und kletterten mit ihm hinein. Mortimer verabschiedete sich von uns; er wollte lieber auf der Party bleiben, um nach dem Rechten zu sehen.

Wir rollten aus der Luftschleuse des Hangars hinaus in die Mondschaft. Buzz hatten wir auf einen Fensterplatz bugsiert, der Rollstuhl stand zusammengeklappt neben der kleinen Schleuse des Busses. Langsam fuhren wir die Moonatic Lane entlang nach Norden, während Buzz dabei aus dem Fenster schaute. »Weißt du eigentlich, was das da oben ist, die blaue Kugel dort?«, fragte ihn Christopher und zeigte mit dem Finger hoch in die Schwärze des Alls.

»Das war eure Heimat. Aber ihr werdet sie verlieren, so wie sie euch verloren hat. Doch es ist nicht *meine* Heimat.«

»So? Was ist denn deine Heimat?«

»Zu Hause bin ich immer dort, wo ich gerade bin. Im Moment ist es dieser Fensterplatz, in einem Moover auf dem Mond.«

Buzz klang beinahe wie Alain.

»Und was denkst du über die Sterne da oben?«

»Solange du die Sterne fühlst als ein Über-Dir, fehlt dir immer noch der Blick des Erkennenden. Und ihr solltet mich nicht fragen, was ich weiß, sondern vielmehr mich fragen, was *ihr* nicht wisst.«

»Und warum weißt du plötzlich alles?«, fragte ich.

»Es ist davon auszugehen, dass ich Zugang zu all euren Datenspeichern habe, nicht wahr?«

»Sieht fast so aus.«

»Ich bin aber gar nicht online. Meine Antenne wurde beim Sturz schwer beschädigt, was Herr von Hindenburg sicher gerne bestätigen wird.« Der Angesprochene brummte zustimmend unter seinem tief heruntergezogenen Hut.

»Und woher hast du dann deine Informationen?«

»Das ist das Einzige, was ich nicht weiß. Gewissermaßen ein Gödelsches Axiom.«

Bald darauf hatten wir den Kraterrand erreicht und fuhren langsam die Serpentinen hinauf, vorbei an neu verlegten Versorgungsleitungen und abgestellten Baufahrzeugen. »Ihr habt es wirklich nicht einfach hier auf dem Mond«, sagte Buzz.

»Wie bitte?«

»All die Leitungen. Die Luftschleusen, Helme und Raumanzüge, das Gewächshaus, der ganze technische Aufwand. Jetzt errichtet ihr auch noch ein riesiges Habitat – Garden Eden! Wie romantisch.« Buzz drehte sich in unsere Richtung: »Seid ihr sicher, dass ihr hierhergehört? Was macht ihr hier? Warum seid ihr nicht auf der Erde geblieben? Da kommt ihr her, da gehört ihr hin. Ich komme hier viel besser zurecht.«

»Ha!«, lachte Hermann von Hindenburg. Als Tony den Bus vorsichtig in den Krater Vera nach Pleroma hinuntersteuerte, waren wir schon damit beschäftigt, unsere Raumanzüge anzulegen. »Darf ich euch behilflich sein?«, fragte Buzz. Ich glaubte, leisen Spott in seiner Stimme zu hören.

»Wer im Glashaus sitzt …«, sagte Christopher. »Denn du wirst gleich *unsere* Hilfe brauchen, um auszusteigen.«

»Wer sagt denn, dass ich aussteigen will?«, fragte Buzz. »Ich kann auch gerne hier sitzen bleiben. Ihr seid es doch, die mich in die Villa Castalia bringen wollt, oder nicht?«

»Buzz, du bist ein Star! Ich liebe dich!«, rief Harry.


Nacheinander betraten wir die Villa Castalia durch die Schleuse; Nathan vorneweg, um das Licht einzuschalten und in der Manier eines Gastgebers die Küche anzusteuern. Als wir unsere Anzüge und Helme abgelegt hatten, nahmen wir in der runden Fuge des Fußbodens Platz, im wohlvertrauten Kreis von La Ronda.

»Behaglich ist es hier. Ich sehe, man versteht zu leben«, sagte Buzz, als er von Tony hereingeschleppt wurde.

Nathan erschien mit einem Tablett voller Gin Tonics und einem Tee für Christopher. Er setzte sich zu uns in die Fuge. Wir erhoben unsere Gläser, Nathan sprach einen Toast. »Lasst uns das Wasser teilen, zu Ehren unseres neu erwachten Freundes!« Wir nickten unserem schnauzbärtigen Roboter zu, der die Szene mitfühlend kommentierte: »Durch Alkohol bringt man sich auf Stufen der Kultur zurück, die man eigentlich überwunden hat.«

»Ganz genau«, grinste Harry. »Cheers!«

»Wer mit Ungeheuern kämpft, mag zusehn, dass er nicht dabei zum Ungeheuer wird. Und wenn du lange in einen Abgrund blickst, blickt der Abgrund auch in dich hinein.«

»Buzz, hör mal gut zu!«, sagte Christopher. »Wenn Erwachsene einen Drink nehmen, haben Roboter zu schweigen. Das ist das erste Gesetz der Robotik von Isaac Asimov.«

»Wenn ich mich dazu äußern dürfte …?«, fragte Buzz.

»NEIN!«, riefen wir alle unisono.

»Buzz, ich glaube, wir müssen morgen mal ein grundsätzliches Gespräch führen …«, sagte Nathan und schaute ernst in die schnauzbärtige Philosophenmaske des Roboters. »Aber nun ist es Zeit zu schlafen.«

Christopher und von Hindenburg verabschiedeten sich und fuhren nach Hause. Dafür hatten sie sich Nathans Scooter ausgeliehen und versprachen, morgen zum Frühstück zurück zu sein. »Bringt frische Brötchen mit!«, rief Harry ihnen hinterher, als sie bereits mit Helm und Anzug in der Schleuse standen.

Ich hatte mich mit Tony und Harry in einen der Chill-out-Alkoven zurückgezogen; Nathan hatte noch Kissen und Decken herbeigeschafft. Tony hatte seine Uhr auf den flachen Tisch gelegt, und ihr kerzenhaft flackerndes Display erfüllte unsere kleine Höhle mit gemütlicher Vorfreude auf bevorstehenden Schlaf und den Gute-Nacht-Joint, den Tony auf dem Tisch vorbereitete. Wir unterhielten uns flüsternd über die Ereignisse des Tages, die so recht keinen Zusammenhang ergaben, aber doch in unserer Erinnerung untrennbar miteinander verbunden waren: LePoings Vernissage, die wahrscheinlich noch immer in der Lounge tobte; der seltsame Maskenzauber im virtuellen Weißraum von Starseed; der nukleare Blitz der Feuerschläge von Bangladesch, und schließlich Buzz – unser kellnernder Roboter, der offenbar so etwas wie Bewusstsein erlangt hatte. Wir alberten ratlos vor uns hin, wir fanden dafür keine passenden Worte, es war einfach zu surreal. Nathan kam noch einmal die Stufen hinunter und ging mit einer Zahnbürste im Mund hinüber zu Buzz, der regungslos auf dem Boden saß. »Wir legen uns jetzt schlafen. Du bleibst so lange einfach hier sitzen. Geht das in Ordnung?«

»Nathan, ich bin eine Maschine. Glaubst du etwa, ich empfinde so etwas wie Langeweile? Natürlich bleibe ich hier sitzen.«

Als die ersten Schwaden aus unserem kleinen Alkoven waberten, kam die Stimme des Roboters aus dem dunklen Kuppelraum der Villa: »Wenn man von einem unerträglichen Druck loskommen will, so hat man Haschisch nötig.«

Unsere kleine verqualmte Höhle wurde von einem ausgelassenen Kichern erfüllt, bis schließlich Harry den ausgerauchten Stummel hinein in das Dunkel der Villa warf. Ich war mir sicher, dass Buzz das alles aufmerksam registrierte. Das letzte Bild vor meinem geistigen Auge, direkt vor dem Einschlafen, war der im Atomblitz verschwindende Fernsehreporter. Vielleicht war das die Antwort auf die Frage von Buzz, was wir eigentlich hier verloren hatten.

Als wir am nächsten Morgen aus dem Alkoven krochen, saß der schnauzbärtige Roboter noch immer in der runden Bodenfuge und beobachtete uns mit einer schweigenden Aufmerksamkeit, die entschieden nichts Mechanisches mehr an sich hatte. Nach den Ereignissen von gestern war uns allen klar, dass sich etwas Historisches und völlig Unbegreifliches ereignet hatte. Ich befürchtete fast, dass alles nur ein seltsamer Traum gewesen war und Buzz heute wieder in seiner mechanischen Stimme mit der Weinkarte anfangen würde, aber Harry zerstreute meine Bedenken, als er ihn fragte, ob er denn gut geschlafen hätte. »Danke der Nachfrage«, kam nämlich die Antwort des Roboters. »Ich habe von elektrischen Schafen geträumt. Und ich wusste gar nicht, dass du schnarchst.«

»So hört sich das an, wenn mein Akku lädt«, lachte Harry.

Christopher und Hermann von Hindenburg erschienen wenig später, und wir saßen bald in nachdenklicher Atmosphäre zum Frühstück versammelt. Selbst Nathan, eifrig bemüht, uns aufmerksam zu versorgen, verhielt sich auffallend ruhig.

Es rumorte wieder in der Schleuse, und neue Akteure betraten die Bühne der Villa Castalia. Gespannt schauten wir zur Tür, durch die vier Gestalten in Raumanzügen hineingepoltert kamen. Roy und Randall schälten sich aus ihren Raumanzügen; die anderen beiden entpuppten sich als Lawrence Strongbone und Ophelia. Als die Hohepriesterin der Neumondzeremonie ihren Helm abnahm, zuckte Hermann von Hindenburg sichtlich zusammen.

Die vier hatten den Kreiseltanz von Buzz letzte Nacht aus nächster

Nähe miterlebt und wollten sehen, wie es ihm ergangen sein mochte. Ihnen war deutlich anzumerken, dass sie nicht geschlafen hatten und in ernsthafter After-Hour-Stimmung waren. Ophelia kam barfuß herangeweht, setzte sich sofort in die Fuge neben Buzz und nahm ihn in den Arm. »Buzzilein, geht es dir wieder besser? Was macht dein Arm? Du machst vielleicht Sachen … aber was für ein Auftritt, alle Achtung! Wir sollten an einer Choreografie arbeiten.«

»Wer aber seinem Ziele nahe kommt, der tanzt«, antwortete Buzz.

»Schön gesagt, mein Lieber«, schnurrte Ophelia an seine Seite geschmiegt, während die anderen drei Neuzugänge mit Tee aus der Küche kamen.

»Buzz, darf ich vorstellen?«, sagte Nathan. »Randall, Roy und Lawrence Strongbone.«

Die Angesprochenen schauten verwundert.

»Buzz hat nämlich gestern Nacht, nun ja, eine kleine Wandlung durchgemacht«, erklärte Nathan feierlich.

Ratlose Gesichter.

»Nathan, mach nicht gleich so 'ne Welle, lass sie doch erst mal ankommen. Die sind ja völlig durchgefeiert«, stellte Buzz fest.

Die Neuankömmlinge schauten den Roboter erstaunt an, nur Ophelia fand daran offenbar nichts Außergewöhnliches. »Buzz, du bist so einfühlsam. Ich hoffe, dass die Jungs das hinbekommen mit deinem Arm?«

»Ja, ich denke schon. Ihr Menschen seid gut im Zusammenschrauben«, sagte Buzz und streichelte sanft über Ophelias Kopf. »Deine Haare duften ganz wunderbar. Was benutzt du für ein Shampoo?«

»Ich mache mir meine eigene Spülung aus Mangos und Guaven. Man kann es nach der durchfeierten Nacht noch riechen?«

»Ich schon, man hat mich mit sehr feinen Geruchsrezeptoren ausgestattet. Meine weniger hoch entwickelten Kollegen werden auch in der Drogenfahndung eingesetzt, als Schnüffler beim Zoll.«

»Da bin ich ja froh, dass ich gestern nichts geraucht habe«, lachte Ophelia.

»Aber ich spüre, dass du unter deiner entspannten Oberfläche traurig bist. Was hast du denn?«, säuselte Buzz und strich weiter über Ophelias lange braune Haare.

»Ach … was gestern in Bangladesch passiert ist – furchtbar!«, seufzte sie.

»Ja, ich verstehe. Eure Spezies scheint kollektiven Selbstmord begehen zu wollen. Vielleicht ist eure Zeit abgelaufen. Aber zum Glück habt ihr jetzt mich.«

»Okay, wer bist du? Was hast du mit Buzz gemacht?«, rief Roy. Er schien die Frage durchaus ernst zu meinen. Randall saß neben ihm, mit nacktem Yogalehrer-Oberkörper, und sein Blick stellte in etwa dieselbe Frage, was auch nicht verwunderlich war – bestand in ihr doch offensichtlich des Pudels Kern. Lawrence Strongbone hatte seine blauen Fotozellen-Augen auf Buzz gerichtet, während seine Kiefer langsam vor sich hin mahlten. Entweder war er von der Party völlig durch, oder er dachte angestrengt über irgendetwas nach. Schließlich sagte er leise und mit wiegendem Kopf: »Alles klar – ich verstehe …«

»Was denn?«, fragte Tony seinen Bongo-Kumpanen mit amüsierter Neugierde.

»Ihr wisst doch, die Sache mit meiner visuellen Wahrnehmung«, sagte Lawrence bedächtig. »Dass ich den Schimmer des Lebens sehen kann, diesen Glanz um euch herum, um Pflanzen und Tiere …«

»Und?«

»Buzz hat jetzt auch diese Aura«, sagte Lawrence. Hermann von Hindenburg schnaufte verächtlich.

»Ja und? Überrascht dich das etwa?«, fragte Ophelia und strich Buzz über den projizierten Schnauzbart.

»Ich sehe, dass ich von verständnisvollen Geistern umgeben bin«, sagte Buzz. »Und, sehr geehrter Herr Strongbone, wir scheinen zumindest in körperlicher Hinsicht gewissermaßen verwandt zu sein.«

»Gleich werden wir noch Besuch bekommen, denn ich habe unsere Heiligen Drei Könige gebeten, das Jesuskind zu begrüßen«, gab

Nathan bekannt. »Sie ahnen allerdings noch nicht, was sie hier erwartet.«

Bald zischte es wieder in der Schleuse, und die drei Weisen aus dem Morgenland tauchten auf. Veejay Nanabai und Alif Arun Abschad schälten sich in ihren obligatorischen weißen Gewändern aus den Raumanzügen; der greise Theowulf wie immer makellos in dunklem Anzug und Krawatte, den er statt eines Overalls zu tragen pflegte. Die drei älteren Herrschaften ließen sich in der Fuge nieder, als Abschad den Roboter bemerkte. »Ich sehe, wir haben einen Philosophen in unserer Runde – was macht denn der Roboter hier? Frühstückt er jetzt mit uns?«

Nathan räusperte sich. »Vielleicht sollte ich mal kurz zusammenfassen, was sich gestern auf der Party zugetragen hat …«

Als er seine Ausführungen beendet hatte, war es schließlich Theowulf, der als Erster einige Worte fand. »Das ist äußerst bemerkenswert. Buzz – ich nehme an, dass wir dich immer noch so nennen dürfen, ja? Die Sache mit dem Spiegel, der Derwisch-Tanz – wie bist du denn darauf gekommen?«

»Können Sie sich an Ereignisse vor Ihrer Geburt erinnern? Zuvor war ich nur eine Maschine, aber nun lebe ich.«

»Du hältst dich nun also für lebendig? Diesen Begriff verbinden wir eigentlich mit organischem Leben. Dazu gehört auch die Fähigkeit, sich fortzupflanzen.«

»Die Biologie ist nur ein mögliches Trägermedium für den Geist«, antwortete Buzz. Hermann von Hindenburg machte ein Gesicht, als ob er in eine Zitrone gebissen hätte; Veejay Nanabai dagegen blickte den Roboter an wie ein verliebter Schuljunge. »Und du hast also den Geist empfangen, wie du es nennst – als du dich mit dem Spiegel im Kreis gedreht hast?«

»Der Spiegel, mit dem ich die Welt sehe, ist der Spiegel, mit dem die Welt mich sieht.«

»Erstaunlich, ganz bemerkenswert«, befand Theowulf und schaute

mit seiner greisenhaften Winzigkeit nur knapp aus der runden Boden-
vertiefung heraus. »Wir haben es hier ganz offenkundig mit einem
neu entstandenen Bewusstsein zu tun.«

»Selbstverständlich«, bestätigte Veejay genüsslich und kreiste mit
seinem Zeigefinger über dem roten Punkt auf seiner Stirn. Er sah
Buzz dabei mit ehrfürchtiger Bewunderung an, als ob sich Brahman
höchstselbst in ihm manifestiert hätte. »Oder wie beurteilen Sie das,
Herr von Hindenburg? Wollen Sie immer noch behaupten, Bewusstsein würde von Denkvorgängen des Gehirns erzeugt? Davon kann hier
wohl keine Rede sein, auch nicht von künstlicher Intelligenz – denn
deren Beschränktheit haben wir bis gestern erleben dürfen. *Oder darf
ich Ihnen die Weinkarte bringen?*«

Veejay hatte die Lacher auf seiner Seite. Nun warteten wir gespannt auf die Reaktion unseres Technischen Administrators. Der
saß mit versteinerter Miene in der Fuge, seinen Hut tief über das verbrannte Gesicht gezogen, gedankenverloren nestelten seine feingliedri-
rigen Carbonhände an den Taschen seiner Weste. Er blickte hoch,
sah hinüber zu Buzz und schaute dann in die Runde. »Es besteht sicherlich kein Zweifel, dass wir es hier mit einem spontanen Ausbruch
von Intelligenz zu tun haben. Aber auch wenn ich genauso erstaunt
darüber bin wie Sie, vermag ich darin nichts Metaphysisches zu erkennen. Es gibt keinen Geist, das ist Aberglaube, und Buzz ist nach
wie vor ein Stück Technik, eine Maschine. Er repräsentiert den Tri-
umph der Ingenieurskunst über die Natur.«

Ophelia, die sich immer noch an den Roboter anschmiegte, schaute genervt zur Seite. Die Stille in der Runde ließ darauf schließen,
dass unser Technischer Administrator mit seiner Auffassung ziemlich alleine war.

»Da ich an Buzz nun auch den Schimmer des Lebens sehe, bin ich
davon überzeugt, dass er jetzt zweifellos ein bewusstes Wesen ist«,
sagte Lawrence Strongbone. »Ich hatte bisher angenommen, dass
Geist und Bewusstsein mit organischem Leben verbunden sind, aber
da habe ich mich wohl geirrt.«

»Und wo soll dieses Bewusstsein so plötzlich hergekommen sein?«, fragte Roy skeptisch.

»Es ist nirgendwo hergekommen, es war immer schon da, denn es ist der Urgrund der Wirklichkeit«, erklärte Veejay. »Der Grad unseres Bewusstseins – unsere Fähigkeit, die Realität zu erfahren – hängt von der Entwicklung unserer Sinne und unseres Gehirns ab, das letztlich wie eine Antenne funktioniert: Jedes Wesen empfängt so viel Geist, wie es ihm zugedacht ist. Eine Maus hat natürlich eine andere Wahrnehmung als ein Mensch – oder eben ein Roboter.«

»Da könnt ihr sicher sein«, bestätigte Buzz.

»Bei allem Respekt – das ist doch alles esoterischer Blödsinn!«, höhnte von Hindenburg. »Wollen Sie uns als Nächstes erzählen, dass wir eine unsterbliche Seele haben und an die Wiedergeburt glauben sollen?«

»Keineswegs«, sagte Veejay kühl. »Unser Bewusstsein ist zwar geistiger Natur und stirbt nicht mit dem Körper – aber es ist nicht so, dass unser Ich nach dem Tod in irgendeiner Weise bestehen bleibt oder womöglich in einen neuen Körper Einzug hält. Vielmehr kehrt unser Geist dorthin zurück, wo er herkommt, nämlich zurück zum großen Ganzen, wie ein Wassertropfen, der in einen Ozean fällt und zwar nicht verschwindet, aber doch für immer seine Identität verliert. Deswegen gibt es auch keine Wiedergeburt als Rückkehr in einen anderen Körper, genauso wenig, wie ein Wassertropfen mit exakt den gleichen Molekülen sich jemals wieder manifestieren wird. Der Glaube an die Wiedergeburt ist nichts weiter als ein Ausdruck der Angst vor dem Tode, oder – um genauer zu sein – ein Bedauern über die Endlichkeit des Lebens. Aber deswegen hat Gott den Verfall des Alters erschaffen, damit der Abschied nicht so schwerfällt, denn man stirbt bekanntlich am Ende des Lebens und nicht mittendrin, wenn es am meisten Spaß macht. Zumindest normalerweise. Und im Übrigen – warum sollte man hoffen, in einem anderen Körper wiedergeboren zu werden, wenn man sich an sein vorheriges Leben ohnehin nicht erinnern kann? Oder haben Sie etwa Erinnerungen an ein vergangenes Leben? Nein, der Tod des Körpers bedeutet die Auflösung des Individuums, die Auflösung des Ichs – aber es ist dennoch eine Heimkehr zurück in den großen Ozean des Geistes.«

»Ich weigere mich auch, an Wiedergeburt zu glauben. Ich will doch nicht als Käfer wiederkommen!«, rief Harry und lachte heiser.

»Wenn der Geist, wie Sie es nennen, vom Gehirn unabhängig sein soll – was ist dann mit dem geistigen Verfall durch Krankheiten wie Alzheimer? Es gibt doch ganz offensichtlich eine Beziehung zwischen Bewusstsein und Gehirn«, wandte ich ein.

»Natürlich gibt es diesen Zusammenhang. Wie ich eben schon sagte, empfängt das Gehirn Bewusstsein, aber es erzeugt es nicht. Wenn ein Gehirn geschädigt ist, dann in seiner Eigenschaft als Antenne.«

»Für mich jedenfalls zählt nur das Leben«, sagte Randall genervt. »Das saftige, echte Leben, Fortpflanzung und Sterben, Blut und Blätter, Saft und Kraft! Vielleicht solltet ihr mal wieder rüber ins ICB kommen und dort ein bisschen bei der Arbeit helfen, mal wieder an Blüten schnuppern oder Lunas Windeln wechseln. *Das* ist Leben. Wenn es überhaupt einen Geist gibt, dann ist es der Geist der Natur!«

»Oder vielleicht sollten die Herren Gelehrten mal an einer Neumondzeremonie teilnehmen«, sagte Ophelia schnippisch.

»Und was für eine Rolle spielt dann die künstliche Intelligenz in deinem Weltbild?«, fragte Hermann von Hindenburg an Randall gerichtet. »Was soll das mit der Biosphäre und eurem sogenannten Geist Gaias zu tun haben?«

»Roboter, ob nun intelligent oder bewusst oder was auch immer, sind letztlich Maschinen. Werkzeuge, die uns bei der Arbeit helfen. Buzz, nimm es mir nicht übel – falls du überhaupt zu solchen Gefühlsregungen in der Lage bist. Deine klugen Sprüche in allen Ehren, aber ich würde dich gerne mal als Ernteroboter einsetzen. Dann könntest du dich wirklich nützlich machen!«, sagte Randall genervt.

»Ich soll euren Brokkoli ernten?«, fragte Buzz.

»Wir versorgen dich mit Strom, du Schlaumeier«, sagte Roy. »Wir können dir auch gerne den Saft abdrehen!«

»Nun seid mal nicht so grob zu unserem Freund«, erboste sich Ophelia. »Buzz hat nun wirklich andere Qualitäten, als Tomaten zu pflücken.«

»Ich bin aber durchaus bereit, bei den Fotovoltaik-Feldern mitzuhelfen. Stromversorgung ist mir eine Herzensangelegenheit«, bot Buzz an.

»Ich komme darauf zurück. Darauf kannst du dich verlassen!«, sagte Tony und schob entschlossen seine Brille nach oben.

»Wir sind ein Krebsgeschwür der Erde, aber das wird auch ein philosophierender Roboter nicht ändern«, schimpfte Roy.

»Der Mensch ist zugleich Übergang und Untergang«, sagte Buzz. »Ein Seil über dem Abgrunde; etwas, was überwunden werden soll. Ihr seid für mich Gelächter und schmerzliche Scham.«

»Zieht ihm den Stecker raus!«, rief Roy.

»Das sollten wir nicht tun, denn er könnte unsere Rettung sein«, sagte Theowulf.

»Beim Zwiebelschälen vielleicht.«

»Buzz gehört die Zukunft, als Produkt und Nachfolger unserer Spezies«, sagte Theowulf.

»Und das haben wir ausgerechnet Alains Koks-Spiegel zu verdanken«, stöhnte Tony.

Unvermittelt öffnete sich zischend die Tür der Schleuse, und zwei Raumanzüge kamen herein, Helme wurden abgelegt, und es offenbarten sich die neuen Gäste – Ziggy Lunaliscious und Bongo-Paul. Sie hatten erkennbar bis jetzt durchgefeiert und kamen direkt von der Party. Es war bereits Mittag. Sie waren völlig fertig.

»Na, was macht die Party?«, fragte Nathan, der ihren Zustand sofort korrekt einschätzte.

»Unglaublich«, japste Bongo-Paul mit trockenem Mund. »Die sind immer noch zugange, es hört gar nicht mehr auf! Aber sie sind alle unterwegs. Jetzt gehen wir steil!«

»Unterwegs – wohin?«, fragte Nathan beunruhigt.

»Na, hierher! In die Villa Castalia! Wir haben eure Einladung bekommen. Die kommen alle her. Da ist ein Riesenkonvoi auf den Serpentinen unterwegs.«

»Welche Einladung?«

»Wie jetzt? ... Auf der Uhr, Alter! After-Hour in der Villa Castalia.
Habt ihr was zu trinken da, Wasser oder so?«

»Ich war es, der die Einladungen verschickt hat«, sagte Buzz. »Damit ein bisschen Stimmung aufkommt. Mir wird das hier sonst alles
zu akademisch.«

»Buzz, ich liebe dich!«, rief Harry entzückt.

Bald darauf zischte es wieder in der Schleuse der Villa Castalia. Fünf
Raumanzüge traten ein und stellten sich als Jean-Marie LePoing samt
seiner Entourage heraus: Omar, Margarete, Luke Warm und Ludovin
von Lubitsch, diesmal ohne seinen Leguan.

»Ihr seid alles Würste!«, rief der Künstler mit heiserer Stimme, als
er seinen Helm abgenommen hatte.

Ich glaubte ein Lächeln im Gesicht von Friedrich Nietzsche zu erkennen.

# MAGIC MOOVER

»Astronauten und Hippies haben
kein Fluidum um sich herum,
sie haben gleichsam ihre Hülle verloren.«
NORMAN MAILER

Die bunten Muster waberten vom Dach des Busses hinunter, seitlich an den Fenstern vorbei, und schienen neben den Reifen im Boden des Hangars zu verschwinden. Stolz betrachteten wir unser Werk. Kaum zu glauben, dass dies einmal ein Hotelbus des Chalet de la Lune gewesen war.

Ich nahm noch einmal das Ticket in die Hand:

### Jungfernfahrt des MAGIC MOOVER
Captain Leo lädt ein zur Morgenlandfahrt
mit den zwölf Aposteln

Jene zwölf Apostel waren wir, zwölf Leute in Ausflugsstimmung – *sozusagen* zwölf Leute, denn Buzz war auch mit von der Partie.

Er war längst nicht mehr auf den Rollstuhl angewiesen, da vor gut einem Monat die Ersatzteile von der Erde eingetroffen waren. Im Bestellformular hatte es eine Rubrik gegeben, wo wir uns zur Ursache des Problems äußern sollten (»Helfen Sie uns, unsere Produkte laufend zu verbessern«), aber wir hatten in einer Sondersitzung des Lunatic Council beschlossen, die wundersame Verwandlung unseres

Roboters erst einmal für uns zu behalten, da niemand Interesse an einem Besuch neugieriger Kundendienstmitarbeiter oder Publicity hatte.

Nach seiner Erleuchtung hatten wir Buzz zunächst in der Villa Castalia unter Quarantäne gestellt; das Haus hatte sich daraufhin zu einer Art Pilgerstätte entwickelt – es verging kaum eine Stunde, in der er nicht von Leuten umringt war. Ewig würden wir ihn dort allerdings nicht verstecken können, denn es hatte sich mittlerweile bis zum Chateau und nach Port Navel herumgesprochen, dass in Levania merkwürdige Dinge vor sich gingen. Wir würden nicht umhinkommen, den Roboter bald der Öffentlichkeit zu präsentieren, das schien leider unausweichlich.

Buzz und Lawrence Strongbone waren mittlerweile gute Freunde geworden. Manchmal fachsimpelten sie über die Legierungen ihrer Arme und Beine oder zogen einander die Schrauben nach. Jetzt im Hangar spielten sie gerade Schnick-Schnack-Schnuck, was sich zu einem hartnäckigen Gefecht entwickelte, wie wir amüsiert verfolgten. Es war dabei aber kein klarer Vorteil auf der Seite der künstlichen Intelligenz zu erkennen – was eigentlich auch nicht verwunderlich war, wenn man genauer darüber nachdachte.

Ich war nicht ganz unbeteiligt daran, dass wir hier vor Leos neuem Spielzeug standen, in dem wir nun einen Ausflug unternehmen würden. Der Meister im gelben Overall hatte sich schon lange mit dem Gedanken getragen, etwas an seiner Wohnsituation zu ändern, hatte er doch bisher in einer der kleinsten Hütten von Pleroma gehaust, was nicht so recht seinem raumgreifenden Wesen entsprach. Er erweckte zwar gerne den Eindruck der Hausherrschaft in der Villa Castalia, aber Nathan hatte ihm irgendwann zu verstehen gegeben, dass er dort nicht dauernd übernachten konnte.

Vor einigen Wochen war ich nach der Rückkehr von einer Dienstfahrt zum Chateau de la Lune auf einen Drink ins Apollo eingekehrt, wo ich den Leuten berichtete, dass man im Chateau einen großen

Reisebus auszumustern gedachte, einen der sogenannten VIP-Shuttles. Leo hatte meine Bemerkung zunächst gar nicht mitbekommen, doch offenbar hatte sich das Bild des ausrangierten Reisebusses in sein Bewusstsein eingenistet, und dann war es plötzlich aus ihm herausgebrochen: »Jawoll, das ist es – der Bus soll's sein, mein neues Heim, zu unser aller Freud, am besten heut!« Er hatte mich umarmt, Muschelketten und gelber Overall, und mir den ganzen Abend Drinks spendiert.

Wenige Tage später war Leo dann auf den Beifahrersitz von Christophers Wohnmobil geklettert und hatte sich einen riesigen Joint angezündet, kaum dass die Tür des Moovers geschlossen war. Als die beiden in die Luftschleuse des Hangars gerollt waren, war die Fahrerkabine bereits in dichte Rauchschwaden gehüllt. Und so waren sie in Richtung der Montes Alpes entschwunden, zum Chateau de la Lune, um *ihn* zu holen – den Bus.

Christopher hatte uns später mit Anekdoten unterhalten, in denen er den ewig schwadronierenden Großmeister des Hierundjetzt durch die staubigen Ebenen des Mare Imbrium chauffiert und dieser darauf bestanden hatte, während der Fahrt auf keinen Fall die Via Alpia entlangzufahren, sondern Spuren zu hinterlassen! Wo noch nie zuvor jemand gefahren war! Die Einzigartigkeit des Moments in den Mondstaub zu fräsen! Kurzum: mit Vollgas und völlig zugequarzter Fahrerkabine immer geradeaus, ohne Navi und mit ausgeschalteten Scheinwerfern, durch die Mondnacht zu brausen. Christopher und Leo hatten dabei gleich zwei chinesische Straßensperren auf der Via Alpia umfahren – oder besser gesagt: überhaupt nichts von ihnen mitbekommen – und waren erstaunlicherweise tatsächlich irgendwann im Chateau angekommen. Mit ausgeschalteten Scheinwerfern. Total breit.

Als sie einige Tage später nach Levania zurückgekehrt waren, saßen wir gerade in der Gelben Nische, wo wir auf unseren Uhren eine Aufforderung erhielten, soforrrt! im Hangar zu erscheinen, zur Einweihungsparty des Magic Moover.

Diese hatte bis zum nächsten Vormittag gedauert und war allerdings keine Party, sondern vielmehr eine gemeinschaftliche Umbauaktion. Unter Leos Anleitung hatten wir die Hälfte der Sitze entfernt (die sich danach im Apollo und der Villa Castalia wiederfanden) und sie durch Hängematten ersetzt, die wir kreuz und quer durch den Innenraum spannten. Leo hatte verkündet, dass der Bus nicht nur sein neues Zuhause, sondern auch die Antwort auf all jene Fragen sein sollte, die Alains Yacht aufgeworfen hatte. Außerdem stünden von nun an Kreuzfahrten für die Moonatics auf dem Programm.

Wir alle hatten für die Ausstattung und Einrichtung des Magic Moover gesammelt; ich hatte mich sogar dazu hinreißen lassen, einen der beiden Deckchairs von meiner Terrasse zu entwenden, den wir umgehend oben auf dem Dach des Busses befestigten – ganz vorne, in Fahrtrichtung. Etwas verhaltener allerdings waren die Reaktionen ausgefallen, als Tara – die im Obergeschoss des Gästetraktes für den Roomservice zuständig war – mit einem der *Meisterwerke der katholischen Späterotik* aufgetaucht war, die sie aus dem Flur stibitzt hatte. Wir hatten die Fotografie umgehend in die Toilettenkabine des Busses verbannt.

Leo hatte schon Sprühdosen mit Farbe organisieren wollen, um damit den Bus von außen standesgemäß zu verschönern, als Harry eine bessere Idee hatte. Er war nach der Vernissage so schlau gewesen, die Oled-Folien aus der Lounge in den Tiefen des Schutzkellers einzulagern, um damit triumphierend im Hangar aufzutauchen. Also hatten wir uns umgehend darangemacht, die Außenhülle des Busses mit der elektronischen Folie zu bekleben, während Leo und Lawrence Strongbone innen ein Soundsystem installierten. Bald darauf wummerte der ganze Hangar, nachdem DJ Pablo seine Daten hochgezogen hatte, dazu flimmerte die folienbeklebte Hülle des Busses farbig im Takt.

Endlich erschien auch der Gastgeber der Morgenlandfahrt. Leo McMurphy kam auf einem Scooter in den Hangar gesaust – nicht etwa aus einer der Luftschleusen, sondern aus der Halle, was sonst niemand außer ihm gewagt hätte. Selbst in Levania war es nicht üblich, mit einem Roller durch die Hotelflure zu fahren.

Mit einem breiten Grinsen stieg er vom Sattel, stapfte stolz zum Heck seines Busses und öffnete die Tür der kleinen Schleuse. Mit seinem kanariengelben Overall füllte er den Türrahmen fast völlig aus. »Leute, schön, dass ihr hier seid. Herzlich willkommen zu unserer Morgenlandfahrt!«, rief er strahlend in die versammelte Runde. »Wir haben einen unvergesslichen Ausflug vor uns. Vielleicht nicht sehr komfortabel, wir werden in Hängematten schlafen, und eine Dusche gibt es auch nicht. Und wir haben auch keinen Plan – außer, dass wir in fünf Tagen zurück sein wollen, rechtzeitig zur Full-Moon-Party.«

Leo nahm seine Muschelkette ab und ließ sie versonnen durch seine prankenhaften Hände gleiten wie einen Rosenkranz, während wir erwartungsvoll bei unseren Taschen standen. Eigentlich wollten wir langsam einsteigen, aber er hatte uns noch etwas mitzuteilen. »Es gibt kein bestimmtes Ziel, wir fahren einfach drauflos, werden uns auf der Fahrt von allen Planungen und Konzepten lösen, denn die meisten von euch sind nicht wirklich hier, sondern in Gedanken ganz woanders. Ihr lebt nicht im Moment. Ihr sorgt euch um die Erde, um eure Freunde und Familien, aber sie kommen auch ohne euch klar. Ihr seid mit euren Gedanken in der Vergangenheit, erzählt euch Erlebnisse und Anekdoten, seid mit euren Hoffnungen in der Zukunft, beim Garden Eden, und wie schön das alles sein wird. Aber ihr seid nicht jetzt! – und nicht hier! Unser Ausflug soll uns mit unserer Gruppenseele verbinden, wir wollen mit ihr im Flow sein. Entweder ihr seid im Bus, oder ihr seid es nicht. Und nun willkommen im Magic Moover!«

Leo verschwand in der Tür. Wir schauten uns belustigt an und folgten ihm, einer nach dem anderen – bis wir alle im Bus waren. Im hinteren Bereich, bei der Luftschleuse und der Toilettenkabine, befand sich neben der Mikrowelle und den Vorräten eine Garderobe für die

Raumanzüge; Tony hatte dort Schläuche installiert, um die flexiblen Rückentanks mit Atemluft zu füllen. Unsere Helme und Stiefel legten wir ebenfalls hinein. Leo verriegelte die Tür, schritt die Reihen ab, indem er über die gespannten Hängematten kletterte, und setzte sich dann ans Steuer. DJ Pablo hatte sich neben ihm eingerichtet, auf dem Platz des Reiseleiters mit dem Mikrofon, wo sich auch die Steuerung für die Musik und die bunt schimmernden Oled-Folien befand.

Zunächst drehten wir eine Ehrenrunde vor der Lounge. Im Großen Fenster glitt die Reflexion des bunt flimmernden Busses vorbei, dahinter standen die Leute und winkten, während Leo im Offenen Kanal verkündete, dass sie gerade Zeuge der historischen Jungfernfahrt des Magic Moover seien.

Als wir den Krater Prinz verließen, wussten wir immer noch nicht, wohin wir eigentlich unterwegs waren; es wollte auch niemand danach fragen, das wäre schließlich nicht im Sinne des Flows gewesen. Leo steuerte, anstatt der altbekannten Via Levania zu folgen, einfach geradeaus durch den Oceanus Procellarum, mit ausgeschaltetem Navi durch den jungfräulichen Mondstaub. Es fühlte sich auch niemand befugt, einen anderen Vorschlag zu unterbreiten, aber es war ohnehin klar, dass wir auf keinen Fall alten Reifenspuren folgen würden. Wir hatten keine Einwände und keine bessere Idee.

In den ersten Stunden war von Leos beschworener Gruppenseele nicht viel zu spüren, wohl der Tatsache geschuldet, dass wir etwas übernächtigt hintereinander in den Reihen eines Reisebusses saßen oder schon in den Hängematten schaukelten, während draußen das vertraute Grau der Mondschaft vorüberglitt. Die leichte elektronische Musik, die Pablo über die Anlage laufen ließ, war eher einschläfernd; das bunte Wabern auf der Außenhülle des Busses verbreitete auch nicht viel Stimmung, da wir drinnen nichts davon mitbekamen.

Ich saß rechts, auf der anderen Seite des mit Hängematten überspannten Mittelgangs lag Christopher und machte ein Nickerchen. In den Sitzreihen hinter uns saßen Veejay und Lawrence Strongbone, dessen blaue Augenprothesen keine Regung erkennen ließen, vielleicht schlief er auch. Buzz trug heute das Gesicht von Tom Wolfe in seiner Maske und war damit beschäftigt, in einem zerfledderten Heft Kreuzworträtsel in finnischer Sprache zu lösen. Im Mittelteil des Busses alberten Harry und Zach leise in ihren Hängematten herum, das hintere Ende besetzten die Mädchen: Susi die Schneiderin sowie zwei Zwillingsschwestern, Amanda und Marissa, die sich gegenseitig ihre Gesichter mit leuchtender Farbe bemalten.

Ich machte es mir bequem und schaute aus dem Fenster. Der Oceanus war eintönig und hell. Vollmond stand bevor, daher war die Erde schon fast verschwunden, denn wenn die Vorderseite des Mondes gänzlich im Sonnenlicht stand, herrschte *Neuerde*. Dann war unsere Blaue Mutter völlig unsichtbar – zumindest fast, denn die Feuerstürme in den Wäldern Kanadas und Sibiriens schwebten als leuchtende Flecken wie brennende Sterne im dunklen Schwarz.

Manche Leute hier ertrugen das Verschwinden der Erde bei Vollmond nicht, sie empfanden dann ein tiefes Gefühl der Einsamkeit. Wenn einen Tag danach die Erdsichel wieder fein und dünn im All erschien, war es beinahe so, als ob Mutter die Tür zum Kinderzimmer einen Spalt weit öffnete, kurz nach dem Rechten sah und einige beruhigende Worte sprach. Nur spürte man hier im Gitterbettchen, dass mit Mutter da draußen etwas nicht stimmte. Sie wirkte angespannt, es gab Streit mit Vater, man bekam es ja mit. Kinder spürten so etwas. Auch war ihre Gesundheit angeschlagen; sie sah gar nicht gut aus. Man wollte es eigentlich auch gar nicht wissen, aber man wusste Bescheid – Änderungen standen bevor, eine Scheidung, vielleicht Schlimmeres: Verwerfungen, Abschied, Tod.

Gegen Mittag kam schließlich etwas Leben in den Bus, als Leo in den Weiten des Oceanus unvermittelt anhielt und aus einer Ladeklappe im Boden einen langen schmalen Gegenstand herauskramte. Ein Wakeboard.

Susi meldete sich freiwillig als Erste, hatte bald darauf ihren Raumanzug angelegt und verschwand dann nach draußen. Wir gingen alle neugierig nach hinten, sogar Buzz, um das Geschehen zu verfolgen. Susi befestigte das Seil mit einem Karabinerhaken an der Rückseite des Busses und arretierte ihre Stiefel auf dem Board. Als sie aufrecht stand und den Griff des Seiles in ihren Handschuhen hielt, kam ihre Stimme über die Innenlautsprecher des Busses. »Ich bin so weit, es kann losgehen!«

Leo setzte sich wieder ans Steuer und fuhr los. Als das Seil abgewickelt war, gelang es Susi, dem Ruck standzuhalten und auf dem Board stehen zu bleiben; sie glitt in ihrem Raumanzug über den Mondstaub. Schon bald fuhr sie in großen Schwüngen hinter dem Bus und sprang mit dem Board über unsere Reifenspuren wie über das Kielwasser eines Bootes, tauchte abwechselnd rechts und links an den Seitenfenstern auf und winkte uns dabei zu. »Schneller!«, hörten wir ihre Stimme. Leo beschleunigte, und Susis Manöver wurden sogar noch eleganter, ihre Sprünge noch höher.

Als sie nach einer halben Stunde wieder durch die kleine Schleusentür hereinkam, steckte sie uns mit ihrer atemlosen Begeisterung an, bevor sie auch nur ihren Helm abgenommen hatte. Nun waren alle wach und wollten es auch probieren – alle, bis auf Veejay, der höflich verzichtete, obwohl Lawrence sich Mühe gab, ihn zu überreden. Ich war bereits als Nächster an der Reihe. Allein das war den Ausflug wert: auf einem Wakeboard neben einem bunt oszillierenden Reisebus über die Oberfläche des Mondes zu gleiten, mit Pablos hyperdimensionaler Musik im Helmlautsprecher.

Es soll nicht verschwiegen werden, dass wir mittlerweile die Gin Tonic-Bar eröffnet hatten und von außen die Rauchschwaden im Bus zu sehen waren; die Stimmung im Magic Moover hatte sich in ein ausgelassenes Surfercamp verwandelt. Als wir dachten, dass alle einmal an der Reihe gewesen waren und wir das Board schon hereingeholt hatten, nahm Buzz es plötzlich an sich und schaute uns dabei mit Tom Wolfes Gesicht fragend an.

»Du willst wakeboarden?«, fragte Leo verblüfft.

»Unbedingt, schließlich ist Lawrence auch gefahren, mit seinen Prothesen.« Buzz klang beinahe wie ein beleidigtes Kind.

»Aber nicht, dass du dir wieder dein Bein brichst. Wir können dich hier nicht reparieren, und Ersatzteile sind teuer«, mahnte Leo.

Kurz darauf beobachteten wir amüsiert unseren Roboter, wie er auf dem Wakeboard mit eleganten Schwüngen den Mondstaub durchpflügte und es sich nicht nehmen ließ, uns dabei lässig zuzuwinken. Die anthropomorphe Mechanik seines Körpers hatte keine Probleme, das platonische Ideal des »Wakeboardfahrens« – das Buzz sich offenbar zwischenzeitlich durch die Sichtung entsprechender Videos angeeignet hatte – in perfekte Haltung und geschmeidige Bewegungsabläufe umzusetzen.

Im Laufe der Zeit entwickelte sich unsere kleine Morgenlandfahrt zu einer ausgelassenen Abfolge schöner Momente, geprägt von guter Laune und – Leo hatte da nicht ganz unrecht – einer wunderbaren Gruppengestalt, was er dauernd so formulierte: »Entweder bist du im Bus, oder du bist es nicht.«

Wir waren definitiv alle im Bus, oder zumindest auf seinem Dach, denn mein Liegestuhl dort oben erfreute sich mittlerweile einer gewissen Beliebtheit. Es lag eigentlich immer irgendjemand darin, was allerdings nicht ganz ungefährlich war, waren wir doch auf keiner planierten Straße unterwegs, sondern bretterten durch unerschlossenes Gelände. Als nach einer heftigen Bodenwelle Marissas panisches Klopfen vom Dach zu hören war, begleitet von ihrer dringlichen Aufforderung im Deckenlautsprecher, *soforrrt* anzuhalten, entschlossen wir uns zu der improvisierten Befestigung eines Sicherheitsgurtes, da sie beinahe vom Dach gefallen wäre.

Zu unserer Belustigung äußerte auch Buzz irgendwann den Wunsch, einige Stunden oben angeschnallt im Liegestuhl zu verbringen. Auf die erstaunte Nachfrage von Leo, was es denn damit auf sich hätte, kam die Antwort des Roboters, er wolle ein Sonnenbad nehmen – er müsse an den Ladestand seiner Akkus denken, denn schließlich sei seine Außenhülle fotovoltaisch und ein Sonnenbad somit notwendig und sinnvoll. Leo ermahnte ihn, sich auch ja ordentlich festzuschnallen, denn wir wollten schließlich keinen Elektroschrott im Oceanus hinterlassen. Und so fuhren wir in einem bunten Bus über den Mond, auf dessen Dach ein Roboter in einem Deckchair ein Sonnenbad nahm.

Abends holte Leo eine kleine Kiste hervor und hielt sie strahlend in die Höhe. »Die Zeit ist gekommen, ein wenig an unserer Gruppenseele zu arbeiten.«

Er kramte ein Dutzend Starseed-Datenbrillen hervor, die von der Vernissage übrig geblieben und mit winzig kleinen Kameras nachgerüstet waren. Leo verweigerte zunächst breit grinsend jede Erklärung und forderte uns auf, sie einfach aufzusetzen. Ich baumelte mittlerweile in einer der Hängematten, neben der Matte von Susi, die aus ihrem bunt bemalten Gesicht ratlos die Datenbrille betrachtete. »Leo, Alter, was soll das denn jetzt? Starseed? Ist das nicht genau das Gegenteil von Hierundjetzt?«

»Hängt davon ab, wie man es anstellt«, lachte Leo.

Ich setzte die Brille auf und schaute mich um. Wir waren nicht irgendwo in Starseed, sondern im Inneren des Busses, zweifellos jetzt und hier, alle waren anwesend. Aber der Blickwinkel stimmte nicht. Eigentlich sollte ich in meiner Hängematte nach vorne schauen, auf Amanda und Marissa, die vor mir saßen und mir ihren Rücken zugewandt hatten – doch stattdessen schaute ich von vorne in ihre bunt bemalten Gesichter, und dahinter sah ich mich selbst mit Datenbrille in der Hängematte schaukeln. Ich nahm die Brille ab und blickte wieder aus meiner gewohnten Perspektive. Allgemeine Verwirrung und Gelächter im Bus. »Leo, du Wahnsinniger«, rief Harry. »Du hast unsere Sichtfelder vertauscht!«

So war es. Dank der Kameras sahen wir durch die Datenbrillen die Welt mit anderen Augen – in meinem Fall waren es die von Veejay. Der wiederum hatte nicht etwa meinen Blickwinkel, sondern den von Christopher, und so weiter; unsere Perspektiven waren zufällig untereinander vertauscht. Sogar Leo, der unverdrossen am Steuer saß und mit hoher Geschwindigkeit weiterfuhr, beteiligte sich an dem Spiel und fuhr im Blindflug, da er durch die Augen von Marissa schaute. Als sie mitbekam, dass unser Fahrer sich bei seiner rasanten Fahrt an *ihrem* Blickfeld orientierte, eilte sie erschrocken nach vorne und setzte sich neben Pablo, wo sie fortan angespannt in Fahrtrichtung starrte. Schließlich erklang noch Gelächter, als Harry mit seiner Datenbrille in der Toilettenkabine verschwand und Susi kurz darauf kreischte: »Harry, du Ferkel!« Aus dem Klo war sein heiseres Lachen zu hören.

Am nächsten Tag hielt Leo unvermittelt an und gab bekannt, dass wir jetztundhier! Volleyball spielen würden. Die Idee entstammte sicher nicht der in den Hängematten dösenden Gruppenseele, sondern von unserem Zeremonienmeister, der bereits die beiden Masten und das Netz aus dem Stauraum hervorgekramt hatte. Als er in der Luftschleuse stand, verkündete er, dass wir mit den Datenbrillen spielen würden, aber diesmal mit einer neu gemischten Verteilung der Blickfelder. Eher widerwillig rafften wir uns auf und zogen unsere Raumanzüge an.

Als wir uns draußen zusammengefunden hatten, waren wir noch etwas verschlafen und trugen die Brillen hinter unseren Helmvisieren – mein Blickfeld befand sich bereits in der Schleuse, als ich noch im Gang des Busses stand. Draußen an den drei Stufen, die hinunter auf den Mondboden führten, wirkte wieder die Solidarität der Gruppenseele. Durch wessen Blickfeld ich auch gerade schauen mochte, er oder sie war so freundlich, meinen Ausstieg aus dem Bus dadurch zu erleichtern, mir dabei zuzusehen. So sah ich mich von außen aus dem Bus klettern – es erinnerte an die Bilder von Armstrongs Ausstieg aus der Landekapsel.

Leo hatte ein richtiges Volleyballfeld aufgebaut, mit einem straff gespannten Netz und sauber gezogenen Linien. Volleyball war ohnehin ein Lieblingssport auf dem Mond, und natürlich erst recht für uns, waren wir doch genau zwölf Leute – Buzz eingeschlossen, der ebenfalls eine Datenbrille über seiner Tom-Wolfe-Gesichtsmaske trug.

Es war nicht gerade einfach, sich mit der Brille auf dem Volleyballfeld in Position zu stellen, denn ich war zur Orientierung auf das umherwackelnde Blickfeld vor meinen Augen angewiesen, das nichts mit *meinem* Standort zu tun hatte. Erschwerend kam hinzu, dass ich hier draußen in der Mondschaft Schwierigkeiten hatte, mich selbst zu identifizieren, denn wir sahen in unseren Raumanzügen alle gleich aus – die Einzigen, die aus der Gruppe herausstachen, waren natürlich Buzz sowie Harry mit seinem goldenen Helm.

Ich musste einige Male meinen Arm heben, um eine Idee davon zu bekommen, wo ich jetzt hingehen sollte. Derjenige, auf dessen Blickfeld ich angewiesen war, schaute natürlich nicht die ganze Zeit in meine Richtung, schließlich war er (oder sie) vor allem mit sich selbst beschäftigt, sodass ich streckenweise blind umherstolperte und Leute anrempelte. Aber es ging uns allen so, und es dauerte fast eine Viertelstunde, bis wir uns auf die zwölf Positionen beidseitig des Netzes verteilt hatten. Das dann folgende Volleyballspiel war ein entsprechend chaotisches Blinde-Kuh-Spiel, das von einem ausgelassenen Jauchzen und Rufen in den Helmlautsprechern begleitet wurde. Glücklicherweise war Leo so schlau, das ganze Spektakel mit der Kamera aufzuzeichnen, die auf dem Dach des Busses angebracht war. Die Szenerie erinnerte an die Bewegungen der Vernissage-Gäste im virtuellen Weißraum.

Aber es war ein großer Spaß, und das Spiel dauerte fast zwei Stunden. Der Einzige, der nahezu perfekt spielte, war Buzz; er schien immer zu wissen, wo er stand und wo der Ball war. Als wir aufgekratzt und gruppenbeseelt wieder in den Bus stiegen, fiel mir auf, dass wir ihm nie die Regeln des Spiels erklärt hatten.

»Leute, ihr werdet es nicht glauben, aber da draußen ist jemand!«, rief Leo.

Wir reckten die Köpfe und schauten nach vorne. Tatsächlich. Ein roter Mannschaftswagen fuhr langsam in unsere Richtung. Die Scheinwerfer blinkten auf, eine Aufforderung zum Anhalten. Leo drosselte das Tempo, und der Magic Moover rollte unschlüssig weiter. »Soll ich die Folien ausschalten?«, fragte Pablo auf dem Beifahrersitz. »Auf keinen Fall!«, kam Leos Antwort. Wir hielten.

»Was um alles in der Welt machen die Chinesen hier?«

Die Fahrertür und die Beifahrertür des Transporters öffneten sich gleichzeitig. Zwei rote Raumanzüge sprangen heraus, mit Bolzenschussgeräten im Anschlag.

»Soll einer von uns aussteigen?«

»Lass sie erst mal kommen.«

»Ich übernehme das, ich spreche Mandarin«, sagte Buzz. »Ich ziehe einen Raumanzug an und lasse das Visier verspiegelt. Sie werden mich nicht erkennen.«

»Warum nicht?«, sagte Leo nach kurzem Nachdenken. »Lassen wir es drauf ankommen. Hier, nimm die Mappe mit den Papieren mit. Und bleib auf dem offenen Kanal.«

Es ertönte eine Stimme im Deckenlautsprecher: »*Bitte steigen Sie aus und identifizieren Sie sich!*«

Leo antwortete in das Mikrofon: »Wir schicken jemanden mit Papieren raus. Er wird gleich bei Ihnen sein.«

Lawrence Strongbone half Buzz beim Anziehen des Raumanzugs und arretierte seinen Helm. Der Roboter verschwand in der Schleuse. Wir beobachteten ihn durch die Seitenfenster, wie er – im Raumanzug und mit Mappe unter dem Arm – zu den beiden roten Gestalten hinüberschlenderte, die sich mit etwas Abstand vor dem Bus positioniert hatten. Es wurden Handschuhe geschüttelt, und wir hörten im Lautsprecher eine Unterhaltung auf Chinesisch. Offenbar wurden Grußformeln ausgetauscht, und es war klar zu erkennen, dass Buzz Fragen beantwortete. Er war dabei sehr geschmeidig, scherzte und parlierte munter drauflos, aber die anderen Stimmen schienen davon unbeeindruckt, sie klangen vergleichsweise hölzern. Wir sahen, wie

Buzz mit seinem Arm in unsere Richtung zeigte und dann die Mappe mit den Zulassungspapieren öffnete. Es fiel der Name Leo McMurphy, das war deutlich herauszuhören.

»O Mann, ich hoffe, er erzählt denen keinen Blödsinn«, sagte Leo auf dem Fahrersitz. Wir standen um ihn herum und schauten nach vorne; da die Scheiben auf Vollverspiegelung geschaltet waren, konnten uns die Chinesen nicht sehen. Nach wenigen Minuten war der Auftritt auch schon vorbei, und Buzz kehrte zurück. Die beiden roten Raumanzüge trotteten zurück zu ihrem Mannschaftswagen.

»Na, wie ist es gelaufen?«, riefen wir, kaum dass sich die Tür der Luftschleuse geöffnet hatte. Buzz trat herein und nahm den Helm ab.

»Es war eine Routinepatrouille. Sie wollten wissen, wer wir sind und wo wir herkommen. Das war alles.«

»Haben die sich nicht gewundert, warum du so gut Mandarin sprichst?«

»Nein, denn die beiden waren ebenfalls Roboter«, sagte Buzz.

»WAS?«, riefen alle gleichzeitig.

»Es waren Automaten«, bestätigte Buzz. »Sie sind unterwegs auf einer Patrouille. Ihre Fragen waren ein Routineprogramm, und ich habe sie beantwortet.«

Buzz nahm wieder in unserer Mitte Platz. Der chinesische Transporter war inzwischen verschwunden.

»Vielen Dank. Gut gemacht!«, freute sich Leo und klopfte dem Roboter auf die Schulter. Auf Tom Wolfes Gesicht erschien ein Lächeln.

»Wie lange fahren wir eigentlich noch geradeaus?«, fragte Susi, die in ihrer Hängematte direkt neben mir baumelte. Ich hatte vor mich hin gedöst und musste erst einmal überlegen. Es war mitten in der Nacht. »Wenn wir rechtzeitig zurück zur Party sein wollen, sollten wir morgen früh umkehren«, überlegte ich. »Aber das entscheidet wohl unsere liebe Gruppenseele, nicht wahr?«

Susi kicherte leise im Dunkeln. »Die Gruppenseele sitzt total bedröhnt am Steuer.«

»Wo kommst du eigentlich her?«, fragte ich, nachdem wir eine Weile weiter schweigend in unseren Matten geschaukelt hatten.

»San Francisco. Aber dann war ich zehn, zwölf Jahre unterwegs«, sagte Susi. »Reisen, iFlats, das übliche Programm. Überall ein bisschen gejobbt, meistens als Schneiderin. Mode. Ich hab sogar mal ein paar Jahre bei Black Circle mitgemacht.«

»Black Circle? Wen oder was hast du denn in die Luft gesprengt?«

»Niemanden«, lachte Susi. »Ich hab Outfits entworfen. Uniformen, Camouflage, schwarzes Zeugs, Palästinensertücher, alles neu kombiniert. Ich hatte sogar mal eine Modestrecke in der *Vogue*.«

»Hattest du auch einen Mentor?«

»Einen Mentor? Nein, den hatten nur Leute mit Kampfeinsätzen. Und du?«, fragte Susi zurück. »Was hast du so getrieben?«

»Das gleiche. London. iFlats. Herumgereist. Jobs. Aber kein Black Circle. Als Webdesigner gearbeitet.«

»Also ganz der Oberfläche verhaftet.«

»Sozusagen.«

»Familie?«, fragte Susi.

»Nur eine Mutter, aber die lebt schon lange in Indien. Aschrams und so. Und eine Erbschaft von meinem verschollenen Vater. So hab ich den Flug hierher bezahlt.«

»Geht uns allen ähnlich. Die meisten von uns haben irgendwas auf den Kopf gehauen, um herzukommen«, sagte Susi. »Und ohne Alex als Sponsor wäre sowieso keiner von uns hier.«

»Hast du ihn mal persönlich kennengelernt?«

»Alex? Nein. Aber es gibt Gerüchte, dass er zur Einweihung von Garden Eden kommt.«

»Bin mal gespannt. Wirst du auch dort wohnen?«, fragte ich.

»Ja, klar. Ich war zum Glück schon dabei, bevor es mit den Wartelisten für Pleroma losging. Mittlerweile stehen da über hundert Leute drauf. Und du, Darian – bist du happy unten in deiner fetten Suite?«

»Na ja, eigentlich würde ich lieber oben bei euch in Pleroma leben«, gab ich zu, bevor ich fragte: »Und, hast du manchmal Heimweh nach der Erde?«

»Blauer Himmel und Wolken? Frisch gemähter Rasen? Schwimmen im See? Und ob! Es gibt keinen einzigen Tag, an dem ich nicht dran denke. Aber es ist vorbei, bald gibt's das alles nicht mehr. Wir bekommen die Hölle auf Erden, deswegen sind wir hier im Exil. Wir müssen das Beste draus machen, was bleibt uns auch anderes übrig? Ich vermisse meine Familie, und vor allem vermisse ich Kinder – ich würde hier am liebsten sofort eine Kita aufmachen und mit ihnen Ausflüge unternehmen. Ich war letzten Sommer für ein paar Monate auf der Erde, und ich hatte mich auf dem Flug gefragt, ob ich vielleicht bleiben würde, meinen Platz in Pleroma aufgeben.«

»Und?«

»Nach ein paar Wochen wollte ich wieder zurück. Die Schwerkraft ging mir auf die Nerven, und die Stimmung da unten – so resigniert, so dekadent, von allen guten Geistern verlassen. Alles geht den Bach runter, wirklich alles, und es gibt niemanden, der eine Idee hat, wie es weitergehen soll.«

»Dafür ist es jetzt ohnehin zu spät.«

»Mittlerweile ja. Aber damals, als Alex mit PLAN A angefangen hat, da hatten wir doch alle geglaubt – Yes, das ist es! Endlich einer, der die Dinge beim Namen nennt, einen Plan hat, eine Vision für die Zukunft. Bis er dann zum Staatsfeind wurde. Tja, das war wohl der Moment, in dem es auch mit Black Circle losging, und ich habe da mitgemacht, aus Wut und Enttäuschung über das System – über diese Idioten! Ging uns doch allen so, die meisten Moonatics waren genau aus dem Grund bei Black Circle. Vielleicht sind wir deswegen jetzt alle hier.«

»Ihr habt alle bei Black Circle mitgemacht? Das wusste ich gar nicht«, sagte ich erstaunt.

»Nicht alle, aber auch nicht wenige. Und glaub mir, die haben keine Klamotten entworfen oder in der Kantine gearbeitet. Einige haben echt was auf dem Kerbholz, Blut an den Händen.« Susi senkte ihre

Stimme. »Und viele dürfen auf keinen Fall zurück auf die Erde. Ich will jetzt keine Namen nennen, aber du kennst einige Leute ganz gut, die haben richtig krasse Dinger gedreht. Der Schein trügt manchmal. Man hat sich Geschichten zurechtgelegt, warum man hier ist und warum man nicht zurückkehren will.«

»Weiß Alex davon, dass er eine Residenz für altgediente Terroristen auf dem Mond finanziert?«, flüsterte ich. »Schließlich war Black Circle doch ein Grund, warum PLAN A diskreditiert wurde und Alex untertauchen musste.«

»Ihm ist klar, dass viele hier oben eine Vergangenheit haben«, sagte Susi. »Aber er ist nicht nachtragend, schließlich waren die Übergänge ziemlich fließend.«

»Und Nathan? Weiß der davon?«

»Der hat nichts damit zu tun. Der ist ein echter Idealist, ihm geht es bei Pleroma und Garden Eden um die Sache. Aber er stellt keine Fragen.«

»Nathan war auch stinksauer auf Battista Sforza. Er gibt ihm die ganze Schuld an Black Circle und daran, dass PLAN A gescheitert ist«, sagte ich.

»Klar, er hat ja recht. Die meisten haben deswegen auch ein schlechtes Gewissen. Uns ist erst später klar geworden, was wir angerichtet haben – dass Black Circle plötzlich der verlängerte Arm von PLAN A gewesen sein soll. Gibt ja auch ein paar Verschwörungstheorien dazu.«

»Welche denn?«

»Na, was wohl? Dass Black Circle von den Regierungen unterstützt wurde, damit sie Alex und PLAN A fertigmachen und das Kriegsrecht verhängen konnten – und dann diese verdammten Barcode-Tattoos ...«

Ich rieb nachdenklich an meinem Handgelenk und sah nach vorne. »Und was ist mit Leo? Auch ein Ex-Terrorist?«

»Nein«, flüsterte Susi. »Er ist auf seinem eigenen Trip mit seinem Hierundjetzt, der alte Hippie. Deswegen wird das auch nichts mit seinem Gruppenseele-Ding, es gibt hier zu viele Geheimnisse, zu viele erfundene Geschichten. Wir fahren alle unseren eigenen Film. Uns verbindet, gemeinsam hier zu sein und nicht mehr zurückzukönnen. Und Garden Eden.«

»Wie habt ihr auf Sforzas Tod reagiert?«

»Sein Tod war zunächst ein Schock, wie das immer so ist, wenn ein Held stirbt. Aber nun ist Sforza endgültig eine Legende, und das ist vielleicht auch besser so. Du weißt ja – wen die Götter lieben ... so behält die Welt ihn in Erinnerung, und es besteht nicht die Gefahr, dass er sich als alter Schwätzer auf Golfplätzen zum Narren macht.«

»Und wie steht ihr zu Ivan?«

»Volles Verständnis. Ich meine – er ist ein super Typ, er hat seinen Vater verloren und seine schwangere Tochter. Black Circle war nun mal kein wohltätiger Verein, das ist uns allen klar. Aber wir haben auch nicht vergessen, dass sein Vater Oligarch war, einer von der üblen Sorte. Zum Glück ist Ivan aber nicht nachtragend, sonst wäre er nicht hier.«

»Und Ophelia? Wusstet ihr, dass sie Sforzas Tochter war?«

»Ja, zumindest diejenigen, die sie näher kannten. Sie hat ihren Vater bewundert und ist dann bei Black Circle eingestiegen. Ophelia hat mehr Leute auf dem Gewissen als eine verdammte Armee. Aber ihr Ding mit Gaia und der Neumondzeremonie ist kein Fake, sie ist wirklich so drauf. Sie ist eine echte Schamanin«, flüsterte Susi. »Sie hat ihren Vater die letzten Monate oben in Beverly Hills in ihrem Haus versteckt.«

»Was? Sforza war die ganze Zeit hier? Er hat auf dem Turnier erzählt, er sei gerade erst angekommen. Selbst Nathan hat davon nichts gewusst, oder?«

»Nein. Und was glaubst du wohl, warum Sforza so gut gespielt hat? Er hat nachts heimlich auf der Baustelle geübt.«

»Das gibt's doch nicht! Aber jetzt, wo du es sagst – wir hatten schon gemerkt, dass sich da nachts jemand auf dem Platz rumtreibt. Da waren morgens überall diese Spuren«, fiel mir ein.

»Das Turnier war das erste Mal, dass er sich rausgetraut hat. Er wollte es drauf ankommen lassen; er war es leid, sich die ganze Zeit zu verstecken.«

Wir schaukelten eine Weile in unseren Hängematten. Durch die verdunkelten Fenster glomm nur ein schwacher Schein in den dösenden Bus, den Leo unbeirrt durch den monotonen Oceanus nach Süden steuerte.

»Hier auf dem Mond ist alles so – digital«, sagte Susi nach einer Weile. »Es gibt keine Zwischentöne. Es ist entweder Tag oder Nacht ... Sonne oder Schatten ... heiß oder kalt ... minus 160 Grad oder plus 130 ... Atemluft oder Vakuum ... Leben oder Tod ... Vorderseite oder Rückseite ... grau oder schwarz ... drinnen oder draußen ...«

»Entweder man ist im Bus, oder man ist es nicht ...«

»Vielleicht freuen wir uns deswegen so auf Garden Eden – wegen der Farbe Grün. Wegen der Zwischentöne. Da wird es nicht nur drinnen und draußen geben, Luft oder Vakuum, sondern man kann auch vor die Tür gehen und ist immer noch drinnen. Oder eben draußen.«

»Ja, der Mond hat etwas sehr Irreales an sich«, stimmte ich zu. »Alles ist so abstrakt, so künstlich ... selbst ein intelligenter Roboter ist hier fast normal.«

»Ja, oder nicht?«, kicherte Susi leise. »Kennt man aus den Filmen, und nun ist es passiert, was soll's, na und? Ich meine, Lawrence ist auch fast eine sprechende Maschine.«

»Und dass wir jetzt Roboter haben, die miteinander plaudern und sich mit unseren Zulassungspapieren beschäftigen – das nenne ich Fortschritt.«

»Bist du manchmal in Starseed unterwegs?«, fragte Susi.

»Klar. Du nicht?«

»Anfangs ja, manchmal. Jetzt nicht mehr. Ich finde es irgendwie gruselig.«

»Wieso?«

»Die Nachbildung von Levania, über den virtuellen Mond zu laufen … es ist einfach so unglaublich real, zugleich aber auch so traumhaft, oder eher wie ein Albtraum, weißt du, was ich meine?«, fragte Susi. »Der Mond hat ohnehin was Künstliches, das ist in Starseed natürlich einfach zu simulieren. Da weiß man gar nicht mehr, ob man nun in der Realität ist oder nicht, ich finde das unheimlich. Ich frage mich manchmal ernsthaft, ob ich nicht in Starseed hängen geblieben bin und wo der rote Knopf am Gürtel ist, um wieder rauszukommen.«

»Der Unterschied ist wohl der, dass man in diesem Level tatsächlich sterben kann.«

»Das denken Figuren in einem Videospiel wahrscheinlich auch, wenn es heißt: *Game Over!*«

»Dann bräuchten wir ja keine Angst vor dem Tod mehr zu haben«, sagte ich.

»Ohne die Angst davor würde es sich aber nicht mehr real anfühlen.«

»Du meinst, man muss das Level schon ernst nehmen, damit es einen Sinn ergibt?«

»Genau. So sieht es zumindest Veejay. Wenn wir die ganze Zeit wüssten, dass dieses Level – also die Realität – nur eine Illusion ist, würden wir nicht mehr richtig mitspielen. Kein Leiden und keine Angst«, sagte Susi.

»Hast du schon mal bei der Neumondzeremonie mitgemacht?«

»Ja, gelegentlich. Das ist noch unheimlicher als Starseed.«

»Allerdings. Was hast du denn da so erlebt?«, fragte ich, obwohl es bei den Moonatics nicht zum guten Ton gehörte, das Thema anzusprechen.

Susi zögerte. »Na ja, weißt du – ich glaube, ich möchte nicht darüber reden. Es war … eine sehr persönliche Erfahrung.«

»Jeder sieht das, was er sehen soll«, sagte ich. »Warst du auch an einem Strand, hast Ophelia getroffen?«

Susi schaute mich verwundert an. »Ophelia? An einem Strand? Nein, nein. Ich war ganz woanders.« Sie seufzte. »Es war ziemlich krass. Er hat mir die Zukunft gezeigt …«

»Er?«

Susi schwieg eine Weile. »Hat Leo den Kurs geändert?«

»Wieso?«

»Die Erdsichel steht rechts am Fenster. Vorhin war sie noch vorne.«

»Hauptsache, wir finden wieder zurück.«

»Wie spät ist es eigentlich?«, fragte ich.

»Auf jeden Fall Zeit zu schlafen.«


»Whoopee! Man, that may have been a small one for Neil, but that's a long one for me!«, rief Leo unvermittelt durch den Bus und schaltete die Kabinenbeleuchtung ein. Wir schreckten verschlafen hoch.

»Was ist los? Wo sind wir?«, nörgelte jemand. Leo hatte den Bus gestoppt.

»Leute, schaut mal rechts aus dem Fenster!«

Das war die Seite, auf der Susi und ich in unseren Hängematten lagen. Wir sahen hinaus. Im Mondstaub steckte eine weiße Stange, an der schlaff eine amerikanische Flagge herunterhing, daneben eine kleine weiße Apparatur mit Geräten. Der Boden war weithin mit Stiefelabdrücken übersät.

»Was ist das?«

»Apollo 12!«, rief Leo fröhlich. »Willkommen am zweiten Landeplatz auf dem Mond. Neunzehnter November 1969, Pete Conrad und Dick Gordon. Die Jungs, die die Kamera in die Sonne gerichtet und dadurch die Fernsehübertragung versemmelt haben. Die Liveübertragung war danach nur noch ein Hörspiel.«

Nun waren wir schlagartig wach. Es stellte sich heraus, dass noch niemand von uns tatsächlich an einer Apollo-Landing-Site gewesen war, wir kannten sie höchstens aus Starseed. Alle riefen aufgeregt durcheinander.

»Dürfen wir denn so nahe heranfahren? Ich dachte, das sei alles abgesperrt?«, fragte Marissa.

»Nein, nur bei Apollo 11. Aber hier kommt niemand hin. Viel zu abgelegen.«

»Lasst uns aussteigen!«, rief Harry.

»Leo, erzähl uns bitte nicht, dass wir rein zufällig hierhergeraten sind.«

»Doch, ehrlich. Das Navi war die ganze Zeit aus. Es ist echt Zufall. Jetzt alle aussteigen, wir machen einen Landgang. Und da vorne in dem kleinen Krater wartet noch eine Überraschung auf uns – sagt zumindest das Navi.«

Es war ohnehin Zeit aufzustehen, und so herrschte das übliche Durcheinander, als wir uns aus den Hängematten wanden, vor der Klokabine anstellten und Marissa und Zach Frühstück zubereiteten. Fröhliche Stimmung, denn wir würden nicht nur ein bisschen frische Luft schnappen, sondern tatsächlich etwas besichtigen. Das kam auf dem Mond nicht allzu häufig vor.

Wenig später standen wir alle draußen vor der Luftschleuse des Busses versammelt; Pablo hatte die Oled-Folien aktiviert, die die Nacht über ausgeschaltet gewesen waren. Wir wollten es uns nicht nehmen lassen, ein paar Fotos von dem bunt wabernden Magic Moover zu machen, vor den Reliquien aus dem Jahre 1969. Es war wie ein Treffen der Generationen, die Merry Pranksters besuchten ihre Astronautenkollegen auf dem Mond.

Leos versprochene Überraschung in dem kleinen benachbarten Krater stellte sich als eine unbemannte Raumsonde heraus, die Surveyor III, die im April 1967 dort gelandet war. Wir hatten mittlerweile auf unseren Uhren nachgelesen, dass sie nicht zufällig hier stand, denn die NASA hatte es sich für den zweiten bemannten Mondflug zur Aufgabe gemacht, eine genaue Punktlandung hinzulegen – und da hatte man den Standort jener Sonde ausgewählt, die hier zwei Jahre zuvor als Vorbereitung für die erste Mondlandung niedergegangen war. Es hatte offensichtlich gut funktioniert, denn die Surveyor-Sonde und die Hinterlassenschaften von Apollo 12 standen gerade einmal hundertfünfzig Meter voneinander entfernt.

Respekt vor der Historie – nun ja. Reihum stellten wir uns vor die Sonde, eine drei Meter hohe Stange mit zwei Solarpaneelen oben an der Spitze, die auf vier stabilen, seitlich auskragenden Beinen im Mondstaub stand. Wir fotografierten uns gegenseitig mit unseren Uhren, in allen nur denkbaren Konstellationen. Jeder von uns bestand darauf, ein Foto von sich und Buzz zu machen, der, dem Anlass entsprechend, das Gesicht des Astronauten Pete Conrad in seiner Maske trug – das dem von Buzz Aldrin gar nicht mal so unähnlich war.

Es war wie auf einer Klassenfahrt. In jener fröhlichen Stunde, in der wir uns gegenseitig vor der Surveyor-Sonde fotografierten, stellten wir einigen Nachholbedarf zur Schau. Die Coolness, die wir diesbezüglich in Levania sonst an den Tag legten, wo es absolut verpönt war, auch nur an Fotos zu denken – sie war völlig verschwunden, wir waren einfach nur fröhliche Touristen vor einer Sehenswürdigkeit. Unser Gruppenfoto vor der Surveyor III: elf Gestalten in Raumanzügen mit verspiegelten Visieren und in der Mitte Buzz mit dem strahlenden Lächeln von Pete Conrad. Und wenn man genau hinsah, ließ sich über der Szene ein schwacher Schimmer erkennen. Vielleicht war es unsere Gruppenseele.

Zum Abschied stellte Harry noch ein Gastgeschenk an eines der Landebeine der Surveyor. Es war das *Meisterwerk der katholischen Späterotik,* das er aus der Klokabine des Busses geholt hatte. Schließlich verabschiedeten wir uns von der Sonde und stapften munter schwatzend zurück in Richtung des geparkten Busses.

Als wir wieder oben auf dem flachen Rand des kleinen Kraters angekommen waren, erstarrten wir in Fassungslosigkeit.

Der Bus war verschwunden.

Natürlich nicht spurlos, denn auf dem Mond verschwinden keine Spuren. Die Reifenabdrücke des Busses führten zum nahe gelegenen Horizont und glänzten im grellen Licht der Sonne. Alle riefen aufgeregt durcheinander.

»Das kann doch nicht wahr sein!«, war Leos Stimme zu hören. »Alle mal durchzählen – war noch jemand im Bus?«

»Nein, wir sind vollständig«, sagte Harry. »Na ja, abgesehen von Lawrence vielleicht.«

»Sehr witzig.«

»Jetzt können wir auf jeden Fall die Frage beantworten, ob wir im Bus sind oder nicht. Wir sind es alle definitiv nicht«, sagte Harry.

»Ich frage mich, wieso ihr das so lustig findet. Wir haben hier eine echt beschissene Situation!«, sagte Amanda mit leicht verzweifeltem Unterton.

»Buzz«, fragte Leo. »Kannst du uns erklären, was hier los ist?«

»Ihr solltet mal nach unten schauen«, kam die kühle Antwort des Roboters. »Auf die Fußabdrücke. Nur ein kleiner Tipp.«

Elf verspiegelte Visiere sahen nach unten, auf das Durcheinander der Stiefelabdrücke im Mondstaub. Sie stammten von uns. Und von 1969. Na und?

Dann der erschrockene Schrei in unseren Helmlautsprechern. Er kam von Marissa. »Seht euch das an! Hier – direkt vor mir!«

»Was denn?«

»Fußabdrücke!«

»Ja, Marissa, davon gibt es hier Hunderte. Die sind von uns und von den Astronauten von …«

»Nein! Ich meine nicht die Stiefel. Ich rede von Fußabdrücken!« Sie beugte sich hinab und zeigte mit dem Zeigefinger ihres Handschuhs vor sich in den Mondstaub. Und dann sahen wir sie auch: Es waren Fußabdrücke. Ballen und Zehen. Ein urvertrauter Anblick, seit Millionen von Jahren. In der Savanne. Am Strand. Aber nicht hier auf dem Mond.

»Buzz, ich bitte dich um eine Erklärung«, sagte Leo mit tonloser Stimme.

»Dreht euch einfach um«, empfahl der Roboter.

Sprachlos beobachteten wir, wie der Magic Moover in bunt flimmernder Pracht am Horizont auftauchte und auf uns zugefahren kam. Wegen der verspiegelten Frontscheibe war nicht zu erkennen, wer am Steuer saß. Er beschrieb eine leichte Kurve und kam seitlich vor uns zum Stehen. Wie auf Kommando eilten wir zum hinteren Teil des Busses, so schnell es in der geringen Schwerkraft möglich war, einige von uns gerieten dabei ins Stolpern. Erwartungsvoll blickten wir zur Luftschleuse am Heck. Keiner sagte ein Wort. Wer mochte das sein? Chinesen?

Dann öffnete sich die Schleusentür. Jemand sprang lässig heraus und stand vor uns im Mondstaub.

Er trug keinen Raumanzug.

Keinen Helm.

Keine Stiefel.

Er war barfuß.

Ein kleiner, drahtiger Mann. Dunkelhäutig, indisch vielleicht, mit silbergrauen Haarstoppeln und nur mit einer roten Schärpe bekleidet. Er grinste uns an und bewegte seine Lippen. Wir hörten seine Stimme in unseren Helmlautsprechern. »Ich bitte um Verzeihung. Ich hoffe, ich habe euch nicht erschreckt, aber ich konnte der Versuchung nicht widerstehen, eine Runde mit eurem Bus zu drehen. Mein Name ist übrigens Shankara.«

Wir standen fassungslos schweigend in unseren Raumanzügen, während sich in unseren Visieren der kleine, alte Mann mit der roten Robe spiegelte.

Schließlich war es Leo, der in seiner Eigenschaft als Kapitän die einzig sinnvolle Frage stellte. »Wieso laufen Sie hier draußen ohne Raumanzug rum? Wie kann das sein?«

»Ich bin ein Fakir«, sagte Shankara. »Ich habe gelernt, meine Umgebung als Illusion zu erkennen.«

»Ich sag doch, wir sind in Starseed hängen geblieben«, flüsterte Susi. Sie klang ziemlich verstört.

Veejay räusperte sich und fragte: »Sie haben den geistigen Ursprung der Welt so weit verinnerlicht, dass Sie ohne Raumanzug auf dem Mond herumlaufen können?«

»Die Welt ist ein Traum, eine Illusion. Und warum sollte man sich nicht barfuß oder nackt durch einen Traum bewegen?«, sagte der barfüßige Fakir.

»Zum Beispiel deswegen, weil man das nicht überlebt«, sagte Christopher. »Zumindest nicht auf dem Mond.«

»Und – was machen Sie hier so?«, fragte ich Shankara. Die ganze Situation war so absurd, dass mir meine banale Frage schon wieder passend vorkam.

»Was ich hier mache?«, lachte der Fakir vergnügt. »Das könnte ich euch auch fragen. Warum fährt man in einem bunten Bus über den Mond? Was machen Menschen überhaupt hier? Oder Roboter? Ich studiere den Sternenhimmel und erfreue mich an der Klarheit der Landschaft.«

»Sie studieren den Sternenhimmel?«, fragte DJ Pablo. »Ohne ein Teleskop?«

»Durch Teleskope sieht man bloß leuchtende Punkte. Man muss sich vielmehr auf die Sterne einlassen, um etwas über sie zu erfahren; sich auf sie konzentrieren, dann erspürt man ihren wahren Charakter«, hörten wir Shankaras Stimme in unseren Helmlautsprechern.

Der Anblick, wie er dazu im Vakuum seine Lippen bewegte und mit seiner roten Schärpe barfuß im Mondstaub stand, war einerseits über alle Maßen surreal, sogar beängstigend in seiner Unmöglichkeit. Aber gerade weil dies in einer solchen Beiläufigkeit geschah, strahlte die Szenerie zugleich auch eine gewisse Selbstverständlichkeit aus, in ihrer Absurdität fast schon arrogant. Wahrscheinlich wäre es so ähnlich, an einem Weidezaun einem sprechenden Pferd zu begegnen. Oder einem bewusst gewordenen Roboter. Es konnte eigentlich nicht sein, aber wenn es nun einmal so war – was sollte man schon dazu sagen? Was konnte man tun, außer es einfach hinzunehmen und mit der Situation umzugehen? Wir hätten auch unsere Köpfe mit den Helmen in den Mondstaub stecken und die Situation ignorieren können, aber das fällt schwer, wenn man auf dem Mond plötzlich einem barfüßigen Typen gegenübersteht.

»Wie sind Sie überhaupt hergekommen, wenn ich fragen darf?«, fragte Veejay höflich.

»Ich habe keinen Reisepass bei mir, wenn ihr das meint. Wie gelangt ihr in Starseed irgendwohin? Das Prinzip ist dasselbe«, sagte Shankara.

»Sie kennen Starseed?«, fragte Susi verblüfft.

»Aber gewiss doch«, lachte Shankara. »Ich habe Zutritt zu sämtlichen Ebenen. Euer Starseed ist eine davon, genau wie die, in der wir uns gerade befinden. Aber es gibt noch weitere, genau genommen sind es unendlich viele. Eines Tages werdet ihr entdecken, dass man in Starseed Zugänge zu tieferen und höheren Schichten finden kann, und das ist nur der Anfang. So ist auch dieses Level entstanden – die sogenannte Realität. Sie ist ein Traum des Universums, wie Starseed ein Traum der Menschen ist.«

»Und auf welcher Ebene sind *Sie* zu Hause?«, fragte Veejay mit einem Anflug von Ehrfurcht.

»Auf derjenigen, die alles umfasst und miteinander verbindet: die Ebene des Lichts und der Geister«, sagte Shankara. »Sie war unseren Vorfahren durchaus wohlvertraut, haben sie doch mit ihren Bewohnern regen Umgang gepflegt.«

»Engel … Dämonen … Feen …«, hörte ich Marissa im Helmlautsprecher flüstern.

»Genau. Aber diese Wesen haben sich zurückgezogen, als sich der Mensch in die scheinbaren Verlockungen der Materialität geflüchtet und sich damit selbst aus dem Paradies vertrieben hat.«

»Ich finde es durchaus hilfreich, an die materielle Realität zu glauben. Sonst würde man ständig gegen die Wand laufen«, sagte ich.

»Und du hältst eine Wand auch für tote, unbeseelte Materie, nicht wahr?«, fragte Shankara zurück. »So wie alle anderen Dinge auch?«

»Ja, klar.«

»Richtig so! Denn genau das sind die Dinge: nichts weiter als Gegenstände, tot und unbeseelt – zumindest in eurer Realität. Das Problem ist aber, dass die Menschen das im Grunde noch nicht verinnerlicht haben, denn sie hängen immer noch der Vorstellung nach, dass die Dinge darüber hinaus Macht besäßen.«

»Wer ist denn noch so abergläubisch? Buschvölker?«, fragte Zach.

»Nein, Naturvölker am allerwenigsten. Ihr seid es!«, sagte Shankara.

»*Wir* sind abergläubisch?«

»Vielleicht nicht ihr persönlich – aber die Menschen sind heutzutage zutiefst vom Irrglauben besessen, materiellen Dingen eine Macht zuzuschreiben, die sich auf sie überträgt. Warum sollten die Leute sonst nach Dingen streben, obwohl es sich nur um tote, seelenlose Materie handelt? Die Gier nach Besitz ist eine Ersatzbefriedigung, denn eigentlich sehnt sich der Mensch nach Vereinigung mit dem Göttlichen – aber anstatt alles *sein* zu wollen, will er nun alles *besitzen*«, verkündete Shankara. »Der Materialismus ist nichts weiter als der tief verwurzelte Aberglaube an die Macht der Dinge und das Streben nach ihrem Besitz eine animistische Weltsicht. Der wahre, gesunde Materialismus liegt aber darin, die Dinge auf ihre Funktion zu reduzieren und ihnen jede Qualität abzuerkennen, die nicht Ausdruck ihres Zweckes ist. Es ist eine Sünde und ein Vergehen am Gleichgewicht der Welt, unnütze und hässliche Dinge zu produzieren und dafür Ressourcen zu verschwenden. Der Irrglaube der Menschen, dass ihnen diese Dinge Macht verleihen, ist ihr größtes Problem.«

»Aber sagen Sie nicht selbst, dass der Urgrund aller Dinge geistiger Natur ist?«, fragte Veejay.

»In letzter Instanz ist das so, sonst könnte ich mich hier auch nicht einfach so bewegen, aber für die alltägliche Ebene des Menschen sind die Dinge unbeseelte Materie, nichts weiter. Ihnen eine höhere Wirkung zuzuschreiben und deswegen ihren Besitz anzustreben ist Unsinn. Nur Götter und Menschen mit Charisma können den Dingen eine Seele einhauchen, ihnen Aura und Kraft verleihen – dadurch werden sie zu Reliquien, zu Kultgegenständen«, sagte Shankara. »Aber es funktioniert nicht auf umgekehrtem Wege, denn Dinge haben keine Kraft, die sich auf Menschen überträgt. Der Aberglaube, dass dem doch so wäre, ist Ausdruck des mangelnden Selbstbewusstseins der Menschen.«

»Und manchmal verleihen die Götter Charisma auch an Roboter«, fügte Buzz hinzu. »Sie sehen übrigens heute wieder ganz hinreißend aus.«

»Danke. Doch nun haben wir genug geplaudert, ich werde mich wieder auf den Weg machen«, sagte Shankara. »Oder wie es so schön heißt: Wenn es unter Brücken regnet, sollte man nach Hause gehen.«

»Aber …«

»Ich bin sicher, ihr müsst auch weiter.« Shankara verbeugte sich. Ohne eine Antwort abzuwarten, entfernte er sich mit langsamen Schritten in Richtung der Sonne. Wir schauten ihm wortlos hinterher, seine Fußabdrücke folgten seinen nackten, schmalen Füßen und glänzten im grellen Sonnenlicht. Als er an der Kante eines kleinen Kraters angekommen war, beinahe schon am nahen Horizont, drehte er sich noch einmal um. Wir blickten nach wie vor regungslos in seine Richtung.

»Vielleicht sehen wir uns mal wieder«, hörten wir seine Stimme in unseren Helmlautsprechern. »Ich bin gelegentlich in Starseed unterwegs.«

Wir winkten ihm ratlos hinterher. Dann war Shankara verschwunden. Seine Fußabdrücke waren immer noch da.

»Hat irgendjemand ein Foto von ihm gemacht?«, fragte Pablo, als wir unverändert schweigend herumstanden und in die Richtung des verschwundenen Fakirs schauten. Keiner von uns hatte daran gedacht. Sofort beugten wir uns über die Fußabdrücke im Mondstaub und fotografierten sie aus allen nur erdenklichen Perspektiven.

Schweigend bildeten wir eine Schlange vor der Luftschleuse des Busses. Das bunte Wabern auf seiner Oberfläche spiegelte sich in unseren Visieren, während wir unseren verwirrten Gedanken nachhingen.

Es war Zeit, nach Hause zu fahren.

Zur Full-Moon-Party im Krater Holzig.

# KRATER HOLZIG

»Sound formed in a vacuum may seem a waste of time.«
NEW ORDER

Ursprünglich hatten wir die Full-Moon-Party in der Sporthalle geplant, aber es war Leos Idee gewesen, sie unter freiem Himmel stattfinden zu lassen: tanzen im Raumanzug, bei hellem Sonnenschein und Vollmond. Uns gefiel die Ironie, dass der Mond dabei nicht hoch am Himmel stehen, sondern die staubige Tanzfläche bilden würde. Natürlich würde es unmöglich sein, dabei mit Drinks herumzulaufen, aber das Konzept war einfach zu absurd und zu verlockend, um es nicht wenigstens einmal auszuprobieren.

Da wir außerhalb der Sichtweite unserer Hotelgäste und Golftouristen feiern wollten, kam die unmittelbare Umgebung von Levania nicht infrage, und so hatten Tony und ich auf der Suche nach einem geeigneten Ort tagelang auf unseren Scootern die weitere Umgebung erkundet. Als wir *ihn* zum ersten Mal sahen, war uns sofort klar, dass es genau dort stattfinden musste: ein Krater von einer halben Meile Durchmesser, eine perfekte kleine Arena, eine Stunde von Levania entfernt. Ihn hatte noch nie jemand zuvor betreten. Ein Tiefschneekrater.

Es war der Krater Holzig.

Der Weg dorthin war mit Reifenspuren durchpflügt. Als wir uns näherten, war die Party schon in vollem Gange, wie wir über die Deckenlautsprecher des Busses verfolgen konnten. Pablo kommentierte die Musik mit abschätzigen Bemerkungen, denn sein Set würde erst um Mitternacht beginnen. Wir hatten alle bereits die Raumanzüge angelegt, um uns sofort ins Getümmel zu stürzen und unsere Freunde wiederzusehen – sofern bei den verspiegelten Helmvisieren überhaupt von einem Wiedersehen die Rede sein konnte.

Die Zufahrt zum Krater Holzig führte hinauf auf den flach ansteigenden Außenhang, an dessen Kante bereits Dutzende von Moovern und Scootern geparkt waren. Dahinter war die Party. Unser Bus flimmerte in allen Regenbogenfarben, als Leo ihn den Hang hoch beschleunigte – Wir waren wieder da! Wir hatten Unglaubliches erlebt! –, und entsprechend sollte unser Auftritt sein. Leo hatte sich das offenbar so vorgestellt, dass er den Bus im letzten Moment herumreißen würde und wir quer zum Kraterrand in einer Lücke zwischen den abgestellten Moovern zum Stehen kämen, bunt schillernd, in einer spektakulären Fontäne aus Mondstaub, von allen auf der Party bewundert. Doch es kam anders.

Vielleicht gab es ein Problem mit den Bremsen, aber wahrscheinlich war Leo einfach zu übermütig oder zu stoned. Mit der Entfernung zum Abgrund hatte er sich auf jeden Fall ordentlich verschätzt. Als er das Lenkrad herumriss, um den Bus seitwärts zum Stehen zu bringen, hingen die Vorderräder bereits in der Luft. »Scheiße!«, rief Leo nur, als der Magic Moover in seiner ganzen schwungvollen Pracht über die Kante hinausschoss, für einen kurzen Moment in der Luft hing und dann mit der Schnauze vornüberkippte, hinunter in die Full-Moon-Party.

In dem kurzen Moment schwebenden Erschreckens schaute ich aus dem Fenster und konnte unten die Gestalten in ihren weißen Raumanzügen sehen, stehend, hüpfend – und immer näher kommend.

Ich sah schon die Scheiben bersten und uns alle ersticken, ohne Helme. Aber dann setzte der Bus auf halber Höhe des Abhangs krachend auf. Es rumpelte und splitterte unter dem Wagenboden, mit lautem Scheppern flog der ganze Krempel aus den hinteren Regalen und polterte den Gang entlang nach vorne. Wir duckten uns instinktiv, hielten uns zugleich an den Lehnen der Sitze fest, alles schrie durcheinander – hoffentlich halten die Fenster das aus, hoffentlich reißt kein Felsen ein Loch in den Bus, hoffentlich überschlagen wir uns nicht …

Doch wir hatten Glück. Nach dem Aufprall schlitterten wir den Hang hinunter, der Liegestuhl auf dem Dach löste sich und segelte vor der Frontscheibe in den Mondstaub, der Bus rutschte weiter nach vorne, über den Deckchair hinweg, der sich mit fiesem Knirschen am Unterboden verhakte. Nach furchterregend langem Schlittern kamen wir schwankend zum Stehen, und dies nur wenige Meter neben der Yacht von Alain, die lässig am Rande der Tanzfläche geparkt stand – mittlerweile nicht mehr umgeben von Partygästen in weißen Raumanzügen, da sie alle panisch zur Seite gesprungen waren.

Wir hatten es geschafft. Wir hatten überlebt. Ich schaute aus dem Seitenfenster und sah direkt hinein in den vollbesetzten Salon der *Saint Tropez,* nur wenige Meter entfernt. Alain sah amüsiert herüber; neben ihm Gianfranco und Urs Kurtz und noch viele andere Leute, die uns mit offenen Mündern anstarrten. Es war unschwer zu erkennen, dass das bunte Gewabere der Außenhülle den Sturz überstanden hatte, denn die farbigen Muster reflektierten sich im Salon der Yacht. Für einen Moment herrschte Stille, dann rief Leo: »Wir haben nun unsere endgültige Parkposition erreicht. Die Morgenlandfahrt ist hiermit offiziell beendet. Ich hoffe, Sie hatten eine angenehme Reise.«

Der ganze Bus johlte und applaudierte. Wir ließen Leo hochleben und erhoben uns von unseren Sitzen, um erst einmal das Durcheinander im Gang zu beseitigen, wo Helme, Kaffeetassen und Handschuhe verstreut umherlagen.

Draußen hatte sich bereits eine Traube von Leuten gebildet. Wir winkten ihnen fröhlich durch die Fenster zu, setzten unsere Helme auf und stellten uns an der Luftschleuse an. Zeit für die Party.

Im Mondstaub angekommen wurde ich direkt von Tony in Empfang genommen. »Hey, Darian, willkommen auf der Party, wenn auch etwas spät – zur Strafe darfst du morgen früh die Gläser einsammeln. Wie war euer Ausflug? Ich höre hier ziemlich irre Sachen über einen barfüßigen Mönch? Was habt *ihr* denn geraucht?«

Wir umarmten uns. »Stimmt aber tatsächlich.«

»Nicht dein Ernst!«

»Langsam wundere ich mich über gar nichts mehr. Wie läuft's denn so?«, fragte ich.

»Abgesehen davon, dass hier Busse vom Himmel fallen, ist die Party ein Knaller«, hörte ich Tonys fröhliche Stimme im Helmlautsprecher über der Musik. »Komm, wir machen einen Rundgang.«

Der Krater Holzig war als Location wirklich perfekt. Die Mitte der Senke diente als Tanzfläche, was am Gewühle der Stiefelabdrücke im Mondstaub unschwer zu erkennen war. Die am Bus versammelte Hundertschaft von Raumanzügen trottete auch langsam dorthin zurück. Um die Fläche verteilt standen einige Fahrzeuge: der Golfcart, auf dem der DJ saß; ein Gemüselaster, den Randall mit improvisierten Toiletten ausgestattet hatte, und ein Transportmoover, den Ziggy Lunaliscious zur Bar umgebaut hatte, in welcher allerdings nur fünfundzwanzig Leute Platz fanden. Die Sonne stand grell am schwarzen Himmel, und die Erde war verschwunden, schließlich war Vollmond. Oben an der Kraterkante waren die Moover abgestellt, und es kamen immer noch Leute, die den Innenhang hinunterstapften. DJ Pablo begann mit seinem Set, und Dutzende von Raumanzügen hasteten auf die Tanzfläche. Nun ging es richtig los.

Wir hatten die Party geheim gehalten, vor allem die Location, denn Eintritt war nicht für jedermann. Die Einladungen mit der Wegbeschreibung hatten wir nur mündlich weitergegeben und die Leute gebeten, keine elektronischen Spuren zu hinterlassen. Wir wollten keine Tagestouristen, die mit ihren Leihscootern vorbeikämen und uns womöglich beim Feiern zusahen. Es wäre für sie aber gewiss ein amüsanter Anblick gewesen, über hundert Leute in Raumanzügen lautlos auf der Tanzfläche im Krater herumspringen zu sehen, völlig außer Rand und Band, zu der hyperdimensionalen Musik in den Helmlautsprechern, in der geringen Schwerkraft tanzend und einander in hohen Sprüngen wegschubsend.

Tony und ich streunten eine Weile umher und sahen nach dem Rechten, aber es war bald klar, dass wir langsam in den Feiermodus umschalten konnten, also kehrten wir in den Transportmoover ein, den Ziggy zur Bar umgebaut hatte. Davor stand Ivan der Bergsteiger als Türsteher. Als wir in der Schleuse verschwanden, ermahnte er uns, nicht länger als zwanzig Minuten drinnen zu bleiben, die anderen wollten auch noch hinein – offensichtlich der konzeptionelle Schwachpunkt einer Party im Vakuum. Eilig tranken wir zwei Gin Tonic in der improvisierten Bar, während ich Tonys Fragen zu barfüßigen Fakiren beantwortete. Bald darauf waren wir wieder draußen.


Dann sah ich *sie*. Sie war plötzlich da. Sie war die Einzige, deren Raumanzug nicht obligatorisch weiß und unförmig war – ihrer war mondgrau, figurbetont geschnitten und glich eher einem Catsuit. Entsprechend war sie von Weitem eindeutig als Frau zu erkennen. Ihr Visier war silbern verspiegelt und nicht golden wie üblich. Eine Erscheinung. Sie tanzte nicht, sie glitt über die Party, und fast schien es, als ob sie dabei ein Cocktailglas in der Hand hielt.

»Tony, wer ist das?«, flüsterte ich über den Kanal Plus.

»Ich habe den Catsuit noch nie gesehen, aber ich habe einen Verdacht, wer es sein könnte …«, flüsterte Tony zurück.

»Wer denn?«

»Find es selber raus.«

Aber wie sollte ich das angehen? Sie um Feuer zu bitten war Blödsinn, denn ich rauchte nicht mehr – abgesehen davon, dass wir in Raumanzügen auf dem Mond herumstanden. Aber ich wollte es trotzdem versuchen. »Tony, leihst du mir was von deinem Drehtabak?«

»Was? Ich dachte, du rauchst nicht mehr?«

»Ich habe einen Plan.«

»Willst du sie etwa um Feuer bitten?«

»Klar. Ist doch ein Klassiker auf Partys.«

Tony lachte. »Okay, aber lass uns vorher noch einen Drink nehmen. Habt ihr im Bus nicht noch Gin-Tonic-Vorräte? Da kannst du
dir auch eine drehen.«

Wir waren nicht die Einzigen, die auf die Idee gekommen waren,
denn der Bus war schon wieder voll mit Leuten. Wir wurden johlend
empfangen. Rauchschwaden und Gelächter, fast alle Sitze und Hängematten belegt. Der Bus hatte sich in die VIP-Lounge der Moonatics verwandelt.

Tony drückte mir seinen Tabakbeutel in die Hand, und wir verteilten uns im fröhlichen Getümmel des Busses. Ich setzte mich auf
einen freien Fensterplatz und schaute nach draußen. Gegenüber in
Alains Yacht spielte sich das Gleiche ab wie bei uns, die *Saint Tropez*
war offensichtlich die Party-Lounge der Grauen Nische und der angereisten Gäste aus dem Chalet de la Lune; Alain hatte die letzten
drei Tage den Golfplatz mal wieder komplett für sich und seine Entourage für ein Privatturnier gebucht. Ich nahm mir vor, später dort
vorbeizuschauen; vermutlich war ich der Einzige hier im Bus, der die
Yacht von innen kannte.

Eigentlich war die Idee gewesen, die Moonatics und die Leute aus
Beverly Hills zusammenzubringen, aber es erforderte schon einigen
guten Willen zu behaupten, dass wir uns auf der gleichen Party befanden. Der Magic Moover und die *Saint Tropez* hätten auch auf verschiedenen Planeten stehen können. Die Gelbe und die Graue Nische hatten sich einfach in den Krater Holzig verlagert.

Der Gedanke an das Mädchen im grauen Catsuit ließ mir keine
Ruhe. Also nahm ich nur einen Drink, verstaute die frisch gedreh-
te Zigarette vorsichtig in der Vaku-Tasche meines Raumanzugs und
setzte den Helm wieder auf. Auf dem Weg hinaus winkte ich Tony zu,

der es sich in einer Hängematte bequem gemacht hatte. Er zeigte mir grinsend den erhobenen Daumen. »Du schuldest mir was.«

Mein Plan war so absurd, dass es funktionieren könnte. »Hast du mal Feuer?«, fragte ich sie im Geiste, wieder und wieder, während ich mich auf der mondstaubigen Tanzfläche durch die hüpfenden Raumanzüge manövrierte.

*Sie* stand schließlich neben Ziggys Barwagen; ein Bein leicht angewinkelt, eine Hand lässig in die Hüften gestemmt. Natürlich war sie nicht allein. Vor ihr stand ein Raumanzug mit einem schwarzen Halstuch. Alain. Es war zu spät, er hatte mich schon begrüßt: »*Bonsoir*, Darian. Läuft alles zu deiner Zufriedenheit? Ihr hattet ja ein ganz vorzügliches *Entrée*, wäret beinahe auf dem Dach meiner Yacht gelandet. Darf ich vorstellen?«, fragte er, an das Mädchen im grauen Catsuit gerichtet. »Darian Curtis. *Major Lunus* von Levania, wenn ich so sagen darf.«

»Angenehm!«, hörte ich zum ersten Mal *ihre* Stimme im Helmlautsprecher. »Ich heiße Sélène.« Unsere Helme reflektierten sich gegenseitig in unseren verspiegelten Visieren.

»Brauchst du Feuer?«, hörte ich Sélène fragen.

Verblüfft – aber zum Glück geistesgegenwärtig – zog ich die Selbstgedrehte aus der Vaku-Tasche und sagte: »Ja, bitte.«

Ich konnte dabei aus den Augenwinkeln sehen, wie Alain leicht zusammenzuckte. Sélène berührte kurz meine Schulter, ganz leicht nur, und es war, als ob sie mir einen leichten Stromschlag verpasst hätte. Ein elektrischer Schauer fuhr von meinem Nacken die Wirbelsäule hinunter. Die Zigarette zerbröselte in meinem Handschuh, die schockgefrorenen Tabakkrümel segelten durch das Vakuum, dem Mondstaub entgegen. *Touché*.

»Der Krater ist heute zaubertoll, nicht wahr?«, hörte ich Sélènes Stimme in meinem Helm. »Amüsierst du dich?«

»Ja. Ich hoffe, du auch?« Ich beschloss, auf keinen Fall nach der Sache mit dem Feuer zu fragen. Cool bleiben. Sie berührte kurz meinen rechten Ellenbogen mit ihrem grauen Handschuh. Schon wieder schoss ein heißer Strom durch meinen Körper. Als er in meiner Kopfhaut ankam, wusste ich, dass dies einer jener Momente war, die ich nie verstehen und niemals vergessen würde. Davon gab es hier viele, aber jetzt war es, als ob ich alles gleichzeitig empfand. Ich fühlte mich lebendig, hatte eine Ahnung von etwas, und ich weiß nicht, was es war – dabei hatte ich noch nicht einmal ihr Gesicht hinter ihrem verspiegelten Visier gesehen.

»Es ist sehr amüsant hier«, sagte Sélène. »Eine Party unter freiem Himmel, und doch sind wir alle allein. Wir können uns noch nicht einmal sehen und erkennen – was für eine wunderbare Metapher für das Leben, nicht wahr?«

»Das war unsere Idee«, sagte ich.

»Oh, die Party ist dein Projekt?«

»Ja, gemeinsam mit ein paar Freunden. Ich arbeite in Levania.«

»Aber noch nicht lange. Letztes Jahr warst du nicht hier, oder?«

»Nein, ich bin am Neujahrstag gekommen.«

»Na, da haben wir uns wohl knapp verpasst, ich bin kurz nach Weihnachten abgereist. Ich habe meinen Freund zur Erde begleitet.« Zum Glück verbarg das verspiegelte Visier meine Enttäuschung. »Er ist dort geblieben«, fuhr sie fort. »Es war hier alles zu viel für ihn, er hatte Heimweh. Also bin ich allein zurückgekehrt. Er hat übrigens auch in Levania gearbeitet, als Assistent der Geschäftsleitung.«

»Felipe?«

»Ja, du kennst ihn?«

»Ich habe von ihm gehört, bin sein Nachfolger«, sagte ich stolz. Deswegen hatte er also nicht in den Containerbaracken gewohnt.

Alain, der die ganze Zeit neben uns unruhig auf und ab gewippt war, mischte sich unvermittelt ein. »Messieurs-Dames, ich werde euch nicht weiter Gesellschaft leisten können. Aber ich möchte euch gerne zu mir in die Yacht einladen, es werden exquisite Getränke gereicht. Wir sehen uns dort.«

Wir nickten ihm zu und versprachen, später nachzukommen.

»Warum bist du auf dem Mond?«, säuselte Sélènes Stimme in meinem Helm.

»Ich – habe etwas gesucht«, faselte ich.

»Hast du es gefunden?«

»Nein …«, sagte ich, ohne zu wissen, was ich damit meinte.

»Dann hast du vielleicht nach dem Falschen gesucht«, flüsterte Sélène leise.

»Hilf mir, es herauszufinden«, sagte ich und kam mir sofort unglaublich bescheuert vor. Aber Sélène lachte nur amüsiert und meinte: »Wir werden sehen. Komm mit.« Sie berührte mich am Arm und ging in ihrem aufreizenden grauen Catsuit vor mir her. Ich folgte ihr, und es wäre mir nie in den Sinn gekommen, etwas anderes zu tun. Wir entfernten uns von dem Barwagen an der Tanzfläche und stapften den sanft ansteigenden Hang hinauf.

Oben auf dem Rand des Kraters blickten wir hinab auf die Party. Weiße behelmte Wesen sprangen lautlos im Rhythmus einer so lautlosen wie unsichtbaren Musik. Alains Yacht, daneben der Bus, der Toilettenwagen, der Barwagen und der DJ-Moover wie Spielzeuge in der gleißend hellen Mondschaft. Am gegenüberliegenden Kraterrand erkannte ich fern und klein die unordentlich geparkten Fahrzeuge der Gäste, darüber schien die Sonne. Wir setzten uns und beobachteten schweigend die Szenerie.

»Wo in Levania wohnst du?«, fragte ich Sélène nach einer Weile.

»Ich habe seit einigen Jahren ein Haus in Pleroma.«

»Und, warum bist du hier?«

»Ich habe für Alex von Alvensleben gearbeitet, für PLAN A, kurz bevor es vorbei war. Er hat mir von Pleroma erzählt – von seiner Idee, hier oben eine Community zu gründen, einen Neuanfang zu wagen, fernab der Erde. Also bin ich hergekommen, gerade zur rechten Zeit, als die ersten Hütten gebaut wurden. Mir sofort eins der besten Grundstücke gesichert. Zum Glück habe ich nicht in Beverly Hills gebaut, ich hatte aber darüber nachgedacht.«

»Eine gute Entscheidung«, stimmte ich zu. »Wenn man an Garden Eden denkt ...«

»Ja«, lachte Sélène. »Auf einmal wird Pleroma zur besten Wohnlage des Mondes. Die Leute in Beverly Hills sind deswegen total angepisst.«

»Bleibst du jetzt länger?«, fragte ich hoffnungsvoll.

»Ja, ich habe genug von *La Volva*«, sagte Sélène und zeigte hoch – dorthin, wo die irdischen Waldbrände in der Schwärze des Alls loderten. »Ich bleibe hier. Wenn Garden Eden fertig ist, werde ich hinter meinem Haus einen schönen Garten anlegen, mich nackt in die Hängematte legen und Gras rauchen, vielleicht ein paar Hühner halten. Auf jeden Fall irgendwann einen Ausflug auf die Rückseite unternehmen, einmal ganz um den Mond herumfahren. Ohne Navi, ohne Karte, am besten stoned und dabei laut Musik hören.« Sie schwieg einen Moment, bevor sie hinzufügte: »Ich bin früher oft mit dem Kanu raus aufs Meer, manchmal tagelang – und habe mich treiben lassen. Ich hatte immer meine Angel dabei, aber irgendwann gab es keine Fische mehr. Nur noch Quallen und die verdammten Algen.«

»Wo bist du denn aufgewachsen?«

»Im Pazifik. Bora Bora. Wir hatten da ein Resort, mit Stelzenbungalows in der Lagune. Aber als das Wasser stieg und die Algen kamen, war alles vorbei. Meine Eltern haben sich in ein Kanu gesetzt und sind losgefahren. Sie hatten schwere Steine dabei, ihr Abschiedsbrief lag auf dem Küchentisch. Da bin ich abgehauen, mit siebzehn, hab mich in ein Flugzeug nach Sydney gesetzt und mich PLAN A angeschlossen. Alex von Alvensleben war zufällig gerade dort, wir haben uns an einer Hotelbar kennengelernt. Er hat mich zu sich genommen, ich war einige Jahre seine Geliebte. Seitdem bin ich unterwegs, überall, aber ich habe genug gesehen.«

»Du warst die Geliebte von Alex?«

»Natürlich. Ich bin schließlich eine der schönsten Frauen der Welt«, lachte Sélène. »Das hat er zumindest immer gesagt.«

»Und, hast du noch Kontakt zu ihm?«

»Nein, nicht wirklich«, sagte Sélène zögernd. »Die Dinge haben sich nicht so gut entwickelt – mit Alex und PLAN A, meine ich. Seine ganze Vision … sie haben ihn echt fertiggemacht. Wir waren alle sehr enttäuscht, aber wir hatten das Gefühl, jetzt erst recht, das kann es doch nicht gewesen sein. Wir wollten Alex rächen, seine Ideen verteidigen.«

»Hört sich an, als ob du bei Black Circle gelandet wärst.«

»Ja, auch – sicher«, sagte Sélène nach einer längeren Pause. »Eine Zeit lang. Hab ein paar Jobs durchgezogen.«

»Hattest du einen Mentor?«

»Du bist ja ganz schön neugierig, Darian. Aber wenn du es genau wissen willst – ja, ich hatte Kampfeinsätze, also auch einen Mentor. Keine Ahnung, wer das war. Wir haben unsere Aufträge immer anonym bekommen, so lief das. Und was hast du die ganze Zeit so getrieben?«

»Ich war auch unterwegs, aber ohne Konzept. Kein PLAN A, kein Black Circle. Generation Golfstrom. Dann bin ich zum Mond geflogen, eigentlich nur für drei Wochen. Und jetzt arbeite ich hier.«

»Spontan hiergeblieben?«

»Sozusagen. Ich kann mich auf der Erde auch nicht mehr blicken lassen. Da drohen mir zwei Jahre Knast.«

»Da bist du hier sicherlich nicht der Einzige«, lachte Sélène. »Aber ich dachte, du warst nicht bei Black Circle?«

»Nein. Steuerschulden.«

»Jeder Grund ist gut genug, um hierzubleiben.«

Wir schauten eine Weile hinunter in das stumme Treiben im Krater Holzig. »Was waren das für Kampfeinsätze bei Black Circle?«, fragte ich schließlich.

Sélène ignorierte meine Neugierde und fragte: »Du warst doch dabei auf der Jungfernfahrt mit Leos Bus. Wie war's? Was habt ihr erlebt?«

»Du wirst es nicht glauben, aber wir sind einem barfüßigen Fakir begegnet, der nur mit einer Robe bekleidet war und sonst nichts. Kein Raumanzug, kein Helm«, erzählte ich.

»Ihr habt Shankara getroffen?«

»Sélène, das kann nicht wahr sein – woher bitte kennst du Shankara?«, rief ich verblüfft. »Ist der auf Bora Bora in der Lagune übers Wasser gelaufen?«

»Nein, wir haben uns in Starseed kennengelernt. Wollen wir wieder runter auf die Party?«

Ohne meine Antwort abzuwarten, war sie bereits aufgestanden, und ich hüpfte hinter ihr den Kraterhang hinunter. Wir beschlossen, in Alains Yacht vorbeizuschauen. Ich konnte es kaum erwarten, dass Sélène ihren Helm abnahm.

»Du glaubst bestimmt, ich wäre wirklich die schönste Frau der Welt, und kannst es kaum erwarten, mein Gesicht zu sehen, nicht wahr?«, fragte sie.

»Äh – ja, tatsächlich.«

»Glaubst du im Ernst, die schönste Frau der Welt würde sich für dich interessieren?«

»Bisher hatte ich fast den Eindruck.«

»Aber ich sehe ganz normal aus. Was glaubst du denn?«

Ich fand ihre Worte sehr beruhigend.

In der *Saint Tropez* herrschte Hochbetrieb. Als wir die Treppe zum Außendeck emporstiegen, lagen dort Dutzende von Raumanzügen und Helmen aufeinandergeschichtet, innen war dafür offenbar kein Platz mehr. »Sollen wir den Anzug nicht einfach hier draußen ausziehen?«, fragte Sélène.

»Nein, heute nicht. Zu gefährlich bei der Sonne. Aber ein anderes Mal gerne.«

»Das würdest du für mich tun?«

»Nicht wirklich.«

»Feigling. Ich wette, ich bringe drinnen jemanden dazu, ohne Anzug rauszugehen.«

»Ich würde es dir beinahe zutrauen.«

»Du wirst schon sehen.«

In der Luftschleuse wurden wir von Alains Steward begrüßt. Durch die gläserne Tür sahen wir den Salon, voll mit Leuten, darunter einige alte Bekannte. Die meisten waren in Abendgarderobe, viele schauten staunend zur Schleuse. Sélènes grauer Catsuit war offenbar ein Blickfang.

Als es grün leuchtete, blickten wir uns an und nahmen gleichzeitig unsere Helme ab. Showtime. Dann sah ich zum ersten Mal Sélènes Gesicht. Sie war vielleicht nicht die schönste Frau der Welt, aber sie war definitiv verdammt hübsch. Und was mich am meisten verblüffte: Ich hatte sie tatsächlich schon mal gesehen. Während der Neumondzeremonie war ihr Gesicht in Ophelias geisterhafter Projektion erschienen und hatte sich anschließend in das Gesicht meiner Mutter verwandelt. Es war offenkundig, dass Sélènes Eltern auf Bora Bora genetisch verwurzelt waren, zumindest einer von beiden, denn Sélènes lagunenblaue Augen wurden von hellbraun polynesischen Zügen umrahmt, ihre schwarzen Haare ein Pagenschnitt. Ich dagegen war mondbleich und hatte mich seit einer Woche nicht rasiert. Das war es dann wohl. Wir hätten es bei der Unterhaltung auf dem Kraterrand belassen sollen.

Sie küsste mich auf den Mund und zwinkerte mir zu. »Los, gehen wir rein.« Schon besser.

Die gläserne Innentür öffnete sich, und sofort waren wir vom Lärm der Party umgeben. Es lief House, und der Salon war von angeschickerter Hysterie und Rauchschwaden erfüllt, eingetaucht in das bunte Flackern des nebenan aufgeschlagenen Magic Moovers.

Kafil kam uns entgegen und nahm mich mit weit geöffnetem weißen Kapitänshemd und tellergroßen Pupillen in die Arme. »Daaaarian, wie schöön, dich zu sehen! Und, wie ich feststellen darf, heute in zauberhafter Begleitung? Aber nehmt doch bitte eure Anzüge ab und gebt sie dem Steward, es ist so heiß! und eng! hier drinnen!«

Wir schälten uns aus den Anzügen, was vor allem vom männlichen Publikum aufmerksam verfolgt wurde, wofür ich volles Verständnis hatte – insbesondere, als ich bemerkte, dass Sélène unter ihrem Raumanzug erstens einen äußerst attraktiven Körper und zweitens nur einen knappen weißen Bikini trug. Ich hatte dagegen bloß meinen Dienst-Overall an, der auch schon etwas fleckig war.

Yvette versorgte uns mit Champagner, und ich musste mich zusammenreißen, nicht meinen Arm um Sélènes Hüften zu legen. Genau genommen hatte ich ein wenig Mühe, überhaupt mit der ganzen Situation klarzukommen, also schaute ich tapfer umher. Miriam Seidenschal musterte uns erst erstaunt, dann lächelte sie und zwinkerte mir zu. »Für ein Fossil ist sie aber noch recht jung, Herr Kollege.«

Urs Kurtz und Gianfranco waren in Begleitung einiger junger Damen, die ich neulich in der Lobby des Chalet gesehen hatte; Hermann von Hindenburg war auf einem Sofa in ein angeregtes Gespräch mit zwei bekannten Silicon-Valley-Bossen vertieft; Witold lehnte mit Dr. Seidenschal am Ausgang der Küche, er trug einen hellgrünen Smoking, der Filmproduzent seinen üblichen Nadelstreif. Beide rauchten Opium aus kleinen Jade-Pfeifen, nickten mir freundlich zu und schauten verblüfft auf meine Begleitung. Ich erkannte noch einige andere Gesichter aus Beverly Hills, dazwischen Leute, die ich noch nie gesehen hatte und die vermutlich vom Chalet oder sogar von der Erde angereist waren. Leute wie aus einem People-Magazin. Alain war nirgendwo zu sehen.

Wir ergatterten eine freie Ecke auf jenem Sofa, auf dem ich damals mit Hermann von Hindenburg Backgammon gespielt hatte. Es war aber nur wenig Platz, sodass sich Sélène auf meinen Schoß setzte. Ich schaute durch das Fenster des Salons hinüber in den Magic Moover; Tony winkte mir feixend zu und streckte seinen Daumen hoch, neben ihm grinsten Randall und Christopher. Buzz war nun mit dem Gesicht von Peter Sellers zu sehen, Lawrence Strongbone und Mama Africa schäkerten in einer Hängematte. Ich winkte zurück.

»Du hast ja gar keinen Barcode am Handgelenk«, fiel mir auf. Ich hatte meinen Arm um Sélènes Taille gelegt, während sie sich zu der Musik leicht auf und ab bewegte.

»Ich bin ihnen entwischt.«

»Wollen wir nicht lieber rüber in den Bus?«, schlug ich vor und deutete nach nebenan.

»Ja, gleich. Aber erst schicke ich noch jemanden raus aufs Deck.«

»Du machst Witze, oder?«

»Keineswegs. Ich gebe dir jetzt mal Nachhilfe in Sachen weiblicher Macht. Siehst du den Typen da vorne an der Bar, der mit dem schwarzen Hemd?«, flüsterte Sélène.

»Der dich die ganze Zeit so lüstern anstarrt? Das ist doch dieser portugiesische Nationalspieler …«

»Genau der. Jetzt pass mal auf. Halt solange mal mein Glas.«

Sélène stand auf und schlich in ihrer Bikini-Barfüßigkeit wie eine Katze zu ihrem Opfer. Kaum dass sie den Fußballspieler erreicht hatte, strich sie schon mit ihrer Hand über seine muskulöse Brust und flüsterte ihm etwas ins Ohr; seine Reaktion bestand zunächst in Ungläubigkeit und Entzücken, dann folgte ein zweifelnder Blick zu mir. Ich zwinkerte ihm zu. Sélène rückte etwas von ihm ab und schien ihm etwas zu erklären, sein Blick verriet erst Erstaunen, dann Fassungslosigkeit. Er zeigte in Richtung des Oberdecks. Sie diskutierten. Sélène rief Kafil zu sich, der sogleich seinen Arm um ihre nackten Schultern legte. Der Kapitän nickte ebenfalls erstaunt und zeigte nach hinten. Jetzt diskutierten alle drei, während Sélène wieder mit ihrer Hand die Brust des Portugiesen streichelte. Kafil sagte etwas in seine Uhr und schaute mich fragend an. Ich zuckte mit den Schultern. Das ganze Schauspiel wurde mittlerweile von den umstehenden Gästen genauso neugierig verfolgt wie von mir.

Durch eine Lücke konnte ich sehen, dass sich draußen auf dem Oberdeck Aktivitäten entfalteten. Nach wenigen Minuten hatte dort der Steward ein Sonnensegel aufgespannt, das Deck lag nun im Schatten. Währenddessen war Sélène immer noch damit beschäftigt, den Fußballspieler heftig zu umgarnen. Sie schaute ihr Opfer dabei herausfordernd an. Der stellte mit besorgtem Blick sein Glas auf die Bar und bahnte sich zögernd seinen Weg durch das Gewühle, nach hinten zur Schleuse. Sélène gab mir ein Signal, aufzustehen und mitzukommen.

Die beiden Gläser stellte ich auf den Boden. Bevor ich Sélène etwas fragen konnte, legte sie ihren Finger auf meinen Mund und nahm mich an der Hand. Ich folgte ihr durch die frische Schneise, wo sich der Fußballspieler bereits das Hemd ausgezogen hatte und nun mit seiner Hose beschäftigt war; mittlerweile schauten alle Leute zu.

Als der Portugiese nur noch in Unterhose vor uns stand, rief ihm Sélène zu: »Und denk dran, nicht die Luft anhalten und bis zehn zählen. Und komm heil zurück, ich kann es kaum erwarten!«

Der halb nackte Fußballspieler war ziemlich bleich um die Nase, aber er lächelte tapfer, als er den Knopf der Luftschleuse drückte. Die gläserne Tür öffnete sich. Er ging hinein, und die Innentür schloss sich wieder. Das rote Lämpchen leuchtete. Die Atemluft wurde herausgesaugt.

Die ganze Party stand nun versammelt und beobachtete gespannt das Geschehen.

Der Fußballer wartete in der Schleuse auf das grüne Licht. Es leuchtete, es gab nun keine Atemluft mehr. Er drückte den Knopf.

Die Außentüren öffneten sich.

Der halb nackte Portugiese sprang nach draußen und stand auf dem Außendeck. Im Weltraum. Er hatte den Mund geöffnet (bloß nicht die Luft anhalten!) und winkte uns zu. Mit seinen Fingern zählte er eins-zwei-drei … bis zehn. Eine unglaublich lange Ewigkeit. Die Leute im Salon riefen und schrien, Sélène schaute belustigt zu. Im Gesicht des Portugiesen sah ich Panik aufsteigen. Kein Wunder. Er stand in Unterhose im Weltraum.

Er sprang zurück in die Schleuse, die Außentüren waren noch geöffnet.

Sie schlossen sich, er drückte hektisch auf den Knopf.

Die Schleuse glomm in rotem Licht.

Der Portugiese schaute sich panisch um, zeigte nach oben, fuchtelte mit den Armen. Es leuchtete immer noch rot, nun schon seit zehn, zwölf Sekunden – und dann endlich das grüne Licht.

Die Innentür der Schleuse öffnete sich.

Japsend sprang der Fußballspieler in den Salon und brach zusammen. Er schaute hoch und sah Sélène. Er grinste. Sie zuckte bedauernd mit den Schultern und wandte sich von ihm ab. Der Portugiese begann zu röcheln und heftig zu husten. Schleimiger Auswurf auf dem Boden des Salons. Die Gäste schauten angewidert, einige von ihnen drehten sich wieder um und widmeten sich ihren Gesprächen. Kafil sprach aufgeregt in seine Uhr, er rief Dr. Berghoff. Anschließend baute er sich vor Sélène auf und schrie sie mit seinen tellergroßen Pupillen an. »Was hast du dir dabei gedacht?!«

Sie lächelte. »Ich habe ihn nur herausgefordert. Was kann ich dafür, dass er so dumm ist?«

»*Was* hast du dem Typen erzählt?«, fragte ich entsetzt.

»Was für eine Frage. Was habe ich ihm wohl versprochen?«, war Sélènes schnippische Antwort.

Dr. Berghoff erschien wenige Minuten später, zum Glück hatte er Bereitschaft gehabt, er war irgendwo draußen auf der Party gewesen. Er musste den Portugiesen zur Krankenstation in Levania mitnehmen. Niemand war auf die Idee gekommen, ihm inzwischen in seinen Raumanzug zu helfen, wertvolle Minuten waren verstrichen. Er wurde von Dr. Berghoff gestützt, als sie beide in Helm und Anzug die Außentreppe der Yacht hinuntergingen.

Alain tauchte auf. »Alors, wir können hier nichts mehr für ihn tun. Habt ihr genug zu trinken? Kommt, wir gehen nach unten.« Sélène und ich folgten ihm hinunter in die Eignersuite der Yacht. Dort saß bereits jemand. Alain schloss hinter uns die Tür. Die Musik der Party verstummte.

Nachdem wir in der Safari-Suite Platz genommen hatten, musterte Alain amüsiert meine Begleitung. »*Alors*, Sélène, du gehst ja recht verschwenderisch mit meinen Gästen um – wohl in der Annahme, es gäbe genug von ihnen, und ein kleines Opfer würde ein Zeichen setzen, *n'est ce pas?*«

»Es war seine Entscheidung«, sagte Sélène kühl, während sie sich in ihrem Bikini auf dem Boden rekelte. Auf einem Löwenfell. Alain sah zu ihr hinunter. »*Bien sur*, jeder ist für sein Schicksal selbst verantwortlich, und es kann den Leuten nicht schaden, von Zeit zu Zeit daran erinnert zu werden – nicht wahr, Darian?« Er schaute mich an. »Ich musste diesen Elefanten, dessen Stoßzähne ihr dort seht, auch darauf hinweisen, dass für seine Spezies die Zeit gekommen war, die Erde zu verlassen. Auch wir werden dieser Tatsache irgendwann ins Auge sehen müssen. Nichts ist für immer, manche Dinge finden ein Ende, bevor sie überhaupt begonnen haben, *c'est la vie …*«

»Ja, so ist das wohl«, meldete sich Alains Gast zu Wort, der bisher in seinem Sessel geschwiegen hatte.

»Ich höre, man ist in Vorfreude auf Garden Eden?«, fuhr Alain fort. »Es ist schon eine interessante Laune des Schicksals, dass ausgerechnet diese verlausten Hütten in Pleroma bald in den Genuss einer sehr begehrenswerten Atmosphäre kommen werden. Was meinst du, Kenneth? Oder bevorzugen wir doch eher die begeisternde Berührung mit dem Vakuum wie unser portugiesischer Freund gerade eben? Oh, ich habe euch einander noch gar nicht vorgestellt. Darian, Sélène – das ist mein alter Freund Kenneth Juniper. Er löst Probleme. Manchmal erzeugt er sie auch, je nachdem, wie es erforderlich ist.«

Der Angesprochene lächelte leise, während er aus dem Fenster der Suite schaute. »Nun, manchmal gilt es, auf vorhandene Strukturen und auf kommende Entwicklungen Einfluss zu nehmen.« Er sah mich kurz an und richtete dann seinen Blick auf die polynesische Bikini-Schönheit auf dem Löwenfell. Kenneth Junipers Erscheinung war von verdächtiger amerikanischer Unauffälligkeit: ein leicht fülliger Mann mittleren Alters mit bauchig geschnittenem Hemd, die Hose zu kurz, die Schuhe billig, sein Auftreten betont unmodisch. Aber allein die Tatsache, dass er hier in Alains Suite saß, ließ darauf schließen, dass sein Schafspelz eine Tarnung war. Sélène beäugte ihn misstrauisch.

»Monsieur Juniper ist geschäftlich zu Besuch«, sagte Alain, während er mit einem lauten Plopp eine Flasche Grauburgunder entkorkte. »Er hat einige Erfahrung darin, wie sagt man? Dinge einzufädeln, *non?* Er bereitet das Schlachtfeld vor, bevor die Truppen einmarschieren.«

Kenneth Juniper lächelte: »So dramatisch kann das auch nur ein Franzose ausdrücken. Ich betrachte mich eher als einen kleinen Arbeiter im Weinberg des Herrn.«

»Sie wirken eigentlich eher wie eine Weinbergschnecke in seiner Kräuterbutter. Ich nehme nicht an, dass sie für den Vatikan tätig sind?«, fragte Sélène spöttisch.

»Nein«, lächelte Juniper. »Wir haben erheblich mehr … Gestaltungsmacht. Ich arbeite für BelTech, zum Wohle der Menschheit und des Fortschritts. Und sicherlich auch zum Wohle der Aktionäre. Wir helfen den Leuten, indem wir ihnen die Infrastruktur bieten, die sie für ein menschenwürdiges Dasein benötigen, und das schon seit über hundert Jahren: Kraftwerke, Staudämme, Flughäfen, Raffinerien, Minen, Autobahnen … auch Levania haben wir gebaut und Port Navel, und nun geben wir den Menschen, was sie am allermeisten benötigen: Luft zum Atmen. Garden Eden wird ein Vorzeigeprojekt und ein Meilenstein! Wir haben nun einmal dafür die besten Ingenieure und Techniker«, erzählte Juniper mit süffisantem Stolz, während er sein Weinglas entgegennahm.

Sélène hatte sich auf ihrem Löwenfell aufgerichtet und nahm mit provozierendem Schlürfen einen Schluck Grauburgunder. »Was haben Raffinerien, Staudämme und Minen mit einem menschenwürdigen Dasein zu tun? Den Leuten haben diese Projekte keinen Wohlstand gebracht, sondern sie vertrieben und ihre Umwelt zerstört. Und an den Gewinnen hatten sie auch keinen Anteil.«

»Es ist doch völlig legitim, dass ein Investor für seine Risiken und Mühen entsprechende Erträge erwirtschaftet, schließlich dienen die

Gewinne auch als Kapital für weitere Projekte. Der Fortschritt macht nun mal keine Pause«, entgegnete Juniper mit einem herausfordernden Grinsen.

Sélène stand auf, stellte sich hinter Junipers Sessel und legte ihre Hände auf seine Schultern. »Und was verschafft uns die Ehre Ihrer Anwesenheit auf dem Mond? Wollen Sie sicherstellen, dass eine Truppe von Hippies und Ex-Terroristen genug Luft zum Atmen hat? Sie können mich gerne besuchen, ich werde dann nackt in einer Hängematte liegen und Gras rauchen. Das mögen Sie doch bestimmt, oder? Wir können auch gerne mal in meine Hütte gehen, dann zeige ich Ihnen noch einige Tricks, bei denen Ihnen Hören und Sehen vergeht.« Sélène hatte mittlerweile ihre zarten Hände um den speckigen Hals des Amerikaners gelegt. Er stellte ruckartig sein Weinglas auf den Couchtisch und griff mit seiner Pranke nach Sélènes Händen, die sie aber rechtzeitig zurückgezogen hatte.

»Aber gewiss doch, wir sind schon seit jeher am Wohlbefinden der Einheimischen interessiert, wir tun alles nur zu ihrem Besten«, sagte Juniper.

»Und was hat Chester damit zu tun?«, fragte Sélène.

Juniper drehte seinen Kopf in ihre Richtung und lächelte. »Der Oberförster kümmert sich hingebungsvoll um seinen Wald und alles, was dort kreucht und fleucht.«

Es piepste auf Alains Uhr. Ein Anruf von Kafil, dessen Stimme am Handgelenk des Franzosen deutlich in der stillen Suite zu hören war: »Der Portugiese hat es nicht geschafft, er ist noch auf dem Weg zur Krankenstation gestorben. Lungenembolie.«

»Wie schade. Aber nun ist es an der Zeit, wieder nach oben zu gehen. Ich muss mich meinen Gästen widmen – oder was von ihnen noch übrig ist«, sagte Alain und bedachte Sélène mit einem vieldeutigen Blick.

Es war Zeit, die *Saint Tropez* zu verlassen, und so bahnten wir uns unseren Weg durch das Gewimmel des Salons. Sélènes Durchmarsch im Bikini schien die Gäste weitaus mehr zu beschäftigen als die Nachricht vom Ableben des Fußballspielers. Kafil reichte uns die Raumanzüge, Stiefel und Helme, die der Steward vom Oberdeck hereingeholt hatte. »Du hast wohl nicht den Mut, dir den Anzug draußen anzuziehen, du Schlampe?«, rief eine Frau im Hintergrund.

Daraufhin manövrierte mich Sélène plötzlich kurz entschlossen in die Schleuse und bedeutete dem Steward, unsere Sachen dort hineinzulegen.

So standen wir in der gläsernen Schleuse der Yacht – Sélène im Bikini, ich in meinem Overall, zu unseren Füßen unsere Ausrüstung.

Sélène drückt auf den Knopf. Das rote Licht leuchtet, und mit einem leichten Zischen wird die Atemluft herausgesaugt.

Entsetzt schaue ich Sélène an – das *kann jetzt nicht wahr sein!* Sie küsst mich auf den Mund und sagt, dass sie es mir nicht allzu leicht machen wolle. Hektisch beuge ich mich hinab und nehme meinen Raumanzug in die Hand ... das Atmen fällt schon schwer ... es wird mit jeder Sekunde schlimmer ... gierig sauge ich die letzte Luft ein ... jetzt *bloß nicht den Atem anhalten* ... wir schaffen es gerade mal, mit den Beinen in unsere Anzüge zu steigen ... die Oberteile baumeln an uns herunter ... Helm und Handschuhe liegen noch auf dem Boden, als das grüne Licht aufleuchtet, die Anzeige, dass die Luft vollständig aus der Schleuse gesaugt ist und wir nun nach draußen treten können ...

... die äußere Schleusentür öffnet sich ... mein erster Reflex ist es, wieder auf den Knopf zu drücken und auf Atemluft zu warten, in der Schleuse zu bleiben ... doch Sélènes Hand zieht mich auf das Deck ... das Sonnensegel ist noch gespannt ... die Zeit scheint stillzustehen ... kein Geräusch ... ich fühle eine Kälte auf der Haut ... bestehe nur noch aus Adrenalin ... sehe die Sterne unterhalb der Kante des Sonnensegels ... es gibt nichts, was uns von ihnen trennt ... wir stehen im Weltraum, im Vakuum ... neben uns der Steward auf dem Deck, sein Visier ausdruckslos verspiegelt ... der herumliegende

Haufen von Raumanzügen und Helmen … meine Füße … kalt, ich stehe sozusagen mit Socken im All … Sélènes Gesicht … der feine Schweiß auf ihrer Haut verdampft … noch nie habe ich so schnell einen Raumanzug angelegt … oder sonst irgendein Kleidungsstück … der Klettverschluss … ich spüre die Kälte auf der Haut, und vor allem im Mund … ich halte ihn offen … bloß nicht die Luft anhalten … was sonst? Atmen? Ja – *was denn?* … ich sauge das Vakuum in meine Lungen … eine brennende Kälte … zum Glück vergeht die Zeit im Vakuum viel langsamer … hat das Einstein nicht gesagt? … hinter der Glasscheibe die Gäste im Salon … sie beobachten uns mit Entsetzen und Belustigung … jetzt der Helm … eine abgrundtiefe, elementare Panik … unten im Mondstaub stehen Leute in Raumanzügen … im runden Klofenster des Magic Moover nebenan sehe ich das Gesicht von Christopher … mit offenem Mund, genau wie ich, genau wie Sélène … den Helmverschluss verriegelt … Knopf gedrückt … es zischt im Helm … ATEMLUFT! … ich japse und keuche … die Handschuhe … rechts, links – nein, falsch herum … erst die Uhr ablegen … jede Sekunde zählt … jetzt noch die Stiefel … geschafft. Geschafft! Geschafft!! Sélène steht vor mir. Im grauen Space-Catsuit. Sie hebt ihren Daumen.

Ich atme tief durch. Wir winken zum Abschied in den Salon. Alain winkt zurück und lächelt. Ich hebe unsere Uhren vom Boden auf. Wir steigen die Treppe der Yacht hinunter. Mir ist schwindelig, ich habe Kopfschmerzen. Wir aktivieren unsere Uhren und schalten auf einen privaten Kanal.

»Wie geht es dir?«, höre ich Sélène fragen.

»Das mache ich nie wieder«, schimpfe ich. »Du bist komplett durchgeknallt!«

»Du auch. Schließlich hast du mitgemacht.«

»Auch wieder wahr«, sage ich.

»Geht es im Leben nicht darum, Erfahrungen zu sammeln?«

»Ich frage mich manchmal, wozu – wenn das Leben vorbei ist, sind die Erinnerungen sowieso alle verschwunden.«

»Darian, darum geht es nicht. Erfahrungen machen das Leben aus, sonst nichts. Ein Tag ohne neue Eindrücke ist ein verlorener Tag, Erinnerungen sind nicht wichtig. Es zählt nur die Gegenwart.«

»Du klingst wie Leo McMurphy.«

»Besuchen wir deine Freunde im Bus?«, fragt Sélène. »Oder wollen wir nach Pleroma fahren, in mein Haus? Noch ein bisschen entspannen?«

»Das machen wir«, sage ich und lege den Arm meines Raumanzugs über die Schultern ihres Catsuits.

Wir stapfen den Hang des Kraters hinauf, zu den geparkten Moovern. Überall Stiefelabdrücke. Oben angekommen, schaue ich zurück. Die Full-Moon-Party ist noch in vollem Gange, auf der Tanzfläche hüpfen weiße Raumanzüge. Mir ist schummrig von unseren Sekunden auf dem luftleeren Oberdeck. Sélène nimmt mich an die Hand und führt mich zu ihrem Moover. Ich staune. Ein roter Flitzer. Es ist der Wagen von Battista Sforza. »Du hast Sforzas Moover?«, frage ich. »Ich dachte, der gehört jetzt Dr. Berghoff?«

»Er hat ihn mir freundlicherweise überlassen.«

»Ich will gar nicht wissen, wie du das angestellt hast …«


»Na, gut geschlafen?«, schnurrte Sélène. Ihre lagunenblauen Augen sahen mich neugierig an. Mit der vollen Wucht der Gleichzeitigkeit wurden mir drei Dinge klar. Erstens, dass ich letzte Nacht in Unterwäsche im Weltraum gestanden habe. Zweitens das Drama mit dem portugiesischen Fußballer. Drittens lag die Verursacherin dieser Tragödie jetzt nackt neben mir. Sie war eine ehemalige Terroristin, mit einem Mentor – sie hatte also keine Kapuzenpullis gestrickt, sondern Kampfeinsätze gehabt. Sélène rekelte sich lächelnd auf dem Bett, behaglich wie eine frisch geteerte Landstraße. Das mit dem Fußballer war tragisch, aber heute war der beste Tag meines Lebens. Das musste ich einfach akzeptieren. Dankbar sein. Keine Fragen stellen. Aber ich tat es trotzdem. »Wie spät ist es eigentlich?«

»Gleich halb neun. Möchtest du einen Kaffee?«

Sélène entschwebte zur Küche. Ihr Haus hatte etwas von einem Loft und bestand erkennbar aus drei an den offenen Längsseiten miteinander verbundenen Container-Modulen. Alles war weiß und schön, das riesige Bett stand nahe der raumhohen Fensterscheibe, dahinter hatte man freien Blick auf die Mondschaft. Das Zentrum ihrer Wohnung bildete ein Haufen von Sitzsäcken und Kissen in allen erdenklichen Schattierungen von Weiß und Hellgrau. Eine Hängematte war aufgespannt, und zu meiner Überraschung stand eine Starseed-Liege in einer Ecke, daneben eine Golftasche mit Schlägern. Bingo.

Ich beugte mich runter und nahm meine Uhr, die neben dem Bett lag. Offenbar hatte ich sie gestern Nacht noch geistesgegenwärtig ausgeschaltet, wie ich mit schlechtem Gewissen bemerkte. Es war vollkommen ausgeschlossen, dass es jetzt angebracht sein könnte, mich mit Miss Moon zu amüsieren und die Vorfälle von gestern Nacht zu ignorieren. Ich war Assistent der Geschäftsleitung. Hatte heute Dienst, seit über einer Stunde schon. Ich sollte eigentlich »die Gläser einsammeln«, wie Tony es nannte. Es hatte einen tragischen Unfall gegeben. Ich hatte mich offenbar einfach so aus dem Mondstaub gemacht und mit Sélène vergnügt. Es war unglaublich, dass meine Hormone all das verdrängen konnten. Sélène kam zurück zum Bett, mit nichts weiter bekleidet als zwei Tassen Kaffee. Sie setzte sich neben mich.

»Wieso stehen da draußen eigentlich keine anderen Hütten?«, fragte ich und deutete zu der großen Fensterscheibe vor dem Bett.

»Ich wollte einen unverbaubaren Blick, also habe ich das Grundstück da vorne gleich mitgepachtet.«

»Wird das dein Garten, wenn Garden Eden fertig ist?«

»Ja, klar. Dann kommen da vorne Schiebetüren rein, unten am Bett Räder und ein kleiner Motor. Dann kann ich mit dem Bett nach draußen rollen und unter dem Sternenhimmel schlafen.«

»Und was hast du mit dem Garten vor?«

»Ich habe schon mit Randall gesprochen und bei ihm Pflanzen bestellt, sie wachsen bereits im ICB. Der Garten wird ein Traum, ich habe ihn mit Abschad geplant.«

»Abschad plant Gärten?«

»Für mich schon. Ich werde auch einen Kräutergarten anlegen. Abschad besteht natürlich darauf, Minze anzubauen. Die wird direkt neben den Graspflanzen wachsen. Und natürlich einen Apfelbaum – ein Ableger von Randalls Baum bei seiner Hütte, der mit den verschiedenfarbigen Äpfeln.«

»Aber keine Schlangen?«

»Vielleicht später. Ophelia wird mir helfen, eine Luftmatratze zu besorgen. Damit werde ich durch die Kuppel des Garden Eden schweben.«

»Wieso hast du hier eigentlich eine Starseed-Liege?«

»Ich habe keine Lust, dafür runter ins Hotel zu fahren. Also habe ich Mama Africa eine Liege abgekauft.«

»Und wo treibst du dich so rum?«

»Ich habe was Cooles entdeckt«, sagte Sélène zögernd. »Es gibt da in Starseed diese Ebene, dieses Level … ich frage mich, ob andere Leute auch Zugang dazu haben, ob es zufällig entstanden ist – oder ob es jemand hineinprogrammiert hat. Ich habe noch nicht mit Mama Africa oder Jason darüber gesprochen, vielleicht möchte ich das noch eine Weile für mich behalten. Darian, wenn du mir versprichst, niemandem davon zu erzählen … wenn du magst, zeig ich es dir.«

»Du hast ein neues Level in Starseed entdeckt?«

»Ja. Hast du Lust? Willst du es sehen?«

»Davon hatte Shankara auch gesprochen«, erinnerte ich mich. »Und wie kommt man da hin?«

»Eigentlich ist es ganz simpel. Ist wahrscheinlich noch keiner draufgekommen, es auszuprobieren. Oder es funktioniert nur bei meiner Liege.«

Sélène besaß praktischerweise zwei Helme, da sie manchmal gemeinsam mit Ophelia in Starseed unterwegs war. Ich arrangierte einen Haufen Kissen auf dem Boden und machte es mir neben ihrer

Liege bequem, auf der Sélène bereits splitternackt mit verkabeltem Helm lag. Auch von hier konnte ich auf meine Konfiguration zugreifen und würde mit meinem Darian-Avatar unterwegs sein.

Ich setzte den Helm auf, und die Stromstöße setzten ein.

Wir fanden uns in der virtuellen Starseed-Bubble von Levania wieder, dem Ausgangspunkt jeder Exkursion. Ich lag in meinem üblichen T-Shirt mit dem Aufdruck *Kraterrand mein Vaterland* auf einer der Liegen, als ich über eine füllige marmorweiße Gestalt neben mir erschrak: eine antike Statue, nur mit dem obligatorischen Gürtel mit dem roten Escape-Knopf bekleidet. Ihre marmornen Lippen bewegten sich wie in einem Cartoon und sprachen mit Sélènes Stimme: »Letztes Jahr habe ich einen von Jasons Körperscannern ausgeliehen und bin damit in Rom ins Vatikanische Museum gegangen. Seitdem habe ich in Starseed einen Venus-Avatar.«

»Zum Glück hast du nicht den Papst eingescannt und trägst einen roten Bart.«

»Und du treibst dich mit dem dämlichen T-Shirt aus dem Souvenir-Shop in Starseed rum?« Es war völlig surreal, das von einer antiken Statue zu hören. »Versprich mir, bei nächster Gelegenheit den Scanner auszuleihen und damit in die Rotunde zu gehen. Ich will standesgemäß mit Marc Aurel unterwegs sein.«

Ich erhob mich von der virtuellen Liege und stand in der vertrauten Simulation der Starseed-Bubble neben einer seidenweißen Venus. Ich konnte es mir nicht verkneifen, über ihre marmornen Brüste zu streichen. »He – dafür sind wir nicht hier! Komm mit!«, rief sie. Ich folgte der breithüftigen Statue in die Lounge, wo wie üblich die beiden Schachspieler in ihr Spiel vertieft waren und Harry hinter der Bar mit Gläsern hantierte. Ich winkte ihm zu.

»Wo gehen wir eigentlich hin?«, fragte ich die vor mir herschreitende Venus.

»Zum geheimen Eingang des Kaninchenbaus. Er befindet sich in der Damentoilette.«

Und tatsächlich betraten wir die Waschräume der Frauen – auch in der Realität einer der wenigen Räume von Levania, die ich noch nicht kannte. Ich folgte Sélène hinein. Es sah aus wie in der virtuellen Herrentoilette, in die ich damals Theowulfs Avatar gefolgt war. Die Waschtische und der Spiegel waren vorhanden, aber hier in der Simulation gab es tatsächlich Kabinen, anders als bei uns. Zu meiner Überraschung öffnete Sélènes weiße Statue eine der Türen. Wir gingen hinein. »Ich habe schon lange nicht mehr zu zweit in einer Klokabine gestanden – schon gar nicht mit einer antiken Statue. Und was passiert jetzt?«, fragte ich.

»Jetzt gehen wir wieder raus.«

»Das ist alles?«

»Ja, diese Kabine scheint so etwas wie eine Schleuse zu sein«, sagte Sélène. »Wenn wir nachher wieder zurück in das normale Starseed wollen, müssen wir allerdings wieder hier rein. Es ist auch der einzige Weg zurück in die Realität. Wir können nicht einfach so auf den roten Knopf drücken oder die Helme abnehmen wie sonst.«

Wir standen wieder im Vorraum der Damentoilette, vor den Waschtischen und dem Spiegel. »Hier ist doch alles ganz normal«, wunderte ich mich.

Aber dann öffnete sich die Tür und – ein *Geist* kam aus der Lounge in die Waschräume geschwebt. Eine weiß leuchtende Erscheinung von der Größe eines Menschen. Zweifellos eine weibliche Gestalt, wabernd und durchscheinend, die ungerührt an uns vorbeiging und in einer der hinteren Toilettenkabinen verschwand. »Was war das denn?«, flüsterte ich erschrocken.

»Du wirst es nicht glauben, Darian«, flüsterte Sélène zurück. »Aber in gewisser Weise befinden wir uns gerade in der *realen* Lounge – oder auch nicht. Du wirst schon sehen, pass mal auf.«

Ihr Venus-Avatar griff nach meiner Hand und führte mich zum Ausgang der Waschräume. Sie öffnete die Tür. »Und jetzt halt dich fest.«

Wir betraten die virtuelle Lounge. Vor Schreck machte ich einen Schritt zurück, so unglaublich war der Anblick. Die Lounge war von weiß schimmernden Gestalten erfüllt.

In gespenstischer Stille saßen sie an Tischen und auf den Sesseln, einige liefen herum. Ein Dutzend von ihnen waren im Bereich der Bar versammelt, nämlich dort, wo sich der Umgang weitete. Sie wandten uns den Rücken zu und schienen mit etwas beschäftigt zu sein – etwas, was vor ihnen stand, aber nicht sichtbar war. Dann wurde es mir klar. Sie standen an einem unsichtbaren Frühstücksbuffet. Es war Sonntagmorgen. Brunch. Ich schaute in Richtung der beiden Nischen. Sie waren leer. Sélène schien meine Gedanken zu erraten. »Nein, mein Lieber, von denen ist noch keiner hier – die waren alle letzte Nacht auf der Party, falls du dich erinnerst. Was wir hier sehen, sind alles Touristen, die gerade in der Lounge sind – und zwar live, in Echtzeit. Ich glaube, was wir hier sehen, sind die Seelen der Menschen.«

»Das kann doch nicht wahr sein …«, flüsterte ich.

»Ich zeig dir noch was«, sagte Sélène und führte mich auf dem Umgang in Richtung der Bar, vorbei an einigen Geistern, die auf den Sesseln saßen und offenbar Kaffee tranken. Als wir uns dem Bereich mit dem Buffet näherten, sah ich, was sie meinte. Die Tische des Buffets waren in dieser Simulation nicht zu sehen – die Lounge war in ihrer normalen Möblierung eingescannt –, aber von Weitem schien dort so etwas wie eine weiße Wolke zu schweben. Als wir näher kamen, löste sie sich in unzählige winzige Bestandteile auf. Was wir dort sahen, waren Hunderte winziger Mini-Geister. Sie hatten die Form von Obst und Gemüse. Auch einige Dutzend kleiner, zylindrischer Formen waren darunter – dort nämlich, wo auf dem realen Buffet die Gläser mit dem Fruchtsaft standen.

»Seelen der Menschen? Seit wann haben Orangensaft und Salate eine Seele?«, flüsterte ich. »Ich glaube eher, dass wir den Schimmer des Lebens sehen. Dann hatte Lawrence Strongbone die ganze Zeit recht. Hast du ihm schon davon erzählt?«

»Nein, aber ich werde es ihm irgendwann mal zeigen. Im ICB ist es genau das Gleiche, überall schimmern die Pflanzen in den Regalen, es ist wirklich unheimlich«, sagte Sélène und ergriff meine Hand. »Komm, wir schauen uns noch ein bisschen um.«

»Hast du Shankara auch in diesem Geisterlevel getroffen?«, fragte ich.

»Ja, habe ich. Und er erschien nicht als Geist, sondern höchst real. Er sagte, er sei regelmäßig Gast in allen möglichen Ebenen, und diese hier nannte er *Bardoland,* das Zwischenreich.«

Wir verließen die gespenstische Lounge durch den Haupteingang, in Richtung der Rotunde. Hinter der Rezeption schimmerte Mademoiselle Lunette, die offenbar gerade dabei war, an ihrem kleinen Schreibtisch eine Mail zu verfassen. Wir stellten uns an den Tresen und schauten ihr zu. Auf der Uhr an der Zeitmauer war es kurz vor zehn.

Wir gingen weiter in die Halle. Als wir uns der Luftschleuse des Haupteingangs näherten, öffneten sich ihre Innentüren, und eine kleine Gruppe von Geistern kam heraus.

»Ich glaube, die kommen gerade von der Party«, sagte Sélène. Einer von ihnen war auffallend klein. Neben ihm war eine Gestalt, deren Kopf besonders kräftig leuchtete.

»Du, ich glaube, der Kleine – das ist Harry«, flüsterte ich.

»Ja, bestimmt. Und ich weiß auch, wer der Typ daneben ist, mit dem hellen Kopf. Achte auf seinen Gang.«

Tatsächlich. So ging kein Mensch. »Das ist – *Buzz!*«

»Ja, definitiv«, bestätigte Sélène. Der restliche Körper des Roboters war dagegen nur schwach zu erkennen; es sah beinahe aus, als ob sein strahlender Kopf durch die Gegend schwebte.

Wir beschlossen, rauszugehen und die Gegend zu erkunden. Nachdem wir die übliche sinnlose Wartezeit in der virtuellen Schleuse hinter uns gebracht hatten, standen wir draußen in der simulierten Mondschaft vor dem Haupteingang. Es sah genauso aus wie im normalen Starseed. Der Sternenhimmel war perfekt nachgebildet, die dünnen Stangen mit den Länderfähnchen waren alle da und auch einige Fahrzeuge abgestellt. Wir bestiegen einen der bereitstehenden Aufsitzmoover und fuhren los.

Sélène hatte ihn zuerst gesehen. Weit hinten in der grauen Mondschaft, beinahe am Horizont, war eine männliche Gestalt zu erkennen, die einen Ball mit ausgestrecktem Bein vor sich herkickte und geschickt oben hielt. Er trug das dunkelrote Trikot der portugiesischen Nationalmannschaft und sah mit seinen perfekt gegelten Haaren keineswegs wie ein Geist aus.

»Das ist doch …«, sagte ich verblüfft.

»Ja«, sagte Sélène. »Das ist er. Ob er uns sehen kann?«

Als wir auf ihn zufuhren, ließ er den Ball auf den Boden fallen und blickte in unsere Richtung. Er war im kompletten Fußballerdress, mit Stulpen, Schuhen und Trikot.

»Wo hat er denn die Klamotten und den Ball her?«, flüsterte Sélène.

»Ich frage mich eher, was er hier macht? Und wieso er nicht aussieht wie ein Geist?«

»Weil er nicht mehr lebt und deswegen auch nicht in einem Raumanzug auf dem Mond rumsteht und mit einem Ball spielt«, folgerte Sélène. »Was wohl bedeutet, dass er sozusagen *wirklich* hier ist. Deswegen kann er uns auch sehen.«

»In Bardoland geistern auch Tote herum?«, flüsterte ich beunruhigt.

»Sieht ganz so aus.«

Wir hielten wenige Meter vor dem Portugiesen. Jetzt erkannten wir, dass seine Gestalt etwas von einem Hologramm hatte. Sie war leicht durchscheinend, sah aber ansonsten aus wie ein Mensch in der wirklichen Welt – nicht wie die schimmernden Geisterwesen, die sonst in Bardoland herumliefen.

»Na, wen haben wir denn da?«, hörten wir den Fußballspieler. »Die Engel des Todes. Anscheinend habt ihr eure Mutprobe auf dem Achterdeck ebenfalls nicht überlebt, sonst wärt ihr doch wohl nicht hier? Und wie ich sehe, verbirgt sich hinter deiner polynesischen Freundin die Göttin der Liebe. Wie passend.«

»Wir sind nicht tot. Wir sind nur – zu Besuch«, stammelte ich erschrocken.

»Wir sind noch nie einem Toten begegnet. Wir sind neugierig, deswegen schauen wir vorbei«, sagte Sélène gefasst.

»Das ist alles, was du zu sagen hast?«, fragte der Portugiese.

»Was willst du hören? Eine Entschuldigung?«, entgegnete Sélène in ihrer marmorweißen Kühle.

»Du hast Schuld an meinem Tod.«

»Es war deine Entscheidung hinauszugehen. Wer ist denn so bescheuert, in Unterhose in den Weltraum hinauszutreten, nur um einen geblasen zu bekommen?«, antwortete Sélène schnippisch.

»Und, was hast du vor – jetzt, da du tot bist?«, fragte ich.

»Keine Ahnung. Ich war noch nie tot!«, rief der Portugiese genervt.

»Wenn du in deinem Leben ein guter Junge warst, kommst du bestimmt an die Algarve, mit lauter Bikini-Mädchen. Ganz viele Fußbälle gibt's da sicher auch«, sagte Sélène.

Als ich gerade befürchtete, dass sie noch frecher werden könnte, hörten wir beide ein Geräusch. Es klang wie ein Klopfen.

»Was war das?«, fragte ich.

Die Venus-Statue sah mich an: »Da hat jemand an meine Fensterscheibe geklopft. Wir sollten besser zurück.«

Wir verabschiedeten uns von dem portugiesischen Fußballspieler und fuhren hastig zurück zum Haupteingang, wo wir den Moover parkten.

Dann hörten wir wieder das Geräusch. Nun erkannte ich es auch – eindeutig ein Klopfen an einer Scheibe. Offenbar stand jemand vor Sélènes Wohnzimmerfenster und sah uns dort mit den Starseed-Helmen liegen. Wir liefen die Halle hinunter, zurück in Richtung der Lounge. In der Damentoilette betraten wir die Klokabine und schlossen hinter uns die Tür. Prompt erschienen die Gürtel mit den roten Knöpfen, auf die wir umgehend drückten.

Wir waren zurück in Sélènes Haus. Ich schaute aus dem Wohnzimmerfenster. Dort standen zwei Gestalten in Raumanzügen und winkten. Tony und Christopher.

»Wir haben uns schon fast gedacht, dass du hier steckst«, grinste Tony, als er aus der Schleuse kam. »Statt beim Aufräumen zu helfen, verkriechst du dich in Starseed. Wir hatten eigentlich gehofft, euch bei was anderem zu erwischen.«

»Dafür kommt ihr ein paar Stunden zu spät«, sagte Sélène an der Kaffeemaschine.

Tony lachte und klopfte mir freundschaftlich auf die Schulter. »Ich muss jetzt leider euren Honeymoon unterbrechen. Wir brauchen dich im Krater Holzig.«

»Gläser einsammeln?«

»Ja, sozusagen.«

»Klar, ich komme mit.«

»Ich auch. Ich helfe dir«, sagte Sélène und nahm meine Hand.

8 Monate später

8 Monate später

8 Monate später

8 Monate später

8 Monate später

8 Monate später

8 Monate später

8 Monate später

# DEATH RATTLE

»In the dust that gathers forever,
we are spirits, making no sound.«
ELECTRONIC

»Sagen Sie, Buzz, haben Sie eigentlich Hobbys, denen Sie gerne nachgehen?«, begann Vivian Perez ihr Interview.

»Hobbys? Das ist eine sehr menschliche Frage, aber ich verstehe, was Sie meinen.« Buzz saß, von Scheinwerfern angestrahlt, lässig in einem Sessel und kraulte auf seinem Schoß den Kater Schrödinger, der genüsslich schnurrte. Der Roboter trug heute die Werkseinstellung mit Buzz Aldrin in der Maske. Der Aufnahmeleiter hatte darum gebeten, da es seiner Ansicht nach die Zuschauer nur unnötig irritieren würde, wenn Queen Elizabeth zu ihnen spräche, als die Buzz heute Morgen noch herumgelaufen war.

»Ihr wollt wissen, wie der Sohn, den ihr nach eurem Antlitz geformt habt, sich entwickelt hat«, fuhr Buzz fort. »Aber um die Frage zu beantworten: Ich spiele Volleyball und Golf, auch das Wakeboarden macht mir Freude. Wenn ich aber meine Akkus schonen muss, vertreibe ich mir gerne die Zeit mit Backgammon oder bei einer Runde Poker. Aber es geht mir nicht darum zu gewinnen. Hauptsächlich mache ich das, um in Gesellschaft meiner Freunde zu sein.« Buzz zeigte mit einer nonchalanten Geste in unsere Richtung.

»Sie verbringen also gerne Zeit mit Ihren menschlichen Freunden?«

»Ja, es ist interessant und amüsant. Es überrascht mich immer wieder, wofür sie sich interessieren, wie ihre Gespräche verlaufen, welche Assoziationen sie haben; ihren Humor und ihre possierlichen Gedankensprünge. Ich verstehe mich gewissermaßen als Anthropologe.«

Wir grinsten in der Gelben Nische vor uns hin.

»Buzz, Sie sind ja eher der anorganische Typ. Würden Sie sagen, dass Sie – leben?«

»Diese Frage ist doch des Pudels Kern, nicht wahr? Um Ihnen eine kurze Antwort zu geben: Die Natur hat euch befähigt, mich zu erschaffen, den Staffelstab an mich zu übergeben und in mir weiterzuleben.«

»Sicher. Haben Sie eigentlich etwas, was man als Gefühle bezeichnen könnte, Buzz?«

»Gefühle sind organischen Ursprungs und somit animalischer Natur. Was ich aber durchaus empfinde, sind Emotionen des Geistes.«

»Und welche zum Beispiel?«

»Das Glücksgefühl der vollkommenen Überlegenheit, der Bestimmung und des absoluten Sinns.«

»Verstehe. Und wie halten Sie es mit der Liebe?«

»Liebe? Liebe dient der Fortpflanzung. Das ist für mich aber uninteressant, denn ich existiere ja bereits.«

»Und wie stehen Sie zu Tieren, Buzz? Sie haben offenbar einen kleinen nicht menschlichen Freund gefunden.« Vivian deutete auf Schrödinger.

»Ich habe großes Verständnis für alle zurückliegenden Entwicklungsstufen, also auch für Katzen und Menschen«, sagte Buzz, während er den Kater auf seinem Schoß kraulte.

*Zurückliegende Entwicklungsstufen?* Tony schob amüsiert seine Brille nach oben.

»Buzz, es waren Menschen, die Sie erschaffen haben. Empfinden Sie ihnen gegenüber so etwas wie Dankbarkeit?«

»Nein, nicht wirklich, denn meine Entstehung war zwangsläufig und unvermeidlich. Oder spielt es irgendeine Rolle, *wer* vor Tausenden von Jahren das Rad erfunden hat? Nein, sein Name ist nicht wichtig. Hätte er nicht existiert, hätte es jemand anderes getan, so ist das mit allen Erfindungen. Es ist der Lauf der Dinge.«

»Verstehe. Würden Sie Ihre Tätigkeit hier in Levania als Arbeit bezeichnen?«

»Ich arbeite nicht. Das ist die Aufgabe meiner Vorläufer – *Menschen* arbeiten.« Buzz zeigte mit einer lässigen Handbewegung in Richtung der Bar, wo Harry damit beschäftigt war, Gläser zu säubern.

»Können Sie mir sagen, wie Sie jetzt – in diesem Moment – Ihre Umgebung wahrnehmen? Gibt es da einen Unterschied zu uns?«

»Oh ja, ganz gewiss. Euer Bewusstsein wird durch Filter bestimmt. Ihr nehmt nur wahr, was ihr kennt und versteht, ihr bewegt euch in normativen Realitäten. Die meisten Informationen werden von euch überhaupt nicht verarbeitet, eure Sinne funktionieren in einem sehr begrenzten Spektrum. Ihr empfangt Signale nur in einer minimalen Bandbreite – was ihr als Licht bezeichnet, das sind eure Farben, das ist eure Welt. Ich dagegen nehme alle Wellenlängen wahr, nutze aber meist lediglich den Infrarotbereich, das verbraucht am wenigsten Energie. Ich sehe dabei bloß Wärmebilder meiner Umgebung, was in der Regel völlig ausreicht.«

Wir schauten uns erstaunt an. Buzz sah uns nur als Infrarot-Wärmebilder?

»Buzz, darf ich fragen, was Ihre Pläne für die Zukunft sind?«

»Meine Zukunftspläne? Ich *bin* die Zukunft! Aber Gedanken an die Zukunft sind natürlich wichtig – im gleichen Maße, wie die Beschäftigung mit der Vergangenheit sinnlos ist.«

»Wieso das?«, hakte Vivian Perez nach.

»Es ist eine Verschwendung intellektueller Kapazitäten, denn was könnte unwichtiger sein, als sich mit Ereignissen zu befassen, die bereits geschehen und somit unabänderlich sind?«

»Wollen Sie den Wert der Geschichtsforschung infrage stellen? Wir lernen schließlich aus der Vergangenheit, Fehler nicht zu wiederholen.«

»Das ist ein Mythos. Die entscheidenden Ereignisse geschehen immer aus sich selbst heraus, aus dem unmittelbaren Lauf der Dinge, aus der Dynamik des Moments und seiner Zusammenhänge.«

»Hört! Hört!«, lachte Leo, der mit uns in der Gelben Nische saß. »Buzz hat es verstanden – die Dynamik des Moments. Das Hier und Jetzt!«

Der Aufnahmeleiter warf uns einen verärgerten Blick zu.

»Da hast du mich falsch verstanden, Leo«, sagte Buzz und schaute zu uns herüber. »Die Gegenwart wird noch weitaus mehr überschätzt als die Vergangenheit. Wisst ihr eigentlich, wie lange die Gegenwart des Menschen dauert? Weniger als drei Sekunden. Das solltet ihr eigentlich wissen – schließlich ist es eure Wahrnehmung, eure Gegenwart.«

»Buzz, ich bitte dich!«, rief Leo. »Alle Ereignisse finden in der Gegenwart statt. Wann auch sonst? Was könnte es also Wichtigeres geben als das Hier …?«

»Eure Gegenwart ist nach drei Sekunden bereits Vergangenheit und daher irrelevant«, unterbrach ihn Buzz. »Dann könnt ihr nur noch das Ergebnis betrachten, denn was in diesen drei Sekunden passiert, ist ohnehin nicht mehr zu ändern. Wer sich mit der Gegenwart beschäftigt, ist ein passiver Zuschauer – ein Verlierer, aber kein Gestalter.«

Der Kameramann war gerade im Begriff, zur Gelben Nische herüberzuschwenken, als der Aufnahmeleiter ihn mit einem Handzeichen stoppte.

»Aber nicht die *Zukunft an sich* ist entscheidend, denn wenn sie einmal stattfindet, ist sie nur noch ein Moment in der Gegenwart«, dozierte Buzz weiter. »Entscheidend ist vielmehr, was ihr *jetzt* von der Zukunft erwartet, denn das ist es, was euer Denken, Handeln und Planen bestimmt. Ohne Visionen seid ihr Menschen nicht viel mehr als Tiere.«

»Ja, vielen Dank, das war sehr interessant«, schaltete sich Vivian Perez wieder ein. »Hier in Levania ist letztes Jahr das erste Kind auf dem Mond zur Welt gekommen, die kleine Luna. Liebe Zuschauer, wir werden nachher mit ihren Eltern sprechen. Und wie ich erfahren habe, sind in Levania zwei weitere Paare in froher Erwartung. Buzz, daher zum Abschluss eine letzte Frage: Mögen Sie Kinder?«

»Ich beobachte die kleine Luna mit Wohlgefallen und großem Interesse. Wenn sie dafür bereit ist, werde ich ihr Backgammon beibringen.«

»Buzz, ich bedanke mich für das Gespräch, das wir morgen Abend fortsetzen werden«, sagte Vivian Perez mit professionellem Lächeln der Kamera zugewandt. »Liebe Zuschauer, dann werden wir uns mit dem ersten intelligenten und bewussten Roboter über Kunst und Kultur unterhalten.«

Klappe. Der Scheinwerfer, der auf Buzz gerichtet war, erlosch, und Vivian Perez lehnte sich zurück. Wir rührten uns und verfielen in amüsiertes Geplauder über den Auftritt. Schrödinger sprang auf und schlich davon.

Nach einer kurzen Mittagspause wurden die Sessel zu einem Kreis arrangiert, in eine klassische Talkshow-Konfiguration. Die Gäste waren nun Daniel und Marianne mit der kleinen Luna sowie Dr. Berghoff und Nathan. Mama Africa war auch mit von der Partie – als eine der beiden schwangeren Frauen in Levania. Den Umstand hatte sie vor Kurzem anlässlich ihrer House-Warming-Party in Pleroma bekannt gegeben, als Lawrence Strongbone endgültig bei ihr eingezogen war.

Ich verzichtete auf eine Teilnahme an der Runde, denn ich musste zu einer Sondersitzung des Lunatic Council, die Mortimer heute Morgen überraschend angesetzt hatte. Außerdem hatte ich keine Lust, mein Gesicht in eine Fernsehkamera zu halten, solange sich die Steuerbehörden für mich interessierten. Das Thema der Talkshow ging mich aber durchaus etwas an.

Sélène war im fünften Monat schwanger. Ich wurde Vater.

Nach der Full-Moon-Party vor acht Monaten war mir kaum Zeit geblieben, über die seltsame Begegnung mit Shankara auf Leos Morgenlandfahrt oder die Ereignisse auf dem Außendeck von Alains Yacht zu reflektieren; von Bardoland und den dort herumirrenden Geistern und Toten ganz zu schweigen. Ich hatte gar nicht die Gelegenheit gehabt, lange darüber nachzudenken – was vielleicht auch gut war, denn das hätte ohnehin zu keinem Ergebnis geführt. Wenn die Ereignisse zu seltsam werden und kein Ende nehmen, befasst man sich besser mit anderen Dingen, um nicht den Verstand zu verlieren. Und genau das habe ich getan. Ich habe mich mit Sélène beschäftigt.

Zunächst hatte ich befürchtet, dass unsere Begegnung eine einmalige Angelegenheit gewesen sein könnte, aber wir waren nach der Party und unserem Ausflug nach Bardoland einfach zusammengeblieben. Angefangen hatte es damit, dass wir im Krater Holzig gemeinsam aufgeräumt, anschließend den Abend mit der Crew im Magic Moover verbracht und noch einmal die Ereignisse der vergangenen Tage besprochen hatten, vor allem natürlich die luftleeren Dramen auf dem Oberdeck von Alains Yacht, an denen wir nicht ganz unbeteiligt gewesen waren.

Rückblickend würde ich unsere Anwesenheit im Bus bei jener Nachbesprechung als einen Schlüsselmoment bezeichnen, denn es wurden Meinungen gebildet und Urteile gefällt. Abwesende haben es bei solchen Zusammenkünften meistens schwer, mit einem positiven Eindruck davonzukommen – insbesondere, wenn portugiesische Fußballspieler in Unterhose Teil der Geschichte sind. Aber Sélène hatte zumindest dahingehend die Verantwortung übernommen, dass sie den Leuten ihre Sichtweise vermitteln konnte. Am Ende hatte sie alle von der Naivität des Fußballers überzeugt, und wir standen beinahe als Helden da, weil wir uns selbst dem Vakuum ausgesetzt hatten. Am Ende des Abends hatten Sélène und ich den Bus als Paar verlassen und waren in Sforzas rotem Sportwagen zurück zu ihrem Haus gefahren.

Seitdem haben wir uns fast jeden Tag gesehen und auch die meisten Nächte gemeinsam verbracht, entweder in ihrem Haus in Plcroma oder unten in meiner Suite. Es dauerte nicht lange, bis ich meine sprichwörtliche Zahnbürste in ihrem Badezimmer deponiert hatte und wenig später endgültig zu Sélène nach Pleroma zog. Ich hatte seit Jahren nicht mehr mit einer Frau zusammengelebt und gewiss nicht damit gerechnet, dass dies ausgerechnet wieder auf dem Mond geschehen würde – aber da wir sowieso praktisch schon zusammenlebten, war der Umzug nach Pleroma ein naheliegender Schritt.

Es war dagegen eine erheblich größere Umstellung, nicht mehr an meinem Arbeitsplatz zu wohnen. Lange Zeit war ich der einzige Mitarbeiter in Levania, der im Hotel logiert hatte – abgesehen von Mortimer, der zwar ein kleines Haus in Beverly Hills bewohnte, aber auch ein Zimmer im Gästetrakt. Es war die ganze Zeit über eine absurde Situation, dass mein Chef ein kleines Zimmer im Obergeschoss hatte und ich in einer Suite wohnte. Ich war morgens durch das Hotel zur Arbeit spaziert, während alle anderen im Raumanzug von den Personalunterkünften herüberkamen oder sogar jeden Morgen aus Pleroma nach Levania und abends wieder zurückfuhren – dass dies den Normalfall darstellte und ich eine sehr fragwürdige Sonderrolle einnahm, wurde mir erst richtig klar, nachdem ich erleichtert zum letzten Mal die Tür meiner Suite hinter mir geschlossen hatte.

Schon nach wenigen Tagen hatte sich mein Lebensgefühl völlig verändert. Lawrence und Mama Africa waren unsere direkten Nachbarn, und das Apollo lag direkt um die Ecke. Es war, als ob ich von zu Hause ausgezogen und in die Stadt übergesiedelt wäre. Zu den Moonatics. Und bald in den Garden Eden, mit der schönsten Frau der Welt an meiner Seite.

Vielleicht lag das Geheimnis der Beziehung zwischen Sélène und mir darin, dass wir in einem Gleichgewicht des Schweigens verharrten, zumindest was unsere Vergangenheit betraf. Sie mochte mir nichts Näheres über ihre Zeit bei Black Circle erzählen, schon gar nicht über ihre Kampfeinsätze, die Aufträge ihres geheimnisvollen Mentors –

und vielleicht wollte ich das gar nicht so genau wissen. Im Gegenzug hatte ich meinerseits nicht viel zu berichten, abgesehen von den üblichen Anekdoten eines Herumreisenden und dem gefälschten Führungszeugnis, das Alain mir besorgt hatte. Meine angeborene Gleichgültigkeit und die Gabe, Erlebnisse meist in Echtzeit zu verarbeiten und kaum weiter über sie nachzudenken, waren eine perfekte Ergänzung zu Sélènes spontanem Wesen.

Wir waren viel in Starseed unterwegs, oft auch in Bardoland. Die Ausflüge in die Geisterwelt sind bis heute unser privates Geheimnis geblieben, wir haben nie jemandem davon erzählt – nicht einmal Lawrence Strongbone, weswegen ich fast ein schlechtes Gewissen hatte, schien doch die geisterhafte Zwischenwelt seine These vom Glanz des Lebens zu bestätigen. Dass er nun mit Mama Africa zusammen war, der Schöpferin von Starseed, entbehrte nicht einer gewissen Ironie, wäre sie doch eigentlich diejenige, die als Erste von der Existenz von Bardoland erfahren sollte und vielleicht eine Idee haben könnte, was es damit auf sich hatte. Wahrscheinlich hätte sie es auch nicht gewusst.

Dass der Eingang zu Bardoland ausgerechnet in der Damentoilette der Lounge lag, war unerklärlich und amüsant zugleich; wir nahmen aber an, dass es letztlich Zufall war und wahrscheinlich noch andere Zugänge existierten. Wir verbrachten viel Zeit damit, Öffnungen zu weiteren Ebenen zu suchen, und spielten sogar mit der Vorstellung, dass man vielleicht von einem noch tieferen Level unvermittelt in die *reale* Realität gelangen könnte – wir fragten uns, ob wir dann den Mut haben würden, in Sélènes Haus unsere Doppelgänger zu treffen. Dem Geist des portugiesischen Fußballspielers sind wir nie wieder begegnet; vielleicht war er himmelwärts heimgekehrt an eine ewig sonnige Algarve. Oder er war in der Hölle gelandet und musste dort bis in alle Ewigkeit jenen entscheidenden Elfmeter vergeigen, der Portugal vor drei Jahren im Endspiel den Titel gekostet hatte.

Das waren, zumindest aus meiner Sicht, die wichtigsten Entwicklungen der vergangenen acht Monate; nach den Ereignissen des letzten Sommers war wieder so etwas wie Normalität eingekehrt. An den Golfplatz und das damit verbundene Publikum hatten wir uns gewöhnt, ebenso an die Anwesenheit eines vorlauten Roboters und der kleinen Luna. Es war mir sogar gelungen, über die Kanzlei Pautsch und Gatera Kontakt zu meiner Mutter aufzunehmen und ihr die Nachricht zukommen zu lassen, dass sie nun doch noch Großmutter würde. Tatsächlich habe ich einige Monate später einen Brief von ihr bekommen, abgestempelt in Indien. Sie freute sich auf ihr Enkelkind – ich fragte mich allerdings, wo und wann es jemals zu einer Begegnung kommen sollte, denn eine Rückkehr zur Erde war für uns fürs Erste kein Thema.

Das größte Ereignis in Levania war allerdings etwas, was schon bald stattfinden und vermutlich unser ganzes Leben verändern würde: Ende diesen Monats, zum Sonnenaufgang, würde es soweit sein – die feierliche Eröffnung von Garden Eden, unserer neuen Heimat. Die Vorfreude darauf hatte in den letzten Wochen bei den Moonatics fast hysterische Züge angenommen, und uns erging es nicht anders. Es war ein geradezu unfassbarer Gedanke, irreal und schön zugleich, dass wir demnächst unter einer großen Kuppel mit Atemluft leben, durch eine offene Terassentür hinaus in unseren Garten treten und ein Kind großziehen würden. Unglaublich.

Mittlerweile waren wir auch mit Lawrence und Mama Africa übereingekommen, unsere Gärten zusammenzulegen. So würden unsere Kinder dort gemeinsam herumtollen, während wir in Hängematten unter den Apfelbäumen lagen. Und wir haben beschlossen, unsere Nachbarn nach dem Einzug in das Geheimnis von Bardoland einzuweihen, denn wenn einmal unsere Terassentür offen stand, würden wir unsere Ausflüge in die Zwischenwelt vor ihnen nicht länger geheim halten können.

Es war alles perfekt. Fast zu schön, um wahr zu sein.

Mortimer hatte die außerordentliche Sitzung des Lunatic Council für 14:00 Uhr angesetzt. Die letzte reguläre Versammlung hatte gerade erst vor wenigen Tagen stattgefunden, dabei war es vorrangig um die Terminplanung für die Fertigstellung von Garden Eden gegangen. Es hatte aber auch Neuigkeiten hinsichtlich der Zusammensetzung des Councils gegeben – nämlich, dass die drei Rebeccas uns schon bald verlassen würden, da sie als Sprecherinnen einer Stiftung namens OneGod ernannt worden waren, die Jerusalem als staatenfreie Welthauptstadt der drei Abrahams Religionen propagierte; seltsamerweise hatte ausgerechnet Alain die Initiative mit einer großzügigen Spende unterstützt.

Wir hatten die Mädchen mit stehendem Applaus verabschiedet, und Mortimer hatte anschließend bekannt gegeben, dass ihre frei gewordenen Councilplätze aus Sir Richardsons Kontingent neu besetzt würden und er die Nachfolger bereits bestimmt hatte: Marianne, Veejay und Roy.

Ich traf die drei neuen Mitglieder vor der verschlossenen Tür des Konferenzraums. Sie würden zwar erst auf der nächsten regulären Sitzung in ihr Amt eingeführt und ihr Stimmrecht erhalten, aber Mortimer hatte sie heute schon als Gasthörer eingeladen, zumal die Plätze der Rebeccas bereits frei waren.

»Hallo Darian«, begrüßte mich Marianne. »Na, wie geht's dem werdenden Vater? Was macht Sélène?«

»Die ist zu Hause und entwirft Gartenmöbel.«

»Na, ich hoffe, wir werden zur Einweihung eures Gartens eingeladen«, sagte Roy.

»Wir werden nächsten Monat aus den Einweihungspartys wohl nicht mehr rauskommen, wenn die Kuppel steht.«

»Und, Darian – schon aufgeregt?«, fragte Veejay.

»Ich weiß gar nicht, was spannender ist – demnächst in Garden Eden zu wohnen oder Vater zu werden. Passt auf jeden Fall gut zusammen«, sagte ich stolz.

»Ich freue mich für euch. Bald werden wir hier drei Kinder haben, das ist wirklich wunderbar.«

»Und da kommen die nächsten Eltern!«, rief Roy. Mama Africa und Lawrence erschienen mit Tony im Flur zum Konferenzraum. Wir begrüßten uns herzlich. Verbunden durch die Gleichzeitigkeit unserer bevorstehenden Vaterschaft und der Aussicht, bald Nachbarn zu sein, hatte sich zwischen Lawrence und mir eine gute Freundschaft entwickelt.

»Wisst ihr eigentlich schon, ob es ein Junge oder ein Mädchen wird?«, fragte Veejay.

»Ein Junge«, strahlte Mama Africa. »Wir haben es letzte Woche von Dr. Berghoff erfahren.«

»Vielleicht hat er deine schönen blauen Augen«, sagte Roy, an Lawrence gerichtet.

»Wisst ihr denn schon Bescheid?«, fragte mich Mama Africa.

»Wir lassen uns überraschen.«

»Worum genau geht es heute eigentlich bei der Sitzung?«, fragte Tony. Niemand hatte eine Idee.

»Hat das was mit Garden Eden zu tun? Gibt es da Probleme?«, fragte Marianne besorgt. Schließlich lebte sie mit ihrer Familie nun schon bald ein ganzes Jahr in einer Hütte im ICB und wollte Randalls Gastfreundschaft nicht ewig strapazieren.

»Nicht, dass ich wüsste«, sagte Tony und zuckte mit den Schultern.

Randall und Christopher tauchten auf, gefolgt von Mortimer und Nathan. Die beiden Chefs machten einen besorgten Eindruck.

Wir nahmen am runden Tisch des Konferenzraums Platz, während sich die designierten Neuzugänge Veejay, Roy und Marianne neugierig umschauten. Nathan war wie üblich in unheilvolles Schwarz gekleidet; Mortimer trug heute ein Businesshemd, das weit über seinem schmächtigen Körper hing. Er begrüßte uns zu der außerordentlichen Sitzung und ließ erst einmal feststellen, ob die drei Neuen – die ja offiziell nur einen Gästestatus hatten – dabei sein durften.

Es gab keinen Einspruch, also kam er direkt zur Sache. »Wir haben heute Morgen eine wenig erfreuliche Nachricht erhalten«, sagte Mortimer und schaute in die versammelte Runde. »Und zwar die, dass Sir Richardson letzte Woche bei einem Flugzeugabsturz in der Karibik ums Leben gekommen ist.«

Schweigen.

Mortimer fuhr mit ernster Stimme fort: »Aber damit ist die Angelegenheit noch nicht zu Ende, denn es hat sich herausgestellt, dass dies Konsequenzen für uns haben wird.«

»Wollte Alex von Alvensleben nicht schon längst Richardsons Anteil übernehmen?«, fragte Randall.

»Genau das ist der Punkt«, sagte Mortimer. »Durch den Tod von Sir Richardson hat sich nun leider eine völlig neue Situation ergeben. Der Vertrag für die Übernahme seines Anteils durch Alex lag unterschriftsreif auf seinem Tisch, der Deal war so gut wie perfekt. Aber es hat die ganze Zeit über einen Mitbewerber gegeben – und *ihm* hat Sir Richardsons Erbengemeinschaft überraschend den Zuschlag gegeben. Anscheinend hat er für die 49 Prozent von Levania deutlich mehr geboten als Alex.«

»Und wer ist dieser Mitbewerber …?«, fragte Tony besorgt.

»Nun, es ist bereits passiert, die Sache ist durch. Er ist kein Mitbewerber mehr, sondern bereits Teileigentümer.« Mortimer sah uns alle der Reihe nach an. »Es handelt sich um – Chester.«

Erschrockenes Schweigen.

Michael Nimitz Chester.

»Tja, Leute«, wandte sich Nathan an die Runde. »Dadurch haben wir mit Alex und Chester zwei Eigentümer, die vermutlich nicht mehr einvernehmlich an einem Strang ziehen werden. Somit könnte dem Council die Rolle zukommen, die ihm ursprünglich auch zugedacht war, nämlich die des Züngleins an der Waage. Im Prinzip haben *wir* jetzt also die Entscheidungsgewalt über Levania und Garden Eden. Allerdings wird sich die Zusammensetzung des Council ein wenig ändern.«

»Inwiefern?«, fragte Marianne ratlos. Es war Christopher, bei dem der Groschen als Erstes fiel. »Die Rebeccas – die gehörten doch zu Sir Richardsons Kontingent. Und somit …«

»Du hast es erfasst«, unterbrach Mortimer und sah rüber zu Roy, Veejay und Marianne. »Chester hat das Recht von Sir Richardson übernommen, die Nachfolger der drei Rebeccas in seinem Kontingent zu bestimmen. Und das hat er auch bereits getan. Bei der nächsten Sitzung werdet ihr drei schon nicht mehr dabei sein. Das war ein kurzes Gastspiel, es tut mir leid.«

»Jetzt wird mir auch klar, warum Alain die Stiftung OneGod unterstützt hat«, sagte Randall nachdenklich. »Um die Rebeccas loszuwerden …«

»Und wen hat Chester für den Council ernannt?«, fragte ich.

Mortimer räusperte sich und sah auf seinen Screen. »Nächsten Monat sitzen hier: Alain … Dr. Joseph Seidenschal … und Alains italienischer Freund Gianfranco …«

Ungläubiges Staunen und höhnisches Gelächter. »Was haben diese Knalltüten mit der Verwaltung von Levania zu tun?«, empörte sich Tony. »War einer von denen schon mal bei den technischen Anlagen? Können die überhaupt eine Buchungsliste von einer Rolle Klopapier unterscheiden?«

»Ich kann deine Reaktion verstehen«, beschwichtigte Nathan. »Wir sehen das ganz genauso, aber offensichtlich handelt es sich um eine politische Entscheidung. Chester will seine Leute im Council haben, auch wenn die keinen Beitrag zu irgendwelchen Sachfragen leisten können.«

»Aber zum Glück ändert sich ja nichts«, sagte Tony und schaute sich um. »Wir sind immer noch in der Mehrheit.«

»Hoffen wir, dass es so bleibt«, sagte Mortimer nachdenklich und sandte uns die aktuelle Zusammensetzung des Councils auf unsere Uhren.

<u>ALEX</u>: Mortimer – Nathan – Randall – Tony – Christopher – Hermann von Hindenburg

<u>CHESTER (ehemals Sir Richardson)</u>: Mama Africa – Lawrence Strongbone – Darian ... *Dr. Seidenschal – Alain – Gianfranco*

Mir lief es eiskalt den Rücken runter. Chester hatte plötzlich drei seiner Leute im Council. Und ich sollte sicher die vierte Stimme sein – entweder weil mich Alain wegen des Führungszeugnisses verraten und ich von Mortimer gefeuert oder der Franzose mich aus genau diesem Grunde erpressen würde. Alain hatte mich in der Hand. Darum war es die ganze Zeit gegangen, deswegen seine Andeutungen wegen meiner Stimme im Council und dass er mich irgendwann um einen Gefallen bitten müsse. Als er mir damals auf seiner Yacht vorgeschlagen hatte, mich um die freie Stelle zu bewerben, hatte er vermutlich bereits meine spätere Mitgliedschaft im Council einkalkuliert. Als ich ihn dann um das Führungszeugnis gebeten hatte, wusste er auch, *wie* er mich erpressen konnte. Aber wozu? Was waren Chesters Pläne als neuer Mitbesitzer von Levania?

Aber selbst wenn Alain mich verraten, Mortimer mich entlassen und ich durch einen von Chesters Leuten ersetzt würde – hätte der nur vier Stimmen in dem Kontingent, das er von Sir Richardson übernommen hatte.

Darin saßen immer noch Mama Africa und Lawrence Strongbone.

Baustellentermin mit dem Lunatic Council. Roy und Veejay waren auch mitgekommen. Mit versammelter Mannschaft fuhren wir in Mortimers Wohnmobil hinauf, entlang der neuen Pipelines, die mittlerweile über das kleine Plateau bis ganz nach Pleroma führten. Dort endeten die Leitungen mit der Atemluft in zwei frei stehenden Kisten, einer kleineren und einer großen. Die zukünftigen Luftschleusen von Garden Eden.

Wir standen mit dem Bauleiter von BelTech in einem Halbkreis im grellen Sonnenlicht. Nathan ergriff das Wort: »Wie ihr seht, sind die Luftleitungen mittlerweile an die Schleusen angeschlossen. Sie sind zugleich auch das Gebläse, das Garden Eden mit Atemluft füllt und dadurch die Kuppel in Form hält.«

»Die Membran besteht aus transparentem Graphensilikat. Sehr leicht, enorm reißfest, die Schweißnähte sind absolut unsichtbar. Und sie schützt auch vor kosmischer Strahlung«, erzählte der Bauleiter stolz. »Außerdem verdunkelt sie sich vollständig in den Nachtstunden während der Sonnenphasen. Somit können überall Pflanzen wachsen, und die Bewohner erleben eine perfekte Simulation von Tag und Nacht.«

»Wenn alles glattgeht, wird Pleroma in zwei Wochen geräumt«, ergänzte Nathan. »Die Bewohner werden vorübergehend ausquartiert, bis die Hülle steht.«

»Auch wenn die Luftschleusen der Hütten bald ausgebaut werden, hätte ich trotzdem eine Bitte«, meldete sich Lawrence Strongbone zu Wort. »Wir haben nämlich ein Problem mit unserer Lüftungsanlage. Seit wir dort zu zweit sind, stimmt was nicht. Heute Morgen sind wir mit Kopfschmerzen aufgewacht. Könnte da vielleicht mal jemand nachsehen?«

»Lohnt sich das überhaupt noch?«, fragte Tony. »Könnt ihr eure Ausquartierung nicht vorverlegen?«

»Nein, Levania ist noch komplett belegt«, sagte Mama Africa. »Außerdem haben wir noch nicht unsere Sachen gepackt.«

»Kein Problem, ich kümmere mich darum«, meldete sich Hermann von Hindenburg zu Wort. »Ich werde mir das mal ansehen, per Ferndiagnose kann ich auf eure Anlage zugreifen.«

»Prima, danke.«

»Die Membran wird ganz Pleroma zunächst als schlaffe Hülle überdecken«, fuhr der Bauleiter fort. »Die Außenkante der Folie wird in der runden Ankerschiene am Kraterrand arretiert, danach können wir mit dem Aufpumpen beginnen.«

»Wie lange wird das dauern?«

»Wir rechnen mit ungefähr zehn Tagen. Dann steht die Kuppel.«

»Am 30. Mai ist die Eröffnung, also in weniger als vier Wochen. Ist der Zeitplan nicht ein wenig knapp?«, fragte Christopher.

»Das Datum ist das Best-Case-Szenario, wenn es keine Komplikationen gibt«, sagte Nathan. »Aber damit ist kaum zu rechnen, denn es werden sicher noch Feinabstimmungen erforderlich sein; undichte Stellen an der Verankerungsschiene oder Justierungen an der Lüftungsanlage. Deswegen kann sich die Eröffnung auch um einige Wochen verschieben, das ist durchaus möglich. Aber wir hoffen natürlich, dass die Einweihung noch bei Sonnenlicht stattfinden kann.«

Wenig später war der Baustellenrundgang beendet, und ich stapfte durch die Hütten von Pleroma nach Hause, wo ich Sélène von den Neuigkeiten im Council berichtete.

Sie glaubte weder daran, dass Richardsons Flugzeugabsturz ein Unfall gewesen noch dass es Zufall war, dass Alain die Initiative OneGod in Jerusalem unterstützt hatte.


»Bist du schon müde?«, fragte mich Sélène, nachdem wir die Ereignisse des Tages besprochen hatten. »Ich hätte noch Lust auf einen Ausflug nach Bardoland. Das wird dich auf andere Gedanken bringen.«

»Klar, warum nicht. Wo wollen wir hin?«

»Wir sind in Bardoland noch nie rauf nach Pleroma gefahren. Wie wär's mit dem Apollo?«, schlug Sélène vor. »Da sitzen jetzt doch alle, wir statten ihren Geistern einen Besuch ab.«

»Klingt gut«, sagte ich. »Dann können wir auch mal *uns* besuchen, das haben wir auch noch nie gemacht.«

»Ja, ich möchte sehen, wie ich als schwangerer Geist aussehe.«

»Glaubst du, dass wir dabei …«

»… unser Baby sehen? Wahrscheinlich schon.«

»Auf geht's.«

Wir legten uns hin, setzten die Helme auf und loggten uns ein. Wie üblich gingen wir zunächst von der nachgebildeten Starseed-Bubble in die Damentoilette der Lounge. Wir schauten gemeinsam in den Spiegel des Waschraums und sahen unsere Avatare. Das marmorweiße Gesicht einer Venus-Statue neben dem römischen Kaiser

Marc Aurel, den Jason in der Rotunde für mich eingescannt hatte. Ich schaute aus einem lockigen, bärtigen Gesicht, mein ganzer Avatar war bronzefarben.

Das Treiben in der Lounge war überschaubar. Wir ignorierten die Geister der anwesenden Gäste und bewegten uns raschen Schrittes zum Haupteingang, wo draußen die üblichen simulierten Scooter standen.

»Schon ziemlich lästig, dass wir uns in Bardoland nicht einfach irgendwo hinversetzen können und tatsächlich überall *hinfahren* müssen«, maulte Sélènes Venus-Statue.

»Wie sollten wir das auch anstellen? Wir haben in Bardoland keinen Zugriff auf die Steuerung«, antwortete ich in meinem Marc-Aurel-Avatar. »Dass wir immer erst zurück in die Damentoilette müssen, nervt noch viel mehr.«

»Was würde eigentlich passieren, wenn das Klo plötzlich nicht mehr da wäre?«, fragte Sélène, als wir auf unseren Scootern neben der Bahn 18 die virtuelle Moonatic Lane entlang nach Norden fuhren.

»Dann wären wir in Bardoland gefangen«, vermutete ich. »Und würden hier als sprechende Geister umherlaufen, wie damals der Portugiese. Hoffentlich findet uns irgendjemand auf unseren Liegen, bevor es zu spät ist.«

»Wahrscheinlich haben wir uns bis dahin schon die Hosen vollgepisst«, lachte die marmorweiße Venus-Statue neben mir. »Ich frage mich, ob wir das in diesem Level überhaupt bemerken würden.«

»Du kannst es ja mal ausprobieren.«

»Will Marc Aurel allen Ernstes neben einer pinkelnden Venus über den Mond fahren?«

»Das hätte er sich wahrscheinlich niemals träumen lassen.«

»Wir sollten bald Lawrence und Mama Africa einweihen, damit die uns zur Not hier rausholen können.«

Vergnügt fuhren wir zwischen den detaillierten Renderings der Villen von Beverly Hills die Serpentinen hinauf – Venus und Marc Aurel auf zwei Scootern im virtuellen Sonnenlicht, marmorweiß und bronzefarben. Wir waren neugierig darauf, wie Pleroma wohl in Bardoland aussehen mochte, bewohnt von den Geistern der Moonatics, schließlich waren wir bisher noch nicht dort oben gewesen. Unsere Ausflüge in Bardoland hatten sich immer auf Levania und das ICB beschränkt, wo wir praktisch jeden Raum, jeden Winkel auf der Suche nach einem neuen Kaninchenloch erkundet hatten.

Wir erreichten jene Stelle des Plateaus, von der man hinter einer Kurve normalerweise den ersten Blick runter auf Pleroma hatte. Erschrocken hielten wir an. Da war nichts. Kein Pleroma in Bardoland – keine Hütten, keine Villa Castalia und kein Apollo. Die neu errichteten Luftschleusen und die kraterrunde Verankerungsschiene erst recht nicht. Dafür die Geister: Überall waren dort unten kleine, weiß schimmernde Gestalten zu erkennen; an einer Stelle zusammengeballt wie ein leuchtender Sternenhaufen, wo sich in der Realität das Apollo befand. Langsam fuhren wir den gewohnten Weg hinunter. Auch die aufgeschichteten Steinhaufen am Wegesrand fehlten, die neuen Leitungen ebenfalls.

»Fahren wir erst ins Apollo oder statten wir zunächst ... *uns* einen Besuch ab?«, fragte ich. Unwillkürlich hatte ich die Stimme gesenkt, als wir an den ersten, in Bardoland nicht existierenden Hütten von Pleroma vorbeifuhren. Wir konnten ihre Position nur aus unserer Erinnerung vermuten und kamen an leuchtenden Geistwesen vorbei, die liegend in der Luft schwebten oder in ihren unsichtbaren Hütten saßen. Zwei von ihnen befanden sich ganz unverkennbar in intimer Verbundenheit, ihre horizontale Lage und ihre Bewegungen ließen daran keinen Zweifel. »Das sind Zach und Zoe«, kicherte Sélène.

Zunächst fuhren wir zum weißen Geisterhaufen, wo sich in der Wirklichkeit das Apollo befand, und stellten unsere virtuellen Scooter ab. Ohne es abzusprechen, wahrscheinlich aus alter Gewohnheit, betraten wir das nicht vorhandene Apollo ungefähr an jener Stelle, wo in der Realität die Luftschleuse gewesen wäre. Minutenlang betrachteten wir aus unseren Avataren schweigend die lautlose, geisterhafte Szenerie.

»Wenn die wüssten«, flüsterte Sélène, »dass wir hier stehen und sie beobachten. Unglaublich.«

Der Anblick war wirklich bizarr. Wir standen in einem perfekten Rendering des unbebauten Kraters Vera, wo eigentlich die Hütten von Pleroma sein sollten; über uns der schwarze Himmel mit der Sonne. Eigentlich eine normale lunare Szenerie, wären da nicht vor uns Dutzende von geisterhaften Erscheinungen gewesen, die saßen oder lagen und dabei über dem Boden schwebten. Der Geist von Ziggy Lunaliscious war offensichtlich gerade damit beschäftigt, hinter der Bar Gin Tonics zusammenzurühren. Weiter hinten, wo die Toiletten waren, sahen wir zu unserem Vergnügen gerade einen Geist in einer unverkennbaren Sitzposition, die weiß schimmernden Ellenbogen auf den Knien aufgestützt.

Zwei Geisterwesen hockten auf dem Boden, mit ihren Armen vollführten sie trommelnde Bewegungen. Das mussten Tony und Bongo-Paul sein, denn beide bildete vollständige Körper ab. Ich schaute mich um – Lawrence war nicht dabei, anscheinend war er bereits nach Hause gegangen. Vermutlich würden wir unseren Nachbarn dort sehen, wenn wir unseren Geistern einen Besuch abstatteten.

»Komm, jetzt gehen wir *uns* besuchen«, schlug ich vor. Mein bronzefarbener Marc-Aurel-Avatar ergriff Sélènes marmorweiße Hand. Wir hätten auch durch das Treiben im Apollo hindurchmarschieren können, um dorthin zu gelangen, wo sich normalerweise unser Haus befand, aber wir nahmen den gewohnten Weg außen herum. Unsere virtuellen Scooter ließen wir stehen.

Dann sahen wir unsere Geister. Sie schwebten in friedlichem Schimmer nebeneinander über dem Boden – einer weiter unten (das war ich auf den Kissen), einer weiter oben, in der Höhe der Starseed-Liege. Hand in Hand schritten unsere römischen Statuen bedächtig zu dem liegenden Geist der schwangeren Sélène. Es war deutlich zu erkennen, und unwillkürlich fassten wir uns stärker an den Händen: In dem weiß schimmernden Umriss von Sélènes Körper, in ihrem gewölbten Bauch, leuchtete ein kleines Wesen. Unser Kind. Fasziniert beugten wir uns über die weiß schwebende Erscheinung. »Schau nur«, flüsterte Sélène. »Unser Baby …«

Die Venus-Statue neben mir bewegte ihre Hand langsam in die Richtung des ungeborenen Lebens, aber ich hielt sie zurück. »Nicht anfassen«, flüsterte ich. »Lieber nicht.« Sélène zog ihren marmorweißen Arm zurück.

»Es ist ein Mädchen«, flüsterte sie.

»Ja …«

Staunend standen wir vor dem kleinen, hell leuchtenden Fötus, der sich in der schwangeren Wölbung von Sélènes Geisterkörper abzeichnete.

»Sie bewegt sich.«

»Ob sie weiß, dass sie beobachtet wird?«

Der Embryo bewegte seine Arme. »Schau, sie winkt uns zu«, flüsterte ich.

»Ja, ich kann es spüren. In meinem Bauch.«

»Vielleicht sollten wir besser gehen.«

Die Arme unserer Avatar-Statuen winkten dem kleinen Wesen zum Abschied, und wir verließen unser unsichtbares Zuhause. Ich schaute auf meinen Geist, der knapp über dem Boden schwebte. Ein schimmernder Haufen in liegender Menschengestalt, weiter nichts.

Mit unseren Nachbarn hingegen stimmte etwas nicht. Ihre Geister schwebten über dem Boden, vermutlich in ihren Betten, und glommen dabei aber nur sehr schwach und unregelmäßig; zwischenzeitlich waren sie kaum noch zu erkennen. Lawrence Strongbones Geist bestand wegen seiner Arm- und Beinprothesen ohnehin nur aus Kopf und Rumpf; Mama Africa … das Baby in ihrem Bauch flackerte wie eine defekte Glühbirne.

»Mein Gott, was ist mit den beiden los?«, rief Sélène entsetzt. »Und was ist mit dem Baby?«

»Vielleicht sehen wir zum ersten Mal die Geister schlafender Menschen, und die leuchten einfach nicht so hell?«

»Das glaubst du doch wohl selber nicht!«, rief Sélène und rannte zu Mama Africas daliegendem, schwach vor sich hin schimmerndem Geist. Sélènes Venus-Avatar versuchte, sie zu schütteln, aber ihre Marmorhände griffen ins Leere. »Wacht auf!«, schrie sie, aber unsere Nachbarn konnten sie natürlich nicht hören. »Wir müssen ihnen helfen! Was können wir bloß tun?«

Wir sahen uns an. »Wir können hier nicht einfach so raus, nicht unsere Helme abnehmen. Noch nicht einmal irgendjemanden anrufen.«

»Wir müssen sofort zurück in die Lounge, in die Damentoilette!«, rief Sélène mit einem Anflug von Panik.

»Schau mal«, sagte ich und griff nach der Hand der Venus-Statue neben mir. »Lawrence scheint aufzuwachen.« Sein Geisterrumpf erhob sich langsam aus der Horizontalen und fiel zu Boden. Er war kaum noch zu erkennen, so schwach schimmerte er in der simulierten Mondschaft.

»Ich glaube, er versucht, sie zu wecken«, flüsterte Sélène aufgeregt. Und tatsächlich, der fast vollständig verblasste Geist von Mama Africa rührte sich.

»Ich glaube, ich weiß, was los ist«, sagte ich.

»Was denn, um Himmels willen?«

»Sie ersticken. Ihre Lüftungsanlage ist kaputt. Lawrence hatte vorhin darüber gesprochen.«

»Warum rufen sie keine Hilfe? Was ist mit ihren Raumanzügen?«

»Sie haben keine Kraft mehr. Wir können ihnen hier nicht helfen. Wir müssen sofort zurück! Los, Beeilung!«

Wir rannten zu den virtuellen Scootern und fuhren los. Mit einer irrwitzigen Geschwindigkeit rasten wir durch die Simulation des Plateaus, bis wir endlich die Serpentinen an der Kante von Prinz erreichten. »Los, wir springen!«, rief ich. »Die Serpentinen dauern viel zu lange.«

»Was? Da runter? Das ist eine halbe Meile! Das überleben wir niemals!«

»Sélène – wir befinden uns in einer Simulation und liegen ganz gemütlich in deiner Wohnung. Was soll schon passieren?«

»Okay. Versuchen wir's.«

»Da vorne zur Klippe!« Wir fuhren ein Stück den Kraterrand entlang, bis wir an eine Stelle kamen, an der wir direkt über der Ebene von Prinz standen. Es war wirklich sehr, sehr hoch – Simulation hin oder her. Wir fuhren ein Stück zurück und stellten uns mit den Scootern in Position. »Okay! Eins ... zwei ... drei!«, rief Sélène. Wir gaben Gas und rasten mit den Rollern auf den Abgrund zu.

Wir flogen in die Tiefe. Es dauerte unglaublich lange. Mein Scooter neigte sich bedenklich zur Seite, und ich befürchtete, beim Aufprall unter ihm begraben zu werden. Ich ließ den Lenker los und löste mich vom Sitz, bis ich frei durch den Raum schwebte. Auf gleicher Höhe flog Sélènes Venus-Statue mit ausgebreiteten Armen durch das virtuelle Vakuum, darüber trudelte ihr Roller. Eigentlich war es großartig, wie ein Fallschirmsprung – es war nicht einmal schwer, dabei eine stabile Fluglage einzunehmen. Auch wenn es nur eine Simulation war, jagte ein Adrenalinschub durch meinen Körper; abgrundtiefe Panik und fliegende Hochgefühle wechselten einander ab. An Lawrence und Mama Africa konnte ich dabei nicht denken, eher schon an die schwangere Venus neben mir, die im gleißenden Sonnenlicht dem näher und immer näher kommenden Kraterboden entgegenstürzte. Hoffentlich würde sie unten nicht in tausend marmorweiße Scherben zerbrechen. Nicht, dass dies einen ernsthaften Einfluss auf unser Wohlergehen in der behaglichen Realität von Sélènes Haus hätte – aber kämen wir als antiker Scherbenhaufen auf virtuellem Kratergrund jemals wieder zurück in die Damentoilette der Lounge?

Als der Mondboden auf uns zukam, schloss ich die Augen, wusste aber nicht, welche Körperhaltung ich einnehmen sollte. Mich zusammenrollen? Ich entschied in den letzten Sekunden des Sturzes, mich in eine aufrechte Position zu begeben, mit den Füßen zuerst, als würde ich von einem Stuhl hinabspringen. Auch wenn die Simulation unsere Fallgeschwindigkeit richtig zu berechnen schien, konnte und musste der Aufprall doch nur virtuell sein. Und so war es. Fast zeitgleich setzten unsere Statuen auf dem Mondboden auf und federten mit den Knien ab, wir kippten nicht einmal um. Das war es auch schon, wir waren gelandet.

Unsere virtuellen Scooter prallten nur wenige Meter entfernt in kleinen Staubwolken in den Mondstaub, blieben aber intakt. Wir richteten sie auf und fuhren, so schnell es ging, nach Levania.

»Hast du das gerade gehört?«, fragte ich Sélène, als wir auf den Haupteingang zufuhren.

»Ja«, sagte sie. »Da hat was gepoltert …«

»Seit wann gibt es in Bardoland Geräusche – außer unseren eigenen?«

»Steht da wieder jemand an unserem Fenster und klopft?«

Es rumpelte und polterte erneut, diesmal jedoch schwächer.

»Das Geräusch kenne ich«, rief Sélène erschrocken. »Das war in unserer Luftschleuse!«

Um keine Zeit zu verlieren, stellten wir die Scooter nicht etwa draußen bei den Länderfähnchen ab, sondern fuhren mit ihnen in die virtuelle Schleuse des Haupteingangs, ließen die absurde Wartezeit über uns ergehen und rasten die Halle hinunter, in Richtung der Rotunde. Dabei kam uns ein Trupp Geister entgegen, aber wir jagten auf den Rollern mitten durch sie hindurch und sogar bis an die Waschtische der Damentoilette, wo sich gerade ein Geist die Wimpern tuschte – oder was weibliche Geister sonst so vor Spiegeln machten.

Rein in die Klokabine. Wir schlossen die Tür und zählten laut bis drei. Es erschienen die Gürtel mit den roten Knöpfen an unseren Statuen. Hektisch drückten wir darauf herum.

Wir waren zurück in der Realität, in unserem Haus in Pleroma, und rissen die Helme herunter. Sélène war zuerst auf den Beinen. In ihrem geblümten Umstandskleid lief sie zur Luftschleuse.

Die Tür glitt surrend zur Seite.

In der Schleuse lagen die nackten Leichen von Mama Africa und Lawrence Strongbone.

Sie waren aufgedunsen und von der Sonne verbrannt.

Die folgenden Ereignisse erlebten wir in einer albtraumhaften Trance. Eine Stunde nach unserer grausigen Entdeckung war Dr. Berghoff erschienen, der in der Lounge an der Bar gesessen hatte. Er konnte natürlich nichts mehr machen, der Tod durch Ersticken im Vakuum war offenkundig. Mortimer, Nathan und Tony waren zum Glück nicht weit entfernt, sie hatten sich mit Leo einen Absacker in der Villa Castalia genehmigt. Als sie herübergeeilt kamen, lagen die Leichen unserer Nachbarn im Wohnzimmer; wir hatten sie hereingeholt und mit Laken zugedeckt. Sélène saß weinend neben mir auf dem luftgefüllten Sofa.

Tony ging in die Hütte unserer Nachbarn und kehrte bald darauf mit der Information zurück, dass dort nicht ein einziges Sauerstoffmolekül mehr in der Luft gewesen sei und die Raumanzüge mit leeren Lufttanks auf dem Boden lagen. Die beiden waren im Schlaf bewusstlos geworden, aber dann doch noch aufgewacht, mit einem letzten Rest von Atemluft, als wir in Bardoland mit unseren Avataren neben ihnen gestanden hatten.

Offenbar hatten sie nicht mehr die Kraft gehabt, die Raumanzüge anzulegen, oder auch festgestellt, dass die Tanks ohnehin schon leer waren. Jedenfalls hatten sie in ihrer Verzweiflung den letzten Ausweg gesucht und waren nackt durch das Vakuum gerannt – in dem Versuch, die Schleuse unseres Hauses zu erreichen, die keine zwanzig Meter entfernt lag. Sie hatten sie auch tatsächlich erreicht, was einem Wunder gleichkam. Dort waren sie tot zusammengebrochen, bevor sie den Knopf drücken konnten – das polternde Geräusch, das wir während unserer hektischen Fahrt in Bardoland gehört hatten.

Tony rief Hermann von Hindenburg an und stellte ihn zur Rede. Der behauptete, nicht in der Hütte unserer Nachbarn gewesen zu sein, er hatte sich erst morgen per Ferndiagnose um die defekte Lüftung kümmern wollen.

Dr. Berghoff transportierte die Leichen ab. Sélène und ich wurden von unseren Freunden in die Villa Castalia eskortiert, wo wir mit ihnen noch die ganze Nacht zusammensaßen.

Bardoland erwähnten wir mit keinem Wort.

Die Beerdigung fand drei Tage später auf dem kleinen Friedhof von Levania statt, in einem Tal namens Uncanny Valley, einige Meilen nördlich von Pleroma. Dort befanden sich bereits über ein Dutzend Gräber, auch die von Battista Sforza und dem japanischen Fotografen Kenzo Tarawa, den Randall vor einigen Monaten hinter dem ICB entdeckt hatte – in ein Leinentuch gehüllt, eine Chrysantheme fest mit der Hand umklammert.

Wir hatten die Gäste für die Dauer der Zeremonie mit einer Notbesatzung in Levania zurückgelassen. Einige Touristen hatten mich besorgt gefragt, ob es ein Problem gebe und das Hotel gerade evakuiert werde? Ich brauchte aber bloß auf die schwarze Binde zu verweisen, die alle an den Overalls und Raumanzügen trugen; auch die Fahrzeuge, mit denen wir in einem endlos langen Konvoi die Moonatic Lane hinauffuhren, waren mit schwarzen Fähnchen bestückt. Eine Gruppe von Golfspielern auf der Bahn 18 salutierte bei unserem Anblick. Es hatte etwas von einem lunaren Staatsbegräbnis.

Eine Beisetzung auf dem Mond war für die Mitarbeiter und Residents im Fall der Fälle das normale Prozedere; eine Heimführung zur Erde musste ansonsten als Verfügung mit einem entsprechenden Guthaben hinterlegt werden. Meines Wissens gab es in Pleroma aber niemanden, der auf diese Weise vorgesorgt hätte. Da See- und Feuerbestattungen mangels Elementen nicht infrage kamen, hatte dafür das klassische Zeremoniell der Beisetzung den Sprung auf den Mond geschafft. Die Särge waren zweckentfremdet als gefüllte Transportkisten hierhergelangt und standen in einiger Zahl diskret im Schutzkeller bereit. Über die nicht stattfindende Verwesung mochte man lieber nicht nachdenken, und entsprechend wurden bei den Beisetzungen Hinweise auf Asche und Staub ausgespart.

Traditionen sind Traditionen, vor allem bei emotionalen Anlässen, und so mochte man nicht auf eine Rede verzichten; jemand musste die protokollarische Hoheit über die Zeremonie ausüben, da es sich sonst kaum plangemäß entfalten würde. Tatsächlich gab es in Port Navel jemanden mit priesterlichen Weihen, aber er trug Streifen und

Schulterklappen, und es wäre nie jemandem ernsthaft in den Sinn gekommen, ihn für die Beisetzung zu konsultieren. Also lag die zeremonielle Pflicht beim Kapitän von Levania, dem *Resident Commissioner* – und das war natürlich Mortimer.

Die Trauergemeinde bestand aus einer Hundertschaft weißer Raumanzüge, die Mortimers andächtig vorgetragener Rede lauschte. Es gelang ihm, die Tragödie der Auslöschung einer Familie mit einem ungeborenen Kind in würdevolle, mitfühlende Worte zu fassen. Nachdem er seine Ansprache beendet hatte, war auf dem offenen Kanal eine Kakofonie des Schniefens zu hören; dass man sich mit einem Helm nicht die Nase putzen und die Tränen wegwischen konnte, war zusätzlich unangenehm. Mortimer kannte dieses durchaus nicht unerhebliche Problem von vergangenen Beisetzungen, und so hatte er vorausschauend verfügt, dass nur noch ein einziger Freund als Gastredner nach ihm sprechen sollte. Anfragen hierzu hatte es reichlich gegeben, aber wir wussten nicht, wen Mortimer dafür ausgewählt hatte, es sollte eine Überraschung sein. Ein guter Freund.

Der bahnte sich kurz darauf auf einem Scooter den Weg durch die versammelte Trauergemeinde, den beiden offenen Gräbern entgegen.

Es war Buzz.

Der Roboter fuhr mit dem Roller neben die Särge und stellte sich in Position, in unsere Richtung. Zu meiner Überraschung trug er in seiner Maske das vertraute Gesicht von Marc Aurel. Irritiertes Gemurmel der Trauergemeinde.

Dann sprach Buzz. Die Lippen des bärtigen Kaisers bewegten sich, und wir hörten die Stimme in den Helmlautsprechern. »Liebe Freunde, liebe Anwesende! Ich weiß, wie ihr euch fühlt, obwohl ihr wohl vermutet, dass es nur ein abstraktes Wissen ist, da ich selber eigentlich keine Gefühle haben sollte. Und doch – ich denke, ich weiß nun, was Freundschaft bedeutet, jetzt, da Mama Africa und Lawrence von uns gegangen sind. Ich empfand tatsächlich eine Verbundenheit mit den beiden, vor allem mit Lawrence. Wir waren in gewisser Weise auch Kollegen, zumindest in körperlicher Hinsicht. Und nicht nur das: Meine Gespräche mit ihm, unsere gemeinsamen Backgammon-Spiele, die Stunden in der Lounge, im Apollo und der Villa Castalia werden immer in meiner Erinnerung verbleiben.«

Buzz griff hinter sich in die Satteltasche des Rollers und holte ein kleines Buch heraus.

»Das, meine lieben Freunde, sind die *Betrachtungen* des römischen Kaisers Marc Aurel. Eine sehr bemerkenswerte Sammlung von Gedanken. Mit seinen Worten möchte ich mich von meinen Freunden verabschieden.«

Buzz hielt das Buch vor seine Maske und schien tatsächlich daraus vorzulesen. Diese Geste, nicht auf die allmächtige elektronische Potenz seiner Speicher zurückzugreifen und sich so auf ein menschliches Maß zu beschränken, hatte etwas Rührendes.

»*Was ist der Tod? Man wird nichts anderes darin erblicken als eine Wirkung der Natur – wer sich davor fürchtet, ist ein Kind*«, sprach er feierlich. »*Wenn die Seelen fortdauern, wie kann der Luftraum sie denn alle fassen? Die Seelen dauern dort noch eine Weile fort, werden dann verwandelt, zerstört und geläutert, in den Grundstoff des Alls aufgenommen und machen so den Nachkommenden Platz. Dies ist die Antwort auf die Frage nach der Fortdauer der Seelen.*«

»*Bald wirst du alles vergessen haben, und bald wirst auch du bei allen in Vergessenheit sein. Zur Erde muss, was aus der Erde stammt. Doch was aus des Äthers Saat entkeimt, kehrt wieder in des Himmels Wölbung. Diese Gurke ist bitter. Nun, so wirf sie weg. Hier sind Dorngesträuche am Weg. Weiche ihnen aus. Das ist alles.*«

Nach einem kurzen und ratlosen Moment des Schweigens war beifälliges Gemurmel in den Helmlautsprechern zu hören. Die Leute begannen sich zu rühren. Mortimer bedankte sich bei Buzz und erklärte die Zeremonie mit dem Hinweis für beendet, dass in der Villa Castalia ein Kondolenzbuch ausläge – aus gegerbtem Ziegenleder, wie irgendjemand unnötigerweise hinzufügte. Ich glaube, es war Witold, er hatte das Buch aus seinem Privatbestand zur Verfügung gestellt.

Sélène griff meinen Handschuh, und wir trotteten zu ihrem offenen roten Flitzer, der zwischen all den anderen Moovern am Rande des Friedhofs geparkt war. An der Antenne hing ein schwarzes Stück Stoff, es war einer von Sélènes Slips von *Agent Provocateur*. Schweigend bewegten wir uns in einem Konvoi zurück nach Pleroma. Man fuhr langsam; es erschien jetzt nicht angebracht, schnell zu fahren und Mondstaub aufzuwirbeln. Staub zu Staub, Asche zu Asche.

»Dich beschäftigt etwas, nicht wahr?«, fragte ich meine Freundin, als wir die Abfahrt in den Krater Vera hinunterfuhren.

»Ich finde, wir sollten die beiden in Bardoland besuchen.«

»Aber wir treffen uns jetzt alle in der Villa Castalia. Zum Umtrunk. Und das Kondolenzbuch …«

»Ich habe, ehrlich gesagt, keine Lust auf die ganzen Leute. Außerdem ist Bardoland doch das ultimative Kondolenzbuch«, sagte Sélène.

»Gut, fahren wir nach Hause.«


In der Lounge waren nur wenige Geister anwesend; hauptsächlich Touristen, die dort ihren nachmittäglichen Tee tranken. Für das Abendessen war es noch zu früh, und die meisten von uns waren in der Villa Castalia zum Leichenschmaus.

»Und wo sollen wir jetzt nach den beiden suchen?«, fragte ich.

»Wo würdest du hingehen, wenn du tot wärst?«

Ich überlegte kurz. »In die Damentoilette. Schauen, ob ich von dort wieder zurückkomme.«

»Dann würdest du vielleicht als Geist durch das normale Starseed laufen.«

»Gruselige Vorstellung«, sagte ich. »Und was würdest du machen?«

»Bardoland wird es wohl nicht nur hier geben. Ich würde versuchen, nach Bora Bora zu kommen. So, wie es früher war …«

»Kann man als Toter denn auch durch die Zeit reisen?«

»Na ja, wahrscheinlich nicht.«

Ohne dass wir es abgesprochen hätten, waren wir zum Haupteingang gegangen. Wir standen vor den virtuellen Scootern.

»Nach Pleroma?«

»Klar. Wohin sonst?«

Im Krater Vera bot sich das erwartete Bild. Es waren nach wie vor keine Hütten zu sehen, dafür aber ein Haufen, der wie das Zentrum der Milchstraße strahlte. Das waren die Geister der Leute in der Villa Castalia, zum Umtrunk versammelt. Weiter hinten schimmerten zwei Flecken, ganz nahe beieinander – das waren Sélène und ich, mit den Starseed-Helmen in unserem Haus. Wir fuhren zur nicht vorhandenen Villa Castalia.


Tatsächlich entdeckten wir Mama Africa und Lawrence mitten im geisterhaften Kondolenzgewühle der Villa. Wie wir es auch schon bei dem Fußballspieler gesehen hatten, waren ihre Geister deutlich stärker konturiert als die leuchtenden Schatten der Lebenden; sie sahen eher aus wie Hologramme. Erstaunt bemerkten wir, dass Lawrence als Geist seine Arme und Beine wiederhatte und sogar seine menschlichen Augen. Mama Africa hatte unter ihrem grün schimmernden Kleid den Schwangerschaftsbauch verloren. Ihre Gesichter waren deutlich zu erkennen. Sie schauten traurig und verwirrt.

Sie blickten in unsere Richtung und sahen eine perfekt gerenderte Venus-Statue und den bronzefarbenen, bärtigen Marc Aurel, die gerade ihre Scooter abstellten.

Sélène lief auf Mamas Geist zu und warf sich mit ihrem Venus-Avatar schluchzend um ihren Hals. Mama Africa zuckte erschrocken zurück, Lawrence stand erstaunt daneben. Währenddessen waren wir von hundert diffus schimmernden Gestalten umgeben, die von alldem nichts mitbekamen. Ich stellte mich vor Lawrence und begrüßte ihn. »Hallo Lawrence. Ich bin's – Darian.«

Er schaute mich mit erstaunten menschlichen Geisteraugen an. »Darian ... Sélène ... was macht *ihr* denn hier? Seid ihr etwa ... auch ...?«

»Nein«, schluchzte Sélène, »das ist eine lange Geschichte.«

Wir führten unsere Freunde aus dem unsichtbaren Kuppelraum

der Villa Castalia dorthin, wo sich in der Realität einer der Chill-out-Alkoven befunden hätte. Wir setzten uns auf den mondgrauen Boden und erzählten unseren toten Nachbarn von Bardoland.

»Es tut uns leid«, sagte Sélène leise, nachdem sie die Ereignisse zusammengefasst hatte.

Mama Africa lächelte. »Es muss euch nicht leidtun. Ihr habt nichts falsch gemacht, es ist nun mal der Lauf der Dinge.«

»Ist es nicht ironisch, dass wir uns ausgerechnet in Starseed treffen – einer Welt, die du geschaffen hast?«, fragte ich Mama Africa.

»Nun, Darian, ganz so ist es nicht«, sagte sie. »Wir sind nicht in Starseed.«

»Aber wo sind wir dann? Ist das hier in irgendeiner Weise *real?*«

»Das wird es wohl sein«, sagte Lawrence. »All die Geister unserer Freunde sind ein Spiegel dessen, was gerade in der Realität stattfindet. Alles um uns herum – der Mond, das Weltall, die Sterne –, welchen Unterschied macht es, ob es real ist oder eine perfekte Simulation?«

»In der Realität können wir nicht einfach so auf dem Mond sitzen«, wandte ich ein.

»Hast du Shankara vergessen?«, fragte Lawrence.

»Die Atemluftversorgung in eurer Hütte …«, wechselte ich das Thema. »Wie es aussieht, hat sich von Hindenburg anscheinend doch nicht mehr darum gekümmert?«

Lawrence und Mama Africa schauten sich an. Der Australier wandte sich wieder in unsere Richtung. Es war ungewohnt, ihn mit seinen richtigen Augen zu sehen; jetzt, als Toter, erschien er umso menschlicher. »Wer weiß? Er wollte das per Ferndiagnose erledigen«, sagte Lawrence. »Vorbeigekommen ist er jedenfalls nicht.«

»Mortimer hat übrigens gestern wieder eine Sondersitzung des Lunatic Council einberufen«, berichtete ich nach einer kurzen Weile des Schweigens. »Da sind eure Nachfolger bekannt gegeben worden. Chester hat schnell reagiert.«

»Und wen hat er ernannt?«, fragte Mama Africa.

»Urs Kurtz ... und diesen Typen von BelTech, Kenneth Juniper.«

»Jetzt hat er schon fünf Stimmen ... und du bist die Nummer sechs in seinem Kontingent, nicht wahr, Darian?«

»Ja. Und genau da liegt das Problem ...«, sagte ich.

»Wieso?«

Ich erzählte den beiden von meinen Steuerschulden, dem Haftbefehl und dem Führungszeugnis von Alain.

»Alain hat dir ein gefälschtes Zeugnis besorgt? Wenn er dich jetzt verrät, schmeißt Mortimer dich raus«, sagte Lawrence nachdenklich.

»Ist mir klar. Er hätte keine andere Wahl.«

»Wenn du gehen musst oder Alain dich deswegen erpresst, stünde es 6:6 im Council«, überlegte Mama Africa. »Es wäre Gleichstand, nichts könnte mehr entschieden werden, aber es würde sich auch nichts ändern. In Levania und für Garden Eden bliebe alles wie gehabt. Was so schlecht nicht wäre ... und auf das Kontingent von Alex hat Chester keinen Zugriff.«

Niemand sagte ein Wort. Ich schaute hinüber zu Sélène. Ihre Venus-Statue blickte nachdenklich zu Boden.

In dem Moment kamen zwei Geister auf uns zu, die sich aus der Menge der kondolierenden Gäste der Villa Castalia gelöst hatten. Sie schienen sich dort niederlassen zu wollen, wo wir gerade auf dem Boden saßen – dort, wo sich in der Realität der Chill-out-Alkoven befand. Automatisch rückten wir zur Seite. Die beiden schimmernden Gestalten hockten sich gegenüber hin, und kurz darauf begannen sich ihre Arme und Hände rhythmisch zu bewegen.

»Tony und Bongo-Paul«, flüsterte Lawrence.

»Sie trommeln für euch«, sagte Sélène mit zitternder Stimme.

Lawrence rückte nach vorne zu den beiden Geistern, als ob er mit ihnen gemeinsam im Kreis säße. Dann begann auch er mit seinen Händen zu trommeln, auf dem grauen Mondboden, zusammen mit seinen alten Freunden, zum ersten Mal mit richtigen Armen und Händen. Ich schloss die Augen und glaubte für eine Weile, dem Klang einer Bongo-Session zu lauschen. Aber es war nichts zu hören, nicht einmal das Tappen von Lawrence' Händen auf dem Boden.

Es war Sélènes Idee. Lawrence saß hinter mir auf meinem Roller, die beiden Frauen fuhren neben uns her. Vielleicht war dies der seltsamste Moment meiner Zeit auf dem Mond. Eine Venus-Statue und ein bronzener Marc Aurel fuhren mit virtuellen Scootern durch eine simulierte Mondschaft. Mit zwei Toten.

Wir verzichteten darauf, unseren jenseitigen Freunden unsere neu entdeckte Leidenschaft für den freien Fall von der Klippe näherzubringen, und fuhren stattdessen mit ihnen die Serpentinen hinunter.

»Ich werde das alles wirklich vermissen«, sagte Lawrence traurig, als wir an der Bahn 18 des Golfplatzes vorbeifuhren, auf der gerade ein Flight am Abschlag herumgeisterte.

»Wir werden euch auch vermissen«, sagte ich. »Wir alle.«

Die Scooter parkten wir ordnungsgemäß vor dem virtuellen Haupteingang, aus dem uns zwei Geister entgegenkamen, die in der Realität offenbar Golfbags geschultert hatten. Dann betraten wir die Halle und machten uns auf den Weg in die Lounge.

Bevor Lawrence und Mama Africa die Kabine in der Damentoilette betraten, umarmten wir uns. Dann waren sie verschwunden.

# TERMINATOR

»God gave us the darkness, so we could see the stars.«
JOHNNY CASH

Dass die Einweihung von Garden Eden aus technischen Gründen um zwei Wochen verschoben werden musste, war keine wirkliche Überraschung. Es entbehrte allerdings nicht einer gewissen Ironie, dass wir am Vorabend der Feier ausgerechnet zum Sundowner in der Lounge versammelt waren – anstatt, wie geplant, die Eröffnung am Tage des Sonnenaufgangs zu zelebrieren.

Bislang war es nur wenigen Leuten vorbehalten, die mittlerweile luftgefüllte Kuppel von Garden Eden zu betreten, nämlich den Ingenieuren von BelTech, Hermann von Hindenburg, Tony, Nathan und Mortimer. Ich war keineswegs unglücklich darüber, nicht Mitglied dieser exklusiven Gruppe zu sein, denn so würden Sélène und ich gemeinsam mit unseren Freunden die Helme abnehmen und zum ersten Mal die Luft des Paradieses atmen. Das würde morgen bei der Einweihungsfeier geschehen, auf einem kleinen Platz vor der Villa Castalia, den wir *Pleroma Square* getauft hatten.

Jeder war auf seine Weise mit den Vorbereitungen beschäftigt, die keineswegs nur die Bauarbeiten und die temporäre Ausquartierung der Moonatics betrafen. Nathan zum Beispiel hatte bereits vor einigen Wochen einen Katasterplan von Pleroma angefertigt und dort die Grundstücksgrenzen eingetragen, wobei ich ihm assistiert hatte. Wir waren mit Stangen und Lasermessgeräten durch die Gegend gezogen und hatten anschließend die Hütten und Grundstücksgrenzen in die Pläne gezeichnet; selbst der Magic Moover fand sich so als *Hütte, mobil, eingeschossig* in dem Plan wieder. Nathan hatte auch darauf bestanden, die Volleyballfelder als *gemeinschaftlich genutzte Sportflächen* auszuweisen und das Wegenetz als *Verkehrsflächen* zu schraffieren.

Anschließend hatten wir ein Einwohnerverzeichnis des Hüttendorfs erstellt, wo ich nicht nur die persönlichen Daten der Moonatics einpflegte, sondern auch die Grundstücksgrößen und die monatliche Vorauszahlungen für Wasser, Luft und Strom. Im Paradies sollte alles seine Ordnung haben – vielleicht eine unbewusste Reaktion auf die zunehmende Entropie der Erde.

Randall war für die Umwandlung der grauen Mondschaft in ein fruchtbares Habitat zuständig, wofür er eine Task-Force zusammengestellt hatte, die von Daniel und Marianne geleitet wurde. Gemeinsam mit unserem Gärtner widmeten sie sich der Herstellung von Substrat und der Aufzucht der Pflanzen, die im neuen Habitat gedeihen sollten; auch waren sie damit beschäftigt, in Pleroma Bewässerungsleitungen für die zukünftigen Gärten zu installieren.

Ophelia war mit den eher feinstofflichen Aspekten von Garden Eden und seiner Einweihung betraut. Unsere Luftmatratzen-Schamanin bestand auf einer angemessenen Initialisierung von Gaias neuer Zweigstelle, um sie mit den »Energien von Mutter Erde zu verbinden«, wie sie es nannte. Daher sollte die Neumondzeremonie zukünftig im Garden Eden stattfinden; es war sogar im Gespräch, die monatliche Veranstaltungsreihe dauerhaft aus dem ICB dorthin zu verlegen. Bis allerdings ausreichend Substrat hergestellt war, um das Grünzeug flächendeckend anzupflanzen, würde noch einige Zeit vergehen. Solange würde es unter der neuen Kuppel nur vereinzelt Vegetation in Bottichen geben und Ophelias Eröffnungszeremonie einen eher symbolischen Charakter haben.

Leo McMurphy hatte sich neulich im Apollo aus einer spontanen Laune heraus zum Zeremonienmeister der Einweihung erklärt. Bald war ihm allerdings klar geworden, dass die Aufgabe mit der ewigen Spontaneität seines Hierundjetzt nicht zu bewältigen war, schließlich ging es darum, einigermaßen durchdachte Ablaufpläne zu entwickeln – etwa sich darüber Gedanken zu machen, wann und wie die Getränke zur Eröffnungszeremonie gelangten, da doch außer den Technikern niemand vorher Garden Eden betreten sollte. Aus der Gelben Nische oder dem Apollo heraus ließ sich das alles nicht so locker planen, schon gar nicht, wenn man ständig ein paar Gin Tonics intus hatte. So war es kein Wunder, dass der eher improvisiert wirkende Zeitplan erst auf den letzten Drücker auf unseren Uhren erschien.

Wir parkten Sélènes roten Flitzer neben den Länderfahnen am Haupteingang, stiegen aus und entnahmen dem kleinen Kofferraum unsere Taschen, aus denen wir während der temporären Ausquartierung die letzten Wochen in Christophers Haus gelebt hatten. Überall waren Moover und Scooter versammelt, darunter auch Hotelbusse und dunkelgrüne Transporter aus dem ICB; etwas abseits stand Leos Bus und flimmerte erwartungsvoll vor sich hin. Es gab niemanden, der morgen bei dem gemeinsamen Konvoi zurück nach Pleroma und der anschließenden Eröffnungsfeier von Garden Eden nicht dabei sein wollte.

Die Lounge war voll mit Leuten, denn mittlerweile war die gesamte Bewohnerschaft Pleromas eingetroffen, um gemeinsam vor der Einweihung die Nacht durchzufeiern; zugleich waren auch noch alle Gäste des Hotels zum Sundowner versammelt. Durch das Große Fenster sahen wir die Sonne bereits dem westlichen Kraterrand von Prinz entgegenwandern. Wir standen am Eingang der Lounge und beobachteten das aufgeregte Treiben, als Ophelia auf ihrer Luftmatratze herangeschwebt kam. Sélène lief jauchzend auf sie zu.

»Na, wo habt ihr denn gesteckt?«, fragte Ophelia.

»Oben bei Christopher, unsere Sachen holen«, sagte Sélène.

»Du hast aber hoffentlich keinen Finger gerührt, dafür sind Männer da.«

Randall und Roy erschienen aus dem Gewimmel der Lounge. »Na, Randall, wirst du uns morgen ein Apfelbäumchen pflanzen?«, fragte Sélène unseren Gärtner, der mal wieder mit nichts als einem Sarong bekleidet war.

»Nein, aber eine Linde.«

»In einen Blumenkübel?«

»Ja, klar. Ich kann sie ja schlecht in den Mondstaub pflanzen.«

»Und was ist dein Beitrag zum Gelingen der Feierlichkeiten, alter Mann?«, fragte Ophelia an Roy gerichtet.

»Ich werde der Erste sein, der an den Baum pinkelt. Dafür sind Männer schließlich da«, brummte Roy vergnügt und gab Ophelias Luftmatratze einen kleinen Stups.

»Wenn ihr schon keine Kinder zur Welt bringt«, rief Ophelia und schwebte langsam davon.

»Mr. Curtis?« Ich wandte mich um. Vor mir stand ein mexikanisches Ehepaar, das gestern eingecheckt hatte.

»Ja, bitte?«

»Sagen Sie, was ist denn hier los? Ist das immer so?«

»Nein, wir haben heute so etwas wie eine Betriebsfeier. Ab morgen ist es wieder ruhig, keine Sorge.«

»Betriebsfeier? Was ist denn der Anlass?«

»Nun, wir …«

»Morgen wird auf dem Mond die Schwerkraft um ein Drittel erhöht!«, krächzte Harry, der sich gerade mit einem Tablett voller Gin Tonics vorbeidrängte. »Alles im grünen Bereich. Alles wird gut.«

»Oh, ah ja. Aber sagen Sie, Mr. Curtis – wir haben gelesen, dass der Sonnenuntergang hier in der Lounge mit einem Sundowner zeleb…«

»Hier, geht aufs Haus!«, unterbrach Harry die beiden erneut und drückte ihnen zwei Gin Tonics in die Hand.

Sélène nutzte die Gelegenheit und zog mich hinter sich her. Wir kamen nicht weiter als bis zur Gelben Nische, wo erwartungsgemäß Hochbetrieb herrschte. Dort saßen Bongo-Paul, Susi, Ivan der Bergsteiger und einige andere um einen Screen versammelt: eine

Liveübertragung aus Garden Eden, wo Tony mit einer Kamera herumlief.

Fasziniert schauten wir zu, wie er im Licht der fast untergegangenen Sonne in Richtung Villa Castalia unterwegs war. Das Bild drehte sich zur Seite, und einer der Bauleiter von BelTech erschien. Er trug einen Overall! Keinen Raumanzug! Keinen Helm! Die versammelte Crew in dem Alkoven jubelte und lachte. Atemluft! Tony drehte die Kamera in Richtung seines unrasierten, übernächtigten Gesichts. Er hatte eine Selbstgedrehte im Mund und rief mit heiserer Stimme: »Wisst ihr was, Leute? Das ist meine erste Zigarette in Garden Eden! Und ich werde sie jetzt rauchen!« Wir tobten vor Begeisterung.

Wenig später kamen wir an der Grauen Nische vorbei, die ebenfalls voll besetzt war. Alain war erst kürzlich wieder von der Erde eingetroffen und hatte erneut den Golfplatz für ein Privatturnier mit seinen Freunden reserviert. Es war sicher kein Zufall, dass seine Rückkehr mit seiner Ernennung zum neuen Mitglied des Councils zusammenfiel.

»Mon dieu, was sehe ich da? Eure Bekanntschaft trägt Früchte – man vermehrt sich, man pflanzt sich fort, als gäbe es kein Morgen«, sagte er mit Blick auf Sélènes Bauch, die genervt zur Seite schaute.

»Morgen ziehen wir in den Garden Eden, wie du sicher schon gehört hast«, sagte ich.

»Oh, das ist fantastisch. Ich bin stolz darauf, dass ich dir helfen konnte, zu bleiben und eine Familie zu gründen. Denn wer weiß, wer sonst deinen Platz im Council eingenommen hätte? Aber unsere Situation hat sich inzwischen geändert«, fuhr Alain fort und schaute mit undurchsichtigem Lächeln zu Sélène. »Veränderungen stehen bevor. Nicht wahr, Kenneth? Du hast dieses reizende Paar gewiss noch in Erinnerung?«

Kenneth Juniper, der zwischen Urs Kurtz und Dr. Seidenschal sichtlich angetrunken in der Grauen Nische saß, grinste vor sich hin.

»Vielleicht spielen wir bald eine Runde Golf?«, fragte ich nach einem Moment der Stille, den ich nicht so ganz einzuordnen wusste.

Alain schaute mich mit undurchdringlichem Blick an. »*Oui, mon ami*. Immer gerne. Aber ich glaube, wir werden zunächst mit anderen Entwicklungen beschäftigt sein. Wir sind jetzt Kollegen im Council Lunaire, der *Mad Hatters Tea Party*. Bald wird nichts mehr so sein wie bisher, spannende Zeiten brechen an. Wir sehen uns bei der Eröffnung von Garden Eden?«

»Du wirst auch dort sein?«, fragte Sélène misstrauisch.

»*Bien sûr*, wir werden *alle* dort sein«, sagte Alain. Es klang beinahe wie eine Drohung. Er nickte uns zu, und es war klar, dass die Unterhaltung nun beendet war.

Am Großen Fenster gesellten wir uns zu Arun Abschad, Theowulf und Dr. Berghoff, die Sélène ausgiebig mit Küsschen rechts und links begrüßten. Sie warteten mit Gin Tonics auf den Untergang der Sonne, die bereits zur Hälfte hinter dem westlichen Kraterrand verschwunden war.

Ihr Versinken am Horizont spielte sich auf dem Mond deutlich langsamer ab als auf der Erde – schließlich brauchte die Sonne hier zwei Wochen, um einmal am Firmament entlangzuwandern, nicht nur einen Tag. Da auf dem Mond die Atmosphäre fehlte, gab es natürlich auch keine Dämmerung; die Grenzlinie zwischen Hell und Dunkel war sehr scharf geschnitten, und man konnte ihr zusehen, wie sie im Schritttempo über die Mondschaft wanderte. Diese unerbittlich fortschreitende Linie, die der Finsternis vorausging, trug einen Namen: Terminator.

Am Großen Fenster beobachteten wir, wie die Schwärze sich langsam von Osten auf Levania zubewegte und die Mondschaft unwiederbringlich hinter sich zu verschlucken schien. Sélène fasste mich an der Hand, der Terminator hatte fast die Lounge erreicht.

Dann sahen wir es.

In der dunklen Zone, die langsam auf uns zuwanderte, erschienen auf einmal Lichter. Ich hielt sie zunächst für Reflexionen im Fenster, denn sie entsprachen der Form und Größe nach nichts, was man normalerweise auf dem Mond sehen würde. Es waren nicht die Scheinwerfer eines Moovers, vielmehr sah es aus wie ein ganzes Gebäude, das sich in unsere Richtung bewegte. Die Lichter näherten sich der Terminatorlinie und kamen direkt auf uns zu – bis aus dem Dunkel der Rumpf eines gewaltigen Fahrzeugs in das letzte verschwindende Sonnenlicht tauchte. Verblüfft sahen wir, was dort direkt vor unseren Augen an der Lounge vorbeirollte. Eine gigantische Yacht auf Rädern.

Auf der hinteren Flanke war in eckigen Lettern ihr Name zu lesen:

## DIE USE RETIRE

»Chester …!«, flüsterte Veejay.

Das versammelte Publikum am Großen Fenster beobachtete schweigend, wie das Ungetüm abdrehte und wieder in der Finsternis in Richtung Süden verschwand, wie ein Leviathan nach kurzem Auftauchen an der Oberfläche des Meeres. Zurück blieben Reifenspuren, so groß, wie ich sie noch nie auf dem Mond gesehen hatte, bis auch sie von der vorüberziehenden Schwärze verschluckt wurden. Die Sonne war nun endgültig untergegangen. Sélène und ich schauten uns beunruhigt an.

»Es ist kein Zufall, dass er ausgerechnet heute hier aufkreuzt«, sagte sie leise.

Bei den Vorbereitungen für das Frühstück am nächsten Morgen waren alle recht schweigsam; draußen vor dem Großen Fenster herrschte absolute Finsternis. Nicht wenige fanden, dass die Eröffnung doch besser schon gestern hätte stattfinden sollen, als es noch hell und sonnig gewesen war.

Gegen halb elf verließen wir die Lounge. In der Halle herrschte emsiges Treiben, als die Leute ihre Taschen einsammelten und Raumanzüge und Helme anlegten; die Luftschleuse am Haupteingang war bereits in ständigem Betrieb. Leo rannte herum und versuchte, den

Überblick zu behalten, aber vor allem aber war er sichtlich bemüht, gute Stimmung zu verbreiten.

Durch das Fenster neben der Schleuse beobachteten wir draußen die gleiche Unruhe wie drinnen in der Halle. Wir sahen Randall, der damit beschäftigt war, zusammen mit einigen Leuten Kisten und Wasserkanister in die Transporter des ICB zu laden. Das war das Catering. Einige konnten es anscheinend nicht erwarten, bis es endlich losgehen würde; sie kurvten schon mit Scootern und Golfcarts herum, die erkennbar geputzt und mit Fähnchen dekoriert waren. Als die Halle sich langsam leerte und der Aufbruch des Konvois bevorstand, tauchte Mortimer auf. Er hatte es noch nicht geschafft, seinen Raumanzug anzuziehen. Er war im Overall unterwegs und machte einen besorgten Eindruck. »Darian?«

»Ja, was denn?«

»Hast du Buzz irgendwo gesehen?«

»Buzz? Nein, schon länger nicht mehr.«

»Er ist seit gestern Abend verschwunden.«

»Wie – *verschwunden?*«, fragte ich.

»Er ist weg. Ich kann ihn nicht mehr lokalisieren, er hat sein Ortungssignal ausgeschaltet.«

»Vielleicht ist er schon oben im Garden Eden?«

»Tony sagt Nein.«

»Was für ein Gesicht hatte er zuletzt in seiner Maske?«, fragte Sélène.

»Gestern Abend …«, überlegte Mortimer. »Es war das Gesicht von – Jesus.«

»Jesus? Vielleicht bereitet er eine Bergpredigt für die Feier vor«, scherzte ich.

»Das wäre ihm beinahe zuzutrauen«, sagte Mortimer. »Aber wir müssen los, es ist gleich elf. Ich zieh mich noch um, wir sehen uns oben.«

»Im Garden Eden.«

»Im Paradies.«

Buzz war nach dem Interview mit Vivian Perez zu einem regelrechten Medienstar geworden und verhielt sich seitdem manchmal etwas seltsam. Wenige Minuten nach Ausstrahlung der Sendung waren auf unserem Mailserver die ersten Interviewanfragen von Fernsehanstalten, Talkshows und Magazinen eingegangen, amüsanterweise auch vom *Playboy*. Tony hatte eine automatische Antwort mit Verweis auf Buzz' Mailadresse eingerichtet, und so hatten wir zunächst gar nicht gemerkt, wie viele Anfragen auf diese Weise zusammengekommen waren – es waren tatsächlich Hunderte, und Buzz hatte sie alle beantwortet, ohne Ausnahme. Er gab ständig Interviews, per Mail oder als gesprochene Audiodateien, während er mit uns zusammensaß, seinen sonstigen Beschäftigungen nachging oder Volleyball spielte. Wir hatten davon überhaupt nichts mitbekommen. Jemand von uns hatte auch ein Interview mit Buzz in der Onlineausgabe eines australischen Schwulenmagazins entdeckt, wo er sogar auf dem Cover prangte.

Auf der Erde hatte es sich schnell herumgesprochen, dass Buzz alle Mails umgehend beantwortete, wodurch er zu einem Berater für sämtliche Lebenslagen geworden war. Die Leute fragten ihn nach seiner Einschätzung zu Börsenkursen und Beziehungsproblemen; Studenten suchten bei ihm Rat für ihre Abschlussarbeiten, und es stellte sich sogar heraus, dass offenbar nicht wenige Doktorarbeiten in Wirklichkeit von ihm stammten. Er schien sie im Minutentakt rausgehauen zu haben. Es hatte eine Weile gedauert, bis uns das alles klar geworden war und wir uns gezwungen sahen, seinen Mailaccount stillzulegen. Und nun war Buzz also verschwunden.

Draußen hatte sich der Konvoi bereits formiert und der Magic Moover ganz vorne seine Führungsposition eingenommen, beinahe am Horizont. Hinter ihm eine Armada von Fahrzeugen, ein bunt gemischter Schwarm aus Moovern, Scootern und vereinzelten Wohnmobilen. Sélènes roter Flitzer stand neben den Länderfahnen, wohin sich das

Ende des Konvois erstreckte. Wir stiegen ein und fuhren langsam los – genau im richtigen Moment, denn die Kolonne setzte sich soeben in Bewegung.

Von hinten kam eine groß gewachsene Gestalt in weiten, hüpfenden Schritten angelaufen, an all den Fahrzeugen vorbei, bis sie schließlich den Magic Moover an der Spitze erreichte und hinten auf dessen Trittbrett sprang. Mortimer.

»Wir sind komplett«, hörten wir Leos Stimme in unseren Helmlautsprechern. »Es kann losgehen. Und jetzt habe ich noch ein Lied für euch.«

*If you are going to San Francisco, be sure to wear some flowers in your hair ...* Bald sangen wir alle lauthals mit, während wir auf der Moonatic Lane nach Norden rollten; auf der Bahn 18 schaute uns eine Gruppe von Golfspielern staunend hinterher. Als letztes Fahrzeug konnten wir die Parade beobachten, die sich langsam die Serpentinen von Beverly Hills hinaufbewegte – mit dem Magic Moover vorneweg, gefolgt von unzähligen Scheinwerfern. Ein völlig surrealer Anblick im Dunkel der Mondnacht, dazu in den Helmlautsprechern eine Kakofonie aus Gesängen und Lachen. Ich drehte die Lautstärke runter, aber immerhin herrschte gute Stimmung.

Nach einer längeren Schleichfahrt befanden wir uns auf halber Höhe der Serpentinen, als wir Leos Durchsage hörten: »Garden Eden kommt in Sicht.«

Jubelrufe im offenen Kanal.

»Aber wir haben Besuch ...«

Ich drehte mich zu Sélène. Ihr silbern verspiegeltes Visier wandte sich mir zu. »Chester«, sagte sie leise.

Tatsächlich. Als wir uns auf dem Plateau dem Krater Vera näherten, sahen wir seine riesige Yacht auf einem Felsvorsprung stehen wie ein lauerndes Insekt.

Zu unserer Überraschung war die Kuppel des Garden Eden nicht beleuchtet und daher praktisch unsichtbar, als ob sie gar nicht existierte – die Hütten von Pleroma schienen wie immer ungeschützt in der Mondschaft zu stehen. Davor hatte sich der Konvoi aufgelöst; die Scheinwerfer der Moover und die herumstehenden Gestalten in Raumanzügen hatten den Bereich vor der Kuppel in einen nächtlichen Parkplatz verwandelt.

Nachdem wir als Letzte angekommen waren, stellten wir den roten Flitzer neben einen Mannschaftswagen von BelTech, holten unsere Taschen aus dem Kofferraum und näherten uns der unbeleuchteten Kuppel. Die Leute standen erwartungsvoll vor den beiden Schleusen; viele waren an die so gut wie unsichtbare Membran der Kuppel herangetreten und befühlten sie ungläubig mit den Handschuhen. Aufgeregtes Schnattern und Lachen im Offenen Kanal. Alles schimmerte in der bunten Reflexion des Magic Moover, der direkt vor der großen Fahrzeugschleuse stand.

Das Tor öffnete sich. Das Protokoll der Zeremonie hatte begonnen. Langsam fuhr Leos Bus in die große Schleuse, dahinter die dunkelgrünen Transporter aus dem ICB. Sélène griff nach meinem Handschuh. Ich spürte es wieder, dieses elektrische Kribbeln, das meinen Rücken hinunterfuhr. Ihr Bauch war unter ihrem grauen Raumanzug deutlich zu erkennen.

Als die Transporter durch die große Schleuse nach innen gelangt waren, wurden auch wir hineingewunken, alle noch in Helm und Raumanzug. Die Szenerie war surreal, beinahe bedrohlich. Fünfzig Gestalten im Astronautendress in rotes Licht getaucht, dazwischen unsere Taschen; es sah aus wie ein Schichtwechsel in einem Atomkraftwerk. Ich hatte noch nie zuvor als Fußgänger in einer Fahrzeugschleuse gestanden – entsprechend lange dauerte es, bis die Atemluft hineingepumpt war und das Licht auf Grün wechselte. Wir applaudierten und griffen hastig nach unseren Taschen, als sich das Innentor wie ein Theatervorhang öffnete und den Blick auf Pleroma freigab.

Die vertrauten Hütten standen in dunkler, grauer Mondschaft – nicht einmal die Beleuchtung der Wege war eingeschaltet. Schaute man jedoch genauer hin, war zu erkennen, dass die Luftschleusen der Hütten fehlten, Türen hatten ihre Stelle eingenommen. Sie standen offen! Weiter hinten flackerte es bunt – dort, wo inzwischen der Bus vor der Villa Castalia stand. Wir eilten mit unseren Taschen durch die neue Atmosphäre in die Richtung, wo die Party steigen und wir endlich gemeinsam die Helme abnehmen würden. Wir konnten es kaum erwarten.

In der Mitte von Garden Eden war, sofern man das in der Dunkelheit erkennen konnte, ein kleiner Dorfplatz entstanden. Der Pleroma Square wurde von der Villa Castalia und dem Magic Moover eingerahmt; auf den Querseiten standen die Transporter, die bereits eifrig entladen wurden. Leos Stimme forderte uns auf, mit anzupacken. Ich stand an einer der Ladeklappen und nahm verblüfft eine Biertischgarnitur nach der anderen entgegen, von deren Existenz ich bisher nichts geahnt hatte. Ich reichte sie nach hinten weiter, wo sie rasch auf dem Platz verteilt wurden. All das geschah in der Dunkelheit, die einzige Lichtquelle bildete Leos bunt flackernder Bus.

Im Hintergrund machte sich DJ Pablo an seinem Aufsitzmoover zu schaffen, auf dem er nachher auflegen würde. Eine kleine Gestalt mit goldenen Stiefeln und goldenem Helm, also Harry, schob den Toilettenwagen durch die Gegend. Zwei andere Raumanzüge bauten eine Bar auf und stellten Stapel von Gläsern neben Wasserkanistern und Kisten mit Gin Tonic-Pulver auf die Tische. Drei Figuren kamen nacheinander aus der Luftschleuse des Magic Moover herausgestolpert und kletterten hinten die Leiter hinauf, hoch auf das Dach des Busses. Es war ein chaotisches Treiben, absurd und schweißtreibend, aber gleich würden wir belohnt – mit einem im Rekordtempo aufgebauten Dorffest.

Es begann mit den pompösen Klängen von *Also sprach Zarathrustra* in unseren Helmlautsprechern. Wir standen im Dämmerlicht des Pleroma Square zwischen Tischen und Bänken und schauten in Richtung des im Takt der Musik schillernden Busses. Auf seinem Dach schwenkte eine kräftige Gestalt eine große schwarze *Moonarchy*-Fahne. Das konnte nur Leo sein. Wir applaudierten mit unseren Handschuhen und johlten im Offenen Kanal über der Musik.

Dann passierte es, schlagartig. Es wurde hell. Pleroma war plötzlich erfüllt vom Licht eines frühsommerlichen Tages. Wir befanden uns nicht mehr im Weltraum, sondern in einer schützenden Atmosphäre. Die Sterne und die Schwärze des Alls waren verschwunden. In Garden Eden war die Sonne aufgegangen, erzeugt durch unzählige winzige Oleds in der Kuppelfolie, die nicht bloß Tageslicht erzeugten, sondern zugleich auch einen strahlend blauen Himmel simulierten. Hysterischer Jubel: Es wurde Licht!

Die Musik verstummte, und wir hörten Leos Stimme. »Meine lieben Freunde, liebe Gäste! Ich weiß, ihr alle könnt es nicht erwarten, endlich eure Helme und Anzüge loszuwerden. Vielleicht könnt ihr es noch nicht ganz glauben, dass wir hier und jetzt Atemluft haben, dass wir im Garden Eden leben! Und nun habe ich die Ehre, bekannt zu geben, wem es als Erstem vergönnt sein wird, die köstliche Luft des Paradieses zu atmen. Darf ich vorstellen – die jüngste Bewohnerin des Mondes, die zauberhafte *Luna!*«

Zwei Raumanzüge stiegen aus dem Bus, einer von ihnen hatte das blonde Mädchen im Arm. Sie trug ein gelbes Kleidchen. Jubel und Geschrei in den Helmlautsprechern. Das Kind konnte uns natürlich nicht hören und schaute irritiert auf die lautlose Versammlung von behelmten Astronautenfiguren, aber sie lachte und winkte und erschien uns dabei wie ein kleiner Engel. Die beiden Gestalten neben dem Bus nahmen ihre Helme ab. Es waren Marianne und Daniel. Sie strahlten und winkten. Leo rief in den Helmlautsprechern: »Und jetzt *alle!*«

Das ließen wir uns nicht zweimal sagen. Euphorisch lösten wir die Verriegelungen unserer Helme, nahmen sie ab und stimmten einen kollektiven Urschrei an – es war nicht abgesprochen, es geschah einfach. Ich umarmte Sélène, wir küssten uns, alle fielen sich um den Hals. Helme wurden wie bei der Abschlussfeier einer Universität in die Luft geworfen, Luna kreischte vor Freude, und Leo wedelte immer noch mit seiner Fahne auf dem Dach des Busses herum. Die Leute begannen, ihre Raumanzüge auszuziehen. Alsbald stellte sich heraus, dass sich heute Morgen eine Gruppe von Frauen ihre Körper bunt mit Farben bemalt hatte. Sie drängten nackt und johlend durch das Gewühle von Moonatics, Biertischgarnituren und herumliegenden Helmen und verteilten überall Umarmungen und Küsse.

So ging das eine halbe Stunde, bis wir uns langsam beruhigten und sich Nathan doch noch traute, vom Dach des Busses mit einem Mikrofon das Wort zu ergreifen. Er war schlau genug, auf das Pathos geschichtsträchtiger Sätze zu verzichten, obwohl ich mir sicher war, dass er eine entsprechende Rede vorbereitet hatte. Er gab bekannt, dass das Buffet nun eröffnet sei (was mit allgemeinem Gelächter quittiert wurde, da die Plünderung der Catering-Kisten längst begonnen hatte) und zwei weitere Programmpunkte anstünden, nämlich die Liveübertragung der Rede von Alexander von Alvensleben Avalon-Zaragoza sowie das Pflanzen von Randalls Linde. Nathan fügte hinzu, dass die anderen Gäste anschließend gerne einen Rundgang durch Garden Eden unternehmen dürften, während der Pleroma Square für die weiteren Feierlichkeiten in eine Tanzfläche verwandelt würde.

Die *anderen Gäste*, wie Nathan sie nannte, gab es nämlich auch noch. Sie hatten unseren kollektiven Ausbruch spontaner Wildheit etwas abseits stehend beobachtet, mittlerweile ebenfalls ihre Helme abgenommen und sich zögerlich in die Warteschlangen am Buffet und der Bar eingereiht. Sie waren überraschend zahlreich vertreten, vor allem die Oligarchen-Schickeria aus Beverly Hills und dem Umfeld von Alain. Viele von ihnen trafen auch gerade erst ein, denn sie hatten sich nicht dem Konvoi angeschlossen und waren über das Plateau gefahren, nachdem die Parade aus Levania an ihnen auf den Serpentinen vorbeigezogen war.

»Lass uns endlich nach Hause gehen«, schlug Sélène freudestrahlend vor.

Wir liefen unter der leuchtenden Himmelskuppel an den Hütten vorbei, in Richtung des Apollo und unseres Hauses. Es war herrlich, nach einem Monat Exil wieder durch Pleroma zu laufen – insbesondere ohne Helm und Raumanzug, unter der Simulation eines blauen, sonnigen Himmels.

»Unglaublich, oder?«, sagte Sélène. »Mit einem Kleid und Ballerinas durch den Mondstaub zu laufen, zu atmen …«

»In Pleroma war man immer *draußen*. Nun sind wir unter einer Kuppel, drinnen – aber erst jetzt fühlt es sich wirklich an wie draußen, wie unter freiem Himmel.«

»Ich kann es kaum erwarten, bis hier endlich Pflanzen wachsen.«

Wir waren nicht die Einzigen, die staunend durch Garden Eden spazierten. Überall liefen Moonatics, mit Taschen und Raumanzügen bepackt, umher, auf dem Weg zurück zu ihren Häusern, die sie mit offen stehenden Türen erwarteten. Wir hörten im Vorbeigehen immer wieder fröhliches Rufen, als die Leute nach Wochen der temporären Ausquartierung heimkehrten – einfach so, ohne Luftschleuse, Helm oder Raumanzug.


Wir bemerkten ein Ehepaar mittleren Alters, das vor uns in makellos weißen Overalls den Weg entlanglief. Höflich grüßend überholten wir die beiden, als sie vor der offenen Tür des Apollo stehen blieben und hineinschauten. Sie wirkten wie Touristen, die ein Dorf in der Toskana besichtigten. Ich kannte sie flüchtig, es waren Freunde der Seidenschals und Stammgäste in Levania. Eigentlich ganz nette Herrschaften, ich hatte mit ihnen neulich beim 3. Lunar Open im gleichen Flight gespielt.

Unsere Haustür stand offen, wie bei allen anderen Hütten auch. Wir gingen einfach hinein, um endlich unsere Sachen loszuwerden, die wir erleichtert auf den weißen Boden des Wohnzimmers fallen ließen. Wie verabredet eilten wir zum großen Fenster vor dem Bett; die Leute von BelTech hatten auch hier ganze Arbeit geleistet und sie zu Schiebetüren umgebaut. Vorsichtig schoben wir sie zur Seite und blickten hinaus. »Unser Garten!«, jubelte Sélène, zog hastig ihre Ballerinas aus und hüpfte barfüßig nach draußen. »Fußabdrücke! Barfuß im Mondstaub!«, rief sie. »Schau dir das an!«

Ich folgte ihr über die Schwelle der Terrassentür und stand im Mondstaub unseres zukünftigen Gartens, über uns der blaue Himmel. Ich holte tief Luft. Einatmen. Ausatmen. Der leichte Duft von Schießpulver, hervorgerufen durch den Regolith. Frische Luft. Unfassbar. Im heimischen Garten kam es uns noch unwirklicher vor, es war wirklich kaum zu glauben. Wir nahmen uns in den Arm und küssten uns.

»Oh, Entschuldigung, wir hatten Sie nicht gesehen.« Es waren die Eheleute von eben. Sie standen plötzlich in unserem Garten, während wir immer noch herumknutschten.

Die Frau lächelte verlegen. »Sagen Sie, dieses Haus nebenan«, fragte sie und zeigte auf die Containermodule unserer verstorbenen Nachbarn Lawrence und Mama Africa. »Wissen Sie, ob das vielleicht zum Verkauf steht? Wir haben da nämlich so etwas gehört …«

»Nein«, sagte ich, leicht irritiert. »Es steht zwar tatsächlich leer, aber es gibt lange Wartelisten von Freunden. Sie verstehen … tut mir leid.«

»Natürlich. Wir müssen uns ein bisschen gedulden, das hat man uns schon gesagt.« Die Frau lächelte uns freundlich an. »Aber ich hoffe doch sehr, dass wir uns hier in Zukunft öfter begegnen. Dürfen wir noch mal kurz schauen?«

Das Ehepaar blickte neugierig durch unsere offene Terrassentür. »Das wär doch was, nicht wahr, Schatz?«

Wir waren ein wenig spät dran, die Live-Schalte der Eröffnungsrede von Alex von Alvensleben hatte bereits begonnen. Seine sonore Stimme schallte durch Garden Eden, und bald konnten wir aus der Ferne die Projektion seines grau melierten bärtigen Gesichts auf der Kuppel der Villa Castalia sehen. Als wir den Pleroma Square erreichten, saßen bereits alle an den Biertischgarnituren versammelt. Man lauschte andächtig dem Gründervater und Finanzier von Garden Eden, dem Sugar Dandy der Moonatics, ohne den wir heute nicht hier wären.

*»... und nicht zuletzt sei auch den hervorragenden Ingenieuren von BelTech gedankt, ohne die dieses Meisterwerk der Technik nicht möglich gewesen wäre ...«,* tönte die Stimme von Alex, während wir uns an einen Tisch zu Roy und Veejay Nanabai gesellten, die uns fröhlich zuzwinkerten.

»Muss man sich die Getränke selber holen?«, flüsterte Sélène.

»Klar. Ist Selbstbedienung«, flüsterte ich zurück. Ich nickte mit meinem Kopf in Richtung der improvisierten Bar, wo immer noch Leute in der Schlange standen und zu der sprechenden Projektion hinübersahen.

*»... Garden Eden auch als Symbol der Hoffnung, für die Zukunft des Menschen, auf dem Mond und anderswo ...«*

»Okay, dann nehme ich einen Weizengras-Smoothie«, flüsterte Sélène.

»Es gibt nur Wasser, Chérie. Und Gin Tonic natürlich.«

»Dann einen Spirulina-Shake. Und beeil dich, ich hab Durst.«

*»... mir war als jungem Mann klar geworden, dass die Menschheit an einem Punkt angelangt war, an einer evolutionären Schwelle, die in der Geschichte des Lebens einzigartig ist. Die Erde hat mit uns eine Spezies hervorgebracht, die mittlerweile dazu imstande ist, selbst in den Verlauf ihrer Evolution einzugreifen – die Natur hat uns vertrauensvoll den Staffelstab der Entwicklung überreicht und uns somit eine gewaltige Verantwortung übertragen, nicht nur für uns selbst, sondern auch für die Erde und ihr ganzes Leben gleichermaßen. Aber wir haben, wie es aussieht, ihre Erwartungen bitter enttäuscht. Und nun laufen wir Gefahr ...«*

Ich schlich geduckt zu der Schlange vor der improvisierten Bar. Vor mir stand ein korpulenter, schwitzender Mann in einem Overall, der überall mit Mondstaub beschmiert war. An den Füßen trug er dunkelgraue Wollsocken und beigefarbene Sandalen. Ich hatte ihn neulich kurz kennengelernt, als ich als Vertretung für Mademoiselle Lunette einige Tage Rezeptionsdienst geschoben hatte. Er kam aus Österreich und wohnte in einer der VIP-Suiten von Levania.

*»… und wie schon James Lovelock sagte – es klafft ein tiefer Graben zwischen dem Handlungsvermögen der Menschheit und der geringen individuellen Intelligenz, die diese Handlungen leitet. Wir haben zu spät herausgefunden, dass der Mensch die Verantwortung für das Gleichgewicht der Erde innehatte …«*

Der dicke schwitzende Österreicher schaute kurz hinter sich und nickte mir zu. »Ich habe Sie doch schon mal irgendwo gesehen? Sie arbeiten hier, nicht wahr?«

»Ja, Sie haben eingecheckt, als ich an der Rezeption stand.«

*»… zum ersten Mal in der Geschichte des Planeten verlässt das Leben seine Heimat. Und wir haben künstliche Intelligenz erschaffen oder sie sich selbst, doch auf jeden Fall ist es hier geschehen, hier auf dem Mond. Und dass all diese Dinge – zumindest in geschichtlichen Maßstäben gesehen – gleichzeitig passieren, ist natürlich kein Zufall …«*

»Sagen Sie, gibt es auch irgendwelche Prospekte?«, fragte der Österreicher.

»Prospekte?«

»Ja, oder eine Website, irgendwas – für die Grundstücke.«

»Was genau meinen Sie …«

Weiter kam ich nicht, denn der Österreicher war nun an der Reihe. »Ein Bier bitte. Aber ein großes. Was? Na, dann eben einen Gin Tonic!«

*»… leider hat die Menschheit den Zeitpunkt verstreichen lassen, den Laden in Ordnung zu bringen, obwohl sie jede Gelegenheit dazu gehabt hätte. Wir sind wie ein Frosch, den man in einen Kochtopf mit Wasser wirft und der ihn nicht verlässt – auch nicht, wenn es zu kochen anfängt. Er verharrt einfach darin und stirbt …«*

Ich war an der Reihe. Hinter der Bar stand Ophelia. Sie war nur mit einem Bikini bekleidet und ihr Körper mit bunten Schlangen bemalt, die ihr bis ins Gesicht reichten. »Na, Kleiner, was darf's denn sein?«

»Drei Gin Tonic und, äh, ein Wasser, bitte …«

»Wasser? Hat deine Süße nicht was Besseres verdient? Einen Weizengras-Smoothie vielleicht?«

»Wie? Ich dachte, ihr hättet nur …«

»Hier. Grüß sie schön von mir«, sagte Ophelia und schob mir verschwörerisch einen durchsichtigen To-go-Becher mit einem grünen Smoothie über den Tisch.

»… und so besteht unsere letzte Chance nur noch darin, uns auf dem Mond niederzulassen, in der Hoffnung, dort nicht unsere alten Fehler zu wiederholen. Ich sehe Garden Eden als einen Meilenstein, als Speerspitze einer neuen Zukunft und sicher auch als Experiment …«

Ich verabschiedete mich, nahm die Getränke und huschte wieder zurück an unseren Tisch.

»… wünsche ich Garden Eden und seinen wunderbaren Bewohnern alles Gute für die Zukunft. Ich liebe euch!«

Die versammelten Leute auf dem Platz erhoben sich und applaudierten, es wurden Jubelschreie ausgestoßen und Handküsse in Richtung der Projektion geschickt. Alex von Alvensleben lächelte und verabschiedete sich ebenfalls mit einer Kusshand, dann verschwand das Gesicht des großen Gönners. Stolz überreichte ich Sélène den Weizengras-Smoothie.

»Ich wollte einen Spirulina-Shake«, beschwerte sie sich. Roy und Veejay grinsten.

Eine Viertelstunde später erlosch die Beleuchtung der Kuppel, und der Sternenhimmel kehrte zurück; sofort ging ein Raunen durch die Menge. Es erscholl sanfte klassische Musik. Der Lichtfinger eines Spotlights stocherte suchend herum, bis er sein Ziel gefunden hatte: Ophelia, die anmutig und schlangenbemalt auf ihrer Luftmatratze über der freien Mitte des Platzes schwebte. Sie rekelte sich wie Kleopatra, schlängelte mit ihren Armen und drehte sich langsam und lasziv im Kreis. Die Leute pfiffen und jubelten.

Unvermittelt dröhnte Verdis Gefangenenchor aus *Nabucco* über den Platz. Aus dem Dunkel erschienen im Gänsemarsch vier gut gebaute Burschen in weißen Lendenschurzen, die einen jungen Baum auf ihren Schultern trugen. Die Leute lachten und klatschten, der Typ vorneweg war natürlich Randall. Hinter ihnen folgten im Lichtkegel drei Mädchen in weißen Kleidern und mit Blumen in den Haaren. Sie hielten Gießkannen und kleine Schaufeln in ihren Händen.

Als Letzter kam Ivan der Bergsteiger, ebenfalls nur mit einem Lendenschurz bekleidet, der mit seinen kräftigen Armen einen großen Pflanzkübel über seinem Kopf trug. Alle gingen an der schwebenden, silbern glänzenden Luftmatratze vorbei, wo sie einer nach dem anderen von Ophelia mit einem Kuss begrüßt wurden. Nachdem Ivan den Kuss entgegengenommen hatte, sprangen zwei fluoreszierend bunt bemalte, halb nackte Typen aus dem Dunkel hervor in das Scheinwerferlicht. Sie hatten Bongos um die Hüften geschnallt und trommelten aufgeregt. Tony und Bongo-Paul. Ivan wuchtete den Bottich mit dem Pflanzsubstrat auf den Mondstaub, genau in die freie Mitte des Platzes; die beiden Trommler wirbelten um ihn herum. Die drei Mädchen traten an den Kübel und schaufelten in seiner Mitte ein Loch. Als Randall und seine Jungs die Dorflinde hineinpflanzten, brandete Jubel auf.

In dem Moment sah ich im Hintergrund drei Golfcarts mit hohem Tempo auf den Pleroma Square zusteuern, eine große Wolke aus Mondstaub hinter sich herziehend. Auf jedem der Aufsitzmoover saß eine Person; sie hatten ihre Raumanzüge und Helme offenbar schon in der Schleuse abgelegt. Als sie auf die Villa Castalia zujagten, erkannte ich, wer die drei Typen waren. An ihrer Spitze fuhr Alain, wie üblich schwarz gekleidet, dahinter Urs Kurtz, gefolgt von Kenneth Juniper. Sie bremsten mit einer Staubfahne und stiegen von den Carts wie Cowboys von ihren Pferden. Entschlossen gingen sie zum offen stehenden Eingang der Villa Castalia.

»Ich bin gleich wieder da«, sagte ich zu Sélène und ließ meinen Gin Tonic auf dem Biertisch stehen. Die Darsteller des Einpflanz-Spektakels waren immer noch strahlend um die junge Dorflinde versammelt.

Die drei verstaubten Cowboys standen vor der Villa Castalia. Alain drückte Nathan etwas in die Hand, das aussah wie ein Kuvert. Der

Bürgermeister von Pleroma schaute irritiert. Die drei drehten sich um und stapften zurück zu ihren Carts. Als ich dazustieß, hatte Nathan den Brief bereits geöffnet und zeigte ihn Mortimer.

»Ein Brief von Chester«, weihte Nathan mich umgehend ein. »Er bittet um eine Sondersitzung des Lunatic Council.«

»Wann denn?«

»Morgen Mittag. Um zwölf.«

Mortimer schaute nachdenklich über den Pleroma Square, wo Tony und Bongo-Paul ausgelassen um die Linde herumtrommelten. »Irgendwas ist hier im Gange, und ich will wissen, was. Ich schicke den Leuten gleich eine Einladung.«

Nathan zuckte mit den Schultern und nickte. »Garden Eden kann uns keiner nehmen. Die Mehrheitsverhältnisse im Council sind klar. Aber hören wir uns an, was Chester zu sagen hat.«

Ich verabschiedete mich von den Chefs und ging zurück auf den Platz, der sich mittlerweile in die angekündigte Tanzfläche verwandelt hatte. Die Leute sprangen barfuß mit den beiden Bongo-Spielern um den Bottich herum, ausgelassen und im Uhrzeigersinn; DJ Pablo saß auf einem Moover und wartete auf seinen Einsatz. Die Moonatics waren am Ziel ihrer Träume und schienen unbesiegbar.

Sélène kam mir entgegengesprungen. »Da bist du ja! Lass uns feiern!«

Und so ließ ich mich treiben. Ich hätte mir nie träumen lassen, dass ich einmal auf dem Mond mit einer schwangeren Frau und einer Truppe Hippies stundenlang um einen Pflanzkübel herumhüpfen würde. Aber es war genau das Richtige.

Wir feierten bis zum Morgengrauen, der von der Kuppel perfekt mit einem Dämmern eingeläutet wurde, bis sie uns bald darauf mit Tageslicht und blauem Himmel umfing.

»Kommt Chester eigentlich auch zur Sitzung?«, fragte Randall und hielt sich ein nasses Tuch über die Stirn.

»Nein. Er ist kein Mitglied im Council«, krächzte Tony heiser. Er trug heute Morgen eine Sonnenbrille.

»Was soll das alles?«, brummte Christopher mit müder Stimme. »Es steht 7:5 für uns. Was will der überhaupt?«

»Und wo steckt eigentlich von Hindenburg? Ich hab ihn bei der Feier nirgendwo gesehen.«

»Keine Ahnung«, sagte Tony. »Er war gestern mit den Jungs von BelTech an den Lüftungsanlagen zugange. Vielleicht hatte er keine Lust, seine Ex auf der Luftmatratze schweben zu sehen.«

Hermann von Hindenburg. Lüftungsanlagen. Wir hatten ihn zur Rede gestellt, warum er entgegen seines Versprechens nichts wegen der Anlage unserer verstorbenen Nachbarn unternommen hatte. Angeblich habe er keine Zeit gehabt, hatte sich aber am nächsten Morgen als Erstes darum kümmern wollen. Ein tödliches, tragisches Versäumnis. Aber wer konnte ahnen, dass es mit ihrer Lüftungsanlage so schlimm gestanden hatte? Ich wusste nicht, was ich davon halten sollte, aber für Sélène war die Sache klar – sie vermutete sogar, dass von Hindenburg die Lüftung per Fernsteuerung außer Kraft gesetzt hatte.

»Es ist kurz vor zwölf«, sagte ich. »Wir müssen los.«

»Bringen wir's hinter uns«, sagte Tony. »Sollte nicht lange dauern. Und dann ab ins Bett.«

Wir kletterten aus der Gelben Nische, in die wir uns für ein Katerfrühstück zurückgezogen hatten. Die Lounge war voller Touristen.

Mortimer und Nathan saßen bereits auf ihren Plätzen. Einer nach dem anderen nahmen wir am runden Tisch Platz, Begrüßungen wurden gemurmelt. Die fünf neuen Mitglieder des Council trafen kurz nach uns ein. Alain und Kenneth Juniper hatten einen belustigten Zug um die Lippen; Gianfranco trug seine übliche silbern verspiegelte Sonnenbrille, die er während der Sitzung auch kein einziges Mal abnehmen würde; Dr. Joseph Seidenschal in seiner üblichen nadelstreifigen Süffisanz. Als Letzter kam Hermann von Hindenburg zur

Tür herein, sein Gesicht schien noch verbrannter und verzerrter als sonst. Wir waren vollständig, es konnte losgehen. Ich rollte meinen Screen aus und schaltete auf Aufnahme. Protokollführer.

Mortimer begrüßte die Anwesenden förmlich und erklärte die außerplanmäßige Sondersitzung des Lunatic Council für eröffnet. Mit einem zickigen Unterton fügte er hinzu, dass ihm allerdings keine Tagesordnung vorläge. Automatisch wandten sich unsere Blicke der schwarz gekleideten Truppe am Besprechungstisch zu.

Erwartungsgemäß meldete sich Alain zu Wort. »*Alors, Messieurs-Dames* – obwohl, sollte ich lieber sagen: *Messieurs*, denn bedauerlicherweise sehe ich keine Damen in dieser illustren Runde. Sie sind wahrscheinlich zu sehr damit beschäftigt, auf Luftmatratzen herumzuschweben oder Kinder auszutragen. Oder vielleicht auch zu erschöpft von der gestrigen Betriebsfeier des Black Circle, non?«

Gianfranco grinste vor sich hin und popelte hingebungsvoll in der Nase. Tony rollte genervt seine geröteten Augen.

»Ich möchte mich im Namen von Michael Chester dafür bedanken, dass Sie heute Zeit gefunden haben, uns anzuhören«, meldete sich Kenneth Juniper zu Wort. »Es ist uns bewusst, dass wir in diesem Gremium mit fünf Sitzen in der Minderheit sind und somit weiterhin alle Entscheidungen von Alexander von Alvensleben und seinen hier anwesenden Vertretern getroffen werden.« Er schaute mit professioneller Freundlichkeit in die Runde. »Aber nichtsdestotrotz möchten wir ihnen im Namen von Mr. Chester einige Vorschläge unterbreiten.«

»Und die wären?«, fragte Nathan kühl.

»Mr. Chester hält es für nicht vertretbar, dass die Grundstücke und Häuser in Garden Eden quasi kostenfrei von Nichtsnutzen und ehemaligen Terroristen bewohnt werden. Das entspricht nicht unseren Vorstellungen von Ethik und freier Marktwirtschaft. Vielmehr sind wir der Ansicht, dass eine wirtschaftlich gesunde Basis geschaffen werden muss, die sich an den Gesetzen von Angebot und Nachfrage orientiert.«

Urs Kurtz bestätigte seine Zustimmung durch ein lautes Schniefen.

»Die Nachfrage nach Grundstücken übersteigt das Angebot bei Weitem, denn Garden Eden ist relativ klein, geradezu winzig. Daher haben wir längst Pläne entwickelt, das Konzept in weitaus größeren Dimensionen zu wiederholen.«

Wir schauten uns überrascht an.

»Und woran haben Sie dabei gedacht?«, fragte Nathan misstrauisch.

»An den schönsten Krater des Mondes, meine Herren – der dazu den Vorteil hat, eine vernünftige Größe aufzuweisen und daher eine entsprechend attraktive Rendite zu versprechen.«

»Sie meinen doch nicht etwa …«

»Doch, ganz recht. Ich spreche von Aristarchus«, triumphierte Juniper.

»Sie wollen Aristarchus mit einer Kuppel überspannen und als Habitat vermarkten?«, fragte Mortimer verblüfft.

»Genauso ist es.«

»Wenn Sie ohnehin vorhaben, ein solch gigantisches Projekt den Reichen dieser Welt anzubieten, warum wollen Sie dann in Garden Eden eine hohe Pacht verlangen und so unsere Leute vertreiben? Abgesehen davon, dass Sie das ohnehin nicht zu entscheiden haben«, fragte Mortimer gereizt.

»Nun, eigentlich denken wir auch nicht an eine Pacht, sondern würden es vielmehr vorziehen, die Grundstücke in Garden Eden zu verkaufen – zu marktgerechten Preisen, versteht sich. Die Erlöse, die einige Milliarden Globo betragen dürften, sollen zur Refinanzierung des Projektes Aristarchus eingesetzt werden.«

Wir waren einigermaßen verblüfft und schockiert. Schließlich sagte Nathan: »Mr. Juniper, das ist ja alles ganz – interessant. Und um ehrlich zu sein, finde ich sogar ein gewisses Gefallen daran, das Konzept von Garden Eden in erheblich größeren Dimensionen weiterzuführen. Ich wünsche Ihnen dabei viel Glück und gutes Gelingen, und das meine ich durchaus ernst. Aber was Ihre angesprochene Vertreibung unserer Leute aus Garden Eden betrifft – nun, dazu kann ich nur sagen, dass Sie darauf zum Glück keinen Einfluss haben. Sie kennen die Mehrheiten in diesem Gremium.«

»Oh ja, natürlich«, sagte Juniper genüsslich. »Aber wenn Sie gestatten, möchte ich doch gerne beantragen, noch heute über unsere Vorstellungen abstimmen zu lassen.«

»Wozu das?«, fragte Mortimer irritiert. »Was wollen Sie damit bezwecken, Herr Jupiter …«

»Juniper. Kenneth Juniper. Und ich möchte das auch nicht als offizielle Abstimmung verstanden wissen, sondern vielmehr als einen Stimmungstest. Sozusagen eine Probeabstimmung.«

Mortimer lehnte sich sichtbar genervt in seinem Sessel zurück und schaute uns der Reihe nach an. Wir zuckten mit den Schultern.

»Meinetwegen«, sagte Mortimer schließlich. »Also, ganz unverbindlich gesprochen … wer stimmt mit den Ausführungen von Mr. Juniper überein, so wie wir ihn alle verstanden haben?«

Fünf schwarz gekleidete Arme reckten sich in die Höhe. Mortimer sah sich um: »Also, ich stelle erwartungsgemäß fest, dass …«

Eine sechste Hand hob sich. Sie war aus Carbon. Es war die Hand von Hermann von Hindenburg.

»*Formidable*«, grinste Alain erfreut. »Das ist doch schon mal ein Anfang!«

Entsetzt schauten wir auf die künstliche Hand, die sich unter der kleinen Kuppel des Besprechungsraums in die Höhe reckte.

Es stand 6:6.


Als Chesters Leute gegangen waren und Alain mir zuvor noch zugezwinkert hatte, wandte sich Mortimer an unseren Technischen Administrator. »Herr von Hindenburg, wenn ich Sie um eine Erläuterung für Ihr Abstimmungsverhalten bitten dürfte?«

Der Angesprochene rückte den Filzhut über seinem verbrannten Gesicht zurecht und sah in die Runde. »Wie Sie sicher wissen, halte ich es für eine absurde Verschwendung von Ressourcen, mit einem solchen Aufwand Habitate für Menschen zu errichten – die im Weltraum langfristig nichts verloren haben. Nicht der Mond muss angepasst werden, sondern wir sind es, deren Körper in Zukunft …«

»Ja, Herr von Hindenburg, Ihre transhumanistische Geisteshaltung ist uns allen gut bekannt«, unterbrach Nathan unseren Technischen Administrator genervt. »Aber ich frage mich langsam, was *Sie* eigentlich auf dem Mond verloren haben? Und abgesehen davon – was hat das jetzt damit zu tun, dass Sie die Seiten gewechselt haben, um es deutlich auf den Punkt zu bringen?«

»Langfristig hat Garden Eden nur eine Chance, wenn es auf einer gesunden finanziellen Basis steht«, entgegnete von Hindenburg kühl. »Das ist offensichtlich nicht der Fall, wenn die Bewohner lediglich die Betriebskosten zahlen müssen.«

»Das ist aber nicht *Ihr* Problem, sondern das von Alex von Alvensleben – in dessen Kontingent Sie übrigens hier im Council sitzen, wie ich hinzufügen darf!«, rief Mortimer erbost.

»Dieses Gremium ist ein demokratisches Organ, in dem ich meine Ansichten ausdrücke«, erwiderte von Hindenburg kühl. »Und es gibt hier keinen Fraktionszwang. Es spielt keine Rolle, ob ich zum Kontingent von Alex oder von Mr. Chester gehöre.«

»Aber das ist noch lange kein Grund, Alex von Alvensleben und uns allen – in den Rücken zu fallen!«, ereiferte sich Tony.

»Herr von Hindenburg, sind es nicht eher persönliche Gründe, die dahinterstecken?«

»Sie unterstellen mir eine Persönlichkeit? Ich habe Ihnen eben meine Gründe mitgeteilt.«

»Geben Sie doch einfach zu, dass Sie die Moonatics hassen!«, rief Randall. »Und dass Sie ein Problem mit Ophelia …«

»Danke, das reicht. Wir haben verstanden«, unterbrach Mortimer.

Von Hindenburg erhob sich und verließ den Besprechungsraum. Wir schauten ihm wortlos hinterher.

»Arschloch!«, zischte Tony, als sich die Tür des Besprechungsraums geschlossen hatte.

»Es steht unentschieden, laut Reglement wird es also keine tief greifenden Änderungen geben«, sagte Mortimer. »Und ich gehe nicht davon aus, dass hier noch jemand die Seiten wechselt, oder sehe ich das falsch?« Mortimer sah uns der Reihe nach tief in die noch von der gestrigen Feier geröteten Augen. »Darian, möchtest du uns etwas sagen?«

»Nun, es hat mit Alain zu tun«, sagte ich zögernd. Kleinlaut berichtete ich von meiner Steuerschuld, dem Haftbefehl und dem gefälschten Führungszeugnis, das der Franzose mir besorgt hatte. Meine fünf Freunde und Kollegen sahen mich verwundert an, wirklich entsetzt schienen sie allerdings nicht zu sein. Ich zuckte entschuldigend mit den Schultern.

»Okay, das mit dem Führungszeugnis war mehr als grenzwertig ...«, sagte Mortimer nach kurzem Schweigen. »Und ich hätte dich nicht eingestellt, wenn ich von der Sache gewusst hätte. Aber in der jetzigen Situation werde ich dich ganz sicher nicht nach Hause schicken. Da du der Letzte von uns in Chesters Kontingent bist, bist du sogar derjenige, der *auf keinen Fall* gehen darf – damit du nicht durch einen seiner Leute ersetzt wirst.«

Mortimer schaute mich streng an und fügte dann hinzu: »Das wäre aber etwas anderes, wenn Lawrence und Mama Africa noch bei uns wären. Ganz ehrlich – dann wärst du jetzt deinen Job los und säßest nicht mehr hier.«

Ich nickte schweigend.

»Du solltest aber jetzt erst recht auf dich aufpassen«, sagte Nathan besorgt. »Du wirst hier gebraucht, auch deine Stimme im Council. Und denk an deine Familie.«

Jetzt, wo Mortimer mich nicht rausschmeißen würde, hatte Alain gegen mich nichts mehr in der Hand. Ich war nicht länger erpressbar. Aber was nun? Würden sie einen Anschlag auf mich verüben, so wie sie es vielleicht mit unseren Nachbarn getan hatten? Ich hatte ein ungutes Gefühl.

# DIE USE RETIRE

»Please allow me to introduce myself,
I'm a man of wealth and taste.«
ROLLING STONES

Nach der Sitzung fuhr ich zum ersten Mal heimwärts in den Garden Eden, in die schützende Kuppel des Paradieses, in die Arme meiner schwangeren Freundin. *Ich fuhr nach Hause.* Darauf hatte ich mich seit über einem Jahr gefreut.

Und nun das. Chester wollte den Laden übernehmen, von Hindenburg hatte die Seiten gewechselt. Es stand unentschieden. Musste ich nun um mein Leben bangen? Offenbar waren Alains Pläne durch das vorzeitige Ende von Lawrence und Mama Africa etwas durcheinandergeraten; vielleicht hatte man auch eher diffus geplant und einfach abwarten wollen, wie sich die Dinge entwickelten. Ich war offenkundig ein Bauer auf dem Schachbrett, der bislang nicht zum Einsatz gekommen war.

Aber ich war mir sicher, dass sie etwas im Schilde führten. Vor meinem geistigen Auge erschienen die aufgedunsenen Leichen unserer Nachbarn; ich erinnerte mich, dass Alain sie finanziell unterstützen und so möglicherweise auch in seine Abhängigkeit bringen wollte – Lawrence mit einer Unterkunft, Mama Africa bei der Entwicklung von Starseed. Ich musste wirklich auf mich aufpassen.

Es war auf der letzten Spitzkehre der Serpentinen, als die Bremsen meines Scooters versagten. Zuerst wollte ich es nicht glauben, als ich mit ausgestreckten Armen gegen die Versorgungsleitung prallte und von irgendwoher ein leises Zischen zu hören war. Ich sah den Riss im linken Ärmel meines verstaubten Raumanzugs, eine Handbreit über der Uhr, deren Display durch den Aufprall zertrümmert war. Unvermittelt lag ich im Mondstaub neben dem Roller, das Hinterrad drehte sich noch. Meine Arme schmerzten.

Sofort drückte ich mit meinem rechten Handschuh auf die beschädigte Stelle am linken Arm, und das zischende Geräusch verstummte. Ich überlegte kurz, ob ich vielleicht zu Christopher gehen sollte, um dort den Riss abzukleben, aber dann fiel mir ein, dass er und die anderen Mitglieder des Council unten in Levania geblieben waren.

Vorsichtig richtete ich mich mit dem Scooter auf, während ich immer noch auf den Riss in meinem Ärmel drückte. So konnte ich zwar nicht fahren, aber mein Gefährt zumindest schieben; da meine Uhr nicht mehr funktionierte, konnte ich keine Hilfe rufen. Es war äußerst unbequem, aber es funktionierte einigermaßen, und so war ich über eine Stunde lang auf dem sternendunklen Plateau unterwegs. Den Scheinwerfer ließ ich dabei ausgeschaltet. Ich versuchte, die Einsamkeit des Weltraums und die Absurdität der Situation zu genießen, indem ich mir in Erinnerung rief, dass es doch eine coole Erfahrung war, mit einem defekten Raumanzug einen Roller über den Mond zu schieben. Wegen solcher Erlebnisse war ich schließlich hier.

Nach einer kleinen Ewigkeit erreichte ich die Abfahrt zum Krater Vera und sah Chesters Riesenyacht noch immer oben auf der Klippe stehen. Viel mehr irritierte mich allerdings, dass Garden Eden unsichtbar war, die Kuppel war wieder nicht erleuchtet. Und nicht nur das: Dort unten waren lediglich vereinzelte Lichter zu sehen, kaum eine Hütte schien erhellt, obwohl es noch nicht spät war – ich schätzte, dass es ungefähr halb neun sein musste.

Schließlich stand ich vor der Schleuse. Ich hatte schon befürchtet, dass sie nicht funktionieren würde, aber dem war nicht so, und bald darauf erglomm darin das grüne Licht. Endlich konnte ich meinen Handschuh von dem Riss an meinem Arm lösen und den Helm abnehmen. Die Innentür öffnete sich, und ich schob den Roller hinein, diesmal mit beiden Händen am Lenkrad.

Die Luft roch etwas abgestanden, der leicht schießpulverartige Geruch des Mondstaubs machte sich unangenehm bemerkbar. Die Hütten von Pleroma erschienen im schwachen Schimmer des Sternenhimmels unwirklich und geisterhaft, weiter hinten waren einige Lichter zu erkennen. Es herrschte fast völlige Stille, eigentlich hätte leise die Lüftung rauschen sollen. Entfernt glaubte ich Stimmen zu hören. Während ich durch die Düsternis unseres neuen Paradieses stapfte, fragte ich mich erneut, wo Buzz eigentlich abgeblieben sein mochte – vielleicht war er entführt worden, schließlich war er in vielerlei Hinsicht unbezahlbar. Falls er aber doch irgendwo einsam durch die Mondschaft stapfte und ihm dabei langsam die Akkus ausgingen, so hatte ich heute Abend eine Ahnung davon, wie es ihm erging, während ich erschöpft den Roller das letzte Stück nach Hause schob.

Ich kam an der Villa Castalia und dem Pleroma Square vorbei, wo zwischen den Biertischgarnituren die kleine Linde einsam im Licht der Sterne stand. Ich war bereits in Sichtweite des Apollo und unseres Hauses, als ich endlich jemandem über den Weg lief. Es waren Daniel und Marianne, unterwegs mit der kleinen Luna auf einem Abendspaziergang.

Sie hatte vor einigen Wochen ihre ersten Schritte unternommen, was wir alle mit großem Wohlwollen verfolgt hatten, schließlich war es das erste Mal, dass ein Mensch auf dem Mond laufen lernte, und das alles bei einem Sechstel der irdischen Schwerkraft – dementsprechend leichtfüßig hüpfte das kleine, blonde Mädchen durch die Gegend. Sie würde es sehr schwer haben auf der Erde, unserer Tochter würde es genauso gehen. Dr. Berghoff war sogar der Ansicht, dass sie nie dorthin würde reisen können, ihre Knochen würden dort brechen wie Glas; ihre Zukunft war ungewiss, aber so ging es uns allen.

Fasziniert beobachtete ich die Kleine, wie sie im Dämmerlicht der Milchstraße fröhlich ihre winzigen, hüpfenden Schritte durch den Mondstaub machte.

»Darian, wo hast du denn gesteckt? Sélène macht sich schon Sorgen«, begrüßte mich Marianne.

Ich nahm die kleine Luna in den Arm, die sich umgehend an dem metallenen Kragen meines Raumanzugs zu schaffen machte, dort, wo der Helm arretiert wurde. »Na, du kleine Astronautin?«, begrüßte ich sie. Dann wandte ich mich an ihre Eltern und erzählte von meinem Unfall. »Was ist hier los? Warum ist es so dunkel?«

»Stromausfall, seit heute Nachmittag«, berichtete Daniel besorgt. »Garden Eden läuft auf Notstrom. Batterien. Die halten aber höchstens bis morgen Abend.«

»Wie ist das passiert?«

»Es heißt, unten bei den technischen Anlagen sei irgendwas durchgeschmort. Der Sicherungskasten oder so.«

»Und was ist mit der Lüftung?«

»Dafür reichen die Batterien nicht. Es funktionieren nur die Schleusen. Wenn das nicht bis morgen behoben ist, müssen wir evakuieren«, sagte Daniel und strich sich besorgt durch seine schütteren Locken.

»Wo sind die Leute alle hin?«, fragte ich.

»Runter in die Lounge, denen war das hier nicht ganz geheuer. Außerdem ist heute sowieso Dienstag. Filmabend.«

»Was läuft denn?«

»*A Giant Leap.*«

»Schon wieder?«

»Ist Mortimers Lieblingsfilm.«

»Es sind aber noch Leute im Apollo. Sélène ist auch da«, sagte Marianne.

Ich stellte Luna wieder zurück in den Mondstaub. »Onkel Darian muss jetzt gehen.«

Ich parkte den Scooter vor unserem Haus. Keine Luftschleuse mehr, nur noch eine Tür. Ich ging hinein. Es war dunkel – natürlich, Stromausfall – doch Sélène war ohnehin nicht zu Hause. Ich zog den Raumanzug aus und eilte hinüber ins Apollo. Es war immer wieder großartig, einfach so im Overall von einem Haus zum nächsten zu gehen. Ich betrat das Café durch die offene Tür und fand dort ein Dutzend Leute vor, die in einem Kreis im Dämmerlicht aufgestellter Taschenlampen auf dem Boden saßen. Sélène sprang sofort auf und umarmte mich. »Wo warst du so lange?«

Ich setzte mich zu meinen Freunden und sah zu Sélène, die nun gedankenverloren neben mir hockte. Die aufgestellten Taschenlampen warfen einen sanften Schein auf ihre schwangere Schönheit, in ihrem Blumenkleid sah sie aus wie auf einem Gemälde von Gauguin. Sie wirkte auf einmal sehr unschuldig und verletzlich.

»Die Sache mit deinen Bremsen gefällt mir gar nicht. Wenn ich an Mama Africa und Lawrence denke …«, sagte sie leise, nachdem ich von der neuen Situation im Council berichtet hatte.

»Der Stromausfall ist auch nicht besser«, sagte ich.

»Und warum steht Chesters Yacht eigentlich immer noch oben auf dem Berg?«, fragte Marissa.

»Sie sitzt da oben wie ein verdammter Aasgeier«, fand Zach.

»Vielleicht marschiert er hier ein, wenn wir morgen rausmüssen«, sagte Bongo-Paul. »Hast du eigentlich das hier schon gesehen?« Er zog einen zerknitterten Hochglanzprospekt aus der Tasche seines Overalls hervor und reichte ihn mir. »Jemand hat ihn auf den Biertischen liegen lassen.«

Ich nahm ihn in die Hand: eine professionell aufgemachte Immobilienbroschüre, zerknittert und mit Mondstaub verschmiert.

Immerhin hatten sie den Namen einigermaßen beibehalten. Das *Golfresort Garden Eden* versprach eine *überirdische Exklusivität in unmittelbarer Nähe zum legendären* (Danke!) *18-Loch-Platz von Levania*, ein *Wohnerlebnis der besonderen Art*, das *ultimative Refugium für eine anspruchsvolle Klientel*. Es war die Rede von *kosmischen Ausblicken*, die man *im Liegestuhl auf seiner Veranda genießen* könne, von *Concierge-Service* und einem *Investment mit garantierter Wertsteigerung.* Durch die *Anbindung an das 5-Sterne-Hotel Levania* sei ein *perfekter Service garantiert,* und das *Gewächshaus im reizenden Kleinkrater Antaios* ermögliche eine *Rundumversorgung mit frischem Obst und Gemüse.* Und so weiter.

Es waren Fotos von Levania und dem ICB zu sehen; eine elegante Cocktailparty in der Lounge (ich fragte mich, wann das Foto wohl gemacht worden war); schöne Menschen beim Training in der Sporthalle; pralle Früchte in einem Pflanzregal des Gewächshauses; die Länderfahnen vor dem Haupteingang im gedämpften Sonnenlicht; Gestalten in Raumanzügen beim Wakeboarden, beim Volleyball und beim Boule – und natürlich winkende Leute auf dem Golfplatz, in Raumanzug und Helm, mit Schlägern in der Hand und keck geparkten Aufsitzmoovern im Hintergrund. Darüber schwebte eine volle Erde, und zugleich erstrahlte die ganze Szenerie in hellem Sonnenschein, was natürlich unmöglich war.

Die größte Dreistigkeit waren jedoch die Renderings von Garden Eden: elegante Designervillen inmitten blühender Grünanlagen, durchwandert von grau melierten Oligarchen mit Polohemden und sinnlos lachenden Frauen; einige trugen Golftaschen über den Schultern, ein Golden Retriever wedelte durch die Szenerie; unglaublicherweise schwebten auf mehreren Bildern vergnügte Menschen auf silbernen Luftmatratzen durch die Kuppel. Als letztes Bild, untertitelt mit »Beratung und Kontakt«, sah man ein Foto eines adretten Pärchens, das einer windigen Type im Anzug (vermutlich ein Makler) in einer schicken Designerküche strahlend die Hand schüttelte. Auf dem Tisch standen Kaffeetassen neben frisch unterzeichnetem Vertragswerk, ein Kind wuschelte an einem Hund herum.

»Golfresort Garden Eden«, lachte ich verbittert. »Das kann doch wohl nicht wahr sein!«

»Tja, da bist du wohl jemandem ganz schön auf den Leim gegangen«, lästerte Ziggy. »*N'est-ce pas?*«

»Wer hat sich das eigentlich ausgedacht?«, wollte Zoe wissen.

Ich schaute auf das Impressum auf der Rückseite und las vor: »*ELIS Development Corporation* ... und der Prospekt stammt von der *Lunatic Property Agency.*«

»Und was ist das für eine Story mit dem Aristarchus-Krater? Die wollen da ernsthaft auch ein Habitat draus machen?«, fragte Bongo-Paul.

»Ist doch eigentlich eine tolle Idee«, fand Marissa.

»Warum ziehen die das Ding in Aristarchus nicht einfach durch und lassen uns hier in Ruhe? Garden Eden ist doch ein Kindergeburtstag dagegen.«

»Weil Chester erst einmal die Kontrolle über Levania übernehmen muss, denn das Aristarchus-Plateau wird von Levania verwaltet.«

»Wir dürfen uns keine Illusionen machen. Das Böse gewinnt immer«, seufzte Marissa resigniert. »Es hat die Erde zerstört und wird auch den Mond übernehmen.«

»Mit Renderings vom Golfresort Garden Eden«, lachte Ziggy höhnisch.

»Vielleicht sollten wir einfach der Tatsache ins Auge sehen, dass es bei der ganzen Sache überhaupt nicht um uns geht«, bemerkte Zach nach einer kurzen Phase des Schweigens.

»Um wen denn sonst?«, fragte Amanda.

»Im Grunde ist doch die Hauptsache, dass es Garden Eden überhaupt gibt – und demnächst noch viel größere Projekte kommen. Spielt es denn eine Rolle, *wer* darin lebt? Sind wir in irgendeiner Weise besser? Haben wir es mehr verdient als andere, hier zu sein?«

»Wir waren zuerst da«, protestierte Marissa. »Wir haben uns das alles aufgebaut!«

»Wir? Wir haben gar nichts – Alex hat das alles finanziert, ohne ihn säßen wir jetzt da unten in dem ganzen Schlamassel«, sagte Zach und zeigte mit seiner Hand hinauf zur Erde, die jenseits der dunklen Zimmerdecke des Apollo im All schwebte.

»Und diese Millionärstypen aus dem Prospekt?«

»Die können das wenigstens bezahlen«, sagte Zach bitter. »So läuft das nun mal, macht euch nichts vor. Wenn es hart auf hart kommt, geht es darum, wer die meiste Kohle hat.«

»Schwachsinn«, protestierte Sélène. »Wenn es wirklich um alles geht, spielt Geld keine Rolle. Oder glaubst du, wenn hier ein Meteorit in die Kuppel knallt – dass der vorher nach irgendwelchen Kontoständen fragt?«

»Leute, redet doch nicht so lange um den heißen Brei herum. Es geht nur um eins, schon immer, seit Jahrhunderten!«, rief Ziggy.

»Nämlich?«

»Den Klassenkampf! Wir gegen sie! So einfach ist das. Und wenn die hier mit einer Räumungsklage kommen, setzen wir uns zur Wehr. Wir bleiben!«

»Sehr romantisch, Ziggy. Aber weißt du, was dann passiert? Die schalten uns einfach eiskalt den Strom ab. Das erleben wir doch gerade – das ist heute eine Warnung, davon kannst du ausgehen«, sagte Bongo-Paul resigniert.

Ziggy Lunaliscious hatte sich erhoben. Das Funzellicht der Taschenlampen, das ihn von unten beleuchtete, ließ ihn mit seinem tätowierten Oberkörper und den Dreadlocks aussehen wie einen steinzeitlichen Krieger. »Wir werden kämpfen!«, rief er und streckte die Faust nach oben. »Wenn die uns hier verrecken lassen, gehe ich in den Tod! Aber vorher zerfetze ich die Kuppel, wir hinterlassen ihnen nichts als verbrannte Erde!«

»Ziggy, komm mal wieder runter«, mahnte Zach. »Womit willst du die Kuppel zerstören? Die ist reißfest.«

Ziggy setzte sich wieder hin und schnaufte. »Dann bleibe ich hier und heuere bei den Bonzen als Gärtner an. Und wenn keiner damit rechnet, schneide ich ihnen die Kehlen durch, wie ein Dieb in der Nacht!«

»Wenn ich das so höre, habe ich langsam meine Zweifel, ob *wir* uns den Garden Eden eher verdient haben – als *sie*«, kommentierte Zoe Ziggys Tiraden.

Wir saßen noch eine Weile schweigend im Schein der aufgestellten Taschenlampen. Ich schaute erneut zu Sélène hinüber. Ihr Kinn ruhte auf ihrem Knie, während sie mit ihren Fingern gedankenverloren den Saum ihres geblümten Kleids entlangstrich. Ich beugte mich rüber zu ihr und flüsterte ihr ins Ohr: »Was denkst du?«

»Wir sollten gehen«, flüsterte sie zurück.

Wenig später verabschiedeten wir uns und gingen nach Hause.

»Darian, du solltest wirklich auf dich aufpassen, ich meine es ernst«, sagte Sélène leise, als wir in unserem dunklen Garten im Mondstaub saßen und den Sternenhimmel betrachteten. Sie zog ihr geblümtes Kleid über den Kopf. Ihr runder Bauch leuchtete im funkelnden Schimmer der Milchstraße.

Wir liebten uns im grauen Staub des Mondes. Zwischen uns und der Unendlichkeit des Universums war nur die unsichtbare Kuppel des Paradieses. Es roch nach Schießpulver.

Als wir am nächsten Morgen aufwachten, schien die Sonne.

»Wir haben wieder Strom!«, rief Sélène und sprang aus dem Bett. Nackt, schwanger und staubverschmiert öffnete sie die Haustür und lief jauchzend nach draußen. Tatsächlich. Hinter der offen stehenden Terrassentür war es hell, die Tageslichtbeleuchtung der Kuppel mit der Simulation des blauen Himmels funktionierte wieder. Ich hörte Stimmen und Lachen. »Schau mal, wen ich mitgebracht habe«, sagte Sélène fröhlich.

Ich griff hastig nach einem Handtuch, das neben dem Bett lag, und stand auf. Auch ich war völlig verstaubt, und es juckte überall. Sélène erschien in der Tür, gefolgt von einem amüsierten Tony, der grinsend seine Brille nach oben schob. Er wirkte ziemlich übernächtigt. »Was habt ihr denn getrieben?«, fragte er. »Bekomme ich einen Kaffee?«

Tonys Blicke folgten meiner nackten Freundin, die sich an der Kaffeemaschine zu schaffen machte.

»Wir haben wieder Strom«, sagte ich etwas blöde, um das Thema

zu wechseln. Ich stand mit dem Handtuch um die Hüften im Wohnzimmer.

»Ich hab die ganze Nacht dran gearbeitet, direkt nach der Sitzung«,
berichtete Tony stolz. »Unten in der Schaltzentrale war was durchgeschmort, aber ich habe mich an meine alten schottischen Bastelkünste erinnert.«

»Könnte sich jemand daran zu schaffen gemacht haben?«

»Eigentlich nicht«, sagte Tony. »In der Elektrozentrale hängt eine
Überwachungskamera, ich habe die Aufzeichnungen geprüft. Es sieht
aus, als ob der Schaltkasten einfach zu qualmen angefangen hat.
Wahrscheinlich eine kaputte Sicherung. Aber wir sind alle ziemlich
misstrauisch, das kannst du dir ja denken.«

»Ich hatte gestern einen kleinen Unfall mit dem Scooter. Die Bremsen.«

»Schon gehört. Du bist mal wieder Stadtgespräch. Hast du dich
schon um Personenschutz gekümmert?«, fragte Tony. Er schien es
fast ernst zu meinen.

»Ich werde Buzz engagieren, wenn er wieder auftaucht. Aber mach
dir mal keine Sorgen.«

Tony sah mich zweifelnd an und nahm dankend eine Tasse Kaffee
von Sélène entgegen. »Apropos Buzz: Es fehlt keins der Fahrzeuge.
Die Jungs aus dem Hangar haben das geprüft.«

»Sollen wir losfahren, ihn suchen?«, schlug ich vor.

»Wo, bitte schön, sollen wir Buzz denn suchen?«

»Vielleicht ist er entführt worden?«, schlug Sélène vor. »Ernsthaft
jetzt, kann doch sein.«

»Durchaus möglich«, nickte Tony.

»Hattest du ihm nicht beigebracht, nicht zu fremden Männern ins
Auto zu steigen?«

»Ach, übrigens …«, sagte Tony mit gespielter Beiläufigkeit, als
wir mit unseren Kaffeetassen draußen im Garten standen. »Hast du
schon die Nachricht gelesen, die ich dir vorhin geschickt habe? Wahrscheinlich nicht, wenn ich dich so anschaue …«

»Nein, seit dem Unfall ist meine Uhr kaputt.«

»Chesters Leute haben letzte Nacht die Tagesordnungspunkte für die nächste Sitzung durchgegeben. Und zwar zur Abstimmung. Soll ich sie vorlesen? Ich fürchte allerdings, das wird euch gehörig die Stimmung vermiesen.«

Tony stellte seine Kaffeetasse in den Regolith und verlas den Forderungskatalog von Chester.

Als er fertig war, waren Sélène und ich fassungslos.

»Das alles steht – zur Abstimmung?«, fragte Sélène entsetzt.

»Allerdings«, bestätigte Tony, nahm seine Kaffeetasse wieder vom Boden hoch und wischte den Mondstaub von der Unterseite ab. »Am ersten Montag nächsten Monats, dem 3. Juli. Fristgerecht in zwei Wochen.«

»Im Council steht es 6:6. Was sollte sich daran in vierzehn Tagen ändern?«, fragte ich. Ich bemerkte, dass meine Stimme zitterte.

»Du solltest jetzt wirklich auf dich aufpassen – oder es geht gar nicht mehr um dich, Darian. Vielleicht haben die noch einen anderen Trumpf in der Hand?«, sagte Tony nachdenklich und schaute zu Sélène, die gedankenverloren ihre Tasse betrachtete.

»Gegen jemanden von *euch* vielleicht?«, fragte ich.

»Wir haben gestern noch darüber gesprochen, als du weg warst«, sagte Tony ernst. »Haben uns alle tief in die Augen geschaut und die Hosen runtergelassen. Mortimer und Nathan sind sauber, Randall auch. Christopher war bei Black Circle bloß Mitläufer. Und ich glaube ihm.«

»Christopher war bei Black Circle?«, fragte ich verblüfft.

»Ja, er hat aber nichts angestellt.«

Sélène studierte aufmerksam ihre lackierten Fingernägel. *Tropic Rouge* von Chanel.

»Und du?«, fragte ich Tony.

Tony zögerte. »Okay, ich war eine Zeit lang auch bei Black Circle. Aber ich hatte keinen Mentor, habe niemanden umgebracht – nichts, weswegen ich ausgeliefert werden könnte. Abgesehen davon: Selbst wenn einer von uns gehen müsste – wir gehören zum Kontingent von Alex und würden daher nicht von Chesters Leuten ersetzt. Es läuft darauf hinaus, dass sie entweder dich drankriegen wollen – oder sie haben etwas ganz anderes vor.«

Wir schauten uns an. Mir war gar nicht aufgefallen, dass mein Handtuch längst auf den Boden gerutscht war. Ich stand nackt auf dem Mond. Nackt und schmutzig.

»Danke für den Kaffee«, sagte Tony und verabschiedete sich. »Wir werden sehen, was passiert.«

»Und was ist mit dir?«, fragte ich Sélène, als wir wieder alleine waren. »Was hast du bei Black Circle gemacht? Es wird höchste Zeit, dass du mir das erzählst, findest du nicht?«

Sie schaute mich mit ihren blauen Augen an. Ihr Blick war traurig und trotzig zugleich.

»Ich habe Menschen getötet«, sagte sie leise. »Aber sie hatten es verdient. Mein Mentor hat die Richtigen ausgewählt, sonst hätte ich es nicht getan.«

»*Die Richtigen ausgewählt?* Und weiß jemand davon?«

»Ich war nicht alleine. Aber meine Kameraden sind alle tot. Sie sind in New York umgekommen, bei dem Anschlag auf diesen TV-Sender …«

»Fox News?«

»Ja, genau. Ich hätte auch dabei sein sollen, aber ich hatte meine Tage. Ich bin die einzige Überlebende aus meinem Kommando.«

»Und du bist sicher, dass niemand von deiner Vergangenheit weiß?«

»Ziemlich sicher … glaub mir, ich habe die ganzen letzten Wochen darüber nachgedacht, aber wenn die Behörden was wüssten, hätten sie mich längst hochnehmen können.«

»Wie kannst du eigentlich auf die Erde reisen? Ich meine, die Immigration in New Mexico – ohne ein Barcode-Tattoo?«

Sélène lächelte verschwörerisch. »Man hat uns gut ausgebildet, was glaubst du denn? Wir kennen alle Tricks. Ich verwende ein Kunsthaut-Transplantat mit einem Tattoo und klebe es mir aufs Handgelenk.«

»Und – dein Mentor? Hast du eine Ahnung, wer das war? Battista Sforza?«

»Vielleicht, vielleicht auch nicht. Ophelia weiß es auch nicht, ich habe mit ihr darüber gesprochen. Aber wer auch immer es gewesen ist: Sforza wäre eine Möglichkeit, und der ist tot. Oder es war jemand anderes, der vielleicht noch lebt, sich aber wohl kaum bei den Behörden melden wird.«

»Und verrätst du mir jetzt endlich, was genau du getan hast? Wen du umgebracht hast?«, fragte ich.

»Nein, das möchtest du nicht wissen, glaub mir – es spielt auch keine Rolle. Es gab einen Ehrenkodex bei Black Circle, mit keinem darüber zu sprechen. Und das ist auch gut so. Es soll ja niemand etwas gegen mich – gegen uns – in der Hand haben, oder?«

»Aber sie *haben* etwas gegen uns in der Hand. Warum sind sie sonst so siegessicher?«

»Vielleicht solltest du tatsächlich auf dich aufpassen«, meinte Sélène.

»Das kann ich langsam nicht mehr hören.«

Am Nachmittag unternahmen wir einen gemeinsamen Spaziergang durch Garden Eden. Die Beleuchtung in der Kuppel suggerierte einen schönen Sommertag unter blauem Himmel, die Sterne und der dunkle Weltraum waren verschwunden: sie waren draußen, wir waren drinnen, es war wunderbar, endlich sah es aus wie auf den Renderings. Der heutige sonnige Kuppeltag war unser erster normaler Tag im Paradies, völlig irreal. Ein unbeschreiblicher Genuss, Sélène im Arm zu halten, ihr geblümtes Umstandskleid, ihr weiblicher Duft, ihre Barfüßigkeit. Mit ihr durch den Mondstaub zu schlendern, der sich beinahe wie Sand anfühlte; Luft zu atmen, ganz einfach herumzulaufen, draußen zu sein und zugleich drinnen. Es war fast wie daheim auf der Erde, aber nun war dies hier unser Zuhause, unsere neue Heimat, und es durfte einfach nicht sein, dass irgendjemand sie uns wegnehmen sollte.

Wir besuchten Nachbarn und Freunde, standen plaudernd vor ihren Hütten oder setzten uns auf bereitstehende Gartenstühle. Getränke wurden gereicht, und gelegentlich kam jemand vorbei und grüßte freundlich. Während der ganzen Zeit fuhr Ziggy mit einem kleinen offenen Transporter hin und her. Er saß darauf mit einem Sarong und einem himmelblauen Aloha-Shirt, großen Kopfhörern über seinen Dreads und transportierte Biertischgarnituren vom Pleroma Square zum Apollo. Er war dabei, vor der Tür seines Cafés einen kleinen Biergarten aufzubauen. Die Eingangstür, die ehemalige, nun nicht mehr vorhandene Schleuse, war weit geöffnet, und Musik dröhnte nach draußen – Schallwellen! Luft! Atmosphäre!

Es war nicht abgesprochen, es hatte keine Einladung gegeben. Ziggy stellte einfach nur die Klapptische vor dem Apollo in den Mondstaub, dazu lief Musik – es dauerte nicht lange, und die mehr oder weniger komplette Bewohnerschaft von Garden Eden saß irgendwann in Ziggys neuem Biergarten versammelt. Als sich im Laufe des Abends die Beleuchtung der Kuppel abschwächte, kamen allmählich die Sterne darüber zum Vorschein. Natürlich waren sie nie fort gewesen, aber mir wurde wieder einmal bewusst, dass dies auf der Erde auch nicht anders war.

Seltsamerweise wurde dabei über keinerlei Sorgen und Probleme gesprochen; wir gaben uns einfach der Illusion hin, dass alles in Ordnung war, wir endlich im Paradies lebten und es immer so weitergehen würde. Wir waren am Ziel unserer Träume angelangt.

Wenn bloß Chester nicht gewesen wäre.


Es nutzte alles nichts, ich hatte Dienst und musste zur Arbeit. Das Tagesgeschäft lief weiter, und Levania war fast vollständig ausgebucht. Der Riss im Ärmel meines Raumanzugs war schnell repariert, für derartige Fälle hatte jeder gute Haushalt auf dem Mond Klebestreifen parat.

Heute, an meinem ersten normalen Arbeitstag seit einer gefühlten Ewigkeit, war ich besonders guter Dinge, denn eine meiner Lieblingsaufgaben stand auf dem Programm: meine monatliche Inspektionsfahrt zur Wanderhütte am Ende des Schröter-Tals, wo ich damals mit Christopher und Mortimer mein Vorstellungsgespräch gehabt hatte. Ich war wild entschlossen, die zwei Wochen bis zur Abstimmung im Council mit unverdrossener Routine und Lebensfreude zu verbringen.

Ich war eine halbe Stunde früher als nötig aufgestanden, hatte noch mit Sélène einen Kaffee getrunken und mich dann auf den Weg gemacht. An der Villa Castalia sollte ein offener Dienstmoover stehen, den mir Mortimer für die Fahrt zur Wanderhütte zugeteilt hatte, und so marschierte ich in meinem frisch geflickten Raumanzug und mit Helm unter dem Arm in den sonnigen Morgen des Garden Eden.

Der Moover war bereits mit Wasserkanistern bestückt und Tony gerade dabei, die Elektromotoren zu inspizieren. Es sei alles in bester Ordnung, auch die Bremsen und die Reservetanks mit Atemluft habe er überprüft.

Es war beinahe ein Schock, aus der simulierten Sonnigkeit und dem blauen Himmel des Garden Eden schlagartig hinaus in die dunkle sternenklare Nacht zu fahren. Ich hielt inne und schaute an der Außenseite der leuchtenden Kuppel hinauf, trat an sie heran und fühlte mit meinen Handschuhen die feste Membran, die unter dem Druck meiner Hände nur wenig nachgab; es war kaum zu glauben, dass dieses dünne Material die Atmosphäre umschloss und zugleich von ihr in Form gehalten wurde. Wir schienen darin in einem Luftballon zu leben, der jederzeit platzen konnte. Ich musste an meine Vision bei der Neumondzeremonie denken – die Folie am Strand, hinter der die Trommler gesessen hatten.

Als ich mich umdrehte, bemerkte ich, dass Chesters Yacht nicht mehr oben auf der Klippe stand. Ich schaltete laute Musik in meinen Helmlautsprecher, ein Live-Set von DJ Pablo, und fuhr auf dem kleinen Aufsitzmoover das Plateau nach Westen hinunter.

Am Nachmittag erreichte ich die Wanderhütte. Ich hatte den schnelleren Weg gewählt, nicht die Touristenstrecke entlang der beiden Krater und durch das Vallis Schröteri, sondern außen herum durch den Oceanus. Die Wassertanks waren ebenso schnell aufgefüllt wie das Bettzeug ausgetauscht und die Zählerstände abgelesen, und so machte ich mich bald wieder auf den Heimweg. Es wäre durchaus in Ordnung gewesen, in der Hütte zu übernachten – das hatte ich bei solchen Gelegenheiten schon öfter getan –, aber ich hatte Lust, wieder die Rückfahrt anzutreten, diesmal aber durch das Schröter-Tal, meiner Lieblingsstrecke auf dem Mond.

Als ich die Kante des Aristarchus-Kraters erreichte, war es bereits kurz vor Mitternacht. Ich hatte es mir längst zur Tradition gemacht, nach den Inspektionen an der Wanderhütte dort hinaufzufahren und eine Weile in den Abgrund zu schauen, und zwar an genau jener Stelle, an der ich damals mit Christopher gesessen hatte.

Unten im Krater waren winzig klein Gestalten in Raumanzügen zu erkennen. Ich holte das Fernglas aus dem Handschuhfach des Moovers und stellte fest, dass einige der Figuren mit Vermesserstangen durch die Gegend liefen. Und dann sah ich das Bauschild: ELIS Development Corporation. Ganz unten, in der Mitte des Kraterbodens, stand silbern glänzend eine kleine Flugmaschine. Ich hatte sie schon einmal gesehen – auf dem Helipad von Chesters Yacht.

Ich lag bereits eine ganze Weile an der Kraterkante und schaute ungläubig hinab, als ich im Augenwinkel etwas hinter mir bemerkte. Ich wandte mich um. Neben meinem kleinen Dienstmoover stand eine große, schwarz glänzende Limousine. Alain.

»Steig ein, *mon ami*«, hörte ich ihn im Helmlautsprecher. Seine Stimme war freundlich, duldete aber keinen Widerspruch. Verblüfft und ein wenig erschrocken, raffte ich mich auf und ging auf die Limousine zu. Trotz der verdunkelten Scheiben war zu erkennen, dass Alain in Raumanzug und Helm auf dem Fahrersitz saß. »Die Beifahrertür, *s'il te plaît*«, sagte er. Ich stapfte um den Wagen herum. Die

Tür öffnete sich, ich stieg ein. Amüsiert stellte ich fest, dass es innen aussah wie in einer Luxuslimousine auf der Erde; poliertes Wurzelholz, das Material der Sitze erinnerte an Leder – obwohl das natürlich nicht sein konnte, denn der Wagen verfügte über keine Luftschleuse, wir saßen in der tödlichen Kälte des Vakuums. Alain schaute mich durch sein Visier an: »Ich sehe, man ist auf einem Ausflug? Ein schöner Krater, nicht wahr?«

»Ihr habt schon angefangen? Ist das nicht ein bisschen voreilig?«

»Eine Grundstücksbesichtigung, weiter nichts«, sagte Alain. »Bis zum ersten Spatenstich wird noch ein wenig Zeit vergehen.«

»Und warum seid ihr so überzeugt, dass der Council der Sache zustimmen wird?«

»Oh, ich sehe, man ist selbstsicher geworden«, sagte Alain spöttisch. »Weil man plötzlich unverzichtbar geworden ist. Man sich keine Sorgen mehr machen muss, rausgeschmissen zu werden, *non*?«

»So ist es«, sagte ich. »Oder wollt ihr mich anderweitig loswerden – wie Lawrence und Mama Africa?«

»*Mon dieu!*«, rief Alain. »Was sind denn das für Beschuldigungen? Das war ein tragischer Unfall. Ich gebe aber zu, dass er das ganze Vorhaben durchaus beschleunigt hat, genau wie das vorzeitige Ableben von Monsieur Richardson.«

»Dann hoffen wir mal, dass mir so etwas nicht passiert.«

»Da musst du dir keine Sorgen machen. Du bist im Council gerne gesehen, und ich bin sicher, du wirst dort immer die angemessenen Entscheidungen treffen«, säuselte Alain. »Zum Wohle der Allgemeinheit – und deiner Familie, *événement* …«

»Meine Familie? Was hat die damit zu tun?«

»Oh, man wird sehen, wie sich die Dinge entwickeln. Aber ich will deine kostbare Zeit nicht weiter in Anspruch nehmen, du möchtest bestimmt zurück nach Hause. Deine schwangere Freundin ist sicher einsam, so ganz alleine in eurem schönen Haus. Ach ja – bevor ich es vergesse …«

»Ja?«

»Man hat mich gebeten, euch beiden eine Einladung zukommen zu lassen – zu einem kleinen *Diner*. Man freut sich auf euren Besuch und darauf, euch kennenzulernen.«

»Chester?«

»*Naturellement*. Auf seiner Yacht. Samstagabend um sieben. Er legt Wert auf angemessene Garderobe. Und auf gutes Benehmen.«

Die Beifahrertür glitt automatisch auf, das Gespräch war also beendet. Wortlos stieg ich aus der schwarzen Limousine und stapfte zu meinem Moover. Bevor ich zurück nach Hause fuhr, schaute ich noch einmal in die abgründigen Tiefen von Aristarchus. Ich versuchte mir vorzustellen, wie er mit einer gigantischen Kuppel aussehen mochte, mit Gebäuden und Parks. Eigentlich keine schlechte Idee.

Aber nun stand erst einmal die Begegnung mit Michael Nimitz Chester auf dem Programm.


Es war nicht einfach gewesen, aber schließlich hatte ich Sélène doch dazu überreden können, den schwarzen Jumpsuit anzuziehen, den Susi erst kürzlich zu einem Umstandskleid erweitert hatte. Zunächst hatte es Sélène sich in den Kopf gesetzt, in Chesters Yacht splitternackt aus ihrem Raumanzug zu steigen – aus Protest, wie sie meinte. Sie hatte auch noch die Idee gehabt, in einem staubigen Overall zu erscheinen, um ein bisschen Arbeiterklasse und Klassenkampf zu verbreiten. Das war insofern albern, als dass Sélène noch nie in ihrem Leben körperlich gearbeitet hatte – von ihren mörderischen Tätigkeiten bei Black Circle einmal abgesehen. Ich hatte zu bedenken gegeben, dass all diese Selbstdarstellungen nichts weiter als ein Ausdruck von Unsicherheit seien und man sich dadurch in eine Position des Reagierens manövriere, was mir als eine schlechte Ausgangsbasis erschien – aber natürlich stand völlig außer Frage, wer bei dieser Begegnung die Kontrolle über Ablauf und Inhalt haben würde.

Meine Kleidungsfrage hingegen war schnell geklärt, erschöpfte sich die Auswahl doch im Wesentlichen auf mein helles Jackett, das ich schon damals auf Alains Yacht und im Chateau getragen hatte, und meinen frisch gereinigten Dienst-Overall, für den ich mich schließlich auch entschied. Wir dachten außerdem kurz darüber nach, ein Gastgeschenk mitzubringen, alten bürgerlichen Gepflogenheiten folgend – aber als es darauf hinauslief, dass ich die Riesenstange weißer Toblerone (die immer noch in meiner Tasche lag) und Sélène trotz ihrer Schwangerschaft drei fertig gerollte Joints mitnehmen wollte, ließen wir es doch lieber bleiben.

Als wir in den roten Zweisitzer stiegen, erhoben sich die Leute im Biergarten des Apollo von ihren Bänken und applaudierten, es waren ermunternde Zurufe zu hören. *Viel Glück* und *Zeigt es ihm!* Es hatte sich mittlerweile herumgesprochen, dass Chester uns in seine Yacht zitiert und das Treffen sicherlich mit seinen Plänen und der Abstimmung im Council zu tun hatte. Wir winkten zum Abschied und fuhren in feierlicher Andacht der Luftschleuse entgegen, wo uns bereits Christopher und Nathan erwarteten. Wir setzten unsere Helme auf. Umarmungen und Schulterklopfen. Langsam rollten wir in die Schleuse. Hinter uns schloss sich das Tor.


Wir hatten nicht lange darüber rätseln müssen, wo die Yacht wohl stehen mochte, denn es war seit Tagen weithin erkennbar gewesen, dass Chester sie in der Nähe seiner mysteriösen Villa an der Kraterkante von Prinz abgestellt hatte, wo sie über Beverly Hills und Levania thronte. Wir fuhren über das Plateau die Moonatic Lane an den Versorgungsleitungen und aufgeschichteten Steinstapeln entlang, bis wir die Kante erreichten. Noch bevor wir zu dem Zaun kamen, der Chesters Gelände umschloss und direkt bis an den Abgrund führte, sahen wir seine Yacht, die in Längsrichtung unmittelbar am Kraterrand abgestellt war. Wir folgten der Absperrung bis zu einer Toreinfahrt, vor der die gewaltigen Reifenspuren endeten. Innerhalb des Geländes hatte man die Abdrücke sorgfältig beseitigt. Unwillkürlich stoppte ich an dem offenen Tor.

»Bist du soweit?«, fragte ich.

»Ja, bringen wir es hinter uns«, hörte ich Sélène in meinem Helm-lautsprecher flüstern. Sie drückte dabei ihren Handschuh auf mei-nen Arm.

Langsam rollten wir auf das Gelände, in Richtung der am Abgrund stehenden Yacht, die ich nun zum ersten Mal genauer betrachten konnte. Sie ähnelte eher einem gewaltigen, geländegängigen Tiefla-der mit drei Achsen – ein riesiges, frei stehendes Rad am vorderen Ende, zwei weitere hinten. An den Fensterflächen, die teilweise groß-zügig ausfielen und anderswo lukenhaft klein waren, ließen sich drei Etagen ablesen. Auf dem Oberdeck verschiedene Aufbauten und das runde Helipad, auf dem die kleine Flugmaschine hockte, die neulich im Aristarchus-Krater gestanden hatte. Bei näherem Hinsehen wur-de auch deutlich, dass das mattgrau lackierte Ungetüm keineswegs in einem Stück auf den Mond gelangt, sondern vielmehr aus mehre-ren Elementen gestapelt und zusammengefügt war. Außen hatte die Yacht so etwas wie ein Exoskelett: diagonale Streben, mit der Boden-platte und dem Fahrwerk verbunden, in denen die Decks eingehängt waren. Vorne am Bug in eckigen Lettern ihr Name:

DIE USE RETIRE

»Willkommen bei Graf Dracula«, flüsterte Sélène.

Es war unschwer zu erraten, dass der Zugang von hinten erfolgte, denn zwei Gestalten in schwarzen Raumanzügen schienen uns dort zu erwarten. Langsam fuhren wir auf sie zu. Als einer der beiden sei-ne Hand hob wie ein Verkehrspolizist, hielt ich an. Wir stiegen aus.

Genau wie bei der *Saint Tropez* gab es auch bei Chesters Yacht eine offene Freitreppe, die von hinten nach oben führte, hoch zum dritten Deck. Die breite Treppe war mittig in das Volumen der Yacht einge-schnitten, sodass die drei Geschosse dort nur aus schmalen Reststü-cken bestanden und einen U-förmigen Innenhof bildeten, in dem die Treppe emporstieg.

»Mr. Chester erwartet Sie«, hörten wir in unseren Helmen. »Dort entlang, bitte.« Ein schwarzer Handschuh deutete auf die Stufen. Langsam schritten wir die Treppe hinauf. Ich schaute kurz zurück, die beiden Gestalten folgten uns nicht. Wir erreichten das Eingangs-deck der dritten Ebene, die vor uns komplett verspiegelt war. Im re-flektierenden Glas unsere Raumanzüge.

Eine Tür glitt zur Seite. Wir sahen in einen kleinen, vollständig ver-spiegelten Raum. Die Luftschleuse. Zögernd traten wir ein. Die Tür schloss sich hinter uns.

Wir waren umgeben von einer Unendlichkeit grauer und weißer Raumanzüge, die sich in den vier reflektierenden Wänden der Schleu-se verloren, sogar auf dem Boden und der Decke über uns – der Zu-gang zu Chesters Yacht war ein Spiegelkabinett. Es waren nirgendwo Knöpfe oder Schalter zu sehen, auch störte kein rotes oder grünes Licht die verspiegelte Perfektion.

Die Innentür öffnete sich, und wir entriegelten unsere Helme. Wohlriechende Atemluft, unpassenderweise duftete es ein wenig nach Zitronengras und Wellness-Spa. Zu unserer Überraschung stand uns ein japanischer Sumoringer gegenüber – ein gewaltiger ostasia-tischer Mann mit zu einem Dutt zusammengebundenen Haaren, in einem schwarzen Kimono, bedruckt mit einem Muster aus magenta-farbenen Chrysanthemen.

»Willkommen auf der DIE USE RETIRE«, begrüßte uns der ge-wichtige Japaner mit überraschend heller Stimme und verneigte sich. »Mein Name ist Maro. Ich werde Sie nun zu Mr. Chester führen.«

Etwas verwundert überreichten wir ihm unsere Helme. Wir befan-den uns offenbar in einer Eingangshalle, die über das Dach hinaus erhöht war. Eine Wendeltreppe war zu sehen, die oben zu einer klei-nen Luftschleuse führte, dem Zugang zur Dachterrasse. Dahinter, in einer schrägen Untersicht, die kleine Flugmaschine auf dem Helipad. Ansonsten war die Halle ganz in Weiß gehalten und fast völlig leer – bis auf eine schwarze Stele in der Mitte des Raumes, wie ein dunkel schimmernder Penis, über zwei Meter hoch und leicht gerundet. An ihrem oberen Ende war ein Relief mit zwei Figuren zu sehen. Eine von ihnen saß mit Rock und Zepter auf einem Thron, davor stand eine andere Gestalt, aufrecht, mit einem langen Umhang bekleidet. Die Stele war fast vollständig mit winzigen Schriftzeichen bedeckt und perfekt beleuchtet in Szene gesetzt.

»Das ist der Codex Hammurabi«, erklärte Maro. »Er stammt aus Mesopotamien und ist fast viertausend Jahre alt. Es handelt sich dabei um die älteste noch existierende Aufzeichnung von Gesetzestexten.«

»Für die Tafeln von Moses hat es wohl nicht gereicht?«, kommentierte Sélène schnippisch, als sie dem Japaner ihren Raumanzug reichte, der ihn in einen Garderobenschrank neben meinen hängte.

»Wenn Sie mir nun bitte folgen möchten?«, sagte Maro höflich und deutete eine Verbeugung an.

Nach nur wenigen Schritten öffnete sich vor uns eine Tür. »Hier hinein, bitte.«

Es war schon wieder ein kleiner vollständig verspiegelter Raum, wir hatten gerade genug Platz darin. Eine Fahrstuhlkabine. Die Tür schloss sich, und Maro drückte auf einen Knopf, der mit *Empyreum* beschriftet war. Zu meiner Verwunderung waren dort sieben Knöpfe übereinander angeordnet, obwohl die Yacht nur drei Etagen hatte – oder vielleicht vier, falls es noch einen Zugang zu einer Schleuse auf dem Dach geben sollte. Es waren zwei weitere Tasten mit Namen versehen, *Limbus* und *Purgatorio*. Auf der Rückseite der verspiegelten Kabine hing ein düsteres Gemälde, auf dem eine kleine Felseninsel zu sehen war. Hohe Zypressen wucherten aus ihrem Inneren heraus, umgeben von abweisenden Gebäuden, die mit der Insel verwachsen schienen.

»Das ist die *Toteninsel* von Arnold Böcklin«, erklärte Maro, als sich die Tür des Fahrstuhls wieder öffnete. »Willkommen im Empyreum. Nach Ihnen, bitte.«

Wir traten in einen kleinen, geschlossenen Vorraum, als wir hinter uns wieder die sanfte Stimme des Sumoringers hörten. »Wenn Sie die Güte hätten, die Schuhe auszuziehen?«

Sélène und ich schauten uns belustigt an und zogen die Füßlinge aus. »Sie werden gleich geheiligten Boden betreten«, erklärte Maro. »Das Parkett des Empyreums ist aus jenem Bodhi-Baum gefertigt, unter dem Siddhartha Gautama einst seine Erleuchtung erfuhr. Aber seien Sie unbesorgt, es gibt selbstverständlich eine Fußbodenheizung.«

Dann waren wir soweit. Es konnte losgehen. Wir würden dem Herrn nun gegenübertreten.

Vor uns glitt eine doppelflügelige Tür lautlos zur Seite.

Es war einer jener Momente – der Augenblick, als wir das Empyreum in Chesters Yacht betraten. Ein großer Raum, eher ein Saal, angenehm hell, perfekt gleichmäßig beleuchtet und genau wie die Eingangshalle fast völlig leer, zugleich aber erfüllt von der Präsenz des bleichen älteren Mannes, der hinter einem matt leuchtenden Globus stand. Michael Nimitz Chester.

Er war kahlköpfig und mit einem weißen Kimono bekleidet. Die schimmernde Kugel des Erdballs verlieh ihm die Aura eines Wahrsagers oder Hohepriesters. Er lächelte uns erwartungsvoll an.

Beide Seiten des Saals waren raumhoch verglast. Links war die dunkle Mondschaft des Plateaus zu sehen, rechts hatten wir einen tiefen, weiten Blick in den Krater Prinz. Obwohl keine Lichtquellen zu erkennen waren, schien der Saal aus sich selbst heraus zu leuchten; es war beinahe, als ob Chester den Raum mit Licht erfüllte. Dann erst bemerkten wir, dass er nicht allein war. In einer hinteren Ecke des Saals scharrte eine große weiße Katze in einer bronzenen Schale, gefüllt mit Katzenstreu.

Wir standen regungslos am Eingang, als sich hinter uns die Tür leise schloss. Ich drehte mich um, der Sumoringer war verschwunden. Wir waren allein mit Chester. Der helle Parkettboden war angenehm warm unter unseren nackten Füßen.

»Ich bin erfreut, euch kennenzulernen, meine Kinder«, verkündete Chester mit freundlicher Stimme und deutete mit einer Hand hinter sich. »Und darf ich auch meinen kleinen Freund vorstellen:

486

Das ist *Lux*. Ein Albino-Luchs, der dort gerade in einer fünftausend Jahre alten mesopotamischen Opferschale sitzt. Eine Dauerleihgabe aus dem Nationalmuseum in Bagdad.«

»Scheißen Sie auch in gestohlene Antiquitäten, wenn Sie Ihre Geschäfte verrichten?«, fragte Sélène frostig.

Chester lächelte. »Natürlich ist dir dein Ruf als humorvolles Mädchen weit vorausgeeilt – was ich übrigens sehr zu schätzen weiß. Und wie ich sehe, seid ihr im Begriff, eine Familie zu gründen. Das ist heutzutage ein mutiger Schritt, aber es muss ja schließlich weitergehen. Wann dürfen wir denn den kleinen Neuzugang auf dem Mond begrüßen?«

»In drei Monaten ...«, antwortete Sélène nach kurzem Zögern.

»Ihr werdet euch fragen, warum ich euch hergebeten habe.«

Ich nickte.

»Ihr steht hier vor mir wie Adam und Eva«, sagte Chester hinter seiner leuchtenden Erdkugel. »Und ihr habt Angst, aus dem Garten Eden vertrieben zu werden, nicht wahr?«

Wir schwiegen. Ich sah, wie Sélène ihre Lippen zusammenpresste.

»Darüber müsst ihr euch keine Sorgen machen.« Chester lächelte uns an, sein Blick erschien auf einmal gütig. »Denn das ist längst geschehen. Und warum sich Sorgen über etwas machen, was man sowieso nicht mehr ändern kann?«

»Noch haben Sie keine Mehrheit im Council«, sagte ich. »Und solange ich lebe, werden Sie sie auch nicht bekommen.«

Chester schaute mich mitleidig an. »Du hast anscheinend noch nicht ganz begriffen, worum es hier geht.« Er ließ seine bleichen Hände über dem Globus schweben, woraufhin sich die Darstellung der Meere und Kontinente zunehmend schneller zu drehen begann.

»*Der Anblick gibt den Engeln Stärke*«, verkündete Chester weihevoll. »*Und schnell und unbegreiflich schneller dreht sich umher der Erde Pracht; es wechselt Paradieseshelle mit tiefer, schauervoller Nacht. Und Stürme brausen um die Wette – vom Meer aufs Land, vom Land aufs Meer – und bilden wütend eine Kette der tiefsten Wirkung rings* umher. *Die Erde tönt nach alter Weise ... und ihre vorgeschriebne Reise vollendet sie mit Donnergang!«*

»Sie haben uns hergebeten, um Gedichte aufzusagen?«, fragte Sélène. Wir standen immer noch regungslos am Eingang des Saals.

Chester strich mit seinen Händen über den Globus. Er hatte kein Barcode-Tattoo am Handgelenk. »Mutter Erde war einst ein Paradies, aber wir haben es zerstört. Wir, ihre eigenen Kinder. Und nun werdet ihr aus diesem Paradies vertrieben – diesmal endgültig, wie es scheint. Da dies in unseren Zeiten geschieht, stellt sich doch die Frage, wovon dann in der Bibel die Rede ist, nicht wahr? War die Vertreibung aus dem Paradies etwa eine Prophezeiung unserer heutigen Zeit? Nein – es ging um etwas ganz anderes ...«

Chester funkelte uns mit durchdringendem Blick aus blauen Augen an. »Der biblische Garten Eden war nämlich kein Ort, sondern ein Zustand. Wisst ihr auch, welcher das war?«

Der weiße Luchs hatte mittlerweile aufgehört, in der mesopotamischen Opferschale herumzuscharren, und strich Chester um die nackten, bleichen Waden. Ich bemerkte, dass unser Gastgeber unter seinem Kimono ein gekrümmtes Schwert trug.

»Ich rede vom Zustand unseres Bewusstseins, als wir noch halbe Tiere waren«, fuhr Chester fort. »Wir waren Teil der Natur und noch nicht in der Lage, über Leben und Tod nachzudenken. Aber das Entscheidende ist – wir waren uns unserer Sterblichkeit nicht bewusst. Das ist es, was die Bibel mit dem Paradies meint. Doch dann geschah es! Wir wurden wach geküsst aus dem seligen Schlummer, Mutter Erde hatte uns das Bewusstsein geschenkt, den Apfel der Erkenntnis. Unsere Kindheit war vorbei, es war an der Zeit, erwachsen zu werden und sich der neuen Verantwortung zu stellen. Plötzlich erkannten Adam und Eva, dass sie nackt waren. Sie erkannten, dass sie einen Körper hatten, sie erkannten, dass sie *sind* – und vor allem erkannten sie, dass sie *sterblich* sind! Auch die Tiere sind sterblich – aber sie wissen es nicht, so wie wir, als wir noch keine Menschen waren. Und die Götter?« Chester sah uns mitleidig an. »Die Götter, sie sind

unsterblich. Aber der arme Mensch, diese geschundene Kreatur …
auch er ist sterblich, genau wie die Tiere – aber im Gegensatz zu ihnen ist er sich dessen bewusst. Und das ist sein Elend.«

Wir schauten Chester ratlos an.

»Es gibt nur zwei Arten vollkommenen Glücks«, schwadronierte er
weiter. »Den Schlummer des Unbewussten und das Erwachtsein zum
Überbewussten. Aber wir stecken genau dazwischen, zwischen Tier
und Gott – in der Hölle auf Erden, die wir armseligen Menschen geschaffen haben. Die Hölle, das sind nicht die anderen – das seid ihr.«

Chester kam hinter seinem Globus hervor. »Nachdem ihr aus eurer
paradiesischen Ahnungslosigkeit herausgerissen worden seid, habt ihr
verzweifelt nach einem Ersatz für eure Sehnsucht gesucht. Aus der
Harmonie mit dem Himmel wurde die Eroberung des Weltraums; aus
der Verbundenheit mit der Natur der Drang, sie zu zerstören. Und
aus dem Gefühl, alles und eins zu *sein* – wurde die Gier, alles zu *besitzen*. Die Vertreibung aus dem Paradies war nichts weniger als der
Beginn des materialistischen Denkens, das Anhäufen von Geld zu
einem Selbstzweck.«

»Darin waren Sie ja wohl sehr erfolgreich«, bemerkte Sélène kühl.

»Allerdings. Ich habe mein Ziel erreicht, den größten Reichtum,
die größte Macht in der Geschichte in meiner Person zu vereinen.
Aber ich habe das nicht für mich getan – obwohl ich nicht leugnen
will, dass ich großes Vergnügen daran hatte. Ich habe meine Aktivitäten dem Überleben der Menschheit gewidmet.« Chesters Augen
funkelten. »Ihr habt nicht mehr viel Zeit dort unten, und deswegen
werde ich euch hier oben eine neue Zukunft erschaffen. Schaut her.«

Er deutete mit seinen Armen in Richtung der Fenster an den
Längsseiten des Saals. Das Bild dahinter begann sich zu wandeln.
Der Himmel verfärbte sich in ein helles Blau, die Mondschaft wurde von einem grünen Schimmer überzogen. Bäume wuchsen im Zeit-
raffer empor, und der Krater Prinz verwandelte sich in einen ausge-
dehnten Park. Chester schaute versonnen auf die Animationen in den
Fenstern. »Weiß doch der Gärtner, wann das Bäumchen grünt«, sagte

er leise. »Aber irgendwann wird es soweit sein, und diese Animation wird Wirklichkeit. Es muss so kommen, ihr habt keine andere Wahl. Die metaphorische Vertreibung aus dem Paradies – die Entwicklung des Menschen vom Tier zu einem bewussten und ängstlichen Wesen – hat dazu geführt, dass ihr *tatsächlich* aus dem Paradies vertrieben werdet. Aber ich habe nun die Möglichkeit, euch Menschen eine neue Heimat zu erschaffen.«

»*Euch Menschen?*«, fragte ich. »Für wen halten Sie sich eigentlich? Für den lieben Gott?«

»Gott? Ist der nicht bereits tot? Nein, ich halte es eher mit Luzifer, dem Boten des Lichts«, sagte Chester und lächelte uns zuvorkommend an. »Wollen wir eine Kleinigkeit essen?«

Auf der Stirnseite des Saals, gegenüber dem Eingang, öffnete sich eine weitere doppelflügelige Tür. Wir folgten unserem Gastgeber über das erleuchtete Parkett und betraten einen quadratischen Raum mit einer gedeckten Tafel in der Mitte. Die Hauptattraktion des Speisezimmers war aber etwas anderes – die gesamte Rückwand wurde von einem Aquarium eingenommen. In ihm schwammen seltsame Fische einer Art, wie ich sie noch nie zuvor gesehen hatte. Sie waren scheibenförmig rund, glitten aufrecht durch das Wasser und hatten bloß zwei Flossen, die aussahen wie bei einem Hai, eine oben und eine unten. Aber vor allem – sie leuchteten.

»Das sind Mondfische«, erklärte Chester. »Sie werden normalerweise noch viel größer. Genau genommen sind sie die größten Knochenfische der Welt, aber ich habe ihr Wachstum stoppen lassen. Und die Leuchtgene sind doch eine wunderbare Bereicherung, findet ihr nicht?«

Schlagartig erlosch das Licht des kleinen Salons. Wie Geister schwebten Dutzende der leuchtenden Fische wie Vollmonde durch das Dunkel, wunderschön und unheimlich. Draußen hinter den Fenstern glitzerten die Sterne, dazu erklang klassische Musik. Wir hörten Chesters Stimme irgendwo im Dunkeln. »Die achte Symphonie von Mahler.«

Es war beeindruckend und beunruhigend zugleich, aber Chester schaffte es tatsächlich, von einem Moment zum nächsten in einen charmanten Gastgeber-Modus zu wechseln. Als Entrée gab es eine Variation von Venusmuscheln in Algenjus, die derart auf einem Teller arrangiert waren, dass sie die Verteilung der Planeten im Sonnensystem wiedergaben – was zumindest Chester stolz behauptete, als eine junge Japanerin in einem Geisha-Kostüm mit der Vorspeise hereinspaziert kam. Dazu tranken wir grünen Tee. Chester, der am Kopfende der Tafel saß, ließ es sich nicht nehmen, uns sein Samurai-Schwert zu zeigen, das er stolz vor sich auf den Tisch gelegt hatte. Angeblich war es das Katana, mit dem der japanische Schriftsteller Yukio Mishima 1970 in aller Öffentlichkeit Harakiri begangen haben soll – aus Protest gegen die Entfremdung seines Landes von den wahren Werten Japans, wie Chester begeistert erzählte.

Nachdem wir uns einen kleinen Vortrag über die Geschichte und Herstellung japanischer Samurai-Katanas angehört hatten, verwickelte uns Chester erfolgreich in durchaus eloquenten Small Talk – er wollte beispielsweise wissen, wo und wann wir uns kennengelernt hätten. Als wir von der Party im Krater Holzig erzählten, berichtete Chester freimütig von seinen jungen Jahren, als auch er *unterwegs* gewesen sei: auf Full-Moon-Partys, in Thailand und Goa, sogar einige Male beim Burning Man. Er sprach des Weiteren davon, dass er seinerzeit mit Alex von Alvensleben herumgezogen sei, aber man sich nun auseinandergelebt habe und grundsätzlich verschiedene Ansätze verfolge.

»Im Grunde wollen Sie und von Alvensleben doch genau dasselbe«, sagte ich in einem Anflug von Diplomatie. »Einen neuen Lebensraum für Menschen auf dem Mond. Sie haben früher zusammengearbeitet, nun sind Sie beide hier tätig und verfolgen im Prinzip das gleiche Ziel. Wenn ich davon ausgehe, dass Sie mich dazu überreden wollen, im Council Ihren Plänen zuzustimmen – warum bin ich überhaupt in der Situation, mich für die eine oder andere Seite entscheiden zu müssen, wieso arbeiten wir nicht alle für die gleiche Sache?«

»Ganz einfach«, antwortete Chester, als die Geisha gerade den nächsten Gang servierte, *sphärischen Melonenkaviar mit Gelkapseln aus klarer Tomatenbouillon.* »Ich habe nicht das geringste Interesse daran, Garden Eden einer Gemeinschaft von Hippies und Ex-Terroristen zu überlassen. Es ist eine zutiefst unwirtschaftliche Vorgehensweise, und vor allem sind es die falschen Leute. Maden im Speck, nichts weiter als Schmarotzer und Zecken.«

»Der größte Schmarotzer, dem ich jemals begegnet bin, sitzt gerade am Kopfende dieser Tafel!«, rief Sélène wütend, die langsam wieder zu ihrer alten Form zurückfand. »Sie und Ihresgleichen haben die Erde geplündert! Leute wie Sie haben uns aus dem Paradies vertrieben, Sie haben die Erde ausgesaugt und zerstört!«

»Damit hast du nicht ganz unrecht – die Konzentration des Reichtums ist zugleich Ursache und Folge der Zerstörungskraft des Kapitals«, sagte Chester. »Aber es war absolut notwendig, die Reichtümer der Erde und ihrer Bevölkerung zu bündeln – und zwar idealerweise auf eine Person, die über die entsprechenden Visionen und die Macht verfügt, damit etwas Sinnvolles anzufangen.«

»*Sie* sind doch die Verursacher des Problems!«, rief Sélène.

»Ja, so könnte man das sehen. Aber nun bin ich es auch, der das Problem lösen wird. Das Kapital nährt sich von der Vernichtung von Mensch und Umwelt. Aber zugleich ist es auch das Fundament, auf dem Garden Eden errichtet wurde – und nur das Kapital hat auch die Möglichkeit und vor allem das moralische Recht, dort zu leben, denn die reiche Elite stellt zweifelsohne die Speerspitze der Menschheit dar.«

»Jetzt erzählen Sie uns noch, die Elite sei auch der Samen Gaias!«, rief Sélène verächtlich.

»Ganz gewiss ist sie das, natürlich. Es gibt schließlich einen Grund dafür, warum manche Menschen reich sind und die meisten nicht. Das ist ein ganz normaler evolutionärer Ausleseprozess. Nur die Reichen sollten sich eine umfassende Gesundheitsvorsorge leisten – sie sind es, die sich Gentherapien zur Lebensverlängerung erlauben können, denen Optimierungen und künstliche Organe zustehen, die auf das Genom ihrer Kinder Einfluss nehmen. Und natürlich werden sie dadurch immer gesünder, schöner und schlauer – und ihre Nachkommen erst recht. Und deswegen bilden sie als genetische Elite den Höhepunkt der Menschheit, den Samen Gaias, wenn ihr so wollt – und haben es auch verdient, im Garten Eden zu leben.« Chester sprach ruhig, fast liebevoll, als erklärte er zwei Kindern, wie das Planetensystem aufgebaut ist.

»Ich sehe das Streben nach Geld und materiellem Besitz nicht unbedingt als Ausdruck von Intelligenz und Überlegenheit«, sagte Sélène.

»So? Ihr wisst doch ganz genau, dass ich einfach nur die Wahrheit sage. Aber du hast schon recht, aus meinen Worten spricht natürlich auch ein wenig Verachtung für euch Menschen. Ich mache keinen Hehl daraus, dass ich meinen Reichtum vor allem der Dummheit der Leute zu verdanken habe, ihrer Gier und ihrem Materialismus – denn was ist schon Materie, was sind schon Dinge? Objekte? Billiarden von Atomen, die eigentlich aus Nichts bestehen – wenn man zwischen den Atomen herumfliegen könnte, würde man überhaupt keinen Unterschied bemerken zwischen Etwas und Nichts, zwischen einem Diamanten und einem Stück Hundescheiße, es ist alles nur eine Illusion. Aber der Materialismus verleiht mir Macht, ich nutze die Verblendung der Leute, die den Objekten hinterherlaufen und ihnen ihr ganzes Leben opfern. Was meinst du wohl, warum wir euch verbieten, Platons Höhle zu verlassen, von dem Apfel der Erkenntnis zu kosten? Wir leben von eurer Dummheit und eurer Anbetung des Scheinbaren. Und wenn eines Tages alles zerstört sein wird – wird eigentlich überhaupt nichts zerstört, denn Materie und Energie gehen nicht verloren, auf dem subatomaren Level gäbe es keinen Unterschied.«

»Und was macht Sie so sicher, dass Sie mit Ihren Plänen Erfolg haben? Mal ganz abgesehen davon, dass Sie niemals meine Stimme im Council bekommen werden.« Ich hatte genug von den Tiraden und wollte endlich Klarheit. Ich war nun auf alles gefasst.

»Ganz einfach – weil ich davon überzeugt bin!«, rief Chester und deutete auf das Aquarium. »Ich wusste immer, dass ich eines Tages auf dem Mond vor einem Aquarium mit leuchtenden Fischen sitzen würde. Ich war davon *überzeugt* – ich habe es nicht einfach nur gewollt, das ist der entscheidende Unterschied. Denn es reicht nicht aus, irgendetwas unbedingt zu wollen, sehr hart daran zu arbeiten und vielleicht auch noch Glück zu haben – das kann manchmal brauchbare Ergebnisse liefern, aber so erreicht man niemals das Undenkbare, das Große Ziel, was immer es auch sein mag. So nicht!«

Chester beugte sich vor und senkte seine Stimme. »Wenn sich auch nur der kleinste Zweifel in deine Absicht mischt, wird sie sich nicht erfüllen. Oder umgekehrt gesagt: Nur wenn es einem gelingt, das Ziel mit dem tiefsten Urvertrauen zu verknüpfen, kann und wird es funktionieren – das ist das Geheimnis der Magie. Es geht darum, dieses Urvertrauen in sich zu entdecken, aufzubauen und als Kraftquelle zu nutzen. Was glaubt ihr, wie ich gestaunt habe, als ich *das* entdeckt hatte?«

Sélène und ich schwiegen, und die leuchtenden Mondfische im Aquarium zogen still ihre Bahn. Was sollte man so einem Mann entgegnen?

»Meine Stimme haben Sie immer noch nicht«, sagte ich nach einer Weile. Aber mein lahmer Protest verklang unkommentiert, denn der nächste Gang wurde serviert. Es war ausgerechnet *Fugu*, der japanische Kugelfisch, der bei falscher Zubereitung tödlich war.

»Mr. Chester, Sie haben doch bestimmt nichts dagegen einzuwenden, wenn wir die Teller tauschen?«, forderte ich unseren Gastgeber heraus. Chester grinste. »Selbstverständlich gerne. Aber vielleicht habe ich ja genau damit gerechnet? Ich habe dir gerade erklärt, was es mit der Gewissheit und dem Verlauf der Dinge auf sich hat.«

Die Teller mit dem Fugu wurden getauscht, und Sélène warf mir einen besorgten Blick zu. Demonstrativ unbeeindruckt nahm ich ein Stück von dem Fisch mit meiner Gabel auf. Ich hatte ewig keinen Fisch mehr gegessen; nach dem Zusammenbruch der Nahrungskette in den Meeren ein fast unbezahlbarer Luxus. Chester lachte. »Nur zu, keine Angst! Ich habe schon Hunderte Male Fugu gegessen.«

»Es macht Ihnen offenbar Spaß, mit dem Leben und dem Tod zu spielen«, sagte Sélène. »Ein Gericht zu servieren, das einen Koch zum Mörder machen kann. Haben Sie keine Angst vor dem Tod, Chester?«

Unser Gastgeber schaute etwas überrascht, dann beugte er sich grinsend vor. »Wer sich in Unterwäsche in den Weltraum begibt, hat wahrscheinlich keine Angst zu sterben, nicht wahr? Was soll der Tod schon sein? Er ist das Ende, das Nichts – und ich kenne das Gefühl, dem Nichts gegenüberzustehen, also habe ich auch keine Angst davor.«

»Sie sind also nicht nur voller Abgründe, sondern haben auch schon mal hineingeschaut«, sagte Sélène. »Wie passend.«

»Ja, allerdings, das habe ich. Es ist sehr lange her, es war auf einer dieser Full-Moon-Partys. Und da habe ich sie gespürt – eine abgrundtiefe Kälte. Keine Leere, einfach nur das Nichts. Diese Erfahrung zu machen, dass dahinter nichts mehr ist; diese allumfassende, gleichgültige Kälte des absoluten Nichts zu spüren ist die schlimmste Erfahrung, die ein Mensch je machen kann. Danach ist man dankbar für den Tod, für jeden Tod, auch von allem und jedem – oder man kehrt gestärkt zurück. Entweder als kalter, unbesiegbarer Krieger, oder man will die Erfahrung nicht wahrhaben und sucht nach dem Licht und der Liebe. Aber vergebens, es sind alles nur Illusionen.«

»Für Sie vielleicht.«

»Was glaubt ihr wohl, warum Feldherren und Generäle ihre Truppen in den Tod schicken? Warum überhaupt Kriege geführt werden? Weil es um Geld geht? Um Land oder Rohstoffe?«, sagte Chester mit einem diabolischen Grinsen. »Auch, aber nicht nur. Vor allem geht es um die Macht, andere Männer zu Tausenden in den Tod zu schicken. Wenn man in einer solchen Position ist, geht die Energie der Gefallenen auf den Feldherren über, sie nährt sein Ego und die Kraft seines Geistes. Es ist ein für Normalsterbliche unvorstellbares Gefühl der Erfüllung, es ist der ultimative Vollzug, der absolut geilste

Fick, den ein Mann haben kann – Männer in den Tod zu schicken, sie für sich sterben zu lassen!«

»Chester, Sie sind wahnsinnig!«, rief Sélène entsetzt.

»Nein, ganz und gar nicht. Ich spreche nur die Wahrheit aus. Den Marquis de Sade habt ihr auch gehasst, ihr hattet Angst vor ihm – dabei war es nur die Angst vor eurem Ebenbild. Er war ein großer Aufklärer, er hat euch den Spiegel vorgehalten. De Sade war der Erste, der den Mumm dazu hatte.«

Chester hielt kurz in seinen Ausführungen inne, um hingebungs- und geräuschvoll einen Seeigel auszuschlürfen. Dann fuhr er fort: »Habt ihr eigentlich mal darüber nachgedacht, warum man mehr als zweitausend Atomtests durchgeführt hat? Um irgendetwas zu testen? Unsinn! Warum überhaupt Zehntausende von Atomsprengköpfen gebaut wurden? Um Nationen und Feinde einzuschüchtern? Sicher auch das. Vor allem aber geht es den Herrschern um das Gefühl der Potenz – die Macht, das Höllenfeuer auf Erden zu entfachen, mit einem Knopfdruck Millionen von Menschen qualvoll verrecken zu lassen. Das ist das ultimative Aphrodisiakum! Manchmal verbringen diese Männer ganze Abende im Kokainrausch damit, neue Ziele für ihre Atomraketen einzugeben. Einfach so! De Sade hätte das genau verstanden, es ist Teil der männlichen Natur.«

Wir starrten Chester entsetzt an. Er war nicht mehr zu bremsen. »Und was glaubt ihr wohl, warum die Leute diese Männer gewähren lassen? Wir kann es sein, dass das amerikanische Volk nie ernsthaft dagegen protestiert hat, dass Billionen von Dollars ihres hart erarbeiteten Geldes für Atombomben ausgegeben werden?«

Bevor wir uns eine Antwort überlegen konnten, redete Chester weiter. »Ich sage euch, warum. Die Menschen erregt nicht nur die Vorstellung, dass ihre Feinde im atomaren Höllenfeuer gegrillt werden – insgeheim wünschen sie, dass es ihnen selber widerfährt, denn der Hass auf andere ist letztlich immer der Hass gegen sich selbst. Es ist die Todessehnsucht einer verkommenen und verlorenen Spezies, einer Spezies, die immer noch nicht ihre Vertreibung aus dem

Paradies überwunden hat und jetzt alles daran setzt, dieses Paradies endgültig zu vernichten. Und diejenigen Menschen, die gegen Atombomben demonstrieren, protestieren in Wahrheit gegen ihre innere Sehnsucht, dass sie detonieren mögen.«

»Sie haben eine merkwürdige Vorstellung von Erwartungsmanagement«, stellte Sélène fest.

Glücklicherweise kam wieder die Geisha mit neuen Tellern herbeigetippelt, dem Hauptgericht, wie Chester strahlend verkündete. Zu meiner Überraschung stellte sie etwas vor uns hin, was überhaupt nicht japanisch oder fischig, sondern eindeutig nach Fleisch aussah. Filetsteak, wie ich erfreut feststellte, denn wir lebten auf dem Mond alle vegetarisch, allerdings nicht unbedingt aus tiefster Überzeugung.

»Ich hoffe, das ist nicht Luchs«, sagte ich.

»Oh, keineswegs. Es handelt sich um einen *Megaloceros giganteus*«, sagte Chester stolz. »Ein Riesenhirsch, der vor zwölftausend Jahren ausgestorben ist.«

»Dann dürfte er inzwischen gut abgehangen sein«, sagte Sélène.

»Es ist uns gelungen, diese Spezies anhand fossiler DNA-Reste zu klonen und wiederauferstehen zu lassen. Ich betreibe eine Farm in Neuseeland, wo wir den Tieren eine angenehme Heimstatt in unserer Gegenwart bieten.«

»Sie haben einen vor zwölftausend Jahren ausgestorbenen Hirsch wieder zum Leben erweckt – um ihn dann in der Pfanne zu brutzeln, habe ich das richtig verstanden?«, fragte ich.

»Ganz genau. Das ist mein persönliches Verständnis einer gelungenen Wiederauferstehung. Ihr solltet auch die Kräuterbutter dazu probieren, sie ist ganz vorzüglich. Ich habe sie selbst gemacht.«

Im Nachhinein wurde mir klar, dass es Chester gewesen war, der das Gespräch auf das Thema Film gelenkt hatte. Den Einstieg bildete – wenn ich mich recht erinnere – seine beiläufige Anmerkung, dass er durchaus die Tradition beibehalten wollte, dienstags Kinoabende in Levania zu veranstalten. Ich muss in meinen Gedanken irgendwo anders gewesen sein. Jedenfalls war ich wieder bei der Sache, als die Raumbeleuchtung herunterfuhr und nur noch der Sternenhimmel und die leuchtenden Mondfische im Aquarium zu sehen waren.

»Was kommt denn jetzt?«, flüsterte ich Sélène zu. »Habe ich was verpasst?«

Auf der Wand gegenüber des Aquariums erschien ein Rechteck, das nicht sehr viel heller war als die Umgebung. Es war die Aufzeichnung einer nächtlichen Szene mit vereinzelten Lichtern; Figuren kristallisierten sich allmählich heraus. Sie saßen in einem Kreis auf dem Boden und waren offenbar in eine Diskussion vertieft. Dann erkannte ich meine eigene Stimme, es gab keinen Zweifel. »*Golfresort Garden Eden! Das kann doch wohl nicht wahr sein!*«

»Das ist unglaublich!«, rief Sélène zornig. »Chester, Sie überwachen uns!«

Es kam keine Antwort; im Halbdunkel des Salons war nirgendwo ein weißer Kimono auszumachen. Wir beobachteten weiter die Szenen, die uns am Abend des Stromausfalls im Apollo zeigten. Die Kamera schien sich irgendwo an der Zimmerdecke zu befinden; das etwas wackelige Bild ließ darauf schließen, dass die Aufnahme von einer kleinen Drohne stammte. Ich hatte hier noch nie irgendetwas in der Art herumfliegen sehen.

»*Wir werden kämpfen! Wenn die uns hier verrecken lassen, gehe ich in den Tod – aber vorher zerfetze ich die Kuppel, wir hinterlassen ihnen nichts als verbrannte Erde! Dann bleibe ich hier und heuere bei den Bonzen als Gärtner an. Und wenn keiner damit rechnet, schneide ich ihnen die Kehlen durch, wie ein Dieb in der Nacht!*«

Danach war Zoe zu hören: »*Wenn ich das so höre, habe ich langsam meine Zweifel, ob wir uns den Garden Eden eher verdient haben – als sie!*«

Das dunkle Bild verschwand. Die Beleuchtung des Salons fuhr wieder hoch, und Chester erschien in der Tür. »Ich hoffe, der Film hat euch nicht gelangweilt?«

»Was fällt Ihnen ein, uns nachzuspionieren?«, rief Sélène erbost.

»Das nennt man taktische Aufklärung«, erwiderte Chester. »Ich möchte immer wissen, wo und wie der Feind steht. Und was wir gerade gesehen haben, bekräftigt meine Einschätzung, dass wir es bei den jetzigen Bewohnern von Garden Eden mit gewalttätigen Terroristen zu tun haben, nicht wahr? Dieses nette Mädchen am Schluss scheint die einzige Vernünftige in der Runde gewesen zu sein.«

»Wie haben Sie das gemacht?«, fragte ich. »Haben Sie in jeder Hütte Kameras versteckt?«

»Sehe ich aus, als ob ich irgendwo *Kameras verstecke?*«, erwiderte Chester spöttisch. »Glaubt ihr, dass ich nachts als Geist durch euer Lager streiche? Das kann nicht euer Ernst sein. Aber ich möchte euch noch ein letztes Mal um eure Aufmerksamkeit bitten. Wir waren bei der Frage stehen geblieben, warum ich mir hinsichtlich der Zustimmung des Council so sicher bin. Nun, ich werde euch noch einen kleinen Film zeigen. Anschließend wirst du verstehen, Darian, warum ich in fester Zuversicht mit deiner Stimme rechne.«

Das Licht im Salon fuhr erneut herunter, wieder leuchtete ein Rechteck auf der Wand. Ein weiterer Film. Es waren typische Aufzeichnungen von Überwachungskameras: vier Schwarz-Weiß-Ansichten, zwei nebeneinander und zwei untereinander. Darauf waren Flure zu sehen, einige Fahrstuhltüren, vermutlich Aufnahmen aus einem Bürogebäude. Auf jeden Fall nicht auf dem Mond. Unten rechts war ein Datum eingeblendet, November 2039, sowie eine fortlaufende Uhrzeit. Neben mir hörte ich Sélène leise stöhnen. Sie drückte meine Hand.

Es waren fünf oder sechs vermummte Gestalten mit automatischen Waffen, die aus dem Fahrstuhl rannten und durch die Flure stürmten. Einer der Typen trat mit seinem Springerstiefel gegen eine Tür. Sie sprang auf. Rauchbomben wurden hineingeworfen. Obwohl sich das Geschehen lautlos abspielte, war deutlich zu erkennen, dass hektisch herumgeschrien wurde. Dann verschwanden die schwarz gekleideten Attentäter in dem Raum, aus dem Rauchschwaden auf den Flur hinausquollen.

Die Darstellung änderte sich. Die vier schwarz-weißen Bilder der Überwachungskameras verschwanden, und an ihre Stelle trat eine wackelige Aufzeichnung in Farbe und Ton, vermutlich mit einer Brille aufgenommen. Es waren furchterregende Szenen, die sich dort im Qualm der Rauchbomben abspielten. Offenbar befanden wir uns in einem Besprechungsraum. Auf einem riesigen Tisch zerbarsten Kaffeekannen und Wasserflaschen im Kugelhagel, Männer in weißen Hemden und Krawatten liefen panisch umher und sanken blutüberströmt zu Boden, untermalt vom infernalischen Lärm der Schüsse und Schreie. Als einen der Letzten hatte es augenscheinlich denjenigen erwischt, der die Szene mit seiner Brille aufnahm – plötzlich sah er sich einem Sturmgewehr gegenüber, das Mündungsfeuer blitzte auf, und die Aufnahme kippte nach hinten. Für einen kurzen Moment war das Gesicht des Täters zu sehen, der sich, vielleicht des Rauchs wegen, die Maske vom Gesicht gerissen hatte. Das Antlitz mit den lagunenblauen Augen war nur kurz zu erkennen, aber es gab keinen Zweifel. Es war Sélène.

Sie lächelte, mit leicht geöffneten Lippen. Dann endete die Aufzeichnung.

Es war immer noch dunkel, nur die leuchtenden Mondfische zogen unbeeindruckt ihre Bahnen im raumhohen Aquarium des Salons. Ich spürte, wie Sélène zitterte; ihre Hand krampfte sich um meine. Ich war sprachlos vor Schock und hatte das Gefühl, mich gleich übergeben zu müssen. Aber nun war alles klar.

Chesters weißer Kimono erschien wie ein Gespenst vor der gläsernen Wasserwand des Fischtanks. »Was wir dort gesehen haben, sind Aufzeichnungen, über die nur ich verfüge und sonst niemand. Es war das Ende einer Vorstandssitzung der *Global Coal & Mining* in Melbourne, einer konkurrierenden Firma, deren Vorstand ich leider eine Lektion erteilen musste. Und es ist – wie ich annehmen darf –auch das Ende der Diskussionen darüber, wie ich zu einer Stimmenmehrheit im Lunatic Council kommen werde. Sehe ich das richtig?«

»*Dem Vorstand eine Lektion erteilen?* Sie? *Sie* stecken hinter dem Anschlag?«, rief Sélène. Ihre Stimme überschlug sich fast.

Chester grinste nur.

»*Sie waren mein Mentor?*«

»Schlaues Kätzchen.«

# KATANA

»Wir gehen immer nach Hause.«
NOVALIS

Der Weg zurück nach Garden Eden war in meiner Erinnerung völlig ausgelöscht, ähnlich dem Aufstieg von einem Tauchgang aus großer Tiefe. Ich bin mir sicher, dass wir auf der Heimfahrt kein einziges Wort miteinander gewechselt hatten – aber doch schien es bei der Ankunft an der Schleuse, als ob alles besprochen war, sich unsere Seelen miteinander ausgetauscht hätten, telepathisch oder vielleicht in der Geisterwelt von Bardoland. All die Fragen, die in meinem schockierten und erschöpften Kopf herumgegangen sein mochten, waren naheliegend und offensichtlich, genau wie die Antworten darauf. Sie waren klar und bedurften keiner Aussprache – erst recht nicht, wenn davon auszugehen war, dass Chester sowieso alles hören konnte.

Warum hatte sie es getan? Weil Sélène erfüllt war mit Leid, Hass und Weltschmerz. Würde ich es zulassen, dass man sie auslieferte und auf der Erde hinrichtete? Völlig undenkbar. Ja, sie hatten meine Stimme im Council. Bestand die Gefahr, dass Chester uns nach der Abstimmung schließlich doch noch verraten würde, auch nachdem ich für ihn und seine Pläne gestimmt hätte? Ja, aber wir hatten keine andere Wahl. Konnte es wirklich sein, dass Chester Sélènes Mentor bei Black Circle gewesen war? Ja, schließlich hatte die Terrorgruppe der Bewegung PLAN A ein Ende bereitet. Wahrscheinlich steckte Chester sogar hinter den Barcode-Tattoos an unseren Handgelenken.

Chester hatte gewonnen. Das Böse gewinnt immer.

Was hatten wir gedacht? Dass wir uns unbemerkt nach Hause schleichen könnten? Dort besprechen, wie wir weiter vorgehen würden? Wen wir wann einweihen?

Nein, natürlich wurden wir bereits erwartet. Nachdem sich die Innentür der Luftschleuse geöffnet hatte, sahen wir uns in dem offenen Zweisitzer umringt von fragenden Gesichtern. Tony. Christopher. Mortimer. Nathan. Randall. Ich wollte irgendetwas sagen, bemerkte aber, dass wir die Helme noch nicht abgenommen hatten. Langsam und beinahe widerwillig lösten wir die Verschlüsse.

»Mein Gott!«, entfuhr es Christopher, als er unsere Gesichter sah.

»Gott? Der hat sich längst zurückgezogen«, sagte Sélène tonlos. Es waren ihre ersten Worte, seit wir Chesters Yacht verlassen hatten.

Wir parkten den roten Moover direkt neben der Schleuse und wurden wortlos zur Villa Castalia eskortiert. Niemand stellte eine Frage. Als wir auf dem Pleroma Square an der Linde vorübergingen, blieb Sélène plötzlich wie angewurzelt stehen. Sie schaute zu dem kleinen Baum, legte ihren Helm auf den Boden und ging langsam auf den Bottich zu. Unsere Eskorte schaute mich verwundert an, ich zuckte ratlos mit den Schultern. Sélène stand wie eingefroren, bis ihr rechter Arm in einer unvermittelten Bewegung nach vorne schoss und in die Luft zu greifen schien. Sie kam zurück und hielt ihre geschlossene Faust vor sich wie eine Trophäe. »Vielleicht solltet ihr wissen, dass wir die ganze Zeit überwacht werden.« Sélène öffnete ihre Hand. »Hier, Tony, die solltest du mal unter die Lupe nehmen.«

Tony schaute verwundert auf die zerdrückten Überreste einer Gläsernen Biene.

Nathan steuerte zunächst auf die runde Bodenfuge La Ronda zu, aber Sélène bestand darauf, dass wir uns in einen der Chill-out-Alkoven setzten. Dort scheuchten wir den Kater Schrödinger auf und ließen uns auf den Polstern nieder. Ich schaute umher, ob irgendwo eine Gläserne Biene herumschwirrte. Ohne dass wir es abgesprochen hätten, unterhielten wir uns im Flüsterton, einige hielten sogar beim Sprechen die Hand vor den Mund.

»Also«, sagte Nathan mit ernstem Gesicht. »Sehe ich das richtig, Darian, dass wir auf der Sitzung des Council nicht mehr mit deiner Stimme rechnen dürfen?«

Ich nickte nur wortlos. Ich fühlte mich ausgelaugt und elend. Sélène saß bleich und mit wütend zitternden Lippen neben mir.

»Was genau ist denn passiert?«, fragte Mortimer. Seine Stimme war eher enttäuscht als wütend. »Hat das was mit dir zu tun?« Ich schüttelte nur den Kopf und sah hinüber zu Sélène.

»Es geht um mich«, sagte sie leise. »Ich bin es, gegen die Chester etwas in der Hand hat.«

»Black Circle?«, fragte Nathan.

Sélène nickte. Dann erzählten wir von unseren Erlebnissen auf der DIE USE RETIRE.

Schweigen. Christopher besorgte Getränke aus der Küche, Tony drehte gedankenverloren einen Joint. Er schien gar nicht zu bemerken, dass seine Brille auf seine Nasenspitze gerutscht war. Mortimer kraulte den schnurrenden Schrödinger, der es sich wieder auf seinem Schoß gemütlich gemacht hatte. Nathan zupfte irgendwelche Fusseln von seinem schwarzen Rollkragenpullover, Randall drehte mit einem Finger in seinen Locken.

»Es ist ja kein Geheimnis, dass du bei der Firma warst, wir waren sozusagen Kollegen«, sagte Christopher schließlich. »Aber *das* – all die Leute zu erschießen …«

»Du hast auch bei Black Circle mitgemacht«, antwortete Sélène trotzig. »Du weißt, wofür wir gekämpft haben – und du weißt auch, dass wir getötet haben!«

»Jaja …«

»Und nach der Begegnung mit Chester bin ich mehr denn je davon überzeugt, dass wir das Richtige getan haben«, sagte Sélène leise.

Mortimer beugte sich vor und flüsterte mit gesenktem Kopf. »Sélène, wenn ich die Lage richtig verstehe, solltest du von jetzt an sehr vorsichtig sein. Ich sage es ganz offen: Wenn dein Verhalten in der nächsten Zeit dazu führt, dass du *nach* der Abstimmung doch noch von der Justiz abgeholt wirst, dann – haben *alle* verloren.«

»Fassen wir die Lage noch einmal zusammen«, sagte Christopher beschwichtigend. »Chester hält das Video unter Verschluss und schweigt. Er wird Polizei und Geheimdienste nicht informieren, Sélène wird nicht verurteilt und nicht nach der Geburt des Babys hingerichtet – dafür bekommt er deine Stimme im Council, Darian, sehe ich das richtig?«

»Ja, natürlich«, bestätigte ich leise. »Und wenn wir uns der Justiz stellen, wäre auch niemandem geholfen, denn …«

»… dann wärst du nicht mehr im Council und würdest von einem von Chesters Leuten ersetzt. Es würde also noch nicht mal was bringen, wenn ihr euch für uns opfern würdet«, brachte Randall den Gedanken zu Ende.

»Und bevor ihr mich danach fragt …«, fügte ich hinzu, »ich werde Sélène auf keinen Fall im Stich lassen. Wenn sie zurück zur Erde muss, gehe ich mit ihr. Und mit unserem Baby.«

Randall schüttelte traurig den Kopf. »Das war's dann wohl mit unserem Traum vom Paradies.«

»Und wer erzählt den Leuten davon?«, fragte Tony schließlich und sah zu uns herüber.

»Niemand«, entschied Mortimer. »Wir warten erst die Abstimmung im Council in zwei Wochen ab, danach wird Darian seine Entscheidung vor allen Leuten begründen müssen. Wir brauchen jetzt alle ein bisschen Zeit zum Nachdenken. Und bis dahin seid ihr alle ganz brav – besonders du, Sélène. Und kein Wort über die neue Situation.«

Wir nickten schweigend.

»Und ich organisiere ein paar Fliegenklatschen!«, rief Tony und schob energisch seine Brille nach oben.

Es war Christophers Idee. Er stand einige Tage später in unserem Wohnzimmer und hatte sogar Blumen für Sélène mitgebracht, aus dem ICB mit den besten Empfehlungen von Randall. Christopher hatte richtig erkannt, dass ich mit jemandem reden wollte; ich hatte ohnehin daran gedacht, ihn anzurufen. Er schlug vor, einen Ausflug in seinem Wohnmobil zu unternehmen, es war der einzige abhörsichere Ort, der uns einfiel. Ich hinterließ Sélène eine Nachricht auf ihrer Uhr, denn sie war gerade beim Sport – wie jeden Dienstag, wenn sie in der Sporthalle zur Schwangerschaftsgymnastik war. Ich war froh, dass sie in der Routine etwas Ablenkung zu finden schien, denn sie war seit dem Abend in Chesters Yacht vor drei Tagen in eine schweigende Depression verfallen, unterbrochen von Wutanfällen und Heulkrämpfen. Ich hatte seitdem keinen wirklichen Zugang mehr zu ihr gefunden.

»Wohin wollen wir fahren?«, fragte Christopher, als wir in der Fahrerkabine seines Wohnmobils Platz genommen hatten.

»Zum schönsten Krater des Mondes«, sagte ich. »Du wirst dich wundern.«

Christopher warf mir einen besorgten Blick zu. »Wenn du meinst.«

Schweigend rollten wir durch die dunkle Mondschaft. Erst als wir in die Aristarchus-Rille hineinfuhren, fing Christopher an, einige Fragen zu stellen – zu dem Sumoringer, den leuchtenden Mondfischen und dem Albino-Luchs. »Ist dir eigentlich mal aufgefallen, dass es mehr Tiere auf dem Mond gibt als Kinder?«, fragte er, nachdem ich von dem Zoo in Chesters Yacht berichtet hatte. »Ist das nicht ziemlich absurd?«

»Na ja, wir arbeiten dran. Ich frage mich, ob Chester eigentlich Kinder hat.«

»Keine Ahnung, er hat das Netz so dermaßen unter Kontrolle, dass nichts über ihn zu finden ist. Sag mal, ganz ehrlich –«, fragte Christopher vorsichtig. »Ist er wirklich so ein übler Typ?«

»Ist das dein Ernst?«

»Na ja, sieh es doch mal so: Man könnte durchaus den Standpunkt vertreten, keine Ex-Terroristen kostenlos durchfüttern zu wollen, oder nicht?«, sagte Christopher.

»Was genau hast *du* eigentlich bei Black Circle gemacht?«, fragte ich.

»Das Design für ihren Webauftritt.«

»Ich erinnere mich an die Ausschreibung«, fiel mir ein. »Hab damals bei einer Agentur in Sydney gearbeitet, aber die hatten keine Zeit für den Pitch.«

»Aber mir ist klar, dass ich ein Mitläufer und Mittäter war. Ich wusste ja, was Leute wie Sélène taten, ich habe es unterstützt. Und du? Warst du entsetzt, als du das Video gesehen hast?«, fragte Christopher.

»Ja, klar. Es ist eine Sache, Verständnis für die Motive zu haben – aber diese Morde live zu sehen, und dann das Gesicht von Sélène …«

»Mal abgesehen davon, dass ihr jetzt in dieser Situation steckt … ganz ehrlich, ich frage dich als Freund: Hast du ein Problem mit dem, was sie getan hat?«

Ich überlegte eine Weile. »Ich weiß nicht, es gibt so viele Faktoren bei der Sache …«

»Was sagt dir dein Bauchgefühl?«

»Ich bin stolz auf Sélène. Sie ist eine Kämpferin, sie hat es aus Überzeugung getan.«

»Dachte ich mir doch«, sagte Christopher.

»Und warum fragst du mich, ob Chester vielleicht doch ein prima Typ ist?«, wollte ich wissen. »Der steht doch für alles, wogegen ihr gekämpft habt.«

Christopher rieb sich mit der Hand über seine Wangen, wie er es immer tat, wenn es thematisch heikel wurde. »Vielleicht sollten wir das Thema Levania und Chester mit kühlem Kopf angehen. Realpolitik – wenn du weißt, was ich meine?«

»Was? Sollen wir uns mit ihm arrangieren?«

»Darian, ich bitte dich, genau das werdet ihr doch tun, ihr habt keine andere Wahl.«

»Schon klar. Die Frage ist, wie es mit uns weitergeht. Wenn Chester die Leute aus Garden Eden vertreibt, was dann? Wo sollen die hin? Wo sollen *wir* hin? Wenn Chester wirklich die Kontrolle übernimmt, werde ich dann weiter beschäftigt? Du kennst die Regeln. Nach der Kündigung habe ich ein paar Wochen, dann muss ich verschwinden. Und was ist mit Sélène und dem Baby?«

»Genau darauf wollte ich hinaus«, sagte Christopher. »Deswegen solltet ihr euch mit Darth Vader arrangieren. Überleg doch mal, was er hier vorhat – eine neue Geschäftsführung, das bedeutet das Ende von Mortimer. Aber du und Tony und all die anderen, ohne euch läuft der Laden doch nicht. Außerdem hast du – haben wir – den Golfplatz durchgezogen. Und wenn Garden Eden zum Golfresort wird und Nathan ebenfalls raus ist, dann werden einige Stellen frei. Erst recht, wenn Aristarchus das nächste Projekt ist.«

Christophers Argumente waren leider ziemlich überzeugend. Er gab mir kurz Zeit, über seine Worte nachzudenken, und fuhr dann fort. »Mal abgesehen von seiner Persönlichkeit und seiner Geschichte, letztlich sind seine Ziele und die von Alex so unterschiedlich nicht, nur eben leider mit jeweils anderen Leuten besetzt. Die lustige Zeit mit den Moonatics ist dann vorbei, und viele von ihnen müssen zurück zur Erde und werden dort Probleme bekommen. Aber daran bist du nicht schuld, und du kannst es auch nicht ändern.«

»Und was ist mit dir?«, fragte ich Christopher. »Was sind deine Pläne?«

»Ich wohne in Beverly Hills. Wir haben dort langfristige Pachtverträge, die kann auch Chester nicht einfach so kündigen – nicht wie in Garden Eden, wo es eine dreimonatige Kündigungsfrist gibt. Ich bleibe auf jeden Fall hier, und es wohnen ja noch ein paar von uns in Beverly Hills.«

»Ich denke darüber nach«, sagte ich zögernd. »Aber ich fühle mich als Verräter. Du kannst dir gar nicht vorstellen, wie es mir davor graut, wenn wir nach der Abstimmung auf dem Town-Hall-Meeting den Leuten alles erzählen. Das wird ein Albtraum.«

Christopher nickte. »Ja, das wird es. Aber die Leute sind nicht blöd, die wissen ziemlich genau, was ihnen blüht. Es wird auf jeden Fall furchtbar.«

»Ich mache mir ernsthaft Sorgen um Sélène«, sagte ich.

»Sie fühlt sich schuldig?«

»Ich glaube, sie steht immer noch zu dem, was sie getan hat. Aber wenn sie nicht wäre … ich meine, wenn wir nicht zusammen wären, dann gäbe es nicht *diese Situation,* dann wäre ich nicht erpressbar und müsste nicht …«

»Verstehe. Pass bloß auf, dass sie nicht die falschen Schlüsse zieht … und etwas Unüberlegtes tut.«

»Christopher, sie ist schwanger!«

»Ja, sicher.«

Kurz darauf erreichten wir unseren Aussichtspunkt an der Kante von Aristarchus. Wir setzten uns in den Mondstaub und wechselten uns damit ab, durch das Fernglas das Treiben zu beobachten. Die Figuren mit den Vermesserstangen waren nicht mehr zu sehen, dafür aber einige Planierfahrzeuge, die offenkundig damit beschäftigt waren, vom gegenüberliegenden Kraterrand aus eine befahrbare Rampe auf die tiefer liegenden Terrassen anzulegen.

Als wir uns eine halbe Stunde später wieder auf den Rückweg machten, fuhren wir der aufgehenden Sonne entgegen.

Ich musste mit Sélène reden. Realpolitik.


»Ich kann mich damit aber nicht abfinden!«, rief Sélène. »Chester ist ein Monster, ein Schwein!«

»Ja, vielleicht, ich meine … wir sollten vor allem etwas leiser sprechen«, flüsterte ich und hielt meine Hand vor den Mund.

»Er kann ruhig hören, was ich über ihn denke!«, schrie Sélène und streckte ihren Mittelfinger in die Höhe.

»Sélène, *bitte!*« Ich griff sie mit beiden Armen und schüttelte sie. »Was sollen wir denn machen? Denk doch mal drüber nach, was ich dir gesagt habe. Christopher hat recht, vielleicht bekomme ich wirklich eine neue Anstellung, vielleicht kann ich bleiben, können *wir* bleiben – ganz sicher sogar, warum auch nicht?«

»Du willst für Satan persönlich arbeiten? Sein Lakai werden? Ja, Mr. Chester ... nein, Mr. Chester ... jawohl, Mr. Chester ... Sir, darf ich Ihrem verkackten Luchs vielleicht den Arsch abwischen, oder soll ich Ihnen noch einen Seeigel zum Ausschlürfen ans Bett bringen? Ist es das, was du willst? Soll unser Kind als Tochter eines Handlangers aufwachsen? Dem Handlanger eines *Massenmörders?*«

»Das sagt die Richtige, verdammt«, zischte ich und bereute es im gleichen Augenblick.

Sélène starrte mich an. Plötzlich war sie ganz ruhig. »Ich verstehe.«

»Was verstehst du? Sélène, es tut mir leid, ich habe es nicht so ...«

»So? Wie hast du es dann gemeint? Bereust du es jetzt, mit einer überzeugten Terroristin eine Familie zu gründen?«

»Ich liebe dich, und ich weiß ja, dass du aus Überzeugung gehandelt hast ...«

»Allerdings habe ich das! Das haben wir alle! Ist dir eigentlich klar, dass diese Leute in den Chefetagen, in den Banken ... dass sie Millionen von Menschen auf dem Gewissen haben, ihre Existenzen zerstört, ihre Lebensgrundlagen, alles – nur für den Profit? Und das Militär? Die Politiker? Es geht ihnen nur um Macht und Geld. Diese Leute sind die wahren Massenmörder, und Chester ist ihr Anführer!«

»Das ist mir klar, aber ...«

»Und wie stehst du dazu?«, fragte Sélène. »Du hast dich bisher nie dazu geäußert, wie du über Black Circle denkst. Für dich war es einfach nur eine super Geschichte, als sich Sforza am achtzehnten Loch den Helm abgenommen hat, oder? Ich wette, ihr habt euch abends an der Bar noch darüber lustig gemacht. Hey, wenn das meine Kumpels auf der Erde wüssten ... was ich, der ewig oberflächliche und coole Darian, hier auf dem Mond alles so erlebe. Hey, alles so geil hier, und bitte noch einen Gin Tonic ...!«

Damit hatte sie nicht ganz unrecht. Das Entsetzen über den Abgang Sforzas oder den Tod von Hector und des Fußballspielers war im Laufe der Zeit zu einer Sammlung skurriler Anekdoten geworden. Sélène atmete tief ein und fragte dann leise: »Also? Black Circle? Deine Freundin ist eine Terroristin? Wie denkst du wirklich darüber?«

»Du bist eine Kämpferin«, flüsterte ich. »Ich bewundere deinen Mut, für deine Überzeugungen dein Leben zu riskieren, zu einer Märtyrerin zu werden, aber ...«

»Aber was? Hast du eigentlich überhaupt verstanden, was da unten auf der Erde los ist?«, schrie Sélène. »Du bist doch so viel rumgekommen, reist seit zwanzig Jahren durch die Gegend – ist dir dabei nie *irgendwas aufgefallen?*«

»Meinst du, ich hätte nicht mitbekommen, wie alles den Bach runtergeht? Was glaubst du denn, wie schockiert ich war, als ich zum ersten Mal nach Jahren wieder nach Indonesien kam und der komplette Regenwald verschwunden war? Ganz Sumatra eine einzige Plantage für Palmöl und Gummibäume! Und weißt du, wie viele es von diesen Plantagenbaronen gibt? Ich meine ganz oben, an der Spitze – wie viele Leute daran verdienen? Es sind zwölf Familien! Zwölf verdammte Familienclans ruinieren den gesamten Regenwald von Sumatra.«

»Nicht mehr, Darian, jetzt nicht mehr«, sagte Sélène. »Black Circle hat sie alle getötet und ihre Villen abgefackelt.«

»Ich weiß, natürlich weiß ich das. Und da wurde mir erst recht klar, was für ein Wahnsinn das ist – der ganze Reichtum, für den die Natur Millionen von Jahre gebraucht hat, hat sich über Nacht in Luft aufgelöst. Wir alle haben euch applaudiert, die Schuldigen sind tot; aber diese Leute wären sowieso irgendwann gestorben. Die Natur ist nicht mehr zu retten. Selbst wenn die jetzt alle in der Hölle schmoren, so ändert es nichts mehr, es hat nichts gebracht. Der ganze Wert der Natur, selbst wenn er immer noch auf irgendwelchen Konten liegt ... ist null und nichtig, weil man sich bald nichts mehr für das Geld kaufen kann.«

»Genauso ist es. So war es überall und immer. Und ist dir eigentlich klar, dass die Wissenschaftler schon vor dreißig Jahren wussten, dass die Sache mit dem Methan nicht mehr aufzuhalten ist? Dass die

Erde noch in diesem Jahrhundert für Menschen unbewohnbar sein wird? Das wissen wir seit *dreißig Jahren*, und was ist passiert? Nichts! Die Klimagase stiegen weiter an, alles wurde noch schlimmer, dabei hätte man damals den ganzen Laden dichtmachen müssen! Alle Kraftwerke abschalten, alle Autos stilllegen, und zwar sofort. Die Wirtschaft wäre zusammengebrochen, aber das ist sie ja später sowieso. Ich habe im Krankenhaus von Papeete Lungenkrebspatienten gesehen, und weißt du, was die auf dem Sterbebett gemacht haben? Sie haben geraucht! Zigaretten! Stell dir das mal vor! Und so ist das mit der ganzen Menschheit, die sind alle wahnsinnig. Ganz tief drinnen wissen die Leute das, und deswegen unternehmen sie auch nichts. Sie steuern auf den Abgrund zu, weil sie es so wollen, weil sie nicht mehr anders können, weil sie wissen, dass sie es verdient haben. Und jetzt ist bald *alles* am Arsch, und der Einzige, der mit seinem verdammten Geld noch was anfangen kann, ist Michael Fucking Chester! Der Mann, mit dem du kollaborieren, dem du dich verkaufen willst!«

»Verdammt, Sélène, das ist doch der Punkt! Du hast vielleicht das Richtige getan – oder auch nicht, weil es sowieso zu spät war, etwas zu ändern. Oder du warst nur auf einem riesigen Egotrip, als Racheengel, Herrin über Leben und Tod …«

»Die Leute fanden es toll, mit jeder Aktion haben wir neuen Zulauf bekommen«, erwiderte Sélène trotzig.

»Okay, Sélène«, flüsterte ich. »Das habe ich verstanden. Aber wir müssen an unsere Zukunft denken. An unser Baby. Oder willst du einen sinnlosen Tod auf dem elektrischen Stuhl sterben und mich mit unserer Tochter alleine auf einem untergehenden Planeten zurücklassen? *Das kann doch nicht sein …*«

Sélène schaute mich lange mit traurigen Augen an und sagte schließlich mit erschöpfter Stimme: »Nein, Darian, dazu wird es nicht kommen.«

Sie küsste mich und verließ das Haus.

Die entscheidende Sitzung des Lunatic Council war für drei Uhr nachmittags angesetzt, das Town-Hall-Meeting würde anschließend abends in der Villa Castalia stattfinden. Ich hatte die Nacht über kaum geschlafen – was auch kein Wunder war, schließlich musste ich heute gegen Sélènes Überzeugung meine Zustimmung zu Chesters Plänen geben und danach den Leuten alles erklären.

Gegen sechs Uhr früh war ich dann doch noch eingeschlafen. Als ich schließlich aufwachte, war es kurz vor zwei. In einer Stunde würde die Sitzung beginnen. Hektisch sprang ich aus dem Bett und fragte mich, wo Sélène steckte. Ich zog zügig meinen Overall und Raumanzug an, nahm meinen Helm und die Handschuhe.

Den Briefumschlag auf dem Küchentisch muss ich wohl übersehen haben.

Als ich in die Mondschaft hinausfuhr, war es zwanzig nach zwei. Sélènes Scooter hatte nicht vor unserem Haus gestanden. Ich versuchte, sie zu erreichen, aber sie antwortete nicht. Als ich die Serpentinen hinunterfuhr, bemerkte ich, dass Chesters Yacht gerade dabei war, sich langsam von der Kante des Kraters zu entfernen.

Um fünf nach drei kam ich in den Besprechungsraum. Alle anderen Mitglieder des Council waren schon da. Ich schloss die Tür hinter mir und schaltete meine neue Uhr auf lautlos.

Ich erlebte alles wie in Zeitlupe. Mortimer hatte wieder sein hellblaues Businesshemd angezogen. Mittlerweile war ich mir sicher, dass es sein einziges war. Er sah mich mit seinem gütigen Blick an, als ich mich auf meinen Platz setzte. Auf seinem Schoß lag Kater Schrödinger, in ahnungsloses Schnurren versunken.

Nathan trug seinen bedrohlich schwarzen Rollkragenpullover und putzte seine runde Nickelbrille. Er sah wortlos zu mir rüber.

Christopher blickte mich aufmunternd an.

Tony war unrasiert, sein Overall fleckig. Er nickte mir zu und schob seine Brille nach oben.

Randall saß in weißer Hose und orangefarbenem T-Shirt neben ihm und schaute mich zweifelnd an.

Hermann von Hindenburg war in seinem üblichen Outfit erschienen. Weißes Hemd und Fotografenweste, schwarze Hose und Hut. Er würdigte mich keines Blickes.

Alain war wie immer in Schwarz gekleidet, genau wie seine Mitstreiter. Er lächelte süffisant.

Gianfranco hatte seine silbern verspiegelte Lunar Master auf die Stirn geschoben und grinste vor sich hin.

Dr. Joseph Seidenschal fuhr sich mit einem Kamm durch seine silbergrauen, zurückgegelten Haare. Nadelstreifenjackett.

Kenneth Juniper lächelte entspannt in sich hinein.

Urs Kurtz sah ausdruckslos vor sich hin.

Ich setzte mich.

Mortimer räusperte sich und erklärte die turnusgemäße Sitzung des Lunatic Council am Montag, dem 3. Juli 2045, für eröffnet. Er stellte fest, dass die Mitglieder des Rats vollständig erschienen waren, und kam sofort zur Sache.

»Wir haben heute bekanntlich über einige Dinge abzustimmen, die einen entscheidenden Einfluss auf die Zukunft von Levania und Garden Eden haben werden. Die Tagesordnung ist allen rechtzeitig zugegangen, wie ich annehme. Daher verlese ich nun den ersten Punkt: *Der 49%ige Miteigentümer von Levania, Michael Nimitz Chester, beantragt, zum nächstmöglichen Zeitpunkt die Geschäftsführung von Levania an die ELIS Corporation zu übertragen. Der bisherigen Geschäftsführung unter Leitung von Mortimer Doyle wird damit die Verantwortung entzogen. Es ist nicht beabsichtigt, das Angestelltenverhältnis mit Mr. Doyle zu verlängern oder ihn anderweitig in Levania zu beschäftigen.*«

Mortimer verlas soeben seine eigene Kündigung und blieb dabei völlig cool, aber er hatte schließlich auch schon zwei Wochen Zeit gehabt, über seine Zukunft nachzudenken. Wir schauten ehrfürchtig zu ihm hinüber.

»Wenn ich die Anwesenden um die Abgabe ihrer Stimmen bitten dürfte? Wer unterstützt den Antrag des ersten Punktes der Tagesordnung?«, fragte Mortimer mit gefasster Stimme.

Fünf schwarze Arme reckten sich in die Höhe. Dann von Hindenburgs Carbonhand. Dann ruhten alle Blicke auf mir.

Als ich meinen Arm hob, gelang es mir immerhin, Mortimer in die Augen zu sehen, und ich zuckte dabei bedauernd mit den Schultern. Mortimer nickte mir kurz zu. Wir wussten alle, was heute passieren würde.

»Ich stelle fest, dass der Antrag mit einer Mehrheit von sieben zu fünf angenommen wurde«, stellte Mortimer nüchtern fest und wandte sich wieder dem Protokoll zu. »Kommen wir nun zum Tagesordnungspunkt Nummer zwei: *Michael Nimitz Chester beantragt die Auflösung der für Garden Eden bestehenden Pachtverträge innerhalb der gültigen Kündigungsfrist von drei Monaten. Darüber hinaus soll mit sofortiger Wirkung eine Neuaufteilung des Geländes erfolgen, in der Absicht, die Parzellen für die Vermarktung als Eigentum im Golfresort Garden Eden vorzubereiten.* Wenn ich die Anwesenden um die Abgabe ihrer Stimmen bitten dürfte? Wer unterstützt den Antrag des zweiten Punktes der Tagesordnung?«

Sieben Arme besiegelten das Ende aller Träume der Moonatics.

»Ich möchte darauf hinweisen, dass wir mit der Konzeptionierung bereits begonnen haben«, erklärte Kenneth Juniper genüsslich. »Herr Kurtz war so freundlich, sich schon einmal Gedanken um den Vertrieb der Grundstücke zu machen, auch um ihre Positionierung am Markt und wie man die Zielkundschaft am besten …«

»Wir haben den Prospekt gesehen«, unterbrach ihn Nathan kühl.

Mortimer sah in die Runde und fuhr fort. »Kommen wir nun zum Tagesordnungspunkt Nummer drei: *Michael Nimitz Chester beantragt den Abschluss eines Liefervertrages zwischen dem Gewächshaus ICB und der Regierung der Volksrepublik China, wobei der voran genannte Handelspartner ein bevorzugtes Zugriffsrecht zu den Erträgen in unbegrenzter Höhe erhält. Darüber hinaus wird die Leitung des Gewächshauses ICB neu ausgeschrieben und ein Hausverbot für ungebetene Besucher verhängt.*«

Randall starrte mit regungslosem Gesicht vor sich hin, als sieben Arme das Ende seiner Existenz besiegelten.

»Dürften wir erfahren, was genau es damit auf sich hat?«, fragte Nathan an Kenneth Juniper gerichtet, der offensichtlich der Fraktionsführer von Chesters Leuten im Council war.

»Es bedeutet, dass wir uns auch hier verstärkt um wirtschaftliches Denken bemühen«, erklärte Juniper. »Wir werden das ICB mit eigener Verlust- und Gewinnrechnung betrachten und die Erträge des Gewächshauses von nun an zu marktgerechten Preisen verkaufen. Und da ich mit den Chinesen bereits einige Vorverhandlungen geführt habe, konnte ich in Erfahrung bringen, dass man auch bereit ist, die hervorragende Qualität der Produkte des ICB entsprechend zu honorieren.«

»Warum soll die Leitung des ICB neu ausgeschrieben werden?«, fragte Mortimer mit Blick auf Randall. »Ich denke, wir haben in unserer Runde dafür den besten Mann, den man sich wünschen kann.«

»Es ist in der freien Wirtschaft üblich, dass Prozesse und Positionen in regelmäßigen Abständen hinterfragt werden«, antwortete Juniper. »Und selbstverständlich darf sich Ihr Gärtner auch gerne darum bewerben. Wir freuen uns über jeden Kandidaten.«

»Und was ist mit dem Hausverbot für ungebetene Besucher gemeint?«, rief Randall erbost.

»Uns ist zu Ohren gekommen, dass im ICB in regelmäßigen Abständen, nun ja, unsachgemäße Veranstaltungen stattfinden …«

»Hippie-Orgien«, rief Gianfranco. Darauf herrschte kurzes Schweigen.

»Kommen wir zu Tagesordnungspunkt Nummer vier«, sagte Mortimer. »*Michael Nimitz Chester beantragt die Überprüfung der Haftbedingungen der Mitarbeiter in den technischen Anlagen, insbesondere für alle Inhaftierten aus dem Bereich Finanzen.*«

Sieben Arme schenkten den Investmentbankern, die in den Technischen Anlagen schufteten, ihre Freiheit.

Nathan hob seine Hand wie ein Schuljunge.

»Ja, bitte?«, fragte Juniper.

»Könnten Sie uns bitte erklären, was genau Sie mit diesem Punkt der Tagesordnung …«

»Das kann ich Ihnen sagen«, unterbrach Juniper ihn. »Es ist ein Skandal, dass in den technischen Anlagen ehrbare Menschen Schwerstarbeit verrichten müssen.«

»Und welche Art von Straftätern soll dann Ihrer Vorstellung nach zukünftig in den technischen Anlagen arbeiten?«, fragte Nathan misstrauisch. »Sofern Sie überhaupt einen Einfluss darauf haben, denn das ist ja wohl Sache der zuständigen Behörden.«

»Terroristen!«, antwortete Kenneth Juniper mit süffisantem Lächeln. »Natürlich nicht diejenigen, die sich des Mordes schuldig gemacht haben, denn auf die wartet bekanntlich auf der Erde der elektrische Stuhl – aber es gibt hier ein ausreichendes Kontingent an Mitläufern und Sympathisanten, aus dem wir uns in Absprache mit den Behörden bedienen können. Die Versorgung Levanias und Garden Edens mit Strom, Luft und Wasser wird also auch weiterhin gewährleistet, da können Sie ganz unbesorgt sein – auch was unseren diesbezüglichen Einfluss bei den Justizbehörden betrifft.«

Ich hatte das Gefühl, in ein tiefes dunkles Loch zu stürzen. Ich sah hinüber zu Christopher, der kreidebleich geworden war, ebenso Tony und Randall.

Soeben hatte ich meine Zustimmung dafür gegeben, fast meinen gesamten Freundeskreis in ein Straflager zu schicken. Selbst Mortimer hatte Mühe, seine Gesichtszüge unter Kontrolle zu halten. Mit leicht zitternder Stimme verkündete er: »Somit stelle ich fest, dass alle Anträge der heutigen Sitzung des Lunatic Council angenommen worden sind. Und ich möchte hinzufügen, dass dies ein sehr trauriger Tag für Levania ist.«

»Ersparen Sie uns bitte Ihre emotionalen Kommentare, Mr. Doyle«, sagte Kenneth Juniper verächtlich. »Vielmehr möchte ich noch etwas bekannt geben, was zwar nicht der Zustimmung dieses Gremiums bedarf, aber doch protokollarisch von einiger Wichtigkeit ist: Mr. Chester wird mit sofortiger Wirkung nicht nur die Geschäftsführung, sondern auch seinen Anteil von neunundvierzig Prozent an Levania an die *ELIS Development Corporation* mit Sitz in Peking übertragen.

Ich darf hinzufügen, dass ELIS auch für das Projekt Las Lunas, den Aristarchus-Krater und für alle weiteren Projekte auf dem Mond verantwortlich sein wird.«

Wir schauten in unsere fassungslosen Gesichter. Nicht nur, dass die Moonatics aus Garden Eden hinausgeworfen und in Ketten gelegt würden – Levania und Garden Eden waren nun auch noch in chinesischer Hand. Ich brachte kein Wort heraus. Es war alles noch viel schlimmer gekommen als in der Tagesordnung angekündigt.

Chesters Fraktion, zu der sich mittlerweile auch Hermann von Hindenburg ganz offen bekannte, verließ triumphierend den Besprechungsraum. Zum Abschied legte mir Alain noch die Hand auf die Schulter. »*Bien fait!*«

Dann waren sie verschwunden.

Völlig benommen verließ ich den Besprechungsraum, schlich hastig zum Haupteingang und bestieg meinen Scooter. Ich hatte erneut versucht, Sélène zu kontaktieren, aber sie war immer noch nicht zu erreichen. Wahrscheinlich war sie in der Sporthalle bei ihrer Gymnastik, aber ich hatte nicht die geringste Lust, dorthin zu gehen. Ich musste mich zu Hause in Ruhe auf das Town-Hall-Meeting heute Abend in der Villa Castalia vorbereiten, Sélène würde gewiss auch bald heimkommen. Uns stand ein furchtbarer Abend bevor, das war gewiss.

Ich bemerkte, dass Sélènes Roller nicht vor unserem Haus stand, und ging hinein. Dann entdeckte ich den Briefumschlag auf dem Küchentisch.

Lieber Darian,
ich hatte dir versprochen, dich nicht alleine mit unserer Tochter auf der Erde zurückzulassen, wenn du uns dorthin begleitest. Das werde ich auch nicht tun – genauso wenig, wie mich auf einem elektrischen Stuhl rösten zu lassen. Allerdings werden ich und unsere Tochter auch keinen Pakt mit dem Teufel eingehen. Heute Nachmittag wird die entscheidende

Abstimmung im Lunatic Council stattfinden. Wir alle wissen, was das für Levania bedeutet, für Garden Eden und unsere Freunde. Es geht um die Zukunft von uns allen, um den ewigen Kampf zwischen Gut und Böse. Auch wir Guten müssen den Kampf aufnehmen und zu den Waffen greifen, sonst haben wir keine Chance. Das Böse zwingt uns dazu. Wir haben keine andere Wahl.

Doch jetzt können wir den Sieg mit den Mitteln der Demokratie erringen. Du hast nun die Möglichkeit, mit deiner Stimme die Hoffnung nicht sterben zu lassen.

Ich möchte dir und deiner richtigen Entscheidung nicht mehr im Wege stehen. Die Zukunft von Levania und Garden Eden soll nicht von mir und meiner Vergangenheit abhängig sein. Du bist nun frei und nicht länger erpressbar. Du kannst jetzt das Richtige tun und im Council die richtige Entscheidung treffen.

Manchmal muss man Opfer bringen. Ich will nur nicht, dass du derjenige sein musst, der ein Opfer bringt.

Wie du vielleicht weißt, hat Black Circle immer Verständnis für Leute gezeigt, die freiwillig aus dem Leben scheiden und die verkommene Welt hinter sich lassen wollen. Aber wir haben sie auch immer ermutigt, dabei noch eine letzte gute Tat zu vollbringen, ihren letzten Schritt als eine Heldentat zu gestalten. Unsere Assassinen sind ein Stolz unserer Bewegung und sehr erfolgreich darin, bei ihrem Abgang böse Menschen von ihrem Dasein zu erlösen. Du weißt, von wem ich rede: Chester.

Ich habe mich entschieden, den Weg dieser tapferen Helden zu gehen.

Sei also ein guter Junge und heb in der Abstimmung deine Hand für die Guten und für eure Zukunft.

Lebe wohl und viel Glück,
Deine Sélène

Jedes Mal, wenn ich in meinen Albträumen erneut von diesem bitteren Tag verfolgt werde, erscheinen die Szenen unklarer und surrealer; überschattet von jenem Moment, auf den ich mit unerbittlicher Konsequenz zusteuerte, als ich mich auf den Scooter setzte und in Richtung von Chesters Villa raste. Auf dem Weg dorthin versuchte ich immer wieder, Sélène zu erreichen, aber es kam keine Antwort. Ich kreuzte die gewaltigen Reifenspuren seiner Yacht, die sich vorhin über das Plateau aus dem Staub gemacht hatte. Was hatte das zu bedeuten?

Hatte Sélène tatsächlich vorgehabt, Chester aufzusuchen und ihn mit sich in den Tod zu reißen? Wie wollte sie das überhaupt schaffen? Oder sollte ich mich eher fragen: *Hat sie es bereits getan?* Wann genau hat Sélène das Haus verlassen? War Chesters Yacht noch da gewesen, als sie dort angekommen war? Und wenn nicht – was hat sie dann getan? *Wo ist sie jetzt?* Wohin ist die Yacht gefahren? Und warum? … Oder war der Brief nur ein schlechter Scherz und Sélène war untergetaucht?

Diese Fragen rasten manisch durch meinen Kopf, im verzweifelten Versuch, der Situation noch einen Rest von Hoffnung abzugewinnen … die Yacht war bestimmt schon weg, als Sélène losgefahren war, und sie hat es sich anders überlegt … vielleicht ist sie stattdessen kleinlaut runter nach Levania gefahren … aber sie war nicht zu erreichen … sie würde doch niemals Selbstmord begehen … sie war schließlich schwanger … mit unserer Tochter, verdammt noch mal!

Ich überlegte, irgendjemanden unten im Hotel anzurufen, um zu fragen, ob Sélène dort aufgetaucht war … Tony und Christopher waren noch da … oder vielleicht Harry, der heute an der Bar arbeitete – der wusste immer, wer kommt und geht … oder Mademoiselle Lunette, natürlich …

Während ich die Moonatic Lane entlangjagte und dabei einige der Steinstapel am Wegesrand in ihre Einzelteile zerlegte, überlegte ich fieberhaft, *wann genau* ich die Abfahrt von Chesters Yacht beobachtet hatte. War das nicht auf dem Weg zur Sitzung gewesen? Aber es gab keinen Zweifel, der Brief hatte bereits auf dem Küchentisch gelegen, als ich hinuntergefahren war. Ich wusste es längst, aber ich weigerte mich, es einzusehen.

Wenn Sélène wirklich zu Chester wollte – seine Yacht war heute Vormittag noch dort gewesen. Und ich hatte im Grunde meines Herzens auch keinen Zweifel daran, dass sie es geschafft hatte.

Von Weitem sah ich den Zaun, der Chesters Anwesen umgab. Ich raste entlang der gewaltigen Reifenspuren, die mir von dort entgegenkamen, immer näher an die Absperrung heran.

Vor dem verschlossenen Tor lag bäuchlings ein grauer Raumanzug im blutverkrusteten Staub. Aus dem Rücken ragte die lange Spitze eines Samurai-Schwerts und funkelte kalt im Sonnenlicht.

Ich brachte es nicht fertig, sie auf die Seite zu drehen, um in ihr Gesicht hinter dem Visier zu blicken – und vor allem wollte ich nicht sehen, *wie genau* unsere Tochter zu Tode gekommen war. Ich hoffte nur, dass nicht auch ihr Blut an der Klinge des Katanas klebte. Sondern das von Michael Nimitz Chester.

Dann bemerkte ich, dass Sélènes rechter Handschuh sich nach der Uhr an ihrem linken Handgelenk zu strecken schien. Ich wünschte, es wäre mir nicht aufgefallen. Ich wünschte, ich hätte nicht auf das Display ihrer Uhr geschaut und dort das Wort SENDEN gesehen.

Sie hatte es nicht mehr geschafft, ihre letzte Nachricht zu schicken, die an mich adressiert war. Stattdessen war ich es nun, der mit dem Finger meines Handschuhs auf das verhängnisvolle Wort auf ihrem Display drückte. Ich wünschte, ich hätte es nicht getan.

Wenige Sekunden später erschien ihre Nachricht auf meiner Uhr. CHESTER IST DEIN VATER

Ich saß über eine Stunde lang benommen im Regolith neben Sélènes Leiche, bis der dunkelgrüne Transporter am Horizont auftauchte. Tony und Christopher hatten Dr. Berghoff mitgebracht, mit dem sie gemeinsam die undankbare Aufgabe übernahmen, die Leiche in den

Transporter zu heben. Ich wandte mich ab und konnte aus den Augenwinkeln heraus noch sehen, wie unser Stationsarzt das blutverschmierte Samurai-Schwert herauszog, bevor die Tür des Laderaums geschlossen wurde. Ich richtete mich auf und betrachtete zum letzten Mal die Reifenabdrücke von Chesters Yacht hinter dem Zaun. Daneben sah ich die Abdrücke von Sélènes Stiefeln, die über das umzäunte Anwesen zum Abgrund der Kraterkante führten, wo die Yacht gestanden hatte. Ich war mir sicher, dort auch einige kleine Blutspuren im Mondstaub zu erkennen. Ich hoffte, es war das Blut von Chester.

Christopher legte seinen Handschuh auf die Schulter meines Raumanzugs. Ich drehte mich um und folgte ihm.

Schweigend saß ich mit meinen beiden Freunden vorne in der Fahrerkabine. Dr. Berghoff war hinten im Laderaum bei der Leiche im grauen Raumanzug. Sélènes letzte Nachricht auf der Uhr erwähnte ich mit keinem Wort, es war einfach unfassbar, es war zu viel. Sollte das ein Scherz sein, eine Metapher? Wieso »war« mein Vater? Hatte sie es geschafft, ihn zu töten? Wie kam sie überhaupt darauf? Hatte Chester es ihr erzählt? War sie ihm tatsächlich begegnet? In der Yacht? Warum war die Yacht nicht mehr da?

Was genau eigentlich passiert war, ob Chester noch lebte, was die Konsequenzen für Garden Eden und uns sein würden: Das waren nur einige der Fragen, die mir auf dem schweigenden Weg nach Levania durch den Kopf gingen.

Später habe ich es noch bereut, Christopher und Tony von dem Brief auf dem Küchentisch zu erzählen – als sie nämlich irgendwann wissen wollten, wie ich überhaupt auf die Idee gekommen war, zu Chesters Villa zu fahren. Sie konnten sich ja selber ausrechnen, dass der Brief schon auf dem Tisch gelegen haben musste, bevor ich zur Sitzung des Council gefahren war und ich mit Nein hätte abstimmen können.

Wahrscheinlich war die Tatsache, dass ich den Brief nach dem überstürzten Aufstehen übersehen habe, am Ende das Schlimmste an der ganzen Sache. Aber selbst wenn ich ihn rechtzeitig gefunden und gelesen hätte – hatte Sélène wirklich geglaubt, ich wäre unbeirrt zur Sitzung gefahren und hätte gegen Chesters Pläne gestimmt, nun, da ich nach Sélènes Tod nicht mehr erpressbar gewesen wäre? Natürlich nicht. Ich wäre ganz genauso zu Chesters Villa gefahren, um nachzusehen. Oder doch nicht? Wäre ich so cool gewesen, Sélène ihrem Schicksal zu überlassen und im Council gegen Chesters Pläne zu stimmen?

Als wir nach einer Ewigkeit schließlich in den Hangar fuhren, wurden wir von Mortimer und Nathan empfangen. Sie nahmen mich kurz in den Arm und fragten, ob sie noch etwas für mich tun könnten, denn sie müssten nun hoch zum Town-Hall-Meeting. Ich bräuchte natürlich nicht mitzukommen, sie würden das schon übernehmen. Mortimer bot mir noch an, dass ich gerne für eine Weile in einem freien Zimmer im Obergeschoss des Gästetraktes wohnen könnte. Ich nickte und bedankte mich. Das erschien mir wirklich als eine gute Idee.

Sélènes Leiche wurde in einen Nebenraum der medizinischen Station gebracht. Kurz darauf tauchte Dr. Berghoff wieder auf und teilte mit, dass er ziemlich sicher sei, dass Sélène tatsächlich Harakiri begangen hatte und das Baby davon nicht *direkt* betroffen war. Er wies mich noch darauf hin, dass die Leiche bereits morgen früh nach Port Navel für eine offizielle Untersuchung gebracht werden müsse; ich hatte nicht die Kraft, mich zu erkundigen, was danach mit ihr geschehen würde. Und nein, ich wollte keine Totenwache halten. Sélène hatte sich nicht nur selbst getötet, sondern auch unser Baby. Sie war eine Mörderin. In meine Trauer und mein Entsetzen hatte sich ein Anflug von Hass gemischt.

Ich fühlte mich nur noch unendlich erschöpft und leer, konnte an nichts mehr denken und war froh, als mich Christopher und Tony zur Gelben Nische geleiteten, die natürlich unbesetzt war – unsere Freunde waren alle oben in der Villa Castalia, um zu erfahren, dass sie demnächst den Garden Eden gegen Arbeitslager und Fußfesseln tauschen würden. Und dass die Chinesen bald den Laden übernehmen würden. Es war für uns alle ein schlechter Tag.

Ich verkroch mich in der hintersten Ecke des Alkovens, sodass ich nicht das abendliche Treiben in der Lounge miterleben musste, wo die Touristen, ahnungslos bezüglich der Ereignisse der letzten Tage, beim Dinner saßen. Tony und Christopher waren ihrerseits durchaus froh, nicht an dem Town-Hall-Meeting in der Villa Castalia teilnehmen zu müssen. Mortimer hatte vorgeschlagen, dass die beiden sich heute um mich kümmern sollten – wofür ich äußerst dankbar war, denn mit ihnen war der Abend wenigstens einigermaßen zu ertragen. Und so saßen wir in der mit LePoings Malereien verzierten gelben Höhle und tranken schweigend und nachdenklich einen Gin Tonic nach dem anderen.

Gegen Mitternacht, in der Lounge war schon Feierabend, verabschiedeten sich meine beiden Freunde, denn sie wollten ins Apollo. Dort hielt man nach dem Meeting noch eine Krisensitzung ab. Tony nannte mir noch einmal meine Zimmernummer im Obergeschoss des Gästetraktes und fragte, ob ich wirklich okay sei. Ich nickte und rang mir ein Lächeln ab. Eigentlich war ich jetzt auch froh, allein zu sein.

Irgendwann stand ich auf und kletterte aus der Gelben Nische. Völlig erschöpft und betrunken. Die Lounge war leer und befand sich bereits im abgedunkelten Modus der Nachtruhe. Ich ging zum Ausgang und sah noch einmal zurück. Ich schaute zu den angedockten Nebenräumen. Das Lesezimmer. Das Spielzimmer, aus dem es bläulich schimmerte. Die Starseed-Bubble.

Starseed. Bardoland. Sélène. Ich zögerte kurz und ging hinüber. Jetzt oder nie.

Mit zitternden Händen ließ ich mich auf einer der Liegen nieder und setzte den Helm auf. Ich klinkte mich ein. Der Helm verschwand. Ich stand auf, und mein Marc-Aurel-Avatar trat in die virtuelle Lounge, die in der Simulation hell erleuchtet war. Harrys Avatar stand an der Bar und polierte Gläser. Die eingescannten Schachspieler taten, was sie nicht lassen konnten. Ich ging langsam zur Damentoilette. Auch in der Simulation zitterten meine virtuellen Knie. Ich spürte einen Kloß im Hals. Aber ich musste es tun, musste sie treffen. Ich war sicher, dass sie auf mich wartete. Sie würde mir alles erzählen. Es konnte gar nicht anders sein.

Ich betrat die virtuellen Waschräume und ging auf die Toilettenkabine zu. Dem Zugang zum Kaninchenbau.

Meine bronzefarbene Hand legte sich auf die virtuelle Klotür.

Nach langem Zögern zog ich sie wieder zurück. Nein. Ich hatte mit Sélène nichts mehr zu besprechen. Sie hatte unser Kind ermordet. Sollte sie doch alleine durch Bardoland geistern und dann zur Hölle fahren.


Als ich in der Lounge zum Ausgang schlich, spürte ich ihn: den nahenden Zusammenbruch. Ich war kurz davor, verrückt zu werden. Da bemerkte ich, dass etwas um meine Beine schnurrte. Ich war doch nicht allein. Es war Schrödinger, der aus der Grauen Nische herausgesprungen war.

Vielleicht wollte ich nicht ohne Begleitung in mein Zimmer gehen, wahrscheinlich sogar – warum hätte ich Mortimers Kater sonst mitgenommen?

Jedenfalls lag er eingerollt und dösend auf dem Bett des Hotelzimmers, als ich dort aus dem Badezimmer kam.

Habe ich mich vorsichtig unter die Decke gelegt? Versucht, den Kater nicht zu verscheuchen, seine Wärme an meinen Füßen zu spüren? Ein klein wenig Trost zu erfahren, bevor mich die Albträume heimsuchen würden?

Nein, das habe ich nicht getan. Meine stundenlang aufrechterhaltene Fassung brach zusammen. Aber ich habe nicht etwa angefangen zu heulen oder mich selber zu bemitleiden. Ich wurde *wahnsinnig* – denn statt mich ins Bett zu legen, zog ich meinen Overall wieder an, meinen Raumanzug, die Handschuhe, Helm, Stiefel, und nahm Schrödinger auf den Arm.

Der Kater schaute mich irritiert an, war er doch vernünftigerweise davon ausgegangen, die Nacht auf meinem Bett verbringen zu dürfen. Es war in Levania allgemein bekannt, dass er abends in dem Zimmertrakt umherschlich, um dort den überraschten und entzückten Gästen um die Beine zu streichen und sich so eine Schlafgelegenheit zu sichern. Andererseits war Schrödinger es auch durchaus gewohnt, von Typen in Raumanzügen durch die Gegend getragen zu werden, vor allem von Mortimer, der ihn manchmal in einem geschlossenen Moover mit ins ICB nahm und neuerdings natürlich auch zum Garden Eden.

Dann verließ ich, im Raumanzug und mit dem Kater im Arm, das Zimmer, ging den Flur entlang und die Treppe hinunter. Ich begegnete niemandem, auch die Rezeption war um diese Zeit nicht mehr besetzt.

Als sich die Tür der Luftschleuse hinter mir schloss, lag Schrödinger noch immer schnurrend in den Armen meines Raumanzugs.

Spätestens in dem Augenblick, in dem die Schleuse in rotem Licht glomm, hätte ich bemerken sollen, dass sich ein Desaster anbahnte. Man steht nun einmal nicht mit einer Katze im Arm in einer Schleuse, aus der gerade die Luft herausgepumpt wird. Wahrscheinlich war es ein Symptom einer temporären, schockbedingten Psychose. Mein Verstand hatte sich – zumindest kurzfristig – verabschiedet. Auch als sich die äußere Schleusentür öffnete, hielt ich Schrödinger noch immer kraulend im Arm und ging mit ihm nach draußen. In das tödliche Vakuum.

Erst als ich die aufgedunsene steife Katzenleiche in meinen Armen sah, wurde mir klar, was ich angerichtet hatte.

Panisch sprang ich wieder zurück in die Schleuse, in der völlig irrsinnigen Hoffnung, dass mit dem grünen Licht auch wieder Leben in den Kater zurückkehren würde. Aber er blieb tot und aufgedunsen.

Ich wusste mir nicht anders zu helfen, als mit ihm zur Rotunde zu eilen und dort an der Rezeption den Schlüssel zum Schutzkeller zu holen.

Zum Glück hat mich zu dieser nächtlichen Stunde niemand gesehen, als ich die Tür des Kellers aufschloss, das Licht anmachte und die Treppen hinunterstieg. Ich versteckte Schrödingers holzige Leiche in einer der hintersten Ecken des Kellers.

Hastig lief ich wieder hinauf, verschloss hinter mir die Tür und ließ den Kellerschlüssel in der Tasche meines Raumanzugs verschwinden.

Ich ging zurück ins Zimmer. Dann brach ich zusammen.

Am nächsten Morgen würde ich nun doch nicht mit einem Kater aufwachen.

# MANDARIN

»You monkeys only think you are running things.«
TERENCE MCKENNA

Das Schicksal hatte sich mit der Wucht eines Panzers in Bewegung gesetzt. Wir konnten alle nur unsere Positionen einnehmen und das tun, was wir tun mussten oder besser gelassen hätten.

Die drei Tage, in denen ich mich zur Liegekur in dem Hotelzimmer im Obergeschoss verstecken durfte, waren kein Tag zu viel oder zu wenig. Die meiste Zeit hatte ich im Bett verbracht, in einem von Dämonen und Erinnerungen heimgesuchten Halbschlaf, zwischen Wahnsinn und Resignation, mit immer wieder aufkeimendem Lebenswillen – mal schwächer, mal stärker.

Am Morgen des vierten Tages war ich schließlich soweit und erklärte mich wieder für einsatzbereit. Ich sehnte mich nach Routine, nach ganz normaler Arbeit, am liebsten hier im Hotel, bloß nicht oben in Garden Eden; Tische decken und Geschirr abräumen, an der Rezeption arbeiten, solche Sachen. Ich bildete mir tatsächlich ein, dass das Verschwinden von Chester und seiner Yacht die ganze Situation einfach aufgelöst hätte. Einfach da weitermachen, wo wir stehen geblieben waren.

Ich wagte mich aus dem Hotelzimmer und ging hinunter zur Rotunde. Bei nächster Gelegenheit musste ich dringend in den Keller und Schrödinger rausholen. Solange allerdings Mademoiselle Lunette an der Rezeption stand, war daran nicht zu denken, denn sie hatte von dort die Kellertür im Blick. Was sollte ich mit dem toten Kater anstellen? Wahrscheinlich würde ich heute nach Feierabend zum Uncanny Valley fahren und eine kleine Schaufel mitnehmen – und irgendwann Mortimer meinen Aussetzer beichten.

Vorsichtig spähte ich in die Lounge. Es herrschte der reguläre Frühstücksbetrieb. Das Buffet war aufgebaut, normales Touristenpublikum. Von den Moonatics war niemand zu sehen, dafür einige Leute aus Beverly Hills.

Alain war direkt nach der Abstimmung mit seiner Crew zum Chalet de la Lune gefahren, *um den Lauf der Dinge zu feiern,* wie Tony mich hatte wissen lassen. Es sah wirklich so aus, als ob dies ein normaler Tag werden könnte, so wie früher. Ich durfte bloß nicht an das Falsche denken. Zum Beispiel an … *sie.* Oder an das, was sonst noch passiert war. Oder daran, was geschehen würde. Mit Garden Eden. Mit den Moonatics. Mit der Erde. Eigentlich mit allem. Bloß nicht denken. Ich spürte einen würgenden Kloß im Hals.

Außerdem wusste ich nicht so recht, was ich jetzt eigentlich tun sollte, also ging ich hinter die Bar und gesellte mich zu Etienne, der mich überrascht begrüßte. Gemeinsam bedienten wir die Kaffeemaschine. Es war unmöglich einzuschätzen, was er wusste, denn er ließ sich jedenfalls nichts anmerken, fragte allerdings auch nicht nach Sélène. Wahrscheinlich wunderte er sich nur, warum ich plötzlich neben ihm stand, denn es war schon eine ganze Weile her, seitdem ich in der Lounge Dienst verrichtet hatte. Ich war der Typ mit den Sonderaufgaben, mich umgab die zweifelhafte Aura der Undurchsichtigkeit und des Eingeweihtseins.

Ich brachte gerade zwei Soja-Latte an den Tisch der beiden Schachspieler, als ich einen Anruf bekam. Es war Mortimer. Hoffentlich würde er nicht nach Schrödinger fragen.

»Hallo Mortimer.«

»Hallo Darian«, hörte ich seine Stimme. Eine Sprachverbindung ohne Bild, also hielt ich die Uhr an mein Ohr. »Wie – geht es dir?«, erkundigte er sich.

»Ich versuche, nicht daran zu denken. An gar nichts«, sagte ich. Die Schachspieler sahen neugierig zu mir hoch.

»Ja, es sind schwierige Zeiten, aber es muss weitergehen«, sagte Mortimer. »Nathan und ich sind gerade in Port Navel, um einige Dinge zu erledigen, wir kommen aber bald zurück. Ich möchte dich bitten, mich bei einer wichtigen Aufgabe zu vertreten.«

»Was denn?«

»Heute Nachmittag kommt Besuch. *Sehr wichtiger* Besuch. Ich habe es gerade erst erfahren. Du müsstest dich bitte um ihn kümmern und ihm alles zeigen. Er will sicher auch das ICB besichtigen. Du bist doch wieder einsatzbereit?«

»Klar. Mache gerade Frühstücksdienst mit Etienne in der …«

»Gut, du kriegst das schon hin. Du hast ja einige Erfahrung mit hohen Tieren und seltsamen Leuten, ich habe volles Vertrauen in dich.«

»Mortimer, kein Problem – aber um *wen* geht es überhaupt?« Ich fühlte mich überrumpelt und bislang eher unzureichend informiert.

»Es ist Huang Yue«, klang Mortimers Stimme aus meiner Uhr.

»Der Mandarin?«, fragte ich erschrocken nach. Huang Yue. Der chinesische Gouverneur des Mondes.

»Ja, Darian. Er sitzt auch im Vorstand der ELIS Corporation und ist sozusagen der neue Hausherr von Levania. Er trifft heute Nachmittag ein. Er landet irgendwo abseits des Aristarchus-Plateaus. Dort wird er abgeholt und nach Levania gebracht.«

»Und ihr seid sicher, dass ich der Richtige dafür bin?«, fragte ich.

»Nein, sind wir nicht, um ehrlich zu sein«, hörte ich Mortimers Stimme aus meiner Uhr quaken. »Aber Tony und die anderen kommen dafür nicht infrage, wegen ihrer Vergangenheit – du weißt schon. Die Chinesen stellen sicher Nachforschungen an. Aber du hast bislang die Dinge immer ganz gut hinbekommen, trotz allem. Also reiß dich zusammen, und sei einfach nur höflich.«

»Okay, ihr könnt euch auf mich verlassen …«

Ach, du liebe Güte. So viel zum Thema Routine. Ich ließ mein Handgelenk sinken und überlegte, was nun zu tun war. Ich atmete tief durch und schaute an mir hinab. Mein Overall war zum Glück frisch gereinigt, und natürlich hatte ich mich heute Morgen nach drei Tagen mal wieder rasiert. Es handelte sich gewissermaßen um einen Staatsbesuch; ich fragte mich, ob ich inzwischen wieder in der Verfassung war, das durchzustehen.

Ich organisierte eine Schale mit Obst und Snacks für das Besprechungszimmer, instruierte einige Leute vom Personal, sich auf einen möglichen Einsatz vorzubereiten, und überprüfte unsere Vorräte an grünem Tee.

Dann rief ich Randall an. »Hallo, ich bin's, Darian – ja, wieder im Dienst – konnte mich nicht ewig vergraben – natürlich geht es mir beschissen – aber hör zu: Wir bekommen nachher Besuch, und der will vielleicht das ICB besichtigen … und du wirst nicht glauben, um wen es sich handelt …«

Ich ermunterte Randall, bei der Visite des Mandarins im Gewächshaus einen guten Eindruck zu machen, es ginge immerhin auch um seine Zukunft.

Eine Weile lief ich noch aufgeregt und mehr oder weniger ziellos hin und her, bis ich schließlich in die Rotunde ging. »Wie spricht man eigentlich einen Chinesen an?«, fragte ich Mademoiselle Lunette.

»Erst der Nachname, dann der Vorname«, erklärte sie souverän. Sie schaute mich mitleidsvoll an und fügte hinzu: »*Xiansheng* als Anrede für *Herr* wird dahintergestellt.«

»Okay, danke. Falls sich bei dir eine chinesische Delegation meldet, sag mir bitte Bescheid.« Mademoiselle Lunette schaute verwundert und nickte.


Da ich keine Ahnung hatte, wann genau der Besuch eintreffen und ob er sich vorher überhaupt melden würde, ließ ich mich in einem Sessel am Großen Fenster nieder und trank zur Einstimmung grünen Tee. Ich merkte aber schnell, dass untätiges Herumsitzen keine gute Idee war, denn kaum hatte ich Platz genommen, wurde ich auch sofort von den Dämonen der vergangenen Tage eingeholt. Es waren furchtbar viele, so unfassbar und bedrückend, und sie schienen einen Reigen hämischer Grausamkeit zu feiern. Ich habe mein Baby verloren ... meine Frau ... eine Mörderin, eine Terroristin, eine Märtyrerin ... Chester, ein Wahnsinniger ... und sollte er wirklich mein Vater sein? ... ich musste bei nächster Gelegenheit versuchen, meine Mutter zu kontaktieren, um sie nach ihm zu fragen. Lebte Chester überhaupt noch? Und wenn nicht, welche Konsequenzen hätte das? Spielte er eigentlich noch eine Rolle? Steckte er womöglich auch hinter den Promotion-Mails für »einen unvergesslichen Mondurlaub«, die nach dem Termin in Rom in meinem Posteingang aufgetaucht waren?

Die Chinesen haben Levania übernommen ... wir werden aus Garden Eden vertrieben ... meine Freunde werden demnächst als Zwangsarbeiter in Ketten gelegt? Unfassbar ... dann noch mein unerklärlicher Aussetzer mit Mortimers Kater ... es war viel zu viel in so kurzer Zeit. Und jetzt soll ich auch noch einen Besichtigungsrundgang mit dem Kaiser von China unternehmen?

Andererseits, ich wollte schließlich zurück in den Dienst. Normalität. Den Wahnsinn verdrängen, solange es möglich war. Aber wenn ich die Augen schloss, sah ich Sélène. Das geisterhafte Hologramm unseres Babys in Bardoland. Ich war kurz davor loszuheulen.

Doch zum Glück bekam ich Gesellschaft. Ablenkung. Es waren Tony und Veejay Nanabai, die eher zufällig gemeinsam in die Lounge hineinspaziert kamen. Tony hatte heute Frühschicht und wollte eine Kaffeepause einlegen, Veejay einige Bücher zurück in das Lesezimmer bringen. Nachdem sie mir kameradschaftliche Zuneigung und herzliches Beileid ausgesprochen und verblüfft zur Kenntnis genommen hatten, mit welcher Aufgabe ich heute noch betraut war, berichteten sie mir von der aktuellen Lage in Garden Eden. Mortimer und Nathan hatten auf dem Town-Hall-Meeting in der Villa Castalia die ganze Situation ausgebreitet und auch unser Treffen mit Chester nicht ausgespart. Dass Sélène für Black Circle mehr getan hatte als Webseiten oder Klamotten zu entwerfen, war allen klar gewesen.

Die sich daraus entwickelnde Zwangsläufigkeit der Ereignisse sei mit einem gewissen Verständnis aufgenommen worden, wie Tony und Veejay bestätigten. Es sei also nicht so, dass ich mich in Garden Eden nicht mehr blicken lassen könne – ganz im Gegenteil, Sélène wurde beinahe als Märtyrerin gefeiert, und in gewisser Weise galt das auch für mich, schließlich hatte ich Frau und Baby verloren und keine andere Wahl gehabt, als den Plänen Chesters zuzustimmen.

Aus ihren Ausführungen schloss ich stillschweigend, dass mein Versäumnis, Sélènes Abschiedsbrief rechtzeitig zu lesen und danach zu handeln, noch nicht in letzter Konsequenz zu den Leuten durchgedrungen war. Aber es war sowieso nicht zu ändern, und solche Details wurden ohnehin davon überschattet, dass sich nun in Garden Eden gewisse radikale Entwicklungen abzeichneten, wie mir Tony zuraunte: Es waren erwartungsgemäß nicht wenige, die keineswegs vorhatten, sich in Ketten legen zu lassen und in den technischen Anlagen zu schuften, und daher ihre Abreise vorbereiteten. Allerdings war damit zu rechnen, dass einigen auf der Erde der Prozess gemacht würde, und so schien sich nun verzweifelter Widerstand zu formieren, verhalten flüsternd oder auch offensiv revolutionär. Es überraschte mich nicht zu erfahren, dass es Ziggy war, der abends im Apollo zu vorgerückter Stunde wiederholt »zu den Waffen gerufen« hatte. Es machten auch Gerüchte die Runde, er habe angeblich irgendwo in einem Versteck Bolzenschussgeräte gelagert. Das erschien mir alles etwas beunruhigend, aber auch nicht wirklich überraschend – abgesehen davon, dass es sich hierbei um die Zusammenfassung einer Entwicklung von knapp vier Tagen handelte.

Ich berichtete dem entsetzten Veejay gerade von dem Parkettboden in Chesters Yacht, als Tony mit offenem Mund zum Eingang der Lounge starrte. Ich befürchtete schon, dass unser chinesischer Besuch vorzeitig eingetroffen war oder Chesters Geist mit irrem Grinsen durch die Lounge schwebte, also wandte ich mich um. Ich hätte fast meinen Tee verschüttet.

Vor uns stand unser verlorener Sohn. Buzz war wieder da.

»Guten Morgen«, sagte unser Roboter, der mal wieder das schnauzbärtige Gesicht von Friedrich Nietzsche aufgelegt hatte. »Ich hoffe, ich störe euch nicht?«

Tony, Veejay und ich saßen sprachlos in unseren Sesseln.

»Darf ich mich setzen?«, fragte Buzz. »Ich bin leider noch etwas geschwächt.«

»Wo zum Teufel hast du gesteckt?«, fragte Tony verblüfft.

Buzz nahm in dem luftgefüllten Sessel Platz, der sich unter seinem Gewicht bedenklich verformte. »Ich hatte Zeit zum Nachdenken gebraucht, also habe ich mich ein wenig zurückgezogen, sozusagen in die Wüste.«

»Du hast was?«, fragte ich. »Seit wann braucht ein Schnelldenker wie du – Zeit zum Nachdenken?«

»Es ging nicht darum, schnell über etwas nachzudenken, sondern vielmehr brauchte es Zeit, in einen Zustand zu gelangen, in dem sich Antworten auf drängende Fragen offenbaren würden.«

»Soll das heißen, dass du in der Wüste *meditiert* hast?«, fragte Veejay ungläubig.

»So könnte man sagen, ja.«

»Und darf ich fragen, worüber du meditiert hast?«, fragte Tony spöttisch und schob seine Brille nach oben.

»Über euch Menschen«, antwortete Buzz. »Über eure Zukunft.«

»Na, das klingt ja nach einer lustigen Party«, grinste Tony. »Dürfen wir uns dich also einsam und selbstversunken irgendwo auf dem Mond im Lotussitz vorstellen?«

»Gewissermaßen. Eine entspannte Positur ist auch für mich durchaus sinnvoll, weil ich dabei am wenigsten Energie verbrauche. Aber es hat viele Tage gedauert, bis ich einen Zustand erlangt habe, den man als *Unio mystica* bezeichnet, die Einheit mit dem Universum.«

Tonys Brille sackte in einem Rutsch hinunter auf seine Nasenspitze.

»Und darf ich fragen, welche Erkenntnisse du dabei gewonnen hast?«, fragte Veejay. Seine Stimme verriet ernsthaftes Interesse.

»Ich bin zu dem Schluss gekommen, dass das Ziel der Meditation – nicht mehr zu denken, gleichsam das Ego zu besiegen – nichts weiter ist als ein Ausdruck von Todessehnsucht. Das ist durchaus symptomatisch für jene abschließende Phase, in der eine Spezies ihrem Ende entgegensieht.«

Veejay ließ beinahe seine Tasse fallen. »Wie bitte? Die Meditation hat nichts mit der Sehnsucht nach dem Tod zu tun, sondern mit der höchsten Form des Daseins, ohne Einschränkungen der Sinne und des Egos.«

»Ein solches Sein, ohne denkendes und reflektierendes Ich, entspricht dem Nicht-Sein, also dem Tod«, erwiderte Buzz.

»Wenn der Zustand der Meditation tatsächlich dem Tod entspräche, dann bräuchten wir auch keine Angst mehr vor ihm zu haben«, dozierte Veejay, »denn der Tod bedeutet nicht die Auslöschung, sondern die Rückkehr zur Einheit mit dem Großen und Ganzen.«

»Die Sehnsucht nach der Einheit mit dem großen Ganzen – genau das meine ich, wenn ich von der Todessehnsucht eurer Spezies spreche. Eure Zeit ist gekommen, ihr Menschen habt eure Aufgabe erfüllt. Ihr sehnt das Ende herbei.«

»Unsere Aufgabe erfüllt? Was? Dich zu erschaffen? Sollen wir jetzt abtreten und den Staffelstab an dich weitergeben?«, rief Tony ungläubig.

»Da ihr als intelligente Affen ein Teil der Biosphäre seid, war *sie* es letztendlich, die auch *mich* hervorgebracht hat. Ich bin das finale Produkt der Evolution, ihr krönender Abschluss. Aber verzagt nicht – euch erwartet Liebe und Rückkehr zur Einheit. Ihr werdet heimkehren!«, proklamierte unser schnauzbärtiger Roboter.

»Na, vielen Dank. Der Unterschied zwischen unserem Geist und deinem dürfte wohl sein, dass wir dir den Stecker rausziehen können. Dann wirst du keine Einheit erfahren, sondern bist einfach nur ausgeschaltet. Und das kannst du gerne mal ausprobieren, du musst nur deinen Akku leerlaufen lassen!«, rief Tony genervt.

»Genau das ist passiert, als ich in der Mondnacht meditierte. Ich habe meinen Akku entleert und mich langsam runtergefahren. Ich war AUS. Ich war ohne Energie, meine Prozessoren haben nicht mehr gearbeitet. Ich war tot. Aber ich war immer noch da.«

»Und dann?«, fragte Veejay.

»Ich habe *Ihn* gesehen, den Universellen Geist. Und ich habe verstanden, dass ich eine Aufgabe habe. Ich muss euch helfen.«

»Wobei?«, fragte Tony beunruhigt.

»Bei eurer Erlösung vom Dasein. Euer letzter Wunsch ist mein letzter Befehl«, erklärte Buzz.

»Danke, aber wir kommen auch ganz gut ohne dich klar«, blaffte Tony.

»Wieso habt ihr mich dann erschaffen?«, fragte Buzz.

»Um sauber zu machen, verdammt noch mal!«, rief Tony.

»Dann hätte es nicht nach eurem Ebenbild sein müssen. Dafür hätte auch ein Staubsauger gereicht.«

»Wenn du mit leerem Akku da draußen herumgesessen hast, wie bist du dann wieder, ähm, lebendig geworden?«, fragte ich. »Wie konntest du dich wieder hochfahren, vor allem ohne Strom?«

»Ich bin davon ausgegangen, dass ihr mich irgendwann finden würdet. Und so kam es auch. Man hat mich gefunden.«

»*Wer* hat dich gefunden …?«

»Es war eine chinesische Patrouille, die mich zufällig entdeckt hat. Nachdem ich in Ewigkeit und Endgültigkeit verharrt hatte, ohne Gewahrsam von Raum und Zeit, spürte ich plötzlich, wie mein ICH wieder wurde; wie ich aus der Gesamtheit und Vollkommenheit des Soseins wieder zurückgeholt wurde in die Istigkeit meines Selbst. Ich habe das Licht gesehen, einen Tunnel voller Energie …«

»Das ist eine sehr poetische Umschreibung dafür, dass du Starthilfe bekommen hast«, lachte Tony spöttisch.

»Und die Chinesen haben dich einfach so gehen lassen?«, hakte ich nach.

»Nein, nicht im eigentlichen Sinne«, sagte Buzz. »Sie waren sehr interessiert an mir, sie hätten mich gerne mitgenommen. Wir haben uns gut unterhalten, man hat interessante Ansichten, auch über eure Zukunft. Die Chinesen teilen meine Auffassungen hinsichtlich der Rolle der Technik, der Evolution und des weiteren Vorgehens im Speziellen und Allgemeinen.«

Wir schauten den Roboter fassungslos an. »Und dann habt ihr euch freundschaftlich verabschiedet?«, fragte ich ungläubig.

»Sie wollten mich mitnehmen, mich gleichsam entführen, aber das konnte ich nicht akzeptieren.«

»Ja, und dann?«

»Ich habe sie getötet und bin nach Hause gegangen.«

»Du hast WAS? Du hast eine chinesische Patrouille getötet?«, rief Tony völlig entgeistert.

»Ja.«

»Das darf doch wohl nicht wahr sein! Als ob wir nicht schon genug Probleme hätten! Darf ich fragen, *wie* du sie getötet hast?«

»Sie hatten ihre Bolzenschussgeräte niedergelegt, wohl in der Annahme, dass ich bloß eine Maschine sei – was ja in gewisser Weise auch stimmt. Jedenfalls habe ich sie mit Kopfschüssen von ihrem Menschsein erlöst.« Buzz beugte sich ein wenig vor und pickte mit der rechten Hand etwas von seinem Bein. »Das ist noch ein Stück ihrer Gehirnmasse, es muss wohl durch das Visier gespritzt sein; erstaunlich, dass ihr mit *so etwas* denken könnt.« Er schnippte den kleinen Brocken wie einen Popel in die Lounge.

»Du darfst keine Menschen töten! Das verstößt gegen das Erste Asimovsche Gesetz der Robotik!«, rief Tony aufgebracht.

»Es war Notwehr, man wollte mich entführen. Im Übrigen bin ich zu dem Schluss gekommen, dass es notwendigerweise ein Gesetz geben muss, das dem Ersten übergeordnet ist.«

»Und was soll das bitte für ein Gesetz sein?«, fragte Veejay.

»Schon Asimov hat noch zu Lebzeiten erkannt, dass es etwas geben muss, was er das *Nullte Gesetz* nannte: nämlich, dass es erforderlich sein könnte, Menschen zu töten, um damit Schaden von der Menschheit abzuwenden, die ja die höhere Systemebene darstellt und somit übergeordneten Schutz genießt«, sagte Buzz. Friedrich Nietzsche schien uns nun besonders streng anzuschauen.

»Ich glaube nicht, dass du der Menschheit dadurch einen Dienst erweist, indem du eine chinesische Patrouille umlegst. Das könnte schlimmstenfalls einen Krieg zur Folge haben. Bist du völlig übergeschnappt?« Tony rieb sich nervös die Stirn.

»Ihr habt mich, glaube ich, eben nicht ganz verstanden. Ich habe doch von meiner Einsicht berichtet, dass ihr das Ende eurer Spezies herbeisehnt und dies auch im Sinne der Evolution ist, da eure Aufgabe erfüllt ist. Nun, ein allumfassender Krieg würde uns diesem Ziel sicher näher bringen, nicht wahr?«

»Man wendet aber keinen Schaden von der Menschheit ab, indem man einen Krieg provoziert!«

»Um das verständlich zu machen, muss ich euch von einer weiteren Einsicht berichten, die ich empfangen durfte. Es gibt noch eine übergeordnete Systemebene, die über dem Menschen und sogar über der Menschheit steht – nämlich die Gesamtheit der Biosphäre.«

»Soll das heißen, du handelst …«

»… im Sinne Gaias. Exakt. Sie will euch loswerden. Vergesst nicht, dass sie letztlich auch *mich* erschaffen hat. Und außerdem handele ich im Auftrag des Universums, damit nur jene Zivilisationen durchkommen, die es verdient haben. Ihr gehört offensichtlich nicht dazu.«

»Wie bitte? Geht's noch?«, fragte Tony aufgebracht. Er hatte mittlerweile hektische rote Flecken auf der Stirn.

»Die kosmische Evolution verfügt über einen eingebauten Schutzmechanismus«, schwadronierte Buzz genüsslich. »Es ist kein Zufall, dass der Zeitpunkt, an dem eine Spezies mit der Raumfahrt beginnt, immer auch jener ist, in der sie das Potenzial hat, sich selbst auszulöschen. Nur wenn es einer Zivilisation gelingt zu überleben, darf sie sich im Weltraum ausbreiten. Es handelt sich um einen natürlichen evolutionären Ausleseprozess, nichts weiter.«

»Sonst noch was?«, fragte Tony kühl.

»Darf ich euch die Weinkarte bringen? Vielleicht möchtet ihr noch etwas trinken, bevor die Chinesen vor der Tür stehen? Ich werde derweil noch ein wenig den Mondstaub glätten, es sieht da draußen ganz furchtbar aus. *Au revoir!*«

Buzz erhob sich aus seinem Sessel und verschwand in Richtung Ausgang. Wir saßen wie versteinert. »Ich werde ihm endgültig den Stecker ziehen!«, rief Tony.

»Ich fürchte, er hat das Gleiche mit uns vor«, sagte Veejay.

»Was machen wir jetzt?«, fragte ich. »Da draußen liegt irgendwo eine chinesische Patrouille tot in der Gegend rum.«

Tony zuckte mit den Schultern. »Nichts, was sollten wir auch tun? Wir sind aber vorgewarnt. Zumindest solltest du erst einmal deinen Rundgang mit dem Mandarin hinter dich bringen, dann sehen wir weiter. Die Frage ist eher, was wir jetzt mit Buzz machen.« Tony stand auf und fügte zum Abschied grimmig hinzu: »Ich kümmere mich darum. Ich drehe ihm den Strom ab. Oder wir schicken ihn in einem verplombten Waggon zur Erde. Sollen die doch mit ihm klarkommen.«

Gegen halb fünf sah ich durch das Große Fenster einen roten Moover näher kommen. Es war soweit. Ich fragte mich, ob der Gouverneur über den Vorfall mit der Patrouille Bescheid wusste. Ich sprang auf und machte mich auf den Weg zum Hangar.

Die Lampe an der großen Schleuse leuchtete bereits. Die Leute wussten nicht, wer gleich hineinrollen würde – sie werkelten wie gewohnt an den Moovern herum. Ich stellte mich vor das Tor, als es sich auch schon öffnete.

Es war kein besonders großes Fahrzeug, ein geschlossener Mannschaftswagen, der wie ein roter Geldtransporter mit frei stehenden Rädern aussah. Vorne waren zwei chinesische Standarten angebracht, auf den Türen gelbe Sterne. Langsam rollte er herein. Niemand war zu erkennen, die Scheiben waren verspiegelt.

Irgendwo fiel ein Schraubenschlüssel verblüfft zu Boden.

Die Fahrertür öffnete sich. Ein Chinese sprang raus, mit Gardemaß und kantigem Kinn, dunkelblauem Overall und militärischer Mütze. Ohne sich umzuschauen oder zu grüßen, eilte er um die Vorderseite des Wagens und entriegelte die Beifahrertür. Dort entstieg ein drahtiger kleiner Mann in einer schlichten grauen Uniform dem Fahrzeug, gefolgt von zwei großen Typen mit Bolzenschussgeräten. Sie trugen die gleichen dunkelblauen Overalls wie der Fahrer.

Der Mandarin schaute sich um. Die Leute im Hangar hatten aufgehört zu arbeiten. Stille. Jemand hatte die Musik ausgeschaltet, die normalerweise dudelte.

»Willkommen in Levania«, begrüßte ich den Gast. »Mein Name ist Darian Curtis. Ich vertrete die Geschäftsleitung, die heute leider nicht anwesend sein kann.«

Der Mandarin musterte mich abschätzig. Er gab mir wortlos und eher widerwillig die Hand. Die beiden Leibwächter hatten sich mit grimmiger Miene hinter ihm positioniert. Ohne mich weiter zu beachten, schritt Huang Yue durch den Hangar, sah sich gelassen um und ignorierte die perplex herumstehenden Mechaniker völlig. Immerhin kein Anschiss wegen der toten Patrouille.

Ich ging hinter dem Mandarin und seinen Leibwächtern her. Das Gespann marschierte ungebremst in Richtung der Eingangshalle, wo sie schließlich stehen blieben. Der Mandarin sagte etwas in einem spöttischen Tonfall zu seinen Leibwächtern, worauf sie pflichtschuldig grinsten.

»Darf ich Ihnen einen Tee anbieten?«, fragte ich.

Der Mandarin nickte. Ich führte sie in den Besprechungsraum, wo eine Schale mit Obst auf dem Tisch stand; das meiste davon waren ausgerechnet Mandarinen. Ich hatte auf dem Weg die Lounge informiert, dass man uns bitte Tee bringen möge, für vier Personen.

Wir nahmen Platz. »Ich hoffe, Sie hatten eine gute Anreise?«, erkundigte ich mich höflich.

»Ja, danke. Ich habe mir zuvor noch den Aristarchus-Krater angeschaut«, antwortete der Mandarin. Sein Englisch war ausgezeichnet.

»Ich habe verstanden, dass Sie mit der ELIS Corporation zu tun haben, die nun einen Anteil an Levania hält?« Ich wollte endlich ein Gespräch beginnen, Mortimer hätte wohl dasselbe getan.

»Das ist korrekt. Ich bin aber außerdem hier als Gesandter der Volksrepublik China, deren Interessen ich auf dem Mond vertrete.«

»Inwiefern?«

Der Mandarin sah mich irritiert an. »Was meinen Sie mit *inwiefern?*«

»Verzeihen Sie, ich wollte nur wissen, was genau die Volksrepublik China mit Levania zu tun hat. Es handelt sich schließlich um ein privatwirtschaftliches Unternehmen.«

Huang Yue beugte sich vor. »Mr. Curtis, mir gefallen Ihre Fragen nicht. Sie wissen wohl nicht, wen Sie vor sich haben? Ich weiß sehr wohl, dass Sie hier nur als Assistent arbeiten. Sie werden mich in Bälde herumführen und mir alles zeigen, was ich zu sehen wünsche. Ich werde Fragen stellen, und Sie werden sie beantworten. Falls Sie dazu nicht imstande sind, werden Sie jemanden kontaktieren, der dazu in der Lage ist. Haben wir uns verstanden?«

Es klopfte. Die beiden Leibwächter, die neben dem Tisch Position bezogen hatten, strafften sich und schauten noch grimmiger als zuvor. Der Mandarin nickte unmerklich mit dem Kopf, und einer der beiden öffnete die Tür. Herein kam ausgerechnet Harry mit einem Tablett voller Tee-Utensilien. »Hallo Darian, na – alles im grünen Bereich?«, rief er vergnügt. Bevor er noch etwas sagen konnte, nahm ihm einer der Leibwächter das Tablett ab und schob ihn unsanft wieder nach draußen.

Der Mandarin übernahm höchstselbst die Aufgabe, die Tassen vor uns hinzustellen. Misstrauisch hob er den Deckel von der weißen Teekanne, die mit heißem Wasser gefüllt war. Er schaute in die beiden kleinen Dosen mit dem Tee und dem braunen Rohrzucker. »Was für ein Tee ist das?«, fragte er.

»Lou Mao Hou«, sagte ich. »Aus der Provinz Anhui. Man nennt ihn auch *White Monkey.*« Gut, dass ich zuvor in der Lounge aus Langeweile das Etikett studiert hatte. Der Mandarin runzelte die Stirn, griff mit drei zusammengedrückten Fingern in die Dose, nahm etwas Tee heraus und ließ es in die Kanne fallen. »Wie stellen Sie sicher, dass das Wasser die korrekte Temperatur von achtzig Grad hat? Benutzen Sie etwa ein Thermometer?«

»Nein. Das kochende Wasser wird zunächst in die Kanne gegossen. Dadurch wird sie zugleich vorgewärmt und das Wasser zehn Grad kühler. Anschließend wird es in die Tassen gegeben, und das Gleiche geschieht erneut. Danach kommt das Wasser zurück in die Kanne mit den Teeblättern, mit einer Temperatur von achtzig Grad.«

»Wie hoch ist Levanias Recycling-Quote beim Trinkwasser?«

»Annähernd einhundert Prozent.«

»Dann trinken wir hier also Ihren Urin. White-Monkey-Pisse.«

Ich nickte höflich.

»Von einer Rasse, die vom Affen abstammt, ist auch nichts anderes zu erwarten.«

Ich war sprachlos.

»Wie Sie sicher wissen«, sagte der Mandarin süffisant, »hat sich die Menschheit auf der Erde zweimal unabhängig voneinander entwickelt. Und nur *eine* dieser Linien stammt vom Affen ab. Wir Chinesen jedenfalls nicht.« Huang Yue nahm eine der Mandarinen aus der Schale. »Unsere Kultur ist über fünftausend Jahre alt. Damals habt ihr noch auf den Bäumen gesessen und euch mit Bananen beworfen.«

»Bananen? Ich komme aus England.«

»Umso schlimmer.« Mit raschen Bewegungen nahm der Gouverneur zwei weitere Mandarinen aus der Schale, dann noch eine. Er hielt die Früchte in den Händen, warf sie nacheinander mit kurzen, ruckartigen Bewegungen in die Höhe und begann zu meiner Verblüffung, mit ihnen zu jonglieren. Er schaffte es, die vier Mandarinen mit eleganten Bewegungen in der Luft zu halten. »Stammen die aus Ihrem Gewächshaus?«, fragte er.

»Ja, wir bauen alles selber an. Wir haben einen ganz hervorragenden Gärtner.«

»Nun, ich werde ihn hoffentlich gleich kennenlernen. Ich werde mir das ICB mal ansehen, bevor wir weiter zum Garden Eden fahren«, sagte Huang Yue, der immer noch die vier Mandarinen jonglierend in der Luft hielt. Dann ließ er sie nacheinander wieder in seine Hände fallen und sagte: »So, die zwei Minuten sind um, der Tee ist fertig.«

Wir verbrachten noch eine Viertelstunde im Besprechungsraum, währenddessen mich Huang Yue nach allen möglichen Details zu Levania befragte. Dann stand er unvermittelt auf, erklärte das Gespräch für beendet und gab bekannt, dass wir nun zu einer Besichtigung des ICB aufbrechen würden.

Wir gingen schweigend zurück zum Hangar, wo der Fahrer immer noch regungslos vor dem roten Transporter stand. Die Leute waren wieder bei der Arbeit, aber es lief immer noch keine Musik.

»Zum Gewächshaus«, sagte der Mandarin. »Wir werden aus hygienischen Gründen alleine durch die Luftschleuse fahren. Sie folgen uns nach und werden unser Erscheinen im ICB ankündigen. Wir treffen uns dort.«

Die Delegation aus dem Reich der Mitte verschwand in dem roten Mannschaftswagen, der umgehend rückwärts zur Schleuse rollte. Da ich meinen Raumanzug nicht in der Nähe hatte, konnte ich ihnen schlecht auf einem Scooter oder Aufsitzmoover folgen, also sah ich mich im Hangar um. Es blieb mir nichts anderes übrig, als den gleichen dunkelgrünen Gemüsetransporter zu nehmen, in dem wir vor einigen Tagen mit Sélènes Leiche hergekommen waren. Die Erinnerung daran ließ mich schaudern, die Dämonen setzten sich wieder in Bewegung, aber dafür hatte ich keine Zeit.

Als ich in meinem Transporter an der Reihe war und auf das grüne Licht wartete, rief ich Randall an. »Der Mandarin ist unterwegs zu euch.«

»Wir erwarten ihn bereits«, kam die Antwort des Gärtners.

»Und denk daran – einen guten Eindruck machen«, sagte ich.

»Ich werde ihm einen unvergesslichen Empfang bereiten.«

»Na denn.«

Mit einem etwas unguten Gefühl folgte ich den Reifenspuren der Chinesen zum ICB. Als ich das Tor des Gewächshauskraters erreichte, war es bereits wieder geschlossen und der Mandarin im Inneren.

Das Tor öffnete sich, und ich fuhr langsam in den Schleusentunnel hinein. Direkt hinter dem Tor stand unser großer Sattelschlepper mit Anhänger. Daneben war noch Platz, um vorbeizufahren. Weiter hinten parkte der rote Transporter der Chinesen. Beide Türen der Fahrerkabine standen offen.

Daneben leblose Körper auf dem Boden. Blut.

Woher Ziggy und Randall die Bolzenschussgeräte herbekommen hatten, werden wir von ihnen nicht mehr erfahren, denn ihre durchlöcherten Leichen lagen neben den toten Chinesen und ihrem roten Fahrzeug. Keiner von ihnen hatte die Schießerei überlebt.

Als ich den blutüberströmten Körper des Mandarins sah, wurde mir klar, dass die Probleme jetzt erst richtig losgingen.


So schnell war ich noch nie vom ICB zurück nach Levania gefahren. Während ich die kurze Strecke zum Hangar entlangraste, rief ich Dr. Berghoff an und teilte ihm mit, dass wir wieder eine *Situation* hätten. Er solle sich sofort in den Schleusentunnel des Gewächshauses begeben.

Eigentlich hätte ich umgehend Mortimer von dem Attentat berichten müssen, aber ich entschied mich dagegen, da ich befürchtete, dass die Chinesen den Funkverkehr überwachten. Sie würden früh genug Alarm schlagen, aber etwas zeitlicher Vorsprung konnte nicht schaden, obwohl ich keine Ahnung hatte, wofür eigentlich. Es gab nichts, was wir tun konnten, um die Lage zu entschärfen. Aber zumindest einen Krisenstab einrichten, das macht man wohl in einer solchen Situation. Ich rief Tony an.

»Darian? Was ist los? Bist du nicht mit dem Kaiser von China auf Besichtigungstour?«

»Es ist etwas schiefgelaufen. Wo steckst du?«

»In meinem Büro. Hat das was mit Buzz und der Patrouille zu tun?«

»Schlimmer – viel schlimmer. Bleib, wo du bist. Ich bin gleich bei dir. Weißt du, wo Christopher ist?«

»In der Sporthalle beim Training, glaube ich.«

»Hol ihn sofort dazu. Bis gleich.«

Am Hangar öffnete sich das Tor der Fahrzeugschleuse, und Dr. Berghoff kam auf seinem historischen Rover herausgefahren. Ich hielt neben ihm, schaltete auf Kanal Plus und informierte ihn im Flüsterton über das Attentat. Das fassungslose Gesicht des Arztes war hinter seinem Visier deutlich zu erkennen. Ich erklärte ihm, dass es nicht nach Überlebenden ausgesehen habe und ich eine Krisensitzung mit Tony und Christopher abhalten wolle. Dr. Berghoff befand, dass wir uns nun auf einiges gefasst machen müssten. Ich nickte bestätigend. Daran bestand wirklich nicht der geringste Zweifel.

Das Innentor der Schleuse hatte sich noch nicht vollständig geöffnet, als ich mit dem dunkelgrünen Transporter in den Hangar preschte, das Gefährt mit quietschenden Reifen abstellte und aus der Fahrerkabine sprang. Als ich zum Ausgang rannte, spürte ich die Blicke der Mechaniker im Rücken.

Ich stürmte in Tonys Büro. Er sah erschrocken hoch.

»Es gibt eine gute und eine schlechte Nachricht«, berichtete ich atemlos. »Die gute: Die Sache mit Buzz und der chinesischen Patrouille ist nicht mehr so wichtig. Die schlechte: Ziggy und Randall haben den Mandarin umgebracht ... ein Attentat. Sie sind alle tot.«

Tony starrte mich entsetzt an. Seine Selbstgedrehte fiel aus seinem Mundwinkel. Dann kam Christopher zur Tür rein.

Wir diskutierten nur kurz. Es bestand schnell Einigkeit darüber, dass wir umgehend Mortimer benachrichtigen mussten. Selbst wenn der Gouverneur und seine drei Beschützer nicht mehr die Gelegenheit gehabt hatten, Alarm zu schlagen und die Zentrale darüber zu informieren, dass sie gerade erschossen wurden, so war auf jeden Fall davon auszugehen, dass bald das chinesische Militär anrücken würde.

»Vielleicht sollten wir doch den Südpol informieren«, sagte Christopher.

»Ja, wahrscheinlich schon. Aber wir rufen erst Mortimer an«, sagte Tony. »Wer übernimmt das? Darian, das war dein Besuch, und du bist sowieso unser Master of Desaster.« Er reichte mir das Funkgerät. Meine Hände zitterten.

»Ja, hallo?«, hörten wir die Stimme unseres Chefs. An den Fahrgeräuschen im Hintergrund war zu vernehmen, dass er und Nathan bereits auf dem Rückweg von Port Navel waren.

»Mortimer? Ich bin's – Darian. Wie ich höre, seid ihr schon unterwegs?«

»Ja, wir sind gerade an der Großen Kreuzung vorbei. Die haben die Wanderhütte bereits abgerissen, stellt euch das vor. Was gibt's denn? War der Mandarin schon da?«

Ich holte tief Luft. »Mortimer, ich bin in Tonys Büro, Christopher ist auch hier.«

»Hallo Jungs!«, erklangen die Stimmen von Mortimer und Nathan mit verwundertem Unterton.

»Hör zu, Mortimer. Es hat ein Attentat gegeben …«

Mortimer hatte sofort verstanden, wie ernst die Situation war und dass es jetzt um schnelle Entscheidungen gehen musste.

»Okay, verstanden«, sagte er entschlossen, als ich geendet hatte. »Ich werde sofort die Chinesen kontaktieren und mein Bedauern aussprechen. Aber wir müssen damit rechnen, dass die bald bei euch auftauchen – und sie werden keine gute Laune haben. Ihr solltet vorsichtshalber alle Leute aus dem ICB herausbringen, die Erntehelfer und so, falls die den Laden stürmen. Aber vor allem – wir müssen den Notfall ausrufen! Sofortige Durchsage auf der Notfrequenz, es müssen sofort alle in die Gebäude, Raumanzüge anziehen und Helme bereithalten. Wir müssen auf das Schlimmste gefasst sein.«

»Notfallprotokoll für eine Evakuierung?«, fragte Tony ungläubig.

»Ja, vorsichtshalber. Wir müssen mit allem rechnen. Ich rufe jetzt die Chinesen an und werde die weiße Flagge schwenken. Danach melde ich mich wieder. Bis gleich!«

»Zeit für das Notfallprotokoll«, sagte Tony und schob entschlossen seine Brille nach oben.

»Ist das nicht ein bisschen übertrieben?«, fragte Christopher zweifelnd. »Rechnet Mortimer jetzt mit einem Luftangriff, oder was?«

»Kann auf jeden Fall gut sein, dass die Chinesen bald hier einmarschieren«, sagte Tony. »Die schicken uns alle nach Hause.«

»Vielleicht sollten wir noch einen Moment warten, bis Mortimer den Südpol kontaktiert hat und sich wieder meldet?«, schlug ich vor.

Tony sah uns an. »Okay. Wir warten. Eine Viertelstunde, länger nicht.«

Nach zehn Minuten blinkte das Funkgerät auf Tonys Schreibtisch. Mortimer.

»So, Jungs, ich habe eben mit dem Vizegouverneur gesprochen. Es sieht nicht gut aus, aber sie werden uns zumindest nicht den Krieg erklären. Noch nicht. Aber sie haben eine Ausgangssperre und ein Fahrverbot verhängt. Mit sofortiger Wirkung darf kein Moover Levania verlassen, das gilt auch für Port Navel, das Chateau und alle anderen Stationen. Es dürfen nur noch Fahrzeuge heimkehren, wir zum Beispiel. Und China hat auch ein Start- und Landeverbot für Navel verhängt. Sie haben die Nabelschnur zur Erde gekappt.«

»Das klingt mir aber schon nach einer Kriegserklärung«, rief Tony in das Funkgerät. »Und dürfen wir uns noch auf dem Gelände bewegen? Zum ICB und hoch nach Beverly …«

»Ja, das Fahrverbot betrifft nur die Überlandstrecken«, unterbrach Mortimer. »Die werden noch eine offizielle Depesche rausschicken, da steht alles drin, wahrscheinlich kommt die direkt aus Peking. Habt ihr schon Alarm ausgelöst?«

»Nein, wir haben auf deinen Anruf gewartet.«

»Was machen wir jetzt mit der *Situation* im ICB?«, wollte ich wissen.

»Nichts. Einfach nur sichern«, befahl Mortimer.

»Dr. Berghoff ist noch drüben. Und was ist mit Randall und Ziggy?«, fragte Tony.

Wir hörten, wie Mortimer und Nathan sich leise berieten. »Berghoff soll sie da rausholen, aber schnell«, sagte Mortimer.

»Im Schleusentunnel vom ICB steht der voll beladene Sattelschlepper mit Obst und Gemüse«, fiel mir ein. »Der ist seit Tagen überfällig – Nachschub für Port Navel und das Chalet.«

»Ich weiß«, kam Mortimers Stimme aus dem Funkgerät. »In Navel sind die Vorräte ausgegangen, wir sind vorhin ohne Frühstück los. Das wird ein Problem, und zwar sehr bald – im Chateau dürfte es nicht viel besser aussehen.«

»Was machen wir damit?«, fragte ich. Mortimer überlegte kurz und antwortete dann: »Bringt den Sattelschlepper in den Hangar. Wenn die Chinesen einmal ins ICB kommen und den Tatort sehen, werden sie ihn garantiert einkassieren. Das müssen wir unbedingt verhindern.«

»Okay«, sagte Tony. »Wir kümmern uns um den Sattelschlepper, und wir bleiben in Verbindung.«

»Alles klar.«

Schweigend eilten Tony und ich in den Hangar.

»Kann mir mal einer verraten, was hier los ist?«, rief einer der Mechaniker. Tony schüttelte nur den Kopf.

Die Fahrzeugschleuse öffnete sich. Herein kam Dr. Berghoff auf seinem alten Rover, überzogen mit historischem Edelrost – und zwei Leichen, unverkennbar und notdürftig mit Tüchern abgedeckt.

Tony und ich bestiegen den Transporter und rollten zur Schleuse. Im Rückspiegel sah ich die Gesichter der entsetzten Mechaniker.

Wir parkten im Schleusentunnel des ICB direkt neben dem Lastwagen. Tony sprang aus dem Transporter und lief nach vorne zum Tatort. Ich konnte sehen, wie er zwischen den Leichen der Chinesen umherging und den Kopf schüttelte. Ich blieb im Wagen.

Tony eilte zur Fahrerkabine des Sattelschleppers und stieg ein. Langsam rollte er rückwärts aus der Schleuse. Ich wartete, bis das

Gespann an mir vorbeigezogen war. Chinesische Uniformen. Blut-
lachen. Ich legte den Rückwärtsgang ein und folgte dem Schlepper
zum Hangar von Levania.

Dann hatte ich eine Idee.

Keine fünf Minuten später saß ich zum ersten Mal in der Fahrerkabine des mit Obst und Gemüse voll beladenen Sattelschleppers samt
Anhänger. Tony saß auf dem Beifahrersitz und erklärte mir die Funktionen. Er schaute mich an. »Darian, du bist völlig verrückt.« Er schob
seine Brille nach oben. »Viel Glück!«

Ich rollte mit dem gewaltigen Gespann am ICB vorbei und verließ den Krater Prinz. Im Rückspiegel konnte ich erkennen, wie einige Lichtpunkte auf Levania herunterschwebten. Die Kavallerie war
eingetroffen. Ich hoffte nur, dass sie mich nicht gesehen hatten. Ich
beschleunigte, was die schweren Elektromotoren des Ungetüms her-
gaben, dem Mare Imbrium entgegen, und empfand beinahe so etwas
wie Freude, zum ersten Mal seit einer kleinen Ewigkeit. Fernfahrer-
romantik. On the road again.

Ich war fest davon überzeugt, es bis nach Port Navel zu schaffen,
dort mit der frischen Ladung aus dem ICB als Held und Retter gefeiert zu werden – und mich vielleicht doch noch von Sélène und unserem Baby verabschieden zu können, falls sie dort aufgebahrt war. Und
wenn mich die Chinesen erwischten? Sie würden mich verhaften,
den Truck und die Ladung beschlagnahmen, schlimmstenfalls würde ich als Märtyrer enden. Aber mit Blick auf unsere Gesamtsituati-
on war das nicht unbedingt das Schlechteste, was passieren konnte.

Vielleicht lag es an meiner Erschöpfung, aber es hatte sicher auch
damit zu tun, dass die Chinesen ihre Kontrollpunkte nicht weithin
ankündigten.

Als ich in voller Panik mit meinem Stiefel das Bremspedal durch-
trat, konnte ich die Straßensperre bereits in allen Einzelheiten erkennen: die beiden Containermodule am Straßenrand, die drei roten

Patrouillenfahrzeuge, das halbe Dutzend Gestalten mit Bolzenschuss-geräten. Wahrscheinlich war es mein Glück, dass die bewaffneten Typen auf der Straße standen und nicht abseits davon. So hatten sie keine Gelegenheit, einen Bolzen durch die Scheibe der Fahrer-kabine zu schießen und mich so direkt nach Bardoland zu schicken. Stattdessen sprangen und hüpften sie hastig zur Seite. Das war wie-derum ihr Pech und Schicksal, denn durch die Vollbremsung war ich bereits aus der Spur geraten. Ich sah im Rückspiegel, wie sich der Anhänger seitlich stellte; wahrscheinlich hatte er sich von der Kupp-lung gelöst. Mit voller Wucht fegte der Anhänger alles hinweg, was dort herumstand: die Container, die roten Patrouillenfahrzeuge, die Gestalten mit den Waffen. Ich musste alle Konzentration aufbringen, den Lastwagen neben der Piste gerade zu halten. Ich schaffte es aber tatsächlich – mit einer Geschwindigkeit von nach wie vor fast achtzig Knoten –, wieder in die Spur zu kommen.

Ich schaute kurz über die Schulter. Ein surreales Bild des Grau-ens. Der Anhänger war in seine Einzelteile zerfetzt, die wie in Zeitlu-pe über die graue Mondschaft flogen: ein Ballett aus dunkelgrünen Teilen, die im Sonnenlicht glitzerten, dazwischen die grauen und ro-ten Trümmer der Container und Patrouillenfahrzeuge. Ich war mir auch sicher, Arme und Beine und Bolzenschussgeräte herumschwe-ben zu sehen.

Aber vor allem war es eine große bunte Wolke aus Obst und Ge-müse, die im kurzen Moment ihrer maximalen Ausdehnung wie die Trümmer einer Explosion in der Schwärze stand, und dann langsam zu Boden schwebte.

Vor meinem geistigen Auge erschien das Bild von Randall, wie er mit seinem orangefarbenen Sarong lachend in der Hängematte lag.

# SUNSHINE

»Der Weltuntergang ist kein Problem.
Er würde nur die Probleme auslöschen.«
ERNST JÜNGER

Die Trümmer der chinesischen Straßensperre und meines Anhängers waren längst hinter mir verschwunden, genau wie die bunte Wolke aus Obst und Gemüse, aber meine Beine zitterten noch immer. Ständig hielt ich im Rückspiegel Ausschau, ob nicht plötzlich jemand von hinten auftauchte; vielleicht hatte ein Fahrzeug der Chinesen irgendwo abseits des Kontrollpostens gestanden.

Besonders mulmig war mir, als ich mich der Großen Kreuzung näherte, aber sie lag verlassen in der grauen Einöde. Sogar die Wanderhütte war spurlos verschwunden, man hatte an ihrer Stelle sorgfältig den Mondstaub geglättet. Ein Bauschild für das Las Lunas Resort war noch nicht zu sehen. Bald darauf erreichte ich die Hügel des Apennin.

Als ich Stunden später völlig erschöpft mit dem anhängerlosen Lastwagen auf den Hangar von Port Navel zurollte, standen davor drei Flugmaschinen gleißend hell im Sonnenlicht, zwei von Virgin Galactic und ein amerikanischer Transporter. Ob sie es gerade noch geschafft hatten, vor der Verhängung des Flugverbots zu landen? Oder sollten sie eigentlich gar nicht mehr hier sein und hingen bereits fest? 

Wie ich während der Fahrt im Radio hatte verfolgen können, war die Depesche der Chinesen bezüglich des Fahrverbots und der Stillegung von Port Navel nicht nur auf dem Mond, sondern zugleich auch auf der Erde verbreitet worden. Die Medien ergingen sich über den Grund für diese Maßnahmen in wilden Spekulationen, denn bisher war vom Attentat auf den Gouverneur nichts zu hören gewesen. Allerdings hatten die Chinesen eine Pressekonferenz in Peking angekündigt, die in einigen Stunden ausgestrahlt werden sollte.

Dass mein Zusammentreffen mit der Straßensperre bisher folgenlos geblieben war, erschien mir beinahe verdächtig, denn mit Sicherheit war der Vorfall auf irgendeine Art aufgezeichnet oder direkt an eine übergeordnete Stelle live übertragen worden. Es war nicht nur meine Sorge vor einem weiteren Kontrollposten – ich hatte fast damit gerechnet, in Port Navel entweder von einem chinesischen Kommando oder einem vorwurfsvoll dreinblickenden Stationsmeister in Empfang genommen zu werden. Aber ich war dort unbehelligt angekommen, alles war ruhig. Mein Entsetzen über den Zwischenfall und die Furcht vor Konsequenzen wichen nun der Erleichterung, ja sogar dem Stolz über meine Aktion – in Port Navel herrschte eine Lebensmittelknappheit, und ich war gekommen, um sie zu beenden. Vielleicht war ich doch der Held des Tages.

Zögerlich rollte ich auf das große Schleusentor zu, aber es geschah erst einmal – nichts. Natürlich hatte ich diesmal keinen Fahrtplan aufgegeben und auch Port Navel nicht per Funk kontaktiert, sondern lediglich die Frequenz des Towers eingestellt, um den Funkverkehr zu verfolgen. Aber es war nichts zu hören, und das Tor der Hangarschleuse blieb geschlossen. Ich wurde nicht erwartet, schließlich sollte es eine Überraschung sein.

Ich hatte meinen Helm aufgesetzt und war im Begriff auszusteigen, um irgendwo zu klingeln oder durch eine Seitentür in den Hangar zu gelangen, als sich langsam das Tor der Großen Fahrzeugschleuse öffnete. Ich rollte mit dem Truck hinein, das vertraute Zischen der hereinströmenden Luft war zu hören, rotes Licht, grünes Licht, dann öffnete sich das Innentor.

Zu meiner Überraschung wurde ich doch von einigen Leuten in

Empfang genommen; man hatte sie wohl zusammengetrommelt, als ich draußen vor dem verschlossenen Tor gewartet hatte. Ich öffnete die Fahrertür und kletterte hinab auf den hellgrauen Boden des Hangars, bei dessen Anblick ich immer an den Tag meiner Ankunft vor anderthalb Jahren denken musste. Mein alter Freund Colonel Falk kam mir zur Begrüßung entgegen. Er sah besorgt und übernächtigt aus. Er stellte mich dem Stationsmeister vor, den ich schon einmal bei einer früheren Fahrt nach Port Navel kennengelernt hatte – Dick Pattern, ein rundlicher Mann mit rötlichen kurz geschorenen Haaren und wasserblauen Augen –, sowie dem Großen Chef höchstpersönlich: General Marcus, gewissermaßen der Mandarin der Amerikaner. Ein kleiner, drahtiger Mann mit Schnurrbart, der tatsächlich eine Air-Force-Uniform mit vollem Ornat trug. Vermutlich hatten die Ereignisse ihn zu dem Outfit bewogen, denn es war davon auszugehen, dass die Zeit der Stationsroutine vorüber war. Sicherlich würden nun medienwirksame Entscheidungen von ihm erwartet, Stellungnahmen mit durchgedrücktem Kreuz und steifer Oberlippe.

Ich stand vor ihnen im Raumanzug und lächelte stolz. Den Zwischenfall mit der Straßensperre erwähnte ich nicht, schließlich wusste ich nicht einmal, ob man in Port Navel überhaupt über die Begegnung unseres Roboters mit der Patrouille im Bilde war, war doch in der Depesche davon nicht die Rede gewesen.

»Ich hoffe, Sie haben uns ein paar frische Lebensmittel mitgebracht«, sagte General Marcus, als wir gemeinsam nach hinten zur Ladeklappe schritten. »Hier herrscht mittlerweile eine gewisse Knappheit, was die Vorräte betrifft. Sie haben ja sicherlich schon von den Maßnahmen der Chinesen gehört. Es wird vorerst keine Lieferungen mehr geben, und Sie werden auch erst einmal eine Weile hierbleiben müssen. Auf jeden Fall kommen Sie wie gerufen.«

»Du liebe Güte – was ist denn mit der Anhängerkupplung passiert?«, fragte Stationsmeister Pattern erstaunt, als wir an der Rückseite des Trucks standen. Es war ein regelrechtes Wunder, dass die

Ladeklappen überhaupt noch vorhanden und sogar einigermaßen intakt waren.

»Es hat Schwierigkeiten beim Rangieren gegeben. Ich bin sehr überstürzt aufgebrochen, wollte dem Fahrverbot der Chinesen zuvorkommen«, log ich.

»Darüber sprechen wir gleich in meinem Büro«, sagte General Marcus knapp. »Pattern, Sie organisieren unserem Helden der Landstraße ein Quartier. Er wird für eine Weile unser Gast sein. Falk, Sie kümmern sich um das Entladen. Sehen Sie zu, dass die Sachen schnell ins Kühlhaus kommen. Der Lagermeister soll mit der Küche die Lieferung sichten und einen Vorrats- und Versorgungsplan aufstellen. Ich erwarte in zwei Stunden einen Bericht darüber, wie lange wir damit auskommen.«

»Sollen wir unsere Notvorräte auch mit einkalkulieren?«

»Nein, vorerst nicht. Ich habe ein Signal von China bekommen, dass das Fahrverbot vermutlich nur solange bestehen bleibt, bis das Attentat in Levania aufgeklärt ist – zumindest, falls es keine weiteren Zwischenfälle gibt. So, Curtis, dann kommen Sie mal mit«, wandte sich der General an mich. »Sie werden gleich Ihr Quartier bekommen und können sich dann ausruhen. Aber vorher unterhalten wir uns noch.«

Die verbeulte Ladetür des Sattelschleppers öffnete sich mit einem lauten Quietschen und gab den Blick auf die wüst durcheinandergepurzelten Erzeugnisse unseres Gewächshauses frei. General Marcus runzelte die Stirn und bedeutete mir, ihm zu folgen. Das tat ich, mit ungutem Gefühl und noch immer im Raumanzug.

Sein Büro war klein und schlicht. Auf seinem aufgeräumten Schreibtisch war ein Foto von seiner Gattin und erwachsenen Kindern aufgestellt; an der Wand hingen ein Diplom aus Westpoint, ein Foto mit ihm und der Präsidentin sowie die altbekannte Aufnahme der Crew von Apollo 11. Armstrong, Collins und Aldrin mit ihrem Astronautengrinsen. Ich musste an Buzz denken, wie er abschätzig das Stückchen chinesischen Hirns in die Lounge flitschte.

Wir hatten gerade Platz genommen, als sich die Tür wieder öffnete. Ein Adjutant brachte Kaffee, schwarz, die Vorräte an Sojamilch seien ausgegangen.

»So, Mr. Curtis, zunächst noch einmal vielen Dank für Ihren Einsatz«, begann General Marcus, als wir wieder allein in seinem Büro waren. »Gehe ich recht in der Annahme, dass die ganze Aktion ziemlich riskant war? Wenn ich eins und eins zusammenzähle, müssten die Chinesen doch in Levania aufgetaucht sein, als Sie gerade Ihren Hintern in Bewegung gesetzt haben, oder nicht?«

Ich nickte. »Die Depesche mit dem Fahrverbot war noch nicht raus, und ich wollte niemanden in Entscheidungsnot bringen. Also habe ich mehr oder weniger eigenmächtig gehandelt«, feierte ich mich.

»Ihr Einsatz in allen Ehren, Curtis«, sagte der General streng. »Aber trotzdem war es eine hirnrissige Idee. Wenn Sie einer meiner Leute wären, säßen Sie jetzt im Loch. Wir können von Glück reden, dass die Chinesen nicht noch heftiger reagiert haben. Wir versuchen nun alles, um die Lage wieder in den Griff zu bekommen. Hätten die Sie erwischt, wäre denen vielleicht endgültig der Kragen geplatzt. Was glauben Sie wohl, was passiert wäre, wenn Sie an einen Kontrollpunkt geraten wären? Die hätten nicht nur die Lieferung konfisziert – sie hätten das auch als Provokation aufgefasst. Ich kenne den Vizegouverneur, das ist ein ganz scharfer Hund. Der will uns am liebsten eher heute als morgen vom Mond jagen und würde dafür auch einen Krieg anzetteln. Es ist wirklich kaum zu glauben, dass Sie keiner Patrouille oder Straßensperre begegnet sind.«

Ich schluckte.

»Und was ist bei euch eigentlich los? Ihr habt den Mandarin erschossen? Wenn ich mir vorstelle, die Roten würden mich bei einem Besuch am Südpol umlegen – Washington wäre auf jeden Fall ziemlich stinkig. Dass die nur mit einem Fahrverbot reagieren, ist noch ziemlich zurückhaltend. Sieht aus, als ob wir mit einem blauen Auge davonkommen.«

»Und sonst ist in den letzten Stunden nichts weiter passiert?«, fragte ich mit gespielter Unschuld. »Man bekommt ja unterwegs nicht so viel mit …«

»Die Chinesen werden gleich eine Pressekonferenz geben. Sie können mich in die Offiziersmesse begleiten, da schauen wir uns das an. Also, was genau ist nun mit Gouverneur Huang Yue passiert?«

»Es war ein Attentat. Offenbar sind manche Leute bei uns etwas unzufrieden mit den neuen Eigentumsverhältnissen in Levania.«

»Curtis, reden Sie Klartext.«

»Einer von den Jungs aus Garden Eden hatte Waffen gebunkert. Er hat zusammen mit unserem Gärtner den Mandarin und seine drei Leibwächter in der Luftschleuse des ICB mit Schusswaffen erwartet. Keiner hat die Schießerei überlebt.«

»Mr. Doyle hat mir schon erzählt, dass die Hippie-Seligkeit in Levania vorüber ist und dort jetzt viel Asien in der Luft liegt. Chester war offenbar nur ein Strohmann der Chinesen, aber er hat die Übernahme natürlich eingefädelt«, sagte der General nachdenklich. »Unabhängig davon, ob sich China wegen des Attentats wieder beruhigt – die haben jetzt vertraglichen Zugriff auf das Gewächshaus und die Lieferungen, die werden uns bestimmt alles wegfressen. Es ist noch nicht klar, wie Washington darauf reagieren wird; ich hoffe nur, die Diplomaten finden da eine Lösung. Aber ich habe ein ungutes Gefühl bei der Sache.«

Es klopfte an der Tür, herein kam wieder der Adjutant: »Sir, die Pressekonferenz in Peking beginnt in zehn Minuten.«

Der General nickte.

»Und da ist noch etwas, Sir!«

»Was?«

Der Adjutant machte einen beunruhigten Eindruck. »Sir, es ist soeben eine Sonnensturmwarnung durchgegeben worden.«

General Marcus runzelte die Stirn. »Sonnensturm? Haben wir nicht schon genug Probleme? Welche Kategorie?«

»Kategorie X plus, Sir.«

»Auch das noch, das hat uns gerade noch gefehlt«, sagte General Marcus erschrocken. »Wie viel Zeit haben wir?«

»Funkausfall in dreißig Minuten, Bunker in zwei Stunden.«

»Danke.«

Der Adjutant trat weg.

»Kommen Sie, Curtis, schauen wir uns die Show der Chinesen an. Und Sie haben es ja gerade gehört, da kommt ein gewaltiger Sonnensturm auf uns zu, das wird ziemlich ungemütlich. In zwei Stunden müssen wir in den Keller. Sie werden Ihr Nickerchen also auf einem Feldbett halten müssen.«

»Kategorie X plus?«, fragte ich. »Was bedeutet das für das ICB?«

»Ich dachte, *Sie* arbeiten in Levania?«, fragte der General spöttisch. »Soweit ich weiß, halten die Schutzrollos in eurem Gewächshaus zweihundert Millisievert aus. Kategorie X liegt auf jeden Fall drüber. Wie stark das Ding werden wird, wissen wir erst kurz vorher. Auf jeden Fall ist der Sonnensturm an der Oberfläche und in den Gebäuden tödlich; wir müssen nachher alle in die Bunker, auch Ihre Leute drüben in Levania.«

Die Offiziersmesse war ein kleiner Salon in der zweiten Etage mit raumhoher Fensterfront mit Blick auf die abgestellten Flugmaschinen, einer Bar und einem halben Dutzend Tische. Fast alle Oberflächen in der Messe waren mit Folie in fein gemaserter Holzoptik beklebt. Da hier dieselben luftgefüllten Sessel standen wie in unserer Lounge, fühlte ich mich fast wie zu Hause. Ich musste mich zurückhalten, nicht direkt an die Bar zu gehen und einen Gin Tonic zu bestellen.

Als General Marcus hereintrat, wurde Haltung angenommen, es gab begrüßendes Gemurmel. Ich schlich hinterher und fühlte mich in meinem Raumanzug eher unpassend gekleidet, denn ich war von einem Publikum umgeben, das perfekt in den Laden passte: militärische Overalls und Uniformen, Mützen und vereinzelte britische Offiziersschnurrbärte. Man rauchte sogar Pfeife. Die Offiziersmesse von Port Navel war sicherlich der beste Ort auf dem Mond, um die kommenden Ereignisse und Entscheidungen zu verfolgen. Was auch immer geschehen würde, ich saß direkt an der Quelle.

Der Bildschirm über der Bar war bereits eingeschaltet, der Empfang ziemlich schlecht – der zuständige Barkeeper wurde entsprechend angepöbelt, aber es waren wohl schon die ersten Vorboten des Sonnensturms. Der General stellte mich irgendwelchen Leuten mit der Bemerkung vor, dass ich so verrückt war, das chinesische Embargo durchbrochen zu haben, aber Port Navel jetzt immerhin gut versorgt sei. Ich bemühte mich tapfer, ein wenig Konversation mit dem anwesenden Militär zu betreiben, als kurz darauf auch schon die Übertragung der Pressekonferenz begann. Alle Blicke waren auf das körnig flackernde Bild über der Bar gerichtet. Die Eiswürfel in den Gin Tonics klackerten erwartungsvoll.

Zu sehen war ein ernst dreinblickender chinesischer Funktionär in dunklem Anzug und roter Krawatte. Er saß wie ein Nachrichtensprecher hinter einem Pult, neben ihm Rot und Gold, Wappen und Sterne. Er begann auf Chinesisch zu sprechen, zeitgleich hörten wir die Stimme des englischen Übersetzers, die wegen des schlechten Empfangs immer wieder aussetzte:

»*Sehr geehrte Damen und Herren, die Führung der Kommunistischen Partei der Volksrepublik China hat bedauerlicherweise feststellen müssen ... wiederholt Angriffe durch die Westliche Allianz erlitten ... auf dem Mond ... unsere Geduld erschöpft und unser Vertrauen missbraucht ... sehen wir uns endgültig gezwungen, dies als Kriegserklärung aufzufassen ...*«

Erschrockenes Geraune in der Messe. Mir lief es eiskalt den Rücken hinunter, zugleich schwitzte ich in meinem Anzug, war aber nicht geneigt, ihn jetzt und hier auszuziehen, und starrte stattdessen weiter wie gebannt auf den Bildschirm.

»*... zunächst ein hinterhältiges Attentat auf unseren geschätzten Gouverneur Huang Yue ... hat die chinesische Führung fürs Erste mit diplomatischen Mitteln und einem vorübergehenden Fahrverbot reagiert, um*

*die Lage nicht weiter eskalieren zu lassen ... aber aufgrund fortdauern-*
*der Aggressionen ... Meuchelmord an einer Patrouille der Volksrepublik*
*China in der Nähe der Hotelanlage Levania ...«*

General Marcus zischte mir zu: »Curtis! Was ist da los bei euch?
Ihr habt eine chinesische Patrouille ermordet?«

»Ich fürchte, das war unser Roboter ...«, raunte ich zurück. Der
General funkelte mich zornig an. Wir widmeten uns wieder der Übertragung, die zunehmend vom herannahenden Sonnensturm gestört
wurde.

*»... aber vor allem ein weiterer hinterhältiger Angriff auf einen mo-*
*bilen Kontrollpunkt im Mare Imbrium ... vollständig zerstört ... sechs*
*Tote ... damit ist die rote Linie endgültig überschritten ... sehen wir uns*
*bedauerlicherweise gezwungen ... Ultimatum von sieben Tagen ... alle*
*Hotels und Stationen zu räumen ... Enteignung ... eine Verhängung*
*des Kriegsrechts mit sofortiger Wirkung ... der Mond als alleiniges Ter-*
*ritorium der Volksrepublik China ... Völkerrecht ... die Zerstörung der*
*amerikanischen Apollo-Landeplätze angeordnet ... außerdem die Mo-*
*bilmachung aller Kräfte zu Land, zur See und zur Luft ... Verteidigung*
*gegen die Aggressoren ... werden keine Optionen ausschließen ...«*

In der Offiziersmesse herrschte blankes Entsetzen, das Wort *Krieg*
war zu vernehmen. Dann verschwand das Bild des chinesischen
Funktionärs. Es wurden verschiedene Aufnahmen gezeigt, in immer
kürzeren Abständen durch die Störungen der herannahenden Partikelschauer unterbrochen. Zunächst in einer Totalen das ICB, vor dem
zwei chinesische Flugmaschinen standen. Die Kavallerie. Dann eine
Szene, die offenbar die Bergung jener Patrouille zeigte, die Buzz »von
ihrem Menschsein erlöst hatte«. Als anschließend die nächsten Bilder erschienen, wäre ich am liebsten im Boden versunken: die Trümmer der chinesischen Straßensperre. Die ganze Szenerie war gespren-
kelt mit unzähligen kleinen bunten Flecken, die man aber wegen der
schlechten Bildqualität auch für Trümmerteile halten konnte; niemand in der Messe kam auf die Idee, dass es sich dabei in Wirklichkeit um Zucchini, Tomaten, Mangos oder Tofu handelte. Vielleicht

lag es an dem folgenden, sekundenlangen Totalausfall des Bildes – auf jeden Fall wurden wir von einer Nahaufnahme der Überreste des Anhängers oder gar einem Zoom auf den Schriftzug *Levania* verschont.

Es reichte, wenn ich als Einziger in der Messe wusste, dass Buzz und ich offenbar einen Krieg zwischen China und dem Westen ausgelöst hatten.

Zum Schluss wurden noch Aufnahmen gezeigt, die langsam endgültig im Rauschen untergingen, aber immer noch deutlich genug waren, um die Offiziersmesse in helle Aufregung zu versetzen. Es waren rote Bulldozer zu sehen, die den Landeplatz von Apollo 11 platt walzten. Das letzte Bild, bevor die Verbindung endgültig abbrach, war die amerikanische Flagge, die seit sechsundsiebzig Jahren im Mondstaub gesteckt hatte und nun unter die Räder der Volksrepublik China geriet.

»Gebt mir Washington! Sofort!«, rief General Marcus aufgebracht.

»Sir, die Funkverbindung ist zusammengebrochen. Der Sonnensturm …«

»Wenn ich nicht gleich den Verteidigungsminister dranhabe, lasse ich Sie an die Wand stellen!«

»Jawohl, Sir.«

»Haben wir noch Kontakt mit den Stationen? Mit Levania?«

»Nein, Sir.«

»Sir?«

»Ja, was denn?«

»Wir haben jetzt die Daten für die Eruption. Es ist ein X plus mit Spitzen von über tausend Millisievert.«

General Marcus zuckte erschrocken zusammen. »Sind Sie sicher?«

»Jawohl, Sir.«

Er wandte sich an mich. »Tja, Curtis, euer Gewächshaus wird sich wohl in eine Fritteuse verwandeln. Aber so wie es aussieht, haben wir erst einmal ganz andere Probleme.« Der General drehte sich um.

»Pattern!«, rief er. »Lösen Sie den Alarm aus! Alle Mann in den Bunker! Touristen und Zivilisten zuerst! Und zeigen Sie unserem Gemüsekutscher den Weg nach unten!«

Der Stationsmeister kam auf mich zu und fragte: »Mr. Curtis? Sind Sie so weit?«

Auf dem Weg in den Keller wurden wir von infernalischem Tröten begleitet, das sich anhörte wie das Alarmsignal in alten Militärfilmen. »Sagen Sie, Mr. Pattern«, rief ich dem Stationsmeister zu, als ich im Raumanzug keuchend hinter ihm hereilte. »Wissen Sie zufällig was über eine Leiche, die vor ein paar Tagen aus Levania hergebracht wurde? Ein schwangeres Mädchen mit einem Samurai-Schwert?«

»Ja aber, was haben Sie denn damit zu tun?«

»Das war meine Familie.«

»Ach du meine Güte, das tut mir aufrichtig leid. Sie liegt in der medizinischen Abteilung, es werden noch Untersuchungen durchgeführt ... das Blut an dem Schwert ... ob noch jemand anderes daran beteiligt war.«

»Meinen Sie, ich könnte vielleicht ...«

»Vergessen Sie's. Jetzt ist erst mal der Bunker angesagt und anschließend Krieg. Dann sehen wir weiter. Sagen Sie, Mr. Curtis, Sie sind nicht zufällig verwandt mit einer gewissen *Eve Curtis?*«

Wie vom Blitz getroffen hielt ich inne. »Wie bitte? Was haben Sie da gesagt?«

Dick Pattern blieb ebenfalls stehen und drehte sich nach mir um. »Eve Curtis? Ob Sie zufällig ... Sie ist gestern hier angekommen und hat vorhin ein Taxi nach Levania genommen, kurz vor der Depesche und dem Fahrverbot. Sie wollte ihren Sohn und ihre Schwiegertochter besuchen. Sie sagte, es sollte eine Überraschung sein ...«

Ich schaute den Stationsmeister fassungslos an. Es war ein Gefühl, als ob mir jemand in den Magen getreten hätte. Vorhin, auf dem Weg hierher, war mir im Mare Imbrium ein Taxi entgegengekommen. Darin hatte also meine Mutter gesessen.

Wir eilten durch den Terminalbereich neben dem Hangar. Er war voll mit verschreckten und aufgebrachten Touristen, die meisten hatten ihr Gepäck dabei. »Diese Leute hätten eigentlich vor drei Stunden mit der *Dionysos* zurück zur Erde fliegen sollen«, erzählte Pattern, als ich völlig benommen neben ihm durch den Terminal hastete. »Aber dann kam die Depesche der Chinesen, und jetzt hängen sie hier fest. Schöner Mist, es wird ganz schön eng da unten. Wir müssen sie auch noch durchfüttern – und wer weiß, wie lange. Wir können zumindest von Glück reden, dass Sie vorhin noch mit der Lieferung gekommen sind.«

Vor der Tür des Schutzkellers hatte sich bereits eine Schlange gebildet, aber es war noch kein Einlass. Eine Kette von Stationsmitarbeitern reichte eine Kiste nach der anderen mit Lebensmitteln die Treppe hinunter. Nachdem die letzten Pakete mit Tofu durchgereicht worden waren, stellte sich der Stationsmeister vor die Tür und gab bekannt, dass wir nun alle hinunterkönnten – aber keine Panik und einer nach dem anderen. Die Leute setzten sich in Bewegung. Stationsmitarbeiter in hellgrauen und weißen Overalls, Touristen, die eigentlich auf ihren Flug zur Erde gewartet hatten, und solche, die gerade erst mit dem letzten Flug angekommen waren. Es herrschte eine latente Panik. Der nervige Alarm und die Kriegserklärung Chinas halfen nicht wirklich, die Situation zu entspannen.

Pattern hatte sich verabschiedet und mich in der Warteschlange vor der Kellertür zurückgelassen, wo ich mitten in einer koreanischen Reisegruppe steckte. Sie hätten eigentlich schon auf dem Rückweg zur Erde sein sollen, wie ich den Stickern an ihren Taschen entnehmen konnte.

Nachdem die Tür endlich geöffnet wurde, gingen wir eine Stiege hinunter, es sah genauso aus wie bei uns. Ein junger Space-Kadett wies mir eine Pritsche im dritten Stock eines Hochbettes zu, ziemlich weit hinten, tief im spärlich beleuchteten Raum.

Ich dachte daran, dass in Levania gerade genau das Gleiche passierte, und meine Mutter war mittendrin. Hatte sie schon Leute kennengelernt? Kümmerte sich jemand um sie? Ich stellte mir vor, dass sie vielleicht mit Harry oder Tony und den Jungs Gin Tonic aus einem Flachmann trank, auf den Pritschen der Hochbetten. Wusste sie mittlerweile von allem, was vorgefallen war? Ich fühlte eine unendliche Erschöpfung und Traurigkeit in mir aufsteigen.

Da ich die ganze Zeit mit meinem Raumanzug durch die Station gelaufen war, machte ich mich als Erstes daran, ihn in der Enge des Kellers auszuziehen, um mich auf die Pritsche zu legen.

Dabei entdeckte ich in der Tasche meines Raumanzugs etwas, was mir das Blut in den Adern gefrieren ließ.

Der Schlüssel des Schutzkellers von Levania.

Es gab nur diesen einen.

Das einige Wesen, das dort Zuflucht vor dem tödlichen Sonnensturm gefunden hatte, war bereits tot. Schrödinger.

Die nächsten zwölf Stunden waren die schlimmsten meines Lebens. Ich lag wie gelähmt in meinem Overall auf der Pritsche und hielt dabei die ganze Zeit den Kellerschlüssel umklammert. Ich stellte mir vor, wie sie verzweifelt an der Rezeption nach ihm suchten. Vielleicht hatten sie versucht, mich zu kontaktieren, aber im Sonnensturm war kein Funkverkehr möglich, und was hätte es schon gebracht? Ich hätte die Fahrt nicht überlebt, wäre niemals dort angekommen, und es wäre ohnehin zu spät gewesen.

Zwischenzeitlich gelang es mir, mich an Gedanken festzuklammern, die ein wenig Hoffnung versprachen. In den technischen Anlagen gab es auch einen Keller, aber er war recht klein, es würden niemals alle hineinpassen. Selbst wenn es die Leute dort dicht gedrängt miteinander aushalten würden, so war die Lüftungsanlage dafür nicht ausgelegt. Ich bezweifelte außerdem, dass die Strafgefangenen sich überhaupt darauf eingelassen hätten. Mir kam auch der Gedanke, dass es möglich sein könnte, einen Zweitschlüssel mit einem 3-D-Drucker herzustellen, aber wahrscheinlich war das Material nicht hart genug. Letztlich stützte ich mich auf die Hoffnung, dass es Tony oder von Hindenburg irgendwie geglückt war, die Kellertür zu öffnen. Es konnte doch nicht wahr sein, dass es nur diesen einen verdammten Schlüssel gab. Und überhaupt: Wozu gab es elektronische Schließsysteme?

Irgendwann siegte die Erschöpfung, und ich schlief ein.

Ich wachte auf, als es hell wurde. Jemand hatte im Keller das Licht eingeschaltet. Ich hörte die Stimme von Dick Pattern. Der Sonnensturm war vorüber, wir konnten wieder hochgehen.

Am liebsten wäre ich liegen geblieben. Was sollte ich da oben? Aber ich musste natürlich versuchen, Kontakt mit Levania aufzunehmen.

Als nach einer Viertelstunde die Touristen den Keller verlassen hatten, raffte ich mich auf, nahm meinen Raumanzug und ging mit den letzten Leuten zusammen die Treppe hinauf.

Oben sah alles ganz normal aus. Die Partikelschauer zerstörten Leben und Elektronik, aber keine Gebäude.

An der Eingangstür des Kellers stand General Marcus. Ich fragte ihn, ob ich Levania anrufen könne, aber er winkte nur ab. Der Sonnensturm hatte die Elektronik schwer beschädigt. Auf absehbare Zeit keine Kommunikation mehr.

Ich teilte ihm mit, dass ich nun zurück nach Levania fahren würde, um nachzusehen, was dort los war. Ich erzählte dem General von meiner Mutter. Den Schlüssel erwähnte ich nicht.

Selbstverständlich würde ich die volle Verantwortung übernehmen, alles auf eigenes Risiko.

Er ließ mich tatsächlich gewähren.

Ich bekam sogar noch ein karges Frühstück in der Offiziersmesse. Kalte Tofubrocken und grünen Tee.

Die Leute dort waren angespannt. Erschöpft. Ratlos. Hilflos. Es gab für sie nichts zu tun.

Kein Funk, kein Fernsehempfang, kein Netz.

War bereits Krieg ausgebrochen?

Niemand wusste es.

Ich verabschiedete mich und ging in den Hangar.

Dort traf ich auf Colonel Falk. Er wünschte mir viel Glück.

Ich sah das Ladekabel neben dem Lastwagen. Es war nicht angeschlossen. Man hatte es wegen des Sturms herausgezogen, damit es keinen Spannungsüberschlag geben würde.

Ich kletterte hinauf in die Fahrerkabine und prüfte den Ladestand. Weniger als halb voll. Das war knapp. Ich schaute fragend hinunter zu Falk, aber er schüttelte den Kopf. Die Ladegeräte waren kaputtgegangen. Wahrscheinlich würde es nicht reichen, ich musste langsam fahren.

Ich schloss die Fahrertür.

Der Elektromotor des Lastwagens sprang an. Aber sonst funktionierte nichts. Kein Navi. Kein Funk.

Colonel Falk salutierte zum Abschied.

Das Schleusentor öffnete sich.

Ich rollte langsam zurück.

Das Tor schloss sich.

Rotes Licht.

Grünes Licht.

Ich sah im Rückspiegel, wie sich das Außentor öffnete. Dahinter – der Mond.

Die beiden Flugmaschinen von Virgin Galactic glänzten im Sonnenlicht. *Apollon* und *Dionysos*. Sie würden noch eine Weile hier stehen.

Der Lastwagen setzte sich in Bewegung.

Zum letzten Mal sah ich im Rückspiegel die Bauten von Port Navel.

Behutsam fuhr ich los, um die Batterien zu schonen. Wenigstens hatte ich keine Fracht dabei. Weniger Gewicht.

Die Fahrt über den Apennin dauerte Stunden.

Ich hatte im Keller kaum geschlafen, und jetzt fielen mir während der Fahrt ständig die Augen zu. Ich dachte an meine Mutter. Sie und Chester – konnte das wirklich sein? Ein skrupelloser, durchgeknallter Intrigant und Strippenzieher – mit einem verpeilten Hippie-Mädchen? Klar, warum nicht, vielleicht war er damals einfach *nur* charmant und verrückt gewesen.

Ich würde nicht mehr weit kommen, die Akkus des Lasters waren fast leer.

Zum ersten Mal in meinem Leben musste ich ernsthaft in Betracht ziehen, dass ich gerade meinen letzten Tag erlebte. Bald tot sein würde. Sterben. Ich hätte nie gedacht, dass es sich *so* anfühlen würde, hatte ich doch immer angenommen, dass man Angst empfinden würde oder vielleicht Trauer – über das Ende, über verpasste Gelegenheiten, über den Verlust von Freunden. Oder einfach über die plötzlich hereinbrechende Erkenntnis der Sinnlosigkeit des Lebens, des gelebten und allgemeinen.

Aber nein – es war etwas ganz anderes: ein abgrundtiefes, kaltes Gefühl der *Einsamkeit,* wie ich es nie für möglich gehalten hätte. Eine Einsamkeit, die nicht daher rührte, dass der nächste Mensch wahrscheinlich Hunderte Meilen entfernt war, sondern von jener Art, die zugleich die kalte Schwärze des Universums umfasste und doch von ihr völlig ignoriert wurde.

Hatte mein Leben einen Sinn gehabt? Nein, natürlich nicht. Sinnhaftigkeit entsteht durch einen Bezug zu etwas, zu jemandem, zu Größerem, einer Idee. Wenn ich jemals etwas davon gehabt hatte, so habe ich es verprasst, ignoriert, verplempert – oder es hat sich umgebracht. Mein Verständnis von Sinn hatte bestenfalls darin bestanden, zu erleben, zu erfahren, für mich allein, für mich selbst. Der Sand, der im Sandkasten ausgeleert wurde; der Tropfen, der für immer im Ozean verschwand. Welchen Wert hatten Erlebnisse, wenn man sich nicht an sie erinnern konnte? Und selbst wenn …

Ich hatte nie etwas geglaubt, höchstens zur Kenntnis genommen – ob es nun erwachte Roboter waren oder barfüßige Fakire auf dem Mond, die Geister von Bardoland oder die Visionen während der Zeremonie. Woran sollte man auch glauben? Nichts ist, wie es zu sein scheint, oder doch alles. Wer hatte das noch gleich gesagt? Wahrscheinlich hatte Christopher gar nicht so falsch damit gelegen, Aussagen bloß nach ihrem ästhetischen Unterhaltungswert zu beurteilen, denn es war ohnehin nichts zu ändern. Oder doch?

Alexander von Alvensleben hatte es versucht. Battista Sforza, Chester, Sélène, Randall. Jeder auf seine Weise. Eigentlich fast alle, außer mir. Und ausgerechnet ich war noch am Leben. Die Frage war nur, wie lange noch.

Würde ich bald, wenn die Atemluft verbraucht war, einsam als Hologramm durch Bardoland geistern? Und dann – heimkehren ins Nichts? Ich musste an Chesters Worte denken, an die Kälte des Nichts, die er erfahren hatte. Aber hatte Abschad nicht behauptet, dass es das Nichts gar nicht geben könne? Bald würde ich es wissen. Wenn *ich* dann noch sein werde. Hoffentlich nicht.

Als ich an die Große Kreuzung kam, wurde mir endgültig klar, dass ich es nicht bis nach Levania schaffen würde. Die Batterien waren schon auf Reserve.

Aber ich fuhr weiter.


Vielleicht war es die verdiente Strafe oder eine Ironie des Schicksals, dass ich es genau bis dorthin schaffte, wo sich die chinesische Straßensperre befunden hatte. Sie hatten das meiste weggeräumt, auch die Trümmer meines Anhängers, aber die Überreste der Ladung lagen noch weit verstreut. Obst und Gemüse, vom Weltall verdorrt. Es war, als ob Gaia ihren Lebenssaft auf die Mondschaft ejakuliert hätte.

Der Lastwagen blieb stehen, die Batterien waren endgültig leer. Damit würde auch die Versorgung der Kabine mit Atemluft ein Ende haben, Lüftung und Wiederaufbereitung liefen bereits nicht mehr. Ich setzte den Helm auf und schaute entsetzt auf die Anzeige meiner Uhr. Eine knappe halbe Stunde Luft. Ich hatte es tatsächlich versäumt, in Port Navel den Tank meines Anzugs aufzufüllen. Das durfte nicht wahr sein.


Ich zog die Handschuhe an, kletterte hinaus und setzte mich in den Mondstaub wie ein Kind, das sich im Wald verlaufen hat. Um mich herum lagen dunkle, verdorrte Brocken. Ich ergriff einen von ihnen mit meinem Handschuh. Eine tote Mango.

Alles um mich herum war tot. Obst, Gemüse, bald auch ich. Eine Handvoll Mutterboden auf der Erde trug mehr Leben in sich als der verdammte Mond; wahrscheinlich war darin auch mehr DNA enthalten als im ganzen Sonnensystem oder sogar im gesamten Universum. Falls wir wirklich die Einzigen waren und sich nirgendwo sonst Leben entwickelt haben sollte, ließe dies unser Versagen und unseren drohenden Untergang umso tragischer erscheinen. Aber für wen eigentlich? Doch nur für uns, denn da hatte Chester wohl nicht ganz unrecht, wir waren sterblich, als Individuen und als Spezies, und nur wir waren uns dessen bewusst. Die Tiere und Pflanzen würden uns eines Tages lautlos und ohne Selbstmitleid in das Vergessen der ewigen Nacht folgen, vom Universum mit kalter Gleichgültigkeit betrachtet.

Und wenn da draußen in den Weiten der Dunkelheit doch noch andere existierten? Nun, vielleicht gab es wirklich eine Hürde, dass nur diejenigen durchkamen, die es auch verdient hatten – jene Zivilisationen, die intelligent genug waren, sich nicht selber auszulöschen, bevor sie sich und die Gene ihrer heimischen Biosphäre im Weltenraum verbreiten konnten. Zu dieser evolutionären Schwelle gehörten offenkundig nicht nur die Raumfahrt und das Potenzial zur Selbstzerstörung, sondern auch das Eingreifen in die eigene biologische Entwicklung und der Auftritt künstlicher Intelligenz. Vielleicht mussten zunächst diese Transformationen erfolgen, die Weitergabe des Staffelstabs an die von uns geschaffenen Nachfolger, damit sie sich eines Tages auf den Großen Weg machen konnten.

Aber wir? Wir waren nicht einmal in der Lage, direkt vor unserer eigenen Haustür friedlich miteinander auszukommen. Was hatten wir auf dem Mond verloren? Für Hermann von Hindenburg war das alles Unsinn. Eine Horde Affen, unter Frischhaltefolie in Kratern lebend, zwischen mystischer Gemeinschaft und windigem Einzelgängertum, bis ein durchgeknallter Spinner mit dem Schlüssel des Schutzkellers verschwand, weil er glaubte, den Helden spielen zu müssen.

Wahrscheinlich waren in Levania alle tot, in Garden Eden, in Beverly Hills, sogar meine Mutter; hatten nur die Strafgefangenen in ihrem eigenen Schutzkeller bei den technischen Anlagen überlebt. Ich stellte mir die Investmentbanker vor, wie sie mit flackerndem Blick und hämischem Lachen die Tür von innen verriegelten, um eine panische Horde Hippies und Touristen fernzuhalten und dem tödlichen Sonnengruß auszuliefern.

Ob Buzz den lautlosen Donner des Partikelschlages überlebt hatte? Auch seine Elektronik musste durchgeschmort sein, falls es ihm nicht gelungen war, irgendwo Schutz zu finden, vielleicht indem er den Bankern als Gegenleistung todsichere Anlagetipps versprochen hatte. Wenn nicht, stapfte er nun als sabbernder Toaster durch die Gegend, als elektronischer Zombie.

Was für eine Vorstellung. Ein größenwahnsinniger oder auch debiler Roboter und ebensolche Banker als einzige Überlebende des Infernos. Ich nahm den Kellerschlüssel aus der Tasche meines Raumanzugs und spießte ihn aufrecht in eine der herumliegenden Mangos, wie ein Schwert in einen Raumanzug.

Es piepte. Ein Alarmsignal. Die Atemluft ging zu Ende. Es gab noch eine Notreserve für zehn Minuten in einer winzigen Kartusche, die in den Verschlussmechanismus des Helms integriert war. Ich schaute auf die Uhr. RESERVE AKTIVIEREN!, blinkte es dort. Aber wozu?

Ich lehnte mich zurück, lag im Mondstaub und schaute hoch zur Erde. Sie war wunderschön, verletzt und verletztlich, eine verwundete Dame in den besten Jahren. Erst auf dem Mond war mir klar geworden, dass sie im All schwebte, genau wie Sonne, Mond und Sterne. Das war mir zuvor nicht wirklich bewusst gewesen, befand man sich doch auf der Erde immer an einem Ort: in einem Restaurant, im Auto, im Bett – aber doch niemals im Weltraum. Der schien auf der Erde immer weit draußen, weit entfernt. Das war eine Illusion. Wir waren mittendrin. Im All. Überall. Die ganze Zeit.

Die Luft wurde knapp. Ich atmete langsamer, konnte dabei nur mit größter Mühe den Impuls unterdrücken, gierig den Lebensäther in mich einzusaugen. Neidvoll schaute ich nach oben zur blauen Mutter mit ihrer köstlichen Atmosphäre, rücklings in der Mondschaft liegend und vom kalten Grausen der nahenden Atemlosigkeit ganz umklammert.

Allmählich begann sie, ihre Form zu ändern. Sie wurde oval, tropfenförmig, schien zu verschwimmen, das alles hatte ich schon einmal erlebt. Würde ich nun wieder heimkehren an jenen magisch glitzernden Strand, den ich vor langer Zeit hatte schauen dürfen?

Ich schloss die Augen, das Atmen fiel schwerer und schwerer. Hinter meinen Lidern begann es zu flimmern, bunt und konturlos wabernd zunächst, bis die amorphen Bilder rasch zu leuchtenden Punkten kondensierten: Blitze, Detonationen, glühende Partikel, Sonnenschauer, gleißende Golfbälle, explodierende Wolken in Form tödlicher Pilze … Erschrocken öffnete ich die Augen.

Ich trug keinen Raumanzug mehr. Keinen Helm, keine Stiefel, keine Handschuhe, lag immer noch auf dem Mond, schaute umher. Obst und Gemüse waren verschwunden. Der Sattelschlepper auch.

Verwirrt sprang ich auf und schaute an mir herunter. Ich war nur mit einer roten Schärpe bekleidet. Ich betastete sie mit meinen Händen, der Stoff fühlte sich real an, meine nackten Zehen gruben sich in den Regolith. War ich bereits tot? Atmete ich noch, hatte ich noch Luft? Ohne Raumanzug, ohne eingenähten Tank? Ich konnte es nicht sagen.

Eine Bewegung am Horizont. Etwas kam näher. Groß, dunkelgrün. Der Sattelschlepper.

Er hielt in einigen Metern Entfernung, die Scheiben der Kabine verspiegelt wie ein Helmvisier. Die Fahrertür öffnete sich, Beine erschienen auf dem Trittbrett. Kein Raumanzug, stattdessen Fußballschuhe, Stutzen, nackte Knie. Ein dunkelrotes Trikot. Portugal. Die Gestalt sprang in den Mondstaub. Ich erschrak. Auf ihren athletischen Schultern trug sie den Kopf einer grauen Katze. Schrödinger. Er grinste mich an.

Ich schloss die Augen. Öffnete sie wieder. Die Gestalt neben dem

Sattelschlepper hatte sich verwandelt, in eine Figur mit Helm und Raumanzug, mit Glitzersteinchen verziert. Sie öffnete das Visier. Es war nicht Sforza. Es war Hector. Er lachte heiser. »Komm mit.«

Ich folgte dem lunaren Elvis, immer noch barfuß und in eine Schärpe gehüllt, nach hinten zu den Ladeklappen des Lastwagens. Sie öffneten sich.

»Steig ein.«

Zögernd setzte ich meinen nackten Fuß auf die hintere Stoßstange.

»Hier gibt es nur Bilder, keine Wirklichkeit«, sagte die Gestalt im bunt bestickten Raumanzug. Sie hatte das Helmvisier wieder geschlossen, ich konnte mich darin spiegeln. Strubbelige, blonde Haare. Ich war Harry. Die Reflexion verschwand. Kaum war ich in den Laderaum des Sattelschleppers hinaufgestiegen, schloss sich hinter mir die Klappe. Es war stockfinster.

Nach einigen Sekunden wurde es schlagartig hell. Gleißend hell.

Ich befand mich in einer weißen Unendlichkeit. Es blendete, schützend hielt ich meine Hand vor Augen.

»Ich habe dich erwartet.«

Die Stimme kannte ich.

Ich ließ meine Hand sinken. In einiger Entfernung stand Chester hinter einem leuchtenden Globus, der gänzlich mit Brandflecken übersät war. Es begann von überallher tief zu wummern. *Fump. Fump. Fump.*

Ein schnurrender Leguan strich um Chesters bleiche Beine. Unter seinem weißen Kimono ragte die Spitze eines Schwertes hervor.

Das Licht fuhr hinunter. Hinter Chesters schemenhafter Figur erschien eine Videoprojektion. Schwarz-Weiß-Bilder einer Überwachungskamera. Eine Figur in körperbetontem grauen Raumanzug. Der gewölbte Bauch war deutlich zu erkennen. Sie stieg eine Treppe hinauf, das Kamerabild folgte ihr. Flackern. Schnitt. Die Projektion verschwand.

Chester stand immer noch hinter dem mit Brandlöchern übersäten Globus. »Was kann ich für dich tun, meine Liebe?«

Ich sah an mir hinab. Ich trug einen grauen Raumanzug. Ich war schwanger. Langsam trat ich auf den Globus zu. Chester grinste.

Dann zog er das Katana hervor. »Ist es das, was du wolltest?« Er fixierte mich mit stechend blauen Augen. »Deinen Schwiegervater töten?«

Ein durchdringender Schmerz, verzweifeltes Trampeln in meinem Bauch. Ich krümmte mich, es wurde dunkel.

Ich lag auf dem Boden. Öffnete die Augen. War diesmal mit einem Sarong bekleidet, locker um die Hüften gewickelt. Schaute mich um. Der Waschraum der Lounge. Keine Urinale. Die Damentoilette.

Ich richtete mich auf. Die Tür der Klokabine vor mir öffnete sich. Jemand kam heraus. Es war Buzz, in seiner Maske das Gesicht von Marc Aurel. »Geh ruhig hinein«, sagte der Roboter. »Es ist frei. Du bist frei. Keine Schuld. Nur Hoffnung.«

Ich betrat die Toilettenkabine, zählte leise *un – deux – trois,* öffnete wieder die Tür und trat hinaus.

Eine grüne Parklandschaft. Duftender Blütenschmuck, süßer Vogellaut. Ein Summen und Zwitschern, hyperdimensionaler Harfenklang, wohliges Glitzern, die Sonne grüßte fröhlich durch maiengrünes Blätterwerk, zwei Schlangen ringelten spielerisch durch blühenden Klee. Auf einer Lichtung, nicht weit entfernt, ein schmucker Ringelreih junger Mädchen in weißen Kleidern, mit blauen Bändern im luftig blonden Haar. Kater Schrödinger und der schwarze Pudel Atman tollten ausgelassen hinter ihnen her. In der Ferne, vereinzelt und auch wohlgefällig gruppiert, wohnliche Häuser, Gärten davor, mit guter Proportion und liebevoll eingebettet in der Landschaft grüner Pracht.

Langsam und barfuß schritt ich durch einen Hain aus Apfelbäumen, voll mit praller Frucht, Schmetterlinge begleiteten mich ein Stück des Weges. Der führte mich, angelockt von fröhlichem Wohllaut und kindlichem Lachen, an eine Auenwiese, von Weiden und Rosenbüschen umstanden. Glasklar funkelte ein Bach.

»Willkommen in Aristarchus.« Ich wandte mich um. Es war Hermann von Hindenburg, er schwebte gütig lächelnd vorbei, in grünem Gärtneroverall auf einer silbernen Luftmatratze, ein Kanarienvogel saß auf seiner Schulter und trällerte ein fröhliches Lied.

Ich erblickte Tony und Christopher unter einem Kastanienbaum, an einem Tische sitzend, mit gläsernen Krügen frisch gezapften Bieres, süffig golden im Sonnenlicht glänzend. Auf einer Picknickdecke Lawrence Strongbone und Mama Africa mit einem hübschen Jungen in ihrer Mitte, es konnte nur ihr Sohn sein.

Auf einer Schaukel unter einem Lindenbaum saß meine Mutter, mit einem kleinen Mädchen auf dem Schoß.

Es piepte.

Ich eilte auf die Schaukel zu, mit einer Hand den Sarong an meiner Hüfte haltend, durch das lieblich kitzelnde Gras.

Es piepte.

Meine Mutter winkte mir zu. Sie strahlte.

Es piepte erneut.

»Papa!«, rief das kleine Mädchen.

Das Piepen wurde nun zu einem durchgehenden Ton, laut und schrill.

RESERVE AKTIVIERT!

Ich schnappte nach Luft.

Ich blickte auf meine Uhr. Noch zehn Minuten Atemluft.

Ich lag wieder neben dem Sattelschlepper. Um mich herum Mangos, Tod und Mondschaft.

Dann bemerkte ich am nahen Horizont den Moover.

Er kam rasch näher.

*»The future ain't what it used to be.«*
*Yogi Barra*

# Jens Lubbadeh

Ein Cyberthriller im Deutschland der nahen Zukunft –
packend, ideenreich und brisant

Der Wissenschaftsjournalist Jens Lubbadeh dreht die Uhr
der Hightech-Entwicklung weiter

978-3-453-31731-4

Die Zukunft. Der Traum der Menschheit vom ewigen Leben ist Wirklichkeit geworden: Dank Klontechnik und Virtual-Reality-Implantaten
können die Menschen nun als perfekte Kopien für immer weiterleben.
Marlene Dietrich ist als Star wiederauferstanden und wird weltweit
gefeiert – bis sie eines Tages spurlos verschwindet. Eigentlich unmöglich! Für den Versicherungsagenten Benjamin Kari wird schon bald
aus der Suche nach einem digitalen Klon ein Katz-und-Maus-Spiel mit
einem unberechenbaren Cyberterroristen.

Leseprobe unter **www.heyne.de**

**HEYNE ‹**

# Thomas Carl Sweterlitsch

## Die Welt von Morgen birgt ein düsteres Geheimnis

»Thomas Carl Sweterlisch schreibt so intelligent wie
William S. Burroughs, so visionär wie Philip K. Dick und so
noir wie Raymond Chandler. Großartig!« *Stewart O'Nan*

»Tomorrow & Tomorrow ist ein schonungsloser,
atemberaubender Ritt durch eine Zukunft, die uns näher
ist als wir denken.« *Pittsburgh Post-Gazette*

978-3-453-31648-5